U0923824

明詞話全編

捌

鄧子勉 編

鳳凰出版社

許銓胤詞話

許銓胤，自稱高陽生，温陵（今福建泉州）人。行蹟不詳。編有《閒情雅言》，包括《名家詩餘選》、《古今女詞選》、《古今名妓文》、《唐人觀妓詩》、《古今名媛詩》，為許氏評選。此據尊經閣文庫藏明刊本録詞話四十九則。

一

《閒情序》：《易》曰：「利貞者，性情也。」人生於情，情之所鍾，閨幃為甚，故性其情，則範於中而為貞；情其性，則蕩於外而為閒。然閒情不必盡以不貞目之，或感遇，或寄托，或流想，取其詩詞觀玩，皆可以怡情也。昔五柳先生作《閒情賦》，眉山氏謂其好色不淫。而唐詩云：「更有枉抛心力處，却於五柳賦閒情。」嘻！賦閒情者之為枉抛心力，則選閒情者之為枉抛心力□知矣。温陵高陽生許

銓胤題。(《閒情雅言》)

二　周美成《憶秦娥》「香馥馥」:天子宮禁曰内家。(同前書卷一「名家詩餘」)

三　梅嬌杏俏:梅嬌、杏俏者,宋呈(當作吴)七郡王之二愛姬也。梅、杏丰姿俊雅,善音律詩詞。王盛暑卧凉庭,吟云:「凉亭九曲欄干遶,四面芰荷香來好。身眠八尺白飢鬚,頭枕一枚紅瑪瑙。毒龍畏熱不敢行,海水煎碎蓬萊島。」後二句命杏、梅續之。梅云:「公子尤嫌扇力微。」杏云:「遊人尚在紅塵道。」續已,二人矜競所長,各作詞一闋以戲。王作杏梅《滿庭芳》以解之。(同前)

四　王元美《浣溪沙》「一夜春波釀作藍」:憨,旨新,怒也。　又:宜男,萱草。　又:應「曉桑」句。(更無心緒餵春蠶。)(同前)

五　王元美《浣溪沙》「金博山頭半吐烟」:人柳一日三眠三起。　又:遇步。(玉凌波底未舒蓮。)(同前)

六　蘇子瞻《西江月》「玉骨那愁瘴霧」:緑毛么鳳似鸚鵡而小,梅開時來,睡則倒掛梅枝上,好集美人釵。(同前)

七　王元美《甘草子》「密打窗紗」:言有畫眉郎肌,雖聞子規,不悲矣。(同前)

八　王元美《甘草子》「懶約釵鈿」:西施苧羅村在越,湘妃竹在楚。簟,竹席。　又:蕭央。(怕是蕭郎故相惹。)(同前)

九　王元美《甘草子》「密約剛逢」:后羿得靈藥於西王母,其妻竊之,奔入廣寒,為嫦娥。　又:

約中秋相會。(秋半密約剛逢。) 又:菱花鏡。(天上菱花滿掩面。) 又:與情郎相携手。(丟抹腰紅勾雙腕。) 又:咲嫦娥孤恓不如我。(守廣寒空館。)(同前)

一〇 王元美《甘草子》「冬盡玉澌鴉寒」:四首皆言歡洽之情,曲盡形容,如此可謂富於才情矣。又:釵玉鴉髻。(冬盡玉澌鴉寒。) 又:與情郎約夜時故。(落照看看準。) 又:足履霜上則有跡。(怕去路香蹤。) 又:雪與粉同色。(屐齒鋪粧粉。) 又:音窩,犬名。恐犬驚動。(別館閉猧兒,爲待郎來穩。)(同前)

一一 王元美《鷓鴣天》「峭雨零霜舶棹歸」:一咲值千金。 又:牛女。(天上雙星會。) 又:東坡詩曰:「成都畫手開十眉,橫雲却月增新奇。」(同前)

一二 王鳳洲《青玉案》「鴨頭波軟濃於酎」:酎音紂,醲也。 又:花開如雪白。 又:近谷雨。(鬬茶時近。) 又:閨情渾如醉。(同前)

一三 王鳳洲《水調歌頭》「三月又三日」:淡雲微雨養花天。 又:《蘭亭脩禊序》云雖無絲竹管絃之盛,此句切上巳。 又:脩禊日。(上巳復清明。) 又:車。(油璧) 又:黄昏聞九重鎖鑰之聲。(同前)

一四 王弇州《鵲橋仙》「冰盤薦巧」:七夕乞巧。(冰盤薦巧。) 又:微月照紗帳。(半捲生綃光緻。) 又:土(當作吐)奇思。 又:百年三萬六千,不弱不輸。(同前)

一五 王弇州《鵲橋仙》「玉露初零」:七夕夜,烏鵲填河為橋以渡織女。 又:天河。(銀浦垂静。）又：織女。（還被七襄人倦。）又：更闌斗星低。（漸轉低瑶斗。）又：蛾眉，麥景。（蹙損青蛾。）又：作盾日者。（恨殺羲和。）又：好事多磨。（常記取、人間天上，要好便多磨。）（同前）

一六　王弇州《解語花》「中泠乍汲」：松聲，煮茶聲。又：碧旗，茶旗碾試。試茶春山，眉如春山。茶果造茶團，名瑞雲翔龍。又：泉名，在金山。（中泠乍汲。）又：軟美也。（微裊露鬟雲髻。）又：流鶯，美人聲如嬌鶯。櫻桃，口似櫻桃。（同前）

一七　王元美《望江南》「春睡足」：臉。（枕痕纖甲印桃花。）（同前）

一八　小引：詞者，詩之餘也。古今女詩多矣，何以獨選詞？曰：詩有選，詞未有選也。即《草堂》所選，亦一班（當作斑）耳。詞何以獨詳宋，曰唐人工詩而不工詞，元人變詞為曲，詞又濫觴矣。宋學士大夫，人人嫻詞，於是風流之所薰釀，笄黛多以詞鳴，如李易安、孫夫人之流，咏其得意語，令少遊、子瞻遇之而左次。故爾時女子之擅場名家者，凌厲蘇、黄、秦、柳而為詞正宗，良非偶也。國朝專工帖括，冠進賢者，未必能詞，况女子乎？唯楊用脩夫人黄氏詩詞清新，與其君子寸力所敵，賡相唱和，是易安所不能得之趙明誠，而孫夫人所不能得之鄭文者也，亦希覯矣。梁小玉在烟花籍中，而文筆無脂粉氣，著述浩富，自詫如董狐，無乃野狐精乎？噫！宇宙寥廓，豈無有負奇幽閨而姓名不揚者？余聊以耳目覩記，録若干首，亦吉光片羽云，讀者無以管窺見嘲。温陵高陽生許銓胤題。（《古今女詞選》）

一九　潘拱璧《西江月》「憶自滎陽話別」：佳夢是踐。（對坐窓前說夢。）　又：琴瑟友之。（偷把搖［當作瑶］琴一弄。）（同前）

二〇　朱淑真《菩薩蠻》「濕雲不度溪橋」：唐詩：「遥知不是雪，為有暗香來。」（一枝和雪香。）　又：「梅瘦雪添肥」。（花比人應瘦。）（同前）

二一　李清照《如夢令》「昨夜雨疎風驟」：王元美取此句。（應是緑肥紅瘦。）（同前）

二二　李清照《怨王孫》「髻子傷春慵更梳」：五綵同心結下垂曰流蘇。　又：犀角有能辟寒者，言情人不在，無如寒何？（遺犀還解辟寒無。）（同前）

二三　李清照《念奴嬌》「蕭條庭院」：四字艷甚。（寵柳嬌花。）　又：清儁之甚。（同前）

二四　李清照《生查子》「年年玉鏡臺」：効梅妃粧謂之宮粧。　又：梅花。（怕見江南信。）　又：趙明誠官於楚。（同前）

二五　李清照《浣溪沙》「樓上晴天碧四垂」：「欲騁千里目，更上一層樓」，此云勿上，何也？天涯極目空斷腸。　又：一語說盡暮春。（新笋看成堂下竹，落花都上燕巢泥。）　又：「看成」、「都上」、「忍聽」，盡是相思意。（同前）

二六　李清照《點絳唇》「寂寞深閨」：古詞：「平蕪盡處是青山，行人又在青山外。」（同前）

二七　李清照《鳳凰臺上憶吹簫》「香冷金猊」：「紅浪」，奇。「寶奩」，鏡臺也。不病酒，不悲秋，憶共吹簫人，妙甚。（同前）

二八　李清照《武陵春》「纔面芙蓉一笑開」：面如芙蓉。「寶鴨」，首飾也。襯者與腮相映。（同前）

二九　李清照《醉花陰》「薄霧濃雲愁永晝」：古詩：「愁人不似黄花瘦，人比黄花瘦幾分。」又：陶詩：「採菊東籬下。」（東籬把酒黄昏後。）（同前）

三〇　易少夫人《臨江仙》「記得高堂同飲散」：唐詩：「曲終人不見，江上數峰青。」又：星名。（玉繩）（同前）

三一　易少夫人《臨江仙》「何處甘泉來席上」：茶也。（月團）又：惠山中冷水品第一。（惠山名品在。）又：茶能消菜。（不應兼進豨苓。）又：相如有消渴病。（相如方病酒。）（同前）

三二　秀州鄭文妻孫夫人《南鄉子》「曉日壓重簷」：元美云「閑把繡絲」二句，可謂看朱成碧。（同前）

三三　孫夫人《風中柳》「銷減芳容」：欲告又休，幾廻轉折。（同前）

三四　孫夫人《清平樂》「悠悠颺颺」：描景甚妙。六花，雪花也。（同前）

三五　翁客妓《踏莎行》「柳迷鶯嬾」：描望郎之境，妙極形容。（同前）

三六　王瑩卿《一剪梅》「荳蔻梢頭春意鬧」：西出陽關無故人。（怕唱陽關，莫唱陽關。）（同前）

三七　嚴蕊《鵲橋仙》「碧梧初出」：思山中七日，谷（當作俗）上幾千年，描之，無隔夜。又：七夕郡齋開宴，坐有謝元卿者，豪士也。夙聞其名，因命之賦詞，以已姓為韻，酒方行而已成，元卿為之心醉，厚贈而歸。（同前）

三八　嚴蕊《如夢令》「道是梨花不是」：天台妓嚴蕊，（脱「善」字）琹弈，歌舞、絲竹、書畫，色藝冠時，間作詩詞。唐與正守台日，酒邊嘗命賦紅白桃花，即成《如夢令》，與正喜甚，賞以雙縑。後朱晦翁以使節行部至台，知唐與嚴狎，繫嚴於獄，月餘，久不得情。獄吏因好言誘之，曰：「汝何不早認，亦不過杖，況已經斷，罪不重科，何為受此辛苦耶？」嚴答曰：「身為賤妓，縱與太守有濫，科亦不至死罪，然是非真僞，豈可妄言以汙士大夫？雖死，不可誣也。」於是再備箠楚，兩月間，委頓幾死，然聲價愈重，至徹阜陵之聽。未幾，朱公改除，而岳霖商卿為憲，憐其無辜，命之自陳。嚴略不搆思，即口占《卜算子》云：「不是愛風塵，似被前緣誤。花落花開自有時。總賴東君主。去也終須去，住也如何住？若得山花插滿頭，莫問奴歸處。」即日判令從良。（同前）

三九　蜀妓《鵲橋仙》「説盟説誓」：陸放翁自蜀挾一妓西歸，蓄之別室，率數日一往。偶以病少疎，妓頗疑之。作詞自解。妓即韻荅之云。（同前）

四〇　劉金壇《山花子》「標致清高不染塵」：俗得效。（此際得教還俗去，謝天尊。）（同前）

四一　曹希蘊《踏莎行》「解遣愁人」：「難留」、「怎覓」，喻人無的。前篇（指朱秋娘《採桑子》「王孫去後無芳草」）有境，此篇有情，燈花開則有喜信，人無可憑信也。（同前）

四二　阮逸女《花心動》「仙苑春濃小桃開」：長篇詞最難工，此首無一字不佳。（同前）

四三　宋珍娘《浣溪沙》「溪霧溪烟溪景新」：水無塵，如琉璃之光。風颼颼，自造語甚巧。（同前）

四四　吴叔姬《長相思》「煙霏霏」：羌笛有《落梅曲》。（同前）

四五　王昭儀《滿江紅》「太液芙蓉」：周宣王妃脱簪諫王。　又：不能完節。（隨圓缺。）又：此詞傳播中原，文丞相讀至末句，歎曰：「惜也！夫人于此少商量矣。」因代作一篇云：「試問琵琶，胡沙外，怎生風色。最苦是，姚黄（旁批：牡丹）一朵，移根北闕。王母懽闌瑤宴罷，仙人淚滿金盤側。聽行宫，半夜雨淋鈴，聲聲歇。　彩雲散，香塵滅。銅駞恨，那堪説。想男兒慷慨，嚼穿齦血。回首昭陽（旁批：漢殿）離落日（旁批：日，比君），傷心銅雀（旁批：魏臺）迎新月（旁批：自比）。算妾身不願似天家，金甌缺。」又和云：「燕子樓中，又捱過，幾番秋色。相思處，青年如夢，乘鸞仙闕。肌玉暗消衣帶緩，淚珠斜透花鈿側。最無端，蕉影上窗紗，青燈歇。　曲池合，高臺滅。人間事，何堪説。向南陽阡上，滿襟清血。世態便如翻覆雨，妾身元是分明月。笑樂昌一段如（當作好）風流，菱花缺。」　又：唐時張尚書妓關盼盼，尚書殁，守節不嫁，終年坐燕子樓。　又：南陽諸葛廬，杜詩稱諸葛云：「出師未捷身先死，長（脱「使」字）英雄泪滿襟。」　又：樂昌公主破鏡與夫分離。（同前）

四六　賈平章女娉娉《聲聲慢》「太華峰頭」：娉娉，先與衮明魏参政子鵬婚，鵬館其家，私與合。鵬登弟，姻不詩（疑作諧），娉憂死。此詞末端有意。（同前）

四七　狀元楊慎妻黄氏《黄鶯兒》「積雨釀春寒」：楊又别和三詞，俱不能勝。　又：夫人又有詩寄升庵曰：「鴈飛曾不到衡湘，錦字何由寄永昌。三春花柳妾薄命，六詔風烟君斷腸。曰歸□□□（當作『曰歸愁』）歲暮，其雨其雨怨朝陽。相聞空有刀環約，何日金雞下夜郎。」古以金雞啣赦

書。　又：嘉靖時，楊慎議禮，謫滇南金齒，故夫人作詞寄之。（同前）

四八　楊狀元妻黄氏《巫山一段雲》「巫女朝朝豔」：西王母。（阿母梳雲髻。）（同前）

四九　徐小淑《霜天曉角》「練波飛渺」：文君眉似遠山，從臨邛生來。　又：山似蚧眉。（兩道凝螺天半横。）　又：小淑，太僕卿徐秦時女，憲副范允臨妻，有《絡緯集》。（同前）

趙士履詞話

趙士履，虞山（今江蘇常熟）人。明末清初人，行蹟不詳。著《㖒亭雜記》一卷，此據臺北新興書局出版《筆記小説大觀》影印虞山周氏鴿峰草堂抄本録詞話一則。

一

丁酉，江南首題「貧而無諂」，全章有《黄鶯兒》一首云：「命意在題中，厭貧儒，重富翁。未若可也分輕重。切磋欠通，往來要工。其斯之謂方能中。告諸公，何如貧樂，詩云子曰，都是一場空。」（《㖒亭雜記》）

李肇亨詞話

李肇亨，字會嘉，號珂雪，嘉興（今屬浙江）人。日華之子。著《寫山樓近稿》、《婦女雙名記》。《婦女雙名記》一卷，録古今婦女雙名凡六十七人。自序謂《弇州卮言》、《瑯琊代醉編》、《析酲漫録》所載而彼此未備，暇日偶有所睹，隨手録出，考其出處。此據《學海類編》本録詞話八則。

一　懿懿：宋徐君猷家姬，東坡有《木蘭花》詞贈之。（《婦女雙名記》）

二　灼灼：「灼灼當筵舞《柘枝》，相君上客河東秀」，見秦淮海集《調笑令》。（同前）

三　英英：柳耆卿《樂章集》有贈妓英英《柳腰輕》一詞。又唐楊虞卿有《過小妓英英墓》詩，白樂天、

劉夢得皆和之，載《全唐詩話》。(同前)

四　蟲蟲：柳耆卿《樂章集》有贈妓蟲娘《玉樓春》詞。又《征部樂》一闋，有「但願吾蟲蟲，心下把人看待，長似初相識」之句。(同前)

五　柔柔：《宋德壽宫生辰記》有小劉婉容進自製《十色菊》、《千秋菊》曲破，内人瓊瓊、柔柔對舞。又元歐陽夢桂宋亡後作詩，意望翠華，内歸，為元所殺。妾柔柔不肯再嫁，自經死。嘉興海鹽人，見鄭所南《心史》。(同前)

六　田田、錢錢：宋辛稼軒二妾名，稼軒詞中有《臨江仙》一調，題云：「侍者阿錢將行，賦『錢』字以贈之。」(同前)

七　珍珍：宋晏幾道《小山詞》中有云：「晚見珍珍，疑是朝雲，來作高唐夢裏人。」蓋亦妓名也。(同前)

八　輕輕：宋向子諲《酒邊詞》有錢卿席上贈侍人輕輕《滯(當作殢)人嬌》一闋。(同前)

徐樹丕詞話

徐樹丕，字武子，自稱活埋庵道人，長洲（今屬江蘇蘇州）人。行蹟不詳。著有《埋庵集》、《識小録》。此據《涵芬樓祕笈》本影印手稿本《識小録》録詞話二十二則。

一　鹽爲好：隋曲有《疏勒鹽》，唐曲有《突厥鹽》、《阿鵲鹽》，蓋關中人謂「好」爲「鹽」，故施肩吾詩云：「顛狂楚客歌成雪，嫵媚吴娘咲是鹽。」（《識小録》卷一）

二　宋高宗父子玩月：淳熙九年八月十五日，孝宗朝德壽宫，因留賞月，宴香遠堂。堂前有萬歲橋，以白玉石爲之，上作四面亭，皆新羅白木，與橋一色。大池十餘畝，種千葉白蓮。屏几酒器俱用水晶。南岸列女樂，北岸列男樂，月上，簫韶齊作。有頃，上召小劉妃獨吹白玉簫《霓裳中序》。此時豈

特忘却中原，正思艮嶽，亦未能過之。（同前）

三　金亮：金亮南侵，以所製《喜遷鶯》賜前鋒軍士爲寵，曰：「旌麾初舉，正駃騠力健，嘶風江渚。射虎將軍，落鵰都尉，繡帽錦袍翹楚。怒磔戟髯争奮，捲地一聲鼙鼓。咲談頃，指長江齊楚，六師飛渡。　此去無自墮，金印如斗，獨在功名取。斷鎖機謀，垂鞭方略，人事本無今古。試展卧龍韜蘊，果見功成旦暮。問江左，想雲霓望切，玄黄盈路。」又立馬吴山詩曰：「萬里車書盡混同，江南豈有別疆封。提兵百萬西湖上，立馬吴山第一峰。」此酋豪舉，而又能文，殆隋煬帝之流亞與？亮亦謚曰煬。（同前）

四　朱希真：希真名敦儒，紹興中以詞擅名。其自述云：「我是清都山水郎，天教分付與疏狂。曾批給月支風券，屢上留雲借日（當作月）章。　詩萬卷，酒千場，幾曾着眼看侯王。玉樓金闕慵歸去，且插梅花醉洛陽。」可想見其風致。（同前）

五　眉公七夕詞：七夕詞嘲謔上真，文人罪業莫過於此。偶見眉公小令，雖不能脱去窠臼，然有解人頤，因記之，詞名《釵頭鳳》，云：「梧桐墜，秋光碎，一痕河影添嬌媚。錦梭撇，綵橋結，今宵天上歡娛節。嫦娥凝望，也應癡絶。熱，熱，熱。　天如醉，雲如睡，朦朧方便雙星會。雞饒舌，催離別，時打算閒年月。自從盤古，許多周折。歇，歇，歇。」（同前書卷二）

六　縉紳：虞山一詞林，官至大司成矣。子娶於郡城婦，美而才，眷一少年，事露，司成者必欲置少年於死，而其子反左右之，鄉紳更有左右之者，遂不能成獄，而司成以憤成病。其子婦有寄夫子揚州一詞，調《菩薩蠻》，頗傳誦。又能畫人物，絶佳，春宫尤精絶，蓋尤物云。《菩薩蠻》僅記二句，云「伊家本在江南住，何事教伊江北去」云云。（同前）

七　女戲：十餘年來，蘇城女戲盛行，必有鄉紳爲之主，蓋以娼兼優，而縉紳爲之主，充類言之，不知當名以何等。不肖者習而不察滔孑，皆是也。有某比部，狎一女優，而此優者，一銓部爲之主，以比部每挾之出，出必旬日，有妨其戲，遂至相詬，語不忍聞。女優者復好與無賴作緣，不樂士君子還往，亦遂與比部絶。比部怏怏，作《踏莎行》七闋，詞亦可觀：「怨海孤航，愁帆獨颺，重淵織就珊瑚網。鮫人夜採掌中珠，珠圓易轉難擎掌。　怨渚層波，愁城疊障，淚斑枉積青衫上。殷勤盼得望舒圓，圓時咽入金蟇項。」「燕燕方懽，鶯鶯未老，犂剮點額紅紅小。柔情空罥柳枝青，青青自舞章臺道。弄玉無懽，飛瓊易惱，等閒忘却蕭郎好。不須抵死喚真真，真真依舊丹青了。」「淺笑花陰，濃粧月底，樓屏密約曾同倚。此鄉錯認是温柔，阿誰穩向温柔死。　膩口三緘，脂香半縷，箇中領取人能幾。依稀風景似游仙，籧然一覺渾難擬。」「天上金莖，人間玉椀，驚鴻不戀晴沙暖。游魚吹沫浪漚圓，纔圓又逐萍花散。　仙謫無期，魔程未滿，雪衣忍守籠中願。新荷捧出露珠圓，露珠無奈驕陽熯。」「紉蕙成心，吹蘭作氣，蛤光夜動香姿異。避風臺上舞腰圓，僊乎只恐隨風去。　剪月分眉，裁雲約髻，胡然天也胡然帝。江州席上絳脂圓，丁香未吐知何意。」「金鳳宵飛，銅龍夜睡，膏寒鴨冷愁縈絮。意中人面夢中圓，翾翾婕影雙來去。　綺閣星横，羅裳風細，闌干斗轉歡無緒。天中月魄水中圓，青蓮捉得鯨波沸。」「濯柳煙疏，條桑春早，桃枝夜灼芙蓉曉。碧無窮處碧波圓，青山一抹青難

了。約素銖輕，調絲玉巧，廻風曳雪千端好。眉心玄的印來圓，問他容得愁多少。」（同前）

八　指甲足詞：宋劉改之先生造詞瞻逸，有思致，賦《沁園春》二首以詠美人之指甲與足者，尤纖麗可愛。一曰：「鎖薄春冰，碾輕寒玉，漸長漸彎。見鳳鞵泥汙，偎人强剔，龍涎香斷。撥火輕翻，學撫瑶琴，時時欲剪。更掬水，魚鱗波底寒。纖柔處，試摘花，香滿鏤棗成班。時將粉淚偷彈，記綰玉曾教柳傳看。算恩情相著，搔便玉體，歸期暗數，畫徧闌干。每到相思，沈吟静處，斜倚朱脣皓齒閒。風流甚，把仙郎暗掐，莫放春閑。」一曰：「洛浦淩波，爲誰微步，輕塵暗生。記踏花芳徑，亂紅不損，步苔幽砌，嫩緑無痕。襯玉羅慳，銷金樣窄，載不起、盈盈一段春。嬉游倦，笑教人款捻，微褪些根。有時自度歌聲，悄不覺微尖點拍頻。憶金蓮移换，文鴛得侣，繡茵催衮，舞鳳輕分。懊恨深，遮掌情半露，出没風前煙縷裾。知何似，似一鈎新月，淺碧籠雲。」又邵清溪亨貞嗣其體以詠眉目，一曰：「巧鬬彎環，纖凝嫵媚，明裝未收。似江亭曉玩，遥山拂翠，宫簾暮捲，新月横鈎。埽黛嫌濃，塗鉛訝淺，能畫張郎不自由。傷春倦，爲皺多無力，翻做嬌羞。填來不滿横秋，料着得人間多少愁。記魚箋緘啓，背人偷斂，雁鈿膠併，運指輕揉。有喜先占，長顰難効，柳葉輕黄金在否。雙尖鎖，試臨鸞一展，依舊風流。」一曰：「點漆填眶，鳳梢侵鬢，天然俊生。記隔花瞥見，踈星炯炯，倚欄凝注，止水盈盈。端正窺簾，夢騰並枕，睥睨檀郎長是青。端相久，待嫣然一笑，密意將成。困酣曾被鶯驚，强臨鏡挼抄猶未醒。憶帳中親見，似嫌羅密，尊前相顧，翻怕燈明。醉後看承，歌欄鬭弄，幾度孜孜頻送情。難忘處，是鮫綃揾透，別淚雙零。」（同前）

九 白翎雀：元教坊大曲名《白翎雀》，始則從容和緩，終則急躁繁促，殊無有餘不盡之意。按白翎雀生於烏桓朔漠之地，雌雄和鳴，自得其樂，其形似鴈而不他徙。世祖因命伶人碩德閭製曲以名之。會稽張思廉作歌以詠之，曰：「真人一統開正朔，馬上鞮鞍手親作。教坊國手碩得閭，傳得開基太平樂。檀槽㪍呀鳳皇齶，十四銀環挂冰索。摩訶不作兜勒聲，聽奏筵前《白翎雀》。霜皪皪，風𣪊𣪊，白草黄雲日色薄。玲瓏碎玉九天來，亂撒冰花灑氈幕。玉翎琤珰起盤礴，左旋右折入寥廓。崒嵂孤高繞羊角，啾啁百鳥紛參錯。須臾力倦忽下躍，萬點寒星墜叢薄。砉然一聲震雷撥，二十四絃喑一抹。駕鵝飛起暮雲平，鷙鳥東來海天闊。黄羊之尾文豹胎，玉液淋漓萬壽杯。九龍殿高紫帳煖，踏歌聲裏歡如雷。白翎雀，樂極哀。節婦死，忠臣摧。八十二年生草萊，鼎河龍去何時回。」（同前）

一〇 壬午科場：國家取士之法，三年而大比，糊名易書，閉棘闈者二旬有餘。春試則以翰林科部充房考，秋試則以推知。凡預此選者，皆經提調官聘定，其嚴其慎，公道一線，庶於此存。萬曆初年，江陵以私其子之故，潰閑決防。逮其身殁，而公論大明。天啓丁卯，北則崔鐸，南則周録，不踰年而黜革，何期壬午之歲，聖主當陽，而主考何瑞徵賄賂公行，凡縉紳之子、豪富之家十得八九，貧士扼腕，叫閽無路，競爲歌詩以傳之。雖然，公道如雨中之螢，不全明，亦不全滅也。一日，聖天子知之，大小諸臣何以自解，聊記之以俟焉。律詩一首曰：「曙色方開桂子芳，楷兮十萬足倉箱。白熊誤入三台路，紫雷争傳十肖郎。今日柱臣真可笑，他年黎庶定遭殃。吴趨畫舫維馳逐，不及姚廣一朵香。」……又有集伯喈二闋，一《繡帶兒》：「身將老，觀場有幾得志，正在今日。終不然，爲着滿把牙籤都落後，一領荷衣真癡。此番榮貴雖可擬，怕錢少，買不得榮貴秋闈裏。紛紛的都是富儒，堪笑那没家私的，也去求試。」一《太師引》：「費金銀，穩取圖甘旨，又落得誇兒耀妻。從不見范丹寒賤，有一個應舉及第。功名富貴錢付與，錢若有，不求而至。營生是，把文章擲取。天須鑒，秀才不富，的的情罪。」又擬鳴鳳一闋：「恨貪臣通謀樹黨，專文政濁亂皇綱。我寫不出他傳題深罪樣，我寫不出他字眼暗中藏。我只寫他滿城豪富同通線一榜，交通貨利場。還思想，畢竟有多端關節，面訴君王。」「嘆微臣芸牕誓喪，只爲那主試猖狂。怪經房無肯持公道，又誰个論文章。我一心要展盤龍手，國初學士劉三吾主試不公，以錫盤龍捺死數人。更管不得銅臭鞭敲血未央。還思想，只須這墨痕筆跡，激怒君主。」（節録自同前）

一《昔昔鹽》：薛道衡以「空梁落燕泥」之句爲隋煬帝所嫉，考其詩名《昔昔鹽》，凡十二韻：「垂柳覆金堤，蘼蕪葉復齊。水溢芙容沼，花飛桃李蹊。采桑秦氏女，織錦竇家妻。關山別蕩子，風月守空閨。常斂千金咲，長垂雙玉啼。盤龍隨鏡隱，彩鳳逐帷低。飛魂同夜鵲，倦寢憶晨鷄。暗牖懸蛛網，空梁落燕泥。前年過代北，今歲往遼西。一去無消息，那能惜馬蹄。」唐趙嘏廣之爲二十章，其燕泥一章云：「春至今朝燕，花時伴獨啼。飛斜珠箔隔，語近畫梁低。帷捲閒窺户，床空暗落泥。誰能長對此，雙去復雙棲。」《樂苑》以爲羽調曲。《玄怪録》載籧篨三娘工唱《阿鵲鹽》，又有《突厥鹽》、《黄帝鹽》、《白鴿鹽》、《神鵲鹽》、《疎勒鹽》、《滿座鹽》、《歸國鹽》。唐詩：「媚賴吴娘唱是鹽」、「更奏新聲刮骨鹽」，然則歌詩謂之鹽者，如歌、行、曲、引之類云。今南岳廟獻神曲有《黄帝鹽》，而俗傳以爲《黄誤帝炎》，《長沙志》從而書之，蓋不攷也。韋縠編《唐才調集》以趙詩爲劉長卿，而題爲《别宕子怨》，誤矣。按「鹽」字義是「好」也，已見前卷。（同前）

一二　壬午科場：放榜後，士氣憒憒，其所爲律詩絶句不下百首，不能盡記。又有作《祭先聖文》曰：「嗚呼！先聖血食數千載，弘文天下爲宗；我明養士三百年，選勝江南爲最。豈期壬午刧運，無復甲乙文章。更鄉榜爲銀榜，價定八千；改賢書作貴書，訣傳三口。公子公孫，公弟公婿，方信匾堂以至公；怨祖怨父，怨兄怨妻，堪憐士子之咸怨。一榜皆然，吾蘇尤甚。二千金買後，羨周子之奇逢；九不肖争光，驚陸郎之妙選。瞻望父弓，一水能生雙木；我送舅氏，丙火遂易卯金。曙光報曉，彈冠冒李下之疑；楷字飛書，入錢蒙銅臭之誚。此一熊，彼一鎔，雄乎雌矣；或名柱，或名軾，私也？公耶？仲氏任只，行看小范之在軍；之子于歸，庶賴宗周之有婦。造畫枋以端木，猶恨伐柯之未成；叶熊夢於瑞徵，獨疑懷璧之不售。饜矣徐人之欲，陋哉東郭之風。嗚玉以相，周家之多士維楨；爾牛來思，吴地之秀民遂絶。文風荒落，士氣哀靡。知月宫仙子，當厭其羶；豈聖廟神靈，不嫌其穢？意者陋巷之子即爲宰，必矦多財；抑或束帛之賢惟貸殖，乃能屢中。某等未邀孔方之盼，徒係藉于孔門；不生鄉貴之家，空夢思乎鄉榜。君子固窮，多聞識乎，行乎貧賤；仕者世禄，有父兄在，何必讀書？君門遠於萬里，誰能伏闕上言；寒士困於一簞，竊欲捲堂大散。」云云。又有畫魁星執銀而失筆者，朱雲子有《沁園春》詞一闋曰：「咄斗魁公，何事懷金，投筆歸來。怪日居角亢，守他金庫，奎臨財帛，趕上錢堆。路鬼揶揄，波臣憔悴，豈是文章真躓哉。嘆毛錐子見，孔方兄至，那敢排推。真教氣湧如雷，任塊壘澆他三百杯。有三圖先達，吴融負屈，劉蕡下第，李郃高魁。銀氣冲天，管花落地，倒却西園文雅臺。但准辦，得腰纏萬貫，穩取三台。」（同前）

一三　玉抱肚：曲名《玉抱肚》，人不知其解，乃王荆公所賜玉帶，闊十四掐，故有其名。（同前）

一四　忌日：季節見於子順，子順與之酒辭。問其故，對曰：「今日家之忌日也。」子順曰：「飲也，禮，雖服衰麻，見於君，及先生與之粱肉，無辭，所以尊長而敢遂其私也。」忌日方於有服，輕矣，見《孔叢子》。孔氏論禮如此，程正叔歌哭之論，無乃腐儒乎？正叔又問秦少游曰：「『問天知否，天還知道，和天也瘦』，上穹尊嚴，安得易而侮之？」夫頭巾真可厭。（同前）

一五　宋太宗之不仁：李後主以七月七日生，亦以七月七日死。錢王俶以八月二十四日生，亦以八月二十四日死。生死相同如此。蓋後主以「故國不堪回首」句賜牽機藥死，而錢俶素恭謹，荷禮最優，而亦以生日死，蓋銜忌未消，各借生辰賜酒食斃之，其不仁如此。（同前）

一六　重陽日：吴兒好游，袁中郎有「中秋無月虎丘山，重陽有雨治平寺」之誚。宋康伯可有一詞云：「重陽日，四面雨垂垂。戲馬臺前泥拍肚，龍山路上水平臍，淓浸倒東籬。茱萸胖，黄菊濕齏齏。落帽孟嘉尋蒻笠，漉巾陶令買簑衣，都道不如歸。」亦堪一咲也。（同前書卷四）

一七　朱希真：朱敦儒，字希真，洛陽人。靖康之亂，避地廣西，嘗三召不起。後居嘉禾，秦檜用其子爲删定官，欲令希真教秦伯陽作詩，遂除鴻臚寺少卿，蓋久廢之官也。或作詩云：「少室山人久掛冠，不知何事到長安。如今縱插梅花醉，未必王侯着眼看。」蓋希真舊常有《鷓鴣天》云：「身是清都山水郎，天教懶慢帶疎狂。曾批給露支風券，累奏留雲借月章。詩萬首，醉千場，幾曾着眼看侯王。玉樓金闕慵歸去，且插梅花住洛陽。」此詞膾炙人口，故人以此譏之。然希真實愛其子，而又畏遠竄，不敢不起，識者憐之。（同前）

一八 劉須溪：廬陵劉辰翁名會孟，號須溪，於唐人諸詩及宋蘇、黄而下俱有批評，《三子口義》、《世説新語》、《史漢異同》皆然，士林服其賞鑒之精，而不知其節行之高也。余見元人張孟浩贈須溪詩云：「首陽餓夫甘一死，叩馬何曾罪辛巳。淵明頭上漉酒巾，義熙以後爲全人。」蓋宋亡之後，須溪竟不出也，與伯夷、陶潛何異哉！同時合志者如閩中之謝臯羽、徽州之胡餘學、慈谿之黄東發、峩眉之家鉉翁，自以中國遺人，不屈犬羊，不知其幾，宋朝待士之效深矣。附須溪丁酉元夕《寶鼎現》詞云：「紅粧春騎，踏月花影，千旗穿市。望不盡、歌樓舞榭，香塵蓮步底。簫聲斷，約採蓮歸去，未怕金吾呵醉。任輦路、喧闐且止，聽得念奴歌起。　父老猶記宣和，抱銅仙、清泪如水。還轉盻、沙河多麗，滉漾明光連邸第。簾影凍、散紅光成綺，月浸蒲萄十里。看往來、神仙才子，肯把菱花撲碎。腸斷竹馬兒童，空見説、三千樂指。等多時、春不歸來，到春時欲睡。又説向、燈前擁髻，暗滴鮫珠墜。便當日、親見霓裳，天上人間夢裏。」此詞題云丁酉，蓋元成宗大德元年，亦淵明書甲子之意也。詞意凄婉，與《麥秀》歌何殊？尹濟翁壽須溪《風入松》詞云：「曾聞幾度説京華，愁壓帽簷斜。朝衣熨貼天香在，如今但、彈指蘭闍。不是柴桑心遠，等閒過了元嘉。　長生休説棗如瓜，壺日自無涯。河傾南紀明奎壁，長教見、壽氣成霞。但得重攜溪上，年年人共梅花。」（同前）

一九　趙師羿：趙師羿，字從善，號東牆，趙千里姪也。尹京有政聲，戮杭州姦僧尤奇。嘗學犬吠以媚侂胄，其後韓侂胄敗，有贈之謔詞云：「侍郎自號東牆，曾學犬吠村莊。不須乞憐摇尾，且尋土洞深藏。」羿即古擇字，觀其字曰從善，蓋取擇其善者而從之義也。俗士多誤其音爲繹，非也。（同前）

二〇　韓璜廉按：紹興中，王鈇帥番禺，有狼籍聲。朝廷除司諫韓璜爲廣東提刑，令往廉按。憲治在韶陽，韓纔建臺，即行部指番禺。王憂甚，寢食俱廢。有妾，故錢塘倡也，問主公何憂，王告之故，妾曰：「不足憂也，璜即韓九，字叔夏，舊游妾家，最歡。須其來，强邀之飲，妾當有以敗其守。」已而韓至，王郊迎，不見，入城乃見，岸然不交一談。次日拜謁，王宿治具於别館，茶罷，邀游郡圃，不許，固請，乃可。至别館，水陸畢陳，伎樂大作，韓踧踖不安。王麾去伎樂，陰命諸娼淡粧詐作姬，侍迎入後堂，劇飲，酒半，妾於簾内歌韓昔日所贈之詞，韓聞之心動，狂不自制，曰：「汝乃在此耶？」即欲見之。妾隔簾，故邀其滿引，至再至三，終不肯出。韓心益急，妾乃曰：「司諫曩在妾家最善舞，今日能爲妾舞一曲，即當出也。」韓醉甚，不知所以，即索舞衫，塗抹粉墨，踉蹌而起，忽跌於地。王亟命索輿，諸娼扶掖而登歸舩。昏然酣寢，五更酒醒，覺衣衫拘絆，索燭覽鏡，羞愧無以自容。即解舟還臺，不敢復有所問。此聲流播，旋遭彈劾，王迄善罷。夫子曰：「棖也欲，焉得剛？」韓璜之謂也。（同前）

二一　陸無界：無界名廣明，號青章，陸尚寶五湖之孫，文學成湖之子。工筆札，多材藝，臨書，能亂真，吴中假古董多出其手，而寫祝京兆尤當行。雖其人非高品，而不可泯没也。有七十自壽詞，亦足見其生平矣。《南吕・一枝花》：「不採商山芝，不栽新甫栢。不邀駕鹿車，不豎棲鴉格。一盞清泉，向東皇稽首，對南山拱揖。人頌我是廣成子，鶴算千年，老彭聃駐顔八百。」《梁州》：「我是个有兒孫獨孤鰥夫，我是個没錢財五陵豪客，我是個白鬚黄髮維摩詰。荷芰衣裳，竹皮巾幘，翰墨躬耕，詩書心織。端守着半畝蓬蒿，近似他仙靈窟宅。端愛著半甕虀鹽，勝似他瓊漿玉液。覺來時聽一曲樵歌漁笛，倦來時看幾卷稗官野史，興來時畫一幅雲林竹石。車塵馬迹休污我，苔堦翠色，無辱無榮，匪朝伊夕。」《尾聲》：「怪的是鬧茸茸龍沙鶴浦排瑶席，怕的是熱騰騰峩冠博帶誇通籍。一任伊滄桑變易，者麽憑、跨海的牙籌，遍街的銅狄，總不如俺暗記梅花爲曆日。」(同前)

二二　梁姬傳：吴姬梁昭，字道昭，故以善歌名一時，然不特歌。爲人儀度澹雅，綽約如仙，更有志操。所交皆一時文士，或傖而豐於貲者，每去之若浼。習琴能棋，作小楷，有《東方讚》、《曹娥碑》筆法。於佛乘有宿根，《法華》、《楞嚴》略皆上口通其大意。小詞、絶句往往見稱於時。姬善歌，不肯漫發聲。值酒歡，無俗客，乃忽自歌。即素稱名家，莫不自失，謂即古之韓娥、車子、絳樹、子夜之流，無以踰也。吴中曲調起魏氏良輔，隆、萬間精妙益出，四方歌曲必宗吴門，不惜千里重貲致之，以教其伶伎，然終不及美人遠甚。前此有徐姬鳳，歌絶一世，子弟家呼爲徐娘。匡死數年，無繼者，忽得道昭，乃不弱鳳。吴匡法至精，開闔陰陽，引送收轉，筋接脉傳，要眇妥帖，即聰慧少年習之，能入格者，蓋百無一二。而道昭覃思妙合，罔不入神，故一時名勝游集，失道昭，一座無色。然不特歌也，其人既以志操不偶於俗，有某公子，傖也，揮千金求娶道昭，不可。人問其故，道昭曰：「彼恃其錢神，視人命如草菅，豈令終者？吾不同禍也。」無何，更世變故，虜縱横於里閭，一虜弁欲據之，求脱虎口，倉卒歸一豪惡吏。雅非其志，則日持齋禮佛。未兩年，以吏事敗累覊獄。上官勒吏自盡，廉知吏妻名妓，識字知書，吏未死時，即有要人欲聘之，恐後日持其短長，夜漏下三十刻，忽以片紙付獄，勒道昭令自盡。臨絶時，惟念其母，及緘封詩稿以遺其所知。嗟乎！彩雲易散，琉璃本脆，往因宿業，理或宜然。第使二十娥媌婉轉，就絶於鋃鐺桎梏之間，亦云酷矣，能不悲哉！道昭之才藝，於平康北里今世斷無其匹，但未知比古何人。既脱傖，復脱虜，卒死於囹圄。設有若歐陽行周、秦少游一流與之游處，必有能表其生平而名傳於無際，今道昭何如哉？然今日爲詩歌而詠嘆之者，悉當代能文有瞻諦之士也，道昭其何恨後世無人想慕之如蘇小、貞娘者？（同前）

王寰洽詞話

王寰洽，字仁子，亳州（今屬安徽）人。年十五饑於庠，九試不第，天啓元年以恩貢起吏部試，擬授知縣，未補官而卒。有《嬾園漫稿》五卷。此據《四庫全書存目叢書補編》影印明崇禎元年刻本録詞話三則。

一

《刻秦少游淮海集序》代：廣陵澤國，山川環互，濤聲挾秋，灝氣滃渤。其秀麗之所鍾，往往爲文人畸士指不勝屈。而秦淮海先生獨琅琅千古，鴻名與波流無盡，緊豈盡其風流藴藉？詞麗思深，摩盪人間，蓋其時有以成之也。當先生與蘇、黄諸君子修千秋之業，拈筆有神，芳華的歷，繁星昭燦，錯錦成霞，此亦何與章惇諸人事？必欲使零落摧折而後已。使其金鉉鵲起，玉帳虎觀，濂洛之英，麟遊龜負，而令諸君子以威垂之朱鳳，節節足足於高崗之上，以潤皇猷之色，鳴太和之盛，豈不休嘉砰隱？即鸚鵡之賦空時，落燕之句軋世。何不困之以筐篚、苦之以弓刀？耳目手足竭竭不暇，何暇出其餘力爲針神絲絶耶？計不出此，乃棄之荒凉寂寞之濱、遼濶山海之區，使得握縱横不律，抒其牢騷不平之感，愈窮愈工，愈工愈傳，人與才並憐，聲與文共永，藏名日月，鑄神金石，當時攢眉於偃月中者，徒爲諸君子不朽計耳，亦愚矣！或以爲諸君子亦不善晦至此，噫！何怪焉？英雄之士，身名俱泰，委蛇容與，不後人。惟欝屈坎壈中，豐城之氣在斗，江侯之夢生花，以舌代胸，以毫代口，如秦之韓非、楚之屈左徒、漢之遷史、唐之供奉、拾遺，以至坡公、少游，皆困頓終其身，而獨留其空言天壤，與鬚眉笑語，並在人間。如澄泥之珠汩没中光怪益發，又何異焉？雖然，先生未爲不遇也。結綬金馬，勒銘玉樓，婦孺皆稔其名。至今後生小子胸中吞一掬墨瀋，即知有少游先生，豈無餐花吐鳳之士才堪鴈行？埋没蓬蒿，驪尾不垂，膾牛自遠，如唐球之詩瓢不可得，安望千秋也？噫！先生不可謂不遇矣，不佞故有概於其時之成之也。水部李公執文壇牛耳，擅千秋之譽，取《淮海集》刻水衡署中，不佞行部維揚，方與公把臂一道平生歡，而猥以序見屬，不佞慨然仰止，而重有感水部之高誼，故論其時如此。若夫色絲幼婦之詞，何待不佞饒舌？當今修辭者如林，廣陵於此道矯矯欲上，無令「山抹微雲」君獨擅古今也，亦或公嘉惠意也。（《嬾園漫稿》卷三）

二 《壽古崗王翁七十帳詞》有引：伏以德慶共載，樂壽同因。身佩紫緺，家累烏石，每有蕢生之嘆；黄耇咏雉，白首帶索，又當榮啓之遭。蓋一翼一足，盤物爲權；爲鶴爲鳧，予形若制。是以靈椿朝菌，誰消息其春秋；牧馬解牛，誰懸悟其妙理。若夫挂冠玄武，自知身有仙姿；六百輙投，深達取世忌滿。恰白雲以寄傲，指青松以爲期。處身於非隱非仕之間，引年於無樂無憂之境。古蓋不乏，今亦有人。古崗王翁：西城冠族，北野逸材。少耽刑名，辟爲掾史。有心慕游俠之義，無害弘長者之風。百里牽絲，南昌仙尉；三年束帶，桐鄉嗇夫。方展驥之未遑，忽冥鴻之欲遠。誦鄉人知足之旨，歸去來兮；識吾家興盡之機，翛然返矣。田園未蕪，松菊猶存。看掛壁之短鋤，笑迎婦子；開床頭之斗酒，萃止良朋。緑疇交風，黄雲覆壠。仲長統之樂志，不托空言；庾開府之小園，盡成實境。階前玉樹，豈是歷齒蓬頭；座上金尊，不用取巾漉酒。或去令而八十爲日，繄霸越而三徙成名。雖動名大異，而智計略同。即文采相懸，而悠然有會。優游小隱，頤養大年。白雪盈顛，丹霞駐色。猶頓足而調鶴，或倚杖而祝鷄。翩翩舞衣，喜得人間之稀有；遥遥懸矢，會來天上之群仙。安期之玉棗如瓜，阿母之碧藕可雪。山頭笙鶴，邀明月以來臨；空下鳳麟，酌流霞以爲獻。蓋通神仙之譜系，始知福德之淵源矣。薦以風謡，侑此春酒：「華髮翩翩，怪長見、兩眉覆額。多應是、飛來鳳詔，玉皇金闕。曾記子真爲吏日，仙才種就無窮德。更亭亭、玉樹有佳兒，千人傑。燕山竇，靈椿發。會稽謝，蘭芽茁。且一觴一咏，譙城西側。已拚含飴弄孫子，更憑戲語嘲風月。任人生，七十古來稀，□□□。」（筆者按：末脱三字，不詳。）（同前書卷五）

三《賀陝西大參駐延安靖邊王公壽莊椿歲詞》小引（代）：帝心乃眷，借武庫之紫電清霜；真氣沓來，奏仙母之桃冰藕雪。惟練猷以活國，必苞異以生申。榆塞騰歌，麥丘效祝。恭惟閣下：昂精儲秀，含譽凝輝。貫列秀而蟠據，當中元精烱烱；峙五岳以峋嶙，方寸俠骨稜稜。推頗牧而屬龍頭，試墨卿以張盾鼻。西郊鎖鑰，人當萬里之城；東海佩刀，天上三台之座。輓飛鴑若流水，閣坻列若重雲。」羽扇輕揮，久矣蘆關葭寨，不見白如月，赤如日，力籍伊誰；湛盧一試，會見雲臺麟閣，争誇帶如河，礪如山，功參微管。龍圖老子，燕頷通侯。金粟前身先後，金仙初度；紫薇開省氤氲，紫氣遥瞻。錦裘映塞外春光，清咲滿樓中明月。漁陽老將，多回席韝韃，奔走稱觴；魯國諸生，半在門縫掖，趨蹌致語。未解東風之仙隱，猶欽景略之雄風。芝擬鳳而棗如瓜，何似擊壤之歌，看緑疇滿野；駿青虬而御赤鯉，争如佩刀之俗，並黄犢深畊。登寒谷於春臺，躋九荒於壽域。春歸五内，壽錫千秋。某蠓蠛部民，么麽賤子。識生人之樂，草木濡恩；念浴佛之辰，夢魂先動。挹玉蓮以作醴，擎仙掌而爲杯。山有榛而隰有苓，美人遥止；南有杞而北有李，君子萬年。庶幾仰塵，居然遠羃。恭疏粃引，用薦蕪詞：「人天何處，蓬壺南薫，吹煖延川水。小馮德化，小范兵甲，我公兼美。劍倚崆峒，烽消沙莫，春深舊壘。羡朱顔開府，將整頓，乾坤手，好經緯。合是神仙骨相，看貂蟬，詩書堆裏。百城吟咏，三槐芳躅，中天昌會。玉籙懸名，紗籠護體，瓊漿一醉。願年年拜舞，羌胡遮莫，長三千歲。」

（同前）

葉廷秀詞話

葉廷秀(?—一六四六),字潤山,號謙齋,濮州(今山東鄄城)人。熹宗天啓乙丑進士,崇禎中遷南京户部主事。官至兵部右侍郎。後披緇匿跡山寺以卒。編有《詩譚》十卷、《續録》一卷,前有廷秀崇禎乙亥自序,是集所輯詩話,半録舊文,半出己論。此據《續修四庫全書》影印崇禎胡正言十竹齋刻本録詞話三則。

一

嫉賢報詩:賈似道譖竄葉李,及似道有罪,而李召用,相遇於道,李贈詩云:「君來路,我歸路,天理彰彰胡不悟。雷司户,崖司户,客中邂逅欠蒸羊,聊贈一篇長短句。」(眉評:仁賢吐氣在此。)其用雷司户事,以丁謂曾譖貶寇準,及謂竄崖州,道出雷州,準使人以一蒸羊迎於道,謂求見，竟絶之。乃知嫉賢之報，天未嘗不速也。千古而下，如文潞公之薦劾己臺諫，真爲國家，不爲一己也。凡諫臣以訐直成名，亦間有不是處，但因之而遽謂不足信，啓人主薄諫臣之端，則言路之塞從此始矣。永樂朝，諫臣極論建都事，與大臣跪立爭辨，禍且不測，賴夏尚書原吉引咎，力護諫官而免。或問其故，曰：「吾儕經事久，雖失計，上猶寬之。若使諫臣獲戾，其失不小。」夏之用心，甚猶潞公之心哉！又閣下李賢嘗議楊文貞爲本朝巨擘，然以攻己者爲輕薄，必欲黜之，視文潞公何遠哉？及自家入相，以羅倫議己，遂謫爲提舉。或引潞公故事請留倫，賢曰：「潞公市恩，歸怨朝廷，吾不可襲之也。」此言真得罪於天下萬世矣。然則言官建白，斟酌事非，真見人非大惡，亦當爲國惜體，勿貽勢極之反。而相量休容，則當以護惜直臣爲第一義，實實以致千萬世太平爲心，共商國事爲急，則悖入悖出，不期而銷。不然，其不爲氣焰所用者，鮮矣。（《詩譚》卷三）

二　廻波辭諫：李景伯，景隆初爲諫議大夫。中宗宴侍臣，酒酣，各命爲《廻波辭》，景伯獨爲箴規語，帝不悦。蕭至忠曰：「真諫官也。」《廻波辭》曰：「廻波爾時卮酒，微臣職在箴規。侍宴既過三爵，諠譁切忌非宜。」（同前書卷八）

三　漁父歌：張志和《漁父歌》云：「西塞山前白鷺飛，桃花流水鱖魚肥。青篛笠，緑簑衣，斜風細雨不須歸。」其兄松齡懼其放浪而不返也，和其歌云：「樂在風波釣是閑，草堂松徑已堪扳。太湖水，洞庭山，風波浪起且須還。」按志和居江湖，自稱煙波釣徒。李德裕稱志和隱而有名，顯而無事，不窮不遠，嚴光之比云。（眉評：此許最難稱，志和果然乎？）近陳白沙效其體云：「紅蓼風起白鷗飛，大網攔江魚正肥。微雨過，又斜暉，村北村南買醉歸。」先生深於理學，而詩脱灑如此。（同前書卷九）

張存紳輯詞話

張存紳，字叔行，號見其，華容（今屬湖南）人。天啟中由貢生官蒲圻縣訓導。編著《增定雅俗稽言》四十卷，天啟三年自序云性獨嗜書，且善疑，又且善忘，每苦旋踵記不上口，隨所考訂，務為輯録，自弱冠時已然。晚乞蒲庠，晝無虚晷，丙夜篝燈，殫三十餘年之力，七易其稿而成。其書凡二十門，抄撮雜説，用以釋疑備忘。此據《四庫全書存目叢書》影印清康熙刻本録詞話二十四則。

一　玄鳥至：燕，水鳥也，故名玄鳥，與蛟蜃通氣。……海東青，出五國城，鴈之鷙猛者也。小而健，能擒天鵞，乃燕子之弱，又能剪之，獵人知其事。元歐陽玄詞：「鴈房待獵回車駕，却道海青逢燕怕。」物之相制乃爾。（節録自《增定雅俗稽言》卷三「天時·節候」）

二 膝褌：膝褌，今婦人足衣。《炙轂子》曰：所謂三代之角襪也。《朱子語録》：秦檜死，高宗曰：「朕免得膝褌中帶匕首矣。」豈當時男子亦用此乎？或與今婦女所服者不同。《太真外傳》、《國史補注》皆云馬嵬媼得貴妃錦靿襪一隻，每遇過客一玩，出百錢。劉禹錫《馬嵬行》其事亦同。又《玄宗遺録》載：高力士得妃子一襪，後進玄宗，有《羅襪銘》，豈另有一物耶？嵬，危、委二音。靿，腰去聲。　高文惠妻與夫書：「今奉織成襪一量，願著之，動與福并。」量當作兩。《詩·葛屨》五兩是也。無名氏《踏莎行》詞末云：「夜深著輛小鞋兒，靠著屏風立地。」輛、兩，古今字也。（節録自同前書卷十一「冠服」）

三 鼉鼓：伊耆氏造鼓。《詩》曰：「鼉鼓逢逢。」《晉安海物記》曰：鼉宵鳴如桴鼓，其數應更，謂之鼉更。又其皮可以冒鼓，故曰鼉鼓。……羯鼓，本戎羯之樂，明皇稱為八音領袖。嘗春日命高力士臨軒縱擊，奏曲名《春光好》，回顧花柳皆發。又按明皇因武惠妃喪，後宫數千，無當意者。或言壽王妃楊氏之美，及見而悦之，命妃自乞為女官，號太真，潛納諸宫，册為貴妃。李商隱詩：「龍池賜酒敞雲屏，羯鼓聲高衆樂停。夜半宴歸宫漏永，薛王沉醉壽王醒。」其詞微而顯，得風人之體。羯音結。（節録自同前書卷十二「器用·樂器」）

四 琵琶：樂器，琵琶本作枇杷，以其與枇杷葉形適相似，故名，後因改作琵琶字耳。……段安節《琵琶録》：正（當作貞）元中，康昆侖最善琵琶，彈一曲新翻羽調《緑腰》。注云：《緑腰》即《録要》

也，本自樂工進曲，上令録出要者耳。是《録要》已訛為《緑腰》，而白樂天《聽〈緑腰〉》詩又云：即《六么》也。《六么》曲已有高平、仙吕兩調，不與羽調相協，抑不知是唐世遺聲否耶？（節録自同前）

五　舟：《易》：黄帝「刳木為舟，剡木為楫」，此舟船之始。……使船之櫓本作艣，東坡詞：「笑談間，檣艣灰飛煙滅。」謂周公謹燒曹公船時事也，後人轉為「强敵」，誤。（節録自同前「器用·舟車」）

六　樂府：三百篇亡，而後有《離騷》；《離騷》難入樂，而後有古樂府；古樂府不入俗，而後以唐絶句為樂府；絶句少宛麗，而後有詞；詞不快北耳，而後有北曲；北曲不諧南耳，而後有南曲。要之樂府出於漢，可以言古，六朝而下皆今矣。　諸曲詞皆有辭有聲，而大曲又有豔，有趍，有亂辭，亦猶吴聲西曲有有送也。豔在曲之前，與吴聲之和，若今之引子。趍與亂在曲之後，與吴聲之送，若今之尾聲。羊吾夷、伊那何，皆辭之餘音嫋嫋，有聲無字，雖借字作譜而無義，若今之哩囉嗹唵吽也，知此，可以讀古樂府矣。吽吼偶二音。　歌行之行，音形，放情長言曰歌。伏羲《網罟》之歌，其始也。《相如傳》云：「相如鼓一，再行。」注引古樂府《長歌行》、《短歌行》之義。　古之樂府章法，皆被之於樂，今樂府數句後則曰一解，又數句則曰二解者，即古人之一段義終，則於瑟上解一柱馬也。（同前書卷十四「音樂」）

七　《望江南》：《望江南》詞凡八首，隋煬帝作，唐以前屬南吕宫，今入大石調，一名《憶江南》，一名《江南好》。《樂府雜録》以為李衛公為亡妓謝秋娘撰，一曰白樂天作。今按《藝苑卮言》：昔人謂李太白《菩薩蠻》、《憶秦娥》及楊用修傳其《清平樂》二首，以謂調祖，不知隋煬帝已有《望江南》詞詞名多取詩句，如《蝶戀花》則取梁元帝「翻堦蛺蝶戀花情」，《滿庭芳》則取吴融「滿庭芳草易黄昏」，《點絳唇》取江淹「白雪凝瓊貌，明珠點絳唇」，《鷓鴣天》則取鄭嵎「春遊雞鹿塞，家在鷓鴣天」，《惜餘春》則取太白賦語，《浣花沙（當作「溪紗」）則取少陵詩意，《青玉案》則取《四愁》詩語。《菩薩蠻》，西域婦髻也。《蘇幕遮》，西域婦帽也。《山（當作生）查子》，「查」，古「槎」字，張騫乘槎事也。《西江月》，衛萬詩「只今惟有西江月，曾照吴王宫裏人」之句也。《瀟湘逢故人》，柳渾詩句也。《粉蝶兒》，毛澤民詞「粉蝶兒共花同話」句也。韓翃詩「踏莎行草過春溪」，詞名《踏莎行》本此。餘可類推。

《杜陽編》：大中初，女蠻國入貢，因製《菩薩蠻》曲。按小説：開元中，南詔入貢，危髻金冠，瓔珞滿體，故號菩薩蠻，因以製曲。此詞太白集已有之，何得言大中初貢也？且曲名蠻，宜作鬘，佛經戒律：「香油塗身，華鬘滿首。」白樂天《蠻子》詩「花鬘抖擻龍蛇動」，華鬘音花蠻，《復古編》作鰑。（同前）

八 《樂府雜録》：古笛曲有《落梅花》，吴兢《樂府要解》所列古横吹曲有《梅花落》，又許雲封説笛亦有《落梅》、《折柳》二曲，今其辭亡矣。然詞人賦梅用笛事率起此，而太白云：「黄鶴樓前吹玉笛，江城五月落梅花。」又：「此夜曲中聞折柳，何人不起故園情。」皆本此。（同前）

九 小詞：楊繪《本事》云：曲子，近世謂之小詞，始於温飛卿。然王建已有《宫中三臺》、《宫中調笑》，不始於温也。《谿山餘話》：歌詞代各不同，而聲亦易亡。元人變為曲子，今世踵襲分為二調，曰南曲北曲。胡致堂所謂「綺羅香澤之態」、「綢繆宛轉之度」，正今日之南曲也。「登高望遠，舉首高歌，而逸懷浩氣，使人超然乎塵垢之表」者，近乎今日之北曲。王弇洲曰：宋之詞，今之南北曲，凡幾變，非復古歌之本質。唯吴中棹歌，雖俚字鄉語，而得古風人遺意。其如：「約郎約到月上時，只見月上東方不見渠，不知奴處山低月上早，又不知郎處山高月上遲。」即使子建、太白降為俚語，恐亦不能過也。渠，叶音其。（同前）

一〇　務頭：周德清，元人也。謂聲分平仄，字別陰陽，此二言者，乃作詞用字不傳之旨也。又謂作詞十法，其五曰務頭，要知某調某字某句是務頭，可施俊語於上。楊用修謂務頭是部頭，何也？俗於話言不中者曰打務頭不著，語亦本此。（同前）

一一　《小梁州》：唐天寶間，樂曲多以邊地為名，若《小梁州》、《梁州序》、《并州歌》、《伊州》之類，曲遍聲繁，名為入破。又程大昌曰：樂府所傳大曲，惟《凉州》最先出。《會要》曰：自晉播遷内地，古樂不存，苻堅滅凉，始得漢、魏清商之樂，傳入江南。隋文為立清商署，總名清樂，至煬帝立清商、西凉等九部。武后朝，如《公莫》、《巴歈》、《明君》、《子夜》等曲皆是也。後遂訛為《梁州》。按賈逵云：梁米出於蜀，漢號曰竹根黄，梁州得名以此。秦川之西、燉皇之間，號小梁州，曲名《小凉州》，為西音也。（同前）

一二　傳奇：傳奇之「傳」，平聲。唐裴硎（當作鉶）著小説，號曰《傳奇》。元人宗之為劇，亦曰傳奇。蓋其事稀奇，可以傳播於人耳。《名義考》引《釋名》，傳作去聲，不知何見。……李公卓吾曰：《拜月》、《西廂》，化工也；《琵琶》，畫工也。然要之未易優劣耳。嘗觀元末時，如所傳《天機餘錦》、《陽春白雪》等集，及《琵琶》、《西廂》等記，小傳如《范張鷄黍》、《王粲登樓》、《倩女離魂》、《趙禮讓肥》、《馬丹陽度任風子》、《三氣張飛》等曲，俱稱絶唱云。（同前）

一三　宋徽宗在北廷，嘗戲作小詞云：「孟婆孟婆，你做些方便，吹個船兒倒轉。」孟婆，宋汴京勾欄語，謂風神也。《山海經》：帝之女遊於江中，出入必以風雨自隨，以帝女，故曰孟婆，猶郊祀志以地神為泰媪。此言雖鄙，有自來矣。　有謀未成曰掃興，胡説曰扯淡，又轉曰牽冷，皆宋時勾欄市語。興，去聲。《風流遁》，唐伯虎寅所著，有數千，皆青樓遊戲語。（同前）

一四　弓足：《道山新聞》云：五代李後主宫嬪窅娘纖麗善舞，以帛繞足，屈上如新月樣。以此知婦人札脚自此始。《墨莊漫録》謂婦人弓足始於五代，蓋指此也。楊用修引六朝樂府《雙行纏》云「新羅綉行纏，足趺如春妍。他人不言好，獨我知可憐」及《花間集》詞云「漫移弓底綉羅鞋」以證婦人纏足自唐以前已有之，不始於五代，而辨《墨莊》之非，其論亦是。乃胡元瑞必謂雙纏者，婦人以襯襪中，即今俗談裹脚，與男子同。而引杜牧詩云「纖纖玉筍裹春雲」□婦人纏足寔始於此。且據謝靈運、李白《素足女》詩□□唐初遡於晉代，婦人未嘗纏札，直唐末、宋、元以來事，亦甚不廣矣。相傳妲己狐精，其足尚未變，故裂帛以裹之，此纏足之始，固不足信，第必曰唐末以來事，拘也。太白《素足女》詩如「東陽素足女」，又「一雙金齒屐，兩足白如霜」，又「屐上足如霜，不著鵶頭襪」，或曰太白何留盼於素足，可謂能書不擇筆矣，一笑。（同前書卷二十一「人物·婦女」）

一五　黄四娘：杜子美《尋花》詩：「黄四娘家花滿溪，千朵萬朵壓枝低。」夫黄四娘何人，託此詩以不朽，乃董公之名不聞、魯兩生之氏不著，世間有幸不幸如此哉！且吴二娘，杭州名伎也，所作《長相思》一詞有「莫雨瀟瀟郎不歸」之句。白樂天詩：「吴娘莫雨瀟瀟曲，自别江南久不聞。」謂此也。而《絶妙詞選》以此爲樂天詞，吁！樂天之吴二娘，亦子美之黄四娘也。四娘不能詩，而託子美以傳；二娘能詞，而反爲樂天所掩，即就此輩論，又有幸不幸矣。（同前）

一六　天邪：天音歪。俗於婦人有歪呐之呼，唐詩：「錢唐蘇小小，人道最天邪。」又：「長安女兒雙髻鴉，隨風逐蝶學天邪。」則歪呐亦可作夭呐，又有作歪□者。又有瓦剌者以此番部之婦女，貌與狀絶醜也。天、歪皆影母下字，故天叶音歪。　名妓有兩蘇小小者，皆在錢塘。一南齊時人，故古詞有《蘇小小歌》，及唐諸名公詩多有稱之者。又《武林紀事》有妓蘇盼盼之妹，一名蘇小小，麗色，工詩詞，後歸趙院判，則是宋人。（同前）

一七　太白僞詩：太白過武昌，見崔顥《黄鶴樓》詩，歎服之，遂不復作。去而賦《鳳凰臺》也，其事本如此。其後禪僧用此事作一偈云：「一拳搥碎黄鶴樓，一脚踢翻鸚鵡洲。眼前有景道不得，崔顥題詩在上頭。」是借此事設辭，非太白詩也。至宋初，有人僞作太白《醉後答丁十八詩》「黄鶴高樓已搥碎」一首，樂史編《太白遺詩》，遂收入之。今解學士大紳《弔太白詩》云：「也曾搥碎黄鶴樓，也曾踢翻鸚鵡洲。」其語有同優伶。又按菌蕈有一種，人食之，得乾笑疾，士人戲呼爲笑矣乎，俗謂之笑菌子。而太白集中有《笑矣乎》一篇，其僞無疑。《東坡志林》謂：曾子固編李太白集，而有《贈懷素草書歌》并《笑矣乎》數首，貫休、齊己詞格。夫曾公故號有識者，乃復取此，可怪。蕈，從早，音信。

楊用修曰：宋人選填詞曰《草堂詩餘》，其曰草堂者，太白詩名《草堂集》，見鄭樵《書目》。太白本蜀人，而草堂在蜀，懷故國之意也。曰詩餘者，《憶秦娥》、《菩薩蠻》二首為詩之餘，而詞曲之祖也。胡元瑞曰：草堂始自子美，李於杜年行俱先，詎肯以其草堂名集？且《草堂》所選太白止二首，余嘗疑非其作，餘率宋人之製，安得盡繫於李之草堂哉？李集名《草堂》，見《唐·藝文志》，當他有取義。（同前書卷二十九「詩文」）

一八　張子野詩：《古今詩話》：客有謂張子野曰：人皆謂公「張三中」，即心中事、眼中淚、意中人也。公曰：「何不目為張三影？『雲破月來花弄影』、『嬌柔懶起，簾櫳捲花影』、『柳徑無人，墜飛絮無影』，此余平生所得意也。」又《高齋詩話》：子野嘗有詩云「浮萍斷處見山影」，又「雲破月來花弄影」，又「隔牆送過千秋（當作『秋千』）影」，並膾炙人口，世謂張三影。苕溪漁隱云：細味二說，當以《古今詩話》所載三影為勝。（同前）

一九　詩文用字：《西廂記》多用「兒」字，於情近，於事諧，故是當家。乃古詩亦有用「兒」字而不落俗者，如孫光憲《採蓮》詩「晚來弄水船頭滑，更脱紅裙裹鴨兒」、李羣玉《釣魚》詩「幾回舉手拋芳餌，驚起沙灘水鴨兒」，又《贈琵琶妓》詩「一雙裙帶同心結，蚤寄黃鶯孤鴈兒」、盧仝《新年》詩「新年何事最堪悲，病客還聽百舌兒」、李餘《寒食》詩「剪渡歸來風浪急，水濺腰帕嫩鵝兒」、王建《宮詞》「當殿教看臥鴨兒」、宋人月詩「露出清光些子兒」、無名氏《踏莎行》「夜深看兩小鞋兒」是也。（同前書卷三十「詩文」）

二〇　《醉翁亭記》：世傳六一公作《醉翁亭記》，始云：「滁四面皆有山」，又改為「滁為州，山四周。」又改云云，末乃改云：「環滁皆山也。」可謂簡而奇。然《山海經》：「白沙山廣圓三百里，盡沙也。」已有此法。如《瀧岡阡表》「求其空而不得下」數轉語，出《孔叢子》。學古文者，豈不可讀古文乎？歐陽修《醉翁亭記》、東坡《酒經》、王荆公《度支郎中葛公墓銘》皆用「也」字，不知誰相師法，然皆出於《孫武子十三篇》。一曰荆公為某墓志始終用「也」字，全學《醉翁亭記》，恐未必然。《六一詞》：陳氏曰：歐陽文忠公修撰，其間多有與《花間》、《陽春》相混者，亦有鄙褻之語一二厠其中，當是仇人無名子所為也。（同前書卷三十一「詩文」）

二一　《淮海集》：《淮海集》，秦觀撰。晁無咎言少游詞如「斜陽外，寒鴉數點，流水遶孤村」，雖不識字人亦知是天生好言語。少游，觀字。（同前）

二二　欸乃：《説文》：欸，譍也，亞改切。元次山有《欸乃曲》，注：欸音襖，乃音靄，湘中節歌聲。柳子厚詩亦用欸乃字。而柳文舊本作靄襖，朱文公亦用此音，蓋以欸音靄，正協，亞改切。但乃字讀如襖，未有所考。紳嘗參閲諸書，以欸乃音襖靄，誤也，即音藹襖，亦誤，須定欸音藹，而乃讀如字。按劉悦有《湘中藹迺歌》，又《詞海遺珠》載劉言史瀟湘舟中聽夷女唱《靉迺歌》，字雖異，而音為藹乃則同，可證。若《冷齋夜話》載洪駒父謂柳子厚詩「㸃藹一聲山水緑」，而世俗誤分㸃為兩字，其説特異，敢俟知者。欸從厶從矢，俗作款，誤。　柳子厚詩：「漁翁夜傍西巖宿，曉汲清湘然楚竹。江空日出不見人，款乃一聲山水緑。」世固共傳欸乃為歌，不知何調何辭也。元次山有《欸乃歌》五章，如云：「千里楓林煙雨深，無朝無莫有猿吟。停橈暫聽曲中意，好是雲山韶濩音。」蓋全是詩，其謂欸乃者，殆舟人於歌聲之外別出一聲，以互相其所歌，如《竹枝》、《柳枝》，其語度與絶句同，但於末句隨加「竹枝」或「柳枝」等語，遂即其語以鳴其歌，欸乃，殆其例耶？（同前書卷三十二「字學」）

二三 蝶粉蜂黄：楊東山言：《道藏》經云：「蝶交則粉退，蜂交則黄退。」周美成詞云「蝶粉蜂黄渾退了」，正用此也，而説者以為宫粉。引李商隱詩「何處拂胸資蝶粉，幾時塗額藉蠭黄」之句為證，而且以退為褪，誤矣。　蝴蝶五色俱有，雖黄色一種，至秋乃多，蓋感金氣也。李詩「金月蝴蝶黄」，深中物理，今本改「黄」為「來」，何其淺也。　《埤雅》：蛺蝶皆以鬚嗅，鬚即其鼻也。蜂尾有刺，獨為王者無之，天地之性細腰者無雌，蜂類是也，在房只咒而生耳。（同前書卷三十七「動物」）

二四 鷄冠：蘇子云：矮鷄冠，即玉樹後庭花也。陳後主作《玉樹後庭花》曲，「商女不知亡國恨，隔江猶唱《後庭花》」。（同前書卷四十「植物續録」）

劉若愚詞話

劉若愚輯著，吕毖編次。劉若愚，直隸延慶州左衛人，天啓朝御馬監太監，善書，好學有文，崇禎初以魏忠賢黨下獄。著《酌中志》、《明宫史》。此據臺灣新興書局影印《筆記小説大觀》本《明宫史》録詞話二則。

一

鐘鼓司：掌印太監一員，僉書數十員，司房、學藝官二百餘員。掌管出朝鐘鼓。凡聖駕朝聖母回，及萬壽聖節、冬至、年節陞殿回宫，皆穿有補紅貼裏，頭戴青攢，頂綴五色絨，在聖駕前作樂，迎導宫中陞座承應。凡遇九月登高，聖駕幸萬壽山；端午鬬龍舟，插柳；歲暮宫中驅儺；及日食、月蝕救護打鼓；皆本司職掌。西内秋收之時，有打稻之戲，聖駕幸旋磨臺、無逸殿等處，鐘鼓司扮農夫饁婦及田畯官吏、徵租交納詞訟等事，內官監等衙門伺候合用器具，亦祖宗使知稼穡艱難之美意也。又過錦之戲，約有百回，每回十餘人不拘，濃淡相間，雅俗並陳，全在結局有趣，如說笑話之類。又如雜劇故事之類，各有引旗一對，鑼鼓送上，所扮者備極世間騙局醜態，并閨閫拙婦騃男，及市井商匠刁賴詞訟，雜耍把戲等項，皆可承應。又御用監武英殿畫士所畫錦盆堆，則名花雜果；或貨郎擔，則百物畢陳；或將三月韶光、富春山子陵居等詞曲，選整套者分編題目，畫成圍屏，按節令安設。又上元之前，或於乾清宮丹陛上安七層牌坊燈，或於壽星殿安方圓鰲山燈，有高至十三層者。派近侍上燈，鐘鼓司作樂讚燈，內府供用庫備蠟燭，內官監備奇花、火炮、巧線、盒子、烟火、火人、火馬之類。又水傀儡戲，其制用輕木雕成海外四夷蠻王及仙聖、將軍、士之像，男女不一，約高二尺餘，止有臀以上，無腿足，五色油漆，彩畫如生。每人之下，平底安一榫卯，用長三寸許竹板承之，用長丈餘、闊數尺、進深二尺餘方木池一個，錫鑲不漏，添水七分滿，下用櫈支起，又用紗圍屏隔之，經手動機之人，皆在圍屏之內，自屏下游移動轉。水內用活魚、蝦、蟹、螺、蛙、鰍、鱔、萍、藻之類浮水上。聖駕陞殿，座向南。則鐘鼓司官在圍屏之內，將節次人物各以竹片托浮水上，游鬭玩耍，鼓樂喧哄。另有一人，執鑼在旁宣白題目，替傀儡登答，讚導喝采。或英國公三敗黎王故事，或孔明七擒七縱，或三寶太監下西洋、八仙過海、孫行者大鬧龍宮之類。惟暑天白晝作之，猶耍把戲耳。其人物器具，御用監也；水池魚蝦，內官監也；圍屏帳幔，司設監也；大鑼大鼓，兵仗局也。先帝最好武戲，於懋勤殿陞座，多點岳武穆戲文，至瘋和尚罵秦檜處，逆賢常避而不視，左右多笑之。自天啓六年之後，凡御前插科打諢，本有鐘鼓司僉書王進朝，綽號王瘸子者，抹臉詼諧，公然稱讚惜薪司怎樣軫恤商人，内府庫怎樣米積天堆，東廠怎樣釐奸剔弊，寶和店怎樣裕國通商，内修朝政，外鎮邊疆；或稱好個魏公公，或誇好個魏太監。逆賢居之不疑，自以爲美；先帝聖顔，亦每爲喜悦。回想憲廟時，汪直擅權，尚有懷恩之流居帝左右，所以阿丑敢譎諫也。今王體乾既熟軟巧媚，在王瘸子不過俳優賤役，自然因而化之，可嘆也。五年之九月九日，駕幸萬壽山，鐘鼓司太監邱印，執板清唱《雒陽橋記》内之「攢眉黛鎖不開」一套。至六年之九月登高，邱印仍唱此曲，識者哂其不合景，失大體。撫今思昔，或亦莫之爲而爲，良非佳兆云。神廟孝養聖母，設有四齋近侍二百餘員，以習宫戲外戲。凡慈聖老娘娘陞座，則不時承應外邊新編戲文，如《華岳賜環記》，亦曾演唱。是日神廟侍側，見權臣驕横，寧宗不振，至云：「政由甯氏，祭則寡人。」神廟亦矚目不言者久之。先是，仁聖陳老娘娘在時，凡遇節令間，必恭請兩宫聖母於乾清宫大殿陞座。神廟先在雲臺門之下，朝北立候。仁聖老娘娘轎至景運門、慈聖老娘娘轎至隆宗門，神廟即居中朝北跪接，候兩轎俱至乾清門方起。中宫王娘娘扶請仁聖老娘娘，皇貴妃鄭娘娘扶請慈聖老娘娘，入宫陞座。神廟遞酒擺膳，下氣怡聲，膝行叩拜，周旋中禮。傾心孺慕，從來帝王聖孝所希覯也。神廟又自設玉熙宫近侍三百餘員，習宫戲外戲，凡聖駕陞座，則承應之，劉榮即其一也。又蔡學等四十餘人，多怙寵不法，自萬曆己亥秋，俱下北鎮撫司獄，至庚申秋，光廟始釋，然瘐死者已十之三四也。此二處不隸鎮鼓司，而時道有寵，與暖殿相亞焉。（《明宫史》「木集」）

二 《草堂詩餘》（二本，一百九十葉）。（同前書「土集·内板書數」）

陳仁錫著輯詞話

陳仁錫，字明卿，號芝台，長洲（今屬江蘇蘇州）人。天啟壬戌殿試第三人，入翰林，每進講，多所規正。會魏璫給鐵券，欲仁錫作誥詞，堅不屬草，削籍歸。崇禎初起原官，終南京國子祭酒，卒謚文莊。好古博洽，著《無夢園集》、《義經易簡録》、《大易同患淺言》、《孝經小學詳解》、《六經圖攷》等，富於編著，有《明世法録》、《諸子奇賞》、《潛確居類書》、《史品赤函》、《古文奇賞》、《蘇文奇賞》、《八編類纂》、《明文奇賞》、《古文彙編》等。此據《續修四庫全書》影印明崇禎六年張一鳴刻本《陳太史無夢園初集》和影印明天啟刻本《八編類纂》，以及《四庫禁燬書叢刊》影印明崇禎間刻本《潛確居類書》録詞話一百三十五則。

一　高郵人桑景舒性知音，聽百物之聲，悉能占其災福。尤善樂律。舊傳有虞美人草，聞人作《虞美人》曲，則枝葉皆動，他曲不然。景舒試之，誠如所傳，乃詳其曲聲，曰皆吳音也。他日取琴，試用吳音製一曲，對草鼓之，枝葉亦動，乃謂之《虞美人操》，其聲調與《虞美人》曲全不相近，始末無一聲相似者，而草輒應之，與《虞美人》曲無異者。律法同管也。沈括「聲氣之感」。（《八編類纂》卷八「圖書編·六經類·樂」）

二　古之善歌者有語，謂當使聲中無字，字中有聲。清濁高下，如縈縷耳。字則有喉、脣、齒、舌等音不同，當使字字舉本，皆輕圓，悉融入聲中，令轉換處無磊塊，此謂聲中無字，古人謂之如貫珠，今謂之善過度是也。如宫聲字，而曲合用商聲，則能轉宫為商歌之，此字中有聲也。今人則不復知有聲矣，哀聲而歌樂詞，樂聲而歌怨詞，故語雖切而不能感動人情，由聲與意不相諧故也。沈括「曲調」。（同前）

三　後世擬古之作，曾不能倚其聲以造辭，而徒欲以其辭勝。齊、梁之際，一切見之新辭，無復古意。至於唐世，又以古體為今體，宫中樂《河滿子》特五言而四句耳，豈果論其聲耶？他若《朱鷺》、《雉子班》等曲，古者以為標題下則皆述别事，今返（當作反）形容二禽之美以為辭，果論其聲，則已不及乎漢世兒童巷陌之相和者矣，尚何以樂府為哉？吴萊《論樂府主聲》。（同前）

四　朱子曰：古樂有唱有和，有唱歎者，發歌句也，和者繼其聲也。詩詞之外，更有纍字散聲以發歎其趣，是之謂和聲，所謂曲也。古樂府皆有聲有詞，連屬書之，如曰賀賀賀、何何何之類，皆和聲也。

今管絃中纏聲，亦其遺法也。《歌法述》。（同前書卷九「圖書編・六經類・樂」）

五　瓊樓玉宇：○王子年《拾遺記》：翟天師乾祐嘗於江岸翫月，或問此中竟何有，翟笑曰：「可隨吾指看之。」俄見月規半天，瓊樓玉宇爛然，數息間不復見矣。○東坡中秋詞：「我欲乘風歸去，唯恐瓊樓玉宇，高處不勝寒。起舞弄清影，何似在人間。」（《潛確居類書》卷一「玄象部・月」）

六　銀盤：晁次膺詞：「晚雲收，淡天一片琉璃。爛銀盤、來從海底，皓色千里澄輝。瑩無塵、素娥澹佇，净可數，丹桂參差。」（同前）

七　桂魄：東坡中秋詞：「桂魄飛來，光射處、冷浸一天秋碧。玉宇瓊樓，乘鸞來去，人在清凉國。」○王維詩：「桂魄初生秋露微。」（同前）

八　冰輪：玉源夫人詩：「冰輪碾太清，玉兔步虛碧。」○梁簡文詩：「冰輪了無轍，明鏡不安臺。」○范元卿詠月詞：「深碧琉璃千頃，銀漢無聲，冰輪直上，桂濕扶疎影。」（同前）

九　天花：張安國詠雪：「雲垂幕，陰風慘淡天花落。天花落，千林瓊玖，滿空鸞鶴。」（同前書卷三「玄象部・雪」）

一〇　瑶華：裴子野詠雪詩：「若贈離居者，折以代瑶華。」○柳耆卿詞：「長空降瑞，寒風剪，淅淅瑶花初下。亂飄僧舍，密灑歌樓，迤邐漸迷鴛瓦。好是漁人，披得一簑歸去，江山晚來堪畫。」鄭谷《雪》詩：「亂飄僧舍茶烟濕，密灑歌樓酒力微。」（同前）

一一　鬧蛾兒：《玉燭寶典》：洛陽人家上元造火蛾，見食玉粱糕。○康伯可上元詞：「風柔夜煖，花影亂，笑聲喧。鬧蛾兒滿路，成團打塊，簇著冠兒鬭轉。」（同前書卷四「歲時部・正月」）

一二　傳柑宴：《東坡詩話》：唐上元夜，宫人以黄羅包柑遺近臣，謂之傳柑宴。○吴大年上元詞：「去年曾侍傳柑宴，至今衣袖帶天香，行處氤氲滿。」（同前）

一三　金吾弛禁：《西京雜記》：西都京城街衢執金吾，晚暝傳呼，以禁夜行。惟正月十五夜勅金吾弛禁，前後各一日，謂之放夜。○周美成元宵詞：「風銷焰蠟，露浥烘爐，花市光相射。」「因念帝城放夜，望千門如畫。」（同前）

一四　虹橋：開元中元夕，葉靖天師謂帝曰：「天下燈無踰廣陵。」帝欲往觀，俄而虹橋起於殿前，帝步而上，俄頃至廣陵。士女仰望，仙人現焉。帝勅伶官奏樂。後數日，廣陵守果奏其事。○張材甫上元詞：「擁羣仙，蓬壺閬苑。五雲深處，萬燭光中，揭天絲管。」（同前）

一五　鼇山：胡浩然上元詞：「御樓烟暖，對鼇山綵結。」「鳳輦初回宫闕，千門燈火，九逵（當作達）風月。」鼇山，燈山也，結五綵為之。○向伯恭詞：「紫禁煙花一萬重，鼇山宫闕隱晴空。玉皇端拱彤雲上，人物嬉遊陸海中。」○王禹玉上元詩：「雪消華月滿仙臺，萬燭當樓寶扇開。雙鳳雲中扶輦下，六鼇海上駕山來。」（同前）

一六　燒燈：京仲遠上元詞：「暖律初回，又燒燈市井，賣酒樓臺。誰將星移萬點，月滿千街。」○孟元老上元詞：「華燈寶炬，月色交光。」（同前）

一七　踏青履：《盧公範饋餙儀》：三月三日上踏青鞋履。○《詩餘》：「紅羅先繡踏青鞋。」○王通叟春遊詞：「結伴踏青歸去好，平頭鞋子小雙鸞。」（同前書卷四「歲時部·三月」）

一八　角黍：唐宮造粉團角黍，以小角弓射之，中者得食。《風土記》：端午烹鶩，進筒糉，一名角黍。以菰葉裹黏米栗棗，以灰煮令熟，蓋取陰陽包裹未散之象。○吳子和端午詞：「角黍包金，香蒲切玉，是處玳筵羅列。鬬巧盡輸年少，玉腕綵絲雙結。」○蘇子瞻詞：「菰黍連昌歜，瓊彝倒玉舟。」（同前書卷五「歲時部·五月」）

一九　艾虎：《荆楚歲時記》：五月五日，採艾為人懸門户上，以禳毒氣。又以艾為虎形，或剪綵為小虎，帖以艾葉，内人争相戴之。《師曠占》云：歲多病，艾草先生，故有取焉。○章簡公詩：「花陰轉午清風細，玉燕釵頭艾虎輕。」○周美成詞：「衫（當作形）裁艾虎，更釵梟朱符，臂纏紅縷。」（同前）

二〇　菰黍投江：《續齊諧記》：屈原五月五日投汨羅江，楚人哀之，每至此日，以竹筒貯米，投水祭之。漢建武中，長沙歐回白日見一人，自稱三閭大夫，謂回曰：「見祭甚善，但苦為蛟龍所竊，今若有惠，可以楝葉塞其上，以五綵絲縛之，此二物蛟龍所畏。」今人作粽子，帶綵絲及楝葉，蓋其遺風也。○劉潛夫端午詞：「清江舊事傳荆楚，嘆人情千載如新，尚沉菰黍。」（同前）

二一　龍舟競渡：《荆楚歲時記》：五月五日競渡，俗謂此日屈原投汨羅，人傷其死，故以舟檝救之。○古詩：「蘭湯備浴傳荆楚，水馬浮江弔屈魂。」其舟輕利，故曰水馬，又曰飛鳧。章簡公帖子：「絲竹漸高鐃鼓急，江潭亭下競鳧車。」劉方叔端午詞：「龍舟噀水飛相逐，記當年、懷沙舊恨，至今遺俗。」（同前）

二二　奪標：吴子和端午詞：「艤綵舫，見龍舟兩兩，波心齊發。」「畫鼓轟雷，紅旗掣電，奪罷錦標方徹。」（同前）

二三　乞巧：唐宫人七夕以蜘蛛納金盒中，曉開，視蛛絲稀密為得巧多少。○《荊楚歲時記》：七夕，婦人以綵絲穿七孔針或以金銀鍮石為針，陳瓜果於庭中以乞巧，有喜子網於瓜上，則以為得巧。俗謂七月七巧日，言天孫織錦日也。○宋謙夫七夕詞：「巧拙豈關今夕事，奈癡兒騃女流傳謬。添話柄，柳州柳。」柳宗元知柳州，作乞巧文，故云。（同前書卷五「歲時部·七月」）

二四　遊月宫：《龍城録》：開元六年八月望夜，明皇與申天師元之遊月宫，寒氣逼人，露下沾衣。見大府，榜曰廣寒清虚之府。翠色冷光相射，極寒，不可少留。前見素娥十餘人，皆皓衣，乘白鸞，笑舞於廣庭大桂樹下，音樂清麗。上皇歸，製為《霓裳羽衣曲》。（同前書卷五「歲時部·八月」）

二五　佩萸房：《風土記》：九月九日律中無射而數九，俗尚此日折茱萸房以插頭，言辟除惡氣而禦初寒。茱萸，一名樧，而實赤細者，九月，可採時也。○王維《九日客中》詩：「遥知兄弟登高處，遍插茱萸少一人。」○杜少陵《九日登牛山》詩：「明年此會知誰健，醉把茱萸仔細看。」○京仲遠重陽詞：「婆娑老子興難忘，聊復與平章。也隨分登高，茱萸綴席，菊蘂浮觴。明年未知健否？笑杜陵底事獨凄凉。不道頻開笑口，年年落帽何妨。」（同前書卷五「歲時部·九月」）

二六　小春：《初學記》：十月天時和煖似春，故曰小春。○六一居士詞：「十月小春梅蕊綻，紅爐煖閣新粧遍。」（同前書卷五「歲時部·十月」）

二七 獻口脂：《唐百官志》：中尚署臘日獻口脂，面脂，頭膏及衣香囊，賜北門學士口脂，盛以碧鏤牙筩。○杜甫詩：「口脂面藥隨恩澤，翠管銀罌下九霄。」○周美成詠佳人：「低鬟蟬影動，私語口脂香。」（同前書卷五「歲時部·十二月」）

二八 心安是鄉：王定國嶺外歸，出歌者勸東坡酒，坡作《定風波》，序云：「定國歌兒名柔奴，姓宇文氏，家住京師，定國南遷歸，予問柔：『廣南風土應是不好？』柔對曰：『此心安處，便是吾鄉。』因為綴詞」云：「常羨人間琢玉郎，天教分付點酥娘。自作清歌傳皓齒，風起，雪飛炎海變清凉。萬里歸來年愈少，微微（後一『微』字當作『笑』字），笑時猶帶嶺梅香。試問嶺南應不好，却道，此心安處是吾鄉。」（同前書卷三十四「區宇部·京都」）

二九 步蟾宫：古詞送赴省詩：「嫦娥翦就緑羅袍，待來步蟾宫與换。」（筆者按：《江西通志》卷一百六十「雜記」引《袁州府志》云：長沙王容，淳熙癸卯冬過袁州，禱於仰山神，夜宿州東旅舍，夢人歌《玉樓春》，纔半闋，云：「玉堂此去春風暖，正飛絮馬前撩亂。嫦娥翦就緑羅衣，待來蟾宫與换。」後果狀元及第。）（同前書卷五十「人倫部·選舉」）

三〇 郵亭擁帚：宋陶穀使江南，韓熙載命妓秦若蘭詐為郵卒之女，擁箒掃地。陶因與之狎，贈詞名《風光好》，云：「好因緣，惡因緣，祇得郵亭一夜眠，别神仙。琵琶撥盡相思調，知音少。待得鸞膠續斷絃，是何年？」李璟都金陵，國號南唐。（同前書卷五十九「人倫部·妾媵妓女」）

三一 輭綃寄淚：《麗情集》：灼灼，錦城官妓也，善舞《柘枝》，能歌《水調》。御使裴質與之善，裴召

還，灼灼每遣人以輭綃聚紅淚為寄。(同前)

三二　神仙堪並：柳耆卿贈妓詞：「秀香家住桃花徑，算神仙，子(當作才)堪並。層波細剪明眸，膩玉圓搓素頸。愛把歌喉當筵逞，遏天邊，亂雲愁凝。」(同前)

三三　打鴨驚鴛鴦：魏泰《詩話》：吕士隆知宣州，好笞官妓。會杭州一妓到，士隆喜之。一日，郡妓犯小過，欲笞之，妓曰：「不敢辭，但恐杭妓不安。」吕乃捨之。梅聖俞作《莫打鴨》詩：「莫打鴨，驚鴛鴦。鴛鴦新向池中落，不比孤洲老鴰鶬。鴰鶬尚欲遠飛去，何況鴛鴦羽翼萇(當作長)。」鴰鶬，韻作鶬鴰，象其鳴聲，遂以為名。(同前)

三四　登妙高臺：子瞻與客遊金山，適中秋，天宇四垂，一碧無際，加江流澒湧，月色如晝，遂共登山頂之妙高臺，命歌者袁綯歌《水調歌頭》曰：「明月幾時有，把酒問青天。」歌罷，公為起舞。(同前書卷六十四「方外部・遊覽」)

三五　煙波釣徒：唐張志和，居江湖，自稱煙波釣徒，每垂釣，不設餌，志不在魚也。嘗作歌曰：「西塞山邊白鷺飛，桃花流水鱖魚肥。青箬笠，緑蓑衣，斜風細雨不須歸。」陳少游表其居曰玄真坊，自號玄真子。〇陸羽嘗問志和孰為往來，曰：「太虛為室，明月為燭，與四海諸公共處，未嘗少別，何有往來。」(同前)

三六　羽調《六么》：康崑崙善琵琶，彈一曲新翻羽調《六么》，有一女郎曰：「我亦彈此曲。」此妙絶入神，崑崙師之。女郎乃僧善本，俗姓段。崙曰：「段師，神人也。」師遣崙不近樂器十年，忘其本態，然後可教，後果盡師之藝。（同前書卷七十九「藝習部·琵琶」）

三七　宮聲不返：世説煬帝幸江都，樂人王令言子於户外彈胡琵琶，作翻調《安公子》曲。令言卧室中聞之，驚起，急呼其子曰：「此曲興自早晚？」曰：「頃來有之。」令言歔欷流涕曰：「汝慎無從行，帝必不返。此曲宫聲，往而不返，宫者，君也。」帝果於江都遇害。（同前）

三八　龍鬚鳳膺：東坡詠笛：「楚山修竹如雲，異材秀出千林表。龍鬚半翦，鳳膺微漲，玉肌匀繞。」愚溪云：笛製取良榦，首存一節，節間留纖枝，剪而束之，節以下若膺處則微漲，而全體皆須白净。（同前書卷七十九「藝習部·笛」）

三九　紫雲廻：《開元傳信》：明皇夢遊月宮，諸仙子奏上清之樂，流亮清越，殆非人間所聞。覺，以玉笛寫之，名《紫雲廻》。（同前）

四〇　落梅花：笛譜有《落梅花》之曲，唐人詩云：「怕傳嶺外梅花曲，誤斷江南桃葉腸。」桃葉，白樂天妾名。○李詩：「黄鶴樓中吹玉笛，江城五月落梅花。」○又曰：「笛奏梅花曲，刀開明月環。」○孫濟師落梅詞：「一聲羌笛吹嗚咽，玉溪半夜梅翻雪。」○杜牧詩：「梅花落處響穿雲。」（同前）

四一　紫簫：古詞：「紫簫聲斷倚樓人。」（同前書卷七十九「藝習部·簫」）

四二　玉笙：陳後主詞：「小樓吹徹玉笙寒。」○秦少游詞：「指冷玉笙寒，吹徹小梅春透。」（同前書卷七十九「藝習部·笙」）

四三　銀笙：徐昌國詞：「旋炙銀笙雙鳳語。」○山谷詩：「傅粉未歸啼玉筯，吹笙無伴澁銀簧。」

（同前）

四四 羯鼓：南卓《羯鼓録》：明皇洞曉音律，尤愛羯鼓玉笛，云八音之領袖。春雨初晴，景物明媚，帝曰：「對此，豈可不與他判斷乎？」乃命羯鼓，臨軒縱擊，自製一曲，名《春光好》。回頭柳杏皆發，上笑，謂侍臣曰：「此一事不喚我作天工乎？」又製《秋風高》，至秋高迥徹（當作澈），奏之，遠風徐來，庭葉交墜。羯鼓，正如漆筩，兩頭俱擊，以戎羯為之，故曰羯，亦謂之兩杖鼓。○《世紀》：明皇不好琴，嘗一弄，未畢，叱琴者出，謂內侍曰：「速令花奴將羯鼓來為我解穢。」花奴，汝陽王璡，寧王長子也。璡打曲，上自摘紅槿置王砑光絹帽，極滑，久而方安，曲終，花不落，喚名花奴。（同前書卷七十九「藝習部·鼓」）

四五 畫角：杜詩：「城闕秋生畫角哀。」○秦少游詞：「月落參橫畫角哀，暗香消盡梅花老。」角聲中有《大》、《小梅花》曲。○秦少游詞：「無端畫角嚴城動，驚破一番新夢。窗外月華霜重，聽徹梅花弄。」（同前書卷七十九「藝習部·角」）

四六 檀板：《詩餘》云：「歌停檀板舞停鸞。」（同前書卷七十九「藝習部·拍板」）

四七 霓裳羽衣：《霓裳羽衣》，玄宗登三鄉驛女几山所作也，劉禹錫有詩曰：「開元天子萬事足，惟惜當時光景促。三鄉驛上望仙山，歸作《霓裳羽衣曲》。仙心從此在瑶池，三清八景相追隨。天上忽乘白雲去，世間空有秋風詞。」（同前書卷八十「藝習部·歌」）

四八 《水調歌頭》：《明皇雜録》：明皇好《水調歌頭》，胡羯犯京，上欲遷幸。猶登花萼樓置酒，四顧悽愴，使其中人歌《水調》畢，因倚視樓下：「有工歌而善《水調》者乎？」有少年自言工歌，亦善《水調》，遂歌曰：「山川滿目淚沾衣，富貴榮華得幾時？不見只今汾水上，惟有年年秋鴈飛。」上聞潸然曰：「誰為此詞？」左右曰：「宰相李嶠。」上曰：「真才子也。」《水調》曲頗廣，謂之「歌頭」，豈非首章之一解乎？○東坡詞云：「誰家《水調》唱歌頭。」（同前）

四九 《六么》：《詩餘》云：「《六么》催拍盞頻傳。」《六么》，曲名。（同前）

五〇 《點絳唇》：江淹《詠美人春遊》詩：「白雪凝瓊貌，明珠點絳唇。」後世詞名本此。（同前）

五一 《紫雲廻》：《開元傳信》：玄宗曰：吾昨夜夢遊月宮，諸仙女奏以上清之樂，寥亮清越，悽楚動人，吾以玉笛尋之，盡得其妙，曲名《紫雲廻》。遂載於樂章。（同前）

五二 《荔枝香》：《明皇雜録》：楊妃誕辰，上令小部音樂奏新聲，會南海進荔枝到，名《荔枝香》。小部者，有梨園法部，所置凡三十人，皆十五歲以下。（同前）

五三 《雨霖鈴》：《明皇雜録》：上幸蜀，初入斜谷，霖雨彌旬，於棧道中聞鈴聲，與雨相應，上悼念貴妃，因採其聲為《雨霖鈴》曲，以寄思焉。（同前）

五四 《謫仙怨》：《劇談録》：明皇幸蜀，妃子既死，一日登高望秦川，謂高力士曰：「吾聽張九齡言，不至於此。」遣使祭之，吹笛為曲，號曰《謫仙怨》。（同前）

五五 《河滿子》：武宗孟才人善歌，每於御前歌《河滿子》一曲，聲調悽切，聞者莫不涕零。後宮車宴駕，才人自縊。張祐有詩云：「偶因清唱詠歌頻，奏入宮中二十春。却為一聲《河滿子》，下泉須弔孟才人。」（同前）

五六　《菩薩蠻》：《杜陽編》：唐大中初，女蠻國貢獻，其人皆危髻金冠，纓絡被體，故謂之菩薩蠻，遂製以為曲。（同前）

五七　《烏夜啼》：宋臨川王義慶為江州刺史，為文帝所徵，家人大懼。妓妾夜聞烏啼，憂思而成曲，其辭曰：「籠蔥窗不開，烏夜啼，夜夜望郎來。」（同前）

五八　《踏莎行》：韓翃詩：「踏莎行草過春谿。」詞名《踏莎行》本此。（同前）

五九　《玉女行觴》：《汎龍舟》，煬帝幸江都所作。又令太樂令造新聲，有《萬歲樂》、《藏鈎樂》、《七夕樂》、《相逢樂》、《舞席同心髻》、《玉女行觴》、《神仙留客》、《擲磚縛命》、《鬭鷄子》、《鬭百草》、《還舊都樂》，掩抑摧藏，哀音斷絕。（同前）

六〇　《玉樹後庭花》：《南史》：陳後主遊宴後庭，命諸妃嬪及女學士與狎客共賦詩，太樂令采其尤輕豔者，被以新聲，有《玉樹後庭花》、《臨春樂》、《兩臂垂》等曲，其略曰：「璧月夜夜滿，瓊樹朝朝新。」大抵皆美張貴妃、孔貴嬪之容色。〇杜牧《泊秦淮》詩：「商女不知亡國恨，隔江猶唱《後庭花》。」（同前）

六一　翩若驚鴻：聶冠卿詞：「有翩若驚鴻體態，暮為行雨標格。逞朱唇，緩歌妖麗，似聽流鶯亂花隔。慢舞縈廻，嬌鬟低嚲。腰肢纖細困無力，忍分散，彩雲歸後，何處更尋覓。」《教坊記》：舞者，樂之容，或象驚鴻，或如飛燕。（同前書卷八十「藝習部・舞」）

六二　柘枝舞：盧肇《柘枝舞賦》：「靴瑞錦以雲匝，袍蹙金而鴈欹。」毛澤民詩：「錦靴玉帶舞回

雪。」舞妓著靴，宋時猶有此制。○寇萊公好《柘枝》舞，會客，必舞《柘枝》盡日，時謂柘枝顛。（同前）

六三　雲錦書：李詩：「有鳥海上來，今朝發何處。口銜雲錦書，與我忽飛去。」又曰：「手跡尺素中，如天落雲錦。」○李易安離別詞：「雲中誰寄錦書來，鴈字回時，月滿樓臺。」（同前書卷八十一「藝習部・文人事」）

六四　祖道：漢疏廣、疏受乞骸骨歸，公卿大夫、故人邑子為設祖道，供張東都門外，送者車數百兩。師古曰：祖者，送行之祭，因饗飲也。一説黄帝之子纍祖好遠遊，死於道，後人以為行神，故出行必祭之，而飲於其處。○春別詞：「南陌脂車，待發東門，帳飲乍闋。正拂面垂楊堪纜結。」（同前書卷八十七「交與部・送行」）

六五　唱《陽關》：王維送別詩：「渭城朝雨裛輕塵，客舍青青柳色新。勸君更盡一杯酒，西出陽關無故人。」陽關，在長安西，後人因此有《陽關三疊》曲。○劉禹錫詩：「唱得《陽關》意外聲，舊時惟有米嘉榮。」謂元和樂人。○《詩餘》：「《三疊陽關》聲漸杳。」（同前）

六六　灞陵柳色：《天寶遺事》：長安東灞陵有橋，迎來送往皆至此，人呼為銷魂橋。○李白詞：「年年柳色，灞陵傷別。」（同前）

六七　額黄：唐詩：「蕊黄無限當山額。」又：「額黄無限夕陽山。」又：「學畫鴉黄字未成。」○荆公詩：「漢宫嬌額半塗黄。」謂額間小黄靨也，漢、唐宫中皆然。○馮偉壽詞：「盈盈笑靨宫黄額。」○裴慶餘詩：「滿額鵝黄金縷衣。」謂唐婦人以黄塗額。○李賀詩：「宫人面靨黄。」○梁簡文詩：「約黄能效月。」（同前書卷八十八「服御部·脂粉」）

六八　梅花妝：宋武帝女壽陽公主人日卧含章殿簷下，梅花落公主額上，成五出之花，拂之不去。後宫人效之，為梅花粧。○徐昌圖詞：「漢宫花面學梅粧，謝女雪詩裁柳絮。」（同前）

六九　遠山眉：《西京雜記》：卓文君姣好，眉色如望遠山，臉際常若芙蓉，肌膚柔滑如脂。○《詩餘》：「遠山横黛蘸秋波。」秋波，眼也。○閨情詞：「蹙損遠山眉，幽怨誰知。」（同前）

七〇　黛蛾眉：漢明帝宫人拂青黛蛾眉。《釋名》：黛，代也。滅去眉毛，以此畫代其處也。蛾，蠶蛾也，其眉細而長。○《煙花記》：煬帝宫中争畫長蛾眉，司官吏日給螺子黛五斛，號蛾子緑。○王晉卿詞：「香臉輕匀，黛眉巧畫宫粧淺。」○李賀詩：「月分蛾黛破，花合靨朱融。」○李詩：「谿來紫宫女，共妬青蛾眉。」（同前）

七一　蟬髩：《古今注》：魏文帝宫人莫瓊樹始製為蟬髩，望之縹緲如蟬翼然。○孫夫人詞：「半彈鸞釵，輕籠蟬髩。」○徐陵《玉臺新詠序》：「裝鳴蟬之薄髩，照墮馬之垂鬟。反插金鈿，横抽寶樹。南都石黛，最發雙蛾。北地燕脂，偏開兩靨。」「驚鸞冶袖，時飄韓掾之香；飛燕長裾，宜結陳王之佩。」

七二　堆鴉：《詩餘》：「恍然在遇，天姿勝雪，宫髩堆雪。」（同前）○周美成詠佳人：「低鬟蟬影動，私語口脂香。」（同前書卷八十八「服御部·髩鬟」）

七三　雲鬟：《阿房宫賦》：「緑雲擾擾，梳曉鬟也。髻鬟初綰，如天外緑雲。」○張椉詩：「寶釵斜嚲翠雲鬟。」○韋應物詩：「高髻雲鬟宫樣粧。」○唐趙鸞鸞《詠雲鬟》詩：「擾擾香雲濕未乾，鴉翎蟬髩膩光

寒。側邊斜插黄金鳳，妝罷夫君帶笑看。」○《詩餘》：「緑雲斜嚲金釵墜。」○「緑鬟堆枕香雲擁。」（同前）

七四　繡羅鞋：《花間集》詞云：「漫移弓底繡羅鞋。」（同前書卷八十八「服御部・裹」）

七五　羅襪：《洛神賦》：「凌波微步，羅襪生塵。」○張衡《南都賦》：「修袖繚繞而滿庭，羅襪躡蹀而容與。」○李詩：「香塵動羅襪，緑水不沾衣。」○《詩餘》：「花深深，一鈎羅襪行花陰。」（同前）

七六　菱花鏡：寇平叔（當作仲）春閨詞：「屏山半掩餘香裊，菱花塵滿慵將照。」（筆者按：原詞作：「屏山半掩餘香裊，密約沉沉，離情杳杳，菱花塵滿慵將照。」）○《白帖》：魏武帝有菱花鏡。（同前書卷九十一「服御部・鏡」）

七七　銀釭：東坡《宴西湖》詩：「銀釭畫燭照湖明。」○《詩餘》：「夜深無語對銀釭。」（同前書卷九十一「服御部・燈」）

七八　翠被：韋蘇州歌：「下有錦鋪翠被之燦爛，博山吐香五雲。」○《楚辭》：「翡翠珠被爛齊光，蒻阿拂壁羅幬張。」言牀上之被，則飾以翡翠之羽及與珠璣，刻畫衆華。其文爛然而同光明也。房内則以蒻席薄牀四壁，及於曲隅復施羅幬，輕且凉也。○《詩餘》：「翠被雙盤金縷鳳。」（同前書卷九十二「服御部・被」）

七九　雙粲枕：謝無逸詞：「雙粲枕，百嬌壺。」玉女投壺，每投七枝，百二十梟，設有人不知者，天帝為之嚪噓。梟，一作嬌。○楊大年詩：「書題枉自藏三尺，壺矢誰同賽百嬌。」（同前書卷九十二「服御部・枕」）

八〇　流蘇帳：《鄴中記》：石虎冬月施蜀錦流蘇斗帳，四角安純金龍頭銜五色流蘇。〇《倦遊録》：流蘇者，盤線繪組之毬，以五采錯為之，同心而下垂者也。同心結也。蓋古者樂器之節，而後世用為幃帳之飾，自晉以後始也。〇古樂府：「珠扇玳瑁牀，綺席流蘇帳。」〇温飛卿詞：「油壁車輕金犢肥，流蘇帳曉春鷄報。」（同前書卷九十二「服御部・帳」）

八一　紙帳：東坡《紙帳》詩：「潔似僧巾白氎布，煖於蠻帳紫茸氈。」《南史》：南（當作高）昌國有草，瑩如繭，其中絲如細縷，名曰白氎，國中取以為布。〇朱希真詩：「道人還了鴛鴦債，紙帳梅花醉夢間。」（同前）

八二　槍旗：《茶譜》：蘄門團黄茶有一旗二槍之號，言一葉二芽也。〇歐詩：「共約試春芽，槍旗幾時緑。」〇張又新《煎茶記》：粉槍末旗，蘇蘭薪桂。〇蘇東坡嘗問大冶長老乞桃花茶，有《水調歌頭》一首：「已過幾番雨，前夜一聲雷。槍旗争戰，建溪春色占先魁。採取枝頭雀舌，帶露和烟搗碎，結就紫雲堆。輕動黄金碾，飛起緑塵埃。　老龍團，真鳳髓，點將來。兔毫盞裏，霎時滋味舌頭回。唤醒青州從事，戰退睡魔百萬，夢不到陽臺。兩腋清風起，吾欲上蓬萊。」（同前書卷九十五「飲啖部・茶茗」）

八三　醉鄉：王無功，自號東皋子，嘗著《醉鄉記》以次劉伶《酒德頌》，其略云：醉鄉去中國不知其幾千里也，其氣和平，其俗大同，其人無愛憎喜怒，其寢于于，其行徐徐。昔者黄帝氏嘗獲遊其都，窅然喪其天下，以為結繩之政已薄矣。下逮秦、漢，中國喪亂，遂與醉鄉絶。而臣下之愛道者，往往竊至焉，阮嗣宗、陶淵明等十數人並遊醉鄉，没身不返，死葬其壤，中國以為酒仙。嗟！醉鄉氏之俗，豈古華胥氏之國乎？何其淳寂也。○古詞：「醉鄉天廣大。」（同前書卷九十五「飲啖部・酒」）

八四　酒家錢：陶潛傳：顏延之留二十萬錢與潛，潛悉送酒家，稍就取酒。○李詩：「顏公二十萬，盡付酒家錢。興發每取之，聊向醉中仙。」○宋周晉仙詞云：「還了酒家錢，便好安眠。大槐宫裏着貂蟬，行到江南知是夢，雪壓漁船。」（同前）

八五　文官花：邛州有弄色木芙蓉花，先白，次緑，次緋，次紫，號為文官花。《唐會要》載學士院有之，豈即今之三醉芙蓉耶？辛稼軒詞：「倚闌看碧成朱，等閒褪了香苞粉。上林高選匆匆，又換紫雲衣潤。」（同前書卷九十七「藝植部・草・異花」）

八六　鬘華：茉莉花見於嵇含《南方草木狀》，稱其芳香酷烈，此花嶺外海濱恒多，自宣和中名著。○《佛書翻譯名義》云：末利曰鬘華，堪以飾鬘也。○《洛陽名園記》作抹厲，王十朋作没利，洪景盧作末麗，皆以己意名之。○盧申之詠茉莉云：「玉肌翠袖，較似酴醾瘦。幾度熏醒夜窗酒。炎州何許清凉，塵不到，冰壺剪就。」○宋遣使到南唐，不識茉莉，劉昶紿曰：「此小南强也。」後昶使至，不識牡丹，前使者復曰：「此大北勝。」（同前書卷九十八「藝植部・草・茉莉」）

八七　永豐柳：宣宗見伶官歌白學士《楊柳枝》詞「永豐坊裏千條柳」，趣令取豐城柳兩株栽之禁中。（同前書卷一百「藝植部・材木・柳」）

八八　隋堤柳：《庚溪詩話》載許庭柳詞：「不見隋河堤上柳，緑陰流水依依。龍舟東去疾於飛，千條萬葉，濃翠染旌旗。　記得當年春去也，錦帆不見西歸。故抛輕絮點人衣，如將亡國恨，説與路人知。」《開河記》：大業中，煬帝開汴渠，兩堤上栽垂柳，詔民間有柳一株賞一縑，百姓競植之。〇《詩餘》：「春風依舊，著意隋堤柳。搓得鵝兒黄欲就，天氣清明時候。」（同前）

八九　都門柳：許庭詞：「不見都門亭畔柳，春來緑盡長條。柳邊行色馬蕭蕭，一枝折贈，相見又何朝。　酒盡曲終人去也，風前亦自無聊。衹應於我恨偏饒，東君特地，付與沈郎腰。」（同前）

九〇　彭澤柳：陶淵明為彭澤令，少有高趣，宅邊有五柳，著《五柳先生傳》以自况。〇許庭詞：「不見陶家門外柳，柴扉一徑遥通。閉門終日掩清風，感君高節，緑蔭向人濃。　籬落蕭疎雞犬静，日長飛絮濛濛。先生一醉萬緣空，經時高卧，不到翠陰中。」（同前）

九一　展眉開眼：辛寅遜《柳》詩：「𦗟交暖日先開眼，直待和風始展眉。」〇《詩餘》：「柳展宫眉，翠拂行人首。」又曰：「紅入桃腮，青回柳眼，韶華已破三分。」〇唐人詠柳詩：「眉同京兆秀，腰勝楚宫纖。」（同前）

九二　輕飛亂舞：章質夫詠楊花：「燕忙鶯懶芳殘，正堤上、柳花飄墜。輕飛亂舞，點畫青林，全無才思。」「傍珠簾散漫，垂垂欲下，依前被、風扶起。」（同前）

九三　飛絮：韓文公詩：「柳巷還風絮。」〇周美成詩（當作詞）：「花落鶯啼春暮，陌上緑楊飛絮。」〇本經以絮為花。〇陳藏器云：花即初發，時黄蘂子為飛絮也，今絮中有小青子，着水泥沙灘上，即

生小青芽，乃柳之苗也，東坡以「絮花」為「浮萍」，誤矣。（同前）

九四 流絲：枚乘《柳賦》：「階草漠漠，白日遲遲。吁嗟細柳，流亂輕絲。」○《詩餘》：「楊柳絲絲弄輕柔，煙縷織成愁。」○柳謂之絲，楸謂之線，見《夢書》。（同前）

九五 種分三色：僧仲殊桂花詞：「花則一名，種分三色，嫩紅妖白嬌黄。正清秋佳景，雨霽風涼。郊墟十里飄蘭麝，瀟灑處，旖旎衣你非常。自然風韻，開時不惹，蝶亂蜂狂。攜酒獨挹蟾光，問花神，何屬離兑中央。引騷人乘興，廣賦詩章。許多才子争攀折，嫦娥道，三種清香。狀元紅是，黄為榜眼，白探花郎。」《爾雅》云：黄花者能結子。（同前書卷一百一「藝植部・藥樹・樨」）

九六 花為仙友：宋曾端伯以十花為十友，謂桂仙友，菊佳友，梅清友，荷净友，海棠名友，荼蘼韵友，茉莉雅友，瑞香殊友，芍藥豔友，薝蔔禪友，各為之詞。張敏叔又以十二花為十二客，謂桂仙客，梅清客，菊壽客，蘭幽客，蓮静客，牡丹貴客，瑞香佳客，丁香素客，荼蘼雅客，薔薇埜客，茉莉遠客，芍藥近客，各賦以詩。（同前書卷一百一「藝植部・藥樹・桂」）

九七 金粟：魏鶴山《喦桂》詩：「虎頭點點開金粟，犀首纍纍佩印章。」顧虎頭善畫金粟佛，公孫衍佩五國相印。○柳詞：「十友之中號作仙，羣葩以外更無妍。一粒粟中香萬斛，君看梢頭幾金粟。」（同前）

九八 冰姿玉骨：張洞林《桂林志》：袁豐居宅後有六株梅，開時為鄰屋烟氣所爍，豐即塗泥塞竈，張幕蔽風，歎曰：「冰姿玉骨，世外佳人，但恨無傾城笑耳。」○東坡詠梅：「玉骨那愁瘴霧，冰肌自有仙風。」○梅聖俞詩：「玉骨綃裳韻太孤，天教飛雪伴清癯。」（同前書卷一百二「藝植部・花果・梅」）

九九　粉蕊瓊枝：朱希真詠梅：「寒陰漸曉，報驛使探春，南枝開早。粉蘂弄香，芳臉凝酥，瓊枝低小。雪天分外精神好。」〇林和靖詩：「蘂訝粉綃裁未瘁，蔕疑紅蠟綴初乾。」（同前）

一〇〇　暗香疏影：林和靖詩：「疏影橫斜水清淺，暗香浮動月黄昏。」〇周美成詞：「暈酥砌玉芳英嫩，故把春心輕漏。」「孤岸峭，疏影橫斜，濃香暗沾襟袖。」「壽陽謾鬬，終不似，照水一枝清瘦。」范石湖云：梅以韻勝，以格高，故以橫斜疏瘦與老枝怪奇者為貴。〇楊東山云：「疏影」、「暗香」，此為梅寫真之句也，梅之形體也。「雪後園林纔半樹，水邊籬落忽橫枝」，此為梅傳神之句也，梅之性情也。（同前）

一〇一　春占花魁：周之翰撰梅文：「生自羅浮，派分庾嶺。形若槁木，稜稜山澤之臞；膚如凝脂，凜凜雪霜之操。春魁占百花頭上，歲寒居三友圖中。玉堂茅舍總無心，金鼎商羹期結果。」〇王曾布衣時以梅花詩獻吕蒙正云：「而今未問和羹事，且向百花頭上開。」蒙正曰：「此生已安排狀元宰相也。」見《談苑》。〇古詞云：「不是花魁，誰是花魁。」（同前）

一〇二　望梅止渴：《世説》：魏武行役失道，三軍皆渴，乃令曰：「前有大梅林，饒子，甘酸，可解渴。」士卒聞之，口皆出水，乘此，得及泉源。〇辛稼軒詠梅詞：「將軍止渴山南畔，相公調鼎殿東廂。」《書》曰：若作和羹，爾惟鹽梅。〇梁簡文賦：「七言表柏梁之詠，三軍傳魏武之奇。」（同前）

一〇三　冰魂雪態：古詞：「瀟灑冰魂，輕盈雪態，勾引黄昏淚。」（同前書卷一百二「藝植部・花果・梨」）

一〇四 粉棠雪浪：周美成詠梨花：「別有風前月底，布繁英，滿園歌吹。朱鉛退盡，潘妃却酒，昭君乍起。雪浪翻空，粉裳縞夜，不成春意。恨玉容不見，瓊英謾好，與何人比。」（同前）

一〇五 海榴：元稹詩：「海榴紅綻錦窠匀。」一云來從海外新羅國，故名海榴。〇端午詞：「梅霖初歇，正絳色海榴，争開佳節。」〇柳宗元詩：「海榴開似火，先解報春風。」「蠟珠攢作蒂，緗綵剪成叢。」（同前書卷一百二「藝植部・花果・石榴」）

一〇六 絳囊翠葉：《荔支譜》：福州種植最多，一家萬株，城中越山，當州署之北，鬱為林麓。暑雨初霽，晚日照曜，絳囊翠葉，鮮明蔽映，數里之間，焜如星火。〇歐陽公詠荔支詞：「絳紗囊裹水晶丸。」（同前書卷一百三「藝植部・花果・荔枝龍眼」）

一〇七 輕紅釀白：東坡詞：「閩溪珍獻，過海雲帆來似箭。玉座金盤，不貢奇珍四十年。輕紅釀駿白，雅稱佳人纖手擘。骨細肌香，恰似當年十八娘。」荔支色深紅而細長，閩中王氏有女，第十八，好食此，因而得名。〇元人詩：「青銅三百一斗酒，荔枝十八誰家娘。」（同前）

一〇八 水晶丸：〇歐陽公詠荔枝詞：「絳紗囊裹水晶丸。」（同前）

一〇九 乳甘（當作柑，下同）：韓彦直《橘譜》：橘出温郡，最多種，柑乃其別種。柑自別為八種，橘又自別為十四種，橙子之屬類橘者，又自別為五種，合二十有七種，而乳柑推第一，謂其味之似乳酪也，故温人謂乳甘為真甘。真甘之在品類中最可珍，其柯木與花實皆異常木，木多婆娑，葉則纖長茂密，濃陰滿地。花時，韻特清遠，逮結實，顆皆圓正，膚理如澤蠟。温四郡之甘，推泥山為最，泥山地不彌一里，所産甘，其大六七寸，圍皮薄而味珍。一顆之核纔一二，間有全無者。太守李公詩曰：「忘機白鳥銜船過，堆案黄甘噀手香。」侍郎曾公詞曰：「滿樹葉繁枝重，綴青黄千百。」皆佳句也。（同前書卷一百三「藝植部・花果・柑」）

一一〇　如金彈丸：《橘譜》：金甘（當作柑，下同），在它甘中特小，其大者如錢，小者如龍目。色似金，肌理細瑩，圓丹可翫。○歐陽文忠公《歸田録》載其香清味美，置之尊俎間，光彩灼爍如金彈丸，誠珍果也。○周美成金橘詞：「露葉煙梢寒色重，攢星低映小珠簾。」（同前）

一一一　香霧噀人：劉孝標啟：南中橙甘（當作柑），青鳥所食。始霜之日，採之，風味照座，擘之，香霧噀人。皮薄而味珍，脈不黏膚，食不留滓，甘踰萍實，冷亞冰壺，可以薫神，可以芼鮮，可以漬蜜。○東坡詞：「菊暗荷枯一夜霜，新苞緑葉照林光，竹籬茅舍出青黄。　香露噀人驚半破，清泉流齒怯初嘗，吴姬三百手猶香。」又詩曰：「霧葉霜枝剪寒碧，金盤玉指破芳新。清泉簌簌先流齒，香霧霏霏欲噀人。」（同前書卷一百三「藝植部・花果・橘柚」）

一一二　金衣公子：《開元遺事》：唐明皇於禁苑中見黄鶯，呼為金衣公子。○柳耆卿詠鶯：「露濕縷金衣，葉映如簧語。曉來枝上綿蠻，似托芳心深意訴。」○崔珏詠鶯詩：「映霧乍迷金殿瓦，逐梭齊上玉人機。」（同前書卷一百五「飛躍部・儀鳥・鶯」）

一一三　流鶯：杜詩：「千條弱柳垂青鎖，百囀流鶯繞建章。」○秦少游春曉詞：「流鶯牕外啼聲巧，睡未足，把人驚覺。」○韋蘇州《聽鶯曲》：「欲轉不轉意自嬌，羌兒弄笛曲未調。前聲後聲不相及，秦

女學箏指猶澀。須臾風暖朝日暾，流鶯變作百鳥喧。誰家懶婦驚殘夢，何處愁人憶故園。」(同前)

一一四　啼鶯：章茂深嘗得其婦翁石林所書《賀新郎》詞，首曰：「睡起啼鶯語。」章疑其誤，詰之，石林曰：「流鶯不解語，啼鶯解語，見《禽經》。」(同前)

一一五　怨鳥：張華曰子規，《爾雅》謂之巂周，甌越間謂之怨鳥。夜啼達旦，血漬草木，凡鳴皆北嚮，啼苦則倒懸於樹。自呼曰謝豹。○《華陽風俗録》：杜鵑，其大如鵲而羽烏，聲哀而吻有血，春至則鳴。○《博物志》：杜鵑生子，寄之他巢，百鳥為飼之。○《詩餘》：「子規啼血，可憐又是春歸時節。」○寇萊公詩：「杜鵑啼處血成花。」(同前書卷一百五「飛躍部·子鵑」)

一一六　催歸：韓退之詩：「喚起窗全曙，催歸日未西。無心花裏鳥，更與有情啼。」喚起，鳥名(當作鳴)聲，如絡絲員轉清亮，偏於春曉鳴，江南云春喚。催歸，即子規也，亦云姊歸。賈誼未娶，而聞此聲，歎曰：「此物催人要歸。」故曰催歸。○康伯可杜鵑詞：「鎮日叮嚀千百遍，只將一句頻頻説，道不如歸去，不如歸去傷情切。」○范希文詩：「夜入翠煙啼，晝尋芳樹飛。春山無限好，猶道不如歸。」一云思歸樂，狀如鳩聲，云不如歸去。(同前)

一一七　桐花鳳：李德裕《桐花鳳扇賦序》云：「成都夾岷江，磯岸多植紫桐。每至春暮，有靈禽五色，小於玄鳥，來集桐花，以飲朝露。及花落，則煙飛雨散，不知所往。有名工繪於素扇，余戲作小賦書其上。」劉續《霏雪録》云：即東坡詞所謂「倒掛緑毛么鳳」是也。李之儀有詠倒掛一詞，自注云：此鳥以十二月來，一名收香倒掛，又名探花使，性極馴，好集美人釵上。○又東坡詩：「蓬萊宮中花鳥使，綠衣倒挂扶桑暾。」注云：「嶺南珍禽有倒掛子，綠毛紅喙，自(脱『海』字)東來，非塵埃間物也。」一云倒掛鳥，毛羽五色，日間好香，藏之羽間，夜則張翼倒掛散香。(同前書卷一百五「飛躍部・桐花鳳」)

一一八　玉羽：杜詩：「却思雙玉羽。」○《詩餘》：「柳外飛來雙玉羽，弄晴雙對浴。」(同前書卷一百五「飛躍部・鷗」)

一一九　寒鴉：秦少游晚景詞：「斜陽外，寒鴉數點，流水遶孤村。」(同前書卷一百六「飛躍部・鷙鳥・烏鴉」)

一二〇　舞馬：《開元遺事》：唐玄宗舞馬四百蹄，分為左右部，有名曰某家嬌，其曲曰《傾盃樂》。皆衣以錦繡，絡以金銀，每樂作，奮首鼓尾，縱横應節。(同前書卷一百十一「飛躍部・家禽・馬」)

一二一　龍生九子：龍生九子，不成龍，各有所好：蒲牢，好鳴，形鐘紐上。囚牛，好音，形胡琴上。蚩吻，好水，形橋梁上。嘲風，好險，形殿角上。屓避贔戲，好文，形碑碣上。霸下，好負重，形碑座上。狴皮上犴岸平，好訟，形獄門上。狻酸猊倪，好坐，形佛座上。睚眦厓恣，好殺，形刀柄上。○《博物志》：蚖刀蛥哲，其形似龍而小，性好險，故立於護朽柱搭頭也上。又曰椒圖，形似螺螄，性好閉，故立於門上。詞曲云：「門迎駟馬車，户列八椒圖。」本此。《後漢書》：殷以水德王，故以螺著門户。○又龍生三卵，一為吉弔。上岸與鹿交，或在水邊遺精，與流槎遇，粘裹浮木枝，如蒲桃焉，號紫稍花。《道樞》所謂龍鹽有益帷箔者也。(同前書卷一百十四「飛躍部・鱗・龍」)

一二二　《代觀風序》：唐李戡云：「元和以來，有元、白詩體，非雅人莊士，多所破壞。吾無位，不得操法治之。」余讀而歎曰：元、白，才士也，詞賦聊以寄諷，戡又無位，尚勤感愴，況才不及元、白，殽亂文體，維風者能無奮力壑闢焉？余攷巡方往牒，數稱引王、唐、瞿、薛四公，式兹多士。然吴季子之歌風也。舞《韶箾》頌覆載，則他樂不敢觀。輸跡所至，見子産如舊交，悦晏平仲，稱蘧史，規叔向，彼諸君子，皆有政有事，慎詞以定國。將文學即其政事，政事即其言語耶？孔門德行重矣，有文學，然後有政事，故墮都却萊誅聞人，孔子一生大政事所在，乃一生大文章所在。游、夏不能贊一詞也。文心日新，借先民舊織之錦，裁多士方爛之霞，恐不心服，故願各極其才情格法，不必局局故步。惟文學最急，以漢士之勤於學也，把管齎油，素鉛摘異，語次之槧，天子時陳發秘藏，尚病分文析字，信口説是。末師保殘守缺，挾恐見破，發憤如此。夷攷西漢，如寢園、郊廟、册儲、分藩、備邊、使虜、屯田、穿渠、治河、理財，一切西漢之政事，皆西漢之文章，歆所移讓，豈政事遠遜，故托文章以寫不平之感耶？多士倘雕蟲自薄，何關世風？而勤李戡無位者之扼腕，況時義以聖賢神脈疏瀹腑臟，有如情不肖，才不極，格法不諳，非弓燥手柔而托之熟，非秋氣折膠而托之勁，非聲光符其解會捧心飾面而托之妍好，總謂無文字。學《史》、《漢》而窘於筆之弱，逃莊老；學莊老而窘於質之喧，逃梵唄；學梵唄而窘於習之粗，逃謡俗，總謂無文學。夫學人至於時義，密氣冲心，舉詞賦頌記編述論辨之才，寂然退聽，如田之有疆，朝夕以思，惟恐離之矣。唐、宋韓、歐陽二文公皆以文章爲己任。昌黎與裴晉公同行，請間道入淮西，在李愬夜擒元濟之先，於是膽落王承宗，劓德棣以獻。鎮州之亂，詔公宣撫，單車疾趨，卒就削平。夫執筆而窘鱷魚，叱白日，公之政事也；服官而肉視虎狼，冰顧鼎鑊，公之文章也。歐陽公感陳、隋之陋也，以唐太宗致治之盛，獨於文章不能少變其體，此公之政事也；所上劄子，宫闈典禮之大，百折不迴，則公之文章也。噫嘻！晚唐之詞賦熾，而宋曷能以詮什矯之？胡元之艷曲行，而許、吴諸公曷能以訓詁正之？彼且以拙易巧，以庸易奇，無政事，焉得有文章在？正其浮而束之學耳。陳同甫曰：「誰是文中之龍、文中之虎？」則自許過而學浮矣。放浪之際，頗著文章自娱，而學迂矣。必如塹廢虚遠之懷，以救倒懸之急，庶幾寓政事於文章。劉邵論人物自偏才而下爲依，似爲閒雜時義，多有之，此文章之無政事者也。士逢時，不如先時。時者，士所自開。士能開時，學能開士，厚植其學，立時之外，以相時之變，而後發之于文章，尚克禎我王國如雲，是則嘉禾秀草皆出，亦在奮力墾闢而已。（《陳太史無夢園初集》「馬集三」）

一二三　《題春湖詞》：嘗笑紅粉心長，節俠氣短。西湖不然，節俠心即紅粉心。拜岳先生，齒牙盡裂。纔過第一橋，渾眼嬌粉。以此二障牽惹，湖光消去一半。夫縞衣綦巾齒于蝤蠐，衷懷悒咤，駕雲義憤，緣紅粉心不真耳。初抵杭，忽見撩草人，如覩西湖面。古今懷古詩，鷓鴣宫草，一經摹擬，便成醜惡詞。云：「見説當年歌舞地，錢塘三日斷江潮。」便老勁他詩。稱是月之十泊岳墳，坐樓舟，美人躍馬如飛電，琵琶消盡第三橋。歸作春湖詞序。（同前書「駐集三」）

一二四　《明聖湖百咏題詞》：廷綸生京口，振海門之險，長江四塞，以土風淺麗，負鋏行塞上。孤城落日，擬古《出塞》、《鐃歌》，大將軍令帳下健兒擊銅板和，退而春星老矣。一日，慕西湖，摩娑老眼湖上，逐妖童豔女，爲娬詞以辱之，歎曰：以媚送媚，丈夫鬚眉盡矣，得無破損湖山乎哉？所著百咏，間寫孤松琊玕，置孤山風雨與蒼髯對，蕭然敝橐，載湖山歸。其人老蒼，其詩雄宕。予晝夜狎兩湖，一日層扇萬松嶺而上，東對大海，幾並席狎處者，不尊人，自媚西湖耳。狼居長城，摧殘壯骨，山爲作氣，西湖日昵兒女，亦兒女昵之不知。記稱錢王恭順，代不被兵，父老歌舞，至今不絶，豈媿燕山之石哉？　夫弔忠臣義士，裹革投鞭之場，則悄然而恐攀。冶夫游女拾翠驕春之地，則薾然無生氣，此于游道槩未有聞。廷綸固宜羽扇綸巾，揮手招三丰長，作西湖老尊宿。（同前）

一二五　周美成「人如風後入江雲，情似雨餘粘地絮」。（同前書「江集一」《天台山集詠·桃源洞》）

一二六　建炎庚戌，虜寇常州。是年春日，賊郭佶等犯宜興，岳王提兵過金沙寺，題壁云：「余駐大兵荆溪，陪僚寮謁金仙，徘徊少憇，遂擁鐵騎千餘，長驅而逝。異日復三關，迎二聖，使我宋中興得勒金石，重過此，豈不快哉！」其後矯詔殺王，子雲亦棄市，次子霖自九江之宜興，邑父老相與置田宅以居之，乃知沉坡字於荆溪，非荆溪父老。家於邑之唐門。沈周詩：「長林高塚空山裏，風雨時時聞甲兵。」今人類知《滿江紅》一詞，而建炎數語固宜碑之銅官絶頂，以屬袁府君。（同前書「江集二」《荆溪小説緣起》「説人物」）

一二七　東坡與蔣之奇同第，宴瓊林，日坐相接，爲説荆溪山水，坡公心動。邑人單錫，同年進士，軾以甥女妻之，屬置田。夫求田問舍，且在瓊林宴上，坡固不妨。後謫黄州，移臨汝，上章乞居陽羨。

嘗託邵民瞻買宅，聞嫗哭而折券，自是不復問舍，寓顧塘橋孫氏之舍而殁。噫！子瞻巧於買山，之奇巧於卜隣，單錫巧於娶娘，邵民瞻巧於居間，顧氏巧於居停，乃嫗亦奇嫗也，豈即向孫山陽哭者耶？山陽孫泰以二十萬錢置義興別業，聞嫗哭而還之。公題：「吾來陽羨，入荆溪，意思豁然，殊快平生之欲，逝將歸老。逸少云：『我卒當以樂死。』其言驗矣。吾性好種植，能手自接菓木，尤好栽橘。陽羨在洞庭上，柑橘栽至易得，當買一小園，種柑橘三百本。屈原作《楚頌》，吾園若成，當作一亭，名之曰楚頌。」數語便是一幅荆溪好山水。《菩薩蠻》詞：「買田陽羨吾將老，從初只爲溪山好。來往一虛舟，聊同造物遊。有書仍懶著，且復歌歸去。筋力不辭詩，要須風雨時。」噫！從初只爲溪山好，却只是信得蔣先生一席話。蒙恩放歸陽羨，作《滿庭芳》一篇：「歸去來兮，清溪無底，上有千仞嵯峨。畫樓東畔，天遠夕陽多。老去君恩未報，空回首，彈鋏悲歌。船頭轉、長風萬里，歸馬駐平陂。無何，何處是，銀潢盡處，天女停梭。問何事人間，久戲風波。顧謂回來稚子，應爛汝、腰下長柯。青衫破，群仙笑我，千縷桂（當作掛）煙蓑。」余謂荆溪前人寄題多，不似如「清溪無底，天遠夕陽多」，何可多得？《望湖》詩：「西風片帆急，墓靄一山孤。」又云「岷峨家萬里，投老得歸無」，笑謂投荒萬里，卜居萬里，要他煩惱，除是無山水處。荆溪寫景《鳳栖梧桐》：「山秀芙蓉，溪明罨畫，直遊洞穴滄波下。臨風慨想斬蛟人，長橋千載猶横跨。解珮投簪，求田問舍，黄雞白酒漁樵社。元龍非復少時豪，耳根洗盡功名話。」嗟乎！子瞻胸中亦有功名兩字。《礪山長泉》詩：「不能濟世人，沉沉味寒碧。」元豐七年艤舟慶源亭，有求書者，既作數紙，題其後云：「早發宜興，飲酒一杯，醺然至醉。置拳几上，垂頭而寢，不知舟出門外，泊於慶源。」周必大《題橘頌帖》：「元豐九月抵宜興，十月六日寫此帖。聞通真觀側郭知訓提舉宅，即公所館，不知凡留幾日也。」噫！買田未了，賃居未了，作亭未了，「臨風慨想斬蛟人，君恩未報如何了」。徐溥跋：東坡手書，吾鄉山水佳勝，昔蘇文忠公愛而居之，故其名益著。公之居此，其事特見於文集，與郡志中至訪其手蹟，僅有所題「斬蛟橋」八字而已，若此《種橘》一帖，乃長洲李應禎携以示予者，竊喜此爲陽羨故事也。遂用摹刻於石□蜀風在縣西北四十五里。韋莊《蜀程記》云：至寶雞縣，過三疊坂，田疇村落酷似義興境物，因名蜀風。李堅詩：「勿訝韋郎誇酷似，情知蘇子賦歸來。」（節録自同前）

一二八　歌者袁綯，乃天寶之李龜年也，宣和間供奉九重。嘗言東坡公昔與客游金山，適中秋夕，天宇四垂，一碧無際，加江流澒湧，月色如晝，遂共登山頂之妙高臺，命綯歌其《水調歌頭》曰：「明月幾時有，把酒問青天。」歌罷，公爲起舞。《東坡集》。（同前書「千集一」《焦山記蹟》）

一二九　歌者袁綯歌罷，坡爲起舞，而顧問曰：「此便是神仙矣。」吾謂文章人物誠千載一時，後世安所得乎？」叢談。（同前）

一三〇　僧仲殊《南徐好》十詞，六曰多景樓，陳天麟謂起于宋，以唐人登覽題咏皆不及也。（同前書「千集三」《北固山記蹟》）

一三一　辛幼安北固山詞曰：「千古江山，英雄無覓孫仲謀處。」又曰：「尋常巷陌，人道寄奴曾住。」其寓感慨者，則曰：「不堪回首，佛狸祠下，一片神鴉社鼓。憑誰問，廉頗老矣，尚能飯否。」特置酒召數客，使妓迭歌，益自擊節。徧問客，必使摘其疵，孫謝不可。客或措一二辭，不契其意，又弗答。然揮羽四視不止。相臺岳珂，時年甚少，偶坐於席，率然對曰：「童子何知而敢有議？然必欲如范文正以千金求《嚴陵祠記》，一字之易，則晚進尚竊有疑也。」稼軒喜，促膝，亟使畢其説。珂曰：「前篇豪視一世，獨首尾二腔，警語差相似，新作微覺用事多耳。」於是大喜，酌酒而謂坐中曰：「夫君寔中予痼。」乃味改其語，日數十易，累月未竟。《堯山堂外紀》（同前）

一三二　張于湖知京口，王宣子代之，時多景樓落成，于湖爲書樓扁。公庫送銀二百星爲潤筆，于湖却之，但需紅羅百匹。於是大宴合樂，酒酣，于湖製詞，命諸伎合唱，甚歡，因以紅羅百匹賞之。《何氏語林》（同前）

一三三　李衛公鎮南徐甘露寺，僧有戒行，公贈以方竹杖，出大宛國，蓋公之所寶也。及公再來，問杖無恙否，僧欣然曰：「已規圓而漆之矣。」公嗟惋彌日。予近在浛江攝帥幕，暇日與同僚遊甘露寺，偶題近作小詞於壁間云：「樓横北固，盡日厭厭雨。款乃數聲歌，但沙漠，江山煙樹。寂寥風物，三五過元宵，尋柳眼，覓花英，春色知何處。落梅嗚咽，吹徹江城暮。脉脉數飛鴻，杳歸期，東風凝佇。長安不見，烽起夕陽間，魂欲斷、酒初醒，獨下危梯去。」其僧頑俗且聵，愀然謂同官曰：「方泥得一堵好壁，可惜寫了。」予知之，戲曰：「近日和尚耳明否？」曰：「背聽如舊。」予曰：「恐賢眼目亦自來不認得物事，壁間之題謾圬。墁之，便是甘露寺祖風也。」聞者大笑。《珊瑚鈎詩話》。（同前）

一三四　張于湖知京口，王宣子代之，多景樓落成，于湖爲書樓扁，囑王公備紅羅百疋，大宴會樂，酒酣，製詞，命諸妓會唱，以紅羅百疋賞之。（同前書「千集三」《北固十八觀》）

一三五　辛稼軒北固山詞使妓迭歌，擊節，相臺岳珂云：「微覺用事多耳。」稼軒大喜。（同前）

木增輯詞話

木增，字長卿，號生白，又自稱水月道人，雲南人。萬曆間襲麗江知府，以助餉征蠻功晉秩左布政使，年甫三十即謝職。天啟五年特給誥命以旌其忠。好讀書，多與文士往還。編《雲薖淡墨》八卷，自序云苦於記識弗强，故每誦讀之餘，輒以楮筆記之，歲有所集，不覺盈笥，命曰淡墨，蓋諺語廣記之，不如淡墨也。其書大抵直録諸書原文，無所闡發。此據《四庫全書存目叢書》影印明崇禎十一年木懿裔等刻本録詞話六則。

一 瓊樓玉宇：熙寧丙辰中秋，蘇東坡歡飲達旦，大醉，作詞。都下傳唱，神宗聞「瓊樓玉宇，高處不勝寒」，乃曰：「蘇軾終是愛君。」遂命移汝州。（《雲薖淡墨》卷二）

二《紫雲回》曲：《怪異録》：明皇夢遊月宫，聞上清之樂，因以玉笛製《紫雲回》之曲。《龍城録》：葉法善與明皇十五夜遊月宫，聞奏樂，上問曲名，《紫雲曲》也。上密記音調，歸為《霓裳羽衣曲》。一作葉法喜。（同前）

三 文詞，詩詞，當作詞；言辭，當作辭；辤受，當作辤。（同前）

四 草薰：佛經云：「奇草芳花，能逆風聞薰。」江淹《别賦》：「閨中風暖，陌上草薰。」正用佛經語。《六一詞》云：「草薰風暖摇征轡。」又用江淹語，今《草堂》詞改「薰」作「芳」，蓋未見《文選》者也。《弘明集》：「地芝候月，天華逆風。」（同前書卷七）

五 卵色天：唐詩：「殘霞蹙水魚鱗浪，薄日烘雲卵色天。」東坡詩：「笑把鴟夷一尊酒，相逢卵色五湖天。」正用其語。《花間》詞：「一方卵色楚南天。」註以「卵」為「泖」，非也。註東坡詩者亦改「卵色」為「柳色」，王龜齡亦不及此邪？（同前）

六 銀蒜：歐陽六一倣玉堂（當作臺）體詩：「銀蒜鈎簾宛地垂。」東坡《哨遍》詞：「睡起畫堂，銀蒜珠幕雲垂地。」蔣捷《白苧》詞：「早是東風作惡，旋安排、一雙銀蒜鎮羅幕。」銀蒜蓋鑄銀為蒜形，以押簾也。元《經世大典》：親王納妃，公主下降，皆有銀蒜簾押幾百雙。（同前）

夏雲鼎詞話

夏雲鼎，字四雲，石首（今屬湖北）人。天啟甲子舉人，有雋才，下筆數千言立就。屢困公車，乞新野教諭，臺使者奇其才，薦陞涪州牧。輯《崇禎八大家詩選》，八家為董其昌、陳繼儒、王思任、曹學佺、李明睿、譚友夏、楊文驄、季孟蓮，録八家詩詞，眉端有評語。此據京都大學文學部圖書館藏明刊本之評批陳繼儒、季孟蓮二家詞録詞話六十九則。

一　《崇禎八大家詩選序》：文章之道，各自為家，如史家、賦家、詩家、詞家，其性情才調不可兼，亦不相襲也。家之中又各自為家，如有史家之詩、賦家之詩、詞家之詩，不可强而同，亦不得曹而混也。故為詩者，必於世俗所不能，竊與彼我所不得蒙者，傑然獨開一門户，以自峙於古今，使間奏一篇，偶傳語，

暗中摸索，遂可恍而得其人。……崇禎六年中秋前二日，石首夏雲鼎題。（節録自《崇禎八大家詩選》）

二 《浣溪沙》「梓樹花香月半明」：天然一副讀書庵。（同前書卷二之七陳繼儒「詩餘」）

三 《點絳唇》「鐘鼓沉沉寺」：老練沉清。　又：長吉有「酒中倒卧南山緑」，此更押得兀然。（松如沐，炊烟斷續，杯底秋山緑。）（同前）

四 《昭君怨》「記得東坡老叟」：正在淡泊不着意處。（同前）

五 《滿庭芳》「五鹿山邊」：旁批：起得雄勝便古卓。（五鹿山邊，晉文投塊，至今漳水依然。）

又旁批：正自摇曳。（一片風光，似畫界不定，江北江南。）

六 《浪淘沙》「風雨霎時晴」：景界轉换得新。（緑紗廊底下，蕉月分明。）（同前）

七 《清平樂》「有兒事足」：泄足。（同前）

八 《滿庭芳》「小雨新晴」：風流俊爽。（同前書卷八之八季孟蓮「填詞」）

九 《蓦山溪》「殘書山積滿架」：新奇澹放，想見忘了邯鄲道意。

一〇 《臨江仙》「江蘺一帶」：奇豔，去膩色。　又：詞中義山。（同前）

一一 《醉蓬萊》「岳陽之曠蕩」：新快超忽，可想龍跳天門，虎卧鳳闕之致。（同前）

一二 《水調歌頭》「埃表建虚渺」：遺世獨立。　又：激昂頓挫，雄偉奇傑。（同前）

一三 《水調歌頭》「人事難於滿」：酣快奇曠，巨魚縱壑，鴻毛遇風，如此詞手，真堪絶世。（同前）

一四 《念奴嬌》「西山爽氣落城隅」：何必減稼軒。（同前）

一五《金菊對芙蓉》「作者求工」：生驟奇横，以史為詞。（同前）　又夾批：奇説。

一六《江神子》「洛陽市上白羊車」：風趣嫣融，然而駿發豪横，非尖媚可擬。（見説赤松，傳有駐顔書。便好相將求辟穀，亦不費，苦工夫。）（同前）

一七《江神子》「口啣明月噴芙蓉」：正見文字變化之妙。（便作世間奇醜，佐兒童，眼紫電光鬚奮戟，寧互出，莫雷同。）（同前）

一八《蝶戀花》「緑篠池亭清雨墜」：工異絶塵。（薄算凉生公欲醉，我輩商量，齊展冰綃袂。）（同前）

一九《鷓鴣天》「膩玉圍邊咽軟絲」：自得此無人態。（分明兩個無情事，却被澄波照見之。）（同前）

二〇《鷓鴣天》「咫尺谿山足卧遊」：妙在另一手眼，剔盡湖上淡粧濃抹之語。　又夾批：不經想到。（謝靈運死在雕瓔，不然移置杭州郡，鑿入錢塘浪則休。）

二一《鷓鴣天》「雨後松巔墜緑泉」：盡。

二二《鷓鴣天》「無奈情牽物累何」：情至若無情。（同前）

二三《賀新郎》「西北湖沙冥」：嬉笑怒駡，俱極其致。

二四《賀新郎》「天挺中興子」：趣絶，謔絶，極其毒絶。（同前）

二五《木蘭花慢》「長風鞭海喘」：滉瀁焜燿，獨立孤峰。（同前）

二六《木蘭花慢》「汀烟籠欲合」：怪異昂藏。　又末：時逆璫為禍，故末章云云。（一鼎中冷松

梵，半巘石洞霜鐘。」）（同前）

二七 《哨遍》「浩汗衆源」：迥奥蒨折，不犯主位，直是工到極處，令人無處言好。 又：縱横如舞。（聞公門外客散，便朝朝沉醉。好為我賡《秋水》一篇，我願同公度日。宜城顧渚同遊，未必無解，困忘憂力。）又夾批：傳神寫照，頓挫激昂。（嗟必争者名撓之，不濁應無詘。劉伯蒭何人，居然奪我第一。）（同前）

二八 《哨遍》「十七重言」：如此看書，方不失古人語意。（序） 又：奇變縱宕，以文為嬉。（非鯤鵬，變化魚。固人所射，如何學得白龍嬉。智愚同一愁軀，我安逃此，遊逍遥地。）（同前）

二九 《破陣子》「上谷連年鼓角」：詞中樂府，如《鐃歌》、《鼓吹》未若此之興挺雄森，所謂飛書馳檄，用枚皋也。（同前）

三〇 《破陣子》「萬字軍書倚馬」：雄高而典粲，所謂倚馬軍書。（同前）

三一 《最高樓》「長空氣」：如吹鐵笛，有穿雲裂石之聲，無為詞手，固當孤行於世。（同前）

三二 《最高樓》「懸崖木」：豪勁悲亮，欲怒而飛，又取《離騒》、《九歌》和而讀之，乃見其欝折。（同前）

三三 《最高樓》「籬邊菊」：豪軼蕭騷，兵車鐵馬。 又夾批：高爽不群。（殆不可已乎，蟬自斷，能久處此哉，鷹自叛。）（同前）

三四 《歸潮（當作朝，下同）歡》「暑濕薫樓書帙透」：幽。

三五《歸潮歡》「其奈幽人情簡妙」：豪致。（好便自來君勿召，醉中怕我攬長鬚，到門不進催歸棹。）（同前）

三六《水龍吟》「湖喧遠隔龍宫」：幽絶，覺耳目皆靈，可通禪觀。（同前）

三七《水龍吟》「鷲峰欲印孤妍」：玄幻。

三八《望江南》「潮地滑」：旁批：趣絶，韻絶。（蛺蝶雨中何處宿，流鶯風裏不曾歸。）

三九《望江南》「愚併懶」：幽蒨風韻。（同前）

四〇《望江南》「簾不捲」：幽刻處字字挾風霜而行。（同前）

四一《望江南》「梅雨過」：奇況。

四二《望江南》「臺上客」：鬱儀若鸞鳳之彩。　又末：出將入相，子儀私享之物也，能知太白之詩，千載得而有之哉！（同前）

四三《望江南》「江漢碧」：迺知脱靴捧硯原非勝氣凌物。　又上片末：為將當有怯時，即黄鶴樓閣筆之謂也。（同前）

四四《望江南》「環女堞」：青蓮神韻，躍躍如生。　又末：臺居瓦官寺南，畫壁講堂，瓦官寺事也。（同前）

四五《夜合花》「斗柄西傾」：冷謔天孫。（同前）

四六《沁園春》「古頌嚶鳴」：都點鐵成金。（今曰廢交，而獨稷焉，忝其慫乎。）（同前）

四七 《臨江仙》「描就鴛鴦雖是筆」：刻意作《花間集》語。

四八 《望江南》「纏縛繭」：幽懷逸韻，無限含情。（同前）

四九 《山花子》「為遁幽人强縶騮」：都有别味。（同前）

五〇 《山花子》「牝牡難評騏與騮」：到處不如豪俠意。（同前）

五一 《山花子》「可拚金鞍擲紫騮」：旁批：妙，妙。（又道惺然無一事，没來由。）

五二 《金明池》「舉動天然」：句句集古，沉鬱蒼翠。（同前）

五三 《醜奴兒》「吴王妃上臨安路」：迷離黯淡，愁有痕，恨有影。（同前）

五四 《菩薩蠻》「宛溪回接雙橋水」：旁批：西陵橋畔，玉墜丹飄。（下片）

五五 《菩薩蠻》「沅湘直下三千里」：旁批：撩繞。（莫起晚風吹，風帆錯亂飛。）

五六 《生查子》「鶻雙也自啼」：情中俠致可想見。（同前）

五七 《武陵春》「寶鏡蟠龍三五月」：用意新奇獨造。　夾批：傳神。（先把清光照玉顔，着我在窗間。）　又：解得入化。（白玉一雙環，此處知君定不凡，欲解恨無端。）（同前）

五八 《定風波》「栩栩同游戲蝶叢」：又以夢意足之，妙處不覺。（醉問梁州何日到，又早，計程詩句倩東風。）　又夾批：冷然妙絶。（一笑，人生真個夢魂中。）（同前）

五九 《浣溪沙》「江上青山山上城」：宛然「曲終人不見」意。

六〇 《浣溪沙》「有限年華無限嗟」：夾批：可以解嘲。（命筭好時偏不驗，夢逢凶處定非差，片帆

西去是吾家。)(同前)

六一　《浣溪沙》「君不夷猶日欲晡」：借景襯出别意。(同前)

六二　《浣溪沙》「窄袖衫兒裹曉寒」：如畫。(同前)

六三　《浣溪沙》「海底牢牽鐵網絲」：奇絶，韻絶，真是妙絶千古。又：風流艷逸。(下片)(同前)

六四　《浣溪沙》「不見東風二月時」：千古名言。(詞序：所以古今詞人之口無不工於男女之際者，《離騷》之君臣、蘇李之朋友，皆托夫婦而為言旨矣。)又：所謂融情景於一家，會句意於兩得。(同前)

六五　《浣溪沙》「千首詩輕萬户候」：妙。(同前)

六六　《浣溪沙》「帶葉梨花獨送春」：其獨得者在斷續處，妙於聯合。若一味相粘，便不見高手，此可悟文字之妙。蓋錬字成句，文之出於自心者，皆集句耳。要看難奇，減没盡變化之致，乃見神工。(同前)

六七　《浣溪沙》「贏得青樓薄倖名」：夾批：天然凑合。(贏得青樓薄倖名，繁華事散逐香塵，落花猶似墜樓人。)又夾批：句原好，填得又好。(半溪山水碧羅新，北軒欄檻最留情。)(同前)

六八　《浣溪沙》「秋盡江南草木凋」：妙。(同前)

六九　《浣溪沙》「一笛横吹出塞愁」：旁批：自然妙麗。(上片)

趙民獻輯詞話

趙民獻，字賓廷，一字大蓋，趙州（今屬雲南）人。天啓辛酉舉人，任磁州學正。崇禎五年知閿鄉縣，愛民如子，陞陝西臨洮府同知。卒年九十五。編輯《萃古名言》四卷，其書舉先儒嘉言懿行，分類編輯，凡四十六門，多不載所出。此據《四庫全書存目叢書》影印明崇禎元年刻本録詞話二則。

一　陸象山累世義居。晨揖，子第一人唱云：「聽聽聽，勞我以生天理定，若還懶惰必饑寒，莫到饑寒方怨命，虛空自有神明聽。」又云：「聽聽聽，衣食生身天付定，酒肉貪多折人壽，經營太甚違天命，定定定。」（《萃古名言》卷一「處家」）

二 歌曰：「天空空，地空空。李花難道白，桃花難道紅。春光何處著吾眼，問東風。」再歌曰：「天莫莫，地莫莫。役夫休云苦，王公休云樂。浮雲不入疏水中，聽孔鐸。」（同前書卷四「雜言」）

汪砢玉輯詞話

汪砢玉，字玉水，又字樂卿，徽州（今屬安徽）人，寄籍嘉興（今屬浙江）。崇禎中官山東鹽運使判官。砢玉留心著述，以其父愛荆與嘉興項元汴交好，築凝霞閣以貯書畫，收藏之富甲於一時。編著有《古今鹾略》、《珊瑚網書録》、《畫録》。《珊瑚網書録》和《畫録》編成於崇禎癸未，凡法書題跋二十四卷、名畫題跋二十四卷。法書題跋自叙云幼趨庭，見其父所藏書畫，心竊儀之。壯而於知交間得掌録名蹟以至老，積有廿餘帙。因莊盆罷鼓，聊爾剖鈔寄情。凡名書法書自晉、唐以來，為各自成部。又名畫題跋自叙云一覩名圖，即披佳句，歲月既深，硯穿囊綻，所録不下法書。此據《適園叢書》本《汪氏珊瑚網法書題跋》和《汪氏珊瑚網名畫題跋》録詞話五十七則。

一　山谷楷書趙景道帖并絶句詩八首：昌州使君景道，宗秀也。往余與公壽、景珍遊時，景道方為兒童嬉戲，今頎然在朝班。思公壽、景珍不得見，每見景道，尚有典刑。宣州院諸公多學余書，景道尤喜余筆墨，故書此三幅遺之。翰林蘇子瞻書法娟秀，雖用墨太豐，而韻有餘，於今為天下第一。余書不足學，學者輒筆儒無勁氣，今乃舍子瞻而學余，未為能擇術也。適在慧林為人書一文字，試筆墨，故遺此，不別作記。庭堅頓首景道十七使君，五月七日，山谷道人。朱文印……革頃與德麟遊，頗聞元祐諸公言行之緒餘。及兹揭來臨漳，路鈐趙昌叔相與款厚，因出示山谷道人與其先丹陽君往來書帖及詩詞，想見前修風流餘韻，而貴公子樂善喜文之高致也。丹陽君，德麟之兄。而昌叔，德麟猶子也。然則好事，喜賓客，蓋有家範云。温革叔皮父。「光風轉蕙，汎（當作汎）崇蘭些。」此山谷先生小楷氣象。石湖居士題。《漢武帝故事》曰：上起神屋，以珠為簾箔，玳瑁壓之。東坡辭云「銀蒜押簾」，此山谷改「壓簾」作「押簾」之自來也。温叔皮字畫亦蒼老，嘗為尚書郎，著《瑣碎録》。《酺池寺書堂詩》云「人言九事八為律」，立儒讀《主父偃傳》：上書言九事，其八事為律令，一事諫伐匈奴，併識卷後。建袁立儒書。（節録自《汪氏珊瑚網法書題跋》卷五）

二　黄文節公手簡一通：庭堅頓首辱教，審侍奉萬福為慰，承讀書録陰，頗得閒樂，甚善善。欲為素兒録數十篇妙曲作樂，尚未就爾。所送紙太高，但可書大字。若欲小行書，須得矮紙乃佳。適有賓客奉答，草率。庭堅頓首，立之承命足下。此帖不應攜在長安逆旅中，亦非貴人席帽金絡馬傳呼入省時所觀。程子他日幅巾筇杖，渡青衣江，相羊喚魚潭、瑞草橋、清泉翠樾之間，與山中人共小

巢籠鶴菜飯，掃石，置風罏，煮蒙頂紫茁，然後出此卷共讀，乃稱爾。陸游。此跋雖經刻，然佳語，姑存之。（同前）

三　老米小詞真蹟：「風罏煮茶，霜刀剖瓜，暗香漸透窗紗。是池中藕花，高梳髻鴉，濃妝臉霞。玉尖彈動琵琶，問香醪飲麽。」米黻。　南宫自謂其書為刷書，當是，言其運筆之迅勁耳。而人多以偏欹槎牙間求之，如堊帚之掃壁，老顛有知，寧無撫几絶叫耶？此幅研筆如鐵，而秀媚之氣奕奕行間，風華類得大令之神，是南宫得意時筆也。公詩有云：「棐几延毛子，明牕管墨卿。功名皆一戲，未覺負生平。」觀此書如親見其寂寥所慕矣。寶林顧起元。（同前書卷六）

四　右宋賢十七札，首名綬者，宋宣猷公也，名上有朱文印，曰宋綬公垂。公以楷名於宋，今楷亦是正書，遒勁有法。清臣者，葉學士道卿也，蘇之長洲人。衡者，章待制子也，浦城人。二公天聖、嘉祐時人。　希者，林子中也，閩之奇者。　蔣穎叔也，草法老勁，似王荆公。逵者，不知何人，其札乃與穎叔者，故次於此。　燾者，劉無言也，行草出入蘇、黄，而風趣盎溢，山谷云：「令天假以年，江左又出一薄紹之矣。」殆非虚言。　夢得者，葉石林也，書法與停雲所刻正同。　商英者，張天覺也，書與語皆不免俗透，末後句者固如是耶？　邦彦者，周美成也。　攄者，林彦振也。　二公書俱類蔡元長，豈氣類相似耶？　世忠者，韓蘄王良臣也，史稱目不知書，晚忽有悟，能作字，工小詞，此札與運使借錢者，時尚在軍中，或出佐史手，正書有蘇長公風致。　説者，吴傅朋也，李清照《金石録後序》云：「尚餘五七簏，盗穴壁取去，為吴説運使錢價得之。」即此也。　琚者，吴居父也，行草逼肖米元章，若不視其款，未有不以為元章者。適者，水心居士葉正則也，嘉王之立，實發於公，以與趙丞相議不合，即拂衣歸。水心詩早已精嚴，晚尤高古，今詩亦澹宕可喜，書法蔡君謨而自具風骨。中間名煜者，為青谷德止者，皆不知何人書，亦可觀。此册舊為朱忠禧物，後為談岳山參軍名志伊、字思量者得之，後又轉入汪景辰家，今年秋王越石舫中見之。余極愛劉無居、吴居父、葉水心三札，遂易得之，略疏其人於後。媿疏，未能徧考，以俟世之博雅者。崇禎甲戌年秋九月閒止居士曹函光書。（同前「宋賢劄子十七帖」）

五　宋名公翰墨：「端正纖柔如玉削，窄韈宫鞵，暖襯吴綾薄。堂上細看纔半捻，巧偷强奪嘗春酌。　穩稱身材輕綽約，微步盈盈，未怕香塵覺。試問更誰如様脚，除非借與嫦娥著。」右咏鞵調《蝶戀花》，逃禪老人楊無咎。……余家向藏宋人墨蹟共四十則，僅録前九幅，其餘如王晉卿覆子中内翰送茶器珍核，祖建為七姐稟大母要糟，藏翁孫姐姐書覆四哥宣贊姻事，及范資政、張孝祥、吴傅朋諸劄未及録也。又有宋人翰墨一卷，後題先起居贈開府儀同三司空一帖，先叔父修懿尚書儀同十八帖，已上元祐庚午十二月，知軍州事，因移高陽安撫使，辭墳，遂命褫裝付沈氏，以防遺墜云，亦迸逸録，為念耳。死水菰蘆中人識於自韻齋。（節録自同前）

六　韓忠武王二詞遺蹟：「冬日青山瀟灑静，春來山暖花濃。少年衰老與花同，世間名利客，富貴與貧窮。　榮華不見長生藥，清閒不是死門風。勸君識取主人公，丹方只一味，盡在不言中。」右調《臨江仙》。　「人有幾何般，富貴榮華總是閑。自古英雄都是夢，為官，寶玉妻孥宿業纏。年事已衰殘，鬢髮蒼蒼骨髓乾。不道山林多好處，只恐癡迷了賢。」疑有誤字。（筆者按：末句《四庫

全書》本作「只恐癡迷不了然」）右調《南鄉子》，世忠。（同前書卷七）

七　張樞相方少翁詞翰：「無利無名，無榮無辱，無煩無惱。夜燈前、獨歌獨酌，獨吟獨笑。況值羣山初雪滿，又明月、交光好。假便饒百歲，擬如何，從他老。　知富貴，誰能保。知功業，何時了。算簞瓢金玉，所爭多少。一瞬光陰何足道，但思行樂常不早。待春來、攜酒殢東風，眠芳草。」右調《滿江紅》，杲卿張昇。（同前）

八　「生逢垂拱，不識干戈免田隴。士林書圃終年，庸非天寵。才初闟茸，老去支離，何用浩然歸弄。似黃鶴，秋風相送。塵事塞翁心，浮世莊生夢。漾舟遥指煙波，羣山森動。神閑意聳，回首利韁名鞚。此情誰共，問幾許淋浪春甕。」右調《黄鶴引》。方勺，勺著《泊宅編》者。（同前）

九　陸放翁草書《大聖樂》詞：「電轉雷驚，自歎浮生，四十二年。試思量、往事虚無似夢，悲歡萬狀，合散如煙。苦海無邊，愛河無底，流浪看、成百漏船。何人解問，無常火裏，鐵打身堅。　須臾便是華顛，好收拾形體歸自然。又何須著意，求田問舍，生須宦達，死要名傳。壽夭窮通，是非榮辱，此事由來都在天。從今去，任東西南北，做箇飛仙。」游。　又《長相思》詞五闋：「雲千重，水千重，身在千重雲水中。月明收釣筒。　頭未童，耳未聾，得酒猶能雙臉紅。一尊誰與同。」「橋如虹，水如空，一葉飄然煙雨中。天教稱放翁。　側船篷，便江風，蟹舍參差漁市東。到時聞暮鐘。」「悟浮生，厭浮名，回視千鐘一髮輕。從今心太平。　愛松聲，愛泉聲，寫向孤桐誰解聽。空江秋月明。」「面蒼然，鬢皤然，滿腹詩書不值錢。官閒常晝眠。　畫凌煙，上甘泉，自古功名屬少年，知心惟杜鵑。」「暮山青，暮霞明，夢筆橋頭艇子橫。蘋風吹酒醒。　看潮生，看潮平，小住西陵莫校程。蓴絲初可烹。」淳熙戊申八月下澣笠澤陸游書。（同前）

一〇　張叔夏詞蹟：「古木迷鴉，虛堂起燕，歡遊轉眼驚心。南囿東窗，暖風掃盡芳塵。鬢貂飛入平原草，最可憐、渾是秋陰。夜沈沈，不信歸魂，不到花深。　吹簫躡葉尋幽去，任船依斷石，袖裹寒雲。老桂懸香，珊瑚碎擊無聲。故園已是愁如許，撫殘碑，又却傷今。更關情、秋水人家，斜照西林。」右過韓平原慶樂園，調《高陽臺》。（同前）

一一　子昂行書詩詞：「白髮思家萬里回，小軒臨水為花開。故應動作詩千首，知是風流楚客來。」「雲淡風輕，傍花隨柳，將謂少年行樂。齋閣林間，小車城裹，千古太平西洛。瞻彼泱泱，言思君子，流水儼然如昨。但清遊、天際輕輕，未辨暮愁離索。　長記得、童冠相隨，浴沂風舞，吟詠鳶飛魚躍。逝者如斯，吾衰甚矣，調理自存斟酌。清廟朱絲，舊堂金石，隱几似聞更作。農人告、有事西疇，窈窕掛書牛角。」右調《雨中花》。「北隴耕雲，南溪釣月，此是野人生計。山鳥能歌，江花解笑，無限乾坤生意。看畫歸來，挑簦閒眺，風景又還光霽。笑人生、奔波如狂，萬事不如沈醉。　細看來、聚蟻功名，戰蝸事業，畢竟又成何濟。有分山林，無心鐘鼎，誓與漁樵深契。石上酒醒，山間茶熟，別是水雲風味。順吾生、素位而行，造化任他兒戲。」右調《雨中花》。「昏曉相催，百年窗暗窗明裏。人生能幾，贏得貂裘敝。　富貴浮雲，休戀青綾被。歸與未放懷，煙水不受風塵昧。」右調《點絳唇》。子昂漫書。（同前書卷九）

一二　鮮于奉常書詞子：「青天無數，白天無數，緑水遶灣無數。灞陵橋上望西川，動不動、八千里路。　來時春暮，去時秋暮，歸去又還春暮。人生七十古來稀，好相看、能得幾度。」漁陽困學書。(同前)

一三　郭天錫手録詩文雜記：天錫名畀，京口人。宋周文謨太守有愛姬善棊而絶色，史衛王以計取去，十年不見。一日，周謁衛王，忽見姬與衛王對局，四目相顧，驚喜不已，遂賦《念奴嬌》詞云：「棊聲特地，把十年心事，恍然驚覺。楊柳樓頭歌舞地，長記一枝纖弱。破鏡重圓，玉環猶在，鸚鵡言如昨。秦箏別後，知他幾換絃索。　誰念顧曲周郎，樽前重見，千種愁難著。猶勝玄都人去後，空怨殘紅零落。緑葉成陰，桃花結子，枉恨東風惡。盈盈淚眼，見人欲下還閣。」(節録自同前書卷十)

一四　又郭天錫手鈔諸賢遺藁：張玉田《山中白雲洞(當作詞)》題紅葉云：「萬里飛霜，千山落木，寒艷不招春妬。楓冷吳江，獨客又吟愁句。(脱『正船艤』三字)流水孤邨，似花繞、斜陽芳樹。甚荒溝、一片凄凉，載情不去載愁去。　長安誰問倦旅，羞見衰顔借酒，飄零如許。謾倚新妝，不入洛陽花譜。為回風、起舞尊前，盡化作、斷霞千縷。記陰陰，緑徧江南，夜窗聽暗雨。」右調《綺羅香》。　賦松花云：「碧浮春蓋，黄點秋旗，細芳泛月。露委殘釵，煙梳高髻曾戲折。幾度宿寄山房，麴塵雲屑。香入蜂鬚，蜜房風味應別。　篘酒浮蕩，愛霏霏、粉黄清絶。嫩苞新子，憑誰香歌五粒。倒祗怕、東風吹盡，長蕭蕭黄髮。獨鶴歸來，滿庭零亂金雪。」右調《華胥引》。　咏蟬云：「槐黄忽送清商怨，依稀乍聞還歇。故苑愁深，危絃調苦，前夢蛻痕枯葉。傷情訴別，是幾度斜陽，幾回新月。轉眼西風，一禁（當作襟）幽恨向誰説。低鬟猶記動影，翠貂應誤我，雙鬢如雪。枝冷頻移，陰疏難戀，空負好秋時節。凄凄切切。漸迤邐黄昏，砌蛩相接。霜滴凉柯，晚來聲更咽。」右調《齊天樂》。　題周草牕志雅堂云：「製荷衣，傍山牕卜隱，雅志可閒時。款竹門深，移花檻小，動人芳意菲菲。怕冷落、蘋洲夜月，想時將、漁笛静中吹。塵外柴桑，鐙前兒女，笑語忘歸。　分得煙霞數畝，乍掃苔尋逕，撥葉通池。放鶴幽情，吟鶯歡事，老去却願春遲。愛吾廬、琴書自樂，好襟懷、初不要人知。長日一簾芳草，一卷新詩。」右《蘋洲漁笛譜》。（筆者按：此調爲《一萼紅》，《蘋洲漁笛譜》爲周草牕詞集名。）　送人之西江云：「寒侵桂葉，雁風擊碎珊瑚屑。研凉閒試，新霜晴帖，頌橘騷蘭，秋事正奇絶。　故人又作西江别，書樓虚度中秋節。碧欄倚徧愁誰説，愁是新愁，月是舊時月。」右調《醉落魄》。　嘯翁詞云：「草夢初回，卷簾盡放閒愁去。晝長無侣，自對黄鸝語。　絮影蘋香，春在無人處。移舟去，未成新句，一研梨花雨。」右調《點絳唇》。　「圖書一室，春暖垂簾密。花滿翠壺薰硯席，睡覺半窗晴日。　手寒不了殘棋，篝鐙細勘唐碑。無酒無詩情緒，欲梅欲雪天時。」右調《清平樂》。　大德十一年歲次丁未十月初十日，客寓燕山，奔走暮歸，黄塵滿面，挑燈讀此詞一過，想像江南如夢中也，是夜一更。畀記。　天啟丁卯冬，覩郭畀手録詩文一帙，格外上下俱命墨，可想見其書畫擅勝倪迂，追念郭髯，我所愛者也。余時病未痊，聊摘一二，旋爲鬻古者索去，姑存此，以俟延津劒合，淋漓滿志耳。　砢玉識。（節録自同前）

一五　王雲庵書香匳八詠卷：金盆沐髮：「寶鑑凝膏，温泉流膩，璊纖一把青絲墜。冰膚淺漬麝煤春，花香石髓和雲洗。玉女峰前，咸池月底，臨風輕把犀梳理。陽臺行雨乍歸來，羅中猶帶瀟湘水。」鐵崖評：作家語，自别雅語，如何可到。　月匳匀面：「冰鑑懸秋，瓊腮凝素，鉛華夜擣長生兔。玉容自擬比姮娥，妝成尤恐姮娥妬。　花影涵空，蟾光籠霧，芙蓉一朵溥秋露。年年祇在廣寒宫，今宵鸞影驚相遇。」鐵崖評：用事善幹運。　山（當作玉）頰嗁痕：「粉凝紅冰，香銷獺髓，鏡鸞影裏人憔悴。梨花帶雨不禁愁，玉纖彈盡相思淚。　恨鎖春山，嬌横秋水，臉桃零落胭脂碎。故將羅帕揾嗁痕，寄情欲比相思字。」鐵崖評：亦善插意。　黛眉顰色：「淡埽春痕，輕籠芳靨，捧心不效吴宫怨。楚梅酸蹙翠尖纖，湘煙碧聚愁萋蒨。　紺宇寒凝，月鈎金灩，鶯吭咽處微偷歛。新翻嫵態太嬌嬈，鏡中蛾緑和香點。」鐵崖評：前闋善於形容，後闋自有嗚咽。　芳塵春迹：「金谷遊情，消磨不盡，輭紅香裏雙鴛印。蘭膏步滑翠生痕，金蓮脱落淩波影。　蝶徑遺蹤，鴈沙凝潤，為誰留下東風恨。玉兒飛化夢中雲，青蘋流水空仙咏。」鐵崖評：非舊時月色，誰能道此？　雲窓秋夢：「煙冷瑶櫺，神遊貝闕，芙蓉城裏花如雪。便有後語。仙郎同躡鳳凰翎，千門萬户皆明月。　海碧山青，天荒地老，滿身風露飄環玦。高樓畫角苦無情，一聲吹散雙飛蝶。」鐵崖評：栩栩蘧蘧，結尤飄灑。　繡床凝思：「翠藻文鴛，交枝連理，金鍼停處渾如醉。楊花一點是春心，鵑聲嗁到人千里。　喚醒離魂，猶疑夢裏，此情却似東流水。雲窓霧閣没人知，綃痕浥透紅鉛淚。」鐵崖評：用意措辭，高出衆作。　金錢卜歡：「暗擲龍文，尋盟鸞鏡，龜兒不似青蚨準。花房羞化彩蛾飛，銀橋密遞仙娥信。　錦屋瓊樓，薄情飄性，碧雲望斷紅輪暝。珠簾立盡海棠陰，待温永夜鴛衾冷。」鐵崖評：雪月神仙語意。　右八詠調寄《踏莎行》，雲庵叟王德璉撰。　雲間詩社《香奩八題》，無春坊才情者多為題所困，縱有篇什，正如三家村婦學宫妝院體，終帶鄙狀，可醜也。晚得玉樓子八作，衆推為甲，而長短句樂府絶無可拈出者。雲庵先生寄示《踏莎行》八闋，閲之驚喜。先生蓋松雪翁門倩，今年八十有三矣，而堅强清爽，出語娟麗流利，此殆雪月中神仙人也。謹以付翠兒度腔歌之，又評付龍洲生，附八詠詩於後，見王孫門中舊時月色，雖閲喪亂，固無恙也。至正丙午春三月初吉錦窩老人楊維楨叙。　「華清宫殿賜温泉，綰脱青絲撒一編。翠雨亂跳花底月，黑雲半掩鏡中天。銅仙盤滿添香露，玉女盆傾拾翠鈿。攏得雲鬟高一尺，珠冠新上玉臺前。」右《金盤（當作盆）沐髮》。　「一片清光照膽寒，玉容滿鏡掩飛鸞。素娥照見黄金闕，絳雪鎔開白玉盤。翠點柳尖春未透，紅生櫻顆露初乾。好風與我披羅幕，一朵芙蓉正面看。」右《月奩匀面》。　「天然玉質洗鉛華，怪底偏將半面遮。紅滴香冰融獺髓，粉黏膩雨上梨花。收乾通德言難盡，點濕明妃畫莫加。聚得斑斑在何處，輭綃寄與薄情家。」右《玉頰啼痕》。　「按樂圖開列滿堂，春愁何獨損青揚。蜀山煙雨雙尖瘦，漢柳風霜兩葉蒼。索畫未成京兆譜，欲啼先學壽陽妝。蕭郎忽有歸期報，喜色天長一點黄。」右《黛眉顰色》。　「是誰屧步印微茫，便似名家春滿牀。輭雪消時痕見底，好風生處步生香。綵雲飛上蹴蹻鐙，芳草侵來蹴踘場。愁似□□成獨立（筆者按：楊維楨詩集此句作「愁絶似癡成獨立」。），綵鴛拾得在東墻。」右《芳塵春迹》。　「骨冷魂清酒力微，路迷錯草是還非。羅浮曉月相將墜，巫峽斷雲何處飛。金彈撇過驚忽忽，玉龍嘶了尚依依。不知直到鈞天所，記得《霓裳》樂譜歸。」右《雲窗秋夢》。「綵線添來日正遲，香絨倦理一支頤。心遊飛絮渾無著，身蛻枯蟬忽若癡。花帨錯描愁伴覺，金鍼閣住許誰知。絕憐小玉情緣重，倒死春蠶始絶絲。」右《繡牀凝思》。「紫姑壇上囑方兄，忽聽呼盧擲地聲。星斗未分牛女會，陰陽先判雨雲生。青蚨孕子寧無兆，玉蝶化身元有情。寶鏡重圓三五夜，重摩半月問虧盈。」右《金錢卜歡》。香匳有二十題，裁翦浴思，信配，凡四先生。又有和趙八節使廿詠，尤膾炙於粉黛筵中，惜逸去，令琬補，琬何敢？龍州生章琬孟文謹拜手跋。

（同前）

一六　曲全叟詩餘手稿：「東風花外小紅樓，南浦山横眉黛愁。春寒不管梅花瘦，無情水自流。簷間燕，語嬌柔。□□□驚回幽夢□□□難尋舊遊。望天涯、落日簾鉤。」右調《水仙子》。（筆者按：倪瓚《雲林樂府》和《清閟閣全集》載此詞下片均作「簷間燕，語嬌柔。驚回幽夢，難尋舊遊，落日簾鉤」，蓋誤。）「吹簫聲斷更登樓，獨自憑闌獨自愁。斜陽緑慘紅消瘦，長江日際流。百般嬌千種温柔，《金縷曲》、新聲低按，碧油車、名園共遊。絳紗裙、羅襪如鉤。」前調。「扶疏玉，蟾宫樹影闌干曲。（脱「闌干曲」三字）一襟香霧，幾枝金粟。姮娥鏡掩秋雲緑，無端風雨聲相續。（脱「聲相續」三字）不須澄霽，為沽醽醁。」右調《憶秦娥》。「參差玉，笙聲莫起瑶臺曲。（脱「瑶臺曲」三字）清香没□，夜凉肌粟。黄雲巧綴飛霞緑，清吟未斷秋霖續。（脱「秋霖續」三字）恐孤花意，倒樽中醁。」右前調。「春渚芹蒲，秋郊梨棗，西風沃野收紅稻。簷前炙背媚晴暘，天涯轉瞬凄芳草。魯望漁村，陶朱煙島，高風峻節如今埽。黄雞啄黍濁醪香，開門迎笑東隣老。」右調

《踏沙荇(當作行)》。「夜永愁人偏起早,客鬢蕭蕭,鏡裏看枯槁。雨葉鋪庭風為埽,閑門寂寞生幽草。　竹路難行悲遠道,説著客行,真個令人惱。久客還家貧亦好,無家漫自傷懷抱。」右調《蝶戀花》。「篷上雨潺潺,篷底幽人夢故山。磵户林扉元不閉,蕭閒,只有飛雲可往還。　波泠玉珊珊,一壑松風引珮環。咏得池塘春草句,更闌,行盡千峰半霎間。」右調《南鄉子》。東林橋雨,篷夢歸,曲全叟倪瓚。　弇州以倪如風女兒襳褷長袖,未知其早年筆也。(同前書卷十一)

一七　方寸鐵歌贈伯盛朱隱君:「人心何危患多歧,方寸之鐵貴自持。百鍊耿耿明秋暉,彼柔繞指何詭隨。朱盛剛勁真吴兒,法書鐵畫逼秦斯。晴窗握管儼若思,學成變法出愈奇。鐵耕代筆猶神錐,用之切玉如切泥。孤忠不媿月食詩,清癯更賦梅花詞。元祐黨碑我所非,驢鳴犬吠我所嗤。雕蟲小技同兒嬉,屠龍妙割嗟奚為。盛乎盛乎知不知,南北車書來復來。中興定勒磨崖碑,大書深刻非子誰。」時至正廿年歲次庚子夏六月初吉,天台氏學者元鼎書於白蓮桂子軒。吴僧虚中《蓮花槳》。(同前)

一八　右頓首拜覆潁川教授先生尊座右:自十九日因新令尹定役而入城,日在縣治,故未能往謁,為慊。昨晚從孟達親丈家飲散歸,領尊翰,且承英嗣見過,恨不得見。頃又承過我問信,足紉不遺之盛心。吴中搢紳先生求如尊先生文章道德,指不一二屈。尚欲以閒暇日,與遂昌公諸老過笠澤徜徉數日,併聽教誨,幸甚。僭易就稟,區區欲購得《歐陽文忠公大全集》一部,煩因便於舊人家所藏者詢及,示望分情。連日稍凉,計尊體納福,聞微恙,不克往問候,須稍暇,專謁屏著以謝,不備。沈右頓首拜。……此卷久為先荆翁藏玩，前有米襄陽山水横幅，高君明水見之，即囑戴老以靖窑壇盞十二求易，附二佳箑作裝潢資。愚父子受盞，却其箑，其箑竟為居間者所没。又有元名翰，為張紳、張文在、程璠、鮑恂、王東諸人，先後被此輩賺去。嘗憶文在句「高公山水趙公書，今代何人與此馳」及漁父詞云「我是箇不識字煙波釣叟」，恍然在目也，玉記。（節録自同前書卷十二）

一九　元人《竹深處賦》並叙詩卷：姑蘇劉孟功先生性嗜竹，種之數萬竿，蔚然成林。孟功日居其中，同志者過之，輒留終夕，或信宿而去。迺取杜少陵「竹深留客」之句，顔其所居曰竹深處，蓋心有以契乎竹也。鴻儒碩生咸為之品題，余與先生相知之久，因為之賦以貽之，且以為竹逸之一助云：

緊予生之好奇，負磊落而不羈。嘗縱歡乎淇水之湄，弔古於嶰谷之谿。過瀟湘，登九嶷。斐然武公之想，邈焉伶倫之思。慨重華之不作，悵二妃以增悲。因物懷人，屢觸於目。惟懔懔之高風，托娟娟之修竹。是竹也，稟君子之貞，抱幽人之獨。鶴兮斯巢，鳳兮斯宿。宜雨宜晴，宜寒宜燠。挺蒼煙之萬竿，散凉飈於三伏。夜月篩瑣瑣之金，秋聲戛鏘鏘之玉。此其竹之可愛，不一而足者也。時有種竹主人謂予曰：「子徒知愛其竹，而嘗造於竹之奥區乎？」乃披蒙茸，拉榛蕪，遂探其幽，遂闖其虚。肩摩足躡，性逸情娱。顧枝葉之繽紛，覺蹊徑之縈紆。緑雲垂幾尺之琅玕，素濤拂萬籟之笙竽。蕭蕭森森，雅雅魚魚。空翠浸毛骨，湛露濕衣裾。匪隱者之盤谷，實神仙之奥都。抗纖塵於朝夕，鎔百慮於須臾。主人於是乎設簟枕，具壺觴，於以嘯歌，於以翺翔。或鼓瑟而嬉，或擊缶而歌。或敲棋而剥啄，或臨流而徜徉。不知天壤之大，日月之長。茫乎桃源之迷，沓乎橘林之藏，未足以形容其彷佛，適足以貽笑其荒唐。豈若斯竹之深處乃可以晦吾跡而韜吾光也？」予曰：「深乎！深乎！其竹之處乎？昔靈均於蘭，深乎其君之愛也；靖節於菊，深乎其身之退也；濂溪於蓮，深乎其道之大也。之三子者，皆其植物之深，而子尤得其所以深，真有以契其古，於今所謂不以其迹而以其心者歟？」主人乃喜，而為之歌曰：「竹之虛中兮，惟吾身之容兮。竹之勁外兮，惟吾竹之介兮。」予續而歌之曰：「匪竹之容，我將奚從？匪竹之介，吾將奚賴？」歌畢，賓主交歡，遂鐫其言於竹簡。錢唐張時。……先子自少暱此君凝霞閣下，水石壘盎間徧植公孫竹，《會稽志》所謂高不盈尺，穊翠瀟疏可愛，允宜几席佳玩。每對之展《竹深》詩賦卷，覺空青萬餘在玄圃中，無風雨，神籟自韻焉。因自稱筠居子，又稱荆筠山人。無何，余自歷下還東垞，庭中紫篠數百個，盡為人所戕，而此卷亦失去。每念胡介夫句：「一文没也還留竹，四壁蕭然不賣琴。」那禁苔痕蘚砌凉凄耶？遂成《竹史》百卷已。誦蔣捷山詞，有「二十年來，無家種竹」，猶藉竹為名，則卷語存笥，正可藉竹為名，況余尚有家乎？今而後為高元之萬竹先生，可為許洞門前一竿竹，亦可同此玉猷興者讀元賢題竹一過。西吴醉里竹素主人汪砢玉識新筍晚花時。（節録自同前）

二〇　沈石田詞蹟：「誰道金强焦亦稱，兩朵芙蓉，浸在玻璃鏡。頭白老翁尋此勝，過江先盡金山興。隔水焦山闌小凭，寄語西風，後日來當定。白鶴如期驂我乘，一聲獨嘯江聲静。」右春日登金山望焦山有作，沈周。「殘葉林梢風瑟瑟，秋波照眼通天碧。南北東西聊泛宅，人不識，江湖自有江湖客。　臬臬釣竿三百尺，金龜未换鱸魚白。船本窄，一般自有容身策。」《漁家傲》。（筆者按：下片當漏一句。）「天地一癡仙，寫畫題詩不換錢。畫債詩逋忙到老，堪憐，白作人情白結緣。無興是今年，浪泊茅堂水漫田。筆硯只宜收拾起，休言，但説移家上釣船。」右寄南村張處士。白石翁。「柴門晴也，喜山意方舒，春湖堪寫。拄著藤條，門外走、見打鼓喧村社。逐隊隨行，南閭北巷，儘趁兒童耍。强於遊宦，去鄉萬里羸馬。但願，年年康健，百年依舊，白首甘田野。天上多、桃根杏柢處，有栽培者。儂柘雲屯，儂秧雨潑，未便風斯下。將他博換，都來各自難捨。」暮春試筆，和楊儀部《念奴嬌》一闋，因録寄德澂云。沈周。（同前書卷十四）

二一　楊用修太史詞草：「弓鞋一掬凌波迴，冉冉盈盈羞顧影。擎茶步緩乳花凝，鬭草歸遲苔露冷。雪皺雲鬆倩郎整，羅帳鐙昏蓮瓣暝。掌中無力搦瓊枝，渴思半消殘酒醒。」右題情《木蘭花》，升庵楊慎。（同前）

二二　衡山詩餘墨蹟：「富春山下，畫舫新來。正雨過青林，波生碧渚，千峰日照，兩岸花開。北郭池塘，東門楊柳，二十年前幾往迴。重登眺、愛風煙如畫，臨水樓臺。追思少日情懷，猶憶先人舊郡齋。向范老祠前，春風走馬，客星臺上，雪夜觀梅。往事分明，故交零落，歎惜光陰一瞬哉。佇立久，念白雲芳草，頻去徘徊。」右調《沁園春》。徵明。「輕風驟雨捲新荷，湖上晚涼多。行春橋外山如畫，緣山去、十里松蘿。滿眼緑陰芳草，無邊白鳥滄波。夕陽還聽《竹枝》歌，天遠奈愁何。漁舟隱映垂楊渡，都無繫、來往如梭。笑道玉堂金馬，何如我短棹輕蓑。」右調《風入松》，泛湖作，為紫溪書。徵明。「紅雨壓花，緑陰鏤日，名園景色撩人。遊衫初試，汗拚薄羅新。節候今年差晚，增歲閏，四月猶春。應無那，煖烘韶麗，微翠惹遊塵。向尊前花下，聽歌□□（一作「荏冉」），接笑逡巡。古來四事，難得是良辰。起坐何曾問主，斜陽亂、主亦忘賓。拚沈醉，太湖石畔，翠輭草敷茵。」右初夏賞牡丹，調寄《滿江紅》。（同前書卷十五）

二三　祝枝山詞蹟：「燈火三更把算籌，風沙萬里覓封侯。蠶兒作繭生難罷，蛾子親鐙死却休。身外苦，夢中忙，渾無些子為吾謀。世間富貴真何物，賺得英雄白了頭。」調《鷓鴣天》。「南阜小亭臺，薄有山花取次開。寄與多情熊少府，晴也須來，雨也須來。隨意且銜杯，莫惜春衣坐綠苔。若待明朝風雨後，人在天涯，春在天涯。」調《一剪梅》。（同前書卷十六）

二四　唐六如書歎世詞八闋：前四首已刻，後四首未刻，書在一卷，因俱録入。「春去春來，白頭空自捱。花落花開，紅顏容易改。世事等浮埃，光陰如過隙。休慕雲臺，功名安在哉？休想蓬萊，神仙真浪猜。清閒兩字錢難買，枉把身拘礙。人生過百年，便是超三界，別無閒計策□□。」（筆者按：末句一作「此外別無閒計策」。）「極品隨朝，誰似倪宮保。萬貫纏腰，誰似姚三老。富貴不堅牢，達人須自曉。蘭蕙蓬蒿，算來都是草。鸞鳳鴟梟，算來都是鳥。北邙路兒人怎逃，及早尋懽樂。痛飲一萬觴，大唱三千套，無常到來猶恨少。」「禮拜彌陀，也難憑信他。懼怕閻羅，也難迴避他。枉自苦奔波，回頭纔自可。口是懸河，也須牢閉呵。手是揮戈，也須牢袖呵。越不聰明越快活，省了些閒災禍。家私那用多，官爵何須大，我笑別人人笑我。」「暮鼓晨鐘，聽得咱耳聾。春燕秋鴻，盼得咱眼矇。猶記做頑童，俄然成老翁。休逞姿容，難逃青鏡中。休使英雄，都堆黃土中。算來不如閒打哄，枉自把機關弄。跳出麪烏盆，打破酸虀甕，誰是惺惺誰懵懂。」「有酒無花，端的為省酒。有妓不佳，也難當做有。選妓要班頭，方纔是對手。不論酸甜酒，須傾一百斗。爛醉酕醄，通宵不肯走。　老頭兒非是要出醜，世事多參透。一朝那話兒來，要耍不能勾。想人生，有幾個到九十九。」「荏苒春光，不覺歸去早。老朽容顏，怎能又還小。明月尚可邀，昨宵難再找。緑螘紅裙，一刻不可少。萬事由天，何勞空自炒。　甜的苦的一般樣，老甜的多歡樂。赴了些有名席，睡了些風流覺，把一個張揭老兒乾罷了。」「一主一賓，一個知心俵。一味一壺，一輪明月皎。或把話兒嘲，或將琵琶埽。只唱新詞，舊曲多丟了。只論今番，往事多勾倒。　今年覺比去年老，緊要著光陰到。今日說你忙，明日說無鈔。問先生，那一日纔是個好。」「競短争長，世事何時已。富貴貧窮，由天不由已。七十古來稀，而今豈止你。風雨憂愁，又常多似喜。屈指尋思，前途能有幾。　是會的從今日受用起，莫為千年慮。對景且開懷，有酒須招妓。既為人，須索要為到底。」右調《對玉環》、《清江引》，吳郡唐寅書。（同前）

二五　王荊石和歎世詞十二首：「樂處酣歌，時光容易過。苦處奔波，早晚偏難度。世界號娑婆，苦樂平分破。佩玉鳴珂，生辰不似他。戴笠披蓑，安閒不羨他。　別人騎馬我騎驢，更有徒行個。日月疾如梭，天地旋如磨，也非過意相摧挫。」「美竹幽花，便是清涼界。淡飯麤茶，且共消閒話。白日苦喧譁，有約來良夜。網得魚蝦，壺傾問酒家。筆走龍蛇，詩成付會家。　世間禍福亂如麻，我也難禁架。休言鵲與鴉，任作牛和馬。只教方寸長瀟灑。」「覆轍翻舟，那個曾回首。大劍長矛，那個曾丢手。無數世間愁，憑著人承受。拜將封侯，是英雄釣鉤。按簿持籌，是愚夫枷杻。　休題能向死前休，更算千年後。步步使機關，也要天公湊，行年五十曾參透。」「皁帽絲縧，一第猶難料。　紫綬緋袍，一品猶嫌小。量盡海波濤，人心難忖著（一作料）。翠養翎毛，為誰頭上好。豕養脂膏，為誰腸內飽。　千尋鳥道上雲霄，何必都經到。平地好逍遥，高處多顛倒，世人只是回頭少。」「畫棟雕梁，推收紙半張。綠鬢紅妝，消除淚幾行。此事本尋常，漫説多魔障。百草芬芳，須防秋降霜。　萬木萎黃，須逢春再陽。　假如傀儡一登場，多少悲欣狀。旁人費忖量，兀自生惆悵，不知刊定傳奇上。」「百甕黄虀，須了今生事。一縷紅絲，須是前生繫。人事有推移，總是天安置。智似靈龜，何常脱死期。巧似蜘蛛，何常不忍饑。　命通若在四更時，夜半猶憔悴。千年薦福碑，九日滕王記，勸君且等時辰至。」「鐵鎖銅關，財寶終須散。玉液金丹，遲速難違限。但放此心寬，萬事從天斷。不坐蒲團，西方掉臂還。不戴蓮冠，南華合眼看。　人間苦海黑漫漫，送盡聰明漢。饑來粥與饘，睡要牀和簟，此外不須多繾綣。」「麋鹿山邊，終日防弓箭。鸚鵡簷前，終歲愁猫犬。身在畏途間，頃刻憂機變。恩愛纏緜，多成仇恨緣。　涕泪流漣，多因歡喜緣。　白駒過隙難留轉，何苦又加鞭。　靈臺一寸間，簇起和冰炭，任教世事如電閃。」「愁多病多，早已鬢毛皤。恩多寵多，轉入是非窩。洗耳聽漁歌，一一多嘲我。漫天網羅，方被浮名誤。　三載沈痾，兒被阿爺誤。　只今九表向天呼，誓不上、長安路。黄粱夢已徂，破衲還堪補，聊就人間小結果。」「一粒芝蔴，救飢也是他。一片黄瓜，解渴也是他。其餘萬事賖，到了成虛話。　絶（一作纔）説西家殺牛與宰馬，又説東家鑚龜與打瓦。　他們圖甚王和霸，一任的閒搭掛。待乘博望槎，看過天河界，那時碌碌緫干罷。」「南陌東疇，是兒孫馬牛。趙舞秦謳，是歡喜寃仇。萬事總悠悠，勞生何所求。一簇眉頭，算前又算後。三寸舌頭，説强又説醜。　饒君一日可千秋，空落得多僝僽。青山夢裏遊，玄牝空中守，羲皇一夢君知否。」「你會使乖，別人也不呆。你要錢財，前生須帶來。我命非我排，自有天公在。時該運該，人來還你債。時衰運衰，你被他人責。　常言作法可消災，怕没福難擔戴。有酒且開懷，見怪何須怪，一任桑田變滄海。」右倣唐六如《對玉環帶清江引》，王錫爵。　弇州評子畏書輭熟，亦不惡。此紙更稜峭可畏，乃子畏自稱江南第一風流才子。又曰：普救寺婚姻案主者，而太原相業偉如，生平不二色，何歎世詞相唱和至此？兒淵云：唐解元，狂者也；王文肅，獧者也。狂獧迹異而心同，宜其相契合乎。然子畏作風態以遠宸濠，未嘗不介然自守耳。至詞調率意縱横，有如卮言，伯虎其（一作共）乞兒唱《蓮花落》，少時亦復玉樓金埒，故復不惡。研山山長汪砢玉識於盟鷗小檻。（同前）

二六　莫雲卿《筆麈》：行書摺帖，有數則刻舊兩集者去之。　壬午冬十二月，予居長安旅邸，歲晏窮愁，秉燭兀坐，輒思良友，與之揮麈一談而不可得也。案頭信筆隨意，書得數條，題曰《筆麈》，聊當友生一夕晤言之趣耳。……「窮鴉飛數點，流水繞孤村。斜陽欲落處，一望黯消魂。」此隋煬帝《野望》詩也，何異唐人五言絶句體耶？秦少游改作小詞。「窮鴉」作「寒鴉」。（同前書卷十七）

二七　莫廷韓詩詞墨蹟：「小閣帶谿流，山深事事幽。應知草玄閣，寂寞向滄洲。」「羽客不可尋，煙雲自來去。時時神鴿飛，誰辨丹成處。」「明月來何時，花深露華冷。酒醒去空階，佳人弄花影。」「曉露散金液，翠旗千葉開。」羽經堪自著，客第品泉來。」爲懷荆汪丈，書於龍潭舟次。是龍。「十年裘馬熟長干，飛夢隨君去不難。桃葉渡頭歌舊葉，木蘭舟上採芳蘭。誰家明月酣春卧，京兆梅花犯雪看。愁絶倚樓嬌眼在，粉嘑容易傍人彈。」雲卿。「乍出蘭盆倦晚妝，輕綃不掩雪肌香。新纏羅襪勾春興，何用雙飛小鳳凰。」咏理紈美人。「塗香莫惜蓮承步，長愁羅襪凌波去。只見舞迴風，都無行處蹤。偷穿宫樣穩，並立雙趺困。纖妙説應難，須從掌上看。」右東坡咏弓足詞調《菩薩鬘》，並書於舊雨堂中。是龍。（同前）

二八　白石山樵詩詞諸蹟：「大隱在城市，仙人好樓居。四五百竿竹，一三千卷書。竹可題名書可讀，况有新松翠如沐。就中上座是阿誰，君與梅花兩尊宿。」陳繼儒，似玉水詞兄正。……「燕燕於飛，補葺舊巢堪宿。草寮寬，何須華屋。水兒一曲，山兒一曲。翠微中，鬚眉皆緑。拄杖敲門有客來，看修竹。但家釀、園蔬絡蔌，菊花蕊足，松花飯熟。日三竿，圖些清福。」眉道人陳繼儒書於山陲喜庵。（節録自同前）

二九　鮮于伯機樞所藏：東坡書詞，一云：「東武城南連堤就，郟湛初溢。」今刊本作「漣漪初溢」，非也。（同前書卷二十二）

三〇　相城沈啟南家藏：蘇滄浪、蔡端明、蘇文忠、文定、黄文節、米海岳諸賢遺墨，共一册。王文正、秦淮海、米襄陽、樓攻媿、楊慈湖諸賢手帖一卷。林和靖與僧二帖。蔡端明自書絶句詩。蔡、蘇、黄、米真蹟一卷。蘇子瞻《前》《後赤壁賦》，李龍眠作圖，隸字，書旁注云：「是海岳筆，共八節，唯前賦不完。山谷大字《馬伏波》詩一卷,谷自有跋。山谷書老杜律詩一首。亦大字,真。米元章自書詞一卷。李忠定、張忠獻、趙忠簡、吕忠穆、李莊簡五公手札一卷。張忠獻父子與虞丞相劄子。鄧侍郎、程雪樓、徐子方、虞疏齋諸公詩蹟。」(同前)

三一 吴江史明古家藏:元張師道書《木蘭花慢》詞一卷,後元人題識。(節録自同前)

三二 梁溪華氏真賞齋法書文太史徵仲叙名:豐道生《真賞齋賦》中云:暨乎劉氏《史通》、《玉臺新咏》上有「建業文房」之印,則南唐之初梓也。聶崇義《三禮圖》,俞言等《五經圖説》,乃北宋之精帙也。荀悦《前漢紀》,袁宏《後漢紀》,紹興間刻本,汝陰王銍序。嘉史久遺。許嵩《建康録》,陸游《南唐書》,《載紀》攸罕。宋批五禮,五采如新。古註《九經》,俞石澗藏,王守谿跋。南廱多闕。蘇子容《儀像法要》,亟稱於諸子。張彦遠《名畫記》,鑒收於子昂。相臺岳氏《左傳》,建安黄善夫《史記》,《六臣註文選》,郭知達《集註杜工部詩》,共九家,曾噩校。曾南豐序次《李翰林集》三十卷,五百家註韓、柳文,在朱子前,齋中諸書、《文選》、韓、柳尤精。《劉賓客集》,共四十卷,内外集十卷。《白氏長慶集》七十一卷,《歐陽家藏集》,删繁補缺,八十卷,最為真完。《三蘇全集》,《王臨川集》,世所傳止一百卷,唯此本一百六十卷。《管子》,《韓非》,《三國志》,大字本,淳熙乙巳刊於蜀潼川運司,公帑。《鮑參軍集》十卷,《花間集》紙墨精好,《雲溪友議》,十二卷,范攄。《詩話總龜》,一百卷,阮閲編。《經鉏堂雜志》,八卷,霅川倪思。《金石略》,鄭樵著,笪氏藏。《寶晉山林拾遺》,八卷,孫米憲刻。《東觀餘論》,樓攻媿等跋,宋刻初印,紙墨獨精,卷帙甚備,世所希見。《唐名畫録》朱景刻,《五代名畫補》劉道醇纂,《宋名畫評》,《蘭亭考》,十二卷,桑世昌集。皆傳自宋、元，遠有端緒。若齋中紫桑小几，寶晉舊物，下有「芾」字押。白金羊鼎，乃商時諸侯所用之器。子石研，色紫如嫩肝，一眼徑寸餘，有黄暈，淺深八重，間以白質青花點，傳唐三藏自西域歸，過峨眉寶研谿，見兩石子鬭，攬得其一，以為研，常有五色光。又古玉小熊，長不及寸，腹下篆刻文曰：「能使人不衰。」細如粒米。古玉印章，有東漢楊彪文先四代相印，朱文虎鈕，雕刻精工，神韻生動，旁皆礰花。又一印曰三槐之裔，通身古卧蠶，朱文螭鈕，刻深而奇，温潤無比。高宗吴后二印。賢志堂印，白文螭鈕，賢志主人覆斗卧蠶俱精絶。其白玉螭鈕三印：改刻瓢印曰真賞，方印曰華夏，一曰真賞齋，印扁，則李西崖八分書，以米元章有「平生真賞印」也。嘉靖二十八年南禺外史豐人叔為叙賦。

（節録自同前）

三三 王弇州爾雅樓所藏法書，跋載《四部稿》及《續稿中》：天全翁《靈巖勝遊卷》，又聯句詩卷，詞卷……蘇文忠公書《表忠觀碑》，坡翁《三十六峰賦》帖，《松醪賦》帖，書絶句三十首，書黄州二詞，《荔枝丹》帖，馬券帖，告史全節語，書《金剛經》，書《歸去來辭》，陶詩帖在天池亂石中，書《連昌宫詞》，《喜雨》、《豐樂》二亭記，草書《醉翁亭記》，行草《定惠院海棠詩》，《海市詩》，《乳母銘》，公自書於石，在黄州。臨王右軍、桓大司馬、懷素雜帖，與文與可詩三十首。黄文節公《中興頌碑後詩》，書《狄梁公碑》范文正公作，書東坡「大江東去」帖，書東坡《卜算子》祠（當作詞），《登七祖山次周元翁韻》，《食時五觀》帖，山谷草書雜帖，涪翁書《廬山高歌》。（節録自同前）

三四 宋徽宗《雪江歸棹圖》：臣伏觀御製《雪江歸棹圖》，水遠無波，天長一色，羣山皎潔，行客蕭條，鼓棹中流，片帆天際，雪江歸棹之意盡矣。天地四時之氣不同，萬物生天地間，隨氣所運，炎凉晦明，生息榮枯，飛走蠢動，變化無方，莫之能窮。皇帝陛下以丹青妙筆，備四時之景色，究萬物之情態於四圖之内，蓋神智與造化等也。大觀庚寅季春朔日太師楚國公致仕臣京謹記。　宣和主人花鳥鴈行，黄易，不以山水人物名世，而此圖遂超丹青蹊徑，直闖右丞堂奥，下亦不讓郭河中、宋復古。其同雲遠水，下上一色，小艇戴白出没於澹煙平靄間，若輕鷗數點，水窮驟得積玉之島，古樹槎蘖，皆少室三花，快哉！　觀也。度宸遊之跡，不能過黄河，艮嶽一舍許，何所得此景？　豈秘閣萬軸一展玩間即曉本來面目耶？後有蔡楚公元長跋，雖沓拖不成文，而行筆極楚楚，與余所藏題《聽阮圖》同結搆，一時君臣於翰墨中作俊事乃爾，令人思藝祖、韓王椎樸狀。　瑯琊王世貞題。　據蔡楚公題有四圖，此當是最後景耳。　題之十又六年，而帝以雪時避狄幸江南，雖黄麾紫服斐亹於璚浪瑶島中，而白羽旁午，更有羡於一披蓑之漁翁而不可得。又二年而北竄五國，大雪没駞足，縮身穹廬，與傖毷子卿伍。吾嘗記其度黄河一小詞有云「孟婆，孟婆，你做箇方便，吹箇船兒倒轉」。嗚呼！　風景殺且盡矣。視雪江歸棹中王子猷，何啻天壤？　不覺三歎。世貞又題。　宣和主人寫生花鳥，時出殿上捉刀，雖著瘦金小璽，真贋相錯，十不一真。　至於山水，唯見此卷。　觀其行筆布置，所謂雲峰石色，迥出天機，筆意縱横，參乎造化者，是右丞本色，宋時安得其匹也？　余妄意當時天府收貯維畫尚夥，或徽廟借名，而楚公曲筆，君臣間自相唱和，而翰墨場一段簸弄，未可知耳。　王元美兄弟藏為世寶，雖權相跡之不得，季白得之若遇谿上吴氏，出右丞《雪霽》長卷相質，便知余言不謬。　一卷足稱雌雄雙劍，瑞生莫嗔妬否？戊午夏五，董其昌題。　畫長五尺，在絹上，横卷，瘦金題首：「雪江歸棹圖。」上用雙龍小方璽半邊字，若今之掛號。然卷後有「宣和殿製」四字，作瘦金體。上用御書瓢印，下有御押「天下一人」字。其王司寇二跋已刻《弇州續稾》中。又董跋吴瑞生所有王右丞《江山雪霽》卷，後竟歸程季白。季白與余善，故獲覩其珍秘。玉水記。（《汪氏珊瑚網名畫題跋》卷三）

三五　米敷文《瀟湘》長卷：三紙連屬，計一丈二尺。元暉戲作。題畫上。夜雨欲霽，曉煙既泮，則其狀類此。余蓋戲為瀟湘寫千變萬化不可名神奇之趣，非古今畫家者流畫也。惟是京口翟伯壽，余生平至交，昨豪奪余自秘著色袖卷□於盟天，而後不復力取歸。往歲掛冠神武門，居京口舊宅，以《白雪》詞寄之，世所謂《念奴嬌》也：「洞天晝永，正中和時候，凉飈初起。羽扇綸巾雩詠處，水繞山重雲美。好雨新晴，綺霞明麗，全是丹青戲。豪攘横卷，誓天應解深祕。　留滯字學書林，折腰緣為米，無機涉世。投組歸來欣自肆，目仰雲霄醒醉。論少卑之，家聲接武，月旦許吾子。憑高臨望，桂輪徒共千里。」昨與吴傅朋蜀冷金箋上戲作一幅，比與達功相遇，知亦為此郎奪，因追省此詞，跋於小卷後。舊曾寫寄蔡天任，以「白雪」易其名，舊名可謂惡甚。嬾拙老人元暉。疊篆友仁二字印。　……昔陶隱居詩云：「山中何所有，嶺上多白雲。但可自怡悦，不能持寄君。」余深愛此詩，屢用其韻，跋與人袖卷，漫書一二於此：其一：「山氣最佳處，卷舒晴晦雲。心潛帝鄉者，願作滄波君。」其二與翟伯壽横披書，其上云：「山中宰相有仙骨，獨愛嶺頭生白雲。壁張此畫定驚倒，先請喚人扶舊君。」紹興辛酉歲孟秋初八日過嘉禾，獲再觀，嬾拙老人米元暉書。（節録自同前書卷四）

三六 梁楷畫《右軍書扇圖》小卷：「道傍題扇出無心，晉世風流説到今。絶勝寫詞陶學士，故迷郵妓作知音。」吴興張世昌。……梁楷，東平相義後，嘉泰年畫院待詔，賜金帶不受，掛於院内。嗜酒自樂，亦號梁風子。但傳於世者皆草草，謂之減筆。今觀此水墨題箑圖，所作右軍立枯柳旁，丰神俊邁，筆意蕭爽，老媪持扇俛僂，有欣悦之狀，是寫賣扇後復來耳。畫在白紙上，濶一尺許，高不盈尺。天啟丁卯長至日，課花外史觀於東雅堂中。（節録自同前書卷六）

三七 趙孟堅水墨雙鈎《水仙》長卷：余久不作此，又方病目未愈，子用徵索宿諾良急，强起描寫，轉益拙，俗觀者求於形似之外可爾。彝齋。元貞二年正月廿五日，鮮于樞同餘杭盛元仁、三衢鄭君舉觀於困學齋之水軒，時將赴淛東，僕夫束擔，以雨少留。吾自少好畫水仙，日數十紙，皆不能臻其極，蓋業有專工，而吾意所寓，輒欲寫其似。若水仙、樹石以至人物、馬牛、蟲魚、肖翹之類，欲盡得其妙，豈可得哉？今觀吾宗子固所作墨花，於紛披側塞中各就條理，亦一難也，雖我亦自謂不能過之。子昂。「玉潤金明，記曲屏小几，翦葉移根。經年汜人重見，瘦影娉婷。雨帶風衿零亂，步雲冷、鵞筦吹春。相逢舊京洛，素靨塵緇，仙掌霜凝。國香流落恨，正冰銷翠薄，誰念遺簪。水空天遠，應想轡弟梅兄。渺渺魚波望極，五十絃、愁滿湘雲。凄凉耿無語，夢入東風，雪盡江清。」調《夷則商·國香慢》，弁陽老人周密公謹。（節録自同前）

三八 龍圖燕穆之《楚江秋曉》卷：燕龍圖在王府，以德業自勵，後世乃以能畫稱。觀此，足見其藝之不凡，但恨為此所掩。噫！以顔魯公之政事，而世亦以書稱，可見學之不可不慎也。乙丑二月，門山老樵齊郡張紳。　燕尚書生有巧思，能奮志功業，圖畫特其餘事耳。在燕府侍書時，王求畫一筆，不肯與，蓋恐王之志尚偏也，故其畫罕見於世。此卷筆刀遒媚，其在早年所製無疑也。吴郡張適識。　「江水滔滔日夜流，帆檣來去幾曾秋。　畫圖不盡古今意，感慨令人憶壯遊。」俞貞木。

「初晰淡微茫，猨嘯楚江曉。恬風展波鏡，千里瀉瀰渺。起語船上人，驚飛岸邊鳥。行裝亂填委，徒御争紛擾。　川后弭安流，天吴沕深窈。陰霾斂遥翳，目斷秋旻杳。響榔節歌長，翔颿逗風小。人生等萍寄，奔涉何時了。旅思協悲端，羈情重憂悄。忠忱不可見，永弔鳴寒篠。回首噭湘纍，蒼山亂雲繞。」下同。　「黄陵廟下瀟湘浦，依稀少年羈旅。　夢澤風生，渚宫華落，收盡峽雲巫雨。長天帶水，正日出三竿，客船猶艤。四望蒼蒼，秋光都在白蘋渚。　流年暗驚易度，向畫中、空見舊遊如許。鼓瑟人遥，紉蘭事往，誰折芳馨寄與。消魂凝竚，待收拾閑情，寫成新句。心與鴻蜚，空江煙浪裏。」右調《臺城路》。　去年秋，友人謝彦起氏為孟敷陳孝廉索賦楚江秋曉詞，久未能成。今日偶過許瀾伯讀書山房，時夏雨初霽，軒窓朗徹，因援筆賦此。留瀾伯所，歸諸孟敷，殊媿不工也。洪武廿八年孟夏十有一日，吴人王璲。（節録自同前）

三九　温日觀《葡萄》較六研齋三刻微異：「舉世只知嗟逝水，無人微解悟空花。」此一聯乃大唐貫休禪師之佳句。　皇宋温日觀為書之，為後人策勵之端，仍為寫龍鬚於後。癸巳年三月廿日，扁舟至天佛院，晴窗晚興，有兄副寺寶之。此後寫葡萄一幀。　紙長，宜以好詩書之，為後名勝笑覽：「明月清風宗炳社，夕陽秋日庾公樓。修心未到無心地，萬種千般逐水流。」日觀。　「濃淡纍纍半幅披，却疑月架影参差。憑君問取乘槎使，還似宛西舊折枝。」蜀益州張夢應敬題，至元壬辰維夏書於雲間寓舍。「吳綃蜀繭，筆底墨雲飛一片。點點秋胦，收得驪龍頷下珠。興來一埽，惜處有時慳似寶。露葉煙條，幾度西風吹不凋。」右調《減字木蘭花》。山陰曾寅孫奉題。……子温字仲言，號日觀，又號知非子，華亭人。宋季元初萍浮四方，止杭之瑪瑙寺。善草書，喜畫葡萄，鬚梗枝葉，皆草書法也，世號温葡萄。時貴慕其畫，贄金求之，一筆不與；逢佳士，遽命紙筆。雅好著恢帽短衣，囊錢果，猖翔街陌，探囊投市中兒，問識温相公否，由是進止輒擁小兒，呼温相公。時有賓肖羅漢，醉則維筆竿杪，草聖芬媚，詩人遂有「長竿醉草賓羅漢，短褐徉狂温相公」之句。温性嗜酒，然楊總統飲之酒，一不霑唇。每見則曰「掘墳賊，掘墳賊」云云，西吳龍惕子識於俠香軒。（節録自同前書卷七）

四〇　陸行直《碧梧蒼石圖》：在絹上，掛幅。「候蟲凄斷，人語西風岸。月落沙平流水漫，驚見蘆花來鴈。　可憐瘦損蘭成，多情因為卿卿。祇有一枝梧葉，不知多少秋聲。」　此友人張叔夏贈余之作也，余不能記，憶於至治元年仲夏廿四日戲作《碧梧蒼石》與冶仙西窗夜坐，因語及此，轉瞬二十一載。今卿卿、叔夏皆成故人，恍然如隔世事，遂書於卷首，以記一時之感慨云。季道陸行直題。「斜陽目斷，秋晚蘆花岸。去信來音俱散漫，陣陣新寒驚鴈。　愁將梧石描成，寄情祇為思卿。筆下淋漓水墨，滿空雨響風聲。」冶仙陸留謹題。「柔腸先斷，舟繫汾湖岸。　別恨離愁秋水漫，寫入數行新鴈。　幽閨蘭夢初成，猶將小字呼卿。幾點梧桐夜雨，一天霜月砧聲。」梅隱王鉉題。「因緣未斷，江上湖平岸。心事留連煙水漫，愁見天邊孤鴈。　買蘭和粉方成，因何辜負芳卿。老樹不禁風落，寒猨夜夜哀聲。」元卿題。「翠屏香斷，夢繞瀟湘岸。舊曲不禁愁汗漫，分付秦箏斜鴈。吴箋賦恨難成，丹青惱殺蘇卿。一片碧梧蒼石，誰教寫出秋聲。」仲輿葉衡謹題。「彩雲飛斷，愁思茫無岸。落日平蕪煙水漫，又見去年歸鴈。琵琶舊曲難成，風流誰復如卿。滿耳碧梧秋雨，潯陽江上哀聲。」立禮衛德嘉謹題。「峽雲飛斷，錦石秋花岸。猶記尊前情爛漫，脈脈慵移箏鴈。碧梧圖子誰成，主人以墨為卿。莫道鳳枝棲老，西風長寄新聲。」寄雲施可道題。「斷腸腸斷，愁滿斜陽岸。遠水遥山情浩漫，春燕參差秋鴈。夜長閒夢空成，離魂不遇君卿。月轉梧桐有影，天高河漢無聲。」仲達曹方父題。居竹，朱文。「紫簫音斷，睡起烏紗岸。夢峽飛雲空汗漫，又負一番秋鴈。捻沙尚凝圓成，風流不減耆卿。怕聽蒼梧夜雨，等閒寫入無聲。」雲間衛德辰謹題。「楚雲迷斷，桃葉江南岸。春去秋來情漫漫，愁絶一行新鴈。錦書欲寄雙成，殷勤為謝芳卿。明月碧梧凉夜，有誰知度簫聲。」吴興趙由儁。「吴山夢斷，依舊江南岸。驚起溼香飛汗漫，倦聽徘徊哀鴈。神遊極表難成，屏幃曲曲如卿。深院吟蛩疏雨，斷腸聲外生聲。」陸承孫謹題。「楚天雲斷，人隔瀟湘岸。往事悠悠江水漫，怕聽樓前新鴈。深閨舊夢還成，夢中獨記憐卿。依約相思碎語，夜凉桐葉聲聲。」陸行直重題。「西風吹斷，帆迴潯陽岸。水影碧涵天影漫，倒印片雲孤鴈。琵琶舊譜新成，舟中應有蘇卿。愁耳不堪重聽，聲聲又復聲聲。」德可徐再思。「寸腸愁斷，目送斜陽岸。楓落吴江秋水漫，盼殺南來征鴈。綺窗好夢初成，夢回相見卿卿。明月西風夜冷，蒼梧亂影多聲。」竹月道人。「暮雲飛斷，潮落吴江岸。憶昔佳人愁思漫，那更樓頭聞鴈。此時有意還成，爭知惱殺蘭卿。畫作碧梧蒼石，至今圖得風聲。」青社元卿郝貞題。「楊枝歌斷，春老鶯鶯岸。可笑楊花飛漫漫，却作蘆花孤鴈。國香欲賦難成，向來錯怨輕（當作卿）卿。縱使此心如石，不禁梧葉離聲。」廬山人劉則梅。「琵琶絃斷，冷落汾湖岸。月墮湖天波汗漫，空憶上林飛鴈。誰將蒼石題成，才華總是冠卿。翻陋梨園舊譜，當年靡靡新聲。」《碧梧蒼石》一幅，姑蘇汾湖湖天居士陸行直甫之所作。行直有家妓名卿卿者，以才色見稱，友人張叔夏為作古詞贈之，所謂「多情因為卿卿」是也。後二十一載，行直以翰林典籍致政歸，作此《碧梧蒼石》，復與其宗人冶仙話舊，因記憶叔夏之贈，則張公、卿卿皆杳隔塵世矣。故並書張詞於卷端，當時諸公仍踵而和之，其辭旨抑揚悽惋，似寓悼惜無涯之意。然自至治到今，又百餘年矣，而此圖無恙，墨色如新，豈非有類岐陽石鼓、昭陵璽紙人人得而珍之耶？鄉先生朱公暇日持示余索賦，遂書以續貂後。公字孟寬，號緑疇軒，吾鄉詩禮右族，其風流醞藉，不減行直云。緩軒劉稽書。陸季道作《碧梧蒼石圖》，蓋追寫故友張叔夏之詞意也。按季道載叔夏《清平調》一詞於圖左云云，且識其後，曰至治月日，與冶仙西窗夜坐，偶語及此，轉瞬二十一載，卿卿、叔夏皆成故人。卿卿，叔夏詞中云，不知所指者誰，疑亦當時妓妾之類，但不宜序叔夏之上。元室士大夫詩畫絶有可觀，梧石清潤，大似雲林，蓋季道人品，亦與雲林相上下。恨予生晚，不能論其世，徒賞其詞畫，而擊節三歎也。正統己未花朝前三日，飲桂林朱孟寬第，同觀者屠冰壺、陶畊學云。右四十餘載前，客一清樓下，寄題此畫，蓋稿也。頃見劉緩軒所題，誠足以啟予之寡陋。丙午秋暮孟夏，同一感懷也。幸喬木世家，遺澤尚存。又寬孫綱乞予再題，念諸老故物，正猶季道之念叔夏，可為之一解頤焉。成化二十二年九月庚申，桐村周鼎，時年八十有六。（節録自同前書卷八）

四一 梅道人臨荆浩《漁父圖》與六研齋三刻大異：「洞庭湖上晚風生，風觸湖心一葉横。蘭棹穩，草衣輕，衹釣鱸魚不釣名。」「重整絲綸欲棹船，江頭新月正明圓。酒缾倒，岸花懸，抛却漁竿和月眠。」「殘陽浦裏漾漁船，青草湖中欲暮天。看白鳥，下平川，點破瀟湘萬里煙。」「如何小小作絲綸，衹向湖中養一身。任公子，爾何人，枉釣如山截海鱗。」「極浦遥看兩岸斜，碧波微影弄晴霞。孤舟小，去無涯，那個汀洲不是家。」「雪色髭鬚一老翁，欲將短棹撥長空。微有雨，正無風，宜在五湖煙水中。」「緑楊灣裏夕陽微，萬里霞光浸落輝。擊楫去，未能歸，驚起沙鷗撲鹿飛。」「月移山影照漁船，船載山行月在前。山突兀，月嬋娟，一曲漁歌山月邊。」「風攪長江浪攪風，魚龍混雜一川中。藏深浦，擊長松，直待雲收月在空。」「舴艋為舟力幾多，江頭雲雨半相和。殷勤好，下長波，半夜潮生不那何。」「殘霞返照四山明，雲起雲收陰復晴。風脚動，浪頭生，聽取虚篷夜雨聲。」「無端垂釣空潭心，魚大船輕力不任。憂傾倒，繫浮沈，事事從輕不要深。」「釣得鮮鱗拽水開，緑萍漾漾逐鈎來。摇頳尾，噞紅腮，不羨嚴陵坐釣臺。」「五嶺風光絶四鄰，滿川鳧鴈是交親。雲觸岸，浪摇身，青草煙深不見人。」「舴艋舟人無姓名，葫蘆提酒樂生平。香稻飯，滑蓴羹，掉月穿雲任性情。」「桃花波起五湖春，一葉隨風萬里身。釣絲細，香餌匀，元來不是取魚人。」予昔喜關仝山水清勁可愛，原其所以，出於荆浩筆法。

後見荆浩畫唐人《漁父圖》有如此製作，遂倣而為一軸，流散而去，今復見之，乃知物有會遇，時也。一日，維中持此卷來，命識之。吁！昔之畫，今之題，殆十餘年矣。流光易邁，悲夫！至正十二年壬辰九月廿一日，梅花道人書於武塘慈雲之僧舍。《漁父圖》一卷，唐帽者六人：一坦腹，伸一足坐，手撫枻而不釣。一立而望家欲歸。一橫置枻手，據船坐而回顧。一俯睡倉口而身在內。一睡方起，出半體篷下。一坐釣而丫角者，操枻在尾。冠者五六人，坦而仰視，忘所事者。臥而高枕，篷窗洞開者，不釣；而袖手坐者，坐而釣。或釣而跪者，幞頭而力不勝魚。撑兩足，掀髯收釣者一人。危坐而栧，欲急歸者一人。露髻而抱栧，坐睡待月，而後歸者一人。笠而栧，且髯胡者一人。人自為舟，獨一舟為操者焉。人為志和詞一，凡十六首，一首注其旁曰「無船」，吁！非無船也，巖樹掩之耳。此梅華庵所畫，詞亦其所自填，非誠有其人，使誠有之，而詞句則一手出，何耶？世亦烏有若是之聚而漁，皆志和之能言也耶？此卷當載之滄江主人舟。古稱非梅沙彌不能畫，非丹丘主人不能有畫中意、詞中景也。卞民部誦坡仙「客未佳」之句，正桐村牧不在坐耳，牧自謂狂不減志和，丹丘以為何如？立秋後八日，桐村周鼎客雲東書，時年七十有七。後有老友張萱跋，又江陰卞榮跋。予昔於戴上舍敬雩所得覩一卷，景物與此正合，題云姚丹丘臨梅沙彌滄洲漁舫，煙波浩淼之趣常在夢中，蓋三十年所矣。今得沙彌此卷，又云倣荆浩筆，而荆浩亦得自唐人，乃知繪事，惟創意之難。如其成就今古，相師所不諱也。唐人重摩詰輞川，皆乞本傳寫，士大夫家有一本。惟元人貴氣韻而輕位置，以為一臨倣，即失生動耳。姚御史名綬，別號丹丘子，吾郡魏塘人，半生雲水煙林，不為圭組所困，吾師也。有一舟，名滄江虹月，故周伯器跋中及之，對此不能不憶姚臨，為之三歎，竹嬾日華。其昌。　梅花道人畫，都倣巨然，此又自稱師荆浩，蓋畫家醞釀，顧無所不能，與古人為敵，乃成名家也。就中似有張志和梅道人家武塘，摹漁翁煙波景色，如《笠澤叢書》。又以荆巨筆力出之，遂成大卷。輩，呼之不得，得此，便可共逃名於菰蘆之間，不復呼漁丈人矣。陳繼儒。（同前書卷九）

四二　黄公望《谿山雨意》文壽承大篆書卷首：此是僕數年前寓平江光孝寺，陸明本將紙一幅，用大陀石研、郭忠厚墨，一時信手作之。此紙未畢，已為好事者取去，今復為世長所得。至正四年十月來谿上，足其意，時年七十有六。是歲十一月哉生明識。黄氏子久，白文。黄公望印，朱文。「青山不趁江流去，數點翠收林際雨。漁屋遠模黏，煙村半有無。　大癡飛醉墨，秋與天争碧。净洗綺羅塵，一巢棲亂雲。」調寄《菩薩蠻》，筠庵王國器題。　黄翁子久雖不能夢見，房山鷗波，要亦非近世畫手可及，此卷尤其得意者。甲寅春倪瓚題。（同前）

四三　《惠麓圖》：「好畫能官黑仲明，長松磵下濯冠纓。當年小筆今重展，回首蘭陵夢亦驚。」仲明，高昌名族也。嘗為宜興、嘉定二州同知，甚有惠政。余每至蘭陵郡，嘗館於其家，偶寫此圖贈仲明，而陸信甫適至，復取之以遺信甫，雖片紙亦可觀也。至正廿三年八月二日，偶適志學鄉友書齋中，忽以相示，轉瞬十有二年矣。世殊事異，為之慨然。志學時寓笠澤施氏館中，瓚題。……「秋聲吹碎江南樹，政是瀟湘腸斷處。一片古今愁，荒碕水亂流。　披圖驚歲月，舊夢何堪説。追憶謾多情，人間無此清。」右調《菩薩蠻》。　筠庵王國器。（節録自同前書卷十）

四四　《洞天清曉圖》：「霧閣雲窗縹緲間，丹崖玉樹絶躋攀。桃源咫尺無人識，海上徐生漫往還。」黄鶴山樵。　「一生居士精神健，此筆前生是畫師。南郭子綦今喪我，東方曼倩不逢時。　磵溪巖岫絶幽遠，草樹雲煙相蔽虧。亦欲求翁寫束絹，祇慙投老買山遲。」河東張翥。　「山上生雲山下雨，樹杪飛泉千丈吐。何人結屋雲泉間，滿地松陰如太古。丹谿老仙性愛山，芒鞵竹杖不放閒。江湖安得具小舟，挂冠來與此老遊。」金溪金霖。　「千巖萬山，白雲心自閒。結屋萬山深處也，分得雲半間。　人生良鮮歡，世事紛紛行路難。早去同尋瑶草，莫把做，畫圖看。」壺中。　「金澗飛來晴雨，蓮峰倒插丹霄。蘂仙樓閣隱岧嶤，幾樹碧桃開了。　醉後豈知天地，月寒莫辨瓊瑶。一聲鶴叫萬山高，畫出洞天清曉。」筠庵。（同前書卷十一）

四五　（王）叔明《聽雨樓圖》：紙上卷書「聽雨樓」，篆書於首款，云玉雪坡，下周伯温白文印。至正廿五年四月廿七日，黄鶴山人王叔明於盧生聽雨樓畫。生名恒，字士恒，時東海雲林生同在此樓。　……「少年聽雨歌樓上，銀燭昏羅帳。壯年聽雨客舟中，天濶雲低，斷雁叫西風。　而今聽雨僧廬下，鬢已星星也。悲歡離合總無情，一任空階點滴到天明。」　右竹山先生所賦之詞，今獲觀此卷，因舉是詞，成（一作誠，下同）甫俾書於卷末。夫聽雨，一也，而詞中所云不同如此。蓋同者，耳也；不同者，心也。心之所發，情也；情之遇於景，接於物，其感有不同耳。成甫中年人，有樓聽雨，吾意其與在僧廬下者同其情，成甫乃曰：「我聽雨，我知在我之樓而已。」遂書。竹山名捷，姓蔣，字勝慾，義興人，卷中諸先輩之先輩，詞之腔《虞美人》也。奕。（節録自同前）

四六 韓奕，字公望，吴之良醫也。好與名僧遊，所云蔣竹山，則義興蔣氏也，以詞章名世，其清新雅麗，雖周美成、張玉田不能過焉。（節録自同前「聽雨樓諸賢記」）

四七 沈貞吉山水題詞：「一竿風月，一蓑煙雨，家傍釣臺西住。賣魚生怕近城門，况肯到，紅塵深處。潮生解纜，潮平鼓枻，潮落放歌歸去。時人錯認是嚴光，自是無名漁父。」八十三翁沈貞題於有竹居。（同前書卷十二）

四八 沈恒吉山水題詞：「此老癰疏一釣徒，服也非儒，狀也非儒。年來只為酒黏塗，朝也村酤，暮也村酤。胸中文墨半些無，名也何圖，利也何圖。煙波染就白毿鬚，出也江湖，處也江湖。」時雨方霽，痞寐北窗，展玩古法名筆，聊為作此，贈誠庵老友，一笑。沈恒。沈貞，字貞吉。弟恒，字恒吉。號陶庵，又號陶然道人，為吴興人，即石田先生之父。二處士並善丹青，壎篪相映，時謂趙文敏同流。恒吉之畫師杜徵君，余向有《婁江勝感接待寺八景》，為貞吉所圖，一一倣宋元人筆，真合作也。浮谿道脈浩然子識於天緑臺之積石瑶房。（同前）

四九 沈啟南《支硎冒雲圖》：「林蹊相值夕陽天，跡似無言意似仙。高笠冒雲宜我畫，小詞磨石信僧鐫。山逢佳處肩遲轎，眼落閒時袖出編。隨後擔夫亦殊俗，花筐酒榼兩頭懸。」辛亥歲二月二十一日，余登支硎山林麓，隱隱見一士戴笠手卷，乘筍輿而來，及近，乃楊儀部君謙也。且迫暮，僅一揖而别。明日，遂繪其高致，并詩以寄。沈周。（同前書卷十四）

五〇 石田自畫題詞：「殘葉林梢風瑟瑟，秋波照眼通天碧。南北東西聊泛宅，人不識，江湖自有江

「林影湖客。　娟娟釣竿三百尺，金龜未换鱸魚白。船本窄，一般自有容身策。」《漁家傲》。「十丈下，夕陽邊。净苔雙踞膝，秋水一長編。能消世慮江山外，還度年華鬢鬢前。」自題山水。「煙江渡口渠家宿，幾度斜陽暮雅（當作鴉）。無意青黄，無心雨露，大老何耶。」右寄《柳梢青》，圖而賦之，將以自况云。「聞道灞陵橋，山遥水更遥。六十年、踪跡寥寥。牖下困人今老矣，雙短鬢，怕頻搔。　行看要詩瓢，酒壺相伴挑。望秦川、千里翹翹。再畫一驢馱我去，便不到，也風騷。」（同前）

五一　題石湖圖與陸子静：「春盡南湖水拍空，扁舟如坐畫圖中。催詩忽送雲頭雨，吹面時來柳外風。人與青山原有約，興隨流水去無窮。自家不是陶元亮，一笑應慚對遠公。」「平生幽興碧雲深，老去閒身縱壑人。喜共白公修洛社，何如逸少在山陰。夕陽鐘梵煙藏寺，修竹人家水繞林。滿目谿山琴趣在，底須絃上覔知音。」徵明。　又《石湖圖》并詞：「晚凉斜倚赤闌橋，天遠白煙消。酒醒顧見花間影，浮雲散月在林梢。野火青山隱隱，漁歌緑水迢迢。　昔年曾此醉清宵，共艤木蘭橈。白頭重蹋行春路，同遊客半已難招。夜静山高月小，玉人何處吹簫。」右調《風入松》并《石湖圖》，夏五月望日，徵明寫。（同前書卷十五）

五二　王元美題六如《花陣六奇》，調《玉燭新》：余卷有六如自題詞：「吴宫新宴起，喚（按：「起喚」原作「喚起」，據《四庫全書》本改）兩隊嬌羞，粉營紅壘。阿平輕掉，蘇家舌、旋把靈犀參透。兵符半紙，偷送得、君王春睡。雲夢杳、小網流蘇，淮陰霎時拈繫。　滎陽斷送重瞳，更七日平城，總虧佳麗。貂圍翠繞，胡兒夢、還滯漢家羅綺。丹青妙理，描寫六番陰計。雲臺後，須與封侯，温柔國裏。」埽愁將軍都督華胥以西諸軍事領長樂少府、醉鄉侯、食糟丘五百户天弢居士書。（同前書卷十六）

五三　《墨梅》：「憶昔黄昏，一枝清瘦，有懷如隔。但覰寒梢，仍標凍蕊，慣曾相識。去年折損低枝，尚兀自、教人憐惜。鶴氅尋蹤，蹇驢踏雪，何須金勒。」未開　「明珠斛量，粉肥紅綻，欲試新妝。晴日初烘，多情含態，漏洩馨香。一春消息難藏，掩芳唇、欲吐衷腸。未許蜂知，還嫌月缺，倚偏迴廊。」將開　「瓊脂勻搭，酒暈香肌，韶華一霎。皎皎庭前，低低墻外，疏狂繞帀。曉窗對鏡慵妝，見翠羽、嘈嘈輕壓。纖手簪花，折枝驚起，池塘睡鴨。」盛開　「凋謝南枝，雨凄風緊，每恨來遲。水驛煙波，壽陽嬌額，一任紛披。還愁青子催期，又早是、羌笛聲悲。待等和羹，萬花俱後，纔信逢時。」開殘　補之有《梅花》卷，上有《柳梢青》四詞，余作此枝，追和其韻，似玉水兄郢正。德新。（同前書卷十八）

五四　韻齋真賞：集唐、宋名繪，汪氏家藏甲乙品。吴瓘《梅雀》第二十幅在紙上：吴瑩之為吾禾人，多藏法書名畫。寫梅學楊補之，頗有逸趣，其寒雀爪啄更生動，宛然不下錢玉潭也。　崇禎戊辰春，為先人窆厝費，因出家藏書畫，宋、元昭代名蹟各百餘册，卷軸稱是，并虎耳彝、雉卣、漢玉、犀珀諸物，易貲襄事，而古繪兩函，尤時在念也。至甲戌秋，黄越石忽持前二册來，云得之留都，俞鳳毛已售去十餘幅，為王右丞《團扇小景》，許道寧繪《池草鳴禽》句，張擇端作《興慶宫》五，王奕《棋圖》，周昉《折桂美人》，黄筌《紅蜻蜓澹竹花》，趙幹《梨花》，趙昌《月下海棠》。蘇漢臣《貨郎擔》，其閨人兩兩妝束，即宋詞「平頭鞋子雙鸞小」也。又《二嬰鬭促織》、《三孺子放風箏》、《從訓養子》。《石壁松亭》，界畫極工緻，柱上細款「三朝供奉李嵩」。錢舜舉《牡丹雙桂》、梅道人《折竹》諸册。時越石欲余《貫休應真卷》，為宋王才翁題偈。馬和之《破斧圖》，思陵楷《毛詩》，吴仲圭寫《明聖湖十景》册，及本朝諸名公畫二十幅。文沈《落花圖咏》長卷。青緑商鼎，漢玉兕鎮諸件，余遂聽之易我故物，即汰去其半，不但頓還舊觀，幅幅皆胡麻飯仙子矣。玉水砢玉。（節録自同前書卷十九）

五五 文徵仲自題四景畫扇：第一面《春郊牧馬圖》，倣趙文敏。後面行書。「春雷江岸抽瓊筍，春雨霏霏畫簾静。去年雙燕不歸來，寂寞闌干度花影。金錢無聊故歡冷，短綆羸瓶汲深井。佳人何事苦沾巾，陌頭柳色棲芳塵。朱絃疏，羽觴急，翻酒沾裙絳羅溼。前歡悠悠追莫及，天遠相思暮雲碧。美人傷春情悒悒，手撚花枝傍花立。花飛萬點逐流萍，黄蠭紫燕空營營。」右追和倪元鎮先生《江南春》詞，嘉靖癸巳四月五日，澄觀樓中書。徵明。此余丁亥歲所作，今抵丙午，二十年矣。聰明日減，覽之慨然，八月七日徵明重題，時年七十有七。第二面倣趙伯駒。無題款，後面行草。「近來無奈病淹愁，十日廢梳頭。避風簾幕何曾捲，悠然處，古鼎香浮。興至閒書棐几，困來時，覆茶甌。新凉如水簟紋流，六月類清秋。手拋團扇拈書册，無情緒，欲展還休。最是詩成酒醒，月明徐庾南樓。空庭人散語音稀，獨坐漏遲遲。風撩翠幕無聊賴，桐陰亂，露下沾衣。斗轉銀河東瀉，月斜烏鵲南飛。無端一事集雙眉，睡思轉，迷離墻西。突兀高樓，静流螢度，疑是星移。何處一聲長笛，等閒喚起相思。」辛卯閏六月二日，徵明在停雲館書。第三面倣黄鶴山樵。小楷題。此余三十年前所作，穉弱可笑，然今老嬾，無復當年興致矣。丁巳八月廿日重題。徵明年八十有八。「依依落日平西正，池上晚凉初足。看太湖石畔，疏雨過，芭蕉簇。院落深沈，簾櫳静悄，畫闌曲，猛然何處。玉簫聲起，滿地月明人獨，風細輕紗透。肉拌流酥，盈盈新浴。一段風情，滿身嬌怯，恍然寒玉。青團扇子，欲舉還垂，幾番虚撥。夜闌獨笑，漫自凄凉，試打滅，銀屏燭。」右秋閨調寄《水龍吟》。徵明。第四面乾雪景，做巨然筆意。無題款。「山風吹雨作雪飛，雪深一尺山無路。背却（一作郭）西南十里陰，小蹇緣岡不成步。却聞雞犬無人家，行指青青轉來誤。一杯還坐山間亭，動摇彷彿江寒渡。玉龍當簷垂欲墮，銀浪翻窗驚指顧。便欲船頭捉釣竿，酒醒却在山中駐。亂流不改山下泉，扶疏最好巖前樹。分明瀟湘真畫圖，平生灞陵好詩句。有情安得古人才，應接紛忙罔知措。歸來拂帽山堂高，悠然夢與飛仙遇。」右詩余庚戌歲在滁陽山中作，今嘉靖癸巳，四十有四年矣。因作畫，有感舊遊，遂録其陰。是歲五月望後四日。徵明時年六十有四。（同前書卷二十二）

五六　袁泰戒卿所藏：楊補之自書咏梅《柳梢青》詞十首，補之門人徐禹功畫梅，趙子固跋，并元人詩跋共一卷。原宜興僧寺物。（同前書卷二十三）

五七　黄大癡《谿山圖》。有王國器詞，倪雲林跋。（同前「吴江史明古家藏」）

沈寵綏詞話

沈寵綏（？—一六四五），字君徵，號適軒主人，吴江（今屬江蘇）人。行蹟不詳，有《度曲須知》、《絃索辨訛》。《度曲須知》二卷，以度曲家沿流忘初，往往聲乖於字，調乖於義，因作此書，以釐正音調，分二十六目，剖析頗詳。此據《四庫全書存目叢書》影印明崇禎間刻本録詞話三則。

一

六律、五聲、八音，何昉乎？昉天地之自然也。自然者，爲於莫爲，行所不得不行。古聖因而律吕之，聲歌之。格帝感神，宣風導化，象德昭功，非此無藉。故季子觀魯，十五國之風歷然；尼父聞齊，千餘年之盛如睹。非夫神妙無方，其能爾乎？漢、魏以降，道喪樂崩，聲音之道荒矣。然房中之曲，郊廟之樂，猶存十一於千百，樂府諸篇，蓋其遺音乎？自時厥後，變聲代作，繁響競臻。帝王稱知音者，唐玄宗、後唐莊宗、南唐後主、宋道君、金章宗，其班班也。於時伶人樂工，無不極意盡妍，播爲新聲。然按之鮮不協律者，聲之有律，其諸刑法之金科玉條乎？陳、隋以前，肇名爲曲。王令言聽龢調《安公子》曲，驚其往而不返；王右丞見度曲圖，知爲《霓裳羽衣》第二拍。固繇神解，亦豈非曲有常均耶？時古調不傳，今可考者，《清平》三調，旗亭四絶，大都即詩爲曲，才人一章脱手，樂部即登管絃，居然風雅獨絶。嗣乃短長其體，號爲詩餘，亦稱填詞，有宋最盛。沿及勝國，遂以制科取士，格律惟嚴，情才咸集，用以笙簧一代，鼓吹千載，安得不於今爲烈哉？院本有南北二種，六宫十一調，初無異格，特南無唱，北無歌，不得不分胡越。吾吴魏良輔審音而知清濁，引聲而得陰陽，爰是引商刻羽，循變合節，判毫杪於翕張，别玄微於高下，海内翕然宗之。顧鴛鴦繡出，金針未度，學者見爲然，不知其所以然。習舌擬聲，沿流忘初，或聲乖於字，或調乖於義。刻意求工者，以過泥失真；師心作解者，以臆斷遺理。予有慨焉，小牕多暇，聊一拈出，一字有一字之安全，一聲有一聲之美好，頓挫起伏，俱軌自然，天壤元音，一綫未絶，其在斯乎？其在斯乎？世有秦青、薛譚，將無嗤予强作曉事，亦曰消我長夏，公彼同好云爾。崇禎己卯夏杪，松陵沈寵綏書於不棹遊館。（《度曲須知》）

二　曲運隆衰：粤徵往代，各有專至之事以傳世，文章矜秦、漢，詩詞美宋、度（當作唐），曲劇侈胡元。至我明，則八股文字姑無置喙，而名公所製南曲傳奇，方今無慮充棟，將來未可窮量，是真雄絶一代，堪傳不朽者也。顧曲肇自三百篇耳，風、雅變爲五言七言，詩體化爲南詞北劇。自元人以填詞制科，而科設十二，命題惟是韻脚以及平平仄仄譜式，又隱厥牌名，俾舉子以意揣合，而嶲平配仄，填滿詞章。折凡有曲，如試牘然。合式則標甲榜，否則外孫山矣。夫當年磨穿鐵硯，斧削螢牕，不減今時帖括，而南詞惟寥寥幾曲，所云院本北劇者，果堪紀量乎哉？且詞章既夥，演唱尤工，凡偷吹、待拍諸節奏，頂疊、躲換，以及縈紆、牽繞諸調格，推敲罔不備至，而優伶有戾家把戲，子弟有一家風月，歌風之勝，往代未之有踰也。明興，樂惟式古，不祖夷風，程士則《四書》《五經》爲式，選舉則七義三場是較，而僞代填詞往習，一掃去之。雖詞人間踵其轍，然世換聲移，作者漸寡，歌者寥寥，風聲所變，北化爲南，名人才子，踵《琵琶》、《拜月》之武，競以傳奇鳴，曲海詞山，於今爲烈。而詞既南，凡腔調與字面俱南，字則宗《洪武》而兼祖《中州》，腔則有海鹽、義烏、弋陽、青陽、四平、樂平、太平之殊派，雖口法不等，而北氣總已消亡矣。嘉、隆間，有豫章魏良輔者，流寓婁東、鹿城之間，生而審音，憤南曲之訛陋也，盡洗乖聲，別開堂奧，調用水磨，拍捱冷板，聲則平、上、去、入之婉協，字則頭、腹、尾音之畢勻，功深鎔琢，氣無煙火，啓口輕圓，收音純細。所度之曲，則皆折梅逢使、昨夜春歸諸名筆，採之傳奇，則有《拜星月》「花陰夜静」等詞。要皆別有唱法，絶非戲場聲口。腔曰崑腔，曲名時曲，聲場稟爲曲聖，後世依爲鼻祖。蓋自有良輔，而南詞音理已極抽秘逞妍矣。惟是北曲元音則沉閣既久，古律彌湮，有牌名而譜或莫考，有曲譜而板或無徵，抑或有板有譜，而元來腔格，若務頭、顛落，種種關捩子，應作如何擺放，絶無理會其説者。試以南詞喻之，如《集賢賓》中，則有「伊行短」與「休笑恥」，兩曲皆是低腔；《步步嬌》中，則有「仔細端詳」與「愁病無情」，兩詞同揭高調，而此等一成格律，獨於北詞爲缺典。祝枝山，博雅君子也，猶嘆四十年來接賓友，鮮及古律者。何元朗亦憂更數世後北曲必且失傳，而音隨澤斬，可慨也夫！至如絃索曲者，俗固呼爲北調，然腔嫌嬝娜，字涉土音，則名北而曲不真北也。年來業經釐剔，顧亦以字清腔逕之故，漸近水磨，轉無北氣，則字北而曲豈盡北哉？試觀同一《恨漫漫》曲也，而彈者僅習彈音，反不如演者別成演調。同一《端正好》牌名也，而絃索之「碧雲天」與優場之不念《法華經》，聲情迥判。雖净、旦之唇吻不等，而格律固已逕庭矣。夫然，則北劇遺音有未盡消亡者，疑尚留於優者之口，蓋南詞中每帶北調一折，如《林冲投泊》、《蕭相追賢》、《虬髯下海》、《子胥自刎》之類，其詞皆北，當時新聲初改，古格猶存。南曲則演南腔，北曲固仍北調，口口相傳，燈燈遞續，勝國元聲，依然嫡派。雖或精華已鑠，顧雄勁悲壯之氣，猶令人毛骨蕭然，特恨詞家欲便優伶演唱，止《新水令》、《端正好》幾曲，彼此約略扶同，而未慣牌名，如原譜所列，則騷人絶筆，伶人亦絶口焉。予猶疑南土未諧北調，失之江以南，當留之河以北，乃歷稽彼俗，所傳大名之《木魚兒》，彰德之《木斛沙》，陜右之《陽關三疊》，東平之《木蘭花慢》，若調若腔，已莫可得而問矣。惟是散種如《羅江怨》、《山坡羊》等曲，彼之箏箏、渾不似即今之琥珀詞諸器者，彼俗尚存一二，其悲悽慨慕，調近於商；惆悵雄激，調近正宫。抑且絲揚則肉乃低應，調揭則彈音愈渺，全是子母聲巧相鳴和。而江左所習《山坡羊》，聲情指法罕有及焉。雖非正音，僅名侉調，然其愴怨之致，所堪舞潛蛟而泣□（當作嫠）婦者，猶是當年逸響云。還憶十七宫調之劇本，如漢卿所謂「我家生活，當行本事」，其音理超越，寧僅僅梨園口吻已哉？惜乎舞長袖者靡於唐，至宋而幾絶；工短劇者靡於元，入

我明而幾絶。律殘聲冷，亘古無徵，當亦騷人長恨也夫！（同前書卷上）

三　凡曲須要唱出各樣曲名理趣，宋、元人自有體式，如《玉芙蓉》、《玉交枝》、《玉山供》、《不是路》，要馳驟；《鋮綫箱》、《黄鶯兒》、《江頭金桂》，要規矩；《二郎神》、《集賢賓》、《月兒高》、《念奴嬌序》、《刷子序》，要抑揚；《撲燈蛾》、《紅繡鞋》、《麻婆子》，雖疾而無腔，然而板眼自在，妙在下得匀净。（同前書「律曲前言」）

張栩詞話

張栩，字叔周，號夢子，仁和（今屬浙江杭州）人。行蹟不詳，天啓時在世。編有《彩筆情辭》。此據臺灣學生書局出版《善本戲曲叢刊》影印明刊本録自序一則。

一《彩筆情辭叙》：往歲六觀堂刻《青樓韻語》，聲價藉藉，一時海内争相構賞。夫非謂彼妓也而能詩若詩餘若歌曲至是哉，詳觀所載集，而妓人之情見乎詞矣。顧今古多情者，莫文士若，而文士之題情往往託之謳歈，其遏雲於喉吻，留殘蠹於簡編者，奚啻百千？固犂然可採而輯也。嘗謂人罔不有情，而獨於男女爲最切。語男女於青樓，其相遇也常，豈必窺東鄰之墻？何煩待西厢之月？其爲歡也易，琴挑奚假夫司馬？香竊曷傚乎韓掾？即欲綢繆其侶，且嗤薛使之離詩。或蘄終始其緣，寧羡佛奴之變調？縱聚散殊時，悲愉異狀，祇泡影空花已爾，亦何至摛思揆藻、紀勝流馨，若斯之炫且久耶？雖然，鳴珂之嫵婉，不免苟活於卑田；松柏之姻盟，卒至追踪於寺壁。甚且章臺楊柳復合，幸賴他人；掌上玉環續婚，更需再世。則夫情之所至，其歡暢者十不二三，其阻鬱而哀思者十有八九。彼且爲情痴，此或爲情死。當斯際也，安能不發乎聲而止乎辭？於是借宫商以揮雲錦，諧音節而焕珠璣，娱樂是宣。和鳴宛如雙鳳，憤憂以導長嘯，何減孤猿？總南北，别其格律短長，各具丰神。然亦孰非分艷於蓼花，竊奇於江總者哉？愚方契佳人之篇章，幸已壽諸木，而尤惜才士之清歌尚闇，汶紇紛而無所託也。廼喜值清和，晝長人静，搜汗漫中，得套數二百餘套，洎小令三百餘闋，命之曰《彩筆情辭》。噫！有是刻，而青樓諸麗，其與佳詞並不朽云。天啓甲子歲虎林張栩書。

（《彩筆情辭》）

陸雲龍詞話

陸雲龍，字雨侯，錢塘（今屬浙江杭州）人。明天啟、崇禎時人，與弟陸人龍從事圖書的編輯、評選、刻印等。編選有《十六名家小品》、《翠娛閣選評行笈必攜》等。其中有《詞菁》二卷，為陸雲龍評選。此據内閣文庫藏明崇禎間陸氏峥霄館刊《翠娛閣選評行笈必攜詞菁》録詞話一百九十四則。

一

叙：《菩薩蠻》為《烏啼》、《子夜》之變，蓋青蓮以絶代軼材，裂羈靮，另闢詞家一徑，大都以精新綺麗為宗，故相沿英妙，淮海、眉山、周洞霄、康大晟，其品雖不得埒，以詞論，不得劣也。至我明，鬱離具王佐才，厮身帷幄，宜同稼軒，時露英雄本色，乃似柔其骨、麗其聲、藻其思，務見菁華之色，則所尚可知已。其後名賢輩出，人巧欲盡，悉為奇險之句、幽窈之字，實緣徑窮路絶，不得不另開一堂奧。試取《花間》、《草堂》並咀之，《草堂》自更新綺者，特其中有欲求新而得誤，似為吴歈作祖，予不敢不嚴剔之。誠以險中有菁，俳不可為菁耳。具眼者倘亦不罪我而知我。

二　康伯可《醜奴兒令》「馮夷剪碎澄溪練」：輕揚盡態。又：瑩潔極妍。（《翠娱閣選評行笈必攜詞菁》卷一「天文」）

三　趙栗夫《減字木蘭花》「黑風吹水」：此語奇。（上片）又：如畫。（荒徑無人菊自花。）（同前）

四　金主亮《昭君怨》「昨日樵村漁浦」：氣慨闊大，□有韻致。（同前）

五　洪叔璵《南歌子》「柳浪摇清沼」：描寫纖如月。（同前）

六　蕭吟所《浪淘沙》「瀛逗晚香殘」：凄切聲中，雅有飛揚之態。（同前）

七　楊用修《鷓鴣天》「拂草揚波復振條」：深情極至。（同前）

八　俞君宣《鵲橋仙》「客店遊魂」：大有韻折。（「不許」至末尾。）（同前）

九　李元膺《洞仙歌》「廉纖細雨」：骨雅。（同前）

一〇　張安國《滿江紅》「斗帳高眠寒牕静」：□生。又：可恨處。（破我一牀蝴蝶夢，輸他雙枕鴛鴦睡。）（同前）

一一　韓子蒼《念奴嬌》「海天向晚」：藹然翠色。（同前）

一二　史邦卿《綺羅香》「做冷欺花」：巧倩。（做冷欺花，將烟困柳，千里偷催春暮。）又：奇摹。（隱約遥峰，和淚謝娘眉嫵。）　又：言有深情。（臨斷岸，新緑生時，是落紅帶愁流處。）（同前）

一三　胡浩然《春霽》「遲日融和」：無聊況。（除非殢酒狂歡，恣歌沉醉，有誰知得。）（同前）

一四　蔣勝欲《木蘭花慢》「傍池欄倚遍」：癡而奇。（問山影是誰偷。）　又：思意遥露。（寒流暗衝片響，似犀椎帶月静敲秋。）　又：思益奇。（粧樓曉澀翠罌油。）　又：無思不奇。（悮人日，望歸舟。）（同前）

一五　秦少游《如夢令》「門外緑陰千頃」：正是静景。（風弄一枝花影。）（同前書卷一「節序」）

一六　《如夢令》「鶯嘴啄花紅溜」：琢語甚麗。（鶯嘴啄花紅溜，燕尾點波緑皺。）（同前）

一七　晏叔原《點絳唇》「花信來時」：與不與間，無限悲恨。（天與多情，不與長相守。）（同前）

一八　周美成《浣溪紗》「水漲魚天拍柳橋」：閒中静會。（下片）（同前）

一九　周美成《浣溪紗》「樓上晴天碧四垂」：遠景滿眼。（樓上晴天碧四垂，樓前芳草接天涯。）　又：歲月如流可奈何。（新笋看成堂下竹，落花都上燕巢泥。）（同前）

二〇　無名氏《踏莎行》「香罷宵薰」：「宵」字、「孤」字、「刊」字、「束」字，雕琢極矣。（同前）

二一　李世英《蝶戀花》「遥夜亭皋閒信步」：寫景好。（數點雨聲風約住，朦朧淡月雲來去。）（同前）

二二　蘇子瞻《蝶戀花》「花褪殘紅青杏小」：藴藉。（枝上柳緜吹又少，天涯何處無芳草。）（同前）

二三　宋子京《玉漏遲》「杏香飄禁苑」：□嚴中不乏修娟。（同前）

二四　劉改之《水調歌頭》「春事能幾許」：奇。（雨飄紅，風撲翠，苦相催。）又：爽。（醒後亦佳哉，湖上新亭好，何事不曾來。）（同前）

二五　阮逸女《花心動》「仙苑春濃小桃開」：景語，逗出凄凉。（下片）（同前）

二六　秦少游《風流子》「東風吹碧草」：奇。（上片）又：相憐處。（擬待倩人説與，生怕伊愁。）（同前）

二七　辛幼安《摸魚兒》「更能消幾番風雨」：下字有意。（更能消、幾番風雨，匆匆春又歸去。）又：癡情。（惜春長怕花開早，何况落紅無數。春且住、見説道，天涯芳草迷歸路。）（同前）

二八　王元美《木蘭花》「是誰約勒東君去」：有恨意。（首句）（同前）

二九　秦少游《阮郎歸》「褪花新緑」：此語新媚，亦復幽奇。（褪花新緑，漸團枝、撲人風絮飛。）（同前）

三〇　李易安《武陵春》「風住塵香花已盡」：愁如海。（只恐雙谿舴艋舟，載不動，許多愁。）（同前）

三一　周美成《南鄉子》「晨色動粧樓」：□曉。（短燭熒熒悄未收，自在開簾風不定。）（同前）

三二　梁希聲《浣溪沙》「滿徑殘花拖覆行」：精奇。（同前）

三三　李漢老《小重山》「誰勸東風臘裏來」：摹題極工。（同前）

三四　葉少蘊《醉蓬萊》「問春風」：起語傑然。（問春風，何事斷送繁紅，便拚歸去。）（同前）

三五　馮偉壽《春雲怨》「春風惡劣」：□麗。（同前）

三六　蔣子雲《好事近》「葉暗乳鵶啼」：首末點明□初夏。（同前）

三七　謝無逸《千秋歲》「楝花飄砌」：閒適。（同前）

三八　黄山谷《漢宫春》「春已歸來」：勞矣造化，恨矣造化。（却笑東風，從此便熏梅染柳，更没些閒閒時，又來鏡裏，轉變朱顔。）（同前）

三九　劉巨濟《聲聲慢》「梅黄金重」：有韻折。（有皓月照黄昏，眠又未得。）（同前）

四〇　蘇東坡《賀新郎》「乳燕飛華屋」：可思。（扇手一時似玉。）又：夢中景。（簾外誰來推繡户，枉教人、夢斷瑶臺曲，又却是，風敲竹。）（同前）

四一　趙文鼎《賀新郎》「晝永重簾捲」：夢中妙景。（竹引新梢半含粉，緑蔭扶疎，滿院過花絮，蜂稀蝶懶。）（同前）

四二　吴子和《喜遷鶯》「梅霖初歇」：□景。（激起浪花，翻作湖間雪。）（同前）

四三　僧仲殊《南柯子》「十里青山遠潮平」：箇僧殊有韻。（記得年時，沽酒那人家。）（同前）

四四　辛幼安《鷓鴣天》「枕簟溪堂冷欲秋」：無情作有情。（斷雲依水晚來收。）（同前）

四五　杜安世《漁家傲》「疎雨才收淡濘天」：怨而不怒。（芳容變好，將憔悴，教伊見。）（同前）

四六　劉伯温《江神子》「西風吹樹簟凉初」：新聲。（為問閒愁還幾許，多似草，不勝鋤。）（同前）

四七　劉伯温《御街行》「梧桐滴露鳴金井」：出想新。（華年迅速，碧霄迢遞，别恨空心領。）（同前）

四八　晏叔原《蝶戀花》「庭院碧苔紅葉遍」：景異。（日日露荷凋緑扇，粉塘煙水明如練。）（同前）

四九 柳耆卿《戚氏》「晚秋天」：「惹」字娟。（井桐零亂，惹殘烟。）又：「狂」、「怪」，俱不是庸夫。（況有狂朋怪侣。）（同前）

五〇 謝勉仲《鵲橋仙》「鈎簾借月」：有餘韻。（明朝烏鵲到人間，試説向、青樓薄倖。）（同前）

五一 蘇東坡《念奴嬌》「憑高眺遠」：瀟灑。（見長空萬里，雲無留迹。）（同前）

五二 劉潛夫《賀新郎》「湛湛長空黑」：豪爽。（亂愁如織，老眼平生空四海。）（同前）

五三 歐文忠《憶王孫》「同雲風掃雪初晴」：語語譜出可憐。（同前）

五四 舒信道《訴衷情》「江梅未放枝頭結」：宛轉生情。（同前）

五五 陳仲醇《點絳唇》「鐘鼓沉沉」：情者。（晚鴉初宿，影亂牆頭竹。）（同前書卷一「形勝」）

五六 李珣《巫山一段雲》「古廟依青嶂」：新脱。（啼猿何必近孤舟，行客自多愁。）（同前）

五七 周美成《玉樓春》「桃溪不作從容住」：倩思。又：比喻奇絶。（人如風後入江雲，情似雨餘粘地絮。）（同前）

五八 辛棄疾《鷓鴣天》「撲面征塵去路遥」：□致閒出□亮。（山無重數週遭碧，花不知名分外嬌。）又：刻意之作。（摇斷吟鞭碧玉梢。）（同前）

五九 盧師憲《蝶戀花》「野樹招生斜日醉」：清瘦。（「東山」句）（同前）

六〇 劉改之《唐多令》「蘆葉滿汀洲」：無限感慨。（江山都是新愁，欲買桂花重載酒，終不似，少年遊。）（同前）

六一　蘇東坡《行香子》「一葉舟輕」：山凝秀色，水並清聲。又：内翰悟耶？（君臣一夢，今古虚名。）（同前）

六二　羅壺秋《金人捧露盤》「濕苔青」：新奇悲憤。（濕苔青，妖血碧，壞垣紅。怕精靈，來往相逢。荒烟瓦礫，寶釵零亂隱鸞龍。）又：喻也。（下片）（同前）

六三　蘇東坡《酹江月》「大江東去」：奇壯，與赤壁争險。（亂石穿空，驚濤拍岸，捲起千堆雪。）（同前）

六四　王介甫《桂枝香》「登臨送目」：瀟灑。（上片）（同前）

六五　周美成《西河》「佳麗地」：遠景如畫。（清江髻鬟對起。）又：老而拗。（同前）

六六　柳耆卿《望海潮》「東南形勝」：西湖景已得强半。（雲樹繞堤沙，怒濤卷霜雪。）（同前）

六七　辛棄疾《水龍吟》「聽兮清佩瓊瑶」：一篇《大招》，可見才人煅鍊，無之不宜。（同前）

六八　高賓王《解連環》「浪摇新緑浸芳洲」：入想超微。（鴛飛鷗浴，愛嬌雲蘸色，媚日挼藍，遠迷心目。）（同前）

六九　李後主《長相思》「雲一緺」：似箇輕盈雅麗妝。（同前書「人物」）

七〇　顧仲從《浣溪沙》「玉韻花情描不成」：麗服亂頭都好。又：俳矣，然固是遜心語。（同前）

七一　《訴衷情》「清晨簾幕卷輕霜」：出想新。（都緣自有離恨，故畫作遠山長。）又：寫態曲

致。(擬歌先斂,欲笑還顰,最斷人腸。)(同前)

七二 徐文長《重疊金》「千嬌更是羅鞵淺」: 形容酷至,此老興不淺。(同前)

七三 童甕天《清平樂》「醉紅宿翠」: □□似嘲,妓女實録。(管甚夜來渾不睡,那更今朝蚤起。)(同前)

七四 李伊士《惜分飛》「花雨繽紛迷小院」: 猶與扇相關。(錦帶隨風纏,釵斜為逐雙飛燕。)(同前)

七五 蘇東坡《南歌子》「雲鬢裁新緑霞衣」: 寫眠舞。(同前)

七六 李漢老《玉樓春》「沉吟不語晴窗畔」: 清態逼真筆端。(花骨欹斜終帶軟。) 又: 開情賦余韻。(暫時得近玉尖纖,翻羡縷金紅象管。)(同前)

七七 宋豐之《小重山》「花樣妖嬈柳樣柔」: 媚眼可想。(眼波流不斷,滿眶秋。) 窺人佯整玉搔頭,嬌無力,舞罷却成羞。)(同前)

七八 劉雲閑《蝶戀花》「一翦清波嬌欲溜」: 極盡妓態。(一翦清波嬌欲溜。) 又: □其太忙。(臉暈潮生微帶酒。)(同前)

七九 僧仲殊《新荷葉》「雨過回塘」: 相倚如怨,無言似愁,畢見筆端。(同前)

八〇 周美成《意難忘》「衣染鶯黄」: 精於繪事。(低鬟蟬影動,私語口脂香。)(同前)

八一 沈天羽《風流子》「對洛陽、春色挑天錫」: 描摹酷至,極麗極盡。(同前)

八二 王元美《解語花》「中冷乍汲」: 媚態,令人欲動。(勾引出清風一縷,顰翠蛾,斜捧金甌,暗送

春山意。）（同前）

八三　劉改之《沁園春》「銷薄春冰」：點染發藻。　又：妙到人不知處。（同前）

八四　劉改之《沁園春》「洛浦凌波」：猬巧。　又：神矣化矣。（不覺微尖點拍頻。）　又：麗情語，知玉環羅襪令人羡死。（似一鈎新月，淺碧籠雲。）（同前）

八五　邵清溪《沁園春》「漆點填眶」：時亦有白眼矣。（睥睨檀郎長是青，端相久，待嫣然一笑，密意將成。）又：難忘處，何必在淚？（幾度孜孜頻送情，難忘處，是鮫綃揾透，别淚雙零。）（同前）

八六　吴毅甫《賀新郎》「可喜人如玉」：應是清瘦人。（比似江梅清有韻，更臨風、對月斜依竹。看不足，詠不足。）（同前）

八七　《浣溪沙》「新婦磯頭眉黛愁」：無止足之境。（上片）　又：有止足之意。（下片）（同前）

八八　謝無逸《漁家傲》「秋水無痕清見底」：是漁父。（柳條帶雨穿雙鯉。）（同前）

八九　陳復道《滿江紅》「秋在芙蓉欄杆外」：好景。（人影亂，斜陽促，溪月上，新凉足。）（同前書卷一「宴集」）

九〇　王元美《春雲怨》「風僝雨僽」：□□於花□可獨醒。（同前）

九一　王元美《望江南》「隨意步芒屨」：靈妙出自然。（同前書卷一「遊望」）

九二　米元章《浣溪沙》「日射平溪玉宇中」：是窗野眺。（同前）

九三　王瑞卿《浣溪沙》「新篁曲徑野花香」：閃閃二字，形善形容。（閃閃隨風蝶翅忙。）（同前）

九四　王元美《一剪梅》「小□愛踏道場山」：連以「山」字押韻，奇。　又：奇幻。（道是何山，又問何山。）（同前）

九五　楊用修《折桂令》「枕高岡，坐占鷗河」：聲宜鐵綽。（同前）

九六　趙元稹《滿江紅》「慘結秋陰」：滿眼曠遠。（同前）

九七　王通叟《慶清朝慢》「調雨為酥」：綺麗水紋，酥鳳柔荑。　又：春山光景。　又：是踏青。（香泥斜沁幾行斑。）（同前）

九八　瞿宗吉《滿庭芳》「露葦催黄」：「催」字、「駐」字妙。　又：似一畫圖。（埽退舞裙歌扇，盡付與，一枕高眠。）（同前）

九九　林少瞻《少年遊》「霽霞初散」：寫曉行逼真。（同前書卷一「行役」）

一〇〇　楊用修《行香子》「秋色蕭」：全以疊字□韻一新。（同前）

一〇一　鄭中卿《酬江月》「嗟來咄去」：亦是無聊。（伊周安在，且須學老萊子。）（同前書卷一「稱壽」）

一〇二　辛幼安《水龍吟》「渡江天馬南來」：一點點新亭淚。　又：君知否，待他年，終不成實事，許之，是規而非諛。（同前）

一〇三　吕居仁《採桑子》「恨君不似江樓月」：轉換極靈。（同前書卷二「離别」）

一〇四　舒信道《菩薩蠻》「畫船搥鼓催君去」：言直而盡。（同前）

一〇五　蕭淑蘭《菩薩蠻》「有情潮落西陵浦」：忠厚之至。又：得人心事。（同前）

一〇六　劉叔擬《繫裙腰》「山兒矗矗」：俳矣，存之，不没其才。（同前）

一〇七　《酷相思》「月桂霜林寒欲墜」：至此方為真的真心事。又：遣調活。（同前）

一〇八　寇平仲《陽關引》「塞草烟光闊」：都是悒怏景色。（同前）

一〇九　周美成《早梅芳》「花竹深」：新語實語。（同前）

一一〇　李易安《鳳皇臺上憶吹簫》「香冷金猊」：滿楮情至語，豈是口頭禪？（同前）

一一一　秦少游《滿庭芳》「山抹微雲」：景色佳甚。（寒鴉數點，流水遶孤村。）（同前）

一一二　周美成《浪淘沙慢》「晝陰重霜凋岸草」：長調不開不支不窘，搏轉關生，無不貼切，能手也。（同前）

一一三　李易安《如夢令》「誰伴明窗獨坐」：健而韻。（同前書卷二「閨詞」）

一一四　馮延巳《長相思》「紅滿枝」：絛□。（同前）

一一五　楊用修《長相思》「雨聲聲」：此為真瘦，真相思。（同前）

一一六　無名氏《生查子》「相思懶下床」：真夢境。（同前）

一一七　李易安《點絳脣》「寂寞深閨」：□盡箇中。（同前）

一一八　歐陽永叔《浣溪沙》「漠漠輕寒上小樓」：風雅。（同前）

一一九　張子野《浣溪沙》「樓倚江邊百尺高」：末句七字大有深味。（日長人去又今宵。）（同前）

一二〇 孫夫人《憶秦娥》「花深深」：嬌態，亦是無聊之態。（閒將柳帶，試結同心。）（同前）

一二一 秦少游《阮郎歸》「春風吹雨遶殘枝」：「無可」二字妙。又：精於琢字。（同前）

一二二 劉無黨《烏夜啼》「菱鑑玉篦秋月」：語險。（菱鑑玉篦秋月，蕙爐銀葉朝雲。） 又：奇。（翠甲未消蘭恨，粉香不斷梅魂。）（同前）

一二三 趙德麟《錦堂春》「樓上縈簾弱絮」：工於修句。（同前）

一二四 無名氏《眼兒媚》「石榴花發尚傷春」：□□傷心。（半窗淡月，三聲鳴鼓，一箇愁人。）

一二五 康伯可《浪淘沙》「蹙損遠山眉」：一聲聲斷腸堪聽。（夜過春寒愁未起，門外鴉啼。）（同前）

一二六 秦少游《鷓鴣天》「枝上流鶯和淚聞」：錦心繡口，出語皆菁。（同前）

一二七 孫夫人《南鄉子》「曉日壓重簷」：直舒胸臆。（同前）

一二八 歐陽永叔《踏莎行》「候館梅殘」：恬雅。（同前）

一二九 沈天羽《虞美人》「階前嬾」：無言不新，無言不奇。（同前）

一三〇 沈天羽「醉月朦朧」：飲水精神，寫出顔色。（同前）

一三一 周美成《滿江紅》「晝日移陰」：「成」字苦極。（同前）

一三二 孫夫人《燭影摇紅》「乳燕穿簾」：語刺人。（同前）

一三三 李後主《搗練子》「心耿耿」：兩「斜」字，甚有意。（同前）

一三四 温飛卿《憶江南》「梳洗罷」：言簡意盡。（同前）

一三五　秦少游《如夢令》「幽夢匆匆破後」：奇麗。（同前）

一三六　王修微《生查子》「已知天」：影字一淚。（同前）

一三七　李太白《菩薩蠻》「平林漠漠煙如織」：□然。又：是思路。（長亭更短亭。）（同前）

一三八　秦少游《菩薩蠻》「蛩聲泣露驚秋枕」：苦境路。（殘更與恨長。）（同前）

一三九　秦少游《菩薩蠻》「金風蔌蔌驚黄葉」：種種可憐。（新愁知幾許，却似絲千縷。鴈已不堪聞，砧聲何處村。）（同前）

一四〇　温庭筠《更漏子》「玉爐香」：字字有意。（同前）

一四一　汪彦章《小重山》「月下潮生紅蓼汀」：愛其暮景。又：恨不同聽，有致。（同前）

一四二　康伯可《江城梅花引》「娟娟霜月冷侵門」：□□處。又：「睡也」連下有致。（同前）

一四三　秦少游《滿庭芳》「碧水驚秋」：謡云：解愁有酒。（同前）

一四四　朱希真《卜算子》「碧瓦小紅樓」：□鏤。（同前）

一四五　温庭筠《更漏子》「玉爐香」：□晚唐詞，已開柔麗之門。（同前）

一四六　劉伯温《少年游》「清風收雨」：□織工。（同前）

一四七　朱希真《浪淘沙》「風約雨横江」：凄其景，凄其意。（同前）

一四八　錢思公《鷓鴣天》「城上風光鶯語亂」：□達中亦自有致。（同前）

一四九　文文山《唐多令》「雨過水明霞」：恨無極。又：眼前無復舊京人。（同前）

一五〇　王介甫《蝶戀花》「小院秋光濃欲滴」：怨矮易暵，想頗出新。（鴻斷天高無處覓，矮牕催暝蛩催織。）（同前）

一五一　張宗陽（當為瑞字）《桂枝香》「梧桐雨細」：「吹老」，奇。（吹老幾番塵世）（同前）

一五二　岳鵬舉《滿江紅》「怒髮衝冠」：耿耿有生氣。（同前）

一五三　徐幹臣《二郎神》「悶來彈雀」：為他想出凄斷。（同前）

一五四　周美成《氏州第一》「波落寒汀村渡」：無邊麗景，却入筆端。（同前）

一五五　周美成《風流子》「楓林凋晚葉」：讀此窮愁滿日。（同前）

一五六　李易安《聲聲慢》「尋尋覓覓」：連下疊字，無迹能手。（同前）

一五七　李易安《念奴嬌》「蕭條庭院」：夢境，亦實境。（被冷香銷新夢覺，不許愁人不起。）（同前）

一五八　《虞美人》「輕紅短白東城路」：句意遒然，反雄拔。（同前書卷二「愁恨」）

一五九　沈公述《念奴嬌》「杏花過雨」：是是（疑有誤）端的思是假，既知假猶思，正是無奈。（同前）

一六〇　劉伯溫《聲聲慢》「無餘無蹟」：不去。（同前）

一六一　馮偉壽《春風嫋娜》「被梁間雙燕」：☐之甚痛。（夢裏飛紅，覺來無覓，望中新緑。）（同前）

一六二　劉伯溫《瑞龍吟》「秋光好」：如露花煙岫。又：凄絕。（庭院靜，遥聞清砧聲擣，擁衾背壁，一燈紅小。）（同前）

一六三　楊用修《荷葉杯》「遠寄」：麗而真。（同前書卷二「寄贈」）

一六四　王修微《醉花陰》「似忘似變似無已」：三「似」字恍惚有態。（同前）

一六五　劉伯温《如夢令》「草際斜陽紅委」：「水」字媚。（同前書卷二「題詠」）

一六六　文徵仲《滿江紅》「拂拭殘碑」：墮淚碑。　又：秦寫鏡。（同前）

一六七　王止仲《如夢令》「一日尋芳一度」：有豪氣。（同前書卷二「雜詠」）

一六八　皎如晦《卜算子》「有意送春歸無計」：風韻可掬。（同前）

一六九　金主亮《鵲橋仙》「停盃不舉」：終有胡氣，有逆氣，然而亦豪爽。（同前）

一七〇　王元美《滿庭芳》「尖側東風」：推玩之章。　又：是鍾情人，多中情語。（同前）

一七一　王元美《如夢令》「枝上子規」：樸老。（同前）

一七二　万俟雅言《長相思》「短長亭」：「要」字新刺。（同前書卷二「居室」）

一七三　劉伯温《浣溪沙》「細草垂楊郫巷幽」：果然幽雅。（同前）

一七四　秦少游《好事近》「春露雨添花」：奇峭。（同前）

一七五　王止仲《虞美人》「黄花翠竹臨溪處」：能吐所欲言。（同前）

一七六　王止仲《虞美人》「白雲紅樹秋山下」：佚事。（門前流水帶晴沙，更是繞籬寒菊正開花。）（同前）

一七七　張世文《漁家傲》「門外平」：出語奇麗。（同前）

一七八　范夫人《霜天曉角》「練波飛渺」：纁。　又：緑。　又：人。（同前）

一七九　葛震甫《憶王孫》「東風吹後滿天涯」：有怨意。（歸夢離披隔，柳花不如他，一路青青直到家。）（同前書卷二「植物」）

一八〇　林君復《點絳脣》「金谷年年」：不露題，而題意畢見。（同前）

一八一　楊孟載《菩薩蠻》「水晶簾」：宛宛欲肖。（花月兩糢糊，隔簾看欲無。）又：新。（花也笑姮娥，讓他春色多。）（同前）

一八二　楊孟載《清平樂》「欺煙困雨」：奇想，新想。（同前）

一八三　張子野《浪淘沙》「腸斷送韶華」：亦可喻妓館。（容易著人容易去，飛過誰家。）（同前）

一八四　文徵仲《鷓鴣天》「捲翠銷金別樣妝」：詞亦淡然如菊。（同前）

一八五　劉伯温《踏莎行》「弱不勝煙」：巧寫。（同前）

一八六　唐伯虞《千秋歲引》「蘚疊蒼鱗」：前段頗佳。（同前）

一八七　馬浩瀾《滿庭芳》「春老園林」：正是愁腸片片來。（同前）

一八八　僧仲殊《念奴嬌》「水楓葉下」：風流鴛鴦□□。（同前）

一八九　章質夫《水龍吟》「燕忙鶯懶芳殘」：詠物極肖。（垂垂欲下，依前被風扶起。）（同前）

一九〇　王辰玉《如夢令》「風起蘆花如醉」：疊翻，白楓染丹亦雅，有聲色。（同前書卷二「動物」）

一九一　歐陽永叔《木蘭花》「江南三月春光老」：就聲上生想。（人心應不似伊心，若解思歸，歸合早。）（同前）

一九二　《雙雙燕》（未標作者）「過春社了」：摹絶。（同前）

一九三　張子野《滿庭芳》「紅蓼花繁」：漁樂譜。（任人笑，生涯泛梗飄萍。）（同前書卷二「器具」）

一九四　俞君宜《桂枝香》「張郎一去」：奇蒨。（君獨知憔悴，受多磨，與君無異。）又：寫奇。（背地沉迷，形影都無憑據，憐君自為分明累，貯盡了漢宮人淚。）（同前）

十二樓居主人詞話

《萬壑清音》，題止雲居士選輯，其人不詳，録北曲雜劇。前有甲子止雲居士題詞，又有十二樓居主人、聽瀨道人序各一。按明有吴公逸，字無逸，新安（今屬安徽）人，有十二樓、松石庵，十二樓居主人不知是否此人。此據臺灣學生書局出版《善本戲曲叢刊》影印明天啟四年刻本《新鐫出像點板北調萬壑清音》録十二樓居主人序文一則。

一

《萬壑清音序》：左太冲《招隱》詩：「何必詩與竹，山水有清音。」梁昭明好詠無言，至今以為美譚。然絲竹盈耳，洋洋不絶，而千巖萬壑中泠然可聽者，幾人玄賞？僅對松蘿留響耳。是集專録北調，恐有蘇學士「大江東去」之偏，然當今難發北方，從前如雲如雨，俱似二八女郎，不妨以銅將軍鐵綽板，稍振其氣，若孟萬年所云：「絲不如竹，竹不如肉。」則清音又在歌喉宛轉中，兩家之難不解，竊以此為遼丸矣。十二樓居主人題。

胡敬辰詞話

胡敬辰，字直卿，餘姚（今屬浙江）人。天啓壬戌進士，官至江西驛傳道，終光禄寺録事。有《檀雪齋集》四十卷。此據《四庫全書存目叢書》影印明刻本録詞話一則。

一

《與吴石渠》：曾覽香山《花非花》一篇，直以爲世室《寒夜怨》。彼獨賞《庭花》，猶然羌横《阿彈》也。然謂吴越無法用者，則未之得解，迨下觀勝國諸手法脉媲之矣。而霞思尚不及烏衣女子，及于蔡仲熊所稱東南氣偏，不能感動木石，則誠阱之隅見耳。近者錦城多其博奥，而洒郢無靈，吴江臜有律格，而屬詞或俚，亦維是玉茗度曲，亦幾幾乎以無累之神合有道之器，則私心甚嚮往之，而未見有超乘而上焉者。乃今讀大製，而色飛魂爽，遂驚嘆，以爲不可及也。纖字得其龍梭，捶句巧于鶯囀，浩露滌筆，金薤垂琳，筍（疑作荀）千妍于流徵，而月脇出之，大是詞宗漂鋭，瑶臺第一聲矣。會令車子宣喉，左騏入拍，傿鵝引芬以振響，庭葉徐下于遠風，雪兒齒華，清絶香韵，定不須顧有周郎也。弟辰反覆數廻，情移不禁。夫固有凡胃浣之雅調而奇唱，欽此隽音者矣。下士何人，得仰闞筆精若此。恭璧玉案，爲謝見寶。若夫題鳥登龍緣，猶吝于三石者，竢青衫之汗稍銷，一圖把臂，以商秋氣妙高也。真人之想，臨池與風而企焉。（《檀雪齋集》卷七）

程明善詞話

程明善，字若水，歙縣（今屬安徽）人。天啓中監生。編《嘯餘譜》十卷，總載詞曲之式，以歌之源出於嘯，故名曰嘯餘。此據《續修四庫全書》影印明萬曆間刻本録其自序一文和「凡例」十二則。

一

《嘯餘譜序》：人有嘯而後有聲，有聲而後有律有樂，流而為樂府，為詞曲，皆其聲之緒餘也。故邵子謂物理無窮，而聲音之道亦無窮，以聲起數，御天地古今萬物之變。黄冠符咒亦有其聲而無其字，梵門密語雖有其字而難其聲，往往宗司馬《等韻》，吾儒反鮮有及之者。笨希一脉，不絶如綫，吾甚惜之。故集若干卷，首《嘯旨》，次聲音數，次律吕，次樂府，次詩餘、致語、南北曲，而終之以切韻，名曰《嘯餘譜》，庶幾旦暮遇之。嗟夫！聲音之道神矣哉。鐸聲振而黄鐘應，温氣至而寒谷生。登樓清嘯，胡騎解圍；池上聲調，蕤賓躍出。至於走電奔雷，興雲致雨，閉洩陰陽，役使神鬼，孰非聲為之耶？師曠歌南風而知楚師之不競，竇常聞新樂而識隋祚之不長。大抵盛世之聲安以樂，其氣和，其風平；衰世之聲哀以厲，其情佚，其志淫。聲自可知，而人自不知之，安能望其通天地、質鬼神哉！《易》曰：「同聲相應，同氣相求。」良有以也。世有審聲以知音、審音以知樂，則九原可作面訂一堂，不則一聲長嘯，海山皆秋，足慰渴衷，夫復何憾？萬曆己未仲夏之吉，古歙程明善書於流雲館。（《嘯餘譜》）

二　嘯之失傳久矣，成公綏《嘯賦》僅得其似，非傳神寫照筆也。予於《道藏》中得玉川子《嘯旨》，雖得其解，猶然唐人一篇文字，且顛倒錯亂，如《參同契》之不可讀。予稍爲整理之，仍有不可理者，姑仍其舊，以存萬中之一云爾。（《嘯餘譜》「凡例」）

三　聲音數，邵康節先生止言其象，而其子伯温則有解。門人王天悦、張子望則受而卒業焉。以後張行成、祝泌、牛無邪、廖應淮、朱隱老皆有所發明，而獨祝氏鈐爲具眼。今撮其要，以待上智之士，領略焉。（同前）

四　黄鍾九寸三分之説，自漢以來深入膏肓，不可救藥。李文利起而議之，以致諸説紛紛，譏其爲閩人者。不知聲音之道起於漢耶？抑與天地俱開耶？自氣機動而天地爲之摶捖矣。洪濛之初，且無暇論，秦固不先於漢耶？《吕氏春秋》已言之矣。祝氏鈐聲音數從而發明之，脱使爲穿鑿，其能與數合耶？吾於是以服李文利之見卓也。今所載者祝氏《鈐書》，李文利自有全書在，不復贅。

五 作樂府者，不原其題，只求其解，以致《將進酒》則言進酒，太白且然，而况諸人乎？今採鄭夾漈《樂略》諸題，以待作者自探討焉。（同前）

六 今之詩餘，即古之樂府也，詩餘興而樂府亡矣。今之詩餘尚不合度，况樂府耶？謹按譜填詞，以俟世之有意於樂府者。（同前）

七 今之傳奇，本戾家把戲，而關漢卿爲我輩生活，亦伶人《簡兮》之遺意。不若致語，且歌且舞，有腔有韻，有古遺風存之，以見一班云。（同前）

八 做曲必先審聲，按譜合韻，更要識務頭，不然徒灾木耳。北曲以入聲派入三聲，非徒廣其韻，入爲冬，冬主閉藏，已具三聲之義，可見非杜撰作者。（同前）

九 南曲有入聲，乃南一方之韻爾，不可槩之中原。（同前）

一〇 中州韵，宋太祖時所編，不爲詞曲家設也。一入辭曲，而人不知韵矣。惜少五音並叶，予編有《七始音韻》，俟續刻，求正大方。（同前）

一一 《中原音韵》一以正中州韵之譌，一以辨陰陽之失，世多不解。楊升庵先生謂務頭爲悟頭，誠爲紕繆，不知作樂府者以平聲用陰陽各當者爲務頭。如「歸來飽飯黄昏後」，「黄」字屬陽，「昏」字屬陰，若以昏黄歌之，則歌「昏」字爲「渾」字矣。又如「天地玄黄，宇宙洪荒」，「黄」字屬陽，「荒」字屬陰，若以「荒」字爲「黄」字歌之，又不叶矣。蓋輕清處當用陰字，重濁處當用陽字故也。此辭曲家關鍵，

有意於樂府者不可不知。（同前）

一二 《等韻》乃聲音之祖，世多以爲釋氏書，置之不讀，不知古人之諧聲，即今之叶韻，釋氏得之，遂爾大顯神通，謂之小悟法門。語云：「禮失而求諸野。」安得以釋氏而吐棄之耶？ 且隋文帝時，日本國進諸經史全書，中國耻我之不備，悉付祖龍，安見釋氏非得我六書之一也？（同前）

一三 詞只論平仄，故有可平可仄。曲有四聲，不暇論，南曲間有之，亦以人之不能拘也，但以合譜者爲佳。平作丨，上作卜，去作厶，入聲貼入平聲者乍，貼入上聲者乍，貼入去聲者作乍，閉口字作○。（同前）

起北赤心子《繡谷春容》詞話

《繡谷春容》十二卷，扉頁題「起北齋輯，繡谷春容」，又版心亦題作「繡谷春容」，而卷端却題作「選鍥騷壇摭粹嚼麝譚苑」，目録卷端題作「起北齋輯騷壇摭粹嚼麝譚苑」，卷端下題：「羊洛敕里起北赤心子彙輯，建業大中世德堂主人校鍥。」起北赤心子，其人不能詳。前有魯連居士序，云：予有女丈夫小説將欲行世，適見《繡谷春容》裝點最工，寫照最巧，摹擬最肖，不獨以繡谷繁華、春容婉麗作三弄，琵琶楊柳，風吹曉笛，曲終歌舞，散作綵雲，片片飛入錦繡肝腸。書中所載，與《國色天香》、《萬錦情林》、《燕居筆記》等爲同一類，雜録小説、詩文、詞曲、野史、嘉言、雜纂等，所載條目内容文字等互有出入，其中所録小説《吴生尋芳雅集》、《龍會蘭池全録》、《聯芳樓記》、《劉熙寰覓蓮記》、《柳耆卿翫江樓記》、《申厚卿嬌紅記》、《白潢源三妙傳》、《李生六一天緣》、《祁生天緣奇遇》、《古杭紅梅記》、《辜生鍾情麗集》等，因篇幅過長，且已見於本編採録的《國色天香》、《萬錦情林》、《燕居筆記》等書中，此略。本編只録其詩詞雜纂部分談論詞事者，此據上海古籍出版社版《古本小説集成》影印明世德堂刻本録詞話八十三則。其中漫漶處則參照《明清善本小説叢刊》影印明刊本訂補。

一　章臺柳答韓君平：章臺柳，李王孫妓也。李與韓翃善，一日，酒酣，命柳從坐接韓。韓懇辭不敢當。李曰：「大丈夫相遇杯酒間，一言道合，死且許之，況一婦人哉！」柳卒歸韓。來歲，韓成名，節度侯希逸奏爲從事。以世方擾，置柳都下。三歲不果迎，乃寄詩曰：「章臺柳，章臺柳，昔日青青今在否？縱使長條似舊垂，也應攀折他人手。」柳答詩云：「楊柳枝，芳菲節，所恨年年贈離別。一葉隨風忽報秋，縱使君來豈堪折。」蓋柳以色顯，獨居恐不免，乃落髮爲尼。後竟爲番將所劫。韓悵然不樂。有一年少被酒，起曰：「當爲員外立致之。」乃急乘一馬，馳入番將之第，曰：「將軍墜馬，且不救，遣取夫人。」柳驚出，即挾上馬馳去。一座驚歎。同白希逸，修表上聞，代宗詔歸韓焉。（《繡谷春容·禮集》卷一「璣囊摭粹」）

二　李清照題八詠樓：清照，姓李氏，號易安居士，濟南人，李格非之女，適東武趙祚之子明誠爲妻。明誠故，再適張汝舟，未幾反目。有啓與綦處厚云：「猥以桑榆之晚景，配兹駔儈之下材。」傳者無不

笑。有《漱玉集》三卷行於世，頗多佳句。「千古風流八詠樓，江山留與後人愁。水通南國三千里，氣壓江城十四州。」（同前）

三 太宗命解縉咏月：永樂某年八月中秋節，太宗開宴賞月，而月爲濃雲所掩，因命解學士賦詩。解作《風落梅》一闋，其詞曰：「嫦娥面，今夜圓，垂簾不着群臣見。拚今宵，倚欄不去眠，看誰過廣寒殿？」上覽之，歡甚，留解飲，至曉而散。（同前書「樂集」卷二「詩餘摭粹」）

四 賀武宗南巡回鑾詞：「六龍親馭臨江渚，慰滿王師。時雨捲地，風濤入雲。旗幟撾碎，震天金鼓。狂童氣沮，早竄伏湖濱，奉頭如鼠。愛婦辭幃，嬌雛赴水，慟如許。皇天眷祐明朝，使中興將士，闞如虓虎。奏凱橋門，獻俘郊廟，春動洋洋萬舞。都人私語道，今日躬逢，周宣漢武，但願萬年常教爲帝主。」（同前）

五 何喬新謁岳武穆王詞：「自分林泉人，此腰久不折。今見穆王祠，下拜非予越。一拜忠義之堂堂，二拜精忠之凛烈，三拜文武之全才，四拜古今之豪傑。爲二帝之仇，雪中原之耻。朱仙鎮已逼東京，十二金牌和議決。倉糧雖盡莫雖有，國體已亡公道絶。嗟哉！五國海天邊，二帝向誰説？我有一管筆，利似龍泉鐵。可刳檜之心，斷檜之舌，砍檜之頭，刺檜之血。万俟卨附勢欺君，固當粉其骨。張俊之妬賢嫉能，亦安能逃其責？風清月朗酒酣時，擊盞叩壺歌一闋。爲人臣子，不能爲君之流涕者，是亦失臣之節。大奸劉摯、賈似道，萬里山河宋家滅。」

六 解春雨壽太宰詞：「祝壽不祝松與栢，松栢老來無顔色。祝壽不祝龜與鶴，龜鶴老來變爲雀。

祝壽只祝天邊月，夜夜清光長皎潔。每至五更天欲明，引領衆星朝北闕。」吏部爲六曹之首，亦善頌矣。（同前）

七　張明善詞試（疑作誠）士誠：張士誠弟士德，豪占民田。一日，雪大作，設宴，邀門下士，請各賦詩。有張明善者，醉題詞曰：「漫天墮，撲地飛，白占許多田地。教衆口嗷嗷吃甚的，早知如此，誰道是國家祥瑞。」（同前）

八　太祖命題布袋佛：太祖兵駐金華，首訪文學之士。時，有鄉里以給事應命，旨下令作文，對曰：「不能。」命作詩，請題，因指密印寺布袋佛爲題，即賦云：「削秃削秃，攪得我天翻地覆。布袋盛的是金陵，錫杖挑的是粟谷。噫！我道你是真僧，原來是污漆頭目。」太祖遂腰斬之。（同前）

九　嚴子陵釣臺詞：余嘗浪跡四方，過嚴州，登嚴子陵釣臺，覩其中春樹暮雲，溪聲山色，足趁賞心。使人世路塵襟之鄙懷，頓脱落於斯須。仰瞻四壁詩詞，搆思於名公騷客者，殆不可以一二屈指。余記其中一詞，尤爲妙絶。詞云：「雲山蒼蒼兮烟水稠，石磴潺潺兮江水流。故人兮冕旒，先生兮羊裘。使人皆先生兮，誰其伊周？使人不先生兮，誰爲巢由？可仕止久速兮，舍聖人吾將焉求？清風一絲兮，垂爲名鈎。蕉黄荔丹兮，香火千秋。臺下幾篙兮，榮辱之舟。先生一笑兮，白雲收。」（同前）

一〇　夏桂洲送行詞：夏言閣老送李晉卿令宜興詞：「二十九年如一夢，鹿鳴筵上笙歌動，今日長安尊酒共。遥想送行春，好醉張公洞。但得閭閻無疾痛，莫辭枳棘棲鸞鳳。自古循良非小用，須珍

重，他時爲撰甘棠頌。」（同前）

一一　曹東畝慰足詞：曹東畝赴省，陸行良苦，以詞自慰。其詞云：「春闈期近也，望帝鄉迢迢，猶在天際。懊恨這一雙脚底，一日厮趕上五六十里。争氣，扶持我去，博得一官歸，恁時賞你。穿對皂靴，安排你在轎兒裏。更選箇弓樣鞋，夜間伴你。」

一二　傅公謀隱居詞：「草草三間屋，愛竹更旋栽。碧紗窗外，眼前都是翠雲堆。更水村清冷，木落遠山開。命家童，開門看有誰來？客來一笑清話，煮茗更傳盃。有酒只愁無客，有客又愁無酒。酒熱且徘徊，明日人間事，天自有安排。」

一三　盧疎齋寄妙隆詞：杜妙隆，金陵佳麗人也。盧疎齋欲見不果，乃寄《踏莎行》云：「雪暗山明，溪深花草，行人馬上詩成了。歸來聞説妙隆歌，金陵却比蓬萊渺。寳鏡慵窺，玉容空好，梁塵不動歌聲悄。無人知我此時情，春風一枕松窗曉。」（同前）

一四　陳全遊金陵戲詞：陳全遊金陵，高於詞章，多有題咏，總是俏語。題睡鞋詞云：「新紅睡鞋三寸正，不着地，偏乾净。燈前換晚粧，被裏勾春興。醉人兒幾回輕薄醒。」一日，與隣妓瓊仙同飲，適見雌雄雞相交者，仙請咏之。其詞曰：「汝靈禽，非走獸，風流事，誰不有。只好背地偷情，那許當場弄醜。若是依律問罪，應該笞杖徒流。更加一等强論，殺來與我下酒。」又見一妓新浴起，曳單裙者，即咏曰：「華清宴罷新浴起，帶濕裙拖地。單嫌月色明，偷向花陰立。悄東風，悄東風，有心兒輕揭起。」又見妓就地小遺，咏曰：「緑楊深鎖誰家院？家（當作佳）人急走行方便。揭起綺羅裙，露出花

心現。衝破緑苔痕，滿地珍珠濺。那小娘兒不見，墻兒外，馬兒上，有人覷見。」（同前）

一五　方谷珍竹節籠和尚：方谷珍女，年十六。患痘，禱延慶寺，既愈，躬往謝之。寺僧作梵語於佛前，云：「江南柳，嫩緑未成陰。枝小不堪攀折取，黄鸝欲上力難禁，留與待春深。」女慧，悉記之，以語父。怒甚，令以竹節籠僧，投之急流中。既至，谷珍云：「我亦作一偈送汝。」「江南竹，巧匠作爲籠。留與僧儂藏法體，碧波深處伴蛟龍，方知色是空。」僧泣訴曰：「死即死矣，再容一言。」「江南月，如鑑亦如鈎。如鑑不臨紅粉面，如鈎上（此字為衍文）不上畫簾頭，空自惹場愁。」珍笑而宥之。（同前）

一六　朱繼賢野合麗春：琳井朱繼賢，館惠安。東家妾名麗春，因携湯晚浴，與合。日久至冬，事露。東家説：「往敝園得句云：『昨日芳菲總已塵，籬邊光彩有長春。無端寒蝶偷香慣，貪採花心不畏人。』煩爲斤正。」繼賢惶愧，睡卧不安，恐明日患臨。題《醉東風》詞于壁云：「回首風流處，餘香還幾許。閑花艷艷總迷人，住住住。相倚相偎，再分付，怕生愁阻。好事天教露，難悔行差路。對燈無語自思量，去去去，無可奈何。不嫌昏黑，不辭辛苦。」寫罷，脱身逃去。至途嶺，遇虎咆哮，繼賢魂散，適店主啓門，遂鑽入，至天亮行。自忖只因色慾，險喪身命。由是束修行裝，全不敢取，終絶南行。此事實有，録之，以爲士君子之龜鑑。（同前）

一七　箕仙七夕詞：宋慶之寓永嘉，有僧辨善運箕之術，慶之因以八煞韻。忽箕運如飛，作七夕詞云：「鸞輿初駕，牛車齊發。隱隱鵲橋咿軋。尤雲殢雨正歡濃，但只怕來朝初八。霞垂彩幔，月明銀燭，馥郁香噴金鴨。年年此際一相逢，未審是甚時結煞。」又嘗於貴家降仙，叩其姓名，不答，忽大書云：「皇袍玉帶落邊塵，幾見東風作好春。因不（當作過）江南省宗廟，眼前誰是舊京人。」識者謂爲淵聖。（同前）

一八　李後主長短句：李後主歸朝，每懷故國，且念嬪妾散落，鬱鬱不自聊。當作長短句云：「簾外雨潺潺，春意將闌。羅衾不奈五更寒。夢裡不知身是客，一餉貪歡。　獨自莫憑闌，無限關山。別時容易見時難。流水落花春去也，天上人間。」（同前）

一九　李虛（當作衛）公步虛詞：「仙女侍，董雙成，桂殿夜寒吹玉笙。曲終却從僊官去，萬户千門空月明。　河漢女，玉鍊顔，雲駢往往到人間。九霄有路去無迹，裊裊天風吹珮環。」（同前）

二〇　寇萊公《江南春》詞：寇萊公年少登第，知巴東縣，有《江南春》云：「波渺渺，柳依依，孤村芳草遠，斜日杏花飛。江南春盡離腸斷，蘋滿汀洲人未歸。」（同前）

二一　王荆公小詞：「留春不住，費盡鶯兒語。滿地殘紅宫錦污，昨夜南園風雨。　小憐初上琵琶，曉來思繞天涯。不肯畫堂朱户，東風自在楊花。」（同前）

二二　宋高宗《漁父詞》：「薄晚煙雲淡翠微，江邊秋月已明輝。縱遠眺，適天機，水底閒雲片段飛。」「青草開時已過船，錦鱗躍處浪痕圓。竹葉酒，柳花氈，有意沙鷗伴我眠。」「水涵微雨湛虛明，小笠輕簑未要晴。明鑑裏，縠紋生，白鷺飛來空外聲。」又冷然亭古風曰：「孰云人力非自然，千巖萬壑藏雲煙。上有崢嶸倚空之翠壁，下有潺湲漱玉之飛泉。一堂虛敞臨佳沼，密蔭交加森翠葆。山頭草木四

時芳，閱盡歲寒常不老。」（同前）

二三　韓忠武詞謝仲虎：韓忠武王歸第，絶口不言兵，自號清凉居士。時乘小騾，放浪西湖。一日，至香林園，蘇仲虎方宴客，王逕造之，盡醉而歸。明日，手書一詞以遺之。云：「冬日春山瀟洒静，春來山煖花濃。少年衰老與花同，世間名利客，富貴與貧窮。　貪忙不是長生藥，清閒不是死家風。勸君識取主人翁，單方只一味，盡在不言中。」（同前）

二四　蘇東坡詞寄子由：東坡在黄州，中秋對月獨酌，作《西江月》詞寄子由，曰：「世事一場大夢，人生幾度新凉。夜來楓葉已鳴廊，看取眉間鬢上。　酒淺常愁客少，月明多被雲妨。中秋誰與共孤光？把盞凄然北望。」（同前）

二五　蘇東坡詞判奸僧：靈隱寺僧名了然，戀妓李秀奴，刺字臂上云：「但願生從極樂國，免教今世苦相思。」後衣鉢蕩盡，秀奴絶之。了然怒，一擊而斃。時東坡治郡，案其事，判以《踏莎行》詞，云：「這箇秃奴，修行忒煞，雲山頂上持戒。一從迷戀玉樓人，鶉衣百結渾無奈。　毒手傷人，花容粉碎，空空色色今何在。臂間刺道苦相思，這回還了相思債。」即押市曹處斬。（同前）

二六　探花王昂催粧詞：「喜氣滿門闌，花動綺羅香陌。行紫薇花下，悟身非凡客。不須脂粉污天真，嫌怕太紅白。留取黛眉殘處，共畫章臺春色。」（同前）

二七　三山卓稼翁詞：「丈夫隻手把吴鉤，欲斷萬人頭。因何鐵石，打成心性，却爲花柔。　須看項藉并劉季，一怒使人愁。只因撞虞姬戚氏，豪傑都休。」（同前）

二八　劉燕哥餞參議詞：宋劉燕哥能詩，有餞齊參議山東詞，曰：「故人别我出陽關，無計鎖雕鞍。今古别離難，兀誰畫蛾眉遠山。　一尊别酒，一聲杜宇，寂寞又春殘。明日小樓閒，第一夜相思淚彈。」（同前）

二九　梁貢父西湖送春詞：梁貢父，燕京人，有西湖送春《木蘭花慢》詞：「問花花不語，爲誰落，爲誰開。笑春色三分，半隨流水，半入塵埃。人生能幾懽笑，但相逢、尊酒莫相推。千古幕天席地，一春翠繞珠圍。　彩雲回首暗高臺，煙樹眇吟懷。拚一醉留春，留春不住，醉裏春歸。西樓半簾斜月，怪啣泥燕子却飛來。一枕青樓好夢，又教風雨驚回。」（同前）

三〇　濠梁許伯陽柳詞五章：「不見昭陽宫内柳，黄金齊撚輕柔。東君昨夜到皇州，玉階金井，無處不風流。　悵望翠華春欲暮，六宫都鎖春愁。暖風吹動綉簾鈎，飛花委地，時轉玉香球。」「不見隋河堤上柳，緑陰流水依依。龍舟東下疾於飛，千條萬葉，濃翠染旌旗。　記得當年春去也，錦帆不見西歸。故抛輕絮點人衣，如將亡國恨，説與路人知。」「不見陶家門外柳，柴扉一徑遥通。閉門終日掩清風，感君高節，緑蔭向人濃。　籬落蕭疏雞犬静，日長飛絮濛濛。先生一醉萬緣空，經時高卧，不到翠陰中。」「不見都門亭畔柳，春來緑盡長條。柳邊行色馬蕭蕭，一枝折盡，相見又何朝。　酒盡曲終人去也，風前亦自無聊。祇應於我恨偏饒，東君特地，付與沈郎腰。」「不見灞陵原人柳，往來過盡蹄輪。朝離南楚暮西秦，不成名利，贏得鬢毛新。　莫怪枝頭憔悴損，一生惟苦征塵。兩三煙樹倚孤村，夕陽影裡，愁殺宦遊人。」（同前）

三一　《憶君王》詞：靖康間，淵聖陷虜，有人作《憶君王》詞云：「依依宫柳拂宫墻，深殿無人春晝長。燕子歸來依舊忙，憶君王，獨立黄昏人斷腸。」（同前）

三二　劉長卿《謫仙怨》：天寶中，明皇播遷，取長笛歌自製曲，因思張九齡，號爲《謫仙怨》，西川人呼爲《劍南神曲》，其音怨切動人。劉長卿左遷，祖筵聞之，遂緣其意而撰之。詞曰：「晴川落日初低，惆悵孤舟解携。鳥去平蕪遠近，人隨流水東西。白雲千里萬里，明日前溪後溪。獨恨長沙謫去，江潭春草萋萋。」其後，台州刺史竇弘餘以長卿詞雖美，而非本曲意，復作詞曰：「胡塵衝闕犯闕，金輅提携玉顔。雲雨比時消散，君王何日歸還？傷心朝恨暮恨，回首千山萬山。遥望天邊初月，蛾眉獨自彎彎。」（同前）

三三　黄山谷九日詞：山谷在宜州，重九日登郡城樓，聽邊人相語：「今歲當鏖戰取封侯。」因作詞：「諸將説封侯，短笛長吹獨倚樓。萬事總成風雨去，休休，戲馬臺南金絡頭。　催酒夢遲留，酒似今秋勝去秋。花向老人頭上笑，羞羞，人不羞花花自羞。」（同前）

三四　岳武穆忠徵翰墨：岳武穆王精忠天植，在宋將中建節最少，其恢復中原之志（筆者按：其後當脱「見於翰墨者不可殫」八字。）述。嘗作《滿江紅》詞曰：「怒髮冲冠，憑欄處、瀟瀟雨歇。擡望眼、仰天長嘯，壯懷激烈。三十功名塵與土，八千里路雲和月。莫等閒、白了少年頭，空悲切。　靖康耻，猶未雪。臣子恨，何時滅？駕長車、踏破賀蘭山缺。壯志饑飡胡虜肉，笑談渴飲匈奴血。待從頭、收拾舊山河，朝天闕。」國朝長洲文徵明先生嘗和其詞曰：「拂拭殘碑，勑飛字、依稀堪讀。慨當初、倚飛何重，後來何酷。果是功成身合死，可憐事去言難贖。是無辜、堪恨更堪憐，風波獄。豈不惜，中原蹙？豈不念，徽欽辱？但徽欽既返，此身何屬？千載休談南渡錯，當時自怕中原復。區區一檜亦何能，逢其欲。」意以殺飛者，高宗私心之爲，特不過假手於檜耳。此亦《春秋》推見至隱之法。（同前）

三五　張補闕悼亡詞：唐張褘侍郎有愛姬早逝，悼念不已。因入朝未回，其猶子右補闕曙，才俊風流，增大阮之悲，乃製《浣紗溪》詞曰：「枕障薰爐隔繡幃，二年終日兩相思，好風明月始應之。天上人間何處去？舊歡新夢覺來時，黄昏微雨畫簾垂。」置於几上。大阮退朝，憑几無寥，忽見此詞，不覺哀痛，乃曰：「此必阿灰所作。」阿灰即中諫小字也。（同前）

三六　周平園飲詞：周平園嘗出使過池陽，太守趙富出家姬小瓊，舞以侑歡。賦一闋云：「秋夜乘槎客星容，到天孫渚。眼波微注，將謂牽牛度。見了還非，重理霓裳舞。雖無悮，幾年一遇，莫訝周郎顧。」（同前）

三七　洛陽大内碑詞名曰《後庭宴》：「千里故鄉，十年華屋，亂魂飛過屏山簇。眼垂眉褪不勝春，菱花知我銷香玉。雙雙燕子歸來，應解笑，人幽獨。斷歌零舞，遺恨清江曲。萬樹緑低迷，一庭紅樸蔌。」（同前）

三八　寶妻全節詞：徐君寶，岳州人，其妻被虜來杭，主者數欲犯之，而終以巧計脱。蓋有令姿，主者弗忍殺之也。一日，主者怒甚，將强焉，因告曰：「俟妾祭謝先夫，然後爲君婦未遲也，君奚怒爲？」主者喜諾。乃焚香再拜，南向飲泣。題《滿庭芳》一闋於壁，遂墮地而死。「漢上繁華，江南人物，尚遺宣政風流。綠窗朱户，十里爛銀鉤。一旦刀兵齊舉，旌旗擁，百萬貔貅。長驅入，歌樓舞榭，風捲落花愁。　清平三百載，典章文物，掃地都休。幸此身未北，猶客南州。破鑑徐郎何在？空惆悵，相見無由。從今後，斷魂千里，夜夜岳陽樓。」（同前書「樂集」卷二「彤管摭粹」）

三九　梅杏相嘲詞：吴七郡王二愛姬，名梅嬌、杏俏，丰姿並俊，尤善詩詞。梅誇己嘲杏曰：「一種陽和，玉英初綻，雪天分外精神。冰肌玉骨，别是一家春。樓上笛聲三弄，百花都未知音。明窗畔臨風對月，曾結歲寒盟。　笑杏花何太晚，遲疑不發，等待春深。只宜遠望，舉目似燒林。麗質芳姿雖好，一時取媚東君。争如我，青青結子，金鼎内調羹。」杏答梅曰：「景傍清明，日和風煖，數枝濃淡臙脂。春來早起，惟我獨芳菲。幾番雨過似佳人，細膩香肌。堪賞處，玉樓人醉，斜插滿頭歸。　梅花何太早，消疎骨肉，葉密花稀。不逢媚景，開後甚孤悽。堪笑你、甘心受雪壓霜欺。争如我、年年得意，佔斷踏青時。」（同前）

四〇　仲胤妻寄夫詞：花仲胤爲伊川令，久不歸，其妻寄詞云：「西風昨夜穿簾幙，閨院添蕭索。最是梧桐零落。　教奴獨自守空房，淚珠與燈花共落。」胤拆簡，見「伊」字作「尹」字，遂回寄云：「頓首啓情人，即日恭惟問好音。接得綵箋詞一首，堪驚，寄與音書不志誠。不寫伊川題尹字，無心，料想伊家不要人。」妻復答云：「奴啓情人勿見罪，聞將小書作尹字。情人不解其中意，共伊間别幾多時，身邊少個人兒。」（同前）

四一　唐氏遊園詞：陸務觀娶唐氏，弗獲於姑，出之。唐適趙，偶春日出遊，相遇於□□（筆者按：與後文「城」字當作「禹跡寺」三字。）城南之沈氏園，悵然久之，爲賦一詞，書於園壁云：「紅酥手，黄藤酒，滿城春色宫墻柳。東風惡，歡情薄，一懷愁緒，幾年離索，錯錯錯。　春如昨，人空瘦，淚痕紅浥鮫綃透。桃花落，閑池閣。山盟雖在，錦書難托，莫莫莫。」（同前）

四二　慕容嵓卿妻詞：「滿目江山憶舊遊，汀洲花草弄春柔。長亭艤住木蘭舟。　好夢易隨流水去，芳心空逐曉雲愁。行人莫上望京樓。」（同前）

四三　嚴蘂賦紅白桃：台州妓嚴蘂善琴奕、歌舞、絲竹、書畫，色藝冠世。唐與正守台日，酒邊命賦紅白桃花。即成《如夢令》，云：「道是梨花不是，道是杏花不是。白白與紅紅，别是東風情味。曾記，曾記，人在武陵微醉。」又一夕，郡齋開宴，時有謝生在坐，命以姓爲韻。即賦云：「碧梧初出，桂花纔吐，池上水花微謝。穿針人在合歡樓，正月露玉盤高瀉。　蛛忙鵲懶，耕慵織倦。空做古今佳話。人間剛道隔年期，想天上方纔隔夜。」朱晦翁欲摭與正之罪，指蘂爲濫，繫獄。被楚，痛辱百般，終不認服。有吏誘之使招，蘂曰：「身爲賤妓，托濫太守，榮孰甚焉？然是非真僞，惟天可表，豈可畏刑而污士大夫哉？死則死矣，焉可誣服？」後岳霖爲憲，憐而釋之。命作詞，云：「不是愛風塵，似被前緣悮。花落花開自有時，總賴東君主。　去也終須去，住也如何住？若得山花插滿頭，莫問奴歸處。」即日判歸宗室。（同前）

四四　王清惠題驛壁詞：王清惠，宋昭儀也。至正丙子，伯顔入臨安，以王北去。王題《滿江紅》於驛壁。抵上都，懇請爲女道士，號冲華。「太液芙蓉，渾不似、舊時顔色。曾記得，恩承雨露，玉樓金闕。名播蘭簪妃后裡，歡承笑語君王側。忽一朝、鼙鼓揭天來，繁華歇。　龍虎散，風雲滅。千古恨，憑誰説？對山河百二，淚沾襟血。驛舘夜驚塵土夢，宫車曉碾關山月。願嫦娥、相顧肯從容，隨圓缺。」（同前）

四五　蜀妓答客詞：蜀妓類能文，蓋薛濤之遺風也。有客自蜀挾一妓歸，居之別室，數日一行。偶以病少疎，妓疑之。客作詞自解，妓即韻答以《踏莎行》云：「説盟説誓，説情説意。動便春愁滿紙，多應念得脱空經，是那個先生教的。　不茶不飯，不言不語。一味供他憔悴，相思已是不曾閒，又那得工夫呪你。」又送行詞云：「欲寄意，渾無所有。折盡市橋宫柳。看君着上征衫，又相將放船楚江口。　後會不知何日，意和淚，長相守。苟富貴，無相忘，若相忘有如此酒。」（同前）

四六　延安夫人寄姊妹《蝶戀花》云：「淚揾征衣脂粉暖，曲疊陽關，唱了千千遍。人道山長山又斷，蕭蕭微雨聞孤舘。　惜別傷離方寸亂，忘了臨行，酒盞深和淺。若有音書憑過鴈，東萊不似蓬萊遠。」

四七　朱希真詞：朱希真，小名秋娘，朱將仕女也。聰明俊雅，博覽古今。年甫十六，適同邑商人徐必用爲妻。必用商久不歸，閨中抑鬱，作警悟、風情諸篇，雖擅詞名者，皆稱其美。其「警悟」《西江月》云：「世事短如春夢，人情薄似秋雲。不須計較苦勞心，萬事元來有命。　幸遇三杯美酒，况逢一朵花新。片時歡笑且相親，明日陰晴未定。」又詠月《念奴嬌》云：「插天翠柳，被何人、堆上一輪明月？照我藤床涼似水，飛入瑤臺銀闕。露冷笙簫，風清環珮，王鎖無人掣。閑雲收盡，海光天影相接。誰信有藥長生，素娥新煉就，飛霜凝雪。擊破珊瑚，爭似看仙桂扶疎奇絕。洗盡凡心，滿身清露，冷浸蕭蕭髮。明朝塵世，記取休向人說。」又「除夕」《鷓鴣天》云：「檢盡曆冬（當作頭）冬又殘，愛他風雪耐他寒。拖條竹杖家家酒，上箇藍輿處處山。添老大，轉痴頑。謝天教我老來閑。道人還了鴛鴦債，紙帳梅花醉夢間。」又「懷舊」《鷓鴣天》云：「梅妒晨粧雪妒輕，遠山依約與眉青。尊前無復歌金縷，夢覺空餘月滿林。魚與鴈，兩浮沉，淺望微笑總關心。相思恰似江南柳，一夜東風一夜深。」又「警世」《西江月》云：「日日深杯酒滿，朝朝小圃花開。自歌自舞自開懷，且喜無拘無礙。青史幾番春夢，紅塵多少奇才。不須計較與安排，願取而今見在。」（同前）

四八 孫夫人詞：孫夫人，鄭文妻也，秀州人。其夫久寓行都，孫多以閨情詞寄之。「咏閨情」《南鄉子》云：「曉日壓重簷，斗帳春寒起未忺。天氣困人梳洗懶，眉尖，淡畫春山不喜添。閑把繡絲撏，認得金針又倒拈。陌上遊人歸也未，厭厭，滿院楊花不捲簾。」又「詠閨情」《風中柳》云：「銷減芳容，端的爲郎煩惱。鬢慵梳，宮粧草草。別離情緒，待歸來都告。怕傷郎，又還休道。利鎖名繮，幾阻當年歡笑，更那堪鱗鴻信杳。蟾枝高折，願從今須早。莫辜負鳳幃人老。」又「詠閨情」《憶秦娥》云：「花深深，一勾羅襪行花陰。行花陰，閒將柳帶，試結同心。耳邊消息空沉沉，畫眉樓上愁登臨。愁登臨，海棠開後，望到如今。」又「咏雪」《南鄉子》云：「悠悠颺颺，做盡輕模樣。夜半蕭蕭窗外響，多在梅邊竹上。朱樓向晚簾開，六花片片飛來。無奈薰爐煙霧，騰騰扶上金

釵。」（同前）

四九　易少夫人飲熟水話别：「記得高堂同飲散，一杯湯罷分携。絳紗籠影簇行旗。更殘銀漏急，天淡玉繩低。　只恐曲終人不見，歌聲且爲遲遲。如今車馬各東西。畫堂携手處，疑夢又疑非。」（同前）

五〇　李易安詞：李清照，號易安居士，濟南李格非之女。善屬詩詞，有《漱玉集》三卷行於世，頗多佳句。《如夢令·咏暮春》云：「昨夜雨疎風驟，濃睡不消殘酒。試問捲簾人，却道海棠依舊。知否，知否，應是緑肥紅瘦。」又《生查子·咏閨情》：「年年玉鏡臺，梅蘂宫粧困。今歲未還家，怕見江南信。　酒從别後疎，淚向愁中盡。遥想楚雲深，人遠天涯近。」又《醉花陰·咏九日》：「薄霧濃雲愁永晝，瑞腦噴金獸。佳節又重陽，寶枕紗窗，半夜秋初透。　東籬把酒黄昏後，有暗香盈袖。莫道不銷魂，簾捲西風，人比黄花瘦。」又《鳳凰臺上憶吹簫·咏離别》：「香冷金猊，被翻紅浪，起來慵自梳頭。任寶奩塵滿，日上簾鈎。生怕離懷别苦，多少事、欲説還休。新來瘦，非干病酒，不是悲愁。　休休，這回去也，千萬遍陽關，也則難留。念武陵人遠，烟鎖秦樓。惟有樓前流水，應念我、終日凝眸。凝眸處，從今添一段新愁。」又《一枝花·咏離别》：「紅藕香殘玉簟秋，輕解羅裳，獨上蘭舟。雲中誰寄錦書來，鴈字回時月滿樓。　花自飄零水自流，一種相思，兩處閑愁。此情無計可消除，纔下眉頭，却上心頭。」（同前）

五一　章文虎妻劉氏寄外詞：「千里長安名利客，輕别尋常。最苦是三月風光，滿街芳草緑，一樹杏花芳。記得年時臨上馬，看人眼淚汪汪。如今不忍更思量，恨無了日，空有九迴腸。」

五二 佘淑慎題驛壁詞：「雨溜和風鈴，滴滴丁丁，做成一枕別離情。可是當年陶學士，辜負郵亭。過鴈帶邊書，芳信無憑。花鬚偷數卜歸程。料得到家秋正好，菊滿寒城。」（同前）

五三 朱淑真夏日遊湖詞：淑真，浙人也，才色清麗，閨門罕儔。因匹偶非人，鬱鬱不樂。嘗賦斷腸詩以自遣。詞曰：「惱煙撩露，留我須臾住。携手藕花湖上路，一霎黄梅細雨。嬌癡不怕人猜，和衣倒在人懷。最是分携時候，歸來懶傍粧臺。」

五四 易祓妻寄外《一剪梅》：「染淚修書寄彦章，貪却前廊，忘却回廊。功名成遂不還鄉，石做心腸，鐵做心腸。紅日三竿懶畫粧，虚度韶光，瘦損容光。不知何日得成雙？羞對鴛鴦，懶對鴛鴦。」

五五 梁意娘詞寄李生：意娘，梁公女也，與外兄李生通焉。久之，公覺其事，逐去李生。意娘思慕不已，數以《秦樓月》詞寄之。「春宵短，香閨寥寞愁無限。愁無限，一聲窗外，曉鶯新囀。起來無語成嬌懶，柔腸易斷人難見。人難見，這些心緒，如何（脱『消』字）遣。」

五六 劉燕哥詞餞可人：「故人別我出陽關，無計鎖雕鞍。今古別離難，煩誰畫蛾眉遠山。一尊別酒，一聲杜宇，寂寞又春殘。明月小樓間，第一夜相思淚彈。」

五七 復古妻守節自溺：戴復古未遇時，流落江右。武寧有富翁愛其才，以女妻之。居二三年，忽欲作歸計。妻問其故，告以曾娶。其妻白之父，父怒。妻宛曲解釋，盡以奩具贈夫，仍餞以詞。夫既別後，遂赴水而死。「惜多才，憐薄命，無計可留汝。揉碎花牋，忍寫斷腸句。道傍楊柳依依，千絲萬縷，抵不住一分愁緒。捉月盟風，不是夢中語。後回君重來，不相忘處，把酒澆奴墳土。」（同前）

五八　賈伯堅《紅繡鞋》曲：金鶯兒，山東名姝也。賈伯堅一見留情，與之昵甚，以《紅繡鞋》曲寄別云：「樂心兒比目連枝，肯意兒新婚燕爾。畫船開，抛閃的人獨自遥望闞西店兒。黄河水流不盡心事，中條山隔不斷相思。常記得夜深沉人静，悄自來時。來時節三兩句話，去時節一篇詩記在人心窩兒裏，直到死。」（同前）

五九　燕山驛壁詞：「書劍憶遊梁，當時事，底處不堪傷。念蘭檝嫩漪，向吴南浦，杏花微雨，窺宋東墻。禁城外，燕隨青步障，絲惹紫遊韁。曲水古今，禁煙前後，緑楊樓閣，芳草池塘。　回首斷人腸，流年去如電，兩鬢如霜。欲遣當年遺恨，頻近清觴。聽出塞琵琶，風沙淅瀝，寄書鴻鴈，煙月微茫。不似海門潮信，猶到潯陽。」（同前）

六〇　松江甘露寺壁詞：「樓横北固，盡日厭厭雨。款乃數聲歌，但渺漠江山煙樹。尋柳眼，覓花英，春色知何處。落梅嗚咽，吹徹江城暮。脉脉數飛鴻，杳歸期，東風凝佇。長安不見，烽起夕陽間，魂欲斷，酒初醒，獨下危樓去。」（同前）

六一　楊師純跳舟結好：廬陵楊師純，登第年，泊舟江岸。隣舟有一姝，美而艷，與師純目色相授，未嘗有一語之接。一日，師純乘酒醉，徑跳隣舟，獲爲一歡。因作《清平樂》詞以遺之：「羞娥淺淺，秋水如刀剪。窗下無人自針綫，不覺郎來身畔。　相將携手鴛幃，匆匆不計多時。耳畔告郎低語，共郎莫使人知。」後師純之官，復經故地，問其人，已生數子矣。師純感舊，再作《清平樂》以遣懷，曰：「小庭春一，睡起花陰轉。往事舊歡離思遠，柳絮隨風難管。等閑屈指多時，闌干幾曲誰知。爲問春風桃李，而今子滿芳枝。」（同前書「御集」卷四「新話摭粹」）

六二　秦少游滅燭偷歡：秦少游在揚州，劉太尉出家姬侑觴。中有一姝，善擘箜篌。此樂既古，近時罕有其傳，以爲絕藝。姝又傾慕少游之才名，偏屬意少游，借箜篌觀之。既而主人入宅更衣，適值狂風滅燭，姝來且親，有倉卒之歡，且云：「今日爲學士瘦了一半。」少游因作《御街行》以道一時之景，曰：「銀燭生花如紅豆，這好事，而今有。夜闌人靜曲屏深，借寶瑟，輕輕招手。可憐一陣白蘋風，故滅燭，教相就。花帶雨，冰肌香透。恨啼鳥轆轤聲曉，岸柳微風吹殘酒。斷腸時至今依舊。鏡中消瘦，那人知後，怕你來僝僽。」

六三　陶奉使犯驛卒女：國初，朝廷遣陶穀使江南，以假書爲名，實使覘之。丞相李谷以書抵韓熙載云：「五柳公驕甚，其善待之。」穀至，果如李所言。熙載曰：「陶奉使實非端介者，其守可隳。」因令宿，留俟寫六朝書畢，館治半年。熙載密遣歌兒秦弱蘭詐爲驛卒之女，敝衣竹釵，擁箒洒掃。穀見之而喜，遂犯謹獨之戒。乃作《風光好》一闋以贈之，曰：「好因緣，惡因緣。衹得郵亭一夜眠，別神仙。琵琶撥盡相思調，知音少。待得鸞膠續斷絃，是何年。」後數日，李主宴於清心堂，命玻璃巨鍾滿酌之，陶毅然不顧。乃出弱蘭於席，歌前闋以侑之。穀大慙而飲，倒載吐茵，尚未許罷。後大爲李主所薄。逮歸京師，「鸞膠」之曲已喧布，由是卒不得大用。（同前）

六四　江致和喜到蓬宫：崇寧間，輦下上元極盛。太學生江致和一夕在宣德門看燈，適會車輿，上見一婦人，姿貌絶美，與致和目色相投。至夜深乃散，致和似有所失，遂作《五福降中央（當作天）》一曲，具道其意，曰：「喜元宵三五，縱馬御柳溝東。斜日映珠簾，瞥見芳容。秋水嬌横俊眼，膩雪輕鋪素胸。愛把菱花，笑匀粉面，露青葱。徘徊夢嬾，奈一點靈犀未通。悵望七香車去，慢展春風。雲情雨態，願暫入陽臺夢中。路隔烟霞，甚時還許到蓬宫。」明日，致和以此詞妄意於前日之地待之。至晚，車又來。婦人遥見致和，益增喜色。致和以此詞密令小僕投之。自後，致和屢有所遇，約致和於曲室，以盡繾綣。婦人笑曰：「今日喜得君到蓬宫矣。」（同前）

六五　張子野潛登池閣：張先，字子野，嘗與一尼私約。其老尼性嚴，每卧於池島中一小閣上。俟夜深人静，其尼潛下梯，俾子野登樓相遇。臨别，子野不勝惓惓，作《一叢花》詞以道其懷，曰：「傷高懷遠幾時窮，無物似情濃。離愁正引千絲亂，更南北飛絮蒙茸。歸騎漸遥，征塵不斷，何處認郎蹤？雙鴛池沼水溶溶，南北小橋通。横觀畫閣黄昏後，又還是新月朦朧。沉思細恨，不如桃李，猶解嫁東風。」（同前）

六六　張倩娘離魂奔壻：張鎰家於衡陽，幼女倩娘，端妙絶倫。見外甥王宙美容範，嘗戲曰：「後當以小女妻君。」會鎰有賓僚之選，女聞不樂，宙亦生恨情。赴上國，登舟數里。夜半，有一人岸上冉冉而來，乃倩娘也。宙喜，倍道入蜀。居數年，生二子。倩娘想其父母，遂命舟俱歸衡陽。至州，宙先詣謝鎰，愕然曰：「倩娘病在閨中數年。」促使驗之，見倩娘在舟中。家人以告室中女，女喜而起。倩娘下車，家中女出迎，翕然合爲一體。秦少游詩曰：「深閨女兒嬌復痴，春愁春恨那復知。舅兄誰有相憐意，暗想花心臨别時。」「離舟欲解春江暮，冉冉離魂逐君去。重來兩身復一身，夢覺春風話心素。」又《調笑令》曰：「心素，與誰語？始信别離情最苦。蘭舟欲解春江暮，精爽逐君歸去。異時攜手重來處，夢覺春風庭户。」（同前）

六七 盼盼陳詞媚涪翁：涪翁過瀘南，瀘帥留府。會有官妓盼盼，性頗聰慧，帥嘗寵之。涪翁贈《浣溪沙》曰：「脚上鞋兒四寸羅，唇邊朱麝一櫻多，見人無語但回波。料得有心憐宋玉，秪應無奈楚襄何，今生有分向伊麼。」盼盼拜謝，涪翁令唱詞侑觴。盼盼唱《惜春容》，曰：「少年看花雙鬢緑，走馬章臺管絃逐。而今老更惜花深，終日看花看不足。坐中美女顔如玉，爲我一歌《金縷曲》。歸時壓得帽檐攲，頭上春風紅簌簌。」（同前）

六八 灼灼染淚寄裴質：灼灼，錦城官妓也。善舞《柘枝》，能歌《水調》，爲幽抑怨懟之音。相府筵中，與河東詞人御使裴質座接，神通目授，如故相識。相因夜飲，忽速召之，自此不復面矣。灼灼以軟綃多聚紅淚，密寄河東人。秦少游詩曰：「錦城春暖花欲飛，灼灼當筵舞《柘枝》。相君上國河東秀，自言那復傍人知。」「妾願身爲梁上燕，朝朝暮暮長相見。雲收月墮海沉沉，淚流紅綃寄腸斷。」（同前）

六九 柳耆卿因詞得姬：柳耆卿嘗在江淮睠一官妓，臨别，以杜門爲期。既來京師，日久未還。妓有異圖，耆卿聞之怏怏（當作「怏怏」）。會宋儒林往江淮，柳因作《擊梧桐》以寄之，曰：「香靨深深，又恐恩情，易破難成，未免千般思慮。自識伊來，便有憐才丹素。臨岐再約同不，定是都把，身心相許。又恐恩情，易破難成，未免千般思慮。近日書來，寒暄而已。苦設刀刀（即叨叨）言語，便認得聽人教當，擬前言輕負。見説蘭臺宋玉，多才多藝善詞賦。試與問，朝朝暮暮，行雲何處去。」妓得此詞，遂負媿，竭産泛舟來輦下，遂終身從耆卿焉。秦少游嘗睠一姝，臨别，誓闔户相待。後有毁之者，少游作詞寄曰：「風起雲間，鴈横天末，嚴城畫角，梅花三奏。塞草西風，凍雲籠月，窗外曉寒輕透。人去香猶在，孤衾長閑餘繡。恨與宵長，一夜薰爐，添盡香獸。前事空勞回首，雖夢斷春幃，相思依舊。湘瑟聲沉，庾梅信斷，誰念畫眉人瘦？一句難忘處，怎忍辜耳邊輕呪？任人擎（當作攀，下同）折，可憐又學章臺楊柳。」姝見「任人擎折」之句，遂削髮爲尼。秦、柳二公得失可判矣。（同前）

七〇　明皇愛花奴羯鼓：羯鼓出自外夷，以戎羯之鼓，其音太簇。蒙均、龜兹、高昌都部皆用之。髹加漆桶，承以牙牀。擊用兩杖，其聲焦急，特異衆樂。唐明皇尤愛羯鼓、玉笛，云：「八音之領袖。」春雨始晴，景色明艷。帝曰：「對此景物，豈可不與他判斷之乎？」命取羯鼓，臨軒縱擊，曲名《春光好》，回顧柳、杏皆已微柝，上笑曰：「此一事，不唤我作天公，可乎？」又製《秋風高》，至秋空泠徹，奏之，必遠風徐來，庭葉隨下。汝陽王璡常戴砑絹帽子打曲，上自摘紅槿花置帽上，苴處久之方安。一曲，花不墜。帝曰：「花奴資質明瑩，必神仙謫墮也！」寧王隨而短之。上曰：「大哥不在過慮，阿瞞自是相師。帝王之相，須有英特之氣，深沉之候。花奴但端秀過人，當得公卿間令譽耳。」上不好琴，聽彈未畢，曰：「速召花奴，將羯鼓來，爲我解穢。」（同前書「書集」卷五「新話摭粹」）

七一　劉濬喜楊娥杖鼓：劉濬，潞州人，最有才名。樂部中惟杖鼓鮮有能工之者，京師官妓楊素娥最工，濬酷愛之。狀其妍態，作《期夜月》詞，曰：「金鈎花綬繫雙月，腰枝軟低折。揎皓腕，縈繡結，輕盈宛轉，妙若鳳鸞飛越，無別。香檀急扣轉清切，翻纖手飄瞥。催畫鼓，追脆管，鏗洋雅奏，尚與衆音爲節。當時妙選舞袖，慧性雅質，名爲殊絶。滿座傾心注目，不甚窺回雪。逡巡一曲《霓裳》徹。汗透鮫綃肌潤，教人傳香粉，媚容秀發。」素娥以此詞名振京師。（同前）

七二　崔（脱「懷」字）寶羨薛瓊彈箏：薛瓊瓊，唐開元宫中第一箏手。清明日，上令宫妓踏青，崔懷寶竊窺瓊，瓊悦之。因樂供奉楊羔，潛得之。羔令崔作小詞，方得見薛。崔乃吟曰：「今生無所願，願作樂中箏。近得玉人纖手内，研羅裙上放嬌聲，便死也爲榮。」因各賜薰肌酒一杯。崔後調補荆南司録參軍，瓊瓊因理箏，爲監軍所取。赴闕，明皇賜瓊瓊爲崔妻。（同前）

七三　沈翹翹善敲方響：《樂府雜録》云：「胡部無方響，緣直板聲，不應諸調。太常内庫别收一片鋏，有方響，應二十八調。足箏只有宫、商、角、羽四調，臨時移柱，應二十八調。」唐文宗朝，命樂適情。時宫人沈翹翹舞《何滿子》詞，云：「浮雲蔽白日。」上曰：「汝知書耶？此是《文選》古詩第一首，念君臣值奸邪所蔽，正是今日。」乃賜金臂環，遂問其從來。翹翹泣曰：「臣妾實元濟女，自陷國，入掖廷，易姓沈氏。本配樂籍，本藝方響。乃白玉也，以響犀爲椎，紫檀爲架，制度精妙，非中國所出，願賜臣妾。」勑取賜之。既□，上命奏《凉州曲》，音韻清越。因命翹翹曰：「卿欲住宫掖？欲他適？」翹翹不對。上知其意，爲選左金吾判宫秦誠而聘焉。出降之夕，勑内人伴歸，花燭之盛，皆自

天恩。數年，誠奉使日東。他夕，月皎如晝，將玉方響登樓，自撰一曲，名曰《憶秦郎》。（同前）

七四 楊貴妃舞《霓裳曲》：玄宗宴諸王於木蘭殿。時木蘭花發，皇情不悦。妃醉中舞《霓裳羽衣》一曲，天顔大悦。方知迴雪流風，可以迴天轉地。一日，上在便殿，因覽《漢成帝内傳》，妃子後至，以手整上衣領，曰：「看何文書？」上笑曰：「乃是漢成帝獲飛燕，身輕欲不勝風。恐其飄翥，帝爲造水晶盤，令宫人掌之而歌舞。」上又曰：「爾則任吹多少？」蓋妃微有肌也，故以此語戲妃。妃曰：「《霓裳羽衣》一曲，可掩前古。」上曰：「我纔弄爾，便欲嗔乎？」劉禹錫詩曰：「開元天子萬事足，惟恨當時光景促。三鄉陌上望仙山，歸作《霓裳羽衣同》。」按《逸史》云：「天寶初，中秋夜，羅公遠曰：『陛下能從臣月中遊乎？』取桂枝擲空爲大橋，色如白金。上行至月宫，仙女數百，素衣飄然，舞於廣庭。上問何曲，曰《霓裳羽衣》也。」（同前）

七五 蜀宫妓舞《摇頭令》：蜀後主自裹小巾，宫妓多衣道服，簪蓮花冠。每侍宴酣醉，則免冠髽髻，别爲一家之美。因施脂粉，夾蓮額，號曰「醉粧」。國人歌云：「這邊走，那邊走，只是尋花柳。那邊走，這邊走，莫厭金樽酒。」又嬖佞韓昭、顧珣、潘迎等爲狎客，競扠手摇頭令。唐師入境，遏其報而遊素。師至利州方知，將士忿然，曰：「且打扠手摇頭令。」周宣帝歌曰：「自知身命促，把燭夜間遊。」令宫女連臂踏歌。（同前）

七六 趙才卿黠慧敏詞：成都官妓趙才卿，性黠慧，有詞速敏。帥府作會以送都鈐，帥命才卿作詞，應命立就《燕歸粱》，曰：「細柳營中有亞夫，華宴簇名姝。雅歌長許佐投壺，無一日，不歡娱。漢皇拓境思名將，捧飛詔，欲登途。從前密約盡成虚，空嬴得，淚流珠。」都鈐覽之，大賞其才，以飲器數百星遺之，府師亦賞嘆焉。《詞話》載：有時相本寒生，及登台位，嘗以措大自負。遇生日，都下皆獻壽。有一妓易「朝中措」數字爲壽，曰：「屏山闌檻倚晴空，山色有無中。手種庭前桃李，別來幾度春風。　文章宰相，揮毫萬事，一飲千鍾。行樂不須年少，目前看取仙翁。」時相不直憐其善改易，又愛「朝中措」之名，厚賞之。以一妓之識，而能承意順旨，而推賞如此，若才卿者，誠不易得也。（同前）

七七　點酥娘精神善對：東坡初謫黄州，獨王定國以大臣之子不能謹交遊，遷置嶺表。後數年召還京師，是時東坡掌翰院。一日，王定國置酒與東坡會飲，出寵人點酥侑尊。而點酥善談笑，東坡問曰：「嶺南風物，可噉不佳？」點酥應聲曰：「此身安處是家鄉。」坡嘆其善應對，賦《定風波》一闋以贈之，其句全引點酥之話，曰：「堪羡人間琢玉郎，故教天賦點酥娘。自作清歌傳皓齒，風逐，雪飛炎梅（當作海）起清涼。　萬里歸來年愈少，笑中猶帶雪梅香。試問嶺南應不好？却道，此身安處是家鄉。」點酥因是詞而名譽籍甚。（同前）

七八　劉婆惜巧合監郡：劉婆惜頗通文墨，滑稽歌舞，迥出其流，時貴多重之。時有全普庵撥里，字子仁，爲贛州監郡，文章政事，剔（當作尠）歷臺省。但未免躭於花酒，公餘，即與士夫酣歌賦詩，帽上嘗喜簪花。一日，劉之廣海過贛，謁全公。時，賓朋滿座，全帽上簪青梅一枝。行酒，全口占《清江引》曲云：「青青子兒枝上結。」令賓朋續之，衆未有對者。劉歛衽進前曰：「能容妾措詞乎？」全曰：「可。」劉應聲曰：「青青子兒枝上結，引惹人攀折。其中全子仁，袖裏滋味别。只爲你酸留意兒難棄捨。」全大稱賞，納爲側室。後兵興，全死節。劉克守婦道，善終於家。（同前）

七九 柳耆卿欲見孫相：柳耆卿與孫相何爲布衣交，孫知杭，門禁甚嚴，耆卿欲見之，不得，作《望海潮》曰：「東南形勝，三吴都會，錢塘自古繁華。烟柳畫橋，風簾翠幙，參差十萬人家。雲樹繞堤沙，怒濤捲霜雪，天塹無涯。市列珠璣，户盈羅綺，競豪奢。　重湖疊巘清佳，有三秋桂子，十里荷花。羌管弄晴，菱歌泛夜，嬉嬉釣叟蓮娃。千騎擁高牙，乘醉聽簫鼓，吟賞烟霞。異日圖將好景，歸去鳳池誇。」往謁名妓楚楚，曰：「欲見孫相，恨無門路。若因府會，願借朱唇歌於孫之前，若問誰爲此詞，但説柳士（當作七）。」中秋夜會，楚宛轉歌之，孫即日迎耆預坐。（同前）

八〇 張才翁欲動邛守：張才翁，風韻不羈。初任臨邛秋官，張公庠待之不厚。會有白鶴之遊，郡守率屬官同往，才翁不顧（疑作預）客。語官妓楊皎曰：「老子到彼，必有詩詞，可速寄來。」公庠既到白鶴，便留題曰：「初眠官柳未成陰，馬上聊爲擁鼻吟。遠宦情懷銷壯志，好花時節負歸心。别離遠恨人南北，會合休論酒淺深。欲把春愁閑抖擻，亂山高處一登臨。」皎録寄才翁。才翁增減作《雨中花》曰：「萬縷青青，初眠官柳，向人猶未成陰。據征鞍無語，擁鼻微吟。遠宦情懷誰問，空勞壯志銷凝。好花時節，山城留滯，又負歸心。　别離萬里，飄蓬無定，曾念會合難憑。相聚裡，莫辭金醆，酒淺還深。欲把春愁抖擻，春愁轉更難禁。亂山高處，憑闌垂袖，聊寄登臨。」公庠再坐。皎歌於公庠之側，公庠怪問之，皎前禀曰：「張司理恰寄來，令皎歌之，以獻台座。」公庠遂青顧才翁尤

厚。（同前）

八一　翠鬟以玉篦結主：陳子雍奉使浙江，沈司勳正叔留飲，出家妓侑觴。有翠鬟者，與子雍目色相授，以玉篦密贈子雍。未幾，辭沈而去，徑往子雍之宅。雍未得翠鬟，有《沁園春》以念之，曰：「小雪初晴，畫舫明月，强飲未眠。念翠鬟雙聳，舞衣半捲琵琶，催拍促危絃。密意雖具，歡期難偶。遣我離情愁緒牽。追思處、奈溪橋道窄，無計留連。天天，莫是前緣，自别後深誠誰爲傳？想玉篦偷付，珠囊暗解，兩心常在，須合金鈿。淺淡精神，温柔情性，記我疎狂應痛憐。空腸斷，奈衾寒漏永，終夜如年。」子雍既見翠鬟，又作《清平歌》，曰：「髻雲斜墜，蓮步彎彎細。笑臉雙蛾生多媚，百步麝蘭香噴。從前萬種愁煩，枕邊未可明言。好事藍橋再渡，玉篦還勝金鈿。」（同前）

八二　蘇東坡携妓參禪：東坡居士在錢塘，無日不遊西湖。嘗携妓謁大通禪師仲殊。師見之，頗有愠色。坡作《南歌子》，使妓歌之，曰：「師唱誰家曲？宗門是阿誰？借公檀板與鉗椎，我也逢場作戲莫相疑。谿女方偷眼，山僧已皺眉。莫嫌彌勒下生遲，不見老婆三五少年時。」禪僧聞之，和其韻曰：「解舞清平樂，而今説向誰？紅爐片雪上鉗椎，打就金毛獅子也堪疑。已信身如夢，何知眼共眉？蟠桃因甚結花遲，不向風前一笑待何時。」涪翁見而賞之，曰：「此檀越并阿門僧，非取次者所爲爾。」（同前）

八三　史君實贈尼還俗：詩人史君實見一老尼還俗，贈詩曰：「脱却羅裙着綉裙，仙凡從此路岐分。蛾眉載畫當時緑，蟬髩重梳昔日雲。玉貌緩將鸞鏡照，錦衣兼把麝香薰。屏幃乍得輝光寵，更没心情戀老君。」爲尼還俗者十有七八，厭俗爲尼者十無二三。《湘山野録》云：「申國公主爲尼，掖庭隨出者二十二人。詔兩禁送至寺，賜齋。傳旨，令各賦詩。惟陳文僖公彭喬（此字系衍文）年詩曰：「盡把花鈿散寶津，雲鬟齊剪向殘春。因驚風燭難留世，遂作蓮池不染身。貝葉乍翻疑軸鈿，梵音初學誤梁塵。從兹艷質成空後，湘浦應無解佩人。」都下好事者以《鷓鴣天》歌之。嗚呼！以老尼還俗爲是耶，則以申主爲尼非矣；以申主爲尼爲是耶，則女貞還俗非矣。識者必能辨之。（同前）

閔元京等輯詞話

《湘煙録》十六卷，閔元京、凌義渠同編。元京，字子京，烏程（今屬浙江）人，義渠之舅，行蹟不詳。義渠，字駿甫，亦烏程人，天啓乙丑進士，官至大理寺卿，崇禎甲申殉國難，清帝賜謚忠介。是編分咫聞、清檢、蘭訊、鼎書、奩史、談哃、金荃、補革、志詺、目紀十門，襍採新事，標舉幽異，各注所出之書。此據《四庫全書存目叢書》影印明天啓間刻本録詞話十則。

一

詩餘者，樂府之流別。歌曲，則詩餘之濫觴也。評詞者曰：逸品，上矣，雄詞，次之。斯則詞分二派已。然飛卿故自喻於《金荃》，學士亦受嘲於綽板，真所謂佳句西堂夢裡。詩思霸橋雪中，子京氏夙昔疑詞客前身應當行，蘅蕙吐於行間，亦能顧曲之誤。《畹蘭》採於字裡，不數辨撾之工。洵四聲之功臣，而十法之領袖，若使飛卿有知，亦當點首地下矣。標《金荃》，補第七。（《湘煙録》「湘煙録十則」）

二　玉女壺《仙傳拾遺》：玉女投壺，每投十枝，百二十梟，設有入不出者，天帝爲之噽嘘。噽，音繄，天□，開翕也。梟，一作嬌。段成式云：「雷已百嬌，雨猶四匝。」謝無逸詞：「雙粲桃，百嬌壺。」（同前書卷七）

三　《問行帖》：晉無名氏《問行帖》云：「天氣殊未佳，汝定成行否？寒食近，且住，爲佳耳。」宋辛稼軒詞：「宦遊吾倦矣，玉人留我醉。明日落花寒食，得且住，爲佳耳。」晉人語一入聲律，其妙如此。稼軒以詞名，每燕，必命侍妓歌其所作，特好歌《賀新郎》一詞，自誦其警句曰：「我見青山多嫵媚，料青山見我應如是。」又曰：「不恨古人吾不見，恨古人不見吾狂耳。」每至此，輒拊髀自笑，顧問坐客何如。《桯史》（同前書卷十一）

四　宋徽宗宸翰王明清《玉照新志》：「蹙破眉峰碧，纖手還重執。鎮日相看未足時，便忍使鴛鴦隻。　薄暮投村驛，風雨愁通夕。牕外芭蕉窗裏人，分明葉上心頭滴。」裕陵親書其後云：「此詞甚佳，不知何人作，奏來。」蓋以詔曹組者，今宸翰尚藏其家。曹組六舉不第，著《鐵硯篇》以自見，後寵於裕陵，授睿思殿待制。（同前）

五　《抛毬曲》趙德麟《侯鯖録》：海州士人李慎言嘗夢至一處水殿中，觀宫女戲毬，有《抛毬曲》十餘闋，詞皆清麗，今獨記三首，云：「侍宴黄昏未肯休，玉堦夜色月如流。朝來自詑承恩最，笑倩傍人認繡毬。」「隋家宮殿鎖清秋，曾見嬋娟颺繡毬。金鑰玉簫俱寂寂，一天明月照高樓。」「堪嘆隋家幾帝王，舞裀揉盡繡鴛鴦。如今重到抛毬處，不是金爐舊日香。」（同前）

六 荆州亭王明清《玉照新志》：黄魯直登荆州亭，柱間有詞曰：「簾捲曲欄獨倚，江展暮雲無際。淚眼不曾晴，家在吴頭楚尾。數點雪花亂委，撲漉沙鷗驚起。詩句欲成時，没入蒼煙叢裏。」蓋女鬼詞也。（同前）

七 裴諴《雲溪友議》：裴郎中諴，晉國公次弟子也。足情調，善談諧，與温岐爲友，好作艷曲，其《南歌子》詞云：「不是厨中串，争知炙裏心。井邊銀釧落，展轉恨還深。」又曰：「不信長相憶，擡頭問取天。風吹荷葉動，無夜不摇蓮。」又曰：「䈕𥳇爲紅燭，情知不自由。細絲斜結網，争奈眼相鉤。」二人又爲《新添聲楊柳枝》詞，裴詞云：「思量大是惡姻緣，只得相看不得憐。願作琵琶槽郍畔，美人長抱在胸前。」又曰：「獨房蓮子没人看，偷折蓮時命也拚。若有所由來借問，但道偷蓮是下官。」温詞云：「一尺深紅幪麯塵，舊物天生如此新。合歡桃核終堪恨，裏許元來别有人。」又曰：「井底點燈深燭伊，共郎長行莫圍棋。玲瓏骰子安紅豆，入骨相思知不知。」後諴入臺，爲三院所謔，曰：「能爲淫艷之歌，有異清潔之士。」（同前）

八 吴江詞張表臣《珊瑚鉤詩話》：予挈家過吴江，有詞云：「垂虹亭下扁舟住，松江煙雨長橋暮。《白紵》聽吴歌，佳人淚臉波。勸傾金鑿落，莫作思家惡。緑鴨與鱸魚，如何可寄書。」有士人覽之曰：「不聞鴨解附書。」予不答，信乎柳子厚云：「作之難，知之又難。」雌霓之賞爲少也。（同前）

九　隸糖事《吹景集》：洪邁《糖霜譜》有蘇、黄二詩，「冰盤薦琥珀，何似糖霜美」，子瞻語也；「遠寄蔗霜知有味，勝於崔浩水精鹽」，魯直語也。又云：「唐大曆中，鄒和尚始來繖山，教民黄氏造霜之法。」鄒和尚，文殊化皃，見王灼譜，洪不載。此糖本紀也。猊糖，見《後漢·顯宗紀》。販糖之妾，見馮敬通與婦弟任武達書。南箕無舌，飯多沙糖，見《易林》「大畜」之益。飴、餃、餹、餳，見《廣雅》。餳謂之餹，見楊子雲《方言》。蘮糖，見《齊民要術》。賣糖老姥，見《南齊書·傅琰傳》。蘇酪沙糖，見《隋書·真臘傳》。蠏之將糖，蹤擾彌甚，見《梁書》。鍾岏上、何胤議酒無沙糖味，爲他通顔色，見古樂府《聖郎曲》。「燋糖幸一柈」，見杜詩。豬馬食之如糖，故名馬唐，見陳藏器《本草》。唐以後不復憶矣。按《南州異物志》云：「交阯甘蔗取爲飴餳，益珍，煎而暴之，凝如冰。」則唐以前故有之，不自鄒昉矣，此足砭王灼説。〇閔康侯曰：「遐周不及唐以後。」余隨筆補之：《幽明録》：王胤、祖安國、張顯，太元中乘船，見僊人賜糖飴三餅。《時鏡新書》：魏收當寒食，餉王昕，昕與書云：「始知令節，須御麥粥，加之以糖，彌覺香冷。」《北史》：周明帝因食糖餡遇毒。《傳芳略記》：陳昉得蜀糖，輒以蜜澆之，曰：「與蜜本莫逆交。」《高士傳》：張子路誣李泌，受嚴震金獅子百枚，德宗料是沙糖獅子，果然。《説儲》：楊行密據江淮，民間謂蜜爲蜂糖。又洗心糖，見《幽燕異記》。烏膩糖，見《韻府》。糖一名蔗胎，見《集韻》。高飣形糖，滿傾甘酪，見《海録碎事》。「亦非崖蜜亦非餳，青女吹霜凍作冰。透骨清寒輕着齒，嚼成人跡板橋聲」，見楊廷秀詩。至《香譜》有詹糖香，曲名亦有《糖多令》焉。若《物原》謂孫權始效交趾作蔗糖，而《説略》直以《楞嚴經》黑石蜜當之，可見其來益古。（同前書卷十五）

一〇 豔《唐詩紀事》：隋曲有《踈勒豔》，唐曲有《突厥豔》、《阿鵲豔》。或云關中人謂「好」爲「豔」，故施肩吾詩云：「顛狂楚客歌成雪，媚賴吴娘笑是豔。」蓋當時語也。今杖鼓譜中尚有炎杖聲。元微之詩：「葉奴歌淅淅，媚子侮卿卿。」注：淅淅，豔也。〇董逌周曰：按洪容齋云：唐曲有《黄帝豔》、《白鴿豔》、《神雀豔》、《歸國豔》，唐詩「更奏新聲《刮骨豔》」，謂之豔者，如吟、行、曲、引之類。用修引戴《記》「豔諸利之」，豔音艷，豔者，艷之聲轉也。薛道衡有《昔昔豔》詩，微之詩訛爲「淅淅」。〇《容齋續筆》又云：今南嶽廟獻神樂曲有《黄帝豔》，而俗傳以爲《黄帝炎》，《長沙志》從而書之，蓋不考也。按「豔」與「炎」聲同，炎杖聲，疑亦是「豔」字之訛。（同前）

高昂光輯詞話

高昂光，字明叔，嘉興（今屬浙江）人。年十八遊庠，少工舉業，爲病苦，醫莫效，乃倏然世味俗情之外。編《最樂編》四卷，有天啓三年自序，書中録格言懿行及善惡報應可爲勸懲等，此據《四庫未收書輯刊》影印明天啓三年計元勛刻本録詞話三則。

一

李德裕平泉山居戒子孫云：吾百年之後，爲權勢所奪，則以先人所命泣而告之，此吾志也。後經世變，餘胤竟不能守，花卉蕪絶，怪石名品俱爲洛城有力取去。記所云者，秖足貽達人笑。范文正公在杭州時，子弟以公有退志，乘間請治第洛陽，樹園圃以爲逸老地。公曰：「人苟有道義之樂，形骸可外，况吾屋也。吾今年踰六十，來日無幾，乃謀治第樹圃，顧何時而居乎？吾之所患在位高而難退，不患退而無居也，居固易得。西都士大夫園林相望，爲主人者莫得常遊，而誰獨障吾遊者，豈有諸己而後爲樂耶？」張叔夏過錢塘西湖慶樂園賦《高陽臺》詞，序云：「慶樂園，韓平原之南園也。戊寅歲過之，但有碑石在荆棘中耳。」詞云：「古木迷鴉，虚堂起燕，歡遊轉眼驚心。南圃東窻，酸風掃盡芳塵。鬢貂飛入平原草，最可憐、渾是秋陰。夜沉沉，不信歸魂，不到花深。吹簫踏葉幽尋去，任船依斷石，袖裹寒雲。老桂懸香，珊瑚碎擊無聲。故園已是愁如許，撫殘碑、又却傷今。更關情，秋水人家，斜照西林。」噫！讀叔夏詞，要知有園者仍未嘗有園；讀文正語，要知無園者仍未嘗無園。如李衛公平泉痴淚，正不必如霰矣。故王殉舍虎丘爲院，王維舍輞川爲寺，真可謂具身後眼者。（《讀書鏡》《最樂編》卷三）

二　「樂處酣歌，時光容易過。苦處奔波，早晚偏難度。世界號娑婆，苦樂平分破。佩玉鳴珂，生辰不似他。戴笠披蓑，安閒不羡他。　別人騎馬我騎騾，更有徒行箇。日月疾如梭，天地旋如磨，也非故意相催促。」「覆轍翻舟，那個曾回首。大劍長矛，那個曾丢手。無數世間愁，憑着人承受。拜將封侯，是英雄釣鈎。按簿持籌，是愚夫枷扭。　休題能向死前休，更筭千年後。步步使機謀，也要天公凑，行年五十曾參透。」「皁帽絲絛，一第猶難料。紫綬緋袍，一品猶嫌小。量盡海波濤，人心難忖着。翠養翎毛，爲誰頭上好。豕養脂膏，爲誰腸内飽。　千尋鳥道上雲霄，何必多經到。平地好逍遥，高處多顛倒，世人只是回頭少。」「畫棟雕梁，惟收紙半張。緑鬢紅粧，消除泪幾行。此事本尋常，謾説多魔障。百草芬芳，須防秋降霜。萬木萎黄，須逢春再陽。　假如傀儡一登場，多少悲歡狀。旁人費忖量，兀自生惆悵，不知刊定傳奇上。」「百甕黄虀，須了今生事。一縷紅絲，須是前生繫。人事有推移，總是天安置。智似靈龜，何常脱死期。巧似蜘蛛，何常不忍饑。命通若在四更時，夜半猶憔悴。千年薦福碑，九日滕王記，勸君且等時辰至。」「南陌東疇，是兒孫馬牛。趙舞秦謳，是歡喜冤讐。萬事總悠悠，勞生何所求。一簇眉頭，筭前又筭後。三寸舌頭，説强又説醜。饒君一日可千秋，空落得多僝僽。青山暗裏遊，玄牝空中守，羲皇一夢君知否。」「麋鹿山邊，終日防弦箭。鸚鵡簷前，終歲愁猫犬。身在畏途間，頃刻憂機變。恩愛纏綿，多成仇恨緣。涕淚流連，多因歡喜緣。白駒過隙難留轉，何苦又加鞭。靈臺一寸間，簇起冰和炭，任教世事如電閃。」「鐵鎖重關，財寶終須散。玉液金丹，遲速難違限。但放此心寬，萬事從天斷。不坐蒲團，西方掉臂還。不戴蓮冠，南華合眼看。人間苦海黑漫漫，送盡聰明漢。饑來粥與饘，睡要床和簟，此外不須多繾綣。」「你會使乖，别人也不呆。你要錢財，前生須帶來。我命非我排，自有天公在。時該運該，人來還你債。時衰運衰，你被他人賣。常言作善可消災，怕没福難擔戴。有酒且開懷，見恠何須恠，一任桑田變滄海。」王荆石詞（同前書卷四）

三　詩僧晦庵者有一詞云：「擾擾浮生，待足何時足。據現在，隨家豐儉，便堪龜縮。得意濃時休進步，須防世事多反覆。枉教人，白了少年頭，空碌碌。誰不願，黄金屋。誰不願，千鍾粟。筭五行不是，這般題目。枉使心機閒計較，兒孫自有兒孫福。又何須，採藥蓬萊，但寡慾。」《鶴林玉露》（同前）

鄭奎光輯詞話

鄭奎光，字章甫，侯官（今屬福建）人。天啓元年爲青田縣教諭，歷南京户部員外郎，崇禎間任處州府知府，有惠政，以老乞歸。所著有《大易解》、《駛粟日抄》、《南明山志》。《駛粟日抄》，一名《駛粟暇筆》，分元亨利貞四部，乃其駛粟餘閒，博採羣籍，取有關政教，足範身心者，所録無非規諷。此據内閣文庫藏明刊本《駛粟日抄》和《四庫未收書輯刊》影印明崇禎間刻本《駛粟暇筆》録詞話五則。

一

錢思公雖生長富貴，而少所嗜好，在西洛時，嘗語僚屬：「平生惟好讀書，坐則讀經史，卧則讀小説，上厠則閲小辭。」謝希深亦言宋公垂同在史院，每走厠，必挾書往，諷誦之聲琅然，聞於遠近。所作文章多在三上，乃馬上、枕上、厠上也，蓋惟此尤可以屬思爾。（《駛粟日抄》「元部」）

二　曹東畝赴省，陸行良苦，自慰其足云：「春闈期近也，望帝鄉迢迢，猶（脱『在』字）天際。懊恨這一雙脚底，一日廝趕上五六十里。　争氣，扶持我去。博得官歸，恁時賞你。穿對朝靴，安排你在轎兒裏。更選宫鞋，夜間伴你。」（同前書「亨部」）

三　東坡初未識秦少游，少游知其將復過維揚，作坡筆語題壁於一山寺中。東坡果不能辨，大驚。及見孫莘老，出少游詩詞數百篇，讀之，乃嘆曰：「向書壁者，豈此郎邪？」（同前書「利部」）

四　楊萬里為監司時，巡歷至一郡，郡守張宴，有官妓葉少歌《賀新郎》詞送酒，其中有「萬里雲帆何時到」，誠齋遽曰：「萬里昨日到。」太守大慙。（同前）

五　范景仁，少與柳耆卿同年，愛其才美。謝事後，親舊間盛唱柳詞，歎曰：「仁宗四十二年太平，吾身為史官二十年，不能贊述，而耆卿能盡形容之。」（《駛粟暇筆》）

朱荃宰詞話

朱荃宰，字咸一，黄岡（今屬湖北）人。行蹟不詳。編《文通》一書，有天啓丙寅自叙。蓋原有文、詩、樂、詞、曲五編，並以通名，而《文通》獨先刻成，其書取古今文章流别及詩文格律一一爲之條析，大抵摭拾百家而成。此據《四庫全書存目叢書》影印明天啓六年刻本《文通》録詞話二則。

一　自叙：文，時之爲也，而變因焉。自羲、倉以迄大明，時也；自圖書以及經義，變也。文思之聖理苞系于懷，不能相告以精，時一吐之，無言之意，亦無無言之意。故《易》曰：「含章可貞，以時發也。」無所謂體也。時因圖而畫，畫已耳，不必益也。時因畫而象，彖繫之，言天下之至賾而不可惡也，言天下之至動而不可亂也，不必損也。典謨誥誓雅頌，六官三禮六樂，獲麟之書，皆擬議以成變化，不過因其性反，禪繼放伐，王迹國史，衰殷益商之寔，而以時乎言也。是以文章之變，有知其然而然者，有不知其然而然者，有知其然而然而無如之何者，故《春秋》不必襲乎《詩》也，《詩》不必沿乎《禮》也，《禮》不必沿乎《書》與《易》也。五十六卦不必襲乎八也，猶之乎三王不襲禮，五帝不沿樂也，是故德尊則義深，義深則意微，意微則理辯，理辯則言文，言文則行遠。無心之文，猶無聲之樂，無體之禮也。故莊周曰：「聖人不巧，時變是守。」後之人亦知擬之而後言，議之而後動，不知作者之所擬議非言也。後人之所擬議者，言也；作者擬議之，則變化也。後人擬議之，則體格也。言愈擬愈下，而六籍始爲方圓矣。流而濫觴也，不知六籍爲何物，而諸體始爲金科玉律矣。浸假而爲優孟之衣冠矣，浸假而爲沐猴之衣冠矣，有識者思浸假爲輪爲馬也。于是《典論》、《文賦》、《雕龍》、《流别》、《緣起》之屬灌灌於前，漁仲志之，端臨攷之，部别媵分，則有海虞、吴江、博文，反説則有新都、弇山、滄園、雲杜，或徵《七略》而爲書，或操寸管而説法，亦綦密矣。言史者，自子玄昉矣。柳燦爲之晰微，文裕爲之會要。端簡則不言史，而史法具在也。正樂者自三代而降，若滅若没。周永定中，蘇祇婆勘較七聲，鄭譯、蘇夔、和衷佐之，而沮于何妥之自耻，迨後湻風之志其選矣。苑洛、椒山，空谷之音也。談詩則廸功、記室、崔豹、吴兢、左郭、滄浪其人，空同、信陽、瑯琊、宣城、婺州、華亭，皆成一家之言，揚搉千秋之業。而詩餘、南北曲，譜均既舛，九宫十三調安所從而正之？頃者一二名家秉心房之精，所衍傳奇，膾炙人口，第倚以九寸之管，比以八十一絲之弦，吾不知視案上之書何如也。小學不修，樂律失其傳，言之者絶響矣。惟經義盛於我明，破承腹結，可以橐籥六經，四股八比用，能舞騶烏道。他文可以馳騁借資，而經義獨難纖毫出入，何也？與庸人言易，而與聖人言難也。畫者遺毫而失貌，鬼魅之所以工也。予椎魯，文質無所底，恒于諸體憒憒若夢，足跡所至，推誠下問，承風者或未必服習，服習者或不屑取瑟。爰攷諸家之書，彙成文、詩、樂、曲、詞五編，皆以通名之，求以自通其不通也，匪敢通于人也。匯而言之，陳思品第，止及建安，士衡九變，通而無貶。吁嗟！彦升不成權輿，《雕龍》來夯駝之譏，《流別》竭捃摭之力。伯魯廣文恪之書，號稱明辨，自述費年，而皆不本之經史。吴詳于文而略于詩，徐又遺曲，或飲水而忘其源，或拱木而棄其韡。嗟乎！六經，其冠冕乎？曲調，舄履乎？何哀然稱其體邪？子玄洵晰于史矣，其文則劉勰也，而藻繪弗如。其識則王充也，而輕許太過，其所指摘多中昔人，然偏信《竹書》、《汲冢》，當惑而不惑，不疑而反疑，雖謂其有史學無史筆、有史裁無史識可也。晰微會要，實劉氏之藎臣，必并觀互省，庶無害於名教，不則，未免益微而損巨也。子玄，唐人，自晉以下無譏焉。愚於昭代遡唐新舊《書》，上自玉册王綸，下迨市券關引，采評攷要，略亦具矣。詩，言之精者也，奈何鄙夷之？自適齊入海以來，歷代樂志徒載其詞，罕傳其聲。善哉！夾漈之言曰：夫樂，以詩爲本，詩以聲爲用，八音六律爲之羽翼耳。古之詩，今之辭曲也。若不能歌之，但能誦其文而説其義，可乎？即尼父亦何以云其得所也？故他經可以詁解，而詩獨當以聲論，即杜夔之屬所得者已，不過《鹿鳴》四篇，况其他乎？鍾嶸云：「既不備管絃，亦何取于聲律也？」崔豹既以義説名，吴兢又以事解目，蓋聲失則義起，其與齊、魯、韓、毛無以異也，樂府之道幾乎息矣。克明、茂倩、禹金，崔、吴之徒也。記室、滄浪、弇州、元瑞、汝言、晉叔，齊、魯、韓、毛之徒也。臨淄、長江之密旨，右軍之草訣也，安得起達於樂者如后夔、仲尼一從而學詩耶？今之詞曲，古樂之流也。故子夏對魏文侯曰：「君之所問者，樂也；所好者，音也。」夫樂者與音相近而不同，弦歌詩誦謂之德音，獶雜子女謂之清音。樂終不可以道古，是以祭祀弗用也。至於誘民孔易，其道一也。猶書之有圖，禮之有野也，樂失而求之音，良亦苦矣。夫舞蹈詠歌之節，人之所不能免也。如槩以爲溺音而擯絶不講，恐蕢桴土鼓之意不如是也。今之優人能歌之舞之，而不能説其義也。今之樂能誦其詩，説其義，而不能歌之舞之也，其弊一也，載胥及溺矣。經義，國家用以雋士，以試窮理之學。次之論表，觀其博古。次之策問，觀其通今。是以聖賢望士也亦何厚也。夫士，誠窮理也，博古也，識時務也，尚何孫於三代哉！然士竟以帖括報之，何太薄也！高者勦一二語録，縱談名理，其名甚尊而不敢以爲非，其罪甚鉅而莫不以爲功。先聖之道益晦，後生之腹益空，宋鑾坡所謂臭腐塌茸，厭厭不振，如下俚衣裝不中程度者也，知其然而然，而無如之何也。間有一二篤生之士，仰慕成弘，必遭偃蹇，即擢科名，父以此戒其子，師以此戒其弟，曰此馬肝也，甚毋食之，夫安得正始之音復見於今而無媿於窮理博古通今也哉？今以其時攷之，三代不能不秦、漢也，漢、魏不能不六朝也，六朝不能不三唐也，唐不能不宋元也，變止矣。六經不能不子史也，三百篇不能不漢、魏也，漢、魏不能不近體也，宋之不能不詞，元之不能不曲也，國家之不能不經義也。文質之會，窳隆升降之原，有知其然而然者，吾將旦暮遇之矣。夫文以經緯天地、安定社稷爲憲萬邦，兼資一世，故曰「經國之大業，不朽之盛事」，豈第爲先資之蒭狗、酬應之苞苴耶？即上馬橫槊，下馬賦詩，亦未免負慙於飲食，而况其凡焉者乎？世無經學，故無文學，未有通於經而塞於文者也。今不揣固陋，會通古今談經、訂史、説詩、言樂、審音之書，棄短取長，明法究變，尊是黜非，每編彙爲一通，每體彙爲一篇。文則經史子集，篇章句字，假取援喻，條晰縷分，而殿以統説。詩自三百，樂府古近，題例豔趨，聱音叶響，而弁以總論。樂左書右圖，詞曲右調左譜。經義憲章祖訓，起弊維新。衡以先民之言，而黜其飣餖之靦，憤然求通而未能，何異語冰而不曉、向若而不歎也？昔杜岐公粤稽書契，至天寶而《通典》成，漁仲自隆古至建炎而《通志略》成，端臨始嘉定泝天寶而《通考》成，此皆著述家權衡也。愚近始隆、萬，遠接端臨，如鄭康成箋諸經，彼此互証，包併參伍，自少迨老，無日不刳心焉，則有之矣。然續貂畫虎，昔人所譏，尚不敢擬風俗注丹諸書，敢望諸君子哉？亦聊以志憤悱于通儒耳。天啓丙寅禊日，黄岡後學朱荃宰雨中書於桃葉渡。（《文通》）

二　辨聲樂不傳：按夾漈以爲《詩》本歌曲也，自齊、魯、韓、毛各有叙訓，以説相高，義理之説既勝而聲歌之學日微矣。愚嘗因其説而究論之，《易》本卜筮之書也，後之儒者知誦《十翼》而不能曉占法；《禮》本品節之書也，後之儒者知誦《戴記》而不能習《儀禮》，皆義理之説太勝故也。先儒蓋病之矣，然《詩》也，《易》也，《禮》也，豈與義理爲二物哉？蓋《詩》者，有義理之歌曲也，後世狹邪之樂府，則無義理之歌曲也；《易》者，有義理之卜筮也，後世俗師之占書，則無義理之卜筮也；《禮》者，有義理之品節也，秦漢而後之典章，則無義理之品節也。郊特牲曰：「禮之所尊，尊其義也。失其義，陳其數，祝史之事也。故其數可陳也，其義難知也。」《荀子》曰：「不知其義，謹守其數，不敢損益，父子相傳，以待王公，是官人百吏所以取秩禄也。」蓋春秋、戰國之時，先王之禮制不至淪喪，故巫史卜祝、小夫賤隸皆能知其數，而其義則非聖賢不能推明之。及其流傳既久，所謂義者，布在方册，格言大訓，炳如日星，千載一日也，而其數則湮没無聞久矣。姑以漢事言之，若《詩》若《禮》若《易》，諸儒爲之訓詁，轉相授受，所謂義也。然制氏能言鏗鏘鼓舞之節，徐生善爲容，京房、費直善占，所謂數也。今訓詁則家傳人誦，而制氏之鏗鏘、徐生之容、京、費之占無有能知之者矣。蓋其始也，則數可陳而義難知，及其久也，則義之難明者，簡編可以紀述，論説可以傳授，而所謂數者，一日而不肄習，則亡之矣。數既亡，則義孤行，於是疑儒者之道有體而無用，而以爲義理之説太勝。夫義理之勝，豈足以害事哉？（同前書卷二十六）

張翼詞話

《農田餘話》二卷，題明長谷真逸撰，不著名氏。《千頃堂書目》載有張翼《農田餘話》二卷，云：「吴人，一稱長谷真逸。」其書所記多元末及張士誠竊據時事。此據《寶顔堂秘笈》本録詞話四則。

一

宋祚將終，不獨文氣衰弱，民間歌曲皆靡靡亡國之音。至今臨安府瓦子印行小令，人家尚存，於此可見。至正間，北人歌辭破碎，聲調哀促，號通街市，無復昔時文物豪雄之氣，而人多製《香羅帶》、《酷相思》之類悲怨迫切之聲，若不能一朝夕者，聽之，使人悽愴不自已，關係元氣運亦不小者。（《農田餘話》卷上）

二　往見白描《玉于(疑作「王子」)高會周瓊英》一卷，内有古曲若干段，非近世歌曲之名，蓋四十大曲之一也。後見大曲譜相合，如紅葉題詩，崔鶯等皆有之，時人不解其音節耳。(同前)

三　「初離蜀道心將碎，離恨綿綿。春(脱『日』字)如年，馬上時時聞杜鵑。　三千宫女如花貌，妾最嬋娟。妾最嬋娟，只恐君王寵愛偏。」此孟蜀花蕊夫人出蜀赴汴梁作也。本徐匡章之女。或云姓費。(同前)

四　至正乙酉，詔天下分遣廷臣爲諸道黜陟使，察官吏，問疾苦，禮尊年，賑貧乏，褒善良，起淹滯，所至如巡守。江西布衣黄如徵上言：「本道奉使散散王士弘不遵詔旨，務取民財，鉗口結舌，官吏賢不肖不察，民疾苦不問，尊年不禮，貧乏不賑，善良不褒，淹滯不起。江西、福建一道，地方五千餘里，馳驚未數月，而徧民失望矣。」且述小民作歌曰：「九重丹詔頒恩至，萬兩黄金奉使回。」又曰：「奉使來時驚天動地，回時烏天黑地。官吏每歡天喜地，百姓每啼天哭地。」又曰：「官吏黑漆皮燈籠，奉使來時添一重。」(同前書卷下)

程羽文詞話

程羽文，字蓋臣，新安（今屬浙江）人。行蹟不詳。著有《鴛鴦牒》、《一歲芳華》、《清閑供》、《四時歡》、《詩本事》、《程氏曲藻》等。《鴛鴦牒》一卷，題識引譚友夏言云古今多少才子佳人，因父母作梗，不能成對，齎情而死，乃悟文君犇相如為上上策，故為古今佳人配對才人，各成一牒。此據《檀几叢書》本《鴛鴦牒》録詞話二則。

一　朱淑真，圓音曲轉，困此駑庸。宜任配蘇子瞻、秦少游、晁無咎、陳季常、黄山谷、王晉卿、晏同叔、蘇子美、柳耆卿輩，綺舌交酬，錦腸不斷。（《鴛鴦牒》）

二　婉儀王冲華，賦骨騷腸，顛危抑鬱。宜賜配文文山，共唱《滿江紅》一曲，氣吐為虹。（同前）

鄧慶寀詞話

鄧慶寀，字道協，福州（今屬福建）人。行蹟不詳。撰《閩中荔支通譜》十六卷，以諸家荔支譜輯為一篇，故曰通譜。此據《四庫全書存目叢書》影印明崇禎刻本録詞話一則。

一　勝畫荔支《浪淘沙》二闋：「異品出吴航，翠袖紅妝。温柔何似白雲鄉，縱有丹青描不就，國色天香。　含笑解羅襠，玉骨瓊漿。胭脂無色墨無光，祇是紅顏多薄命，雨妬風狂。」「金井碧梧飄，殘暑初消。桂林中冠兩蕭條，獨步此時儂第一，質艷香嬌。　豐肉核仍焦，沁齒甘饒。丁香輕吐暗魂銷，人倚小樓春不住，滿地紅綃。」（《閩中荔支通譜》卷十三）

吴曙輯詞話

《新鍥簪纓必用增補秘笈新書》，卷端下題「宋先賢謝疊山公編次、明翰林吴曙谷公增補」，吴曙，字谷公，里貫行蹟不詳。此據内閣文庫藏明刊本録詞話一則。

一 風月平分破：古詞：「獨倚胡床，庾公樓外峰千朵。與誰同坐，明月清風我。 别乘一來，有唱終須和。還知麽，自從添個，風月平分破。」（《新鍥簪纓必用增補秘笈新書》卷九「通判·名賢詩詞」）

黄允交詞話

黄允交，新安（今屬安徽）人。行蹟不詳，崇禎年間在世。此據《四庫禁燬書叢刊》影印明崇禎間刻本戴澳《杜曲集》録序文、評語共二則。

一　《評較戴斐君先生杜曲集序》：乙亥春，斐君先生招入四明雪竇山，歷探名蹟。既返芳洲，出囊中藏草，手自裁削，屬允交評定焉。先生秉尺清曹，郊居什八，無論芳洲。林嶼幽妍，足供筆札，凡環洲鉅勝，如今來所歷，多古佛道場，拔飛仙窟，衆峭決眥層嵐蕩胸，營魄所淹溉，口手所霏洒，無非靈光灝氣。不慧較讐之役，盟諸赤水丹山，借山澤之精英，境物之動變，以印先生之文與詩。而即詩文以印先生之神情與眉宇，得叙、引、傳、記、碑、誌、疏、跋、銘、贊、襍文若干首，奏記、書牘若干首，賦若干首，四五七言古、近體排律、絶句、雜詩若干首，詩餘若干首，遠不摹古，近不隨人，象徹現前，思抽當下，習氣一滌，景意遂親。故鴻簡殊裁，穠纖殊度，境隨夷峻，悰或恬悽，而一往蕭蕭秩秩，驂霞飲瀣之天然，落筆便見。輒倣昔人鑒字鑒詩例，合以環洲勝麗，不慧別有評言。夫作者能自肖其性情於撰述，使人人因撰述以覿作者之性情，斯固寄志之慧鋒，徵辭之婉致也。雖阮懷之塊壘未澆，宋辯之蕭騷時奏，似不忘貞士悼時之旨。然廻風紫瀾，鏡海恬若，余最喜集中無時下名人口角挂瓶，拂刀圭氣，而偶於物情世局一拈，杜機觀幻之微，則柱下之精，竺乾之髓，不假門風，益以覘道力矣。乃至孤映冰壺，不因人熱，斟酌羣品，中衢設樽，其介立坦朗之風操，集中具見，則竢同朝名彦寫照之，筆序而傳之。不慧方相從雲巖、雪瀑、衡泉、品石之時，姑舉毫間海印之光、蕊珠之秀，久證洽於名區之霞韻，宗風者以質四明雪竇諸山之靈如此。崇禎八年秋孟，新安黄允交書於芳杜洲青始齋。（《杜曲集》）

二　評語：大篇纚纚，華整浄貴，核而彌悠，宕而有撿，如石屏錦峙，綠峽天通，曲壑雲鋪，四窗海照。閒題小品，隽古幽折，澹能設色，削不傷神。如片石巧劚，崖花自粲，疎溜響竹，潛蛟舞谿，歷境愴時，杜陵詩史，警厲峭惋，秀鬱生姿。如千松繡壑，髯幹森挐，忽有海鶴飛來，與哀湍併唳，寫懷寓適，摩詰禪觀，靚麗工圓，新而不詭。如石□花雨，谷鳥流嚶，□聖巖栖，使魔風自遠，《花間》襍調，秦、柳讓妍。如錦鏡荷舒，紅泉柳漾，琅璈樊榭，餘響雲中。諸賦則象情體物，冰絲獨繭，彫霞□□，如風激懸泉，裂帛千尺，時復珠濺，瑶□□洲。遺實紅梨青穤，定是千年靈核。（同前）

鄒式金詞話

鄒式金（一六二八—一六四四），字木石，自稱香眉主，無錫（今屬江蘇）人。崇禎庚辰進士，官南京户部郎中。編著有《盛明雜劇三集》、《無聲詩史》、《歷代畫史彙傳》。此據《續修四庫全書》影印民國三十年董氏誦芬室刻本《盛明雜劇三集》録序文一則。

一

《小引》：詩亡而後有騷，騷亡而後有樂府，樂府亡而後有詞，詞亡而後有曲，其體雖變，其音則一也。聲音之道本諸性情，所以協幽明，和上下，在治忽，格鳥獸。故《卿雲》歌而鳳凰儀，《淋鈴》作而馬嵬走。夫子删詩，曰：「雅頌得所，然後樂正。」未嘗分詩樂爲二。其後士大夫高談詩學，不復稽古永言和聲之旨，遂專以抑揚抗墜，清濁長短，責之優伶。淫哇相襲，大雅淪亡，而五音六律、九宫十三調漸作《廣陵散》，雖以鐵崖之才，酸齋之學，不得與王、白、關、鄭輩並驅争先，而《張打油》、《胡釘鉸》幾幾乎厠足詞壇，亦可哂矣。自憲府先賡，王、康嗣和，士大夫始知章甫端冠外别有此一種風流教化，於是有詞隱先生起而主持風雅，明陰洞陽，引商刻羽，争衡於調之全半，較辨於板之寸分，窮工極巧，究竟自然。嗣後作者波委雲屬，司馬標秀於新安，玉茗稱雄於江右，山陰以瑰奇自異，荀令以尖冷鳴新。婁水王、吴痛決，與濃麗争驅。吴江沈、孟雋永，與縱横兢爽。究其所得，各擅專長。邇來世變滄桑，人多懷感。或抑鬱幽憂，抒其禾黍銅駝之怨；或憤懣激烈，寫其擊壺彈鋏之思；或月露風雲，寄其飲醇近婦之情；或蛇神牛鬼，發其問天遊仙之夢。雲璈疊奏，玉屑紛飛，以至字忌重押，韻黜互犯，固足踵元人之音，奪前輩之席矣。然而北曲南詞如車舟，各有所習，北曲調長而節促，組織易工，終乖紅豆。南詞調短而節緩，柔靡傾聽，難協絲絃。又全部宏編意在搬演，不重修詞。臨川而外，佳者寥寥，不若雜劇，足以極一時之致。辟之狹巷短兵，殺人如草。東坡所云「數尺而有干霄之勢」者，令人目炫眉飛也。幽居無事，郵筒往來，得若干種，先梓行之，用公同好。或有桃花扇動，竹葉尊開，黛艴春山，齲呈皎雪，低徊宛轉，頂疊闋生，如香雲捲雨，塞玉嘶風。欲歌欲泣，欲眦裂，欲魂銷，言之者無罪，聞之者足以戒。倘亦小雅之志，風人之遺乎？憶幼時侍家愚谷老人，稍探律吕，後與叔介弟教習紅兒，每盡四折，天鼓已動。今風流雲散，舞衫歌扇皆化爲異物矣。是刻亦過雁之一唳也，爲之三嘆。辛丑秋香眉主人鄒式金題。（《盛明雜劇三集》）

徐汧詞話

徐汧，字九一，長洲（今屬江蘇蘇州）人。崇禎元年進士，改庶吉士，授檢討，遷右庶子，充日講官。京師陷，福王召爲少詹事，移疾歸。明年，南京失守，汧慨然太息，作書戒二子，投虎邱新塘橋下死。此據《續修四庫全書》影印明崇禎刻本《秋佳軒詩餘》録序文一則。

一

《秋佳軒詩餘序》：予於月槎先生聞聲相思二十年矣，頃持至建武，始獲把臂。挹其清粹，稟其勁楷，器思方格，嶤然弗可幾也。使事甫竣，驅車遄發，方恨傾倒於月槎者未至巳。予門人黄司李捧手授一編，則月槎所著詩餘也，司李將月槎命，屬予序之。曩予所諷習者，月槎制舉義，即詩若古文辭，曾未貫佩，譬諸玉海千尋，此其一勺耳。而謂是編也，足以窺映津涉，則吾豈敢？然月槎器思方格，未嘗不可畢睹也。填詞家大率工爲纖冶靡嫚，自詭雕章，間出逸態橫生，逋峭風流，蓋可知矣。月槎獨以矜廉潔清之懷，發其歷落蕭散之思，跨凌阡陌，蟬脱畦徑，奇絶異語，往往而有。鍾嶸評劉公榦「壯氣愛奇，動多振絶」，陽休之序陶淵明「放逸之致，栖託仍高」，舉似月槎，庶幾有當乎？彼夫巧累於理，既巧不可階；質傷於野，亦質不宜慕。有如高俊之才，絶去雕潤淹華之槩，不入寒澁，借古申今，罕云牽引感物，造端不煩，綴緝是爲難及耳。或當山高水清，月明風動，雁初鶯早，葉落花開，攜月槎是編，抑揚吟咏，於以領會機賞，感盪心靈，殆所謂先生移我情者耶？繇是進而求月槎之詩若古文辭，雖杼軸一心，而堂奥深遠，抑豈管闚筐舉所能測量哉？辛巳秋杪，吴趨友弟徐汧題於玉山公署。

潘游龍《古今詩餘醉》詞話

潘游龍，字鱗長，荆南（今屬湖北）人，又作長洲（今屬江蘇蘇州）人。行蹟不詳，崇禎時在世。編著有《史學提要》、《古今詩餘醉》、《康濟論》、《笑禪録》等。此據内閣文庫藏明十竹᠎𠃐刊本《精選古今詩餘醉》録詞話四百七十五則。

一

《古今詩餘醉序》：詩餘者，餘焉耳。餘者，天地之盡氣也。天地氣始於渾樸，終於淫靡。竊嘗於聲詩間窺之，夫自三百篇得楚騷，自騷得漢魏，至六朝而淫，故其世短。然《子夜》、《四時》，猶盤鬱周折於詩之内而不大裂。唐人出，回以大雅之音，情無不剖，體無不備，於初、盛為極，至中晚而靡，故其世衰，《香奩》雖豔，尚未離本調也。至宋則理多情寡、論多調寡，詩之一道無復存者，而人心中精華要渺之所存，遂旁溢於詞。少游、耆卿之徒聲乃著，是宋人無詩而有詞。詩靡而詞淫也，淫與靡併，故夷狄之禍中之。以至於元，窮無所措，又別演為劇，發科打諢，巾女髫男，市狙之談，登於樽俎牀笫之瀆，陳於殿堂，遂使百種流殃，淫靡無極，聲歌至此，決裂難閒，故其世晦昧顛倒，而中國禮樂衣冠與之俱盡。皆餘之，不可防遏，及於是，君子得無慎乎？高帝開天，磅礴之氣，積至成、弘，益乃昌大。而聲歌應之以起，爾時有詩無詞，今之詞亦鮮稱。竊怪世所為詩者併化而為詞，翦綹瘦之賸畫，染晴末之零膏，甚則廟堂律吕之章，皆欲以曉風殘月之致行之。而士大夫侑食登歌，未有事不出於閨閤，辭不發於巧麗者，吾誠不知其何說也。昔之人，取詩之餘以作詞；今之人，取詞之餘以作詩。抑氣之移人，有不自覺，抑士君子之氣，有不自振者耶？郛人文子太青常謂芠：學者絶不可涉目詩餘，蓋恐尖薄之氣漸我文筆，而芠反覆聲歌之原，尤有深懼者也。楚友潘子麟長，文學菁藻，妙選詞令，而胡子曰從雅有俊致，刻之十竹齋，名之《詩餘醉》。夫芠之於其餘也，欲人醒；二子之於其餘，乃欲人醉與？豈二子故醉之？亦曰世之醉之，與不醉不醒，可因是以示世，曰詩餘者，餘焉耳，幸無醉。崇禎丙子中秋蜀内江范文芠仲闇甫題於白下橋。（《精選古今詩餘醉》）

二 《詩餘醉叙》：詩之有餘，猶詩之有風也。雅則清廟明堂，風則不廢村疃閭巷，三百篇要以道性情而止，然無情，則性亦不見。子輿氏曰：乃若其情，則可以為善，是從來忠孝節義，只了當一情字耳。夫子删詩，即今人選詩之祖，其「風」首《關雎》也，必於「窈窕」、「好逑」之句再四擊節，然後取為壓卷，至於未得而「輾轉反側」，既得而琴瑟鐘鼓，直是用情真率，可思則思，可樂則樂，文王絶不粧腔做樣，宫人因得從旁描畫，以故情為真情，而詩為真詩。余嘗怪子既删詩，其於「風雨」、「狂童」之詠，存而不去，乃「美目」、「巧笑」之叶，獨削而不録，何也？已復自悟曰：「此逸詩，非删詩也。」人於參訂較讐之際，誰無遺佚？子夏氏獨見紛華而悦，故拈出為問。此正其情之不容已處。夫子此時亦覺徬徨追賞，聊以繪事漫答，吾知當日即微禮後一語，夫子亦必服其啓予，許其可以言詩，而後儒却被「禮」字瞞過，遂使兩人問答真意埋没不現。今第令白頭學究、黄口書生取「巧笑」、「美目」之章，一再哦之，有不心口俱爽者，此必不情之輩，余請不讀書、不説詩矣。然則古人作詩，已留一有餘不盡之法以待我輩，何者？窈窕者，淑之餘；好者，逑之餘；倩者，巧之餘；盼者，美之餘。故詩者，情之餘，而詞，則詩之餘也。是集也，選自潘子麟長，刻自胡子曰從。或問：「詩，餘矣，曷以醉？」余請以酒喻。樂府古風，中山酒也，可醉千日。律絶、歌行，仙漿酒也，可醉十日。詩餘，則村醪市沽也，薄乎雲爾，惡得無醉？丙子秋盡，白下屺人陳珽玉摺父題於笠庵。（同前）

三　自序：今夫人情之一發而無餘者，非其情之至焉者也。《書》曰：「詩言志，歌詠言，聲依詠，律和聲。」則詩之為教，典謨中已釀其餘矣。虞夏之詩未敢深論，商頌之詠革命也，曰：「我有嘉客，莫不夷懌。」其衎烈祖也。曰：「鬷假無言，時靡有争。」則優柔雋永之旨，商殆為詩餘之鼻祖焉。有周采聲歌於諸侯之國，列之樂官，迄今琴瑟鐘鼓，《關雎》有餘樂；吹笙鼓簧，《鹿鳴》有餘好。尋章摘句之下，詩寧有索焉而無餘者乎？説者謂詩亡而後有樂府，樂府廢而後有詩餘，是必《清平調》創自青蓮，《鬱輪袍》始於摩詰，將愈趨愈下。周待制之十二律，柳屯田之二百調，益卑卑不足數矣。彼少游、魯直、長公、幼安、竹屋、白石諸公，不且以詩餘減價乎？若我明之劉伯温、楊用修、吴純叔、文徵明、王元美，若而人又何敢樹幟詞壇哉？信乎詩餘之未可以世論也。余於詩則醉心於絶句、於歌行，而於詞則醉心於小令，謂其備極情文而饒餘致也。蓋唐以詩貢舉，故人各挾其所長以邀通顯，性情真境半掩於名利鈎途，詞則自極其意之所之，凡道學之所會通、方外之所静悟、閨帷之所體察，理為真理，情為至情，語不必蕪，而單言只句，餘於清遠者有焉，餘於摯刻者有焉，餘於莊麗者有焉，餘於悽惋悲壯、沈痛慷慨者有焉。令人撫一調，讀一章，忠孝之思，離合之況，山川草木，鬱勃難狀之境，莫不躍躍於言後言先，則詩餘之興起人，豈在三百篇之下乎？獨惜向有選較者，每以襍體硬牽附於時序，殊失作者之旨。余乃為比事類情，尋為次第，藏之素簏，自以為枕中秘未過也。而胡子曰從強欲示之同好，因有嘲之者曰：「《花間》長短各體，大小異令。是役也，錯綜而位置之奪倫，否歟？」余曰：「否。」蓋詞與曲異，曲須按腔挨調而後成闋，有意鋪張，此新聲之所以無餘味也。空中之音，水中之月，象中之色，鏡中之境，可摹而不可即者，其詩餘也。蓋無俟較高，平分南北。按篇目，而余之醉心於古今詞者久矣，遂紀其言之餘而為引。荆南潘游龍識於十竹叁之餘舫。（同前）

四　《詩餘醉附言》：遡未有文字之先，文字藏性情之間；既有文字之後，性情沁文字間。今人莊語、雄語、經濟語、金華殿中語，畢竟不如情致語為流暢。今文臺閣體、碎金體、誥詔羽檄體、天才人才鬼才三絶之體，畢竟不如風流體為駘蕩。余落魄無似，日與鱗長潘先生評世務，人未嘗不咲余輩之未字、理嫁娘衣也，而余兩人言之極懇，至每愴懷，輒發竪，惟自問，併疑為癡迂而狂奴黠態爾爾也。一日，見先生反覆古今詩餘，曰：「我常消受此，而玩最雋永，低徊風景，縷縷情懷，古人起我何多哉！」余曰：噫！感矣，詩之為物，大要騷屑，其所感往往悒鬱英雄，於其奇麗韻絶之句結緣獨厚，所以竦肩袖手，歪醋甖，鈌石蓮，負古錦囊，日蕎投金渚。余考詩餘之作，自崇寧、元豐諸君子詠歌之不足，而描情寫景娟娟不絶者也，夫人情與思亦何盡之，有束於格，則情不能暢，思不能溢。既（後作即）可以變興比賦之制為騷賦，即可以變騷賦之制為五言，可以變五言之制為古風，即可以變古風之制為七言排律、為樂府歌行，又何不可因律絶而變為詩餘也哉？某牌名可以展出其意，非某牌名不足以婉轉某情。幽格之臆，嬌嬈之筆，亦既無致弗轉，無轉弗倩已，矧牌名之設？先是李青蓮有《憶秦娥》、《菩薩蠻》二調，原非創自有宋，蓋詩自三百篇遞創格，詩餘可謂情文之至矣乎？何怪先生之沉酣於兹也。先生取宋彦之所集，與國朝名勝之所作，合而編之，曰《詩餘醉》。先生嘗抵掌連鷄飛兔，醉心於縱横家；嘗救患恤弱、忼慨立義，醉心於游俠傳；嘗潑墨作高文典册、含毫擬草檄飛書，醉心於相如、枚皐之才；嘗淹貫《南華》，博通内典，醉心於支遁、許掾之談；嘗與余流涕時艱，搉利弊，策本末，聚米借箸，有封胥踏賀蘭意，醉心於董、賈、衛、霍之學。一動以雲物、林丘、閨情、旅思之變現，又喜聽天韶女郎唱「曉風殘月」之章。然則先生安往而不醉心哉？寧獨詩餘也？先生分别次第，特出深心，非僅以便覽者之睫。先之以時序，律吕之所以從陰陽也；終之以邊思，見有情之不忘於倥偬也。笳聲凄楚，堪歪胡宵之騎；沙骨愴心，猶憐閨夢之人。唐詩不廢《塞上曲》、《昭君怨》，咸此志也，斯豈非宗尼父删詩之餘意？首二南，而末豳風，終魯頌乎？拊是編者，又不

可以不知也。婁江管貞乾觀執甫題。(同前)

五 《詩餘醉叙》:門人潘麟長磊砢英多,向從余游。讀其所輯《康濟譜》,知為深情人。繼示余以所選《古今詩餘》,益信麟長之人之深情也。吾觀士之有餘乎情者,類不能漠然於物,非樂玩焉,情自不容遺也。以故厥所寄託恒亦一往而深矣。夫惟嗟歎詠歌之不足,不得已而有言,詩三百篇,豈非性情之餘者乎?則凡為詩之苗裔,其所繇來,枕可知已。乃古人以性情為詩,而詩有餘,今人以詩為詩,而詩不足,其道每下,矧云餘耶?則其所不足,亦枕可知已。麟(前作麟)長有慨於中,方欲遡流尋源,晤其所為餘者,則取諸詩餘,選其合妙意,轉敏手,一評一點,能使作者之精神浮動毫墨,森然來會,信深情矣哉!然則有能讀鱗長所選詩餘者,必能讀三百篇者也;能知麟長所選不遠於三百篇之性情者,是可與言詩餘者也。在宋,歐、蘇、司馬諸公節誼文章,俊卓一代,而微詞小令不廢,唫弄流傳至今,乃知懷永挹絶之儔,當其興會所赴,景曜光起,固足瓊瑀岳峙,表秀干雲,誰謂是鐵石心腸者無錦心繡口?而「大江東去」果遜步「曉風殘月」乎?此余所以合麟長《康濟譜》,而歎其真能情深也。余縱意采山,嘯懷遐矚,顧稱兹二集並獲我心,亦謂所本之惟一爾,鱗長更不自私,手輿呈世,辟則衢尊,其可以衆斟也夫,而余則酌取久矣。歲在彊圉赤奮若皐月龍歌競渡日,東湖夢朔道人郭紹儀書於鑄古堂。(同前)

六 辛幼安《蝶戀花》「誰向椒盤簪彩勝」:妙在不純用時事。(同前書卷一)

七 毛澤民《玉樓香》「小園半夜東風轉」:「禁梅」句妙。(同前)

八　辛幼安《漢宫春》「春已歸來」：「却笑」至「變朱顔」等句妙。（同前）

九　楊用修《小秦玉》「紅穗金花落絳臺」：末句嬌蕩。（春自玉人頭上來。）（同前）

一〇　京仲遠《漢宫春》「暖律初回」：此詞粗粗發意，儘有異趣。（同前）

一一　晏叔原《木蘭花》「一年滴盡蓮花漏」：「料峭」、「苗條」字妙。（同前）

一二　陸務觀《木蘭花》「三年流落巴山道」：巴山、瀼水、瞿塘，蜀地名。（同前）

一三　賀方回《臨江仙》「巧剪合歡羅勝子」：隋薛道衡聘陳，為《人日》詩：「入春才七日，離家已二年。」衆大笑，及「人歸落雁後，思發在花前」，衆曰：「名下無虚士也。」（同前）

一四　史邦卿《玉蝴蝶》「酒館歌雲」：羞醉玉，懷豔雪，一出《蘭畹詞》，一出韋詩，可謂工覈之極。（同前）

一五　施乘之《清平樂》「風消雲縷」：洗净元夕豔習，獨有空凉之氣迎人。（同前）

一六　無名氏《青玉案》「東風未放花千樹」：恒星不見，星隕如雨，出《春秋》。（同前）

一七　楊孟載《浣溪沙》「鸞股先尋鬬草釵」：誠齋《牡丹》詩：「排日掛牙牌，記花先後開」。此詞富豔，足盡花朝氣象。（同前）

一八　楊孟載《浣溪沙》「輭翠冠兒簇海棠」：「風暖」兩句，妙在「能」字、「可」字。（同前）

一九　謝無逸《玉樓春》「弄晴點點梨梢雨」：「飛破」、「惹殘」、「桃嗔」、「柳妒」，極推敲之致。（同前）

二〇　僧仲殊《訴衷情》「湧金門外小瀛洲」：「一片雲頭」四字，匪夷所思。（同前）

二一　劉叔安《水龍吟》「弄晴臺館收煙候」：李詩：「疑是天邊十二峰，飛入君家彩屏裏。」（同前）

二二　蘇東坡《南柯子》「山與歛眉歛」：此詞妙在援引古事，不為古用，非直寫景物而已。（同前）

二三　周美成《齊天樂》「疏疏幾點黄梅雨」：吊靈均者云：「今日獨醒無用處，為君痛飲讀《離騷》。」不讀亦為靈均，思之，思之。（同前）

二四　吴子和《喜遷鶯》「梅霖初歇」：此詞只「激起浪花，翻作湖間雪」九字差強人意，非是，幾删去矣。（同前）

二五　劉潛夫《賀新郎》「深院榴花吐」和「思遠樓前路」：前調新譜落「聊」字，遽謂末句作五字讀，大誤。前「當年醉死差無苦」，此「且盡樽前今日醉」，若相承而出。詩云：「果使屈原知此趣，當年不作獨醒人。」至劉方叔之俚，則不取也。（同前）

二六　王止仲《水調歌頭》「葵陽閟晴彩」：首二語佳甚。（同前）

二七　沈天羽《臨江仙》「妾本水晶宫裏住」：獨醒，「歎男兒」下句足千古。（同前）

二八　沈天羽《臨江仙》「玉作精神花作樣」：「竟」字，許多感悼。（同前）

二九　秦少游《鵲橋仙》「纖雲弄巧」：按：七夕歌以雙星會少别多為恨，獨少游此詞謂情長不在朝暮，是化腐為神奇，最能醒人心目。（同前）

三〇　謝勉仲《鵲橋仙》「鈎簾借月」：借天上多情，破人間薄倖，意在題外。又「鵲橋一别西風隔，天上人間總是愁」，可以評此。（同前）

三一　宋謙父《賀新郎》「靈鵲橋初就」：古詩「雙星今夜貪歡樂，那得工夫賜巧絲」，可證柳文之謬也。（同前）

三二　劉叔安《柳梢青》「乾鵲收聲」：詞極刻意，更妙在不湊七夕事。（同前）

三三　王元美《滿庭芳》「玉露初零」：羲和排錯，當恨，若排閏七月，又當謝也。（同前）

三四　陳眉公《釵頭鳳》「梧桐墜」：「別時」句，冷韻。（同前）

三五　蔣勝欲《玉樓春》「去年雲掩冰輪皎」：讀「天公」二句，看來人負時多。（同前）

三六　金主亮《鵲橋仙》「停杯不舉」：亮頗知書，好為詩詞，出語輒崛彊錚錚，似不為人下。及得志，將圖南牧，有「立馬吳山第一峰」句。作此詞年餘，竟遂前謀。（同前）

三七　黄山谷《鷓鴣天》「黄菊枝頭破曉寒」：「横笛」、「簪花」句，可謂仙品。（同前）

三八　蘇東坡《南鄉子》「霜降水痕收」：自來九日多用落帽，此不落帽，更佳。（同前）

三九　劉潛夫《賀新郎》「湛湛長空黑」：破帽事東坡翻招，潛夫歇案。（同前）

四〇　蔣勝欲《浪淘沙》「明露浴疏桐」：不翻落帽事，亦復情摯。（同前）

四一　黄魯直《南鄉子》「諸將説封侯」：東坡云：「人老簪花不自羞，花應笑上老人頭。」康節云：「花見白頭人莫笑，白頭人見好花多」。此俱善於處老者。此魯直在宜州城樓聽邊人語「今歲當鏖戰取封侯」作也。（同前）

四二　高賓王《踏莎行》「水堿堤痕」：「喚起」、「勸入」字妙。（同前）

四三 吴君特《聲聲慢》「檀欒金碧」：檀欒，竹貌。《詩》：「故人别後瘦檀欒」。（同前）

四四 張世文《浪淘沙》「九日雨瀟瀟」：世文有《浪淘沙》單調：「花下酌芳樽，情意交忻，勸郎深飲笑郎醺。私語未停還側耳，不肯重論。」亦妙，備録。（同前）

四五 楊用修《鷓鴣天》「早歲辭家賦遠遊」：「熟知」二句，可贈賈客。（同前）

四六 朱希真《鷓鴣天》「檢盡曆頭冬又殘」：奇趣豪情，讀來欲舞。（同前）

四七 歐陽永叔《蝶戀花》「南雁依稀回側陣」：此詞情境趣皆備，而皆指不出，妙，妙。（同前書卷二）

四八 張世文《風流子》「新陽上簾幌」：「林鶯」二句，梁伯龍亦當遜之。（同前）

四九 張東父《驀山溪》「青梅如豆」：「小緑間長紅」，恰恰是個春半。（同前）

五〇 劉改之《水調歌頭》「春事能幾許」：「密葉著青梅」，極確，難為不解者言。（同前）

五一 李易安《浣溪沙》「樓上晴天碧四垂」：《燕詩》：「落花徑裏得泥香。」（同前）

五二 李易安《怨王孫》「夢斷漏悄」：選詩：「落盡萬株紅，無人繫，晚風愁。」换韻之妙，無過此調。（同前）

五三 李易安《憶王孫》「帝裏春晚」：元人樂府率以「也」字叶成妙句，殆祖此。（同前）

五四 温飛卿《玉樓春》「家臨長信往來道」：蘇小歌：「油壁車，久相待。」又：《文選》：「習習籠中鳥。」又：杜詩：「沙暖睡兜央（即鴛鴦）。」又：「衰老」字可厭，詞却富麗不覺。（同前）

五五　晁無咎《臨江仙》「緑暗汀洲三月暮」：「半篙」二語情深，亦是唐人妙句。（同前）

五六　李後主《蝶戀花》「遥夜亭皋閑信步」：「没個安排處」，與「愁來無著處」並絶。（同前）

五七　蘇子瞻《蝶戀花》「花褪殘紅青杏小」：「枝上」二句斷送朝雲，「一聲《何滿子》，腸斷李延年」，正若是耳。（同前）

五八　賀方回《青玉案》「凌波不過横塘路」：疊連三句問愁，真絶唱。山谷嘗稱云：「解道江南斷腸句，世間惟有賀方回。」又：寇平仲有「杜鵑啼處血成花，梅子黄時雨如霧」，或謂賀用寇語，抑知前人久已有之。（同前）

五九　無名氏《雨中花》「聞説海棠開盡了」：驀然可嗟，少游「昨夜開多少」，得一罨發。（同前）

六〇　賀方回《踏莎行》「急雨收春」：「年年」二語，曲而通。（同前）

六一　楊孟載《踏莎行》「淺碧凝鬟」：句麗且豔。（同前）

六二　寇平仲《江南春》「波渺渺」：詩：「杳杳煙波隔千里，白蘋香散東風起。日落汀洲一望時，愁腸不斷如春水。」平仲全從此詩脱化來，而意極悲遠。（同前）

六三　馬莊父《阮郎歸》「清明寒食不多時」：兩末句轉機微妙。（同前）

六四　黄叔暘《浪淘沙》「鶯蝶太匆匆」：郭解傳注：「感意氣而立節概」。（同前）

六五　司馬九皋《最高樓》「花信緊」：弇州云：「元人有曲無詞，是以才情屬曲，氣概屬詞。」豈其然？（同前）

六六 劉伯温《長相思》「山悠悠」:《埤雅》:「一名倉庚,一名黄栗留。」(同前)

六七 文徵仲《滿江紅》「漠漠輕陰」:每每方正人鍾情,較浪子更微。(同前)

六八 李易安《如夢令》「昨夜雨疏風驟」:「知否」字疊得妙。(同前)

六九 歐陽永叔《蝶戀花》「庭院深深深幾許」:易安《序》:「歐陽公作《蝶戀花》,有『深深深幾許』之句,予酷愛之。用其語作『庭院深深』數闋,其聲即舊《臨江仙》也。」末句參之「點點飛紅」兩句,一若關情,一若不關情。(同前)

七〇 康伯可《風入松》「一宵風雨送春歸」:「流水難西」,一篇驚策處。(同前)

七一 辛稼軒《滿江紅》「浪蕊浮花」:「鵑聲天下管,燕子人何有」,磊落悲動,不必有出。又:前「熏如酒」三字,妙甚。(同前)

七二 黄山谷《清平樂》「春歸何處」:「趕上和春住」,「喚取歸同住」,千古一對情癡。(同前)

七三 陸務觀《臨江仙》「鳩雨催成新緑」:「半廊」二句殊飾。(同前)

七四 僧祖可《小重山》「誰向江頭遺恨濃」:情豔語,偏是光頭和尚、道學先生,説得恁地清切有味。(同前)

七五 賈子明《玉樓春》「都城水緑嬉遊處」:狂風驟雨,儘有風味。(同前)

七六 葉道卿《鳳皇閣》「遍園林緑暗」:陸士衡詩:「密葉成翠幄。」又:楊花無奈,斷處逢生。(同前)

七七　蘇東坡《江城子》「天涯流落思無窮」：白詩：「同是天涯淪落人，相逢何必曾相識。」〇東坡極愛少游「為誰流下瀟湘去」，脱化出「流不到，楚江東」。（同前）

七八　秦少游《江城子》「西城楊柳弄春柔」：李後主「問君還有幾多愁，恰似一江春水向東流」，少游翻之，覺文人之心，濬於不竭。（同前）

七九　劉雲閒《虞美人》「子規解勸春歸去」：只在眼前口頭，令人心動。（同前）

八〇　張子野《天仙子》「水調數聲持酒聽」：「雲破月來」句，心與景會，落筆即是，著意便非，故當膾炙。（同前）

八一　楊孟載《夏初臨》「瘦緑添肥」：李詩：「雙吹紫鸞笙。」（同前）

八二　辛幼安《鷓鴣天》「陌上柔桑初破芽」：善讀此詞，便可評陶，評王、孟。（同前書卷三）

八三　歐陽永叔《浣溪沙》「湖上朱橋響畫輪」：「隔花」句麗，「奈何」字春色無邊。（同前）

八四　秦少游《滿庭芳》「曉色雲開」：據諸本首云「晚色」，末云「淡日」，細味詞中「玉轡」、「紅纓」等，豈晚來事？悉從《詞選》。又：「曉色」一作「兔」，一作「見」，今從《詞選》，「色」字為優。（同前）

八五　晏叔原《浣溪沙》「家近旗亭酒易沽」：《呼盧》詩：「高燒銀燭照呼盧。」（同前）

八六　馮延巳《蝶戀花》「芳草滿園花滿目」：詩：「善鼓雲和瑟。」（同前）

八七　歐陽永叔《木蘭花》「西湖南北煙波闊」：《六么》、《十八》，曲名。此穎州西湖，功甫舊注以為杭州西湖，未深考。（同前）

八八　歐陽永叔《木蘭花》「西亭飲散清歌闋」：詩：「六街燈火半明昏。」（同前）

八九　歐陽永叔《木蘭花》「春山斂黛低歌扇」：杜詩：「含笑看吴鈎。」（同前）

九〇　晏叔原《鷓鴣天》「彩袖殷勤捧玉鐘」：後疊末語，驚喜儼然。（同前）

九一　劉潛夫《滿江紅》「老子年來」：「懊惱」、「丁寧」二句，妙。（同前）

九二　歐陽永叔《浪淘沙》「今日北池遊」：别病不可，病酒何妨？快甚。（同前）

九三　黄山谷《西江月》「斷送一生惟有」：「莫留殘」謂憂其相離，則不得不盡飲。若改為「留連」，則上下文義俱失矣。（同前）

九四　歐陽永叔《浣溪沙》「堤上遊人逐畫船」：「出」字在後人着意亦不能到，後疊真達人言。（同前）

九五　周晉仙《浪淘沙》「還了酒家錢」：晉仙曰：「《花間集》只『絲雨溼流光』五字微妙。」（同前）

九六　元遺山《滿江紅》「天上飛鳥」：用事煉句俱妙。（同前）

九七　辛稼軒《沁園春》「杯，汝前來」：「怨無大小」四句可箴。（同前）

九八　周美成《南鄉子》「晨色動妝樓」：工在「滿鏡」字。（同前）

九九　史邦卿《菩薩蠻》「梨花不礙東城月」：梨、雪、月不混，妙。（同前）

一〇〇　蔣勝欲《喜遷鶯》「晴天寥廓」：燕太子丹質於秦，求歸，秦曰：「待烏白頭，馬角生，乃歸。」太子仰天哭，感烏頭白、馬角生。王大驚，遣歸。（同前）

一〇一 胡浩然《春霽》「遲日融和」：此浩然第一作也，余最喜「鶯囀柳陰直」句，「直」字妙甚，不忍輕擲。「溪量窄」，「溪」字未妥。（同前）

一〇二 秦少游《海棠》「流鶯窗外啼聲巧」：有將「宿酲未解」作一句讀者，大謬。（同前）

一〇三 史邦卿《綺羅香》「做冷欺花」：「臨斷岸」以下融情景於一家，會句意於兩得，姜堯章極稱賞不置。（同前）

一〇四 周美成《大酺》「對雨煙收」：「夢輕難記」，「輕」字妙。（同前）

一〇五 史邦卿《玉蝴蝶》「巧剪蘭心」：「柳杏」二句翻新，愧死梨花、柳絮諸語。（同前）

一〇六 万俟雅言《長相思》「一聲聲」：口齒妙甚。（同前）

一〇七 蔣勝欲《虞美人》「少年聽雨歌樓上」：看到悲歡離合總無情，難道不冷冷？（同前）

一〇八 張子野《謝池春慢》「繚牆重院」：後疊秀豔，下直入古歌。（同前書卷四）

一〇九 張宗瑞《謁金門》「春寂寂」：「無風」字微妙。（同前）

一一〇 楊用修《木蘭花》「枝頭百舌寒猶噤」：三「枕」字新。（同前）

一一一 易彦祥《喜遷鶯》「帝城春晝」：「把閒愁」下真有心人無奈語。（同前）

一一二 陳同甫《鷓鴣天》「花拂闌干柳拂空」：詞亦組舞。（同前）

一一三 趙德麟《清平樂》「春風依舊」：俗本「只消幾個黄昏」，那得如「能」字吃緊。（同前）

一一四 歐陽永叔《蝶戀花》「海燕雙畫棟」：太真被酒新起，明皇召至，謂曰：「此乃海棠睡未足

耳」。又：前以驚夢起，傷春轉；後以傷春起，驚夢轉。大概一機局，而筆性遠過之。（同前）

一一一五　歐陽永叔《瑞鶴仙》「臉霞紅印枕」：詩：「香冷麝衿銷。」（同前）

一一一六　賀方回《薄倖》「淡妝多態」：一本缺「懨懨」二句，大非。（同前）

一一一七　黄山谷《如夢令》「去歲迷藏花柳」：一本首二句：「天氣把人僝僽，落絮遊絲時候，茶飯可曾慵？」雖駘蕩，終不如此妥帖名通。（同前）

一一一八　秦少游《蝶戀花》「曉日窺軒雙燕語」：把酒勸下，語多奇創。（同前）

一一一九　王履道《玉樓春》「飛鴻只解留箏柱」：「手下春夢」句真才人繡口錦心。（同前）

一一二〇　楊用修《擣練子》「春夢淺」：樂府有《阿鵲鹽》曲。（同前）

一一二一　無名氏《如夢令》「一自春光蕩漾」：此詞脱盡《草堂》膏馥。（同前）

一一二二　季叔房《滿江紅》「燕子何時」：以豔起，以悲結，魏文公何嘗快、獨無憂？（同前）

一一二三　晏同叔《踏莎行》「小徑紅稀」：「不解禁」、「深深院」，妙甚。（同前）

一一二四　俞克成《聲聲令》「簾移碎影」：鶻突相思滋味，只在「怕對人問」、「驀地上心」中宕出，妙甚，妙甚。「鎖」字亦妙。（同前）

一一二五　謝無逸《江城子》「杏花村館酒旗風」：《復齋漫録》云：「無逸嘗於黄州關山杏花村館驛題此詞，過者必索筆於館卒，卒以為苦，因泥塗之。」其為人賞重如此。（同前）

一一二六　晁叔用《玉蝴蝶》「目斷江南千里」：古詩：「梨花院落溶溶月，柳絮池塘淡淡風。」此則「雨

輕輕、梨花院落，風淡淡、楊柳池塘」，真是古繇我化，且更多風韻，妙甚。（同前）

一二七　鄭中卿《畫堂春》「東風吹雨破花慳」：詩：「紅紫為寒慳。」此則「破花慳」，何等新脱。（同前）

一二八　蘇東坡《一斛珠》「洛陽春晚」：「篆」字，沈在上韻，蘇入去韻，可見沈韻原不必盡要合也。至如朋與蒸同押、打與卦同押，畫與壞同押，此等音皆鈌舌，猶當避之。（同前）

一二九　和凝《采桑子》「蝤蠐領上訶梨子」：博乃樗蒲戲，晉劉毅樗蒲一擲百萬。又詩：「人間萬事等樗蒲。」今人謂之賭博，誤矣。（同前）

一三〇　蔣勝欲《少年游》「梨邊風緊雪難晴」：「澹無情」，三字妙。（同前）

一三一　秦少游《迎春樂》「菖蒲葉葉知多少」：讀到「花香深處，作個蜂兒抱」句，令人低回不盡，豈直賞其巧妙耶？（同前）

一三二　田不伐《南歌子》「團玉梅梢重」：不須惆悵，就裏無限情思。　又：「扇」、「風」字，犯重。（同前）

一三三　嚴次山《鷓鴣天》「病去那知春事深」：「桐舒碧葉慳三寸」，妙在「慳」字，此當與「三更鼓鬧官樓雨，五夜燈殘客舍風」並傳。（同前）

一三四　顧敻《虞美人》「深閨春色勞思想」：讀一過，空翠摇滴。（同前）

一三五　吕聖求《惜分釵》「春將半」：「重重」、「忡忡」足句，特好，特奇。（同前）

一三六 史邦卿《萬年歡》「兩袖梅風謝橋邊」：「和露梳月」可與「月高雲插水晶梳」、「波浮月侵梳」並其芳鮮尖顈。中「愁沁花骨」，更奇。（同前）

一三七 方千里《過秦樓》「柳灑鵝黄」：「蜂鬚霧濕，燕嘴泥融」，語極藻豔。（同前）

一三八 柳子厚《楊白花詞》「楊花白」：北魏胡太后逼淫楊白花，白花懼禍南渡，太后念不能已，作《楊白詞》，使宫人晝夜歌之。《鑑》止傳其事，其詞不載，子厚補之。（同前）

一三九 劉圻父《霜天曉角》「横陰漠漠」：這些情味，妙甚，妙甚。（同前）

一四〇 鄭中卿《桃源憶故人》「東風料峭寒吹面」：「新愁」句快，「愁深」句暢。（同前）

一四一 王元美《鳳凰臺上憶吹簫》「經雨斜陽」：「換眉頭」三字絶奇。（同前）

一四二 蘇子瞻《無愁可解》「光景百年」：公舊序云：「國士范日新自越調《解愁》，洛陽劉九伯壽聞而悦之，戲作俚語詩，天下傳詠，以為幾於達者。龍丘子猶笑之，此雖免乎愁，猶有所解也者。天游於自然，而托於不得已，人樂亦樂，人愁亦愁，彼且惡乎解哉？乃反其詞，作《無愁可解》。」（同前）

一四三 徐師川《卜算子》「胸中千種愁」：少陵云：「憂端如山來，傾洞不可掇。」趙嘏（當作蝦）云：「夕陽樓上山重疊，未抵春愁一倍多。」合下三絶。（同前）

一四四 徐翰（當作幹，下同）臣《二郎神》「悶來彈雀」：按：翰臣有《青山樂府》一卷行世，然多雜周詞，惟此曲天下同稱。（同前）

一四五 唐昭宗《菩薩蠻》「登樓遥望秦宫殿」：按：唐乾寧三年，李茂貞犯京師，昭宗欲幸太原，韓建請幸華州，昭宗勉從之，鬱鬱不樂，時登城西眺，製此。昭宗失謀，再貽播越，天禄已去，民心已離，雖有英雄，又安用之？大可鑒也已。（同前）

一四六　顧仲從《漁家傲》「悄夢春殘春不管」：押「阮」字妙。（同前）

一四七　秦處度《謁金門》「鴛鴦浦」：欲載愁，愁又無着，意緒紆迴，惝怳之極。初過櫓中，更饒情想。（同前）

一四八　韋莊《謁金門》「春雨足」：「染就」句最豔麗。（同前）

一四九　蘇養直《阮郎歸》「西園風暖落花時」：愁難諱，亦難遣，各抒一奇。因思愁來無着，又非定論也。（同前）

一五〇　晏叔原《探春令》「緑楊枝上曉鶯啼」：此詞前「打起黄鶯（脱『兒』字），莫教枝上啼」意，後疊「惹芳心，淚濕鮫綃」，情甚無聊之極。（同前）

一五一　錢思公《玉樓春》「城上風光鶯亂」：「芳樽恐淺」，正斷腸處，情極悽惋，不堪多讀。（同前）

一五二　趙德麟《蝶戀花》「卷絮風頭寒欲盡」：小山詞作「墜粉飄紅，日日香成陣」，亦妙。（同前）

一五三　周美成《漁家傲》「幾日輕陰寒惻惻」：「暖」字應上「寒」字，極妙，極妥。如「緩」字、「愛」字，則俗矣。「黄鸝」句最俊而慧，「側」字亦趣。（同前）

一五四　李景元《帝臺春》「芳草碧色」：「拚則」二句，詞意極淺，正未許淺人解得。杜詩：「佳人拾翠春相問。」（同前）

一五五　辛幼安《念奴嬌》「野棠花落」：「剗地東風」句，「欺」字安得妙。（同前）

一五六　周美成《丹鳳吟》「迤邐春光無賴」：一本自「心緒惡」下云：「飲痛澆愁腸，奈愁濃如酒。纖纖素手，問何時重握？此時此意，長怕春銷鑠。那堪昏暝，簌簌半簷花落。弄粉調朱，人道着。」顛倒錯謬，傳久莫辨，真可一大噱。又：「生憎」句妙。（同前）

一五七　張仲宗《蘭陵王》「卷珠箔」：此詞三段，而意則一氣相聯，末云「相思除向是醉裏暫忘」，究竟終無忘日，妙甚。（同前）

一五八　歐陽永叔《阮郎歸》「落花流水樹臨池」：意極淺，而婉折多姿。（同前）

一五九　朱希真《桃源憶故人》「雨斜風横香成陣」：「歡少愁多」、「渾難問」，妙甚。（同前）

一六〇　黄叔暘《瑞鷓鴣》「門前楊柳緑成陰」：「無多春恨」句，妙入三昧。（同前）

一六一　歐陽永叔《木蘭花》「樽前擬把歸期説」：有情自癡，何關風月，語極超脱，而意自有寄。（同前）

一六二　吴淑姬《祝英臺近》「粉痕銷」：既「偷照」，又「羞覷」，顛倒情思，那得有好夢據矣。（同前）

一六三　馮偉壽《東風嫋娜》「被梁間雙燕」：長詞如此風豔，亦自難得。（同前）

一六四　李公昂《蘭陵王》「燕穿幙」：詞極豔麗，至嚼花吞恨句猶鮮妍。（同前）

一六五　歐陽永叔《千秋歲》「柳花飛盡」：歌聲繞梁，琴人撫揮，一時飄颯。（同前）

一六六　王通叟《慶清朝慢》「調雨為酥」：蜀俗，正月八日踏青。又：韓詩：「肴核分飣餖。」

（同前書卷五）

一六七　李重元《憶王孫》「萋萋芳草憶王孫」：《文選》：「王孫遊兮不歸，芳草生兮萋萋。」又：因樓高曰空，因閉門曰深，極有斟酌。（同前）

一六八　秦少游《如夢令》「鶯嘴啄花紅溜」：「溜皺」句奇峭。又：「緑楊何得瘦？亦奇。（同前）

一六九　周美成《浣溪沙》「水漲魚天拍柳橋」：「静看」二語如畫，實難着筆。（同前）

一七〇　周美成《浣溪沙》「小院閑窗春色深」：「欲謝難禁」句有致。（同前）

一七一　歐陽永叔《阮郎歸》「南園春半踏青時」：《壺中録》：「閩中以二月二日為踏青節。」（同前）

一七二　王元澤《眼兒媚》「楊柳絲絲弄輕柔」：「未雨」、「先雪」，「枝上」、「梢頭」，皆兩字法。（同前）

一七三　秦少游《柳梢青》「岸草平沙」：「前」、「在」字妙，「殘陽亂鴉」着色，疑有化工。他詞「斜陽外，寒鴉數點」，亦出色。（同前）

一七四　宋子京《錦纏道》「燕子呢喃」：李陵詩：「攜手上河梁，遊子暮何之？」（同前）

一七五　秦少游《千秋歲》「水邊沙外」：「飄零」、「疏酒」二句，是漢、魏佳詩。（同前）

一七六　無名氏《魚遊春水》「秦樓東風裏」：「鳳簫」、「孤雁」未粘對，「望斷清波」未工。前云魚遊，後曰無鯉，未順，盡若此。《古今詞話》、《後（當作復）齋漫録》俱云狀物寫情極工，何也？（同前）

一七七　王元澤《倦尋芳》「露晞向曉」：「榆錢」兩句可謂費力，史邦卿「做冷欺花，將煙困柳」，殆尤

甚，然俱險麗出俗。（同前）

一七八　周美成《渡江雲》「晴嵐低楚甸」：「委曲」、「漸漸」四字妙。（同前）

一七九　阮逸女《花心動》「仙苑春濃」：阮逸之女工文詞，惜不多見。（同前）

一八〇　歐陽永叔《賀聖朝歌》「白雪梨花紅粉桃」：杜詩：「江草亂青袍。」（同前）

一八一　歐陽永叔《木蘭花》「南園春蝶能無數」：詞最雋，可作詠蝶。（同前）

一八二　陳子高《菩薩蠻》「緑蕪牆繞青苔院」：簸錢，小兒戲。（同前）

一八三　陳道復《如夢令》「吟罷池邊楊柳」：唐詩：「風定一池星。」（同前）

一八四　張世文《蝶戀花》「紫燕雙飛深院静」：「如病」二字嬌極。（同前）

一八五　李重元《憶王孫》「風蒲獵獵小池塘」：唐詩：「青蒲如劍滿池塘」、「獵獵迎風緑葉長」。韓詩：「雨過池塘後，荷花滿院香。」（同前）

一八六　周美成《浣溪沙》「日射欹紅蠟蒂香」：「好思量」三字妙。（同前）

一八七　王通叟《雨中花》「百尺清泉聲陸續」：脱盡浮李沉瓜等事，更覺凉韻襲人。（同前）

一八八　歐陽永叔《臨江仙》「柳外輕雷池上雨」：雨忽虹，虹忽月，夏景爾爾，拈筆不同。（同前）

一八九　謝無逸《千秋歲》「楝花飄砌」：「情隨湘水遠」四語妙如連環。（同前）

一九〇　周美成《隔浦蓮近》「新篁摇動翠葆」：杜詩：「燈前細雨簷花落」，簷前雨映燈花，為花爾，後人改「簷前細雨燈花落」，則直致無味矣。此詞用簷花，苕溪云與出處意不合，乃知用字之難。及

見《詞選》作「簾花簷影」，可以無疑。（同前）

一九一　柳耆卿《過澗歇》「淮楚」：耆卿有《夏雲峰》一調，祇「坐久覺疏絃脆管，時換新音」句可愛，餘則不稱矣，删之。「避畏景」字妙。（同前）

一九二　周美成《滿庭芳》「風老鶯雛」：「風老」二語鍊。「衣潤」句有景，景在「費」字。美成有《塞翁吟》一首，去此遠矣。又是題，劉巨濟之《聲聲慢》、《夏初臨》，柳耆卿、康伯可之《女冠子》，趙文鼎之《賀新郎》，未免酸率，故删去。（同前）

一九三　蘇東坡《賀新郎》「乳燕飛華屋」：此坡詠夏景也。《古今詞話》云：「坡守錢塘，為妓秀蘭作《賀新凉》以解府倅之怒者。」苕溪一一正之，誠是。至於為秀蘭非為秀蘭，可不必論。假使坡老有靈，當必發一大噱，以為兩家解紛矣。蓋詞到高絶處，真無所不可。至如黄山谷之《滿庭芳》一闋，未始不雕繪富有，讀來微覺齒寒耳，删之。（同前）

一九四　秦少游《如夢令》「冬夜月明如水」：「風寒侵夜枕，霜凍怯晨征」，亦是此意。（同前）

一九五　蘇叔黨《點絳唇》「新月娟娟」：此乃「月落烏啼霜滿天」景。（同前）

一九六　秦少游《桃源憶故人》「玉樓深鎖薄情種」：形容冬夜景色人情，極其工巧。（同前）

一九七　周美成《少年遊》「並刀如水」：説盡冬景行路意思，展轉有味。（同前）

一九八　周美成《滿路花》「金花落燼燈」：「知他」幾語如食橄欖，回味甚多。（同前）

一九九　舒通道《菩薩蠻》「江梅未放枝頭結」：雪梅月景，自是清雅可人。（同前）

二〇〇　張子野《浣溪沙》「錦帳重重卷暮霞」：詩云：「夢魂不知遠，飛過大江西。」此云「飛不去」，翻得絶妙。（同前書卷六）

二〇一　秦少游《阮郎歸》「春風吹雨繞殘枝」：「諱愁無奈」句慧極。又：既已整頓，終不禁應劫之遲，真寫生手。（同前）

二〇二　秦少游《鷓鴣天》「枝上流鶯和淚聞」：「安排腸」三句是深於閨怨者。末用李詞，可見古今愛句不嫌相襲。（同前）

二〇三　趙德仁《醉春風》「陌上清明近」：三「悶」字、三「恨」字奇甚，「過來」兩字亦深。（同前）

二〇四　潘元質《倦尋芳》「獸環半掩」：「嬌姹」、「亞」字新，「碎揉花打」，妙。（同前）

二〇五　秦少游《菩薩蠻》「蛩聲泣露驚秋枕」：「畢竟不成眠」，斬截痛快。（同前）

二〇六　秦少游《菩薩蠻》（當作《小重山》）「金風簌簌驚黄葉」：秋枕、黄葉，無情物耳，用兩「驚」字，無情生情。（同前）

二〇七　汪彦章《小重山》「月下潮生紅蓼汀」：「梧桐雨」有恨，獨聽者恨不同，聽趣味倍篤。（同前）

二〇八　沈天羽《一剪梅》「水瘦山焦萬樹囚」：「别難摟」，真夢境。（同前）

二〇九　曾純甫《阮郎歸》「柳陰庭館占風光」：此詞言點景，有敲金戛玉之聲。（同前書卷七）

二一〇　蘇東坡《阮郎歸》「緑槐高柳咽新蟬」：新蟬、小荷，皆初夏景也。但榴花在五月，而四月亦或有之。此詞令上乘。又榴花不獨五月，炎州十月始花。又衡州祝融峰下法華寺榴，春秋皆發。疑

此花非初夏，謬甚。（同前）

二一一　沈會宗《小重山》「花過園林清蔭濃」：以竹初落籜、荷已翻風描出初夏景象，何等精當。「敵面」字妙，一本作直面，無味。（同前）

二一二　柳耆卿《訴衷情近》「景闌晝永」：「好」字韻犯重，「少年」二句妙。（同前）

二一三　王和甫《瀟湘逢故人》「薰風微動」：「羅」字斷句，共五韻五十一字，《譜》以「輕羅試」作句，誤甚。（同前）

二一四　劉伯温《浣溪沙》「燕子巢成倦不飛」：蛰，蟬之最小者，欲謂之馬蛰。（同前）

二一五　劉伯温《虞美人》「紅榴花下宜男草」：情景直寫，絶無粘帶。（同前）

二一六　陳眉公《浪淘沙》「風雨霎時晴」：「雙鬟捧着小紅燈」，别是山中點染。（同前）

二一七　周美成《側犯》「暮霞霽雨」：一本「風定」下俱作五字句，非。（同前）

二一八　晏叔原《蝶戀花》「庭院碧苔紅葉遍」：末句收得陡絶。（同前）

二〇九　盧絳《菩薩蠻》「玉京人去秋蕭索」：此南唐人，名亦不著，然詞極清秀，未可删也。又：一説絳病痁，夜夢白衣婦人歌此，因謂曰：「子食蔗即愈。」如言，果瘥。（同前）

二二〇　柳耆卿《十二時》「晚晴初」：讀《花間》小令，每厭其長，今反覆説來，語多倩至，乃嫌其短耳。（同前）

二二一　李于鱗《長相思》「枕（當作秋）風清」：「秋夢」句新。（同前）

二二二　王修微《生查子》「欲寄别時心」：字字韻，字字真。（同前）

二二三　朱希真《相見歡》「秋風又到人間」：「欠青山」三字妙。（同前）

二二四　辛稼軒《鷓鴣天》「枕簟溪堂冷欲秋」：「欹枕静聞庭葉落，倚筇閑看白雲飛」，亦足此意。又：一本後段作：「無限事，不勝愁，那堪魚雁兩悠悠，秋懷不識知多少。」　又：此稼軒鵝湖歸病起作也，作秋懷者，非。（同前）

二二五　李耘叟《木蘭花慢》「占西風早處」：「生平不如」二句，極尊老杜，却自曠達。（同前）

二二六　黄叔暘《長相思》「天悠悠」：「吴霜點鬢」句妙在「稠」字。（同前）

二二七　周美成《南鄉子》「夜闊夢難收」：「夜闊」句最奇。（同前）

二二八　張安國《滿江紅》「秋滿漓源」：　鄭人薪於野，遇駭鹿，斃之，恐人見也，藏諸湟中，覆之蕉。俄遺失，遂以為夢。（同前）

二二九　高賓王《玉蝴蝶》「唤起一襟凉雨」：「古臺」、「新夢」句盡意。（同前）

二三〇　張文潛《風流子》「亭皋木葉下」：不禁愁，可知愁多。　又：反言乃透。（同前）

二三一　李後主《長相思》「一重山」：　詞極冷極豔。（同前）

二三二　孫巨源《何滿子》「悵望浮生急景」：　葉落雲陰，秋景逼真。（同前）

二三三　周美成《塞垣春》「暮色分平野」：　此詞結語甚奇，恐驚肉眼。（同前）

二三四　周美成《拜星月慢》「夜色催更」：　前「一餉留情」（筆者按：為周氏《慶春宫》「雲接平岡」詞

中之句），此「一縷相思」，無限傷感。（同前）

二三五　周美成《風流子》「楓林凋晚葉」：兼金石綺綵之美，長篇未易。（同前）

二三六　顧仲從《浪淘沙》「孤影對嬋娟」：仲從詞最新脆，惜不多見。（同前）

二三七　張宗瑞《桂枝香》「梧桐雨細」：「落葉」二語，真是仙理禪宗。（同前）

二三八　蔣勝欲《滿江紅》「秋本無怨」：「萬誤」二句可作座銘。（同前）

二三九　張仲宗《滿江紅》「春水連天」：「人如削」句妙。（同前）

二四〇　柳耆卿《憶帝京》「薄衾小枕涼天氣」：「繫我一生心」二句真是個中人。（同前）

二四一　陸務觀《南鄉子》「歸夢寄吴」：讀此，可見放翁交友情誼。（同前）

二四二　蘇子瞻《南鄉子》「寒玉細凝膚」和「悵望送春杯」：二詞鎔鑄之妙，幾奪神工。（同前）

二四三　吴淑姬《惜分飛》「岸柳依依拖金縷」：姬有詞五卷，名《陽春白雪》，佳處敵李易安，惜無知者。（同前書卷八）

二四四　王通叟《卜算子》「水是眼波横」：「趕上春」三字妙絶。（同前）

二四五　劉潛夫《長相思》「風蕭蕭」：末語無限慷慨。（同前）

二四六　王元美《桂枝香》「東風一騎」：以渭城影出清陽，巧絶。（同前）

二四七　周美成《早梅芳》「花竹深」：袖因淚重，聲因意小，真個中人語。（同前）

二四八　葉道卿《賀聖朝》「滿斟緑醑留君住」：東坡有「二分塵土，一分流水」句，各道得我輩心死。

（同前）

二四九　孫光憲《謁金門》「留不得」：「孤鸞」句古極。（同前）

二五〇　王山樵《阮郎歸》「風中柳絮水中萍」：有批此詞：「輕捷妍顯之才。」恰如其評。（同前）

二五一　柳耆卿《晝夜樂》「洞房記得初相遇」：想到「風流端正」，那得不「攢眉千度」？（同前）

二五二　黄山谷《驀山溪》「鴛鴦翡翠」：説美人，隨説芳景；説芳景，隨説美人。極得此體之妙。（同前）

二五三　秦少游《滿庭芳》「山抹微雲」：按：少游入京見東坡，坡曰：「都下甚稱公『山抹微雲』詞。」少游遜謝，坡遽曰：「不意别後，公却學柳七作詞。」游曰：「某雖無識，亦不至是。」坡曰：「『銷魂，當此際』非柳句法乎？」又問别作何詞，游舉「小樓連苑横空，下窺繡轂雕鞍驟」，坡曰：「十三個字，只説得一個人騎馬樓前過。」秦問坡近作，坡舉「燕子樓空，佳人何在？空鎖樓中燕」，無咎在座，謂公三句説盡張建封一段事，大以為奇。嗟嗟！詞之不易也如此。（同前）

二五四　劉德修《長相思》「玉樽凉」：語極悽麗。（同前）

二五五　賀方回《南柯子》「斗酒才供淚」：此翻李詞：「雙溪舴艋，載不動，許多愁。」（同前）

二五六　張子野《一叢花》「傷高懷遠幾時窮」：「不如桃杏」句，恁地情傷。（同前）

二五七　姚令威《生查子》「郎如陌上塵」：如「淚眼零紅雨」，則俗；如「還解相思苦」，則呆。此二句妙在「秋」字，尾句妙在「否」字。（同前）

二五八　歐陽永叔《阮郎歸》「劉郎何日是歸期」：「時」字犯重。（同前）

二五九　李易安《鳳凰臺上憶吹簫》「香冷金猊」：「千萬遍」，痛甚。（同前）

二六〇　蘇東坡《虞美人》「波聲拍枕長淮曉」：「酒多淚」句，更進一層。（同前）

二六一　無名氏《鷓鴣天》「鎮日無心掃黛眉」：待醉，已是苦情，「待奴先醉」，其情愈苦。（同前）

二六二　歐陽永叔《長相思》「花似伊」：亦盡有情思。（同前）

二六三　朱希真《卜算子》「碧瓦小紅樓」：「看到」、「送盡」二句，不但照管上下，且極盡畫家之妙。（同前）

二六四　止禪師《卜算子》「書是玉關來」：晉劉昆枕戈待旦。（同前）

二六五　蕭淑蘭《菩薩蠻》「有情潮落西陵浦」：「無情人向去」，是憾？是喜？可想。（同前）

二六六　阮閎休《眼見媚》「樓上黄昏杏花寒」：閎休詞世僅傳此，英妙雋遠，百不為多，一不為少。（同前）

二六七　李後主《相見歡》「無言獨上西樓」：「别是一般」句好，令人尋味。（同前）

二六八　黄山谷《采桑子》「夜來酒醒清無夢」：後疊情境，當在語言文字外尋味。（同前）

二六九　無名氏《祝英臺近》「倚危闌」：此種人直節勁氣，必有可觀，恨不著其名。（同前書卷九）

二七〇　張子野《繫裙腰》「惜霜淡照夜雲天」：「何日藕，幾時連」，言外無限情思。（同前）

二七一　顧孔昭《醉春風》「紫燕歸來兩」：「想響」六字，極幽遠之極。（同前）

二七二　無名氏《玉樓春》「春風捏就腰兒細」：「春風捏就」，妙入微。（同前）

二七三　陳去非《臨江仙》「憶昔午橋橋上飲」：苕溪漁隱云：「去非舊有詩云：『風流丘壑真吾事，籌策廟堂非所知。』後登政府，無所建，卒如其言。」（同前）

二七四　王晉卿《蝶戀花》「鐘送黄昏雞報曉」：意極感慨，而詞復開爽，可得詞之致。（同前）

二七五　蘇東坡《西江月》「別夢已隨流水」：香泉喻淚，妙。（同前）

二七六　韓稚圭《點絳唇》「病起懨懨」：「人遠波空」句特妙。（同前）

二七七　蘇養直《鷓鴣天》「梅妬晨妝雪妬輕」：「恰似」二句，比擬妙絶。（同前）

二七八　歐陽永叔《青玉案》「一年春色多無幾」：「有個人憔悴」，下文都在此句生出。（同前）

二七九　僧仲殊《南柯子》「十里青山遠」：「白露」二句，初唐律詩。（同前）

二八〇　李後主《玉樓春》「晚妝初了明肌雪」：「踏清夜月」與「莫教踏碎瓊瑶」句並美。（同前書卷十）

二八一　李後主《菩薩蠻》「銅黄韻脆鏘寒竹」：李賀詩：「銅盤試燭黄。」（同前）

二八二　李白《清平樂》「禁幃秋夜」：太白《清平調》本三絶句，此詞四首，見吕鵬《遏雲集》，真贋未辨。後二首無清逸氣，故删之。讀末語，令人不勝低徊，怨女棄才耳。（同前）

二八三　和凝《薄命女》「天欲曉」：「强起」句，盡怨意。（同前）

二八四　鹿虔扆《臨江仙》「金鎖重門荒苑静」：結到藕花泣露，可謂傷感之極。（同前）

二八五　李太白《菩薩蠻》「平林漠漠煙如織」：白詞妙處，只是天然無雕飾。（同前）

二八六　康伯可《浪淘沙》「蹙損遠山眉」：「撩亂花飛」句，妙。（同前）

二八七　康伯可《江城梅花引》「娟娟霜月冷侵門」：「黄昏」二字，一篇主腦。後兩「半」字，不勝悽惋。（同前）

二八八　孫夫人《燭影摇紅》「乳燕穿簾」：「寒成陣」，較「雲成陣」、「紅成陣」更靈。「别久」二語更妙甚。（同前）

二八九　周美成《晝錦堂》「雨洗桃花」：如此三月，只索病酒，直得靈犀一點，早醫可了病懨懨。（同前）

二九〇　李後主《搗練子》「雲鬢亂」：詩：「黛眉輕蹙遠山微」，此堪頡頏。（同前）

二九一　無名氏《生查子》「娟娟月入眉」：「只有」句，是個中人語。（同前）

二九二　歐陽永叔《浣溪沙》「香靨凝羞一笑開」：「照水」、「兜鞋」，模寫得妙。（同前）

二九三　無名氏《菩薩蠻》「牡丹帶露真珠顆」：唐宣宗嘗稱此，想又在《花間》之前。一「碎挼花打人」，嬌恃妒寵之態，俱於此見。（同前）

二九四　歐陽永叔《浪淘沙》「簾外五更風」：「吹夢」字極奇。（同前）

二九五　李易安《浪淘沙》「素約小腰身」：「不奈傷春」、「字字嬌嗔」，描出一個嬌娃。（同前）

二九六　歐陽炯《浣溪沙》「相見休言有淚珠」：曾記美人一曰：「有嗔怪時方趣，有病苦時方韻，有

别離時方繫情。」歐陽得之矣。（同前）

二九七 陳少卿《生查子》「浪蕩去未來」：莨宕、躑躅、石榴、蘭麝、枇杷、相思子、華撥、續斷、代赭石，皆藥名，此詞一一入之無痕。（同前）

二九八 無名氏《木蘭花》「韶陽欲暮鶯聲碎」：此等詞，定非近日人語。（同前）

二九九 無名氏《木蘭花》「空閨日夜和愁閉」：「如煙」二句妙。（同前）

三〇〇 無名氏《踏莎行》「玉臂寬環」：一翻對增情色。（同前）

三〇一 李後主《菩薩蠻》「花明月暗飛輕霧」：結語極俚極真。（同前）

三〇二 辛稼軒《一絡索》「羞見鏡鸞孤却」：後疊末句，真個中人傷心語。（同前）

三〇三 嚴次山《鷓鴣天》「多病春來事事慵」：一團歡興勃勃。（同前）

三〇四 秦少游《如夢令》「幽夢匆匆破後」：「匆匆破」三字真，「玉銷花瘦」四字警。（同前）

三〇五 顧仲從《浪淘沙》「生小弄冰絃」：夢中有句是妙事。（同前）

三〇六 孫光憲《浣溪沙》「風遞殘香出繡簾」：真情在「猜嫌」上。（同前）

三〇七 史邦卿《臨江仙》「愁與西風應有約」：「燈」、「鴈」句敲打得響，「萬一」字妙。（同前）

三〇八 蘇東坡《點絳唇》「月轉烏啼」：押「寸」字巧，「嗔人問」三字俏。（同前）

三〇九 韋莊《浣溪沙》「夜夜相思更漏殘」：「想君」、「憶來」，水中鹽味，甘苦自知。（同前）

三一〇 黄山谷《少年心》「對景惹起愁悶」：語極俗，正以俗傳。（同前）

三一一　趙子昂《浪淘沙》「今古幾齊州」：「桃花」句上「無主」二字，「石橋」句下「只有」字，極有安頓。又：齊州，今青州。（同前書卷十一）

三一二　羅壺秋《金人捧露盤》「濕苔青」：古雋悲暢，當是酈道元筆。（同前）

三一三　白玉蟾《念奴嬌》「漢江北瀉」：詞最雄壯。玉蟾間有數詞，如：「一葉飛何處？天地起西風」、「鱗鱗波上煙寒，水冷剪丹楓」，又《詠燕》「秋千節後初相見，祓禊人歸有所思」，皆佳甚。（同前）

三一四　劉改之《唐多令》「蘆葉滿汀洲」：情極暢，語極俊，韻極協，而音調絶無扭造之跡，多是改之得意筆也。（同前）

三一五　岳珂《祝英臺近》「淡煙横」：激烈感憤，類辛幼安「千古江山」詞。（同前）

三一六　王介甫《桂枝香》「登臨送目」：金陵懷古，諸家作《桂枝香》凡三十餘首，介甫為絶唱。東坡見之，歎息曰：「此老乃野狐精也。」其驚賞如此。中「矗」字，妙。（同前）

三一七　蘇子瞻《念奴嬌》「大江東去」：語語高妙閑冷，初不以英氣逼人。又：李白《赤壁歌》：「樓船掃地空。」則「檣艣」字甚妙，俗本作「強虜」，可笑也。（同前）

三一八　歐陽永叔《朝中措》「平山欄檻倚晴空」：只「山色」一句，此堂已足千古。（同前）

三一九　蘇東坡《西江月》「三過平山堂下」：歐詞「樽前看取衰翁」，已覰破矣。此言「未轉頭時皆夢」，更警醒。（同前）

三二〇　辛幼安《念奴嬌》「我來吊古」：詞至辛稼軒一變，其源實自蘇長公。至劉改之諸公而極，撫

時之作，意存感慨，然濃情致語幾於盡矣。（同前）

三二一　辛幼安《鷓鴣天》「撲面征塵去路遥」：「山無重」二句，妙甚。（同前）

三二二　万俟雅言《長相思》「短長亭」：「要」字新刺。（同前）

三二三　徐淵子《浪淘沙》「風緊浪花生」：淵子詞賦清雅，其為人見之，劉改之啓云：「以載鶴之船載書，入觀清標如此；移買山之錢買硯，平生雅好可知。」（同前）

三二四　蔣勝欲《一剪梅》「一片春愁待酒澆」：末句兩「了」字，有許多悠悠忽忽意。（同前）

三二五　毛澤民《感皇恩》「緑水小河亭」：「煙瘦」句秀。（同前）

三二六　鮮于伯機《念奴嬌》「長溪西住」：元趙子昂詩：「山城秋色静朝暉，極目登臨未擬歸。羽士曾聞遼鶴語，征人又見塞鴻飛。西流二水玻瓈合，南去千峰紫翠圍。如此溪山良不惡，休文何事不勝衣？」可與鮮于詞，能標其勝也，且兩結俱含微意於詠景之外。（同前）

三二七　劉圻父《沁園春》「雲壑泉泓」：「搗雪飛霜」、「山水娱人」句俱妙。（同前）

三二八　周美成《玉樓春》「桃溪不作從容住」：「當時」二語用劉、阮事，轉有醒悟，惜「秋藕」句甚俗。至「人如風後」二語，又妙如神矣。（同前）

三二九　白居易《長相思》「汴水流」：「點點」字俊甚。（同前）

三三〇　張于湖《念奴嬌》「洞庭青草」：「孤光自照」下非唯形骸盡捐，即乾坤不知上下也。（同前）

三三一　蔣勝欲《賀新郎》「緑墮雲垂領」：「冷」字妙。（同前）

三三二　宋謙父《賀新郎》「喚起東坡老」：讀到「添老色」下，覺坡公一生任達，尚未跳出這籠子，此當局不如旁觀也。（同前）

三三三　康伯可《長相思》「南高峰」：「春來」句虛語，有骨力。（同前）

三三四　辛稼軒《賀新郎》「翠浪吞平野」：奇險灝瀚之致，筆舌間足以副之。（同前）

三三五　吴君特《宴清都》「病渴文園久」：「痛恨」、「不買」二句，雄快之極。（同前）

三三六　石次仲《多麗》「晚山青」：是詞多逸麗，猶喜首尾無一筆敗。（同前）

三三七　隋煬帝《望江南》「湖上酒」：楊用修云：「世指太白《菩薩蠻》、《憶秦娥》為詞祖，又樂天《長相思》、太白《清平樂》為詞祖，不知隋帝已有《望江南》詞。」詞非始於唐，始於六朝矣。（同前）

三三八　草衣道人《憶秦娥》「湖上水」：「浪紋香」字，特韻。（同前）

三三九　周美成《憶秦娥》「香馥馥」：「怨紅愁緑」、「卧紅堆緑」，句皆警。（同前卷十二）

三四〇　周美成《意難忘》「衣染鶯黄」：「低鬟」下豐韻絶世，「貪耍」下嬌癡觸目。（同前）

三四一　韋莊《浣溪沙》「惆悵夢餘山月斜」：「一枝春」句妙。（同前）

三四二　陳子高《浣溪沙》「淺畫香膏拂紫綿」：後二語鮮妍可愛。（同前）

三四三　李後主《長相思》「雲一緺」：「多」字、「和」字妙，「三兩窠」亦嫌其多也，妙，妙。（同前）

三四四　黄公度《菩薩蠻》「眉尖早識愁滋味」：宛是一個活世人。（同前）

三四五　蘇東坡《西江月》「聞道雙啣鳳帶」：「可憐宵」三字妙甚。（同前）

三四六　司馬君實《西江月》「寶髻鬆鬆挽就」：稠情密意，注在句裏。　又：姜明叔云：「此詞決非温公作。宣和間恥温公獨為君子，作此誣之，不待識者而後能辨也。」（同前）

三四七　蘇東坡《鷓鴣天》「羅帶雙垂畫不成」：琵琶詩：「抱月如可明。」　又：「畫不成」，字精。（同前）

三四八　無名氏《鷓鴣天》「全似丹青揾染成」：「畫不成」（筆者按：指蘇東坡《鷓鴣天》「羅帶雙垂畫不成」）、「丹青揾染成」争美。（同前）

三四九　柳耆卿《木蘭花》「個人豐韻真堪羡」：「及早」二句，人或嫌其急情。（同前）

三五〇　韓文璞《南鄉子》「泊雁小汀洲」：「隔柳」句俊甚。（同前）

三五一　秦少游《臨江仙》「髻子偎人嬌不整」：「嬌不整」二語可謂佳人寫照。　又：《韻書》：埭，壅水為堰，江南多有之。（同前）

三五二　李後主《一斛珠》「曉妝初過」：描畫精細，絶似一篇上好小題文字。（同前）

三五三　詹天游《浣溪沙》「淡淡青山兩點春」：「不曾真個」四字妙。按：粉兒，乃故宋駙馬楊震姬也。一日出佐天游觴，天游口占此詞，楊遂贈之，曰：「請天游真個銷魂也。」楊公真義俠哉！（同前）

三五四　蘇子瞻《殢人嬌》「滿院桃花」：後半一段神姿舉動，反顯出唐詩高雅。（同前）

三五五　張子野《清平樂》「清歌逐酒」：如此美人，則「一枝春雪梅花」又拜下風矣。（同前）

三五六　謝幼槃《江神子》「破瓜年紀柳腰身」：前「懶」、「羞嗔」字，後「問着」、「些」字，曲盡其態。（同前）

三五七　歐陽永叔《南歌子》「鳳髻金泥帶」：前寫態，後描情，各盡其妙。（同前）

三五八　李漢老《玉樓春》「沈吟不語晴窗畔」：「軟」字曲盡美人書法。（同前）

三五九　邵清溪《沁園春》「漆點填眶」：《記》：「共飯不擇手。」注：「擇，挼莎也，本作抄」。（同前）

三六〇　黄山谷《歸田樂引》「對景還銷瘦」：此詞極淺又極深，非慧人不解。（同前）

三六一　毛熙震《浣溪沙》「雲薄羅裾綬帶長」：極風騷之致。（同前）

三六二　祝枝山《長相思》「喚多情」：時有以多情呼枝山者，因賦。（同前）

三六三　黄山谷《訴衷情》「旋揎玉指著紅靴」：《詩餘》本皆作「旋揎玉指鬭彎蛾，遠峰看有無？」「遠峰」句雖俊，「分遠岫」句復來，則傷合，從山谷集。（同前）

三六四　歐陽炯《玉樓春》「日照玉樓花似錦」：「殘夢不成」句極婉。（同前）

三六五　蕭竹屋《點絳唇》「花徑相逢」：夢境如畫，「莫」字住得妙。（同前）

三六六　無名氏《點絳唇》「殢雨尤雲」：淫蕩。（同前）

三六七　秦少游《阮郎歸》「宫腰裊裊翠鬟鬆」：「無端」句妙。（同前）

三六八　蘇子瞻《翻香令》「金爐猶煖麝煤殘」：香詩：「泰宇三秋月，蓬山一縷雲。」又：「斷頭煙」三字妙絶。（同前）

三六九 秦少游《阮郎歸》「瀟湘門外水平鋪」：「梨花春雨」句妙，至云「腸已無」，如新笋發林，高出林上矣。（同前）

三七〇 無名氏《點絳唇》「蹴罷鞦韆」：「和羞走」下如畫。（同前）

三七一 拜住《菩薩蠻》「紅繩畫板柔荑指」：拜亦腥羶椎結中奇物也，故存之。（同前）

三七二 辛稼軒《尋芳草》「有得許多淚」：此詞妙處全在俚。（同前）

三七三 蔣勝欲《風入松》「東風方到舊桃枝」：有襟不分，惡光景。方有分襟時，透極。（同前）

三七四 毛澤民《于飛樂》「記曙騰」：「記」字犯重。（同前）

三七五 司馬才仲《蝶戀花》「妾本錢塘江上住」：最薄媚，最優柔。「燕子」二句美妙天然。余最喜柳耆卿「層波細剪明眸，膩玉圓搓素頸」，惜後多不遜。（同前）

三七六 李南金《賀新郎》「流落今如許」：「我未成名君未嫁，可憐俱是不如人」，英雄、佳人同病。（同前）

三七七 劉改之《賀新郎》「老去相如倦」：自序云：「去年秋，予求牒四明，賦此與一老娼，至今天下與禁中歌之。江西人來，以為鄧南秀詞，非也。」（同前）

三七八 劉雲閑《蝶戀花》「一剪情波嬌欲溜」：形態細於毫髮，婉麗當為第一。（同前）

三七九 張仲宗《憶王孫》「輕羅團扇掩微羞」：「橫波」句可與温飛卿「鬢雲欲度香腮雪」並傳。

又：詩：「和月酌玻瓈。」（同前）

三八〇　童甕天《清平樂》「醉紅宿翠」：「管甚」二語，筆妙論快。（同前）

三八一　蔣竹山《柳梢青》「學唱新腔」：「欲人扶，嫌人問」，《美人》、《嬌女賦》當讓之。此君詞最幽秀古豔，惜不多見。（同前）

三八二　歐陽永叔《玉樓春》「妖冶風情天與措」：子瞻「流不到楚江東」、少游「為誰流下瀟湘去」，此則「江水不能流恨去」，俱天際想。（同前）

三八三　王元美《南鄉子》「薄倖總難熬」：元美嘗喜棹歌中「月子灣灣」二首，固不避其腔，落吴江、嘉興歌也。（同前）

三八四　朱希真《相見歡》「東風吹盡江梅」：「長恨」下，可與言逝者如斯義。（同前）

三八五　歐陽永叔《浪淘沙》「五嶺麥秋殘」：「可惜」二語且諧且莊，且得諫術。（同前）

三八六　張曙《浣溪沙》「枕障薰爐隔繡幃」：張偉侍郎有愛姬蚤逝，猶子曙增其悲，為詞置几上。偉朝回，見之，不覺哀慟，曰：「此必阿灰作也。」灰，曙小字。讀到末句，自然弔下淚來矣。（同前）

三八七　高賓王《永遇樂》「淺暈修蛾」：此詞諸好俱備，未免為青樓輓套。張幼春云：「南之者不易。」良是。（同前）

三八八　元遺山《虞美人》「槐陰别院宜清晝」：淹秀明約，書畫中逸品。（同前）

三八九　俞君宣《惜餘春慢》「有限君情」：自序：友人有十二詞，為古來薄命人洗恨，獨缺馬嵬一事，補之。（同前）

三九〇　吴仲珪《沁園春》「漏洩元陽」：讀《薤露歌》、《蒿里曲》、《骷髏歌》，梅道人此詞眼見皆鬼。（同前）

三九一　蔣勝欲《霜天曉角》「人影窗紗」：此詞妙在淡而濃，俚而雅，雅而老，又在柳、秦、張、周上。（同前書卷十三）

三九二　劉濬夫《卜算子》「盡是手成持」和「片片蝶衣輕」：自序云：「手植海棠甚開，風雨作祟，輒作小詞二首。」余謂二詞極率易，正自難得，妙，妙。（同前）

三九三　曹元寵《驀山溪》「洗妝真態」：微思遠致，愧粘題裝飾者。又：「否」字原與「路」字同押。（同前）

三九四　周美成《玉燭新》「溪源新臘後」：前段略不可人，後段全是一團梅花精靈，至壽陽猶不似，則譽極愛極矣。（同前）

三九五　鄭中卿《昭君怨》「道是花來春未」：「道是花」二語韻甚、妙甚。（同前）

三九六　孫和仲《點絳唇》「流水泠泠」：清芳似梅，「風吹」二語細極。（同前）

三九七　陸務觀《朝中措》「幽姿不入少年場」：全是借梅寫照，前疊妙無可贊。（同前）

三九八　張功甫《燭影摇紅》「宿雨初乾」：形燈夕水月鏡花，更妙在字字有分寸。（同前）

三九九　僧覺範《鳳棲梧》「碧瓦籠」：「春色通靈」二語特靈妙。（同前）

四〇〇　辛幼安《最高樓》「花知否」：「瘦稜稜」二語，恰是梅花定本。（同前）

四〇一　朱希真《鵲橋仙》「溪清水淺」：在詠梅諸作，此則居殿。（同前）

四〇二　朱希真《念奴嬌》「見梅驚笑」：驚梅梅問，筆意雲垂海立，後淡然孤往，不與蜂蝶為伍，真君子哉！（同前）

四〇三　蘇東坡《西江月》「玉骨那愁瘴霧」：末二語不必有所指，即詠梅絶佳。（同前）

四〇四　宋退翁《眼兒媚》「霏霏疏影轉征鴻」：固陵召對曰：「卿文章新奇，可作梅詞以進。」次日諭近臣曰：「宋齊愈詞非惟不經人道，且自花開説至結子黄熟，並天色言之，可謂盡美。」（同前）

四〇五　吕聖求《東風第一枝》「老樹渾苔」：首二語介立，「雲淡風細」句清遠。（同前）

四〇六　朱淑真《菩薩蠻》「濕雲不度溪橋冷」：詠梅詞之靈慧，當推此為第一，而更喜其不犯一梅事。（同前）

四〇七　吕居仁《踏莎行》「雪似梅花」：前疊可息紛拏之口。（同前）

四〇八　孫濟師《菩薩蠻》「一聲羌笛吹嗚咽」：「一點着枝」二句妙。（同前）

四〇九　辛幼安《粉蝶兒》「昨日春」：「昨日春」、「而今春」數語大異人。（同前）

四一〇　陸務觀《卜算子》「驛外斷橋邊」：末二句大為梅譽。（同前）

四一一　辛稼軒《江神子》「暗香横路月垂垂」：洗盡引古習氣，讀「謗花」句，更妙於譽也。（同前）

四一二　周美成《水龍吟》「素肌應怯餘寒」：「殘紅斂避」四字神動。（同前）

四一三　楊孟載《菩薩蠻》「水晶簾外娟娟月」：梨花白不待月黑後見，月黑乃見其全。（同前）

四一四　張于湖《菩薩蠻》「東風約略吹羅幕」：「濕紅嬌暮寒」五字，善於寫神。（同前）

四一五　凌彦冲《鳳棲梧》「一色杏花三百樹」：詞極清迥，使穠肥人日入心口，久自身輕。末語用詩極化。（同前）

四一六　宋徽宗《燕山亭》「裁剪冰綃」：「怎不思量」下足令征鳥踟躕，寒雲不飛。（同前）

四一七　楊孟載《憶少年》「欺煙困雨」：末語得觀物之妙。（同前）

四一八　許伯揚《臨江仙》「不見昭陽宫内柳」、「不見隋河堤上柳」、「不見陶家門外柳」、「不見都門亭畔柳」、「不見灞陵原上柳」：五首中陶家柳似次，細讀四柳離合廢興、愛憎名利中，有靖節曠逸高遠、生涯性情，不困苦壞了，此所以難删去也。（同前）

四一九　王君玉《望江南》「江南柳」：别有風情。（同前）

四二〇　張子野《浪淘沙》「腸斷送韶華」：無一語不韻。（同前）

四二一　僧仲殊《新荷葉》「雨過回塘」：「漁笛」句無端情至。（同前）

四二二　高深甫《聲聲令》「馬嵬香散」：奇鑿。又：都付與東風戰争。（同前）

四二三　張子野《薄命女》「含羞整翠鬟」：「鎖」字入此處甚有致。（同前書卷十四）

四二四　蘇子瞻《木蘭花》「檀槽響碎金絲撥」：白樂天遷九江，聞商船夜彈琵琶，問之，乃長安倡，年長委身賈婦，自叙少時樂事，今漂淪江湖。因作《琵琶歌》以贈。（同前）

四二五　蘇子瞻《水調歌頭》「昵昵兒女語」：子瞻云：歐陽公問予：「琴詩何者最善？」答以退之

《穎師琴》詩，公曰：「此詩最奇麗，然非聽琴，乃聽琵琶也。」予深然之。建安章質父(當作夫)善琵琶，乞為歌調。予久不作，特取退之詞稍加隱括，使就聲律以遺之。又：稽(當作嵇)康云：「聞箏笛琵琶，形躁而志越；聞琴瑟，體静而心閑。」即永叔定韓詩之意。(同前)

四二六　王武子《木蘭花》「紅樓十二闌干側」：寂寥行逕，壯憤衷腸。又：或云此詞張子野作，子野卒於南渡，何得云「三十六宫秋草碧」矣。(同前)

四二七　黄山谷《醉落魄》「紅牙板歇」：「碎」字妙。(同前)

四二八　康伯可《滿江紅》「惱殺行人」：唐詩「蝴蝶夢前」、「杜鵑枝上」易「顛倒」、「朦朧」四字，迥然如犲。又：前後兩「正」字可商，「鎮日叮嚀」二語新脆。(同前)

四二九　歐陽永叔《木蘭花》「江南三月春光老」：末語比擬精當，且矯健。(同前)

四三〇　史邦卿《雙雙燕》「過春社了」：「欲」、「試」、「還」、「又」四字妙，「入」、「相」字作星相之相看，妙。「看足柳昏花暝」，栩栩然燕也，姜堯章極賞。(同前)

四三一　姜堯章《齊天樂》「庾郎先自吟愁賦」：賦物如此，何必删去？至如柳耆卿詠鶯、康伯可聞鴈，則不敢虚奉也。(同前)

四三二　洪叔璵《南歌子》「柳浪摇晴沼」：妙在純以虚字襯起情景。(同前)

四三三　周美成《十六字令》「明月影」：此十六字真有坡竹一尺萬丈之勢。(同前)

四三四　康伯可《醜奴兒》「馮夷剪破澄溪練」：一本「柳絮楊花獨處春」，楊、柳並用，此「闔門閉户掩

柴扉」也。（同前）

四三五 張安國《憶秦娥》「雲垂幕」：「路迷迷路」，可傳雪神。（同前）

四三六 孫夫人《清平樂》「悠悠揚揚」：形容飛雪之態，妙在「輕模樣」五字。（同前）

四三七 陳瑩中《青玉案》「碧空黯淡同雲繞」：「十分」下幾不成語，若無前「珠簾」三句，則抹殺之矣。更妙在「老」字。（同前）

四三八 金主亮《昭君怨》「昨夜樵村漁浦」：「驚問」字妙得嬌懶況。（同前）

四三九 盧申之《賀新郎》「十頃涵空碧」：兩煞句太同了。（同前）

四四〇 朱希真《西江月》「世事短如春夢」：詞雖淺率，正可砭世。（同前書卷十五）

四四一 吴彦高《青玉案》「人生南北如歧路」：世情自變，吾心自常，是不徒聽天俟命，寔寔於學問中得力者。（同前）

四四二 蘇子瞻《虞美人》「持杯遥勸天邊月」：「勸」、「願」字甚奇特。（同前）

四四三 蘇東坡《滿庭芳》「蝸角虚名」：坡老此篇專在唤醒俗人，故不着一深語。（同前）

四四四 僧晦庵《滿江紅》「膠擾勞生」：俱是達觀語，最喜「奈五行不是，這般題目」句，更警穎。（同前）

四四五 宋謙父《蓦山溪》「壺山居士」：待老而懶，誰人不然？宋君之高在此。（同前）

四四六 王昭儀《滿江紅》「太液芙蓉」：時至正丙子，伯顔以宋昭儀王清蕙北去，王題此詞於驛。抵

上都，愬為女道士，號冲華。又：河山千古恨，出自婦人口中，已愧鬚眉男子。（同前）

四四七　文文山《滿江紅》「試問琵琶」：文山黄冠之志，昭儀女冠之請，先後合轍，「從容」、「圓缺」語，未可遽貶。（同前）

四四八　鄧中齋《滿江紅》「王母仙桃」：此詞是亦不肯附和元者。（同前）

四四九　戴式之《沁園春》「一曲狂歌」：杜詩：「蹭蹬無縱鱗」，又「蹭蹬麒麟老」。又：《相如傳》：「有才親滌器。」

四五〇　辛幼安《賀新郎》「甚矣吾衰矣」：自序：邑中園亭，僕皆為賦此調。一日，獨坐停雲，水聲山色競來相娛，意溪山欲援例者，遂作數語，庶幾仿佛淵明思親友之意云。又：稼軒每燕，輒命侍妾歌此，拊髀自笑，坐客歎譽，如出一口。岳亦齋云：「待制詞句豪視一世，獨首尾二腔警語差相似。」稼軒慨然曰：「夫君實中予痼。」乃詠改其語，不知改者若何，惜未之見。（同前）

四五一　傅公謀《水調歌頭》「草草三間屋」：《雜俎》：李衛公言北都惟童子寺有一竹窠，長數尺，相傳其寺綱維，每日報竹平安。（同前）

四五二　嚴少魯《沁園春》「曰歸去來」：「自歎」數語，笑絶勞人。（同前）

四五三　鄭中卿《念奴嬌》「嗟來咄去」：「征衫」等句似率易，然正非學能至。（同前）

四五四　辛幼安《水龍吟》「渡江天馬南來」：大有規諷。（同前）

四五五　朱希真《西江月》「日日深杯酒滿」：喚醒古今人。（同前）

四五六　魏華父《鷓鴣天》「誰把璿璣運化工」：壽詞如此典雅奇確，真可法。（同前）

四五七　蔣勝欲《瑞鶴仙》「玉霜生穗也」：體取變，旨取遠，渾不似壽詞，妙，妙。（同前）

四五八　辛幼安《千秋歲》「塞垣秋草」：「梅花似人」，句法妙。（同前）

四五九　王介甫《漁家傲》「平岸小橋千嶂抱」：荆公執拗新法，鏟滅正人，渾是邯鄲一夢，至此推枕而覺矣。

四六〇　辛幼安《滿江紅》「幾個輕鷗」：「若要足」一語，抑揚得妙。（同前）

又：極能道閒居之趣。（同前）

四六一　沈會宗《天仙子》「景物因人成勝概」：「景物因人」句大有受用，無錯看過。（同前）

四六二　蔣勝欲《如夢令》「夜月溪篁鸞影」：《山茶詩》：「堂中調丹砂，染此鶴頂紅。」（同前）

四六三　吕居仁《滿江紅》「東里先生」：李泌請閭里釀宜春酒以祭勾芒種，祈豐年，帝乃著為令。又：杜詩：「茅齋八九椽，喬木上參天」。（同前）

四六四　范至能《眼兒媚》「酣酣日脚紫煙浮」：字字温潤。（同前）

四六五　辛幼安《沁園春》「三徑初成」：「功名一雞肋，世路九羊腸」，張翰蓴鱸有託而逃，稼軒識得。

又：救蟻養魚亦經綸，種柳觀梅皆事業。（同前）

四六六　晁無咎《摸魚兒》「買陂塘」：道徹急流勇退之志，真西山酷賞之。（同前）

四六七　周美成《浣溪沙》「新婦磯頭眉黛愁」：東坡云：「聞魯直以山光水色替却玉肌花貌為得意，然才出新婦（脱磯字），又入女兒浦，此漁父毋乃太瀾浪邪？」有謂「新婦」二句自雙起語，不可合看，

亦是。（同前）

四六八　黄魯直《鷓鴣天》「西塞山邊白鷺飛」：東坡集有此詞，自序云：「玄真子詞，嘗以《浣溪沙》歌之矣。季如箎言以《鷓鴣天》歌之，甚叶音律。但詞少聲多，因以憲宗訪玄真子文章及其勸歸之意足前後數句。」然山谷中亦如此序，未知誰是捉刀人也？（同前）

四六九　謝無逸《漁家傲》「秋水無痕清見底」：雨條穿鯉，霜刀落鱠，冷中取熱，漁父不寂莫也。「自歎直鈎」一語，真漁父知己。（同前）

四七〇　張仲宗《漁家傲》「釣笠披雲青嶂繞」：苕溪漁隱云：張仲宗有《漁家傲》詞，其詞第一句元是「橛頭雨細春江渺」，余謂橛頭雖船名，以雨襯之，且晦而病，因改「緑蓑雨細」呈仲宗，深以為然。（同前）

四七一　連可久《清平樂》「陣鴻驚處」：可久名次道，十二歲能詩。其父攜見熊曲肱，有漁父過前，令賦之，曲肱謂此子終非富貴留得住。後果為羽衣，往來西山。（同前）

四七二　岳鵬舉《滿江紅》「怒髪衝冠」：膽量意見，俱超今古。（同前）

四七三　沈啟南《滿江紅》「汴鼎南遷」、文徵仲《滿江紅》「拂拭殘碑」、王元美《滿江紅》「御墨淋漓」：三詞石田端烈，衡山精細，鳳洲諧刻，其大義均足以維持世宙。又：石田「小聰明」三字，判斷得高宗倒。徵仲徽、欽不兩立，亘古只眼。鳳洲詔曰丞相，獄曰君王，可謂嚴於斧鉞矣。然最喜徵仲「當時自怕中原復，笑區區一檜」句，輕檜罪而重其辜，於人心更快。（同前）

四七四 丘瓊台《沁園春》「為國除忠」:《精忠録》所載有千百首,祇責檜而不責構,構漏疏網矣。(同前)

四七五 王元美《洞仙歌》「金錢磨破」:嘉靖癸丑、甲寅,倭亂海上,公時在刑部,父忬為御史守通州,有此作也,其哀憯於李華《戰場文》。(同前)

張明弼詞話

張明弼，字公亮，金壇（今屬江蘇）人。早負才望，古文詩賦擅名一時。崇禎丁丑進士，知揭陽縣，署杭州推官監軍。歷官十年，猶僦屋而居。著《螢芝集》、《免角註》等。此據齊魯書社整理出版的《全明詩話》本《石室詩談》録序文一則。

一

《石室談詩序》：作詩者其有道乎？其無道乎？以爲無道，則工之捖革，匠之削木，猶且有道，而况於詩？以爲有道，則吾問之道安從出耶？謂道出於性，是性非詩；道出於情，是情非詩。道出於耳目之所誦習，毫墨之所濡染，是耳目毫墨亦非詩。然則詩安從出乎？琴牧子曰：詩可遇而不可作，亦可悟而不可談，其能悟而遇之者，横行天下，激撞百物，而處處可以得詩。不能悟而得之，則抱踝一室，遊行六合，皆不可以得詩。其得之者，閉口不談，皆談詩也；終日談，亦皆詩也。其不能得之者，終日談，非詩也；寂然無言，亦非詩也。蓋方今談詩者千百其家，而要歸則但有兩家。在高夐之士，輒領其詩於高夐之壤。於是山尊華岱，拳山則非山；水尊河瀆，勺水則非水，是半義也。豈有華岱爲山而拳山則非山、河瀆是水而勺水則非水？試細而尋之極，我之鼻額亦是山，津液亦是水，何爲入高夐而不返也？近之王、李其是也。則又有幽澹之士反其説以爲趨，曰：「彼夫豪跳疏越而不親者也。」於是棄而尊拳山、宗勺水。近而切之鼻額，以爲山之根；吮之津液，以爲水之祖。而視大山大水反若鴟鴞瞑目而罔所睹，是亦半義也，近之鍾、譚其是也。人有入建章之宫者，或有之堂殿廊廡，之曲房奥室，或之庖之湢，出而語人，皆説其所見，以爲建章之宫已盡於我，而不知其皆非也，亦皆是也。夫無一物不有而後謂之道，無一物不有而後謂之詩；亦無有一物而後謂之道，無有一物而後謂之詩。知其解者，吾未嘗遘之也。吾郡伯赤霞趙公，公餘飲予酒，示予以其家伯氏所爲《石室談詩》，俾覽之，予踊而起曰：「異哉！乃與余隔數千百里，而指趨則若共一室。」其言曰：「取詩之理、詩之情、詩之法而酌焉，不惟律絶不異於風雅，宋詞元曲亦不異於律絶。」夫世代在詩日遷月化，而所爲爲世代者，不遷於代化。詩在世代中日更月移，而所爲爲詩者，不更不移，世人矇焉，未嘗悟而得之。若悟而得之，便能以五指捻而成握，側耳而聽之，見《三百篇》、漢魏、六朝、三唐、宋、明之人皆於一握中，謳歈歎詠而不能出吾握，引領出望，天地、日月、河山、草木、禽蟲皆嘈然沸然而談詩，而詩皆坐而就之，何至有高夐幽澹之相格也哉？赤霞公諸昆季咸能世其家冢宰中丞侍御之學，故其言不域於一方，余喜其與余合，乃書之。金壇通家社弟張明弼公亮父題於京口旅次。（《石室詩談》）

郁逢慶輯詞話

郁逢慶，字叔遇，别號水西道人，嘉興人。行蹟不詳，崇禎時在世。撰《書畫題跋記》十二卷、《續題跋記》十二卷，跋自云生在江南，值太平之世，遊諸名公家，每每出法書名畫，燕閒清晝，共相賞會，因録其題咏，積數十年，遂成卷帙。書成於崇禎七年。此據《風雨樓叢書》本《書畫題跋記》和影印文淵閣《四庫全書》本《續題跋記》録詞話二十九則。

一

右宋賢十七札，首名綬者，宋宣獻公也，名上有朱文印，曰「宋垂公綬」，公以楷名於宋，今札亦是正書，遒勁有法。清臣者，葉學士道卿也，蘇之長洲人；衡者，章待制子平也，浦城人。二公天聖、嘉祐時人。希者，林子中也，閩人。之奇者，蔣頴叔也，草法老勁，似王荆公。逵者，不知何人，其札乃與顥叔者，故次於此。燾者，劉無言也，行草出入蘇、黃，而風趣盎溢，山谷云令天假以年，江左又出一薄紹之矣，殆非虛言。夢得者，葉石林也，書法與停雲所刻正同。商英者，張天覺也，書與語皆不免俗透，末後句者固如是耶？邦彥者，周美成也。攄者，林彥振也。二公書俱類蔡元長，豈氣類相似耶？世忠者，韓蘄王良臣也，史稱目不知書，晚忽有悟，能作字，工小詞，此札與運使借錢者，時尚至軍中，或出佐史手，正書有蘇長公風致。説者，吴傅朋也。李清照《金石録後序》云：「尚餘五七簏，盜穴壁取去，為吴説運使賤價得之。」即此也。琚者，吴居父也，行草，逼小（一作肖）米元章，若不視其款，未有不以為元章者。適者，水心居士葉正則也。嘉王之立，實發於公，以與趙丞相議不合，即拂衣歸。水心詩早已精嚴，晚尤高古，今詩亦淡宕可愛，書法蔡君謨而自具風骨。中間名煜者、為青谷德止者，皆不知人書，亦可觀。此册舊為朱忠禧物，後為談岳山參軍名志伊字思重者得之，後又轉入汪景辰家。今年秋，王越石舫中見之。余極愛劉無言、吴居父、葉水心之札，遂易得之，略疏其人於後。愧疎陋，未能徧考，以竢世之博雅者。崇禎甲戌年秋九月，閒止居士曹函光書。（《書畫題跋記》卷一「宋人手簡十七條」）

二　宋楊無咎補之畫梅四幀：後調《柳梢青》辭四闋在絹素上，長卷。「漸近青春，試尋紅瑠，經年疎隔。小立風前，恍然初見，情如相識。　為伊只欲顛狂，猶自把、芳心愛惜。傳語東君，（脱乞字）憐愁寂，不須要勒。」右未開　「嫩蕊商量，無窮幽思，如對新粧。粉面微紅，檀唇羞啓，忍笑含香。　休將春色包藏，抵死地、教人斷腸。莫待開殘，却隨明月，走上廻廊。」右欲開　「粉牆斜搭，被伊勾引，不忘時雯。一夜幽香，惱人無寐，可堪開匝。　曉來起看芳蘂，只怕裏、危梢欲壓。折向膽瓶，移歸芝閣，休熏金鴨。」右盛開　「目斷南枝，幾回吟繞，長怨開遲。雨浥風欺，雪侵霜妬，却恨離披。　欲調商鼎如期，可奈向、騷人自悲。賴有豪端，幻成水影，長似芳時。」右將殘　范端伯要予畫梅四枝，一未開，一欲開，一盛開，一將殘，仍各賦詞一首。畫可信筆，辭難命意，却之不從，勉狥其請，予舊有《柳梢青》辭十首，亦因梅而作。今載此聲調，蓋近時喜唱此曲故也。　端伯，奕世勳臣之家，了無膏粱氣味。而胸次灑落，筆端敏捷，視其好尚如許，不問可知其人也。要須再作四篇，共附此畫，庶衰朽之人託以俱不泯爾。乾道元年七夕前一日癸丑，丁丑人楊無咎補之書於豫寧僧舍。　元柯九思和：「懊恨春初，飄零月下，輕離輕隔。重醞梨雲，乍舒椒眼，羞人曾識。　已堪索笑巡簷，早準備、憐憐惜惜。莫是溪橋，攙先開却，試馳金勒。」「姑射論量，漸消永（當作冰）雪，重試新裝。欲吐芳心，還羞素臉，猶吝清香。　此情到底難藏，悄默默、相思寸腸。月轉更深，凌寒等待，更倚西廊。」「翠苔輕搭，南枝逗暖，乍收漸雯。亂插繁花，快張華宴，繞花千匝。　玉堂無限風流，但只欠、些兒雪壓。任選一枝，折歸相伴，繡屏花鴨。」「瓊散殘枝，點牕款款，度竹遲遲。欲訴芳情，笛中曾聽，畫裏重披。　春移別樹相期，漸老去、何須苦悲。人日酣春，臉霞漬曉，須記當時。」補之詞翰稱妙一代，此卷尤佳，其《柳梢青》四辭可以想像當時風致，勉强續貂，以貽好事。丹丘柯九思書於雲容閣，至正元年冬十有二月日南至也。　文徵明和：「特地尋芳，含情匿意，春猶乖隔。脈脈佳人，酷令相愛，難通相識。　後時定有逢時，何恁地、先多憐惜。還煞歸休，把儂來興，半途生勒。」「休較休量，且澆新酒，為爾催粧。曉袂巡邊，風襟立處，略有微香。北枝不及南枝，一樣樹、春分別腸。勒轉芒鞋，探遊近隱，或在僧房。」「東枝西搭，鬬開如約，不遺餘雯。一夜西湖，六橋無路，百重千匝。逋仙破屋尤多，好則好、疎茆怕壓。不敢臨流，弄珠搔玉，打鴛鴦鴨。」「昨日繁蘤，今朝欲落，意尚遲遲。弱質消香，餘鬚抱粉，雨掠風披。這場敗興誰期，春轉眼、如秋可悲。更極相思，斷魂殘夢，月墮之時。」文嘉休承和：「寒盡尋春，幾廻衝雪，小橋猶隔。偶過溪邊，瞥然相見，渾如曾識。莫教寒鵲争枝，恐踏踤、瓊瑶可惜。分付東風，且遲開放，悄寒輕勒。」「正擬論量，如何開拆，已露新粧。欲斂難收，將舒未可，半吐幽香。真心一點難藏，疎籬外、有人斷腸。月色朦朧，攪人魂夢，吟繞廻廊。」「竹撩松搭，暖風吹動，不容時雯。萬樹香雲，滿林晴雪，幾重開匝。朝來花底閒行，早已覺、帽簷低壓。恨不折來，幽齋相對，勝添金鴨。」「竹外斜枝，香飄點點，懊恨來遲。雪圃瑶林，風吹狼藉，雨打離披。枝頭青子催期，底須怨、笛聲太悲。乍蕊將開，欲飄未墜，俱是佳時。」彭年和：「追想前春，孤山風骨，終年睽隔。慣歷冰霜，休言雨露，恍然重識。争誇桃李成蹊，冷淡種、誰人憐惜。枝頭漏洩，明珠玉潔，餘寒猶勒。」「細數閒量，溪橋茅屋，再探新粧。南枝北幹，已舒還斂，却遞清香。翹然風柳難藏，真個是、鐵心石腸。冰霜苦耐，撩人春煥，試賞前廊。」「低披高搭，春明晴昊，偏開晴雯。棲雀争看，蒸雲罨沓，幾層環匝。不須跨蹇來尋，還愁處、風頭雲壓。壺挂青絲，溪移畫舫，驚飛池鴨。」「風掃南枝，燕泥將軟，春日方遲。撩亂閒愁，再尋吟伴，且看離披。不妨追數出期，奈何是、開開落落。舊恨新愁，養成青子，

忘却殘時。」逃禪梅子四詞膾炙人口，宋、元和之者已多，國朝名公追和不下數十人，予不揣，效颦四章。（同前）

三 雲林《惠麓圖》：元鎮寫贈仲明，辛卯十一月二十日。廿二日復從仲明許，假此以贈陸信甫，雲林生記。「好畫能官黑仲明，長松磵下濯冠纓。當年小筆今重展，回首蘭陵夢亦驚。」仲明，高昌名族也。嘗為宜興、嘉定二州同知，甚有惠政。余至蘭陵郡，每館於其家，偶寫此圖贈仲明，而陸信甫適至，復取之以遺信甫，雖片紙亦可觀也。至正廿三年八月二日，偶過忠（一作志）學鄉友書齋中，忽以相示，轉瞬十有二年矣。世殊事異，為之慨然。志學時寓笠澤施氏館中，瓚題。「八月梁谿新雨霽，谿南谿北水交流。徵君滌硯臨池後，貌得灣碕幾樹秋。」王蒙。「秋聲吹碎江南樹，政是瀟湘腸斷處。一片古今愁，荒碕水亂流。　披圖驚歲月，舊夢何堪説。追憶謾多情，人間無此清。」右調《菩薩蠻》，筠庵王國器。（節録自同前）

四 《跋周德友所藏養直帖》：後湖先生以《清江曲》見賞於東坡，今觀此詩帖，蓋有得於東坡者。東坡嘗謂延州萊季子、張子房皆不死，嶺南之人亦言東坡不死，後湖真不死矣。德友久從之遊，恬於仕進，其文氣老而益健，有以也。乾道戊子冬至後二日，莆田陳雅書。（節録自同前書卷四「宋蘇養直二帖真蹟」）

五 《真賞齋賦》并序：夫人所以參列兩間，優遊没齒，莫不應務彰性，接物萌情，適體求充，委時感興，固有乘風雲以騁志，附龍鳳以效能。或載筆於鴻闈，或假鉞於虎闈，又有華轂日擊，錦帳雲連，蛾眉擁於後先，鷺羽忘其冬夏。又有取穀出絮，執籤鑽李，朽貫不忍，虞躬滿籯。惟圖裕後衆之所趨區以別矣，揆厥心賞，何者為真？錫山東沙華子，貞孝之胤，藝文之英。俶儻倬犖之懷，弘廓瓌瑋之器。等勳業於浮雲，視侈富如土苴。爰購齋居，惟貯圖典，六經之籍，諸儒之論，歷代之史，百氏之言，周秦漢魏之書，晉唐宋元之繪，固已盈几溢奩。兼綸壓棟，至於藻鑑所注，神情所鍾，性命可輕，頭目同寶，則有鍾元常季直，表貞觀之所珍藏也。王右軍《袁生帖》，祐陵之所眷題也。顔魯公《劉中使帖》一曰《瀛州帖》及朱巨川誥，宣和之所譜藏也。……《三蘇全集》、《王臨川集》，世所傳止一百卷，惟此本一百六十卷。《管子》、《韓非》、《三國志》，大字本，淳熙乙巳刊於潼川轉運司，公帑。《鮑參軍集》十卷，《花間集》紙墨精好，《雲溪友議》十二卷，范攄著。《詩話總龜》一百卷，阮閲編。《經鉏堂雜志》八卷，雪川倪思著。《金石略》，鄭樵著，笪氏藏。《寶晉山林拾遺》八卷，孫光憲刻。《東觀餘論》，樓攻媿等跋，宋刻初榻，紙墨獨精，卷帙甚備，世所希見。《唐名畫録》朱景刻，《五代名畫補》劉道醇纂，《宋名畫評》，《蘭亭攷》十二卷，桑世昌集。皆傳自宋、元，遠有端緒。牙籤錦笈以為藏，天球河圖而比重，是以太史李文正公八分題扁曰真賞齋。真則心目俱洞，賞則神境雙融。翰林文公為圖為銘，昭其趣也。(節録自同前書卷五)

六 趙松雪行書辭二闋調寄《雨中花》：「雲淡風輕，傍花隨柳，將謂少年行樂。齋閣林間，小車城裏，千古太平西洛。　瞻彼泱泱，言思君子，流水儼然如昨。但清遊、天際輕雲，未辨暮愁離索。　長記得、童冠相隨，浴沂風舞，吟詠鳶飛魚躍。逝者如斯，吾衰甚矣，調理自存斟酌。清廟朱絲，舊堂金石，隱几似聞更作。農人告、有事西疇，窈窕掛書牛角。」「北隴耕雲，南溪釣月，此是野人生計。山鳥能歌，江花解笑，無限乾坤生意。看畫歸來，挑燈閒眺，風景又還光霽。笑人生、奔波如狂，萬事不如沉醉。細看來、聚蟻功名，戰蛙（一作蝸）事業，畢竟有（一作又）成何濟。有分山林，無心鐘鼎，誓與漁樵深契。石上酒醒，山間茶熟，別是水雲風味。任吾生、素位而行，造化任他兒戲。」子昂。（同前書卷六）

七　吳仲圭題骷髏辭調寄《沁園春》：「漏泄元陽，爹娘搬販，至今未休。吐百種鄉談，千般扭扮，一生人我，幾許權謀。有限光陰，無窮活計，急急忙忙作馬牛。何時了，覺來枕上，試聽更籌。古今多少風流，想蠅利蝸名幾到頭。看昨日他非，今朝我是，三迴拜相，兩度封侯。採菊籬邊，種瓜圃内，都只到邙山一土丘。惺惺漢，皮囊扯破，便是骷髏。」身外求身，夢中索夢，不是骷髏，却是骨董。萬里神歸，一點春動，依舊活來，拽開鼻孔。梅花道人製并書。（同前）

八　吳仲圭《嘉禾八景》在楮上横卷：勝景者，獨瀟湘八景得其名，廣其傳，唯洞庭秋月、瀟湘夜雨，餘六景皆出於瀟湘之接壤，信乎其真為八景者矣。嘉禾，吾鄉也，豈獨無可攬可采之景與？閒閱圖經，得勝景八，亦足以梯瀟湘之趣，筆而成之圖，拾俚語，倚錢唐潘閬僊《酒泉子》曲子寓題云。至正四年歲甲申冬十一月陽生日，書於橡林舊隱，梅花道人鎮頓首。空翠風煙：在縣西二十七里檇李亭後三過堂之北，空翠亭四圍竹可十餘畝，本覺僧刹也。「萬壽山前，屹立一亭名檇李。堂陰數畝竹涓涓，空翠瑣風煙。騷人隱士留題詠，紅塵不到蒼苔徑。子瞻三過見文師，壁上有題詩。」

龍潭暮雲：在縣西通越門外三里三塔寺前龍王祠下，水急而深，遇歲旱則祈於此，時有風濤可畏。「三塔龍潭，古龍祠下千年跡。幾番殘燬喜猶存，静勝獨歸僧。　陰森一逕松杉直，樓閣層層曜金碧。祈豐禱旱最通靈，祠下暮雲生。」　鴛湖春曉：在縣西南三里真如寺北城南澄海門外。「湖合鴛鴦，一道長虹横跨水。涵波塔影見中流，終日射漁舟。　彩雲依傍真如墓，長水塔前有奇樹。雪峰古甃冷於秋，策杖幾經遊。」長水法師塔前有仁杏，葉上生果實。　春波煙雨：在嘉禾東春波門外，舊日高氏圃中煙雨樓。「一掌春波，矗矗艖帆鬧如市。昔年煙雨最高樓，幾度暮雲收。　三賢古跡通歧路，窣堵玲瓏插濠罟。荷花裊裊間菰蒲，依約小西湖。」三賢者：朱買臣、陸宣公、陳賢良。月波秋霽：在縣西城堞上，下嵌金魚池，昔李氏廢圃也。「粉蝶（當作堞）危樓，欄下波光摇月色。金魚池畔草蒙茸，荒圃瞰樓東。　亭亭遥峙梁朝檜，屈曲槎牙接蒼翠。獨憐天際欠青山，却喜水廻環。」　三閘奔湍：在嘉禾北望吴門外端平橋之北杉青閘。「三閘奔湍，一塘遠接吴淞水。兩行垂柳緑如雲，今古送行人。　買妻耻醮藏羞墓，秋茂郵亭遞書處。路逢樵子莫呼名，驚起墓中靈。」　胥山松濤：在縣東南十八里德化鄉，山約百畝，餘荷鍤翁墓，其下子胥古跡也。「百畝胥峰，道是子胥磨劍處。嶙峋白石幾番童，時有兔狐蹤。　山前萬個長松樹，下有高人琴劍墓。週廻蒼薈四時青，終日戰濤聲。」　武水幽瀾：在縣東三十六里武水景德教寺西廊，幽瀾井泉，品第七也。「一甃幽瀾，景德廊西苔蘚合。茶經第七品其泉，清冽有靈源。　亭間梁棟書題滿，翠竹瀟森映池館。門前一水接華亭，魏武兩其名。」……成化十五年己亥秋七月念六日，書於江南水竹邨，

上桐邨老牧，時年七十有九。（節録自同前書卷七）

九 趙子固《水仙》水墨雙鈎横卷：余久不作此，又方病目未愈，子用徵索宿諸良急，張（一作强）起描寫，轉益拙，俗觀者求於形似之外可爾。子固白文印，彝齋朱文印。 元貞二年正月念五日，鮮于樞同餘杭盛元仁、三衢鄭君舉觀於困學齋之水軒，時將赴淛東，僕夫束擔，以雨少留。 吾自少好畫水仙，日數十紙，皆不能臻其極，蓋業有專工，而吾意所寓，輒欲寫其似。若水仙、樹石以至人物、牛馬、蟲魚、肖翹之類，欲得盡其妙，豈可得哉？ 今觀吾宗子固所作墨花，於紛披側塞中各就條理，亦一難也，雖我亦自謂不能過之。子昂題。 「玉潤金明，記曲屏小几，剪葉移根。經年汜人重見，瘦影娉婷。雨帶風襟零亂，步雲冷、鵝筦吹春。相逢舊京洛，素靨塵緇，仙掌霜凝。 國香流落恨，正冰鎖翠薄，誰念遺簪。水空天遠，應想礬弟梅兄。渺渺魚波望極，五十絃、愁滿瀟湘雲。凄涼耿無語，夢入東風，雪盡江清。」右調《夷則商·國香慢》，弁陽老人周密。（節録自同前）

一〇 徐子仁書辭：在絹素上，小掛幅。「晴嵐低楚甸，煖回鴈翼，陣勢起平沙。驟驚春在眼，借問何時，委曲到山家。塗香暈色，盛粉飾、争作妍華。千萬絲、陌頭楊柳，漸可藏鴉。 堪羨，清江東注，畫柯（一作舸）西流，指長安日下。愁宴闌、風翻旗尾，潮濺烏紗。今朝正對初絃月，傍水驛、深艤蒹葭。」右調寄《渡江雲》，徐霖。（同前書卷九）

一一 張伯雨書辭在紙上：「清露晨流，新桐初引，消受北牕凉曉。經卷董（一作薫）爐，筆牀茶具，長物憑他圍繞。老子無情，年光有限，只似□（一作木）人花鳥。指凝雲散朵，奇峰曾見，漢唐池沼。還自笑，待學鱓魚，金題玉躞，書裏便容身了。阿對泉頭，布衣無恙，占斷雨苔風篠。獨鶴歸遲，西山缺處，拉過亂鴉林表。舞琴心三疊，胎仙坐到，月高山小。」右和虞道園疊《蘇武慢》辭，張雨。（同前）

一二　詹仲舉調《沁園春》辭：「兒汝來前，吾與汝言，汝知否乎。自吾家種植，詩書之外，略無一毫，薏苡明珠。（一本此處有「翰墨生涯」四字）虀鹽旦暮，三世儒冠出此塗。長安道，汝父兄叔伯，幾度齊驅。　如今側足横舒看，一領青衫似摘鬚。這衫兒着了，要須徐稱，莫教黄嘴，暗裏揶揄。刺史家聲，拾遺直節，要你心清似得渠。心期處、似獻之忠孝，更著工夫。」叔祖留耕忠文公所作，至正辛丑正月二十又二日，姪孫畦拜手謹書。（同前）

一三　祝枝山書辭：「燈火三更把筭籌，風沙萬里覔封侯。蠶兒作繭生難罷，蛾子親燈死却休。　身外苦，夢中愁，渾無些子為吾謀。世間富貴真何物，賺得英雄白了頭。」右調《鷓鴣天》。「南阜小亭臺，薄有山花取次開。寄與多情熊少府，晴也須來，雨也須來。　隨意且啣杯，莫惜春衣坐緑苔。若待明朝風雨後，人在天涯，春在天涯。」右調《一剪梅》。（同前書卷十）

一四　王元美題唐六如《花陣六奇》調《玉燭新》：「吴宫新晏起，喚兩隊嬌羞，粉訾紅壘。阿平輕棹，蘇家舌、旋把靈犀參試。兵符半紙，偷送得、君王春睡。雲夢杳、小網流蘇，淮陰霎時拈繫。　滎陽斷送重瞳，更七日平城，總虧佳麗。貂璫翠繞，胡兒夢、還殢漢家羅綺。丹青妙理，描寫盡六番陰計。雲臺後，須與封侯，温柔國裏。」　埽愁將軍、都督華胥以西諸軍事、領長樂少府、醉鄉侯、食糟

邱五百户天弢居士書。（同前）

一五 石田調《南鄉子》辭：「天地一癡仙，寫畫題詩不換錢。畫債詩逋忙到老，堪憐，白作人情白結緣。　無興最今年，浪拍茅堂水漫田。筆硯只宜收拾起，休言，但説移家上釣船。」右寄南村張處士，沈周。（同前書卷十一）

一六 徐武功遊靈岩山辭絹上行書：「佳麗地是吾鄉，看西山更比東山好。有罨畫樓臺，金碧岩扉，彷彿十洲三島。却也有、風流安石，清真逸少。向西施洞口，望湖亭畔，對雲影、天光上下，相涵相照。似寶鏡裏，翠娥妝曉。　且登臨，且談笑，眼前事，幾多堪弔。香徑踪消，屧廊聲杳，麋鹿還遊未了。也莫管、吴越興亡，為他煩惱。是非顛倒，古與今、一般難料。嘆宦海風波，幾人歸早，得在家中老。遇酒美花新，歌清舞妙，儘開懷抱。又何須、較短量長，此生心應自有，天知道。醉呼童，更進餘杯，便拚得、三更乘月廻仙棹。」秋日遊靈岩山，調寄《水龍吟》，天全生徐有貞。（同前）

一七 倪雲林山水自題《江南春》辭：「汀洲夜雨生蘆笋，日出曈曨簾幕静。驚禽蹴破杏花煙，陌上東風吹鬢影。遠江摇曙劍光冷，轆轤水咽青苔井。落花飛燕觸衣巾，沈香微火縈緑塵。　春風顛，春雨急，清淚泓泓江水濕。落花辭枝悔何及，絲桐哀鳴亂朱碧。嗟我何為去鄉邑，相如家徒四壁立。」柳花入水化緑萍，風波浩蕩心怔營。」唐伯虎和：「梅子墮花茭孕笋，江南山郭朝輝静。殘春鞣韈試東郊，緑池横浸紅橋影。古人行處青苔冷，館娃宫鏁西施井。低頭照井脱紗巾，驚看白髮已如塵。　人命促，光陰急，淚痕漬酒青衫濕。少年已去追不及，仰看鳥没天凝碧。鑄鼎銘鐘封爵邑，功名讓與英雄立。浮生聚散似浮萍，何須日夜苦蠅營。」文徵仲和：「象床凝寒照籃笋，碧幌蘭温瑶島静。東風和夢曉無蹤，起來自覓驚鴻影。彤簾霏霏宿餘冷，日出鶯花春萬井。莫怪啼痕栖素巾，玉容暗作梁間塵。春日遲，春波急，曉鳥啼春香露濕。青華一去不再及，飛絲縈空眼花碧。樓前柳色迷城邑，柳外東風馬嘶立。水中荇帶牽柔萍，人生多情亦多營。」王雅宜和：「江南三月鬭櫻笋，落紅滿地簾櫳静。緑楊深鎖（當作鎖）五陵門，黄鸝聲破鞦遷（當作韆）影。羅衣不奈東風冷，轆轤夢斷琉璃井。當年歌舞纏紅巾，花月委地隨香塵。春來遲，春去急，天涯草為王孫濕。昔人遊處今不及，今人遊處山仍碧。近時隴墓昔城邑，豐碑短碣斜陽立。霸圖銷盡等浮萍，離宫野殿僧自營。」王禄之和：「輕雷動地驚抽筍，修篁過雨琅玕静。淡雲初散日華明，珠箔玲瓏上花影。柳風吹面不知冷，冉冉韶光融萬井。油壁香車時自巾，雙輪輾破芳原塵。鳥求友，聲聲急，燕飛低掠芹泥濕。命侣追歡如不及，蘭渚衡臯眼中碧。吴宫已沼空城邑，石湖晴巒暎波立。樓船載酒衝翠萍，仙遊汗漫心無營。」陸師道和：「憑高晏會誇櫻笋，翠幕圍春蕙風静。紅牙鏤板對花歌，妙伎明粧艷花影。玉盌浮光蔗漿冷，省（當作雀）釵珠履列井井。摘花引酒整衫巾，《陽春》一曲飛梁塵。羽音遲，商調急，羅袖圓凝唾花濕。宛轉鶯喉字相及，墮珥遺鈿眩珠碧。緑霧紅煙隔城邑，披雲疑在蓬萊立。回看江漢轉雙萍，云胡不樂徒營營。」黄姬水和：「園林二月抽新笋，微飈散雨郊原静。柳條處處變鳴禽，簾幕差池雙燕影。舘娃宫灰青草冷，桃花半覆吴王井。陌上遊人落醉巾，寶馬香車逐綺塵。開花遲，謝花急，曉起看花薄羅濕。踏青拾翠如不及，回頭日墜山凝碧。愚者惜費長邑邑，賢達又媿修名立。那知人世若飄萍，胡乃不樂徒忙營。」彭孔加和：「驚雷昨夜抽新笋，霏微宿霧空山静。笙歌合闘採茶隣，青旗紅旆林間影。美人羅衣觸朝冷，嘗新争汲西施井。雙龍擘破拭芳巾，靈芽吹香嫩麴塵。春來遲，春去急，風雨番番畏花濕。牡丹顔色誰相及，朱欄油幕圍輕碧。王孫不歸心欝邑，女伴差隨弄花立。春江萬里一飄萍，遊梁事楚將何營。」許高陽和：「雨前試茗春前笋，嫩緑池塘鎖深静。寶鴨煙飄别院香，爛熳桃花散波影。羅衣不奈東風冷，懷人杳如瓶墮井。天涯一望淚滿巾，誰憐京洛多淄塵。春事多，春期急，九峰煙雨青如濕。平原校獵時將及，五茸城頭芳草碧。華亭本是江南邑，機雲才名千古立。英賢已去耿飄萍，滿目韶光何所營。」袁永之和：「吴姬當壚纖玉笋，蜂衙喧罷青簾静。風流人去錦帆枯，越來溪上旌旗影。響屧廊空春月冷，娟娟只照西施井。霸圖蕭索淚沾巾，至今士女踏芳塵。湖水渺，湖帆急，春衫常帶酒痕濕。追歡買笑將無及，月落汀洲煙水碧。休教雙皤鬢於邑，可憐華表孤鶴立。嗟哉浮華浪湧萍，胡不學仙甘世營。」周公瑕和：「春雨催花暗長笋，午日階除風馬静。銀蒜無端空押廉（當作簾），春心遠託歸鴻影。薄羅衫窄幽窗冷，敲火試茶新石井。薔薇花刺罥紅巾，闘草尋芳涴韈塵。鳥歌忙，蝶板急，吴山籠煙青霧濕。行樂行樂須時及，夫差故國望中碧。泰伯虞仲經營邑，躊躕搔首風前立。已見楊花化作萍，古人今人空營營。」陸叔平和：「暖日融沙圻茭笋，和風淡盪晨光静。鴛鴦刷羽醉芳洲，摇亂春魂蹴花影。館娃人遠金釵冷，翠綆陰沉落雙井。飛英撲面蒙衣巾，疑是當年香爐塵。錦帆遲，簫鼓急，夾岸青山濛霧濕。十里横塘歸未及，飛輪忽墮霞天碧。繁燈閧酒趨花邑，當壚翠袖迎人立。紅鮮入市罥緑萍，金壺漏轉猶營營。」「象床凝香鬱蘭笋，阿閣透迤緑窗静。佳人夢轉抱餘眠，簷外朝曦徐度影。填城緑蓋朱宫冷，撲地紅煙花萬井。誰家遊冶紫綸巾，寶馬青絲起陌塵。傳花遲，促羽急，酒酣淹淚青衫濕。新勸未終悲已及，油油芳草縈懷碧。長洲盡是吴都邑，帝子行宫隨處立。星移物换成飄萍，幕燕巢居還自營。」文壽承和：「節序相催將迸笋，青春白晝簾櫳静。廻塘鷗鷺浴相喧，照水鴛鴦嬌弄影。蕩子未歸春服冷，佳人自汲山前井。誰家青鳥啣紅巾，銀鞍玉勒隨香塵。春色好，春光急，朝煙未散山猶濕。山行應接不暇及，山下湖光静凝碧。三月遊船盡傾邑，向人語燕檣頭立。遊絲網花落池萍，流年一去誰能營。」文休承和：「三月江南蔦櫻笋，鵁鶄鸂鶒廻塘静。蛛絲縈空細落花，雲母屏寒浸嬌影。簾外沉沉春霧冷，緑蘿欲覆花間井。泥金小扇障紗巾，畫橋紫陌踏芳塵。花開遲，水流急，江鴨對眠莎草濕。吴姬如花花不及，摘花笑暎溪流碧。楊柳煙籠萬家邑，柳下王孫為誰立。幽渚泥香生緑萍，閒看梁燕壘經營。」張伯起和：「石湖水暖青蘆笋，白雲鎖溪巖扉静。一聲嬌出雙金梭，細織柔條入窗影。吐花不怯苔茵冷，桐樹陰輕覆丹井。小樓病酒朝不巾，日高紙帳縈香塵。東風頻，輕帆急，夾岸茅簷燕泥濕。往事悠悠已無及，連天細浪傷心碧。江山悵望生凄邑，亂紅驚眼憑欄立。江南春事如轉萍，生年不樂何營營。」錢罄室和：「九陌鶯花接櫻笋，千門柳色春風静。金閭樓閣倚雲高，半捲珠簾露嬌影。美人曉粧怯花冷，澆花自汲窗前井。緑油翠幕飾車巾，相邀南陌踏香塵。花信催，風雨急，林花過雨紅泥濕。石湖綵鷁飛相及，倒浸峰陰碎輕碧。遊人處處如城邑，騕褭嘶風驕並立。駘蕩晴光輕緑萍，狂蜂戲蝶胡營營。」雲林《江南春》辭并畫，藏袁武選家，近來畫家盛傳筆意，而和其辭者日廣，予不敏，亦效顰為之，自耻不知分量，覽者弗以珠玉在前，愈覺其穢耳。丙辰三月錢穀識。（同前）

一八 沈恒吉山水：「此老粗疎一釣徒，服也非儒，狀也非儒。年來只為酒糊塗，朝也村酤，暮也村酤。胸中文墨半些無，名也何圖，利也何圖。煙波染就白髭鬚，出也江湖，處也江湖。」調《一翦梅》。「一竿風月，一蓑煙雨，家傍釣臺西住。賣魚生怕近城門，況肯到，紅塵深處。潮生解纜，潮平鼓枻，潮落放歌歸去。時人錯認嚴光，自是無名漁父。」調《鵲橋仙》。八十三翁沈貞吉題於有竹居。（同前書卷十二）

一九 龍圖燕穆之《楚江秋曉》卷：燕龍圖在王府，以德業自勵，後世乃以能畫稱，觀此，足見其藝之不凡，但恨為此所掩。噫！以顔魯公之政事，而世亦以書稱，可見學之不可不慎也。乙丑二月，門山老樵齊郡張紳。燕尚書生有巧思，能奮志功業，圖畫特其一事耳。在燕府侍書時，王求畫一筆，不肯與，蓋恐王之志尚偏也，故其畫罕見於世。此卷筆力遒媚，其在早年所製無疑也。吴郡張適識。……《臺城路》：「黄陵廟下瀟湘浦，依稀少年羈旅。夢澤風生，渚宫花落，收盡峡雲巫雨。長天帶水，正日出三竿，客船猶艤。四望蒼蒼，秋光都在白蘋渚。流年暗驚易度，向畫中、空見舊遊如許。鼓瑟人遥，紉蘭事往，誰折芳馨寄與。消魂凝佇，待收拾閒情，寫成新句。心與鴻飛，空江煙浪裏。」去年秋，友人謝彦起氏為孟敷陳孝廉索賦楚江秋曉詞，久未能成。今日偶過許瀾伯讀書房，時夏雨初霽，軒窗朗徹，因援筆賦此。留瀾伯所，歸諸孟敷，殊愧不工也。洪武廿八年孟夏十有一日，吴人王璲。（節録自《續書畫題跋記》卷二）

二〇　米敷文《瀟湘長卷》：三紙連屬，計一丈二尺。元暉戲作。　題畫上。夜雨欲霽，曉煙既泮，則其狀類此。余蓋戲為瀟湘寫千變萬化不可名神奇之趣，非古今畫家者流畫也。惟是京口翟伯壽，余生平至交，昨豪奪余自秘著色袖卷，盟於天，而後不復力取歸。往歲掛冠神武門，居京口舊廬，以《白雪》詞寄之，世所謂《念奴嬌》也：「洞天晝永，正中和時候，凉颸初起。羽扇綸巾雩詠處，水遶山重雲美。好雨新晴，綺霞明麗，全是丹青戲。豪攘横卷，誓天應解深秘。留滯字學書林，折腰緣為米，無機涉世。投組歸來欣自肆，目仰雲霄醒醉。論少卑之，家聲接武，月旦評吾子。憑高臨望，桂輪徒共千里。」　昨與吴傅朋蜀冷金牋上戲作一幅，比與達功相遇，知亦為此郎奪。因追省此詞，跋於小卷後。　舊曾寫寄蔡天任，以《白雪》易其名，舊名可謂惡甚。懶拙老人元暉。疊篆友仁二字印。……小米《瀟湘圖卷》，再題自珍。僕從稍知時慕，為杭之張氏所蓄，高價而錮吝，人罕獲見。後遊杭兩度，仲孚亦辱往來，但啟齒借閲，便唯唯而終，弗果。今七十五年矣，意餘生與此圖斷為欠緣，亦歎仲孚忍為拂人意事兹。廷貴忽爾送至，猶景星鳳凰，為之薰沐者再，得一快睹，忽然三湘九疑瀰漫尺楮，如朱夫子之題象内見畫，錢子言畫表求象，斯圖之妙，盡括於二作矣。又有王常宗先生一一論疏諸名勝出處之迹無餘辭，誠為翰墨之寶。設使著色袖卷，楚山清曉，冷金蜀牋等筆尚在，恐亦無此爛漫之題，信乎仲孚之知重，亦可謂之不俗矣。後學沈周。（節録自同前）

二一　黄大癡水墨山水：在紙上，横卷。溪山雨意。文壽承大篆書卷首。　此是僕數年前寓平江光孝時（當作寺），陸明本將佳紙二幅，用大陀石研、郭忠厚墨，一時信手作之。此紙未畢，已為好事者取去，今復為世長所得。至正四年十月來溪上，足其意，時年七十有六。是歲十一月哉生明識。黄氏子久，白文。黄公望印，朱文。「青山不趁江流去，數點翠收林際雨。漁屋遠糢糊，煙村半有無。大癡飛醉墨，秋與天争碧。浄洗綺羅塵，一巢栖亂雲。」辭寄《菩薩蠻》，筠庵王國器題。黄翁子久雖不能夢見，房山鷗波，要亦非近世畫手可及。此卷尤其得意者，甲寅春倪瓚題。（同前書卷五）

二二　「少年聽雨歌樓上，銀燭昏羅帳。壯年聽雨客舟中，天濶雲低，斷雁叫西風。而今聽雨僧廬下，鬢已星星也。悲懽離合總無情，一任空階點滴到天明。」右竹山先生所賦之詞，今偶獲觀此卷，因舉是詞，成甫俾書於卷末。夫聽雨，一也，而詞中所云不同如此。蓋同者，耳也；不同者，心也。心之所發，情也；情之遇於景，接於物，其感有不同耳。成甫中年人，有樓聽雨，吾意其與在僧廬之下者同其情，成甫乃曰：「吾聽雨，吾知在吾之樓而已。」遂書。竹山姓蔣，名捷，字勝欲，義興人。卷中諸先輩詩詞，清新雅麗，此首亦足配之。調寄《虞美人》，吴門韓奕。（節録自同前「王叔明《聽雨樓圖》」）

二三　韓奕，字公望，吴之良醫也。始與名僧遊，所云蔣竹山，則義興蔣氏也，以詞章名世。其清新雅麗，雖周美成、張玉田不能過焉。（節録自同前「聽雨樓諸賢記」）

二四　鮮于困學楷書：學官選退拱北樓，《水龍吟》一首呈漢臣學士，漁陽鮮于樞再拜：「倚空金碧，崔嵬鳳山，直下如拳小。仰瞻天闕，北辰不動，衆星環繞。喚起羣聾，銅龍警夜，靈鼉催曉。自鴟夷去後，狂瀾未息，從此壓，潮頭倒。回睨呀然雙壁，問遺蹤劫灰如掃。三吳形勝，千年壯觀，地靈天巧。航海梯山，獻琛効貢，每繇斯道。惜無人健筆歌謠，託盛事，東南好。」右楷書（同前書卷九）

二五　長愛秦郎絕妙詞，荒寒暗合輞川詩。斜陽萬點寒鴉處，流水孤村又一奇。丙午清明羅志仁題。（節録自同前「趙文敏《水村圖》卷」）

二六　《水村隱居圖記》：余由淮水來吳，會客於季道陸翰林之宇下，近十年，知其別墅在淞江之南，汾湖之東，欲往遊，未能。每思寬閒寂寞之濱，得與鱸鄉蟹舍隣接，庶城市委巷偪仄之懷有所託以紓焉。季道悉余志，為卜築於別墅之傍，至則聚書其中，以自怡悦。屋後汴水清澈鑒毛髮，居人類汲以飲。時有鷗鳥舞而下，若相忘於江湖，可取以玩也。異時子昂趙集賢為作《水村圖》，林樾庇乎茆屋，略彴横乎荒灣，秋風鴻雁夕陽，網罟短櫂延緣葦間，不聞拏音。迹其意匠，圖寫於大德壬寅，迄延祐甲寅，十又四年，景物處所宛然，不異於今所居，事固有不相期而相符若是然者。季道汎舟往來吾廬，手叢書一編，筆床茶竈之風流故在，明月之夜共載以遊。撫清絕之區，得詠歌之趣，或能追皮、陸清事，可乎？噫！予老矣，方將捐書學釣，容與於煙波之上，而為之歌曰：「舟摇摇兮風嫋嫋兮，波鱗鱗兮鷗翩翩兮，扣舷漁歌兮孰知其他兮。」歌已，遂書為《水村隱居記》。延祐乙卯季夏望日，通川錢重鼎記。「四野漫漫水接天，孤村林木似凝煙。莫言此地無車馬，自是高人遠市塵。」學生哲理野臺謹題。

水村清泠，木落遠山開。「草草三間屋，愛竹旋添栽。碧紗窗外，眼前都是翠雲堆。一月山翁不出，連雪煮茗共傳杯。有客只愁無酒，有酒又愁無客，酒熟且徘徊。明日人間事，天自有安排。」「喚家童，開門看，有誰來。客來一笑，清話築，適與此詞同。如今不是畫，真在水村中。」延祐丙辰十一月十又一日，郭麟孫題。（節録自同前「趙文敏《水村圖》卷」）

二七 《水村歌》：損脱數字，因不録。延祐丙辰偶賦此，十月七日訪湖天學士，遂到水村先生寓居。煙水蒼茫間，適與此詩相（脱「似」字），俾書。下有脱落。龔璛。「翰林妙寫溪村趣，荷屋知何處。溪翁想像住溪灣，一笑如今家在畫圖間。西風門掩蘆花溆，聊與漁樵伍。人間不信有張翰，剪取吴淞空向卷中看。」延祐丁巳中秋日，德鈞携此卷，俾賦小詞，為題《虞美人》一闋。湯彌昌師言。

（節録自同前「趙文敏《水村圖》卷」）

二八 《依緑軒記》：季道為甫里賢子孫，余久客其門，束書相隨於汾湖。余居其第宅東偏，池上架屋，亢爽，扁「依緑」，俾二三子於焉澄懷滌慮，誦詩讀書，暇日倚闌俯瞰，魚行鏡中，無遯形，天寒水落，石嶄然□（當作離）列。其涯可坐而釣，其流清澈滉瀁，非斷港絶潢，居然有濠濮之想。余嘗獨立蒼茫，欲窮水脉之所自來，第見短蓬拂蘆葦叢，往來烟波之上，若鳧鷺然，悠悠乎不知其所之。中秋雨歇，夕陽依依，季道謂余曰：「此距汾湖數里，子能共載遊否？」遂呼輕舟汎中流，雲破月出，水月上下輝燭，照徹肝膽，徘徊者久之。東望檇李，渺然有無間。汾湖水之半舒舒焉，西南而趨第宅之傍，不為所吞而資其所潤，故其積停者得以為沼、為沚，演迤於闌檻之下而不去，岐而東西以逝者，其為澤？抑為川乎？然觀水有術，必觀其瀾者，非耶？二三子睇流動而得固有之智，詠淪漪而識其自然之文，因盈科而進，悟成章而達，未必不為藏脩遊息之一助，某水某丘，童子釣遊，云乎哉！余老學落，不工於文，姑記其勝，為季道言之，曰：「子之言不虛。」其書為記。延祐二年正月望日，通川錢重鼎記。「楊柳絲絲兩岸風，前村溪路遠，小橋通。人家依約水西東，舟一葉，移向葦花叢。清景迥涵空，好山青未了，暮雲重。是誰驚起幾征鴻，天然趣都在，畫圖中。」《小重山》，合肥束從周。（節録自同前「趙文敏《水村圖》卷」）

二九　右《水村圖》詩文凡五十五首，名輩四十七，再題者七人，如陸祖允等一十二人，文多不録，列名於後。卷中載二黄公詩，謄於末後者，為宋之金紫光禄大夫挺之諸孫，寔懷之遠祖也。光禄公自閩之建安來尉吴縣，遂世居聚山，丘隴悉在焉。百年以降，譜系不輯，世代失詳。余輩淪落不振，豈勝秋風黍離之感哉？起廢興衰，深有望於後人，故表而出之。悲夫！嘉靖癸卯孟夏望日，不肖諸孫懷抆淚再拜。書卷中詩文失録者一十二人：陸祖允，陸祖宣，梅塘吴延壽，束從大，束復之，松陵葉齊賢，俞日華，曹復，朱梓瑞，徐闢，真定門生王鈞，錢以道德鈞姪，湯彌昌《祝英臺近》。（節録自同前「趙文敏《水村圖》卷」）

周嬰詞話

周嬰，字方叔，莆田（今屬福建）人。弱冠負才名，嘗著《五色鸚鵡賦》，巡撫朱運昌見之，嘆賞。崇禎庚辰以貢授上猶令，未三載致仕。歸著《遠遊篇》、《巵林》。《巵林》四卷，體近類書，而考訂經史，辨證頗為該洽。此據《湖海樓叢書》本録詞話六則。

一　蘇小：《芥隱筆記》引白樂天詩：「揚州蘇小小，人道是天斜。」天音，伊邪切。疑之曰：余在晉安，遇陳士傳，將為西湖之隱，作詩送之，中云：「釃酒頻遊蘇小墓，載書時泛議曹湖。」既去，偶見白公此語，深悵使事之誤。更憶樂府《錢塘蘇小小歌》：「妾乘油壁車，郎騎青驄馬。何處結同心，西陵松柏下。」《解題》曰：小小，南齊時錢塘名娼也。《才調集》：温飛卿《蘇小小歌》云「家在錢塘小江曲」。《香奩豔語》：蘇小小墓，或云湖曲，或云江干，今西陵在錢塘江之西，云江干近是。沈原理《蘇小小歌》：「西陵墓下錢塘潮，潮來潮去夕復朝。」則予非誤矣。又繙《春渚紀聞》：司馬才仲槱初在洛下，晝寢，夢一美姝牽帷而歌曰「妾本錢塘江上住，花開花落，不管流年度」云云，且曰：「後日相見錢塘江上。」及才仲中第，為錢塘幕官，廨舍後唐蘇小墓在焉。頃之，才仲復夢美姝迎笑，謂曰：「夙願諧矣。」遂同寢，自是每夕必來。同寀咸曰：「蘇小小墓妖也。」不踰年，才仲疾卒。按此，則蘇小實錢塘人。白樂天《楊柳枝》詞：「蘇州楊柳任君誇，更有錢塘勝館娃。若解多情尋小小，緑楊深處是蘇家。」則亦以為武林人，知揚州為杭字之誤也。 孫云：案白香山《餘杭形勝》詩云：「夢兒亭古傳名謝，教妓樓新道姓蘇。」自注：「蘇小小，本錢塘妓人也。」無緣忽以為揚州，近刻香山詩，《和春深二十首》作杭州，《芥隱筆記》偶誤耳，《野客叢書》卷七引白詩又作「莫言蘇小小，人道最天邪。」蓋宋本不同如此。 宋陳子兼《牕閒紀聞》：嘉興縣西南六十步，地記云晉歌妓蘇小小墓，今有片石在通判廳，曰蘇小小墓。徐凝《寒食》詩：「嘉興郭裏逢寒食，落日家家拜掃歸。只有縣前蘇小小，無人送與紙錢灰。」則小小墓又在嘉禾，豈麗媛妖姬兩地爭以為重乎？ 劉禹錫《送裴處士》詩云：「憶得當年識君處，嘉禾駬後聯牆住。垂鈎釣得王餘魚，踏芳共登蘇小墓。」夢得詠已及此，《紀聞》又非誣耳。（《卮林》卷二「疑白」）

二 《禽經》：長洲王勉夫楙《野客叢書》曰：章茂深嘗得其婦翁石林所書《賀新郎》詞，有曰「睡起啼鶯語」，章疑其誤，詰之，石林曰：「老夫嘗考之矣，流鶯不解語，啼鶯解語，見《禽經》。」余因求之《禽經》，止一卷，不載所著人名。自漢《七略》、《隋·經籍志》、《唐·藝文志》、本朝《崇文書目》皆不載，觀其洞究物理，殆非常人所爲。觀《埤雅》及諸書述《禽經》所載，而今《禽經》無之尚數十條，如鶴以怨望，鴟以貪顧，雞以嗔睨，鴨以怒瞋，雀以猜瞿，燕以狂盻視也，鷽以喜轉，烏以悲啼，鳶以饑鳴，鶴以潔唳，梟以凶叫，鴟以愁嘯鳴也，鵝飛則蜮沈，鵙鳴則蚓結，鸛俯鳴則陰、仰鳴則晴，陸生之鳥味多鋭而善啄，水生之鳥味多圓而善唼，短脚者多伏，長脚者多立。凡此在今書皆所不聞，疑《禽經》非全本，此語得之鮑夷白。余又觀之，如鷺目成而受胎，鶴影接而懷卵，鴛鴦交頸，野鵲傳枝，此見《變化論》。鶴以聲交，鵲以意交，鵁鶄以睛交而孕，此見《爾雅疏》。魚瞰鷄睨，鳥無肺胃，蛤蜃無臟，見《崇有論》。此類甚多，皆《禽經》所當收者。鮑夷白謂《禽經》非後人作，余考《古今羣書類目》，並無《禽經》，又觀《三國志》陳長文引《牛經》、《馬經》、《鷹經》及諸相印相笏等經，謂皆出於漢世，獨不聞《禽經》之説，今《崇文書目》載《馬經》、《鶴經》、《駝經》、《鷹經》、《龜經》，亦無《禽經》，疑後人所作《埤雅》，謂師曠作。　釋曰：余觀世所傳《禽經》一卷，無甚佳談，而首有胡孝轅序，云《隋·藝文志》是書不著撰人名氏，《唐志》始作師曠。案：隋、唐志未有此書，至鄭氏《通志》乃有師曠《禽經》一卷，《宋史·藝文志》：「師曠《禽經》一卷，張華注。」孝轅論篤者也，何宜疎謬如是？余謂《禽經》蓋唐、宋間好事者作，元豐時陸佃作《埤雅》，淳熙初羅願作《爾雅翼》，多所稱引，然所引皆今書所無，則勉夫疑爲殘缺者是也。《埤雅》引《禽經》曰：師曠《禽經》：青鳳謂之鶡，赤鳳謂之鶉，黄鳳謂之焉（一作鳥），白鳳謂之鷫，紫鳳謂之鷟。又曰：乾皋斷舌則坐歌，孔雀拍尾則立舞，人勝之也。孫云：此下尚有「鸞入夜而歌，鳳入朝而舞，天勝之也」三句。又曰：一鳥曰隹，二鳥曰雔，三鳥曰朋，四鳥曰乘，五鳥曰雇，六鳥曰鶂，七鳥曰鳦，八鳥曰鸞，九鳥曰鳩，十鳥曰鶉。又曰陸鳥曰棲，水鳥曰宿，獨鳥曰止，衆鳥曰集。又曰：冠鳥性勇，帶鳥性仁，纓鳥性樂。又曰山禽之味多短，水禽之味多長，山禽之尾多修，水禽之尾多促。又曰：鷹好跱，隼好翔，鳧好没，鷗好浮。又曰：鵬以周之，鷲以就之，鷹以膺之，鶻以搰之，隼以尹之。又雖上無尋，鷚上無常，雉上有文，鷃上有赤。又旋目其名鷃，交目其名鳽，方目其名鴋。又曰：鴈曰翁，鷄曰鴹，鶉曰鷹。又曰：霜傳彊枝鳥以武生者少，雪封枯原鳥以文死者多。又鸛鶤之信不如鳥，周周之智不如鴻。又鴻鴈愛力，遇風迅舉；孔雀愛毛，遇雨（一作風）高止。又曰：鵝見異類差翅鳴，鷄見同類拊翼鳴。又暮鳩鳴即小雨，朝鳶鳴即大風。又拙者莫如鳩，巧者莫如鶻。又鷹不擊伏，鶻不擊妊。又鵲見蛇則噪，而賁孔見蛇則宛而躍。又曰火為鶉，亢為鶴。又鶴愛陰而惡陽，鴈愛陽而惡陰。又曰烏向啼背棲，燕背飛向宿。又曰雀交不一，雉交不再。又□者不上桑欃，活者不下荏。又鵜鳥不登山，鶮鳥不踏土。又夏鵲生鶉，楚鳩生鶚。又曰鷺啄則絲偃，鷹捕則角弭。又曰：淘河在岸則魚没，沸波在岸則魚涌。《爾雅翼》引師曠《禽經》曰：鳥之小而鷙者皆曰隼，大而鷙者皆曰鳩。又烏鳴啞啞，鸞鳴噰噰，鳳鳴喈喈，凰鳴啾啾，雉鳴鷕鷕，雞鳴咿咿，鶯鳴嚶嚶，鵲鳴唶唶，鴨鳴呷呷，鵠鳴咭咭，鵙鳴嗅嗅。又曰其足，鴐謂之蹼，鴨謂之蹹，雞謂之距，鷹謂之骹，鵃謂之脛，鵬謂之鵩。又却近翠者能步，却近蒲者能躑。又曰：鶴生三子一為鶴，鳩生三子一為鶚。又曰：鶴老則聲下而不能高，近而不能寮。又曰：鷹鷄多秋生，雉鷄多冬死。又蜀不獨宿，鸝必匹飛，鵙必單棲。又曰：雅以鳴鳴鳳，鳳以儀儀雅。又曰：朱鳶不攫肉，朱鷺不吞腥。

又曰：鷥好風，鸝好雨，鶫好霜，鷺好露。《埤雅》引之則作颺好風，鸕惡雨，鶴好霜，鷺惡露，凡此皆今書所闕者。至如鶴以聲交而孕，鵲以音交而孕，鵁鶄以睛交而孕，鴝鵒以趾交而孕，此已出《禽經》，今書有之。勉夫以為見《爾雅疏》，《疏》何嘗有此語也？又「魚瞰雞晛」出王褒賦中，而傳之《崇有論》。案《埤雅》蚌類引裴頠《崇有論》曰：鳥無肺胃，蛤蜃無臟，蛭以空中而生，蠶以無胃而育。又螢類引《崇有論》曰：鳥無胃而生，螢無胃而育。今《晉書·逸民論》無之，惟《藝文類聚》有引《埤雅》兩稱，詞復參錯，其誤已審，且亦蠕動之類，以謂可補《禽經》，斯不然矣。（同前書卷三「釋王」）

三　人生如寄：《雜記》云：「人生如寄」，見《高僧傳》。又南齊劉善明曰：「人生如寄，來會幾何？」樂天《感時》云：「人生詎幾何，在世猶如寄。」《秋山》云：「人生無幾何，如寄天地間。」東坡云：「人生如寄爾，嶺海亦閑遊。」多用此事。本之曰：四言慨慷酸切，達生之士常以為娛，憂生之徒亦以為痛。陸佐公《思田賦》曰：「感風燭與石火，嗟民生其如寄。」郭景純《不死樹贊》曰：「萬物暫見，人生如寄。不死之樹，壽敝天地。」張茂先《遊獵篇》曰：「人生忽如寄，居世遽能幾？」曹子建《仙人篇》曰：「人生如寄居，潛光養羽翼。」魏武《善哉行》曰：「人生如寄，多憂何為？」古詩曰：「人生忽如寄，壽無金石固。」古人蓋遞相承襲也。然《尸子》引老萊子曰：「人生天地之間，寄也。」寄者固也。《淮南子》：禹南濟於江，黃龍負舟，禹熙然而稱曰：「吾受命於天，生，寄也；死，歸也。何足以滑和？」諸家皆用老萊、夏后語耳。《北齊書》：後主於黎陽臨河築城戍，曰：「急時且守此，作龜茲國子更可憐，人生如寄，唯當行樂，何用憂為？」此語悲壯，可入宋人曲。（同前「本朱」）

四　靺鞨：楊用修曰：靺鞨，國名，古肅慎地。其地産寶，大如巨栗，中國謂之靺鞨。文與可《朱櫻歌》云：「金衣珍禽弄深樾，禁籞朱櫻班若纈。上幸離宫促薦新，藤籃寶籠貂璫發。凝霞作丸珠尚軟，油露成津密（當作蜜）初劃。君王午坐鼓《猗蘭》，翡翠一盤紅靺鞨。」葛魯卿《西江月》詞云：「靺鞨斜紅帶柳，琉璃嫩緑平橋。人間花月見新妖，不數江南蘇小。」二公詩詞皆用靺鞨事，人罕知者。　陳氏《正楊》曰：唐代宗時，楚州尼真如李氏者得天寶，曰紅靺鞨，大如巨栗，赤爛若朱云（當作櫻）。見楚州刺史鄭輅記。　《唐書·外國傳》：靺鞨附勿吉國下，亦不云出寶也。　《瀛涯勝覽》云：靺鞨國，西瓜一枚，二人舉之，今紅子西瓜可云靺鞨乎？　廣之曰：《韻會》云：唐黑水靺鞨，古肅慎地。《唐寶記》：有紅靺鞨大如巨栗，以靺鞨地産寶石也。用修説本取黄氏，按《杜陽編》曰：尼真如得八寶，二曰紅靺鞨，大如巨栗，赤爛若朱櫻，視之可應手而碎，觸之則堅重不可破。此有朱櫻字，故與可歌用之。《廣異記》曰：乾元中，江淮度支率商旅五分之一，有波斯胡人率一萬五千貫，腋下小瓶如拳，問其所貯，詭不實對。揚州長史鄧景山問之，胡云：「瓶中是紫靺鞨，得之者為鬼神所護，入火不燒，涉水不溺，有其物而無其價，非明珠雜寶能及也。」又率一萬貫，瓶中有珠十二顆。二書所稱似皆類珠，而《韻會》謂之石。《舊唐書·肅宗紀》曰：上元二年，楚州刺史崔侁獻定國寶玉十三枚，七曰紅靺鞨，大如巨栗，赤如櫻桃。則又以為玉。然曰如栗，則為珠類近之。而《太平廣記》三百四十卷載李景亮作《李章武傳》曰：李章武，字飛，中山人。生而敏博，時人比之張華。貞元三年詣華州，悦其舍人家婦而私焉，既別八九年，自京師訪之，婦没矣。章武具飲饌呼祭，二更，婦至，迎擁攜手，款若平生。至五更，仰望天漢，嗚咽悲怨，於裙帶上解錦囊，取一物贈之，其色紺碧堅密，似玉而冷，狀如小葉（一作栗），章武不識，婦曰：「此所謂靺鞨寶，出崑崙玄圃中，彼亦不可得，妾近於西岳與玉京夫人戲，見此物於衆寶璫上，愛而訪之，夫人遂解以相授，云洞天羣仙每得此一寶，皆為光榮。以郎奉玄道有精識，故以投獻，願常寶之，此非人間之有。」遂贈詩而別。後章武至東平丞相府，因召玉工視所得靺鞨寶，工不知，不敢雕刻。及使大梁，又召玉工因其形雕作槲葉象。奉使上京，每貯懷中，至市，偶見胡僧近馬叩頭曰：「君有寶玉在懷，乞一見。」僧捧玩移時，云：「此天上至物，非人間有也。」則又非玉非珠矣。《隋書》曰：波斯國出瑟（一作琴）瑟，呼洛羯吕騰火齊，所謂呼洛羯，疑靺鞨之類。又女國王姓蘇毗，字末羯，末羯當與靺鞨同，蓋亦以異寶為字也。晦伯譏用修，言出挹婁而不能證其産自玄圃，亦目睫之論乎？且肅宗以崔侁之獻改元寶應，謂在代宗時，亦誤。（同前書卷六「廣陳」）

五　歌闋：《詩乘》載《青溪小姑歌》二首，一曰：「日暮風吹，葉落依枝。丹心寸意，愁君未知。」二曰：「歌闋夜已久，繁霜侵曉幕。何意空相守，坐待繁霜落。」洗之曰：《續齊諧記》曰：會稽趙文韶為東宫扶侍，住清溪中橋，與尚書王叔卿家隔巷。秋夜嘉月，悵然思歸，倚門唱「西烏夜飛」，其聲哀怨，忽有青衣前曰：「王家娘子逐月遊戲，聞君歌聲，故遣相聞。」文韶便邀相過，女年十八九，行步容色可憐，將兩婢自隨，曰：「聞君歌聲，豈能為一曲耶？」文韶為歌「草生磐石下」，音韻清暢，深會女心。女曰：「但令有瓶，何患不得水？」顧婢子取箜篌，為扶侍鼓之，酌（一作約）兩三彈，泠泠楚絶，乃令婢子歌《繁霜》，自解裙帶繫箜篌腰，抽簪扣之以倚歌，歌曰：「日暮風吹，葉落依枝。丹心寸意，愁君未知。歌繁霜，侵曉幕。何意空相守？坐待繁霜落。」歌闋，夜已久，遂相佇燕寢。四更別去，脱金簪贈文韶，文韶報以銀椀白琉璃匕。既明，文韶出，偶至清溪廟歇，神坐中見椀，疑之，屏風後則匕在焉，箜篌帶宛然如故。廟有女姑神像，及青衣婢在前，皆夜所見者。宋元嘉五年也。按此歌本是二章，《詩紀》作一首，《詩乘》因之，而「歌繁霜，侵曉幕」句乃作「歌闋夜已久，繁霜侵曉幕」，予按：「歌闋」句乃記者之言，述其留連光景意耳。覽《齊諧志》自明，且既云歌闋，豈可入詞乎？禹金識曲者也，顧亦草草如是，若《詩歸》止選「日暮」四句，乃棄其半也。《詩乘》又云：此歌本在宋，而小姑晉人，晉清商有《青溪小姑曲》，因附晉，予謂此叔庠假託為詩，何暇辨其真晉、宋？且黄能之魄，晉世始聞白馬之神，五季方著，可附之虞日魏年乎？《異苑》曰：青溪小姑，蔣子文第三妹，子文，孫氏時人，毋乃當復附吴耶？按《齊諧》未嘗言，是青溪小姑之為説，乃諸家俱失之矣。（同前書卷七「洗梅」）

六　南雲東雲西雲北雲：《吹景集》曰：晏元獻公詞：「鴈過南雲，行人迴淚眼。」庚溪引南雲北鴈語，誤以江總為文通。陸士龍《贈曼季》詩：「聲播東汜，響溢南雲。」又《真誥·東華靈妃歌》云：「彈璈南雲扇，香風鼓錦披。」江令詩亦其餘唾，然不獨南雲可紀也。阮嗣宗《大人先生傳》：「來東雲，駕西風。」陶徵士《答龐參軍》詩：「依依南楚，邈邈西雲。」文通詩：「北雲竦征人。」讀書不半，袁豹妄甲乙，古人諺所云「少所見，多所怪」、「見橐駞，言馬腫背」也。余昔有《西雲》詩曰：「誰其俟公弋，延領閔康侯留西雲。但懷徑寸璜，日與漁子羣。」客謬謂此語可陵江匹阮，殊過情，差或免杜撰耳。江總《揚州九日》詩引《吕覽》云：「雲氣西行，水泉東流。」申之曰：「心逐南雲逝，形隨北鴈來。」江總《揚州九日》詩也，然不獨一再見。沈滿願《昭君歎》詩：「情寄南雲返，思逐北風還。」魯秀奉辭南平王曰：「近係南雲，傾屬東日。」謝靈運《勸伐河北書》：「注心南雲，為日已久。」宋太祖《北伐》詩：「不覩南雲陰，但見胡風起。」陸雲《九愁》云：「眷南雲以興悲，濛東雨而涕零。」陸機《思親賦》曰：「指南雲以寄款，望歸風而效誠。」又袁豹《檄蜀文》：「豈不遡誠南，凱延首東雲。」此皆昔人之緒言也。唯西雲、北雲，作者罕及。謝朓《曲池歌》曰：「浮雲自西北，江海思無窮。」梁簡文帝樂府：「浮雲西北起，孔雀東南飛。」虞世基《初渡江》詩：「無復東南氣，空隨西北雲。」王胄《酬陸常侍》詩：「何言西北雲，復覩東南美。」則合西北為詠也。楊乂《雲賦》曰：「東西絡繹，南北油裔。」鄭玄箋《東門》之詩曰：「如雲者，如其從風東西南北也。」《墨子》曰：「夏后開使翁難雉乙卜於白若之龜，乙言兆之繇曰：『亨矣，逢逢白雲，一南一北，一西一東，九鼎既成，遷於三國。』」則四方之雲形矣，然此語起於夏啓之時，厥亦古哉！（同前「申董」）

朱朝瑛詞話

朱朝瑛，字美之，號康流，又號罍庵，海寧（今屬浙江）人。崇禎庚辰進士，官旌德知縣。歸，專事窮經。所著有《正誼堂詩集》《金陵遊草》、《五經略記》、《罍庵雜述》、《讀書略記》。《罍庵雜述》二卷，隨其所偶得，雜書成帙。此據《四庫全書存目叢書》影印清康熙十二年周煒等刻本録詞話一則。

一　古人只以韻脚為一調之主，雖有散聲疊字，亦間見一二而已。至靡曼之音作，而散聲疊字不勝其煩，則以字實之，而句法之參差由此始矣。于是以音節之舒促判音律之高下，以務頭之抑揚辨聲調之乖協，强而名之曰正宫、曰商調、曰黄鐘、曰中吕，而疑似淆雜而不可致辨者甚多，則唐宋之詞、元朝之曲是也。（《罍庵雜述》卷下）

趙士喆詞話

趙士喆（?—一六五五），字伯濬，東萊（今山東掖縣）人。縣貢生。甲申避兵松椒山，遂不歸，與弟子董樵耦耕海上。去家五百里，終身不一至。著《東山詩史》、《建文帝年譜》、《遼宫詞》、《石室詩談》等。此據齊魯書社整理出版的《全明詩話》本《石室詩談》録詞話二則。

一

《石室談詩序》：詩莫盛於《三百篇》，談詩者莫精於孔、孟。孔子曰：「可以興，可以觀，可以羣，可以怨。」孟子曰：「以意逆志，是為得之。」則詩之妙盡矣。或以鄭、衛之音猶存於册，則聖人之所册删者何居？此不解詩為何物者。古詩蓋三千余篇，其出於公卿大夫者什之三，出於閭巷士女者什之七，原不必盡堪傳世。其朝廷稱頌之詞，或美過其實，或文盛其質。不過如魏、晋、盛唐侍宴早朝之類，其閭閻之作，鄙野不文，互相重複者，視燕、趙歌謡且不逮，如是則不足興，不足觀，以意逆志，亦索然無味矣。故特删之，而存其可以動人者垂之竹帛。聖人之删，雖不若後人之選本專尚詞華，然必取夫詩之理、詩之詞、詩之情、詩之法而參酌焉。迄今雅頌之章懸諸日月，十五國風言人人殊，無不令人起舞。昔人所云「寫難狀之景於目前，含不盡之意於言外」，蓋有超出於《昭明文選》，唐人選唐，及宋人之《詩準》、《詩翼》，明人之《詩删》、《詩歸》且百倍者，聖人之品藻不可及也。山陰徐渭論詩言「讀者如冷水澆背，陡然一驚」，此便是興觀羣怨。自四言變為選體，又變為歌行律詩，對偶精工，未免以文害辭，以辭害意。然真能得孔、孟之旨者，即對偶中自饒神理，不惟律絶不異於風雅，宋詞元曲亦原不異於律絶，此吾談詩之第一義也。若夫按時代以辨體裁而衡工拙，條分縷晰，更僕難數，於是採往哲名言，友朋緒論，及管窺之偶得者，彙為一帙，既以自勵，亦使後人得以觀覽焉。癸未仲春東萊趙士喆伯濬甫識。（《石室詩談》卷下）

二　宋詩乃不及其詞，元詩乃不及其曲。宋之詩乾燥支離，不如其詞之温秀；元之詩矜持拘促，不如其曲之縱橫。非獨其才之有偏至也，聲音之道，在殷、周則為雅頌，東遷以後則為風，楚則為騷，漢、魏則為樂府、五言古，唐則為律，宋則為詞，元則為曲。蓋隨氣運為升降，而作者不知精氣為物，遊魂為變，雖改頭换面，而性靈猶存。彼漢之騷，齊、梁、陳之五言古，唐之樂府，宋之詩，元之詞，則精華已竭，褰裳去之，正如丹青之妙，在古惟士女、馬牛、佛道、鬼神，至唐乃始有金碧山水，宋始有花草禽蟲，元始有潑墨山水，極文人之雅。致士女鬼神及禽蟲設色之精工者，不復留神，皆付俗工之塗抹，顧、陸、張、吴之遺蹟，轉轉摹擬，而神理之亡久矣。有欲取《西厢》繼《楚詞》，而不取《九思》、《七諫》，以《水滸傳》繼《史記》，而不取陳壽《志》與范曄《書》，語雖不經，而有深旨，皮相者何足知之？（同前）

鄒樞詞話

鄒樞，字貫衡，號酒城漁叟，吴江（今屬江蘇蘇州）人。行蹟不詳，明末在世。撰《十美詞紀》，云十美，而實只有九位美人，或原有缺漏。所紀或為家中侍婢，或為歌妓，追憶交往之事，末各賦一詞詠之。此據《香豔叢書》本録詞話十則。

一

詠王獻之桃葉之歌，吟蘇子瞻柳綿之句。玉局詞人，猶迷水盼。金蓮學士，尚罥蘭情。七賢亭琴酒宵陳，百美圖嬋娟曉起。霞粧星靨，攬菱鏡之春雲；金鳳銀鵝，試舞衣之秋襞。翡翠樓前，競解紅鸞之珮；鴛鴦渚畔，時抽絳樹之簪。至若遇花奴於小曲，譽重憐憐；逢蕊女於幽坊，名高盼盼。欲襧香箋而詠柳，酹粉筆以題梅。謝秋娘之雅調，不肯送客淇間；霍小玉之風情，豈願數錢河上。欲脱煙花之籍，思依龍鳳之賓。無何而梁園榛莽，金谷灰塵。烏衣燕子，飛入遠近人家；凝碧優伶，散往尋常巷陌。宜春院風流雲散，猶存李白酒樓；走馬臺燼滅煙消，誰識盧仝茶館。文簫翠笛，俱歸山水清音；豔曲濃歌，都付漁樵新話。捒殘編而書農譜，執秃管而寫牛經。瞻星望氣，誰為識寶之英賢；擲果分綃，翻憶憐才之窈窕。展三冬而抒采，續藻云乎哉；列十美以填詞，感慨係之矣。辛酉初夏，酒城漁叟自序。（《十美詞紀》）

二 巧蝴蝶：余在襁褓，即外祖母撫育。十二歲，外祖母憐余深夜讀書，無有伴者，乃命媒婆莊媪以三十金買得徐氏一女，年十二，眉目秀麗如畫，以七夕來，呼為阿巧。數日後，巧垂泣，告余母曰：「我非徐氏女，乃某族之某房女也。」余母大駭，即命莊媪召其母至，曰：「我與汝家係至戚，豈可為此事？若論中表，我與汝，兄弟也，令愛與我之子女輩，亦兄弟。」遂備酒同拜，皆以兄弟相叙。巧敏慧，詩詞寓目，三遍即熟。好畫蝴蝶，若有滴水在案，即隨水畫蝴蝶形。閑則研朱砂濾青花粉，買白箋描畫蝴蝶，到後園撲取活者置室中，掩牕户以扇逐之，觀其飛舞之態，於是畫愈工。余母常以素綃製新樣裙，命之畫，服之，風吹裙帶，蝶若翩舞，見者歎絶，呼為巧蝴蝶。一日，與侍女海棠同宿，余作歌嘲之曰：「巧蝴蝶，作盡風流業。若到花叢伴海棠，花神定有勾魂帖。」巧因自嘲曰：「巧蝴蝶，欲畫心終怯。高飛難近寶釵旁，低飛且隱湘裙摺。」嗣後更不復畫。會東城伍學憲有公子字存敬者，中年少嗣，欲娶偏室，先於横塘綵雲莊上構造鴛鴦樓，雕甍畫棟，為瀟湘緑綺牕，琪花玉樹，交映前後，以見金屋貯嬌之意。然後謁余父求巧，以一百金為聘，余母厚備粧奩，如親生者。去後，慰問不絶，曾以柿蔕綾一方作小楷，備叙姊弟相依之義，風雨聯吟之情。後附《意難忘》詞三首，外有水晶圖書二枚，金陵色箋一匣，西洋白苾布一疋，水沉香三兩，遺余，余偏示兄弟，皆為慘然。余以南京花緆一端，犀簪一枝，取桃花淺色絹，作小楷述舊意，和其詞韻答之。甲申、乙酉歲，余兄弟避亂于鄉，明年歸城，而音問疏矣。「借梁園金谷，培養瓊肌。珠作唾，玉為啼。道爨堂女婢，聰明侍鄭，槐扉根葉，窈窕名崔。蝶譜時窺，鳳毫輕點，巧奪滕王孰與齊。粉字吟、梅和雪寫，碧箋詠、柳帶煙題。鶺渚遺簪，淚曾共湘簾吹絮，倚簫選夢，多少事、説著眉低。青嶂隔，紺園迷。釭花夜笑，往恨重題。辭春閣，鳳樓鏁珮，影伴香溪。鴻音憑紙待尋蹤，南浦橫塘待渡，踏遍雲堤。」《春風嫋娜》（同前）

三　如意：余年十五，外祖母以二十五金買一女，名如意。年十四，色態俱絶。外祖母於寢室旁闢一小軒，俾余夜誦。女洗硯擁書，拂几掃榻，瑩潔一塵不到，余甚喜之。如是者一年，余偶於書中得《西廂》，有紅硃評點；余笥中有《花間集》，亦以硃筆批閲。余疑此處更無人到，出自誰手？乃呼女問之，女笑不答。余曰：「此必汝所為，吾觀汝非尋常女也，曾讀書否？」女曰：「我南城織户陸氏女，七歲鬻於顧氏家，主憐我聰穎，命我入館伴讀。主母延女師訓諸姑，師姓沈，嘉興秀水人，工詩詞，盡心教我，以故詩詞頗曉。」余曰：「何又來此？」女曰：「主母以我長成，恐家主見留，乘家主赴杭，立命陳媪轉鬻於此。但家主恩深，不得一辭為恨耳。」乃嗚咽淚下。余因檢其奩中，得詞，調《生查子》，詞云：「粧罷倦臨帷，燕語鶯聲寂。誰與伴香奩，一卷《花間集》。　瑣細製芙蓉，旖旎薰安息。枉自足風流，没個人憐惜。」余笑之。含羞索去。及余十六歲，秋夜將半，酒微酣，呼女曰：「我欲為《西江月》詞，汝為我聯去。」因指燈曰：「金粟初垂一穗。」女即曰：「銅壺已報三更。」余曰：「梅花繡帳影摇燈。」女曰：「可是芳魂未定？」聯未畢，外祖母以夜深催寢，女去，余亦睡。從此吟詠，或詩或詞，幾於盈篋。余長兄一日潛至余寢所，啟篋，一見袖去，泄之於母，母大怒，呼余責曰：「我望汝讀書，汝但為詩詞，狎昵奴婢。」乃立命莊嫗遣女去。適有杭宦娶妾，許之，女臨別更無一言，惟以繡花汗巾挽結數十，擲我而去。余悽惋至今，不能去懷。「紗牕夢未醒，簫聲斷，遥憶玉嬋娟。記美髮未齊，嫩鴉初握，步蓮堪印，小鳳新彎。銷魂處、流波傳細語，低翠掠煙鬟。薛氏校書，芙蓉養紙，崔家録事，芝髓封編。草蕙蘭、佳句相嗚，和巧樣、卵色魚箋。誰是多才情種，我見猶憐。歎輕鴻甫就，銀屏生暖。彩鸞旋去，繡榻重寒。多少愁霜悲火，頭上心前。」《内家嬌》（同前）

四　陳圓：陳圓者，女優也。少聰慧，色娟秀，好梳倭墮髻，纖柔婉轉，就之如啼。演《西廂》，扮貼旦紅娘脚色，體態傾靡，説白便巧，曲盡蕭寺當年情緒，常在予家演劇，留連不去。後為田皇親以二千金酧其母，挈去京師。聞又屬之某王，寵冠後宫，入滇南終焉。「濃點啼眉，低梳墜髻，聲驟平康。苔翠氍毹，花紅錦毯，趁拍舞霓裳。雙文遺譜，風流誰解，卿能巧遞温凉。香犀挽、生綃淡束，幾疑不是當場。星回斗轉，芳筵已散，倦餘嬌憑牙牀。玉版填詞，瓊簫和曲，粉脂尚殢紗牕。鈿車催去，燕台程遠，鼓鼙進噪漁陽。風塵老，蠻煙遠隔，信音渺茫。」《永遇樂》（同前）

五　卞賽：卞賽，金陵樂部伎也。工詩，好畫蘭，寓虎邱山塘白公堤側。幕而邀之者，香車畫舫，不絶於道。常以金陵十竹齋小花箋、閶門白面圓箑畫蘭，邀余題詩，余信筆題就，頗愜其意，每以十竹齋朱砂印色及水沉香等贈余。不好華飾，不輕與人狎，似良家婦。後為杭宦取去，生一子，聞已為顯宦矣。「清剪冰華，香團雪彩，淡絶秋娘風度。青粉牆頭，門對白堤雲樹。開曉幕、茉莉來時，臨涼檻、木瓜馨處。展鵝箋輕掃叢蘭，白瓷斟茗篆煙午。　堪憐江夢未杳，曾草湘蕤麗句。欣附芳譜。擬結同心，又值賦驪情苦。空撇下、萬卷霞綃，覓西樓一塘春雨。問何年，重見風流，小牕深夜語。」《綺羅香》（同前）

六　沙才：沙才者，金陵歌院伎。家桃葉渡，風致淡雅，工詩。余赴南闈，曾至其室。見其小軒中位置花石，几上有自評唐詩及《花間集》，丹黄雜采，不忍釋手。後徙至蘇，寓虎邱山塘。常以閶門雲母箋裁斗方吟小令，作蠅頭楷贈余索和。余取宣德㕑，以碎砝研粉砑光賦詩《一半兒》十首答之，喜甚，藏之金陵紫檀鈿盒中，每見，出以示余，吟詠不置。余家每有小飲，必招之，彼必辭他客而來。後金陵院樂中有侵其舊居者，姥載女歸故曲，遂不復至蘇矣。「相臺録事，韋曲司書，仙藻憑纖手。冷金箋剖，兔毫嫩，常伴翰林千首。碧衫唾皺，早看盡、閶門楊柳。賦小詞、題遍鮫綃，滿路颸香蔻。　何意憐才贈玖，寫回文短幅，春情先逗。微波暗溜，相憐處、為我客前辭酒。傍奩未久，又鼓棹石城渡口。想到時、懶唱桃根，人似黄花瘦。」《解語花》（同前）

七　梁昭：梁昭，吳門妓也。姿色絶麗，酒微酣，兩頰紅暈，望之如桃花士女。時吳門有徐六度曲，俞愛之撥阮，汪君品玉簫，管伍吹管子，為歌壇絶頂。昭師事徐六，學度曲，不逾年，精妙反過於徐。諸樂中惟管子合曲最和協，而管伍之管，其細如縷，昭動口，簫管稍低於肉，聽之，若只知有肉，而不知有簫管也者，而簫管精蘊暗行於肉之中，偷聲換字，令聽者魂消意盡。虎邱中秋夜，勝會畢集，若昭等不來，皆以此夕為虛度。後適一錢姓者，錢以事繫獄，將死，昭殉身以報，投繯於尼巷。時人皆稱其烈焉。「荳蔻衣香，芙蓉笑譜，小立春風門巷。蜻蜓碧淺，魚子紅深，可體縠紋三兩。户外亂擁雕輪，陪宴蘭臯，繫舟湖上。把瓊簫漫品，錦箏微撥，遏雲聲響。還自結顧曲周郎，哀絲豪竹，心力盡消歌唱。誰知燕燕，不信鶯鶯，烈骨竟藏鴛帳。思守藁砧，又因金谷摧殘，墜樓悲壯。女丈夫櫬在吴門，堪與要離同葬。」《惜餘春慢》（同前）

八　李蓮：李蓮，吴門妓也。姿色纖麗，少有渴病。年十九，以患熱，不出見客。常以小札招吕湘煙及余至其家，蓮靚粧豔服，迎坐小軒，設餚饌精美，行酒政遞花催板，竟夜無倦容。撥絃索，唱《西廂》「草橋驚夢」，歌徹首尾，宛轉瀏亮。媽憐惜，不使之畢，而蓮不顧也。是歲秋，復招我二人，見其面龐消減，香腮印紅，仍具酒，垂淚而言曰：「我病已久，向之與君盡歡者，勉力以報知心，故不覺其憊也。今則不能矣，請君一訣，幸毋悲切。」於是取絃索，歌《新水令》闋，氣短而止，持袂嗚咽不勝。逾數日，逝矣。予作《招商曲》以挽之，湘煙賻之甚厚，至今言及，猶悵悵云。「鴛樹凝愁，珠樓墮影，慘慘啼紅幽夢。扇冷桃花，把香車誰控。掩坊曲、常自瓊梳懶掠，粉椀梅鈿膠凍。單鵠離鸞語，此生休弄。憶芳筵，曾受憐憐重。扶衰體、笑解春風鞚。勉強撥施，搊箏苦、霜飈吹送。葬西阮、近在真娘塚。簫聲斷，零落歌紈鳳。問誰念、小玉情真，賦招魂是宋。」《拜星月慢》（同前）

九　朱素：朱素者，北濠名妓也。色調稱絶，好酒，然不遇知心不飲也。余常結俠友數人為連夜飲，時有張孟恭、劉默生、吕湘煙、陸森玉等，而素亦與焉。素愛惠山雪酒，每飲，必瓷壜屢易。坐客或有倦睡受罰者，而素卓然無惰容。後隨媽至杭，有李生往天竺，遇素於湖心亭，素款李生至家，備詢余等數人。李生歸述，蓋不勝欷嘘云。「鮫宫一縷冰絲影，亭亭幻成嬌倩。梨夢方縈，梅粧初洗，迎入宜春歌院。相逢未晚，正茂苑新鶯，白隄清管。羯鼓催樽，竹林頹玉笑稽阮。雙紅豪思誰比，酒壇臨未久，離袂旋判。南内雲痕，西湖雨蹟，暗把吴綃偷染。零箏斷扇，念影伴無多，璧沉珠掩。欲賦閒愁，未吟先意懶。」《齊天樂》（同前）

一〇　羅節：羅節，金閶女優也。為旦，色柔婉絶倫。媽以其年漸長，思得一富家兒為破瓜計，節曰：「我為名優，嗣後以所得者，酧母正多，我終身事，母幸勿預。」一日，節在余家演劇，卸杏色外衫於衣桁。余見其衣帶上繫小紫香囊，内有琥珀墜，素綃半幅，上書細字，辭義俱不可解。忙向余索去。自是年餘，節忽不見，媽遍求不得，思想成病。半載後，媽忽不見。方知其綃上所書，密約也。珀墜，贄物也。節之去，踐盟也。媽亦去，迎養也。節亦青樓中之異人矣。「縱流温傍玉，評不到，此真真。看鳳曲鶯喉，鳩驚燕舞，態盡花茵。步幄珊珊暗出，似巫峰墜下一絲雲。料想蜂狂蝶驟，自應無處藏春。誰知斂恨與收欣，却早乞閒身。看仙杼梭霞，芳屏畫草，願事情人。蘭棹五湖歸去，迓慈幃、猶念舊時恩。鏁住花心柳性，莫教飄蕩風塵。」《木蘭花慢》（同前）

南洙源詞話

南洙源，字生魯，濮州（今屬山東）人。崇禎十年進士，由户部郎出守保定。清順治時在浙江供職。此據《續修四庫全書》影印明崇禎刻本《秋佳軒詩餘》録序文一則。

一　序：蘇子瞻喜和淵明詩，弟子繇（當作曲）稱其精深華妙，與淵明比。今讀其和篇，只子瞻本色語耳。非不能肖，正不必肖也。雷威作琴，不必皆桐，遇大風雪，獨往峨眉，酣飲，着莎笠，入深松中，聽其聲，連延悠颺者伐之，斲以為琴，乃過於桐，一氣之所，旁魄安在？松之質無桐之聲，然必雷威乃能發其妙，以傳於世，有先聲而操其合者也，填詞家何獨不然？余同社月槎先生，居三山二水間，博學著書，好讀余鄉先進稼軒長短句。己卯歲，與余共事天雄，政暇登晚香堂，詠韓稚圭「老圃秋容」

之句，每留連企羡，不能已已。維時籬英初綻，觴咏相酬，余以詩，先生獨以其詞，然止窺一斑，嘗寸臠也。尋先生以備戎豫章行，始出全帙以授余，讀而大快，曰：「此非月槎之詞，乃稼軒之詞也已。」良久，則曰：「何其淺視月槎歟！」言之自稼軒者，稼軒而後陳矣，月槎烏乎肖之？抑月槎所自得者不必其肖稼軒，亦復安能不肖稼軒？殆雷威之琴有先聲而操其合者歟？雖然，長短句五百六十八闋，大都以豪爽見長，若夫柔宛緐麗，一往情深，綺語新聲，鷪鳴百囀，《金荃》遜美，《蘭畹》輸香，月槎似軼稼軒而上之，安得謂月槎所得與稼軒同也？楊升庵有言：「詞雖小技，非胸有萬卷，筆無一塵者，未能臻其妙。」馬浩瀾著《花影集》，四十餘年，僅得百篇，詞果易言哉！兹集點次甫畢，約一千一百八十餘首，不可謂不多矣。客曰：「當有評也。」余曰：我不解譽月槎，亦正不須譽。余與月槎其濯魄於冰壺，知其冷；行花陣中，知其香。然月槎不能語我，猶我不能語月槎也。於戲！至矣，抑更有進焉。稼軒紹興末屢立戰功，作《九議》暨《美芹十論》上之，皆中時務，方今騎滋驕，月槎行，且豎無前偉伐，炳朝寧而靖邊圉，當不在稼軒下，然則稼軒詎徒以詞見者哉？夫月槎詎徒以詞見者哉？庚辰夏日濮水社弟南洙源謹述於天雄之晚香堂。

史玄詞話

史玄，字弱翁，吴江（今屬江蘇）人。少艱窶，發憤為詩文。明亡，落拓不偶，鬱鬱以終。撰《舊京遺事》四卷、《帝京紀聞》二卷。《舊京遺事》存卷一、卷二，此據《四庫禁燬書叢刊》影印清退山氏抄本録詞話一則。

一　唐女妓入宜春苑者謂之内人，亦曰前頭人，謂在上前也。骨肉居教坊内，謂之内人家。今京師倡家東西苑，隸籍教坊，猶是古宜春遺意也。東苑以琴，西苑以琵琶，皆籍名勳戚，以避名客貴游之擾。亦有文物點染，藉公卿名士以得名者。然京師五方雜處，倡家獻笑，頗各不同。秦、吴異俗，楚、晉分路，人殊其方，方殊其好，倚門者各以意求之，而諸方之好無所不厭，則倡家之大都也。唐、宋有官妓侑觴，本朝惟許歌童答應，名為小唱，而京師又有小唱不唱曲之諺，每一行酒，止傳唱上盞及諸菜小唱，伎倆盡此焉。小唱在蓮子衚衕門，與倡無異，其殊好者，或乃過於倡，有躭之者，往往與託合歡之夢矣。倡家見客，初叩頭惟謹，今惟小唱叩頭，然非朝士，亦否也。小唱出身山東臨清、浙江之寧紹，朝士有提挈之者，或至州縣佐貳，次則為伶人。

李介詞話

李介，字介立，號因庵，又稱崑崙山樵，江陰（今屬江蘇）人。性狷直，不能諧世。明季詣闕獻策，不報，遂徧歷天下山川而歸。老居僧舍，貧困不支，邑令聞名訪之，匿不見，終身不婚。卒，友人陳其忠葬之。著《天香閣文集》、《歷代兵鑒》、《天香閣隨筆》等。《天香閣隨筆》原八卷，後人釐為二卷。紀鼎革間遺聞瑣事，可補史乘之闕。此據《粵雅堂叢書》本録詞話一則。

一　松陵沈自徵，字君庸，譔《霸亭秋》、《鞭歌妓》、《簪花髻》三曲，極盡豪宕激昂之致，徐文長之《四聲猿》不能及也。君庸少年裘馬，揮斥千金，負縱横捭闔之才，游長安塞外，竟不得志而死。妻張倩倩，美而慧，工詩詞，幽居食貧，常于寒夜憶夫，作《蝶戀花》一闋云：「漠漠輕陰籠竹院，細雨無情，淚濕霜花面。試問寸腸何樣斷，殘紅碎緑西風片。　千遍相思纔夜半，又聽樓前，叫過傷心鴈。不恨天涯人去遠，三生緣薄吹簫伴。」（《天香閣隨筆》卷二）

何偉然輯詞話

何偉然，字仙臞，仁和（今屬浙江杭州）人。行蹟不詳。輯著有《尺牘青蓮鈢》、《四六霞肆》，又與閔景賢輯有《快書》、《廣快書》。《尺牘青蓮鈢》集諸交游尺牘，分類而編，此據日本早稻田大學藏明香草居刊本録詞話五則。

一　良夜風清，石牀獨坐，花香暗度，松影參差。黄鶴樓可以不登，張懷民可以不訪，《滿庭芳》可以不歌矣。（《尺牘青蓮鈢》卷三「閒致」）

二　新秋雨後，會方外於舟次，池邊摇動鼓吹。清歌緩板，夾舟而渡。小妓紅衫，老僧白髮。少溪上人脱毘盧置歌兒頂上，秃頂危坐。胡肖錦狂呼擊節，諸葛仙人簫聲倚歌。韻嫋嫋，瞑兩目如瞽。張鴻臚與小妓目笑偷酒，高小江醉挹池水洗面，兩袖俱濕。泊城下，柳陰中，小奚慮酒竭，馳岸上遽取如飛。鼓吹大作，觀者若有心會。晉之宦邸荒凉，人情冷澹，無可與論心者。庭有雙槐，堦多蔓草，披襟散髮，人影相當。輒慮三徑若斯，歸無措足地矣。若得丐休，俟秋初再入都門。布衣芒履，登公堂，飲公酒，作回旋舞，唱《陽關曲》也。（同前）

三　所惠新聲，展玩至再，有以見我公不得已之情，發諸善謔。古謂長歌當哭，殊為至言。語曰：「儘把笑談親俗子，德言猶足畏鄉人。」由此言之，豈但畏鄉人而已。吾楚高士近亦兢為歌詞以自適，多惠數州，傳之，則公之珠玉布滿湖湘，陽春白雪，不足為調。（同前書卷五「文雅」）

四　王子猷呼竹為君，米元章拜石為丈，古人愛物，尚存深情。倘得美人而情不摯，此淑真所以賦《斷腸》也。故喜悦則暢導之，忿怒則舒解之，愁怨則寬慰之，疾病則憐惜之。他如寒暑起居，慇懃調護，別離會晤，偵訊款談種種，尤當加意。蓋生平忘形骸，共甘苦，徹始終者，自女子外，未可多得也。（同前書卷十二「豔情」）

五　名花見遺，當九錫以酬芳惠。羅虬《花九錫》云：「一重頂幄障風，二金錯刀前（當作剪）折，三甘泉浸，四玉缸貯，五雕文臺座安置，六畫圖寫，七艷曲翻，八美醑賞，九新詩詠。」弟欲重幄、金刀、玉缸、雕臺則無力，書畫、艷曲、新詩則無才，雖天雨甘泉，客送美醑，九缺其七，不幾蒙花以屯難乎？雖然，漢女湘妃，倘下嫁村夫野牧，亦自有消受處也。（同前「花木」）

曹勳詞話

曹勳，字允大，號峨雪，嘉善（今屬浙江）人。崇禎戊辰會試第一，授庶吉士，官至禮部侍郎。乞養十年。有《曹峨雪集》。此據《四庫禁燬書叢刊》影印明崇禎間刻本李日華《李太僕恬致堂集》録序文一則。

一　序：寸靈之舍，空無所貯，猶天宇然。於是乎萬物之變，各以其色象從杳渺中攝入，光明中映出。晶晶熒熒，紜紜賾賾，此文所繇始也。正如一氣冥濛，雙丸跳躍，且也月復有輪，日復有珥。至日精月華之所輝被凝結，上而為陰晴氣象之萬千，下而為百物之英，珍麗瑰異。生於扶桑若木之區者，不可殫詰。其最靈者，乃藴為哲人之心，大發其語言文字之用。字於文從宀從子，蓋言乎室中之化化生生，如母孕子，雖萬千億，而氤氳化醇，總是一片元氣團結而成，非類翦繒刻玉，可連綴斧鑿而能者。今有人焉，即姣好傾城，英偉絶俗，而腰股必無殊形，眉目自有定位，亦非如鬼魅之畫可意為，似吐火吞刀之術可幻為奇者，故《易》言化成歸功人文，而又必推極於天文。惟人中有天空，空一無所貯，乃能無所不貯。故文士之心，當先慎其所貯，貯章句，必不能發意識；貯意識，必不能諧事理；貯事理，必不能生靈紗。譬鏡焉，塵先掩之，何照能索？若真靈妙者，冲兮穆兮，如胎如嬰，惟以其空澹之趣出，與天光雲影相映取，則雖有景物之遷移，流略之藪匯，而當其手與心，俱攢簇奔注，恰如草長花開，雲蒸霞蔚，一時俱現，萬有同歸，斯誠哲人之極則矣！勳總髮，以制義贄吾師李九疑先生，先生輒謂孺子可語，闢館授餐，與嗣君會嘉共晨昏研席之肄。然勳性懶惚自放，所讀古今書，到手輒棄去。間與會嘉商茗射謎，品略小詞，以為喜樂。每見先生手一編，點墨研朱，殆無暇晷，雖博士家之治經勤矻不是過也。……武水門人曹勳拜。（節録自《李太僕恬致堂集》）

卓發之詞話

卓發之，字左車，號蓮旬，仁和（今屬浙江）人。行蹟不詳，明崇禎時在世。有《漉籬集》二十五卷。此據《四庫禁燬書叢刊》影印明崇禎間傳經堂刻本録詞話四則。

一

《鍾子逸詩序》：余少年得句，深自秘惜，不減長吉貯錦囊中情事。甲寅之歲，自南中携病婦歸里，簡數年藏本，則倉皇轉徙時，為蒼頭狼藉都盡，一時憒惋，殊不自堪。然自此頓識文字性空，嗣後所得，隨手擲去。十餘年來，遂不復留一字，本是慳業，翻成捨因，如龎公沉金漢水時，了無顧念態。文章宿習，藉此剗除一空。鍾小天客南中，生平藏稿為人竊去，亦復類我，聊收拾人間所傳，女史所憶，付之墨卿，如美人戳破紙窗，僅漏花香一線。然小天鍾情最深，所作情詞酸入心脾，一種色根潛伏詩裡，安知不為造物所愛？奪其嗜好，為山谷一流人，銷此泥犁業障也。因與小天期，我當向蓮花國土中賦净行詩，亦願小天向海外三峰作遊仙詩，各各了却夙願，然後稽首向人間致謝，今日攫詩人，是我兩人五欲海中大導師，破盡千生寃孽種子，一時同超三界耳。（《漉籬集》）

二　《蓮漏詞序》：禪人之目詞人曰如盲詠日，又曰如射覆盂，此千秋文士一大鑪鞴矣。然而遂以一切詞賦為障道因緣，將俗漢不解稱詩者，便得樂見照明金剛三昧耶？如傳法悟道諸偈頌，何嘗非黄絹幼婦，亦有因小玉「半詞秋波」一句而得悟者，則艷詞樂府即是古德機緣，但生盲射覆輩不得藉口耳。余于寒江舟次偶向雪照言大解脱人，自非所拘，若詞家者流，未晰玄旨，有道之言，未盡風騷，不免各墮事理二障，庶幾以詞人之詞譚禪人之禪，則隨處説法，兩不負墮。雪照遂倡為蓮漏一體，彈指而得數十首，蓋以净行之餘音而兼風人之逸響，此詞壇之梵唄，亦清泰之《竹枝》，經言一一蓮花，出三十六百千億光，普為十方衆生説微妙法，今此法音宣流，即匡山木蓮花，風漂水激時，一一葉中所放之光明也，豈必直至成佛而後轉法輪耶？（同前）

三　《相於閣初集序》：余將買山而隱，當山川曠蕩處，患無奥如之致，迨峰廻路轉，林藪既深，又恨胸襟不豁，嗜欲無極，造物無以應之。古今駕風策霆之才，與鼠肝蟲臂之思，二者不可得兼，亦正類是。吾兒少耆奇，其經生言横潰殊甚。予病其漁畋天物，不能隱伏。今來白門，閲其新詩，别鑿户牖，聲咽而徑仄，如幽崖絶壑，令人轉思龍門碣石，則又欲以《蜀道》、《兵車》諸什廣之。昔人言凌轢漢、魏，鞭撻楊、馬，漢魏、楊馬固不足效顰，然一種凌轢鞭撻之氣，則神明存乎人耳。時座客謂余言：吴姬十五歌喉艱澀，道字不正，而一綫孤香如春蕊初綻，去零落時尚遠。若銅琵琶鐵綽板唱「大江東去」，則意思都盡，感人似薄。余笑謂客，邇來祇解咏寒山文殊，拾得普賢，少時兒女子語英雄語都不復作，但聽兒輩為之，秦淮客舍夜坐，聊記此語。（同前）

四《與長孫大丙書》：汝父，古今文人第一流也，當世實未有深知者。今如此早天，此古今一大痛心事。未了之業，全在二子，汝弟尚幼，未露頭角，汝大聰明，尤所屬望苦塊之中，當泣血飲恨，努力學問，以繼書種。汝父生前無他嗜好，惟有文字一種，是其性命，今當以收拾遺文為第一事。其詩文著述，十襲珍藏，不比餘物，我欲刻之南京，特命張劍伯歸抄録一部。卓氏世家女才子集亦併抄來，原本乃汝父手跡，所存不可失也。時文尚有未刻者，亦要抄來。其已刻詩古文雜著如《懷烟堂集》一册，《中興頌》一册，《虞美人》一册，《四十二章詩》一册，《相於閣初集》一册，《花舫緣》一册，《詞統》一册。其已刻時文如《蕊淵百義》一册，《然疑草》一册，《栩調》一册，《小品》一册，《濤山草》一册，《蕊書》一册，《試草》一册，《硃卷》一册，《卓子譚經》一册。所選時文如《無可奈何集》一册，《桐風集》一册，《丁戊春秋》一册，《秋眉》一册，《蕊書》一册。前《蕊書》是自選稿，此社稿也。又《乙亥試録》一册，《齒録》一册。或尚有他刻，我一時失記者，俱每種覓一部。又每科落卷，曾經領出者，亦付抄出，莫謂此一種不必存也。至于汝父生平看過古今書籍，有經批點塗抹者，殘篇斷簡，皆為至寶。較之未經塗抹者，尤當珍惜，其餘未經批評者亦勿遺失。第一不可為人借去，如先已借去者，刻期索還。向來論古今賢子弟，必能讀父書為上，能守父書者次之，如不能守，安望其讀？便是最不肖子弟矣。

雖聰明，不足言也。我要遺文付刻，尚不竟取原本，正教汝堅守父書耳，勿負我一番叮嚀之意，即是負汝父于泉下也。其手書詩文流傳人間者及四方文人投贈筆墨，一字一句，都捃摭而收藏之。汝姿性穎異，吾所最喜，但要韜晦鋒芒，沉潛學問。從來文人才士，未有不韜晦沉潛而得大就者。王大父曾以「忠厚和平」四字教汝父，此詩教也。今我亦以相勗，以此為穎異子弟應病之藥耳，當知古人言生子才俊，未必可喜。此是何意？家有才俊之子，是人生第一可喜事，何為反有此言？時時回想此言，則一切矜誇自喜之意，爽然自失，只此便是得力處，無俟他人策勵也。又當知此乃真實傷感之言，非是愛彼愚癡子弟，正向才俊人頂門上下一針，睡夢中劈面一唱，迫拶他再進一步耳。向年屢欲汝父奉祖母南來，汝母不能從，今未免以此為累。然古賢婦稱未亡人者，每自言所以不即死者，為舅姑尚在堂也，為藐焉諸遺孤也，今舅不須養，惟有上事病姑，下撫二子為要着耳，其他家政，汝母素有綜理之才，無俟我言，但癡叔勿與鬭諍。僕從不必多留，苦心收斂節省，以茹此荼蓼之味而已。他日養病姑以孝婦聞，教二子以賢母聞，亦不辜負此才調也。外寄齋供之資，可辦蔬食供之靈前，我方設位螺髻庵中，欲其聽百日講演，受百日法食，聞百日懺悔，不可以葷酒供也。告文一篇併九月廿九日家書一通，向靈前高讀一過而焚之。薛歲星一傳併三叔祭文亦與焚却，又唵嚂、聞谿二大師，乃汝父平日所敬，各具香信，為汝父加持沙土，此法出《大藏經》中，汝看我告佛疏文，自悉加持畢，以器盛，置棺上。待葬時，以撒墓上也。又雪關、金臺二大師書併令人即送，索取回書。《雲棲瓣香》一册，付汝披覽，惜家間無深心人為汝解説，汝但細看，標題疑義，待我歸時一一解説可也。又《地藏經》及懺法中所言俱七七中最急事，汝母子當每日讀誦拜禮一番，要看其中所説是何道理。今人平時不能修持，專藉亡後超拔，已有噬臍之悔，若但請僧看，而自家全不看見，不知經懺中所説何事，尤為可痛。當知立身揚名，以顯父母，是世間大孝，深心披閱大乘經文，如法津度，令亡者得生蓮花國中，是出世間大孝也。（同前）

《漉籬集》「詩餘」詞話

卓發之，字左車，號蓮旬，仁和（今屬浙江）人。行蹟不詳，崇禎時在世。有《漉籬集》二十五卷，眉端刻有評語，而書前列批閲氏籍人員較多，其中卷九為詩餘，有眉評。此據《四庫禁燬書叢刊》影印明崇禎間傳經堂刻本録詞話五則。

一 陸云：先生此體正似青蓮詩餘，只寫意耳，未嘗彌連旖旎，而駿逸之氣見於眉端。（《漉籬集》卷九「詩餘」）

二 《如夢令》「柳眼欲開波溜」：薛（寀）云：妙在淡冶。（同前）

三 《桃源憶故人》「愁雲膩雨埋春曉」：無朋云：人不傷春，便可不怖生死。（同前）

四《西江月》「當日逢君如月」：素華云：此與坡公「溪聲」、「山色」句為同為别。（同前）

五《西江月》「湖上花開春水」：經言：生死涅槃，皆如昨夢。當如永明所云：「大作夢中佛事耳。」（同前）

許當世詞話

許當世，自稱花裀上人，里貫行蹟不詳，明崇禎時在世。此據《四部叢刊續編》本影印明崇禎刊本《白雪齋選訂樂府吴騷合編》録序文一則。

一　吾閲之宋今律，非無律也，不及唐也。唐無選，非無選也，選不及晉、魏也。漢無騷，非無騷也，騷不及屈、宋也。夫騷不屈、宋及，不可謂騷，則騷之體迄今猶存，而騷之脉，二京以□其絶也久矣。雖然，未絶也，神而明之，漢之續騷於楚，何必不在選？而唐之續選於騷，又何必不在律也？則選與律，一騷也。詞者，律與選之餘也；曲者，詞之變也。以盛國之曲踵宋之詞，世推宋詞元曲，良非虚語。曲可續騷，又誰曰不然？涵虚子記元撰曲者百八十七人，其置品題者八十有二人，董解元而下凡百五人品題弗着，而虞道園、張伯雨、楊鐵崖輩甚至不得與嚴矣，微獨為曲嚴之也。不嚴不足以存曲，曲不嚴不足以存騷也。嗟乎！三百篇亡而後有騷，有騷，三百篇不亡也。三百篇不可亡，騷安可亡？曲安可不采？而采安可不嚴？且詩賦文章，歷代所有，我朝實奄有之，集不勝傳，而曲之一種，非之者罕其傳，采之者恒不有其集，間出一二新編，類寄伶人賤工、委巷歌兒之口，學士大夫缺，為寓目工者，以散佚而未必見，見者或濫觴而未必工，詎先王采風遺意也？亦維騷者之恫也。然則采風以曲，於樂府為良史，而於三百篇為功臣。居士號騷隱，責其奚辭？為《吴騷》之集，所為繇初編而再而續，而於兹又合而之編，非是編也，詞翻白雪，拍按紅兒，譜合九宫，音諧六律。犯韻，雖豔必黜；越格，雖巧亦删。俗套油腔，陶（當作淘）汰都盡。殆起三閭而雅頌之，寧論宋元諸公哉？即昭明不輯選、老杜不裁律可矣。丁丑仲春花裀上人許當世題。

單恂詞話

單恂，字質生，松江華亭（今屬上海）人。明崇禎庚辰進士，除知麻城縣。有《白燕庵詩集》。此據全國圖書館文獻縮微復製中心影印《汲古閣宋人詞文及填詞集》（毛氏汲古閣刻本）之《詞苑英華》本萬惟檀《詩餘圖譜》録序文一則。

一　《詩餘圖譜叙》：司馬子長云：「古詩三千餘篇，孔子删之為三百篇。」墨子又曰：「誦詩三百，紘詩三百，歌詩三百，舞詩三百。」蓋湮逸良多，而古詩實歌詞之祖。今《關雎》、《鹿鳴》歌法尚存，降而漢之《朱鷺》、《石流》，六朝之《子夜》、《莫愁》、《蓮舟》、《玉樹》，及唐之《清平》、《柳枝》、《凉州》、《水調》，皆詞也。洎太白、飛卿輩刱為《憶秦娥》、《菩薩蠻》等闋，而詞著矣。自南唐入宋，則歐、秦、周、蘇諸君始大振論者，迺謂詩餘盛而詩亡，要令深婉流麗，無傷大雅，即去古詩樂府非遠，顧云壯夫恥爲，遂與金、元濫觴之絃曲併譏耶？我明雖詞鮮專家，而成都、瑯琊挺秀，嗣響聲格美善，殆掩暎元祐以上矣。邇乃吾社數子爛然以文賦餘才旁扇詞學，往往在柳七、黄九間，余蓋執鞭未能也。而萬公子馨自東魯來，挾其詩若詞，作家相見，拔幟自成一壘。嘗出《詩餘圖譜》眎余，余受卒業，泱泱乎大觀哉！長言小令，雋宛切情，雄遒結體，驚心動魄，字絹篇金。余謂先生作玉温雪豔，而骨氣弗雕，上者可續《鐃歌》瑟調，下亦争《蘭畹》、《花間》之席，豈靡靡纖纖，祇堪付十七八女郎紫綃、紅串之間哉？至若審音縷析，畫譜星明，抑使西園才子授箋管而聲諧，南國佳人按簧絲而韻協，循此以訂訛歸雅，刻羽引商，庶不盡戾古詩人之義。洵填詞之金科玉律，而八十四調之功臣也。萬公鴻才吏隱，與覃公龍從參幕茸城，每鶴閒人静，憑眺咏唫，白筒賀囊，滿貯九峰霞氣，吾師眉先生嘗呼蜜雲龍待之。余癖閉户經歲，不敢謁長吏，顧於公頗不忘布袍芒蹻、剪蹬闖韻之懷，又豈獨詩歌三昧其感人者深歟？雲間治通家社弟單恂頓首撰。（《詩餘圖譜》）

王若之詞話

王若之，字湘客，益都（今屬山東）人。以父任歷官河南參議，性嗜古，瀟灑耿直，自明崇禎改元以至癸未，屢起屢躓。甲申之變，僑寓金陵，聞變，輒不食，嘔血而死。所著有《王湘客集》、《世胄知名録》。此據《四庫禁燬書叢刊補編》影印明末刻本《王湘客集》録詞話一則。

一

十九日：西湖放舟，真如天上坐、鏡中遊也。至湖心亭，憑欄四望，連日所遊，涉者歷歷。目中山秀林疎，駿□開爽，覺秋色敻絶。居常方，則不獨秋之月勝春月，秋日原勝春日。仙家稱四時皆如深春，予疑信此語，至不欲仙。深春之際，人之精神形骸類多昏怠，蕩冶柔媚，似非天地之精氣也。

湖比西子固矣，其濃抹何如淡妝？昨發軔金陵，自幸天時地所，正謂此耳。渡西泠橋，過孤山，訪問三百六十樹梅花主人遺蹟，猶記憶文及翁詞云：「國是（當作事）如今誰倚仗，衣帶一江而已。便都道、波神堪恃，借問孤山林處士，但掉頭笑指梅花蕊。」顧瞻祠宇，裴回許時。既而沿六橋，湖中觴咏竟日。泊問水亭，已暮，一燈闇淡，無所復覩。須臾，月上林樹，若被霜霧，同以璇班坐亭側，寒光白景，又如夾輕綃幕住水晶宫也。夜深月午，則玉做人間，予兩人益不勸而嚼，并極酩酊。簷楹徙倚，與月相終始焉。（《王湘客集》「涉志」）

沈長卿詞話

沈長卿，字幼宰，自稱吴越逸民，武林（今浙江杭州）人。行蹟不詳。撰《沈氏日旦》，有自序和引言，云明崇禎元年春，飲食之暇，日有所記，旦有所抄。皆據所聞，攄所見，以銷磨晨昏。此據《四庫禁燬書叢刊》影印明崇禎間刻本録詞話六則。

一　客有謂予不善作詞曲者，因以小園為題，戲擬《黄鶯兒》一調：「春色爛衡門，為迷花，幾斷魂。天桃隔水多嬌態，薰風似温，鶯聲似吞。林鶯慣見蓬霜鬢，羡閒身。懷人無語，清興寄芳尊。」（《沈氏日旦》卷二）

二　款乃，音襖藹，或以為湘中水泣舜之餘聲，或以為操舟者動摇櫓聲，未知孰是。（同前書卷六）

三　宋有詞而無曲，元有曲而無詞，皆詩之變體也。詞到精切處，比詩更難。（同前）

四　《清平樂》二調，春冷梅遲：「春分前後，試看梅和柳。臘盡冬踰猶數九，何故凄其相守。去年此際梅殘，只今悄悄餘寒。漫道困人天氣，未能止渴先酸。」「久疎良友，花杳君知否。林下詩人忻載酒，風前乍拋黄綬。　百年强半眉攢，尋驢且趂居官。莫待衰遲行樂，那時追想長干。」（同前）

五　《蝶戀花》二調，傷逝：「幽汶泉臺何日曉，一夕長眠，塵土相圍遶。欲寄音書冥路杳，夢中惜别魂歸早。　龍性難馴朋類少，遥想荒丘，宿草啼哀鳥。意願生平嗟未了，蒼天不使英雄老。」「在世行藏原潦倒，知己無多，文酒交情好。一般驩喜同煩惱，牢騷怨氣頻頻道。　誰料浮生難永保，四望青山，埋恨猶嫌小。疇昔分離嗟草草，與君尚未傾懷抱。」（同前）

六　《意難忘》二調，西湖災異：「蘇白遺芳，嘆年來堪厭，滿地庚桑。神君舊尸祝，闍寺陡祠堂。將進酒，更燒香。世界成何樣，宦興濃、摳衣跪拜，敬謹稱觴。　休嗟嗣續難昌，這諂臣媚子，盡是兒郎。閒宫千萬所，愛子兩三行。腰間繫，白勝黄。捧溺又何妨，慚負了、湖光山色，豸繡金章。」「世態炎凉，感生祠拆毁，能不悲傷。碑文曾有字，廟貌倏無樑。初作俑，緊司房。患夫鄙夫腸，翻效尤、峩冠博帶，斑舞翶翔。　閒評節俠無雙，這呈羞露醜，悔恨難忘。身名空敗壞，富貴在何方。夤緣事，命主張。臧穀等亡羊，白日間，無端蟒玉，清夜思量。」（同前）

朱謀垔詞話

朱謀垔，字隱之，號厭原山人，明宗室寧藩支裔，崇禎時在世。陶宗儀撰《書史會要》，止於元代，朱氏撰《續編》一卷，載明人能書者。又撰《畫史會要》五卷，採上古迄明能畫人姓名事蹟，輯為此編，附以畫法一卷，成於崇禎辛未，全用宗儀之體例，故書名亦復相因。此據影印文淵閣《四庫全書》本《書史會要續編》和《畫史會要》録詞話十一則。

一

寧獻王諱權，號臞僊，高皇帝第十六子也。始封大寧，徙南昌。王神姿秀朗，慧心天悟，始能言，自稱大明奇士。好古博學，旁通釋老，著述甚富，兼善書法。作《書評》一卷，程量允當，為世所宗。所著書目并載於後：《寧國儀範》、《家訓》、《豫章志》、《遐齡洞天志》、《凌虚八景詩》、《神隱》、《原始秘書》、《金滕秘録》、《天運紹統》、《通鑑博論》、《史斷》、《漢唐秘史》、《史略》、《太極闡道論》、《豸史》、《採芝吟》、《滄海遺珠》、《文譜》、《詩譜》、《詩法》、《大雅詩韻》、《瓊林雅韻》、《文章歐冶》、《乾坤生意》、《十藥神書》、《壽域神方》、《活人心》、《神應經》、《小兒靈秘方》、《肘後神樞》、《神樞内篇》、《肘後靈樞》、《肘後經》、《月令經》、《□□經》、《龍虎經》、《丹髓救命索》、《代天言辯》、《猶龍傳》、《太清玉册》、《太清天籙》、《太上寶録》、《唐聖祖傳》、《原道辯僞録》、《運化玄樞》、《古本化胡書》、《神光經》、《庚辛玉册》、《三教本末》、《造化鉗鎚》、《四體宫詞》、《梅花百韻詩》、《太易鈎玄》、《琴阮啓蒙譜》、《太古遺音》、《爛柯經》、《貫經》、《神奇秘譜》、《洞天清録》、《仙境瑶經》、《蓬瀛志》、《異域志》、《蒙學指南》、《斗南詩》、《迴文詩》、《北斗課》、《天地卦》、《茶譜》、《頤庵文選》、《太清鈞天譜》、《聖賢精義》、《傳丹破惑》、《九霄鶴音》、《長生久視書》、《保命集》、《化書》、《壺天集》、《素書》、《蓍經》、《漁樵閒話》、《夢藁》、《洞天神品譜》、《洞天神品秘譜》、《抛毬樂》、《涉世圖》、《續古霞外》、《神品秘譜》、《樂府》、《太和正音譜》、《彤庭樂章》、《務頭集韻》、《註解道德經》、《陰符經》、《清静經》、《大通經》、《太上心經》、《釋氏心經》、《洞古經》、《金剛經》。(《書史會要續編》)

二　項元淇,字子瞻,秀水人。生有至性,狷介寡儔,博學嗜古,工詩詞,尤好臨摹古法書,以草聖擅名。每游戲翰墨,尺幅數行,人競寶之。(同前)

三　徐霖,字子仁,號九峰山人,别號髯仙,金陵人。能詩畫善書,尤工樂府。正德末,上令填新曲,絶愛賞之。每幸其第,欲授以官,自陳不仕。顧華玉云:自趙孟頫亡,書學遂微,篆法尤失正;至周伯温始復振，本朝李文正遠續其緒，時則徐君子仁直詣堂室，綽登神品。餘若真、行皆入妙，碑板師顏、柳，題榜大書師詹孟舉，並絶海内。王元美亦謂其篆可比周伯琦，而豐存禮獨以為如病水人擁腫垂命，得無過乎？（同前）

四　王泮，字宗魯，山陰人。嘉靖進士，官湖廣參政。居官廉潔，焚香静坐若禪室。然詩詞冲雅，書法遒麗，有其家右丞、右軍之致。（同前）

五　梁辰魚，字伯龍，崑山太學生。身長七尺，虬鬚虎顴，以詩及行草名嘉、隆間。兼善詞曲。（同前）

六　衛賢，京兆人。仕南唐，為内供奉。初師尹繼昭，後學吴生。長於樓觀殿宇、盤車水磨，嘗作《春江釣叟圖》，南唐李煜金索書《漁父詞》二首，其一曰：「閬苑有情千里雪，桃李無言一隊春。一壺酒，一竿身，快活如儂有幾人？」其二曰：「一棹春風一葉舟，一輪繭縷一輕鈎。花滿渚，酒盈甌，萬頃波中得自由。」（《畫史會要》卷一）

七　駙馬都尉王詵，字晉卿，太原人。尚英宗女蜀國公主，為利州防禦使。雖在戚里，而被服禮儀，學問詩書常與寒士角。山水學李成皴法，以金緑為之，不古不今，自成一家。墨竹師文湖州，築堂曰寶繪，收藏古今法書名畫以為勝玩，東坡為之記。詵又善樂府長短句，及碑版書，極佳，山谷稱其如蕃錦。（同前書卷二）

八　華光長老，衡州人。酷愛梅花，方丈植梅數本，每花放時，移牀其下，吟詠終日。偶月夜見窗間疎影横斜，蕭然可愛，遂以筆規其狀，因此好寫，得其三昧。山谷見而美之，曰：「嫩寒清曉，行孤舟籬落間，但欠香耳。」往往士大夫有素數年而未下筆者，有不求而自得者。華光每寫時，必焚香，禪定意適，則一掃而成。及其臨老，縱心筆墨，愈作愈高，於時宗寫六人，補之亦在其列，當時名公巨卿詩詞褒美不下數千首，而公平日所作一千二百餘本，今世有《華光梅譜》行世。眉公筆記云：華光不但寫梅，兼長山水，曾為王翼寫湘山樹及橘洲圖。（同前書卷三）

九 連鰲，字仲舉，吉州人，自號石臺居士。精於長短句，工畫魚，幾於徐白。紹興間人。（同前書卷三）

一〇 王田，字舜耕，山東濟南人。以縣佐請老歸田，喜為樂府詞，膾炙人口，遠近傳播。山水學高房山，不失矩度。（同前書卷四）

一一 史癡，名忠，字端木，一字廷直，復姓為徐，金陵人。生十有七歲，方能言，外木中慧，人皆以癡呼之。性卓犖不羈，好披白布袍，戴方斗笠，插花坐牛背，鼓掌謳吟，往來市井，旁若無人。能詩，尤長於樂府新聲。畫山水、人物、花木、竹石，有雲行水涌之趣，不可以筆墨求之，自題其畫云：「名畫法書無識者，良金美玉恍精神。世間縱有空青賣，百斛難醫眼内塵。」嘗買舟訪沈啓南於吴中，值沈他出，見堂中□有素絹，濡墨摇筆，成山水一幅，不題姓名而去。啓南歸而見之，曰：「吾閲人多矣，吴中無此人，非金陵史癡不能也。」遣人四覓，邀回，相與一笑。留啓南話堂中，三月乃返。後啓南來京，多館卧癡樓中。樓在冶城，去卞忠烈廟百餘步。癡嘗自題云：「余年六十矣，髮白，精神尚健快，閒處終日高卧癡樓，蒸香煮茗，四望皆遠山拱翠，飛鳥時鳴，不留繁雜之冗，静觀自得。車塵馬足，了無所繫於心。貧處如常，足以樂矣。」吴小仙畫癡翁一小像，啓南贊云：「眼角低垂，鼻孔仰露。傍若無人，高歌濶步。玩世滑稽，風顛月癡。灑墨淋漓，水走山飛。狂耶怪耶，衆問翁而不答，但瞪目高視於天上也。」翁八十尚健，預出一生殯雜親友中，送出聚寶門外，又知死期，無疾而終。（同前）

顔俊彦詞話

顔俊彦，字開美，桐鄉（今屬浙江）人。明崇禎戊辰進士，授廣州推官。被劾，再補松江推官。有《仕隱集》。此據中國戲劇出版社出版《中國古典戲曲論著集成》本沈寵綏《度曲須知》録序文一則。

一

憶乙卯之歲，讀書靈鷲山中，臧晉叔先生日夕過從。時先生方有元劇之刻，相對輒亹亹個中，余因是窺見一班。後被讒失意，間作一二小曲送愁，從弟君明以能歌擅場，纔落紙，隨付紅牙，極盡起末、過度、搵簪、攧落之妙。未幾，君明溘然，人琴之痛，遂廢置此道。宴坐斗室，皈依白業，誦《法華安樂行品》，知造世俗文筆，贊咏外書，皆非所宜，誓一切斷絶。乃時過江上君徵氏，間出女童，清喉宛轉，絃索相應，絲竹肉繚繞無端，此時即飲光，不免按節，况在凡夫能無口耳奔逸乎？君徵淵静靈慧，於書無所不窺，於象緯、青烏諸學，無所不曉，而尤醉心聲歌。昔同習静，已嘗見其稽韻考譜，津津不置。遇聲場勝會，必精神寂寞，領略入微，某音戾，某腔乖，某字吸呼協律，即此中名宿，靡不心愧首肯。迄今推敲久之，成《度曲須知》、《絃索辨訛》兩書，採前輩諸論，補其未發，釐音権調，開卷了然，不須更覓導師，始明腔識譜也。昔萬寶常善歌，上帝以天授音律之性，使鈞天之官示以玄微之要。君徵此種學問，何所自來，其殆有神授耶？從來通於音律者，必精述陰陽，曉明星緯，至薰目為瞽，絶塞衆慮，庶幾以無累之神合有道之器，故聲音之學，非輕易可言。以王敬夫之填詞，不免南北混淆，而以「物」作「護」，自非唇舌喉齒間，另具一付罏錘，而欲五音十二律、南之九宮、北之六宮十一調，不煩擬議，一一闡解，得乎？嗟嗟！桃花扇底，二八女娘纔一啓齒，便欲銷魂，若無沈郎一顧，終是聲情不發。余久作沾泥之絮，無復有「曉風殘月」之句可佐清娱，恨不能起晉叔、君明而共質之也。友弟顔俊彦書於鶯湖舟次。（《度曲須知》）

鍾離棲筠子詞話

《牌統孚玉》四卷，題鍾離棲筠子編，其名其字、里貫行蹟等不詳。明崇禎己卯自序云壬申歲，病痁離索，友人觴豆相慰，取六博佐之，以《宣和譜》等未盡善，更為摘粹以成，其中譜録中摘引宋以來詞曲之句子極多。此據《四庫未收書輯刊》影印明崇禎間刻本録詞話二則。

一　《宣和舊牌》俱有舊名，大全俱用，并無改易。其倣增采牌成牌，剏增采牌成牌，俱題以名，以便稱呼。下附選唐詩、宋詞、元曲各一句，以供賞玩。（《牌統孚玉》「凡例」）

二　列扇六十四扇，椿牌二扇。列采一百六十二牌，列成一百六十二牌，共三百九十牌。選義詩詞曲各一句，共一千一百七十句，其古文四書五經選義具載全集，兹不備録。（同前）

陳龍正詞話

陳龍正，字惕龍，號幾亭，嘉善（今屬浙江）人。師事梁溪高攀龍，得復約身心之學。明崇禎甲戌進士，授中書舍人，左遷南京國子監丞，福王召為禮部祠祭司員外郎。乞歸，偶感微疾，遂絶飲食，怡然而逝。編著有《幾亭合書》、《政書》、《救荒策會》、《程子詳本》、《朱子經説》、《陽明先生要書》、《明儒統》等。此據《四庫禁燬書叢刊》影印清康熙間雲書閣刻本《幾亭全書》録詞話一則。

一　《四子詩餘序乙亥》：物有體，體有貴賤，文至於四六，體斯降矣。然而隨物賦形，蘇子於抽青媲緑中見之，而古今推大文人者歸焉，不以體賤貶也。詩至於排律、七言律，體斯降矣。然精微縹渺，卓犖沉雄之槩，子美率於近體見之，而古今推詩宗者必歸焉，不以體賤貶也。詩又降而有餘，詩之盡，曲之初矣。然亦問其所存者何志，所賦者何意。若志存乎潔身，而意主乎移風，雖古昔先王《九歌》是勸，《皇極》是訓，足使輔翼而行，又何嫌乎體之降哉？楊、墨害道，至於無父無君，其篇章非不頡頏《語》、《孟》也，鞅斯害政，至於赤渭水，毒七國，其屬詞立句，未嘗不垂為後人式也，又豈得以體揜其惡哉？初聞四君以詩餘相唱和，竊疑之，及以扇頭四望樓見寄所存與賦，殆皆閒静之思，蕭散之致。淫哇嘈雜，毫不涉焉。審皆若是，雖蕪以詩餘唱和，何傷乎？噫！審皆若是，又豈特無傷云爾乎？（《幾亭全書》卷五十三）

陳組綬詞話

陳組綬，字伯玉，武進（今屬江蘇）人。明崇禎甲戌進士，除兵部主事。所著有《伊庵稿》、《詩經副墨》、《存古類函》、《明職方地圖》。此據《四庫禁燬書叢刊》影印明末刻本《存古類函》録詞話二則。

一　詩：夫詩者，樂之祖也。詩言志而成聲，律和聲而成樂。虞典祀之，故感人心者，莫先乎情，莫切乎聲。未有聲入而不應，情交而不感者。聖人因其情經之以六義，緣其聲律之以五音。音有韻，義有類，韻叶則言順，言順則深入，類舉則情見，情見則感易交。三百篇美刺勸懲，王化本焉。風雅道微，楚騷繼響，詞稍激露，而徬徨悱惻，猶變雅之遺也。漢興，相和者諸曲變為五言。河梁傷別，采桑述志，婉而不彙，猶足形四方之風焉。漢武帝不博采古制，協比聲律，乃以孌人李延年為協律都尉，而采風之義變為那狄之音，末流漸沿，清商四弦混入樂部，桃皮篳篥，總曰横吹。樂亡，而詩益下矣。迨魏三祖崇尚雕蟲，浮靡之風濫觴于此。沈約創四聲八病之法，宫羽相度，低昂偉節，聲甚密而唐律基焉。至陳、隋、開元間，流弊已極，陳子昂《感遇》詩漸變爾雅，李、杜諸公比響聯辭，雲委波馮，一洗六代之穢。然起風弄月，建安前之清音莫能嗣者，李白所以發憤而嘆也。中晚以降，詩運衰而長短句始出，纖巧輕蕩。胡元又□為艷曲，四始六義蕩然盡矣。夫四五七言，博士家撚鬚而吟，豔曲固所不道，然南吕中吕，古樂之遺者，而艷曲有之，而四五七言，魏十二律，若是居之不習，何也？騷賦而樂府，樂府而古律，古律而嗣（當作詞）曲，人心所自變者，真詩也。四五言，詩之迹也，真詩，故與樂自相通也，則古樂之若何而衰、若何而復較然矣。吾非謂今之巴謳郢唱遂可比諸管弦，然文人仰屋梁而吟者，又不若巴謳郢唱，足以言志也。是故議正樂，當正詩，欲正詩，當識其旨，何也？溺人必笑，笑痛于哭也。美女必顰，顰妍於笑也。七情之用，或順之而塞，或反之而暢。詩固以暢吾情也，故不顯非詩，不隱非詩，格諸喉而不得盡者，非詩。疾聲大呼，傾藏而盡者，非詩。詩之道微而彰，淺而深，遠若近，近若遠，使人不可解而可悟，合此，則鄭衛桑濮不得删，而不合，則俳而已耳。漢《隴西行》，賓主揖讓美詞也。而「健婦持門户」一語微譏，為生曲遊獵語也。而「嗒我」二字，默寓憂時俟命之旨，去古未遠，猶得十二三，今下者局宋之俚，高者襲唐之俊，間或浮慕西漢，至十九首止耳。鮮有究心古樂府者，聽樂而恐卧，人情曷足怪乎？（《存古類函》卷二「文章」）

二　調令清宫清商，世俗固不知所以為聲。而正宫越調之類，宋世所謂詩餘。金元以來，所謂南北曲者，雖非古之遺音，而猶有此名目也。誠即今世所用之樂，今日所歌之詞，度其腔調，依俗法之所謂依换，尋古調之所謂抑楊，然後即蔡元定之《律吕新書》、朱元晦之通解鐘律。依其法，按其數而講究之，築石布灰，如其候氣之法，多截竹為管，以求黄鐘之聲，庶幾樂可作而聲律均調也。（同前書「律吕」）

《梅里詞》詞話

朱一是，字近修，號欠庵，海寧（今屬浙江）人。明崇禎壬午舉人，天才清拔，敏悟過人，無常師，然亦不肯竟學。嘗自言曰他人之學多得於書，余獨得於友，以述作自娱，年六十二卒。所著有《史論》、《可堂集》、《梅里詞》。《續修四庫全書》收有清初清遠堂刻本《梅里詞》三卷，卷端下題：「海寧朱一是近修著，同邑陸嘉淑冰修訂，天都孫默無言、西泠陳宗聖景行、姪文蔚美涵同評。」據此以録序及諸家評語一百三十六則。

一 序：詩餘者，詩之餘，旨與詞之近詩，不可入詩，則餘之，自成一體。余，詩猶未能也，豈暇為餘。王介人曰：「吾老於詩，思索情竭，多作艷情綺詞以發之，聞此十五年久矣。因思屈子江潭幽放，托詞於香草美人。」或亦如介人之云。今吾比介人加老，遂一為詩餘，世之高譽望少壯者，忽咸出於此。其居嘗討求，與讌叙相題目舉，置詩不言，言詩餘，豈風會則有然歟？天都孫無言既集數家，亟掫予作，不令終自秘，老婦面傅粉唇朱，一旦入姬姜之羣，嗚呼！其醜也。欠庵自識。（《梅里詞》）

二　《十六字令》「風」：陸冰修曰：愁人偏喜無月，宜不堪對月耳，然「不許偏圓」，正不是死話。（同前書卷一「小令」）

三　《三臺春》「香壘紅襟對對」：陳景行曰：一段自愛自憐，光景可想。（同前）

四　《荷葉盃》「昨夜東風料峭」：陸冰修曰：澹而永。（同前）

五　《望江南》「金陵綉」：朱美涵曰：「青溪」、「娉婷」今自全無，所以興感。屠昭仲曰：寥寥五則，讀者應接不暇，以視湖上諸篇，尚是粉本寫照。（同前）

六　《望江南》「西湖好」：陸冰修曰：佳景俱在眼前。（同前）

七　《望江南》「鴛鴦信」：孫無言曰：甘味苦心刻畫到至處，是未經人道語。（同前）

八　《南鄉子》「簷鳥啼晴」：陳景行曰：「一蜂」句尖新。（同前）

九　《柳枝》「輕薄楊花飛早春」：陸冰修曰：以「輕薄」防「楊花」，詩體所謂興而比也。（同前）

一〇　《柳枝》「腰似柳條眉似葉」：朱美涵曰：癡情縹緲，覺卓女猶是閨閣氣。（同前）

一一　《柳枝》「楊花如雪亦如緜」：屠展馭曰：大意如前首，但前是妬，此是貞。（同前）

一二　《柳枝》「楊柳樓頭望眼賒」：孫無言曰：用楊華事，尖而幻。（同前）

一三 《憶王孫》「朦朧殘夢」：陸冰修曰：孤鴈一聲不堪讀。（同前）

一四 《如夢令》「巧囀新鶯花外」：陳景行曰：以「自在」説金蓮之步，善於形容。（同前）

一五 《如夢令》「昨夜文禽聯翅」：陳景行曰：情艷。（同前）

一六 《長相思》「盼人歸」：朱美涵曰：較門外重重疊疊山，彼幻此真。（同前）

一七 《長相思》「影相隨」：陸冰修曰：怕歸正深於盼歸。（同前）

一八 《長相思》「農相投」：陳景行曰：隱居樂事。（同前）

一九 《長相思》「綠盈廂」：孫無言曰：如此便是羲皇上人，何待北窗高卧？（同前）

二〇 《長相思》「春波平」：陸冰修曰：「抱布」是濇溪鄉風。（同前）

二一 《長相思》「隣于于」：陳景行曰：濇溪諸詞淡而旨，靖節之詩也。屠昭仲曰：紀濇溪風俗極細，似讀《荆楚歲時記》。（同前）

二二 《生查子》「七夕喜雙逢」：孫無言曰：結句幻思巧思。（同前）

二三 《生查子》「春來帶愁來」：陳景行曰：恐夢中亦不覓愁耳。陸冰修曰：或問睡着無夢時如何，請下一轉語。（同前）

二四 《醉公子》「浪得長途信」：朱美涵曰：相見後説别離難，是悲喜交集時耳。（同前）

二五 《醉公子》「梅里半宵風」：孫無言曰：「客夢」以下是夢中所見。（同前）

二六 《女冠子》「緑陰郊外」：朱美涵曰：此景可樂，惜年年挫過。（同前）

二七　《女冠子》「珠簾半面」：陸冰修曰：情景的是瞥見。　陳景行曰：「過水留影」，一切皆空，幾於振威一喝，然情之所鍾，正是拈花微笑。（同前）

二八　《浣溪沙》「梁燕雛飛春已過」：孫無言曰：結句無聊之極。（同前）

二九　《浣溪沙》「夢裏隨君路不遥」：陸冰修曰：「花暗」二語形容睡醒人難度長夜真景。（同前）

三〇　《浣溪沙》「松子松花飽腹枵」：陳景行曰：「乳鵲」一聯，晚唐最雕琢詩。　陸冰修曰：寫纖細朴陋事，直是雋艷，此詞家妙手。（同前）

三一　《浣溪沙》「碧浪紅潮樹樹妍」：朱美涵曰：寫景香艷。（同前）

三二　《浣溪沙》「燈暗書殘吟漸窮」：屠展馭曰：旅夜固慘，又是窮旅，故觸景是愁。　陳景行曰：蝴蝶夢中家萬里，言外悽絶，「窗外」二語足稱前茅後勁。（同前）

三三　《浣溪沙》「沈水香清金鴨燒」：陸冰修曰：通首刻畫。（同前）

三四　《浣溪沙》「人到為僧個個閒」：孫無言曰：似辛、劉。　陸冰修曰：用事輕妙。（同前）

三五　《浣溪沙》「誰染楓林一葉紅」：朱美涵曰：「亂雲」句酷似范希文。（同前）

三六　《浣溪沙》「明月嬋娟掛玉鈎」：陳景行曰：見督郵弱冠，便教夫壻覔封侯，此婦未免富貴心熱。　陸冰修曰：意態生動，集句擅場。（同前）

三七　《菩薩蠻》「老紅嫩緑東風軟」：朱美涵曰：俱是真景。（同前）

三八　《菩薩蠻》「無聲檀口雙眉蹙」：陳景行曰：倩誰答此語？（同前）

三九《菩薩蠻》「緑鸚報道人歸也」：陸冰修曰：小令作不了語，是作家當行。美成《少年遊》「直是少人行」以下不復着語是也。（同前）

四〇《菩薩蠻》「晚香花拂茆簷淺」：朱美涵曰：閒人有酒，可謂至樂。　陳景行曰：廻文確是兩意，如景一聯，絶是難得。（同前）

四一《菩薩蠻》「路遥愁雨寒秋暮」：孫無言曰：道氣溢於紙上。（同前）

四二《減字木蘭花》「聲傳空谷」：陸冰修曰：「今日紅樓」十一字足當《連昌宫》諸篇，自然雋永，故應積薪有嘆。　陳景行曰：吴彦高「南朝千古」一闋，詞家妙絶，讀之黯然。如此詞，真令人不忍讀矣。（同前）

四三《減字木蘭花》「欲前且止」：朱美涵曰：若遠若近，得其解者，疑於悲歌當泣。（同前）

四四《卜算子》「一自别揚州」：陸冰修曰：「深深睡」是佳事，然客途寥落之況如覩。（同前）

四五《醜奴兒令》「湘簾風煖柔吹面」：陳景行曰：傷春人有此嬾況。（同前）

四六《柳含煙》「手支頤」：陸冰修曰：「一線」句景奇難寫。（同前）

四七《更漏子》「鷓鴣飛」：朱美涵曰：結句與「去年昔日此門中」同感。（同前）

四八《憶少年》「嘈嘈永夜」：陳景行曰：别者時時記别時之地，結句入情。　屠昭仲曰：題詞山積，數見不鮮。斯作於柔情之中微帶生骨，名士如林，故應此君少異。（同前）

四九《清平樂》「峰圍堂構」：陸冰修曰：結語無限悲感。（同前）

五〇《清平樂》「菊霜梅雪」：陳景行曰：情何以堪。朱美涵曰：「一别江南成老大，重來薊北見風流。」正同此感。（同前）

五一《阮郎歸》「渡邊桃葉酒家樓」：屠昭仲曰：通首感甚矣，結句更不堪讀。（同前）

五二《阮郎歸》「金風微度捲輕雲」：陳景行曰：無所為，而見月傷心，有情人多如此。（同前）

五三《武陵春》「共醉蒲樽江上去」：朱美涵曰：前段是景，後段是情。（同前）

五四《錦堂春》「百丈澄瀾側瀉」：陸冰修曰：「饑虎」二語可畏。陳景行曰：上江舟與下路舟不同，舟子各有所長。（同前）

五五《眼兒媚》「初記相逢柳梢青」：屠展馭曰：不必有他巧妙，只如此，自是秦、晁敵手。（同前）

五六《月宫春》「秋千纔罷踏郊青」：朱美涵曰：寫景細而艷。（同前）

五七《西江月》「盡道新春人日」：陸冰修曰：浩嘆無端，想見嗣宗磊落。（同前）

五八《西江月》「南阮風流自昔」：陳景行曰：如此村景亦不易得。（同前）

五九《少年遊》「白蘋紅蓼」：孫無言曰：何等風韻。（同前）

六〇《怨王孫》「水高力小」：陸冰修曰：自秦以來，天下之亡，多起禍於緑林，結句不獨志慨一時。（同前）

六一《浪淘沙》「柳舞弱腰肢」：朱美涵曰：到底難移，便是貞性，與鄭、衛《狡童》諸風不同。（同前）

六二《浪淘沙》「書法衛夫人」：陳景行曰：與愁恨寒温，新極幻極。（同前）

六三《浪淘沙》「一石酒情濃」：陳景行曰：似髯蘇。（同前）

六四《浪淘沙》「浪打大姑灣」：孫無言曰：亦似蘇。陸冰修曰：切而雋，詞家言情易，使事難。（同前）

六五《鷓鴣天》「桑户蓬樞開徑幽」：朱美涵曰：歧路窮途，千古同淚。（同前）

六六《木蘭花令》「津邊留得桃花艷」：孫無言曰：四老比桃源人，真覺無色。陸冰修曰：白樂天詩：「商山老皓雖休去，終是留侯門下人。」使桃源人睎之，何如也？終南為仕宦捷徑，不勉借作口實。（同前）

六七《鵲橋仙》「高樓日煖」：陳景行曰：「玉貌」一語，風韻寫出言外。（同前）

六八《虞美人》「蝶鬚横觸花間舞」：朱美涵曰：寫風情如此，令觀者神盡。（同前）

六九《虞美人》「沉香金鴨花開燭」：陸冰修曰：升庵有「鴈行布陣穿花壘，虎穴臨衝奪繡旗」句，可為艷絶，此宜寫閨閣性情，較是更深更進矣。（同前）

七〇《步蟾宫》「愁人日日愁長在」：孫無言曰：「賣」字新，結句幻。（同前）

七一《玉樓春》「水鄉豈有登高處」：陸冰修曰：二詞爽絶，俱似稼軒。（同前）

七二《踏莎行》「陸賈裝多」：朱美涵曰：結句鄭重。（同前）

七三《踏莎行》「燕築黄金」：陳景行曰：寫景切境地，自然情生。陸冰修曰：「馬蹄」一聯，真

晏小山、張子野語。(同前)

七四《踏莎行》「風雪殘年」：屠展駁曰：曲江人醉，天然雋妙，在子瞻、放翁之間。(同前)

七五《臨江仙》「白露晶晶凝桂馥」：陸冰修曰：及時行樂，忙人挫過多少。(同前書卷二「中調」)

七六《臨江仙》「殘夜花香月滿船」：孫無言曰：首句是絶佳曉景。朱美涵曰：前年去年，無限低回，不在字句之内。(同前)

七七《唐多令》「别部出西巴」：陳景行曰：全首風情總在結句。(同前)

七八《鳳棲梧》「王母西池遥降輦」：屠昭仲曰：壽詞宜如此雅，遠過辛、劉矣。(同前)

七九《攤破醜奴兒》：「隔牕曾記抛紅豆」：陸冰修曰：一喜一悔，兒女性情，可愛可憐。朱美涵曰：不必讀「氓之蚩蚩」一章詩矣。陳景行曰：畢竟是真是假，是喜是悔。(同前)

八〇《漁家傲》「漫喜風吹春色早」：陸冰修曰：「暗裏吹人老」，使人憬然，不必末句已有如駒過隙之感。(同前)

八一《蘇幕遮》「舞雙鸞」：夏侯惇傷左目，號盲夏侯。時炤鏡，恚怨，撲投着地。(同前)

八二《青杏兒》「鵲翅動微颸」：陳景行曰：美人風致，春景秋景易寫，夏景難寫，此却曲盡。(同前)

八三《定風波》「野寺疎鐘秋氣微」：陸冰修曰：「難道」作疑詞，妙甚。屠展駁曰：結句暗用劉長卿詩，劉但言景，此兼言情。(同前)

八四《醉春風》「春去殘紅落」：朱美涵曰：三徑五湖，地位最高勝，「老大嫁作商人婦」矣。（同前）

八五《風中柳》「何事驅馳」：陸冰修曰：是道路倉猝景象。（同前）

八六《行香子》「曲水廻塘」：陳景行曰：有此境界，人生至樂。（同前）

八七《行香子》「怒雨深更」：朱美涵曰：如聽晨鐘醒夢。（同前）

八八《感皇恩》「玉宇凈纖雲」：陸冰修曰：行役經年不住者無如鴈，宜久客者有此詠。（同前）

八九《青玉案》「喤喤鳳管聲清越」：屠昭仲曰：周侯、伍相，乃同玉人怨别，如此言情，可與讀國風、小雅。（同前）

九〇《青玉案》「黄花插鬌新醅緑」：陳景行曰：壽言如此，最脱。（同前）

九一《兩同心》「萬山秋曉」：陸冰修曰：琢語生新。（同前）

九二《離亭燕》「記得玉京歸舫」：陸冰修曰：「纔半醒」，猶是夢中，實有此境，非善愁人不解。（同前）

九三《隔簾聽》「怪殺風風雨雨」：陳景行曰：漸近自然，非宋人無此手筆。朱美涵曰：幼安却是宛轉。（同前）

九四《御街行》「錦堂春暖歌紅褎」：孫無言曰：用事巧合。（同前）

九五《滿路花》「龍桐壓廉紅」：陳景行曰：魯直、耆卿多工於白描，「關心」數語是也。（同前）

九六《醉思仙》「記當時是低梁壓路」：朱美涵曰：直起直叙，是柳屯田法。（同前）

九七 《滿江紅》「霄漢晴雲」：陸冰修曰：一氣渾成，妙在不雕琢。（同前書卷三「長調」）

九八 《滿江紅》「幾處烽烟」：陳景行曰：禮法生疎，正是村居之樂。（同前）

九九 《滿江紅》「甚矣吾衰」：朱美涵曰：自寫烙。屠展馭曰：一起欲過幼安。（同前）

一〇〇 《滿江紅》「嗟汝無端」：孫無言曰：「一劍」二語，熱腸人偏有此憾。（同前）

一〇一 《長亭怨慢》「纔共聽春鶯語巧」：展昭仲曰：典切。（同前）

一〇二 《鳳凰臺上憶吹簫》「桐碧凋風」：陸冰修曰：「河橋」二句如畫。（同前）

一〇三 《滿庭芳》「紆路林深」：陳景行曰：亂後相逢舊識，情懷歷歷。（同前）

一〇四 《滿庭芳》「追數平生」：陸冰修曰：維正、俞戚流亞，潔身奉母，出處大節凛然。此詞雖數十字，寫其生平略盡。（同前）

一〇五 《滿庭芳》「雪調才人」：朱美涵曰：「彈棋」數語寫出柔情慧性。（同前）

一〇六 《水調歌頭》「帆掛鄱江雨」：陸冰修曰：「鴈影」、「空處」二語，詩中佳句，却是入詞更妙。屠昭仲曰：雲臺煙閣不可復問，徐常與傅李等耳，不當獨為傅李抱信布之痛，感託尤到。（同前）

一〇七 《瓏瓏四犯·和劉伯温原韻》「不料蹉跎」：陸冰修曰：伯温受知於石抹宜孫，守處事敗，原詞必此時所作，中云：「歲序如何，江山若此，贏得霜髩滿。」又云：「淚隨黄葉下，事逐浮雲散。」又云：「問誰是、登樓王粲。」其感慨深矣。身世茫茫，眷懷知己，英雄失路，情事大略相同。欠庵識曰：予嘗見元人《如此江山圖》，斗南、清江諸公皆作感慨語，唯景濂作慶幸語，蓋洪武二年也。元美頗謂景濂出處尤勝伯温，景濂所見者大，不知伯温正復爾爾。其馳驅石抹之心，即輔翼金陵之心也，英雄志在濟時耳。近見虞山所論，又似别有寄託。（同前）

一〇八 《倦尋芳·維揚遇闖賊舊姬晁四有感》「無端落淚」：陸冰修曰：此樊川杜秋詩也，樊川感惜，全在杜秋。此詞却不在晁四，知此意，方許讀此詞矣。（同前）

一〇九 《八聲甘州》「儘金枝玉葉逞繁華」：朱美涵曰：結句慘極。（同前）

一一〇 《應天長》「碧山如畫」：孫無言曰：末句感慨，只尋常語，其情自深。（同前）

一一一 《看花廻》「江城天净風暖」：屠展馭曰：「鄱君」一語是李賀詩中警句。（同前）

一一二 《看花廻》「靈禽喜信初報」：陳景行曰：結句豪邁。（同前）

一一三 《漢宫春》「桃李春城」：陸冰修曰：邯鄲夢醒後，必復悵然，作者似已會得。（同前）

一一四 《黄河清慢》「纔報星娥雲輦整」：屠昭仲曰：語語切題，工巧不可言。（同前）

一一五 《催雪》「虞響飛塵」：朱美涵曰：微理莫測，滿堂吁咈，聲音之神境。孫無言曰：「青衫」句翻得好。（同前）

一一六 《絳都春》「影孤燈暗」：陳景行曰：「飛花雨後，廻風依樹」，寫感極深，再四詠之，亦當是唾壺盡缺。（同前）

一一七 《氐州第一》「三漏三門」：陳景行曰：以隻眼炤半耳，趣絶。陸冰修曰：枯題，絶無可

發揮，馳騁義識，縱横反覆，如讀雲笈諸書，更無一腐語，絡繹名句，才人之致如此，夫豈易及？（同前）

一一八 《曲遊春》「片帆摇岸影」：陸冰修曰：昔人以「銅雀春深」之句為詩人稚語，如此觸感，殊令人慨然。　屠昭仲曰：陸士衡、唐太宗兩人，魏武知己也，得欠庵而三矣。（同前）

一一九 《木蘭花慢》「看梧殘菊瘦」：陸冰修曰：「啖餅題糕」一段令人有如梭似箭之感，安得魯戈揮日？（同前）

一二〇 《拜星月慢》「牖納薰風」：陳景行曰：用「當食」語，殊令人慨然，勿得作尋常語讀過。（同前）

一二一 《水龍吟》「秋寒山雨凄凄」：朱美涵曰：似有悲風颯颯從紙上出。　屠展馭曰：坡詩：「當時自笑張麗華，不知門外韓擒虎。」是井中數語註脚。（同前）

一二二 《齊天樂》「草堂几榻依稀記」：昭仲曰：妙在語語確是重過觸景，非泛然感慨。（同前）

一二三 《綺羅香》「楓葉山紅」：陸冰修曰：太白《永王東巡》自是欲有所為耳，靈武功成後，永王自無地生活。方攘攘時，永王何罪？牽合開平，使太白千載下猶奕奕生氣。（同前）

一二四 《花心動》「誰奪天工」：孫無言曰：情寄深遠，騷人之遺。（同前）

一二五 《二郎神》「岷峨萬里」：陸冰修曰：王介甫《金陵》一詞擅絶千載，得欠庵此闋，不得專□半山矣。（同前）

一二六《一萼紅》「怪秋風在傷心切處」：陳景行曰：神情悲壯，不在詞句中。（同前）

一二七《一寸金》「良會經年」：朱美涵曰：閏一七夕，則中秋更遲一月矣，所以生嫦娥之妬，前人曾道之，却是泛常，妬七夕，便無謂。屠昭仲曰：巧中尤巧，謂世人不淺。（同前）

一二八《蘇武慢》「釣老嚴灘」：孫無言曰：久客如故里，非深於客者不知，非善為客者亦不知。（同前）

一二九《霜葉飛》「古祠寂寞」：陸冰修曰：全首已極感慨，一結出人意外，尤快人心目。屠昭仲曰：媍人終始，使劉季、蕭何見之，愧死。（同前）

一三〇《丹鳳吟》「三十年前蘭譜」：陳景行曰：結句占地位不小。（同前）

一三一《沁園春》「桃柳菰城」：朱美涵曰：琅琅中金石，知燕集之詞，改之、竹屋諸公終是粗格。（同前）

一三二《沁園春》「野曠天高」：陸冰修曰：雋不傷細□，其體氣自高子瞻「瓊樓玉宇」之句，使值猜主，當以為怨望矣，何如？此結足稱。（同前）

一三三《沁園春》「建業名都」：屠展馭曰：一結感慨，百端交集。（同前）

一三四《賀新郎》「水秀西泠碧」：屠昭仲曰：高勁朗切。（同前）

一三五《賀新郎》「水合鴛鴦浦」：陳景行曰：風韻輕鮮，如花凝曉露。（同前）

一三六《賀新郎》「春水揚帆早」：朱美涵曰：纏緜情緒，不減河梁之詩。（同前）

支允堅詞話

支允堅，字子固，號梅坡居士，嘉善（今屬浙江）人。著《梅花渡異林》十卷，前有明崇禎甲戌自序，凡軼史隨筆二卷，時事漫記三卷，軼語考鏡三卷，藝苑閒評二卷。軼史隨筆論多瑣屑，時寓不遇之感。時事漫記多載委巷之談，軼語考鏡掇拾餖飣，藝苑閒評皆詩話之流。此據《四庫全書存目叢書》影印明崇禎間刻本録詞話十五則。

一　世以陶穀為文雅之士，予見諸所載，穀乃唐彦謙後，石晉時避諱，改曰陶穀。後納唐氏為婿，因李松得位，後卒排之。袖中出空頭勅，不忠孰甚？奉使兩浙，獻詩錢俶云：「此生頭已白，無路掃王門。」又郵亭淫婦，而有「好姻緣」之句；卧病思金鍾，而有「乞與金鍾病眼明」之詩。至欺待詔使，書

密旨以取良馬。史稱其遇名望者必巧言以詆之。嗚呼！士亦何貴于文雅哉！（《梅花渡異林》卷二）

二 文徵明父林，弘治間為温州守，有疾，令人往九仙所夢，夢曰：「孔老人之言即是。」明日升堂，有老人來，曰：「命解之木，共得板五十六片，三片朽而無用。」文曰：「此尚可以解多乎？」老人曰：「不可矣。」詰其姓，則答以孔，遂驚怖不起，時正五十三也。唐寅亦嘗九仙祈夢，得「中吕」二字，後訪王守溪于山中，見其壁間揭東坡《滿庭芳》詞，下有「中吕」字，唐驚曰：「此予夢中所見也。」誦其詞，有「百年强半，來日苦無多」之句，默默歸家，疾病而作，時年亦五十三矣。（同前書卷四）

三 趙飛燕弱質柔姿，恐為風吹去。楊玉環任吹多少，而《霓裳》一曲，足掩前調。肥弱各極其致，正不相妨。（同前書卷六）

四 吕洞賓示張洎詩云：「成功當在破瓜年。」謂二八也。乃世以為女子破身，而填詞又訛云「未破瓜，剛二八」，則謬甚矣。（同前）

五 《舜典》曰：「八音克諧，無相奪倫，神人以和。」自宣、政間，周美成、柳耆卿輩出，自製樂章，有曰《側犯》、《尾犯》、《花犯》、《玲瓏四犯》，八音褋律，宫吕奪倫，是不克諧矣。天寶初，曲遍繁聲，皆曰入破，破者，破碎之義，明皇幸蜀；宣和之曲皆曰犯，犯者，侵犯之義，二帝北狩。曲讖可畏至此。鄭、衛之音，皆淫音也。夫子獨曰放鄭聲，不及衛音，何也？衛詩所載皆男奔女，鄭詩所載皆女奔男，所以放之，聖意微矣。（同前書卷六）

六　款，欸聲也，文作款，本哀音，收灰隊二韻，亦讀作上聲。款，按《説文》無袄音也，乃即俗之廼字，《春秋傳》以為難辭，王安石謂繼事之辭也，而《説文》亦無靄音，今二字連讀之，是棹舡相應之聲。柳子厚詩云「款乃一聲山水緑」是也。後人因柳集中有註字云：「一本作袄靄。」遂即音款為袄，乃為靄，不知彼註自謂別本作袄靄，非謂款乃當音袄靄也。黄山谷不加深考，從而實之。款乃是湖中節歌之聲，元結有《款乃曲》，已一錯也。其甥洪駒父又有辯曰：柳子「欸靄一聲山水緑」，而世俗乃分款乃為二字，誤矣。見《冷齋夜話》尤為可笑，不知此款乃字為何字也。雖《海篇》袄字中亦無之。又按劉鋭文集有《湖中靄廼歌》，劉言史《瀟湘》詩有「閑歌曖廼深峽裏」，元次山有《湖南款乃歌》，則知二字有音無文者。特柳子用此二字，後人註之，毛晃增八韻中，故數子之意皆同，而用字自異。自數字不妨並行，特用其音異耳，《韻會》已辨之矣。（同前書卷七）

七　守法度曰詩，載始末曰引，體如行書曰行，放情曰歌，兼之曰歌行，悲如蛩螿曰吟，通乎流俗曰謡，委曲盡情曰曲，詩説之義，盡于此矣。（同前書卷十）

八　樂府《楊婆兒》，《齊書》云：鬱林王在西川，令女巫楊氏禱祝，速求天位，及文惠薨，謂由楊氏之力，倍加敬信，呼楊婆。宋氏以來，人間有《楊婆兒歌》，以此。而《樂志》又云：齊隆昌時，楊旻母為師巫，旻小隨母入宫，長為后所幸。童謡曰「楊婆兒，共戲來」，語訛為「叛兒」，所記不同。（同前）

九　《菩薩蠻》：《南部新書》及《杜陽編》云：大中初，女蠻國入貢，危髻高冠，纓絡被體，號菩薩蠻隊，遂製此曲。當時倡優李可及作菩薩蠻舞，文士亦往往聲其詞。大中，宣宗年號也。《北夢瑣

言》：宣宗愛唱《菩薩蠻》，令狐相曾假温飛卿新撰密進。按李白集有《菩薩蠻》詞，則此詞記名於天寶間矣。（同前）

一〇　南曲與北曲迥異，而今之南去元也又遠甚。元以曲取士，設有十二科，關漢卿輩争挾長技，至躬踐排塲，面傅粉墨，以為吾家生活。蓋曲本詩，而亦取材于詩；曲本詞，而不盡取材于詞。經史三教，稗官野乘，無所不收。而又人習方言，事肖本色，串合無痕，關目緊切，且北曲有十七宫調，而南止七宫；北曲中有一曲而突增幾十句，一句中有襯貼數十字，此又南曲所無。故必審于字之陰陽韻之平仄，若吴儂喉吻，無當音律。汪伯玉司馬有《高唐》、《洛川》四南曲，雖藻麗可喜，然多作綺語，失之靡。徐文長山人有《禰衡》、《玉通》四北曲，亦伉爽可玩，然襍出紹語，失之鄙。湯義仍臨川識乏通方，學罕協律，二夢《還魂》、《紫釵》，字句垂謬，失之疎。皆元人戾家畜之者也。（同前）

一一　唐詩有「春寒側側掩重門」，吕至（當作聖）求詞「側寒斜雨」，側，不正也。（同前）

一二　秦少游號太原（當作虚），與蘇、黄齊名。嘗于夢中作《好事近》一詞云：「山路雨添花，花動一山春色。行到小溪深處，有黄鸝千百。　飛雲當面化龍蛇，天嬌掛晴碧。醉卧古藤陰下，杳不知南北。」其後以事謫藤州，竟死于藤。同時有賀鑄字方回，嘗作《青玉案》詞悼之云：「凌波不過横塘路，但目送，芳塵去。錦瑟年華誰與度，月樓花院，綺窻珠户，惟有春知處。　碧雲冉冉衡皐暮，彩筆空題斷腸句。試問閑愁知幾許，一川烟草，滿城風絮，梅子黄時雨。」山谷有詩云：「少游醉卧古藤下，誰與愁眉唱一杯。解道江南斷腸句，秖今惟有賀方回。」近劉菊莊題云：「名並蘇黄學更優，一詞遺墨至今留。無人唤醒藤州夢，淮水淮山總是愁。」蓋少游固没于貶所，而山谷厄於戍樓之死，咏詩之日，孰知又為少游之後耶？（同前）

一三　宋徽宗北狩，作清明詩云：「茸母初生認禁烟，無家對景倍凄然。旁城春色誰為主，遥指鄉關涕淚連。」又小詞云：「孟婆孟婆，你作些方便，吹個船兒倒轉。」茸母，乃草名，清明時生。孟婆，汴京土語，謂風也。茸母、孟婆，正是的對。（同前）

一四　明興，稱高、楊、張、徐四家。張來儀，徐幼文，殊不多見。楊孟載《春草》詩：「六朝舊恨斜陽外，南浦新愁細雨中。」誠是佳句，至「緑迷歌扇，紅襯舞裙」，不脱元氣。若「簾為看山盡卷西」，便纖巧，「春來簾幙怕朝東」，更似詞矣。惟高季迪才力聲調，遠過三人，當是開山祖師。（同前）

一五　又傳温公《西江月》詞流播已久，余又得一首，名《錦堂春》云：「紅日遲遲，虚廊轉影，槐陰迤邐西斜。彩筆工夫難狀，晚景烟霞。蝶尚不知春去，漫繞幽砌尋花。奈猛風過後，縱有殘紅，飛向誰家。　始知青鬢無價，歎飄零宦路，荏苒年華。今日笙歌叢裏，特地咨嗟。席上青衫濕透，算感舊，何止琵琶。怎不教人易老，多少離愁，散在天涯。」（同前）

顔茂猷詞話

顔茂猷，字壯其，又字仰子，平湖（今屬浙江）人。明崇禎甲戌特賜進士。所著有《六經纂要》、《迪吉録》等。《迪吉録》九卷，分官鑑、公鑑二門，皆雜録諸書因果之事。此據《四庫全書存目叢書》影印明末刻本録詞話二則。

一

丁謂譖貶寇凖身死崖州：謂為凖所拔，未幾，以奸佞見惡于凖，遂譖凖，貶為雷州司户。又嘗與李迪忿争，同罷相。明旦，復乞身請留，其貪位無恥如此。初逐凖時，京師語曰：「欲得天下寧，當拔眼前釘。欲得天下好，莫如召寇老。」不半歲，謂以擅移皇陵亦連貶，人以為報復之速，天道安可誣也？又謂命宋綬責凖詞，有「春秋無將，漢法不道」等語，綬不從，及謂貶，即以此為草詞，朝論快之。

丁謂既竄崖州，道出雷州，準使人以一蒸羊迎境上。謂求見，拒絶之。準家僮謀欲報仇，乃杜門使縱博，俟謂行遠乃罷。蓋謂待準甚刻，準待謂甚寬，然自不能逃天網云。後賈似道竄葉李，及似道有罪，而葉李召用，相遇于道，李贈詩曰：「君來路，我歸路，天理章章胡不悟。雷司户，崖司户，客中邂逅欠蒸羊，聊贈一篇長短句。」亦畫出此段精神。（《迪吉録》卷一）

二　賈似道蔽主驕淫拉殺木綿庵：理宗時，似道為賈貴妃弟，恃寵不撿，日夜宴遊湖上不返。帝登高，望其燈火，曰：「此必似道也。」詢之，果然。竟以才寵用為右丞相。時元人攻鄂城急，似道陰遣人稱臣納幣。及元師去，以所殺俘卒奏諸路大捷，帝以為有再造功，加少師，封衛國公，奬眷甚至。以私意進用臺諫何夢然等，凡似道所惡者，無賢否，皆論斥之。元遣郝經來修好，似道方以鄂功自頌，懼姦謀呈露，命幽之真州，于是元興師問罪。又忌功，污衊閫臣，怨向士璧侮己，以侵盜邊費殺之。劉整、曹世雄嘗敗元師，似道欲專功，捃摭其罪，世雄竟死。劉整懼，叛降于元，元益知我虚實，寇邊甚鋭。以國費不足，行經界量丈法，尺寸之地，皆入官籍，東南大擾。度宗立，加太師，每朝必答拜稱師臣而不名。似道以去要君，每乞歸養，帝令傳旨固留，遣中使加賜，日至十數，夜即交卧第外以守之。初命三日入朝，後五日入朝，後十日一朝，入朝不拜。時襄樊圍急，似道日坐葛嶺，起半閑堂，與美妾日肆淫樂，踞鬬蟋蟀。又廣收奇器異物，有求不得，輒得罪，有言邊事者，輒加貶斥。一日，帝問曰：「襄陽圍三年矣，奈何？」似道曰：「北兵已退，陛下何從得此言？」帝曰：「適有大嬪言之。」似道詰其人，誣以他事，賜死，由是無敢言者。襄陽降元，中國遂不支。至兵勢屢敗，似道帥師作和)聲,所謂曲也。唐人乃以詞填入曲中,不復用和聲,此格雖云自王涯始,然真(當作貞)元、元和之間,已有為之者。王涯之前,又有「咸陽沽酒寶釵空」之句,李白作,《花間集》乃云張泌所為。楊繪《本事曲子》云:近世謂小詞起於温飛卿,然王建、白居易前於飛卿久矣,王建有《調笑令》,樂天有《謝秋娘》,皆在本集,與令小詞同,《花間集序》云起自李太白。《謝秋娘》一云《望江南》。又云近傳一闋,云為李白製,即今《菩薩蠻》,其詞之妙,非白不能也,此信自白始也。《青瑣集》,隋《海中(當作山)記》有《望江南》調,即煬帝之世已有之矣。(《事物初略》卷二十七「音樂」)

《野獲園詩》附「詩餘」詞話

歐陽鉉，字子玉，龍泉（今屬江西）人。明崇禎丁丑進士，官休寧縣知縣。著《野獲園集》。今存明崇禎間刻本《野獲園詩》二卷，見《四庫全書存目叢書》影印本，末附詩餘，有評語，評者不詳。此據録詞話十二則。

一　聲不淫靡，趣多警冷，恰是醉翁家風。（《野獲園詩》卷下「附詩餘」）

二　《滿江紅·秋思》「寒風颯颯捲秋林」：秋况蕭條，離情寂寞，對景興思，此際何能已已。（同前）

三　《謁金門·春景》「柳籠緑」：春景正妍，人生行樂具見詞中，快絶，快絶。　旁批：好景。（枝上好花蝶戀足，弄晴新雨浴。）（同前）

四《滿庭芳·留春》「薄暮憑欄」：張子野送春，歐陽公留春，可謂詞壇絶唱。　旁批：不覺百□□集。（一聲歸去，愁悶擁如城。）　又：寓意□遠。（怎似歸去來也，把富貴換却凄清。）（同前）

五《柳梢青·春情》「春去楊花」：情隨物遷，不禁感慨係之。　旁批：清貧。（青梅如豆，不奈天涯。）（同前）

六《瑞鶴仙·冬閨》「寒衾壓綉枕」：孤衾寒夜，最是關情，可謂善體婦人語意。（同前）

七《雨中花·流鶯》「深林小池萍分緑」：描寫逼真，不着色相。（同前）

八《青玉案·春歸》「相送未過陽關路」：幾回腸斷，如聽春老啼鵑。　旁批：别有韻致。（相送未過陽關路，何事偷身歸去。）　又：凄絶。（無情蘆草，顛狂柳絮，寂寞黄昏雨。）（同前）

九《菩薩蠻·春詞》「金鞍公子踏春塵」：若耶溪畔，苧蘿水邊，情思亦恁爾爾。　旁批：百媚生嬌。（雙眼頻頻抹玉人，玉人忽回顧，溪上桃花妬。）　又：誰能遣此？（問是寄江南，無言珠淚彈。）（同前）

一〇《一剪梅·閨思》「一重山」：思婦愁多夢，讀此，良然。　旁批：真。（望斷蒼崖翠壁間，夢魂先到關。）　又：思□字躍現。（瀟瀟暮雨倚門時，淚染羅衫兒。）（同前）

一一《菩薩蠻·春情》「垂垂弱柳拂春烟」：逸興遄飛，不讓王西樓「嫌月偷陰」之句。　旁批：鍾情在此。（笑入羅帷中，嬌羞帶半束。）（同前）

一二《謁金門·閨怨》「情難盡」：語語寫怨，而渾含不露，此真可以怨者。　旁批：怨。（紙帳梅花冷。）　又：怨。（綉得鴛鴦還自省，殘夢到孤枕。）（同前）

張琦詞話

張琦，字楚叔，自稱騷隱居士、白雪齋主人等，武林（今浙江杭州）人。工詞曲，有《白雪樓五種曲》。又與從弟張旭初選編有《吴騷合編》，張琦有崇禎丁丑自序，此據《四部叢刊續編》本影印明崇禎刊本《白雪齋選訂樂府吴騷合編》附張琦《衡曲麈譚》録詞話一則。

一　作家偶評：騷、賦者，三百篇之變也。騷賦難入樂而後有古樂府，古樂府不入俗而後以唐絶句為樂府，絶句少宛轉而後有詞。自金、元入中國，所用胡樂嘈襍，緩急之間，詞不能按，乃更為新聲以媚之，作家如貫酸齋、馬東籬輩咸富于學，兼喜聲律，擅一代之長，昔稱宋詞元曲，非虚語也。大江以北漸染胡語，而東南之士稍稍變體，别為南曲。高則成氏赤幟一時，以後南詞漸廣，二家鼎峙。大抵北主勁切雄壯，南主清峭柔脆。北字多而調促，促處見筋；南字少而調緩，緩處見眼。各有三昧，難以淺窺。譬之同一師承，而頓漸分受不可同日語也。乃製曲者往往南襲北辭，殊為可笑。今麗曲之最勝者，以王實甫《西廂》壓卷，日華翻之為南，時論頗弗取，不知其翻變之巧，頓能洗盡北習，調協自然，筆墨中之鑪冶，非人官所易及也。國初作者王子一輩十六人僅傳其名，詞未及見。後起如楊升庵頗有才情，所著有《洞天玄記》、《陶情樂府》，流膾人口。但楊本蜀人，調不甚諧，而摘句多佳。楊夫人亦饒才學，最佳者如《黃鶯兒》「積兩(當作雨)釀輕寒」一曲，字字絕佳，楊別和三詞，俱不能勝，固奇品也。北人如王渼陂、康對山，翩翩佳致，其後推山東李伯華，伯華以《傍粧臺》百闋為對山所欣賞，今其詞尚在，不足道，所為《寶劒》、《登壇記》亦是改其鄉先輩之作，固自平平，而自負不淺。弇州嘗譏其腔律未協，非苛求也。大聲，金陵將家子，所為散套尚多借襲，而才情亦淺，然句字流麗，可入絃索，如《三弄梅花》一闋頗稱作家，固知好句不在多得。王舜耕《西樓樂府》較為警健，題贈亦善調謔，而少風人之藴籍。常樓居自有樂府，詞氣豪逸，亦未當行。谷繼宗、謝茂秦輩皆有逸韻，尚居諸君之下。徐髯仙所為樂府不能如大聲穩協，而情思過之。吴中以南曲名者，祝希哲、唐伯虎、鄭若庸三人媲美。京兆能為大套，富麗而多駁襍。解元小詞纖雅絕倫。鄭所為《玉玦記》見其一斑，它未足道。《明珠記》乃陸天池采所成者，其兄浚明給事助之，非一手之烈。張伯起素喜梁伯龍博雅擅場，《吴越春秋》善述史學而不平實，且賓白工緻，具見名筆，第其失在冗長。若《江東白苧》一辭，讀之有學士氣，故伯起重之。伯起之撰《紅拂》，潔秀俊美，但不無輕弱之嫌。陸南門散詞有一二可觀語，亦雋爽。先輩如李空同、王浚川諸公皆長于北聲，不入南調，大抵曲之稱當行者首重譜韻，次論詞章。近日玉茗堂《杜麗娘》劇非不極美，但得吴中善按拍者調協一番，乃可入耳。惜乎摹畫精工，而入喉半拗，深為致慨，若士玆編，殆陳子昂之五言古耶？名家苦心，作家頗難得，予後學何知，漫舉而評隲之，非有他也。蓋謂曲學深奥，見從來作者之難。若諸君聲價久已實録，詞壇不可泯滅，余抑何敢以管窺之見漫為低昂也耶？（《衡曲麈譚》）

萬時華詞話

萬時華，字茂先，南昌(今屬江西)人。生而穎異，諸經子史無不歷覽成誦。負海内重名，艱於一第。崇禎中保舉，應徵北上，抵維揚，輒病，幾四十年卒。所著有《溉園初集》、《溉園二集》、《園居集》、《田居集》、《東湖集》，又有《詩經偶箋》。此據《四庫禁燬書叢刊》影印明末刻本《溉園初集》録詞話一則。

一

《小青傳定本》：小青者，武林某生姬也。家廣陵，名玄玄，字小青，其姓不傳。姬幼隨母學，博覽圖書，妙解聲律，兼精諸技。十齡時，遇一老尼，口授《心經》一過，輒成誦。尼曰：「是兒蚤惠，福薄，可令隨予作弟子。即不可，毋令識字，可三十年活。」母難之。十六歸生，生憨甚，且制于婦，青善下之，終不悦。一日，偶遊三竺，婦好謂青曰：「西方無量佛，而大士獨著者何？」青曰：「以慈悲故耳。」婦恚其諷也，微哂曰：「吾當慈悲若。」遂徙之孤山，獨留一媪與居，誡曰：「非吾命，而郎至，不得入。」抑非吾命，而郎手札至，亦不得入。」青頻眉而已。婦戚屬某夫人者賢而俠，時從青學奕，絶憐愛之。而姬性好書，數從生索取，不得，輒從夫人處借觀。間作小詞自遣，對佳山水，有所意得，輒作小畫，生聞之，每索，卒不與。青又好與影語，斜陽花際，煙空水清，輒臨池自照，絮絮如問答。聞女奴至，窺之輒止，但見眉痕慘然，故嘗有「瘦影自臨春水照，卿須憐我我憐卿」之句。……玄玄叩首上書。已，一慟而絶，時萬曆壬子歲，年纔十有八爾。郎竟不及訣，披帷見其貌，鮮好如平生，乃長號曰：「吾負汝！吾負汝！」噫嘻晚矣！而婦反恚甚，趣索圖，得其初本，立焚之，并焚其詩。今所傳者，青病時，遺老媪之小女花鈿襯以二紅紙，字漫滅，細閲之，得九絶句、一古詩、一詞，然題已不可攷。有遊姬拾殘箋寸許于壁間云：「數盡懨懨，深夜雨無多，也只得一半工夫。」蓋《南鄉子》詞之半，亦青遺墨。第三圖竟不見，第二圖聞生姻婭有購得之，娟娟楚楚，如秋海棠也。余聞之，愸然曰：世之好女子多矣，而文惠者□文矣！惠矣！而非坎廩悽痛，則憑而吊之者，亦不至心絶意悲，足將抉重泉而繫以續命之縷也。吾獨喜小青不以賢天人策易其志，至甘心鏡亡乾影，以終千秋意，語有識同悲，是不可與西陵松栢並論也。（《節録自《溉園初集》卷二）

沈際飛《草堂詩餘四集》詞話

沈際飛，字天羽，自署吴門鷗客、古香岑居士、毘陵長湖外史等，崑山（今屬江蘇）人。行蹟不詳，明崇禎年間在世。有評點《草堂詩餘四集》一書行於世，凡例云：「《正集》裁自顧汝所手，此道當家，不容輕為去取，其附見諸詞並鱗次其中。《續集》視顧選尤精約，悉仍其舊。《别集》則余僭為排纘，自宋泝之，而五代而唐而隋；自宋沿之，而遼而金而元。博綜《花間》、《樽前》、《花庵選》、宋元名家詞，以及稗官逸史，卷凡四，詞凡若干首。《新集》錢功父始為之，恨功父蒐求未廣，到手即收，故玉石雜陳，竽瑟瓦進，兹删其什之五，補其什之七，其於操戈功父，不至於續尾顧公。」即《正集》所據為雲間顧從敬選本，《新集》為錢允治編本，至於《續集》、《别集》則為沈氏編選，沈氏並對四集所收詞作評點箋註。是書今存刻本版本不一，而評語互有漫滅、或不清晰處。此據日本東洋文化研究所藏明翁少麓刻本、上海圖書館藏明吴門童湧泉刻本和南京圖書館藏明末刊本録詞話一千六百四十二則。

一　《草堂詩餘叙》：夫詩亡而餘騷賦，騷賦變而餘樂府，樂府缺而餘辭曲。粤古之樂章、樂歌、樂曲皆出於雅正，即《昔昔鹽》、《夜夜曲》已乖辭名。自隋、唐以來，聲詩間為長短句，如《穆護砂》、《阿辨迴》、《鴆爛堆》等曲，至新曲《楚妃》、《踏歌》、《風華》，必泝六朝。唐則有《尊前》、《花間》而成調，至集名《蘭畹》、《金荃》，取其逆風聞薰芳而弱也，則辭寧為大雅罪人，必不尚豪爽磊落明矣。迄宋崇寧立大晟府，命周美成諸人討論古音，少得存者，由此八十四調之聲稍傳，後增演慢、曲、引、進，為三犯、四犯，領樂栩調之繁，有六十家辭，至二百餘調，其間可歌可誦，如李、晏、柳五（疑作七）、秦七、「雲破月來花弄影」郎中、「紅杏枝頭春意鬧」尚書，閩彦若易安居士，詞之正也。至温、韋豔而促，黄九精而刻，長公騷而莊，幼安辨而奇，又辭之變體也。至高竹屋、姜白石、史梅溪、吴夢窓諸人格調逈出清新。故辭流於唐而盛於宋，乃選填辭曰《草堂詩餘》，而楊用修以青蓮詩名《草堂集》，詩餘者，青蓮《憶秦娥》、《菩薩鬘》二首為開山辭祖，殊不知辭不始於唐，如陶弘景之《寒夜怨》，梁武帝之《江南弄》、陸瓊之《飲酒樂》、隋煬帝之《望江南》，六朝君臣頌酒賡色，務裁豔語，宛轉儇佻，蔚發詞華，又開青蓮之先。若唐宣宗所稱「牡丹帶露真珠顆」《菩薩鬘》一曲，又不知誰氏所為，則又《花間集》之先聲已。然《花間》皆小語致巧，猶傷促碎，其《草堂》以綿麗取妍六朝，故以宋人為詩之餘，至金、元漸流

吕毖詞話

吕毖，字貞九，吴縣（今屬江蘇）人，明末在世，行蹟不詳。或作嘉定（今屬浙江）人，明末清初在世，自稱蘆城赤隱。築樓居妙高峰，得辟穀法。遊終南，樓居為僧所占，歸，不與校，别構方丈於小桃源，兼修隱形煉虚之道，清康熙甲辰先期築石穴，至期捻訣坐化。著有《事物初略》三十四卷，編成於明崇禎甲申，雜記事物俚俗語言之所自始，多抄取《事物紀原》諸書，此據《四庫全書存目叢書》影印明崇禎十七年資敬堂刻本《事物初略》録詞話一則。

一 詞曲：《筆談》曰：古時（當作詩）皆詠歌之，然後以聲依之，詠以成曲，謂之協律。詩有律如（當蕪湖，軍大潰，狼狽奔歸。時陳宜中為相，問還軍，不知似道所在，意其死也。即上疏乞誅似道，以正誤國之罪。是誰為之，故曰天也。遂罷政，尋以攻擊者衆，謫婺州。州人率衆為露布逐之，詔徙建寧。會稽尉鄭虎臣以父怨請為監押。似道寓建寧開元寺，侍妾尚數十人。此鄙夫之最下者。虎臣至，悉屏去，奪其寶玉，撤轎蓋，暴行日中，令轎夫唱歌謔之，窘辱備至。至泉州洛陽橋，遇葉李自漳州放還，前劾似道，為所貶。見于客邸，賦詞贈之，有云：「余歸路，君來路，天理章章胡不悟。」似道愧謝焉。及至漳州木綿庵，虎臣諷令自殺，似道不從，虎臣曰：「吾為天下殺似道，雖死，何憾？」遂即厠上拉似道胸殺之，殯於庵厠。一味造功要寵，遂至執行人挑敵怒，忌閫臣，攘邊功，其相因而至。乃事勢所不能自主也。如李林甫懼邊帥入相，遂用安禄山亂唐，盧杞懼李懷光間己，遂遏其入朝以致變。鄙夫患失之情，乃大危人國如此，可懼哉！士君子自惴能無獵功根乎？妬忌根乎？危人自安根乎？有一於此，得志時直未可保，所當謹其微而折之也。◯擁美妾，鬪蟋蟀，與狎客為戲。士夫如此洒脱，人或謂之好性氣無崖岸，即士人躭此快樂，亦自謂得便宜無邪心，孰知縱其所欲皆亂天下乎？試思一人歡娱，不過數十年間，而天下毒痛嗟怨，典妻賣子，罹罪觸網，斬頭截頸，都從我縱恣敗亂而生，聚不可當之苦，成無幾何之樂？待其興盡悲來，竟何如哉！思至此，則知與百姓同樂，為君相妙義，而叩其所從致，又必曰先天下而憂，後天下而樂也。然非平時快樂根、宴安根斬得盡絶，安能保此乎？（同前書卷二）

為詞，詞變為曲，代代如之。蓋古今之音大半不相通，則什九失其調。」此以音義言詞而為詞解嘲者也。而不知詞吸三唐以前之液，孕勝國以後之胎，斟量推按，有為古歌謡辭者焉，有為騷賦樂府者焉，有為五七言古者焉，有為近體歌行者焉，有為五七言律者焉，有為五七言絶者焉。而元人之曲則大都吞剥之，故説者又曰：「通乎詞者，言詩則真詩，言曲則真曲。」斯為平等觀歟，而又有似文者焉，有似論者焉，有似序、記者焉，有似箴、頌者焉。於戲！文章殆莫備於是矣。非體備也，情至也。情生文，文生情，何非文情？而以參差不齊之句，寫鬱勃難狀之情，則尤至也。彼瓊玉高寒，量移有地；花鈿殘醉，釋褐自天；甚而桂子荷香，流播金人，動念投鞭，一時治忽因之。甚而遠方女子讀淮海詞，亦解膾炙，繼之以死，非鍼石芥珀之投，曷繇至是？雖其鐫鏤脂粉，意專閨幨，安在乎好色而不淫？而我師尼氏删國風，逮《仲子》《狡童》之作，則不忍抹去，曰：「人之情，至男女乃極。」未有不篤於男女之情，而君臣、父子、兄弟、朋友間反有鐘吾情者。況借美人以喻君，借佳人以喻友，其旨遠，其諷微；僅僅如歐陽舍人所云「葉葉花牋，文抽麗錦；纖纖玉指，拍按香檀。不無清絶之詞，用助嬌嬈之態」而已哉！或又曰：辛稼軒以詩詞謁蔡光，蔡云：「子之詩，未也，當以詞名。」馬鶴窓與陸清溪皆出菊莊之門，而清溪得詩律，鶴窓得詞調，詩與詞幾不可强同。而楊用修亦曰：詩聖如子美，不作填詞；宋人如秦、辛，詞極工矣，而詩不强人意。則不見夫李白之《憶秦娥》、《菩薩鬘》，王建之《調笑令》，白居易之《憶江南》，昔日以為詩而非詞，今日以為詞而非詩。讀者自作岐觀，而作之者夫何岐乎？故詩餘之傳，非傳詩也，傳情也。傳其縱古横今，體莫備於斯也。余之津津焉評之而訂

之，釋且廣之，情所不自已也，嵇康曰：「著書妨人作樂耳。」其然？豈其然？吴門鷗客沈際飛天羽父自題。（同前）

四《跋》：古詩三千篇有奇，删十而存一，非聖於詩者能之乎？終不舉翼《易》之筆以評詩，其故何也？古詩之變為五七言古風，為近體，為長短句，變愈甚，評者滋多，其故又何也？譬之兩間煙雲川岳，以至林莽飛走之屬，無不有象有情，繪者以三寸管收之尺幅間，能令觀者即其象，會其精。復有人焉從旁而指其用意用筆之妙，將觀者躍然，别有悟入，而繪者亦默默，意為之消。有友張連叔氏精繪事，能以數百尺絹繪四時風雨晦明之狀為一巨卷，而過脉處了無痕跡。一時出所繪示吾家天羽，天羽從旁指其用意用筆之妙，余為躍然，連叔亦默默首肯，以為得心之同。夫古詩如虞廷之繪日月星辰、山龍藻火，朴而雅，玩之而弗竟，當以不評評之；下此如唐宋元名家之畫，不評固無減，評之而趣乃益露。詩餘以參差頓挫為奇，殆米顛父子及近日陳白陽筆，院畫之外，别有一種機法，若其近而遠、澹而雋、豔而真，又與近體以上相似，以評評之，固無不可。吾家天羽夙具靈心慧眼，以評連叔畫者評詩餘，又何所不可？東山秦明府蒞崑，從臾是舉，俾公海内簿書之餘，不輟吟詠，是誠偃令也哉！余喜繪事而不知詩，竊以評繪者評詩，夫亦曰以古詩還古詩，以近體還近體，以詩餘還詩餘。評與不評，聽人自會，評者之旨有當於觀者可知，設觀者之見更有加於評者，評者亦俛首聽焉。鹿城沈瓚馨孺氏書。（同前）

五 凡例：[一]銓異：調有定名，即有定格，其字數多寡，平仄韻脚較然，中有參差不同者：一曰襯字，文字偶不聯暢，用一二字襯之。密按其音節，虚實間正文自在，如南北劇這字、那字、却字之類，從來詞本即無分別，不可不知。一曰宫調，所謂黄鐘宫、仙吕宫、無射宫、中吕宫、正宫、仙吕調、歇指調、高平調、大石調、小石調、正平調、越調、高調也。詞有名同，而所入之宫調異，字數多寡亦因之異者。如北劇黄鐘《水仙子》與雙調《水仙子》異，南劇越調過曲《小桃紅》與正宫過曲《小桃紅》異之類。一曰體製，唐人長短句皆小令耳，後演為中調、為長調，一名而有小令，復有中調、有長調，或繫之以犯、以近、以慢别之，如南北劇名犯、名賺、名破之類。又有字數多寡同，而所入宫調異，名亦因之異者，如《玉樓春》與《木蘭花》同，而以《木蘭花》歌之，即入大食調之類。又有名異而字數多寡則同，如《蝶戀花》一名《鳳棲梧》、《鵲踏枝》，如《念奴嬌》一名《百字令》、《酹江月》、《大江東去》之類，不能殫述。

[二]比同：詞中名字本樂府，然而去樂府遠矣；南北劇中之名又多本填詞，然而去填詞遠矣。今按南北劇與填詞同者：如《青杏兒》即北劇小食調，《憶王孫》即北劇仙吕調，《生查子》、《虞美人》、《一剪梅》、《滿江紅》、《意難忘》、《步蟾宫》、《滿路花》、《戀芳春》、《點絳唇》、《天仙子》、《傳言玉女》、《絳都春》、《卜算子》、《唐多令》、《鷓鴣天》、《鵲橋仙》、《憶秦娥》、《高陽台》、《二郎神》、《謁金門》、《海棠春》、《秋蘂香》、《梅花引》、《風入松》、《浪淘沙》、《燕歸梁》、《破陣子》、《行香子》、《青玉案》、《齊天樂》、《尾犯》、《滿庭芳》、《燭影摇紅》、《念奴嬌》、《喜遷鶯》、《搗練子》、《剔銀燈》、《祝英台近》、《東風第一枝》、《真珠簾》、《花心動》、《寶鼎現》、《夜行船》、《霜天曉角》，皆南劇引子。《柳梢青》、《賀聖

朝》、《醉春風》、《紅林擒近》、《蓦山溪》、《桂枝香》、《沁園春》、《聲聲慢》、《八聲甘州》、《永遇樂》、《賀新郎》、《解連環》、《集賢賓》、《哨遍》，皆南劇慢詞，外此，鮮有相同者。

［三］疏名：詞名必有所取，如《蝶戀花》取梁元帝句「翻堦蛺蝶戀花情」，《滿庭芳》取吴融句「滿庭芳草易黄昏」，《點絳唇》取江淹句「明珠點絳唇」，《鷓鴣天》取鄭嵎句「家在鷓鴣天」，《踏莎行》取韓翃句「踏莎行草過春溪」，《西江月》取魏萬句「只今惟有西江月」，《惜餘春》取太白賦，《浣溪沙》取少陵詩，《瀟湘逢故人》取柳渾詩，《青玉案》取《四愁詩》。《菩薩蠻》，西域婦髻也。《蘇幕遮》，西域婦帽也。《尉遲杯》，敬德飲酒，必用大杯也。《蘭陵王入陣圖》，必先歌其勇也。《生查子》，「查」古槎字，張騫事也。其他或取篇首之字明之，或取篇中字之雅者名之，如《大江東去》、《如夢令》、《人月圓》、《疏簾淡月》之類，可以意推。

［四］研韵：上古有韻無書，至五七言體成而有詩韻，至元人樂府出而有曲韻。詩韻嚴而理瑣，在詞當並其獨用為通用者綦多，曲韻近矣。然以上支紙寘分作支思韻，下支紙寘分作齊微韻，上麻馬禡分作家麻韻，下麻馬禡分作車遮韻，而入聲隸之平上去三聲，則曲韻不可以為詞韻矣。錢塘胡文焕有《文會堂詞韻》，似乎開眼，乃平上去三聲用曲韻，入聲用詩韻，居然大盲，世不復考，將詞韻不亡於有，可驚嘆也，願另為一篇正之。

［五］分表：《正集》裁自顧汝所手，此道當家，不容輕為去取，其附見諸詞並鱗次其中。《續集》視顧選尤精約，悉仍其舊。《别集》則余儹為排纘，自宋泝之，而五代而唐而隋；自宋沿之，而遼而金

而元。博綜《花間》、《樽前》、《花庵選》、宋元名家詞，以及稗官逸史，卷凡四，詞凡若干首。《新集》錢功父始為之，恨功父蒐求未廣，到手即收，故玉石雜陳，竽瑟瓦進，茲删其什之五，補其什之七，其於操戈功父，不至於續尾顧公。

［六］著品：評語，前未有也，近閩中墨本、吴興硃本有之，非唫囈，則隔搔，見者嘔噦。茲集精加披剥，旁通仙釋，曲暢性情，其靈慧新特之句用○，爾雅流麗之句用丶，鮮奇警策之字用◎，冷異巉削之字用〳，鄙拙膚陋字句用丨，復用●讀句，以便覽者不嚼嚅於開卷，心良苦矣。

［七］證故：注釋不曉創之何人，而金陵本、閩中本、浙中、吴中本，轉展相襲，依樣葫蘆，顯者復説，僻者闕如，大可噴飯。今細細查注，微顯闡幽，不復不脱，間有援引非倫，亦如郭向注《莊》意，言之外别有新趣耳。

［八］栞誤：一句訛則一篇累，一字訛則一句累。同時才人腐毫八股業，皇及填詞？即留心騷賦，高者工詩，其次制曲。《詩餘》正、續本帝虎亥豕，訛謬滋興，誰與講訂？錢功父新編訛以傳訛，差落顛倒，甚而調名亦混，如王元美《西江月》混入《少年遊》、蘇景元《踏莎行》混入《木蘭花》、王止仲《踏莎行》混入《水龍吟》、徐山淑《霜天曉角》六調混為三調、楊用修《鶯啼序》一調割為二調，尤為可笑者，《金字經》、《水仙子》、《天净沙》、《一枝花》、《折桂令》、《梁州序》皆以北曲混入，今茲考訂正文，附註訛字，次其前後，芟其混入，可謂犁然。若夫名氏影借，本色難晦，故物宜還，併政之。

［九］定譜：維揚張世文作《詩餘圖譜》七卷，每調具圖，後繫辭於宫調，失傳之目為之規規而矩

矩，誠功臣也。但查卷中一調先後重出，一名有中調、長調，而合為一調，舛錯非一。錢塘謝元瑞更為十一卷，未見釐剔。吴江徐伯曾以圈剔，墨白易淆，而直書平仄，標題則乖。且一調分數體，體緣何殊？《花間》諸詞未有定體，而派入體中，其見地在世文下矣。古歙程明善因之刻《嘯餘譜》，於天瑞兄弟也。余則以一調為主，參差者明注字數多寡，庶定格自在，神明推人，即此是譜，不煩更覓圖譜矣。

［一〇］誒哲：是刻歷時一載，繙閲數番，衡古推今，心血欲槁。所歉者，古人之詞，隨煙月以淹逝；今人之詞，方雲霞其蔚蒸。如升庵《填詞選格》、《詞林萬選》、《詞選增奇》、《填詞玉屑》、《詩餘補遺》、《古今詞英》、《百琲明珠》等書已不復見，矧宋元遺本，其跑蝨覆瓿者不知幾何矣。又如我明宋潛溪、解大紳、王陽明、王守溪、于廷益、何大復、唐荆川、楊椒山、莫廷韓、梅禹金、湯海若、黄貞父、湯嘉賓、駱象先、鍾敬伯、丘毛伯、陶石簣、屠赤水、王百穀、袁中郎諸公，集中無詞。而陳眉公、張侗初、李本寧、馮具區、王永啟、錢受之、鄒臣虎、韓求仲、顧鄰初、王季重、董玄宰、譚友夏、趙凡夫諸公尚未有集，坐井窺管，自分不免。有同志者，不妨惠教，以嗣續編。

［一一］誠翻：坊人嗜利，更惜費，翻刻之弊所由始也。邇來訐告追版，而急於竊其實，巧於掩其名，如《詩餘》舊本，按字數多寡編次，今以春夏秋冬編次矣。至本意送别、題情、詠物諸詞，盡不可以時序論，必硬入時序中，不妥莫甚。太末翁少麓氏志趨風雅，敦懇兹集，捐重貲精鐫行世。吾懼夫後來市肆有以春夏秋冬故局刻之者，不然，以四集合編，稍增損評注刻之者，而能逃於翻之一字乎？

夫抹倒閲者一片苦心為不仁，詈吞刻者十分生計為不義，詎嘿嘿而已也。先此布告。古香岑天羽居士言。（同前）

六　《草堂詩餘原序》正集：顧子汝所刻《草堂詩餘》成，問序於何良俊。何良俊曰：夫詩餘者，古樂府之流别，而後世歌曲之濫觴也。爰自上古鴻荒之世，禮教未興，而樂音已具。蓋樂者，繇人心生者也。方其淳和未散，下有元聲，則凡里巷歌謡之辭，不假繩削而自應宫徵，即成周列國之風，皆可被之管絃是也。迨周政迹熄，繼以强秦暴悍，繇是詩亡而樂闕。漢興，《郊祀》、《房中》之外，别有《鐃歌辭》，如《雉子班》、《朱鷺》、《芳樹》、《臨高臺》等篇。其他蘇、李雖創為五言詩，當時非無繼作者，然不聞領於樂官，則樂與詩分為二明矣。魏、晉以來，曹子建《怨歌行》七解，為晉曲所奏。他如横吹、相和、平調、清調、清商、楚調諸曲，六朝並用之，陳、隋作者猶擬樂府歌辭，體物緣情，屬詠雖工，聲律戾矣。唐太宗以文教開國，又玄宗與寧王輩皆審音，海内清宴，歌曲繁興，一時如李太白《清平調》、王維《鬱輪袍》及王昌齡、王之渙諸人，略占小詞，率為伎人傳習，可謂極盛。迨天寶末，民多怨思，遂無復貞觀、開元之舊矣。宋初，因李太白《憶秦娥》、《菩薩蠻》二辭以漸創製，至周待制領大晟府樂，比切聲調十二律，各有篇目，柳屯田加增至二百餘調，一時文士復相擬作，而詩餘為極盛。然作者既多，中間不無昧於音節，如蘇長公者，人猶以鐵綽板唱「大江東去」譏之，他復何言耶？繇是詩餘復不行，而金、元人始為歌曲，蓋北人之曲以九宫統之，九宫之外，别有道宫、高平、般涉三調，總一十二調。南人之歌亦有南九宫，然南歌或多與絲竹不協。豈所謂土氣偏詖，鐘律不得調平者耶？總而嚴之，則詩亡而後有樂府，樂府闕而後有詩餘，詩餘廢而後有歌曲，大抵創自盛朝，廢於叔世。元聲在，則為法省而易諧；人氣乖，則用法嚴而難叶，茲蓋其興革之大較也。筆者按：有眉批云：説詩詞沿革如指掌。又：《花間集》皆詞，而一調中長短多寡不同，即一人一調，而數首不相類，宋創為體格，如萬圓之莫易，寸黍不差矣。又：格論。然樂府以皦逕揚厲為工，詩餘以婉麗流暢為美，即《草堂詩餘》所載，如周清真、張子野、秦少游、晏叔原諸人之作，柔情曼聲，摹寫殆盡，正辭家所謂當行、所謂本色者也，第恐曹、劉不肯為之耳。假使曹、劉降格為之，又詎必能遠過之耶？是以後人即其舊詞稍加隱栝，便成名曲，至今歌之，猶聳心動聽。嗚呼！是可不謂工哉！筆者按：有眉批云：近湯臨川《還魂》傳奇，稱一代詞宗，其中名曲多櫽括詩餘取勝也，他可知已。余家有宋人詩餘六十餘種，求其精絶者，要亦不出此編矣。顧子，上海名家，家富詩書，代傳禮樂。尊公東川先生博物洽聞，著稱朝列，諸子清修好學，綽有門風，故伯、叔並以能書供奉清朝。仲、季將漸以賢科起矣。是編乃其家藏宋刻本，比世所行本多七十餘調，是不可以不傳。今聖天子建中興之治，文章之盛，幾與兩漢同風，獨聲律之學，識者不無歉焉。然是編於聲律家，其可少哉？他日天翊昌運，篤生異人，為聖天子制功成之樂，上探元聲，下採衆説，是編或大有裨焉，觀者勿謂其文句之工，但足以備歌曲之用，為賓燕之娱耳也。東海何良俊撰。（《草堂詩餘正集》）

七　秦少游《搗練子》「心耿耿」：斜月斜風，秋方不同。○只一句含無盡意，且從尋常中領，手眼最高。（同前書卷一「小令」）

二　《草堂詩餘原序》：經宫緯羽，豔隻字於色飛；角緑鬬紅，誓片辭而魂絶。是以雲謡黄澤，響遏清風；寶鼎芝房，價高白雪。樂府争傳楊柳大堤之句，大晟曾填《魚遊春水》之腔。娱耳陶匏，並收金石；翫目黼黻，誰問玄黄。則有文姬墨卿，殢柔條於韶景；亦寫離懷愁緒，悲落葉於勁秋。「雲破月來花弄影」郎中，扣扉將命；「紅杏枝頭春意鬧」尚書，倒屣屏呼。少長河陽，由來能舞；兄弟協律，生小學歌。箜篌非闕曹植之章，琵琶何待石崇之曲。若乃皺水夢回，焉取君臣嘲謔；荷香桂子，那知金亮投鞭。《詩餘》二編，彙連千首，織綃製錦，非唯芍藥之花；鳳律鸞歌，寧止蒲萄之樹。向來剞劂，不無雌黄，鄴架可登，奚囊未便。於是五松主人燃脂瞑繕，弄墨晨書，新定魯魚，前仍甲乙。珠簾以玳瑁為押，玉樹用珊瑚作枝。永對玩於床帷，長披拭乎纖手。因使詩盟酒社，月夕花朝，馬上頻開玉函，枕畔輕摇檀拍。肘懸丹檢豪哲，聊供捧腹之歡；帳鎖紅樓嬋娟，更唱蓮舟之引。西陵來行學顔叔書。（同前）

三　《序草堂詩餘四集》：説者曰：「周人制為樂章，漢世則有樂府，晉、宋之際有古樂府，與漢人之樂府不可同日語也。再變而為隋、唐、五代之樂歌，又變而為宋、元之長短句，愈降愈下矣。」此以風氣貶詞者也。或曰：「曰風、曰雅、曰頌，三代之音；曰歌、曰吟、曰行、曰操、曰辭、曰曲、曰謡、曰諺，兩漢之音；曰律、曰排律、曰絶句，唐人之音。詩至於唐而格備，至於絶而體窮，宋不得不變而之詞，元不得不變而之曲。」此以體裁貶詞者也。或曰：「風、雅，本歌舞之具，漢不能歌風、雅，則為樂府歌之。風、雅但可作格，而不可言調。唐用絶句為歌，則樂府但可為格，而不可言調。由兹而下，詩變為歌曲，若我明如劉伯温、楊用修、吴純叔、文徵仲、王元美兄弟輩，激響千代，移宫换羽，蟬緩而就之，詩若蕩然無餘，而不知即餘亦詩也。自三百而後，凡詩皆餘也。既謂騷賦為詩之餘，樂府為騷賦之餘，填辭為樂府之餘，聲歌為填辭之餘，遞屬而下，至聲歌，亦詩之餘，轉屬而上，亦詩而餘。聲歌，即以聲歌填辭樂府，謂凡餘皆詩，可也。然歷朝近代皆有一種古雋不可磨滅處，余故商之沈天羽氏，以正、續兩集並我明朝新集，為之正次訂舛，抉孅擷芳，先識古今體製雅俗，脱出宿生塵腐氣，大約取其命意遠、造語鮮，煉字響，用字便，典麗清圓，一一粘出，至於别集，則歷朝近代中所逸，辭意穎拔，風韻秀上，騷不雄，麗不險，質不率，工不刻，天然無雕飾，且語不經人道，皆如新脱手，讀之使人神越色飛，令鬪字逞俠者退舍。大約辭婉孌而近情，燕眳鶯吭，寵柳嬌花，原為本色，但屏浮豔，不鄰鄭、衛為佳。至離情則銷魂腸斷，其辭多哀，但調感愴於南浦、渭陽之外，詠節叙要，措辭精碎，見時節風物，聚會晏樂景况，然率俚，豈可歌於坐花醉月之間？若詠物，恐摹寫稍遠，又恐體認太真，要收縱聯密，用事合題為妙。又難於壽辭，説富貴近俗，功名近諛，神仙近於迂闊虚誕，總此三意，而無松椿龜鶴字為佳。人知辭難於長調，而不知難於令曲，一句一字閑不得，亦一句一字著不得，即淡語、淺語、恒語，極不易工，末句要留有餘不盡意思，如近代《絶妙詞選》，名公調腴，多以此為射雕手。余才不甚穎，浩癖於詞章，亦知辭平仄斷句皆有定數，但不能斷髯枯毫，句敲字推，故躭二十年，未見其進，不知詩，烏知其餘？余特言其餘，海内詞人韻士，得毋以擊缶韶外為不足觀也耶？東魯尼山樵秦士奇書於玉峰署中。（《草堂詩餘四集》）

三四　周美成《浣溪沙》「小院閒牕春色深」：雅練。又：「欲謝」、「難禁」，淡語中致語。（同前）

三五　李易安《浣溪沙》「樓上晴天碧四垂」：粗鄙。又：沾泥花不韻矣。「上燕巢」翻成韻處。（同前）

三六　賀方回《浣溪沙》「鷙外紅銷一縷霞」：「淡黃」句與秦處度「藕葉清香勝花氣」寫景詠物，造微入妙。（同前）

三七　歐陽永叔《浣溪沙》「湖上朱橋響畫輪」：人謂永叔不能作麗語，如「隔花」句、「海棠經雨」句，非麗語耶？◎「奈何」二字春色撩人。（同前）

三八　歐陽永叔《浣溪沙》「雨過殘紅濕未飛」：軟而靈。（同前）

三九　蘇東坡《浣溪沙》「風壓輕雲貼水飛」：首句化腐為新。又：味遠。（同前）

四〇　晏同叔《浣溪沙》「一曲新詞酒一盃」：「油壁車輕金犢肥」二句，歌行麗對也；「細雨夢回鷄塞遠」、「青鳥不傳雲外信」、「無可奈何花落去」六句，律詩俊語也，然自是天成一段詞，看詩不得。（同前）

四一　秦少游《浣溪沙》「青杏園林煮酒香」：「隙月窺人小」、「天涯一點青山小」、「一夜青山老」，俱妙在叶字，「乍雨乍晴」句妙，不在叶字，而在乍字。（同前）

四二　張子野《浣溪沙》「樓倚江邊百尺高」：「今宵」應「暮煙」句，曰「日長」，又味愈深。（同前）

四三　張子野《浣溪沙》「錦帳重重捲暮霞」：詩云：「夢魂不知遠，飛過大江西」，此云「飛不去」，絶

妙翻法。（同前）

四四　張子野《浣溪沙》「水滿池塘花滿枝」：是春閨好光景，與春怨不同。（同前）

四五　周美成《浣溪沙》「日射欹紅蠟蒂香」：「粉襟」句畫出佳人。　又：「好思量」，比相思字更為流美。（同前）

四六　周美成《浣溪沙》「翠葆參差竹徑成」：景物一一不謬。（同前）

四七　黄魯直《浣溪沙》「新婦磯頭眉黛愁」：魯直兩漁父詞俱見道。　又：東坡云：聞魯直以水光山色替却玉肌花貌為得意，然才出新婦磯，便入女兒浦，此漁父毋乃太瀾浪耶？余謂「新婦」二句自雙起語，不可合看。（同前）

四八　歐陽永叔《浣溪沙》「堤上遊人逐畫船」：一「出」字，亦後人着意道不到處。　又：達人之言。（人生何處似尊前。）（同前）

四九　温庭筠《菩薩蠻》「南園滿地堆輕絮」：芟《花間集》者，額以温飛卿《菩薩蠻》十四首，此其一也。○雋逸之致，追步步白。（同前）

五〇　李太白《菩薩蠻》「平林漠漠煙如織」：「雲如髻」可方「煙如織」。　又：古詞妙處只是天然無雕飾。（同前）

五一　秦少遊《菩薩蠻》「蛩聲泣露驚秋枕」：「凉」字妙。　又：畢竟不成眠，斬截痛快。（同前）

五二　秦少遊《菩薩蠻》「金風蔌蔌驚黄葉」：伏枕黄葉無清揚耳，用兩「驚」字，無情生情。（同前）

八 李重元《憶王孫》「萋萋芳草憶王孫」：一句一思。○因樓高曰空，因閉門曰深。又：重元共有春夏秋冬四詞，今遺其一。（同前）

九 李重元《憶王孫》「風蒲獵獵小池塘」：甚有含畜。（同前）

一〇 李重元《憶王孫》「同雲風掃雪初晴」：「天還知道，和天也瘦」、「人比黄花瘦」，押「瘦」字妙，「瘦損」尤妙。（同前）

一一 曹元寵《如夢令》「門外緑陰千頃」：「不勝情」三字包裹前後。（同前）

一二 秦少游《如夢令》「鶯嘴啄花紅溜」：琢句奇峭。又：春柳未必瘦，然易此字不得。（同前）

一三 周美成《如夢令》「池上春歸何處」：簾外風雨愈惱亂。（同前）

一四 謝無逸《如夢令》「花落鶯啼春暮」：葉上疏雨蕭索。（同前）

一五 李易安《如夢令》「昨夜雨疎風驟」：「知否」二字疊得可味。○「緑肥紅瘦」剏獲自婦人，大奇。（同前）

一六 晏叔原《如夢令》「樓外殘陽紅滿」：出語大方。（同前）

一七 秦少游《如夢令》「冬夜月明如水」：一作「遥夜沉沉如水」。（同前）

一八 馮延巳《長相思》「紅滿枝」：哀而不傷。（同前）

一九 李後主《長相思》「一重山」：豔。（同前）

二〇 黄叔暘《長相思》「天悠悠」：較「月明」句勝。（同前）

二一 白居易《長相思》「汴水流」：「點點」字俊。○太白開山，後至元和，觀此二闋。（同前）

二二 万俟雅言《長相思》「短長亭」：此詞發妙旨於律吕之中，運巧思於斧鑿之外，工而平，麗而雅，「要」字新剌。（同前）

二三 和凝《薄命女》「天欲曉」：冲寂自妍，末只一句，盡却怨意。（同前）

二四 晏叔原《生查子》「金鞍美少年」：味在言外。（同前）

二五 張子野《生查子》「含羞整翠鬟」：「雁柱」二句摹彈箏神。 又：「鎖」字入此處致甚。

二六 賀方回《點絳脣》「紅杏飄香柳含烟」：有態。（同前）

二七 何籀《點絳脣》「春雨濛濛」：善叙。（同前）

二八 何籀《點絳脣》「鶯踏花翻」：起句、結句俱難得，填詞每以此取勝。（同前）

二九 蘇叔黨《點絳脣》「高柳蟬嘶」：寫來不俗。（同前）

三〇 蘇叔黨《點絳唇》「新月娟娟」：詩句。 又：「傳杯」與「如酒」相映。（同前）

三一 林君復《點絳脣》「金谷年年」：終篇不出一「草」字，更得所以詠草之情。（同前）

三二 蘇東坡《點絳唇》「醉漾輕舟」：如畫。（同前）

三三 周美成《浣溪沙》「水漲魚天拍柳橋」：此等景徑畫不出。（同前）

五三　黄叔暘《菩薩蠻》「南山未解松梢雪」：清絶。（同前）

五四　孫巨源《菩薩蠻》「樓頭尚有三通鼓」：落筆豪快。又：時李邦直在座，頗以卒章非佳語，巨源竟得疾於玉堂，後六日卒，可謂詞讖，其詞自是足傳。（同前）

五五　張子野《菩薩蠻》「哀筝一弄湘江曲」：「斷腸」二句俊極，與「一一春鶯語」並美。（同前）

五六　孫濟師《菩薩鬘》「一聲羌管吹嗚咽」：奇雋。（同前）

五七　辛幼安《菩薩鬘》「鬱孤臺下清江水」：無數山水，無數悲憤郁伊。文公云：「若朝廷賞罰明，此等人皆可用。」（同前）

五八　僧仲殊《訴衷情》「湧金門外小瀛洲」：末句匪夷所思。（三千粉黛，十二闌干，一片雲頭。）（同前）

五九　李後主《醜奴兒令》「轆轤金井梧桐晚」：何關魚鴈山水，而詞人一往寄情，煞甚相關。秦、李諸人多用此訣。（同前）

六〇　康伯可《醜奴兒令》「馮夷剪碎澄溪練」：起語超。又：梅花獨處春，楊柳並用，是「關門閉户掩柴扉」也。又：「月破黄昏」與「此夜」字義重復。（同前）

六一　秦處度《卜筭子》「春透水波明」：山谷詞「春未透，花枝瘦」，極為學者稱賞，蓋法此。◎「人在否」從「宛在水中央」悟出。（同前）

六二　徐師川《卜算子》「胸中千種愁」：少陵云「憂端如山來，澒洞不可掇」，趙嘏云「夕陽樓上山重

疊，未抵春愁一倍多」是也，合下三絶。（同前）

六三　僧皎如晦《卜算子》「有意送春歸」：善謔，送春詞中，此為第一。（同前）

六四　蘇子瞻《卜算子》「缺月掛疎桐」：或以鴻鴈未嘗棲宿樹枝，欲改作寒蘆，末揀盡則不棲枝矣，子瞻不誤也。　又：通篇無一點塵俗氣。　又：《耆舊續聞》云：「趙右史親見東坡此詞墨跡，是『寂寞沙洲冷』。　又：宋儒解傳時事，已成惡評，『楓落』句又崔信明詩，與篇中不相應，作『吴江冷』，非。（同前）

六五　蔣子雲《好事近》「葉暗乳鵶啼」：逼真初夏。（同前）

六六　康伯可《憶秦娥》「春寂寞」：一篇煞語，不復有餘，亦奇。　又：杓，乃酒器。（臂綃不耐黄金約。一作杓，誤。）（同前）

六七　孫夫人《憶秦娥》「花深深」：似後面還有許多意思，景物在，妙，妙。（同前）

六八　李太白《憶秦娥》「簫聲咽」：太白此詞有林下風氣，《憶秦娥》詞故是閨房之秀。　又：新本落後段疊句，非。（同前）

六九　張安國《憶秦娥》「雲垂幕」：瓊，赤玉也，似非云色。謝賦「林挺瓊樹」，劉義恭「飛瓊集庭樹」，李賀「白天碎碎墮瓊芳」，則沿用久矣。　又：「路迷迷路」，俱雪之神。（同前）

七〇　周美成《憶秦娥》「香馥馥」：節次妙。　又：「顰眉為婿羞」，趣別。　又：「怨紅愁緑」、「卧紅堆緑」，皆驚。（同前）

七一　陳子高《謁金門》「愁脉脉」：濕未，飛雨也，紅飛，風雨也。飛不得，亦可言風，以條風絶景，風生也，非春晚乎？（同前）

七二　秦處度《謁金門》「鴛鴦浦」：欲載愁，愁又無着，意緒紆迴倘怳。（同前）

七三　韋端己《謁金門》「空相憶」：「天上」句粗惡。　又：「把伊書跡」四字頗妙。　又：「落花寂寂」，淡語之有景者。（同前）

七四　韋莊《謁金門》「春雨足」：「染就」句麗。〇説得雙羽有情。〇《魚遊春水》「山萬重，寸心千里」，亦自妙，此以上文布置，托一目字，意思完全，韻脚驚策。（同前）

七五　馮延巳《謁金門》「風乍起」：起語與前詞同一况味。〇聞鵲報喜，須知春中還有疑在。〇唯動生感，天下有心人，何處不關情，乃云「干卿甚事」。（同前）

七六　趙德麟《清平樂》「春風依舊」：「能消幾箇黄昏」，怕語之有情者，能守正緊緊。（同前）

七七　晁次膺《清平樂》「深沉院宇」：着人。（同前）

七八　孫夫人《清平樂》「悠悠颺颺」：雪之形聲，盈耳盈目。（同前）

七九　温庭筠《更漏子》「玉爐香」：子野句「深院鎖黄昏，陣陣芭蕉雨」，似足該括此首，弟觀此，始見妙。（同前）

八〇　和凝《喜遷鶯》「曉月墜」：句新。（同前）

八一　李後主《阮郎歸》「東風吹水日銜山」：意緒亦似歸宋後作。（同前）

八二　歐陽永叔《阮郎歸》「南園春早踏青時」：景物閑遠。又：簾垂則燕棲，棲則在梁，妥甚。（同前）

八三　秦少游《阮郎歸》「春風吹雨遶殘枝」：諱愁，無奈想，深且慧。又：既已整頓，終不禁，應劫之遲，寫生乎？（同前）

八四　蘇養直《阮郎歸》「西園風暖落花時」：似從前二首脱胎。◎前句好在絮飛，後句好在人未歸。◎愁不可諱，並不可遣，各領一奇，因思愁來無着，又非定論。（同前）

八五　蘇東坡《阮郎歸》「緑槐高柳咽新蟬」：榴花不獨五月，炎州十月榴始花。又衡山祝融峰下法華寺石榴，春秋皆發，勿以此花疑非初夏也。（同前）

八六　曾純甫《阮郎歸》「柳陰庭館占風光」：憐香惜豔，燕尤不俗，落花都上燕巢泥，根出在此。又：「歸」與「去」互照。（同前）

八七　秦少游《阮郎歸》「湘天風雨破寒初」：衡柳皆楚湘地，故曰湘。（同前）

八八　黄山谷《阮郎歸》「歌停檀板舞停鸞」：山谷多茶詞，如「餘清攙（一作攬）夜眠」、「兔褐金絲寶盌，松風蟹眼新湯」，悉臻妙境，不獨此調及《品令》為佳。（同前）

八九　黄山谷《阮郎歸》「烹茶留客駐彫鞍」：一「月斜」句在下，「有人」句在上，未順。◯一字自相為韻，出於湯銘盤而韻，上日字亦韻，四韻皆山，前句四韻亦叶，盤銘之變也。（同前）

九〇　秦少游《畫堂春》「落紅鋪徑水平池」：此恨亦知不得。（同前）

九一 秦少游《畫堂春》「東風吹柳日初長」：杏花零落香，「為憐流去落紅，銜將歸畫梁」，秦以一句出藍。○縈遶瀟湘，畫中之畫。◎「寶篆煙銷，鸞鳳畫屏，雲鎖瀟湘」，亦妙。（同前）

九二 李易安《武陵春》「風住塵香花已盡」：與「載取愁歸去」相反，與「遮不斷愁來路」、「流不到楚江東」相似，分幟詞壇，孰辨雄雌？（同前）

九三 吴彦高《青衫濕》「南朝千古傷心地」：悽清婉至，花庵詞客極賞此。（同前）

九四 秦少游《海棠春》「流鶯窗外啼聲巧」：再睡，不幾負花耶？時本以宿酲未解作一句，大誤。又：媚殺。（同前）

九五 李景《攤破浣溪沙》「手捲真珠上玉鈎」：《温叟詩話》：「真珠」改為「珠簾」，舒信道「十年馬上春如夢」（當脱：「或改云如春夢」句）皆非知音。

九六 李後主《攤破浣溪沙》「菡萏香銷翠葉殘」：「塞遠」、「笙寒」二句，字字秋矣。○少游「指冷玉笙寒，吹徹小梅春透」，翻入秦詞，不相上下。（同前）又：落花一事，而用意各别，亦各妙。（同前）

九七 趙德麟《錦堂春》「樓上縈簾」：休文夢中不識路，何以慰相思，反其指而用之，情思纏綿動人。又：《詞選》作《烏夜啼》，舊續譜亦混，新譜正之。（同前）

九八 歐陽修《朝中措》「平山闌檻倚晴空」：以「山色」一句，此堂已足千古。（同前）

九九 王元澤《眼兒媚》「楊柳絲絲弄金柔」：補青蓮句「煙如織」之妙。又：「未雨」、「先雪」，「枝上」、「梢頭」，皆兩字法。（同前）

一〇〇　阮閎休《眼兒媚》「樓上黄昏杏花寒」：閎休小詞，惟此篇見於世，英妙雋遠，百不為多，一不為少。（同前）

一〇一　葉道卿《賀聖朝》「滿斟緑醑留君住」：按此詞多參差不同，舊譜羨「日」字，正之，恐從《眼兒媚》調，新譜以「日」字連下讀，又不成句。詞選於兩段末作五字句，换頭作八字，叶，可從。　又：東坡有「三分塵土，一分流水」之句，各道得我輩心死。（同前）

一〇二　秦少游《柳梢青》「岸草平沙」：「在」字妙。〇「殘陽亂鴉」着色，疑有化工，他詞「斜陽外，寒鴉數點」亦出色。（同前）

一〇三　賀方回《柳梢青》「子規啼血」：實語。（同前）

一〇四　周美成《柳梢青》「有箇人人」：已得其貌。（同前）

一〇五　柳耆卿《西江月》「鳳額繡簾高卷」：「鳳額」二句笨，甚幸。結情婉，俗眼謂起處富麗，結處單弱，何以服柳君之心。　又：狂作往，飛作風，誤。（同前）

一〇六　蘇東坡《西江月》「照野瀰瀰淺浪」：豪上。　又：卓犖。〇未解障泥有故。（同前）

一〇七　蘇東坡《西江月》「點點樓頭細雨」：翻老杜句，超達。　又：今看字與當年今日會。（同前）

一〇八　朱希真《西江月》「世事短如春夢」：一詞一意，是病熱中清凉散，毋忽其淺率。（同前）

一〇九　朱希真《西江月》「日日深杯酒滿」：唤醒古今人。（同前）

一一〇　黄山谷《西江月》「斷送一生惟有」：用昌黎詩兩句，每句去下「酒」字，便成絶對。　又：此老戒酒，乃復深於酒。（同前）

一一一　蘇子瞻《西江月》「玉骨那愁瘴霧」：不必有所指，即詠梅絶佳。○晁以道云：初見坡詞，便知道坡須過海，只為古今人不曾道到此，須罰教去。　苕溪漁隱言以道忌口，予謂其實乃深喜之。（同前）

一一二　蘇子瞻《西江月》「三過平山堂下」：歐詞「樽前看取衰翁」，覷破矣。此結愈破。（同前）

一一三　秦少游《桃源憶故人》「碧紗影弄東風曉」：海棠開了，下轉出啼鳥妝點，極溢不窘。又：末句慧。（薄倖不來春老，羞帶宜男草。）（同前）

一一四　秦少游《桃源憶故人》「玉樓深鎖多情種」：元人脱出多情種。　又：徹髓。（同前）

一一五　毛澤民《惜分飛》「淚溼闌干花著露」：第一個相別情態，一筆描來，不可思議。　又：筆底大肖東坡，宜為稱賞。（同前）

一一六　晏叔原《探春令》「緑楊枝上曉鶯啼」：即「打起黄鶯兒，莫教枝上啼」意。　又：眠不成，淚不極，聲情殆盡。（同前）

一一七　周美成《少年遊》「并刀如水」：冬景太不寂寞。　又：低聲數語，妮妮婉孌，足以移情而奪嗜。（同前）

一一八　林少瞻《少年遊》「霽霞散」：一本作「霽霞初散」，與前闋合，但「明」字用韻，當是七字句。又：刻畫曉景真。（同前）

一一九　張子野《青門引》「乍暖還輕冷」：懷則多觸，觸則愈懷，未有觸之至此極者。（同前）

一二〇　李易安《醉花陰》「薄霧濃雰愁永晝」：中山王文木賦：「薄霧濃雰。」形容木之文理也。用修云：「易安本此。」不必。又：康詞「比梅花瘦幾分」，一婉一直，並時爭衡。（同前）

一二一　蘇子瞻《南柯子》「山與歌眉斂」：援引古事，不為古用。（同前）

一二二　僧仲殊《南柯子》「十里青山遠潮平」：「白露」二句，初唐律詩。又：「沽酒那人家」，情思都在裏面。（同前）

一二三　秦少游《南歌子》「玉漏迢迢盡銀潢」：末句謂「心」字，甚巧。（同前）

一二四　李易安《怨王孫》「夢斷漏悄」：通篇四換韻，有兔起鶻落之致。又：「春又去」，接遞妙。（同前）

一二五　李易安《怨王孫》「帝里春晚」：賀詞「多情多感猶少」，此「難拚捨」三字。又：元人樂府率以「也」字叶成妙句，殆祖此。（同前）

一二六　康伯可《浪淘沙》「蹙損遠山眉」：厮合湊。又：一名《賣花聲》。〇三闋舊在《錦堂春》前，今訂譜移入。（同前）

一二七　康伯可《浪淘沙》「愁撚斷釵金」：不知去處，猶記去路，紙上有難息聲。（同前）

一二八 李後主《浪淘沙》「簾外雨潺潺」：夢覺語，妙。那知半生富貴，醒亦是夢耶？又：末句可言不可言，傷哉！（同前）

一二九 歐陽永叔《浪淘沙》「把酒祝東風」：雖少含蘊，不失為情語。（同前）

一三〇 向伯恭《鷓鴣天》「紫禁烟花一萬重」：唐人應制詩多不工，志在鋪張巨麗也。宋人元夕除夜詞亦然，元人以才情屬曲，以氣概屬詞，故曲盛而詞亡。又：忽得末二句，清邁。（同前）

一三一 辛幼安《鷓鴣天》「著意尋春懶便回」：對句逼唐。又：詩翁酒客與懷春之女相值，何等風光。（同前）

一三二 秦少游《鷓鴣天》「枝上流鶯和淚聞」：尖。又：「安排腸斷」三句，十二時中無聞矣，深於閨怨者。又：末用李詞，古人愛句，不嫌相襲。（同前）

一三三 辛幼安《鷓鴣天》「枕簟溪堂冷欲秋」：生派愁怨與花鳥，却自然。又：其人之秋乎？良足悲感。又：後段一本作「無限事，不勝愁，那堪魚鴈兩悠悠。」秋懷不識知多少。（同前）

一三四 黄山谷《鷓鴣天》「黄菊枝頭生曉寒」：「橫笛」、「簪花」，仙，仙。（同前）

一三五 朱希真《鷓鴣天》「檢盡曆頭冬又殘」：奇趣豪情。（同前）

一三六 黄魯直《鷓鴣天》「西塞山邊白鷺飛」：世上風波不易，江上風波作意，可憐。又：《東坡集》有此詞自序云：玄真子詞，嘗以《浣溪沙》歌之矣，季如箎有以《鷓鴣天》歌之，甚叶音律，但詞少聲多，因以憲宗訪求玄真子文章，及其兄勸歸之意足前後數句，未知誰是捉刀人。（同前）

一三七　晏叔原《鷓鴣天》「綵袖殷勤捧玉鍾」：美秀，不愧六朝宮掖體。　又：驚喜儼然。（同前）

一三八　毛澤民《玉樓春》「小園半夜東風轉」：才是立春。　又：禁梅妙。（同前）

一三九　宋子京《玉樓春》「東城漸覺風光好」：香倩無比，安得不傾動一時。（同前）

一四〇　晏同叔《玉樓春》「綠楊芳草長亭路」：爽快決絶，他人含糊不是。　又：昔人言近指遠，豈好作婦人語？（同前）

一四一　謝無逸《玉樓春》「弄晴數點梨梢雨」：蒼翠侵人，「飛破」、「惹殘」，極推敲之致。　又：「桃嗔」、「柳妬」，對仗整。（同前）

一四二　温飛卿《玉樓春》「家臨長信往來道」：寔是唐詩，而柔豔近情，詞而非詩矣，晚唐之所以為晚唐也。　又：雖有衰老字面，殊自寶貴。（同前）

一四三　歐陽炯《玉樓春》「日照玉樓花似錦」：把人驚覺，直而有致，殘夢不成，婉而多風。（同前）

一四四　錢思公《玉樓春》「城上風光鶯語亂」：思公暮年作此，極盡悽惋，然後閣歌姬已知其將亡矣，歌姬知言哉！　又：芳樽恐淺，正斷腸處，尤真篤。（同前）

一四五　李後主《玉樓春》「晚粧初了明肌雪」：此駕幸詞，不同於宫人自叙。〇侈縱已極，那得不失江山。《浪淘沙》詞，即極悽楚，何足贖也。　又：「莫教踏碎瓊瑶」，「待蹄清夜月」，總是愛月，可謂生瑜生亮矣。（同前）

一四六 周美成《玉樓春》「桃溪不作從容住」：「當時」二語，同用劉、阮事，轉有醒悟。　又：「風雲入江散難聚，雨絮沾地牢不解」，即秋藕句意，而味之有無，迥別。（同前）

一四七 歐陽永叔《玉樓春》「妖冶風情天與措」：「不能流恨」想從天落，子瞻「流不到楚江東」、少游「為誰流下瀟湘去」，識見略同。（同前）

一四八 晏叔原《玉樓春》「鞦韆院落重簾暮」：「雨餘花」、「風後絮」，「入江雲」、「粘地絮」，如出一手。　又：意寄紫騮，鬆倩。（同前）

一四九 賈子明《玉樓春》「都城水綠嬉遊處」：「狂風驟雨」，風味不乏。（同前）

一五〇 徐昌圖《玉樓春》「沈檀烟起盤紅霧」：寒氣如逼，末意出人。（同前）

一五一 秦少游《鵲橋仙》「纖雲弄巧」：七夕以雙星會少別多為恨，獨謂情長不在朝暮，化臭腐為神奇。　又：此詞蘇本刻在續集，誤。（同前書卷二「小令」）

一五二 謝勉仲《鵲橋仙》「鈎簾借月」：矯警。　又：借天上多情，破人間薄倖，題外意妙。（同前）

一五三 葉少蘊《虞美人》「落花已作風前舞」：下埸頭話，偏自生情。生姿擷播，妙耳。　又：舊於「多情」點句，非旨。（同前）

一五四 蘇東坡《虞美人》「波聲拍枕長淮曉」：與載取愁歸同妙。　又：酒多於泪，意進一層。（同前）

一五五　李後主《虞美人》「春花秋月何時了」：詞家以山喻愁，以水喻愁，皆人情。「落紅萬點愁如海」、「一江春水向東流」，以水喻也。方回云：「試問閑愁知幾許，一川烟草，滿城風絮，梅子黄時雨。」兼花木喻愁之多，更新特。（同前）

一五六　周美成《南鄉子》「晨色動粧樓」：曉景確。（同前）

一五七　黄叔暘《南鄉子》「萬籟寂無聲」：幻思幻調。（同前）　又：工在「滿鏡」二字。（同前）

一五八　蘇東坡《南鄉子》「霜降水痕收」：自來九日多用落帽，東坡不落帽，醒目。　又：東坡生沉去住，一生莫定，故開口説夢。如云「人間如夢」、「世事一場大夢」、「未轉頭時皆夢」、「古今如夢」、「何曾夢覺」、「君臣一夢，今古虚名」，屢讀之，胸中鄙吝，自然消去。（同前）

一五九　孫夫人《南鄉子》「曉日壓重簷」：懽字非韻（底本：未恢一作懽，誤）。　又：可謂看朱成碧，形神顛倒矣。閨中往往歷之，而誰能寫之？（同前）

一六〇　潘庭堅《南鄉子》「生怕倚欄干」：「閣下溪聲閣外山」句便止，已宛摯，况復足山水一句。

又：凄切。（同前）

一六一　王逐客《雨中花》「百尺清泉聲陸續」：不用浮瓜沉李等事，而凉思颯颯自來，非觸熱者所知。（同前）

一六二　黄魯直《醉落魄》「紅牙板歇韶聲斷」：即後主詞「待踏馬蹄清夜月」，其不覊在個「碎」字。（同前）

一六三　張子野《醉落魄》「雲輕柳弱」：「香生色真」，真佳人如是。　又：「淺破櫻桃」，非佳人無此吹，且「萼」字、「角」字，景狀愈細。（同前）

一六四　万俟雅言《梅花引》「曉風酸」：「客衣單」，即「寒到君邊衣到無」之意，重一句，愴然。又：冬夜宜酒，客邸宜酒，酒腸寬，酒腸寬，忽下，篇中奇爽。（同前）

一六五　黄魯直《踏莎行》「臨水夭桃」：舊注以長楊為宫名，不知是春中景物。以山公為山簡，不知是山濤。今刪正。○樽酒酬春二句，山谷有悟，餘亦慨慷，謂腐語者，矮人見也。　又：「㦃」字從上句來，作將字淺。　又：對字似雅，於上字未快。（底本：教人長壽一作對花前醉。）

一六六　秦少游《踏莎行》「霧失樓臺」：山谷云：此詞高絶，但「斜陽」、「暮」為重出，欲改「斜陽」為「簾櫳」，范元實曰：「看『孤館閉春寒』，似無簾櫳。」山谷曰：亭傳雖未必有，有亦無害。范曰：「此詞本模寫牢落之狀，若曰『簾櫳』，恐損初意。」余以「斜」屬日，「暮」屬時，未為重復。坡公云「回首斜陽暮」、美成云「鴈背斜陽紅欲暮」可證，唐詩中「風煖朝日寢」、「青山萬里一孤舟」，亦不以為復。山谷云：余親書此詞遺祝有道云：諸樂府雖有賞歎其詞，而未深解其義味者，故并奉寄。（同前）又：少游坐黨籍，安置郴地，謂郴江與山相符，而不能不流，自喻最悽切。（同前）

一六七　寇平仲《踏莎行》「春色將闌」：「魂銷」多一韻。○尚留春景一句，在後書中不盡。（同前）

一六八　晏同叔《踏莎行》「小徑紅稀」：景物不殊，運棹能舞，離奇夭矯。　又：「深深妙」，換不得實字。（同前）

一六九　歐陽永叔《踏莎行》「候館梅殘」：佛經：奇草芳花，能逆風聞薰。又：「春水」、「春山」，走對妙。◎望斷江南山色遠，人之見草連，至一望無際矣，「盡處是春山，更在春山外」，轉望轉遠矣，當取以合看。（同前）

一七〇　李漢老《小重山》「誰勸東風臘裏來」：風風雅雅，下字亦自不凡。又：預為遊春計，好點綴。（同前）

一七一　趙德仁《小重山》「樓上風和玉漏遲」：晨昏叙轉，幽閒輕俊。（同前）

一七二　和凝《小重山》「春入神京萬木芳」：凝為石晉宰相，詞載《花間》者多。《花間》以小語致巧，全首觀之，或傷促碎，此政不免。（同前）

一七三　韋莊《小重山》「一閉昭陽春又春」：章法同趙德仁，而宮闈稍異。又：「紅袂有啼痕」與「羅衣濕」句，又秦詞「新啼痕間舊啼痕」亦始諸此。（同前）

一七四　蔣子雲《小重山》「花過園林清蔭濃」：前段以竹初落籜入初夏景，輕快可愛。「直面芰荷風」二句，初夏就在襟懷中來。（同前）

一七五　汪彦章《小重山》「月下潮生紅蓼汀」：丹青聖手。又：梧桐雨有恨，獨聽者恨不同聽，趣味倍篤。（同前）

一七六　宋豐之《小重山》「花樣妖嬈柳樣柔」：窺人若此，何其多情，東樓月果無情矣。（同前）

一七七　李易安《一剪梅》「紅藕香殘玉簟秋」：時本落「西」字，作七字句，非調。又：是元人樂府妙句，關、鄭、白、馬諸君固效顰耳。（同前書卷二「中調」）

一七八　賀方回《臨江仙》「巧剪合歡羅勝子」：嬌媚逼來，讀者神醉。又：十字在天地間有限。（人歸落鴈後，思發在花前。）（同前）

一七九　晁無咎《臨江仙》「緑暗汀洲三月暮」：「半蒿」二句，不第情深，句法亦唐人許可。（同前）

一八〇　陳去非《臨江仙》「憶昔午橋橋上飲」：意思超越，腕力排奡，可摩坡仙之壘。又：「流月無聲」，巧語也。「吹笛天明」，爽語也。「漁唱三更」，冷語也。功業則歉，文章自優。（同前）

一八一　李知幾《臨江仙》「煙柳疎疎人悄悄」：明月忽來，欲睡不睡，了却一夜幽景。又：待不來，來不去，見庭月鄭重。（同前）

一八二　鹿虔扆《臨江仙》「金鏁重門荒苑静」：周美成：「燕子不知何世，向尋常巷陌人家，相對如説興亡、斜陽裏。」就煙月不知句變化出來。◎結到藕花泣露，傷感復傷感。（同前）

一八三　歐陽永叔《臨江仙》「柳外輕雷池上雨」：雨忽虹，虹忽月，夏景爾爾，拈筆不同。又：玩末句，風韻直當凌厲，秦、黄一金釵，曷足以償之？（同前）

一八四　辛幼安《蝶戀花》「誰向椒盤簪綵勝」：椒盤綵勝之外，不純用時事，甚脱。又：為花恨春，為春惜花，説開一步，所以脱俗。（同前）

一八五　趙德麟《蝶戀花》「欲減羅衣寒未去」：開口澹冶鬆秀。又：末路情景，若近若遠，低徊不能去。（同前）

一八六　李後主《蝶戀花》「遥夜亭皋閒信步」：片時佳景，兩語留之。　又：愁來無着處，不約而合。（同前）

一八七　蘇子瞻《蝶戀花》「花褪殘紅青杏小」：用「遶」字，若「曉」字少着落。（底本：緑水人家遶一作曉。）　又：「枝上」三句斷送朝雲，一聲《何滿子》，腸斷李延年，正若是耳。◎行人多情，佳人無情。　又：《詞下林談》：子瞻在惠州時，青女初至，落木蕭蕭，悽然悲秋，命朝雲唱此詞。朝雲歌喉將囀，淚滿衣襟。詰其故，答曰：奴所不能歌，是「枝上柳綿」句也。子瞻笑曰：「吾正悲秋，而汝又傷春矣。」後朝雲遂亡。子瞻終身不復聽此詞。（同前）

一八八　晏同叔《蝶戀花》「簾幙風輕雙語燕」：得未見心事何，「餘花落」句並不尋常。　又：「未見」、「未知」比耦妙。　又：「斜陽送波遠」，望之澹然，其中甚切，不許速領，必數過之。

一八九　歐陽永叔《蝶戀花》「庭院深深深幾許」：詩中一句連三字者，劉駕「樹樹樹梢啼曉鶯」、「夜夜夜深聞子規」，復有一句疊三字者，吴融「一聲南雁已先紅，槭槭淒淒葉葉同」，歐公「深深深」三字方駕劉、吴。　又：易安居士序：歐陽公作《蝶戀花》，有「深深深幾許」之句，予酷愛之，用其語作「庭院深深」數闋，其聲即舊《臨江仙》也。◎末句參之點點飛紅兩句，一若關情，一若不關情，而情思舉，蕩漾無邊。（同前）

一九〇　趙德麟《蝶戀花》「捲絮風頭寒欲盡」：恨春日，又恨黄昏，黄昏滋味更覺難嘗耳。　又：斜陽在目，各有其境，不必相同。一云「却照深深院」，一云「只送平波遠」，一云「只與黄昏近」，句句

沁人，毛孔皆透。（同前）

一九一　晏叔原《蝶戀花》「庭院碧苔紅葉徧」：七句深至，末説到秋怨，今人作文，間上布題，而以題外一句收之，勢乃陡絶，政法此也。（同前）

一九二　周美成《蝶戀花》「月皎驚烏棲不定」：美成能為景語，不能為情語，能入麗字，不能入雅字，價微劣於柳。至若「枕痕一線紅生玉」與「喚起兩眸清炯炯」，形容睡起之妙，良足動人。○鷄相應，妙在想不到，又曉行時所必到。閩刻謂「死央（即鴛鴦）冷」三字妙，其不與談詞。（同前）

一九三　俞克成《蝶戀花》「夢斷池塘驚乍曉」：一氣滚來，圓圓熟熟。（同前）

一九四　歐陽永叔《蝶戀花》「海燕雙來歸畫棟」：正在阿睹。　又：前首以驚夢並以傷春轉起，以驚夢轉，大概一機局，而筆遠過於前。（同前）

一九五　王晉卿《蝶戀花》「鍾送黄昏鷄報曉」：朱顔緑髪變為鷄皮老人，感慨能不係之？　占多許他步，開多許眼光，詞之得致亦在此。（同前）

一九六　蘇東坡《蝶戀花》「春事闌珊芳草歇」：或疑歇字似趂韻，非也。唐劉瑶詩「瑶草歇芳心耿耿」，無字無出處。　又：鳥啼花落，夢回月落，一境慘一境。　又：角聲落梅，云落梅月，便搠。（同前）

一九七　司馬才仲《蝶戀花》「妾本錢塘江上住」：最薄媚，最優柔，「燕子」二句美妙天然，鬭字者退舍。　又：前段殊有鬼氣，小小生為名倡，死為才鬼，理或然也。○如作後段是續詞，宜用「夢斷

綵雲，夜來明月」字面。（同前）

一九八　劉改之《唐多令》「蘆葉滿汀洲」：情暢語俊，韻協音調，不見扭造，此改之得意之筆。（同前）

一九九　范希文《蘇幙遮》「碧雲天」：「芳草更在斜陽外」、「行人更在春山外」，兩句不厭百回讀。◎人但言睡不得爾，除非好夢留人，反言愈切。　又：「欲解愁腸除是酒，奈酒至愁還又。」似此注脚。（同前）

二〇〇　周美成《蘇幕遮》「隴雲沉」：「柳梢」句妙。　又：諸本多落「雨殘」二字，《嘯餘譜》不深究，遂列為第二體。（同前）

二〇一　王介甫《漁家傲》「平岸小橋千嶂抱」：極能道閒居之趣。　又：荆公執拗新法，鏟滅正人，渾是邯鄲一夢，至此推枕而覺矣。（同前）

二〇二　周美成《漁家傲》「幾日輕陰寒惻惻」：「黄鸝」句聰俊，可妨「似曾相識燕歸來」。　又：「暖」字應上「輕寒」，「賴有蛾眉」，不寒不暖，人自知之。或以為「緩」字亦可。（底本：能暖。一作緩，一作愛。）（同前）

二〇三　范希文《漁家傲》「塞下秋來風景異」：希文道德未易窺，事業亦不可筆記。　又：「燕然未勒」句悲憤郁勃，窮塞主安得有之？◎實歷苦語，昔宋儒有自翰林左遷，至謁當轄，退而歎曰：「今日廷參，始覺自是縣令。」蓋不左遷，不知縣令之苦也。（同前）

二〇四　歐陽永叔《漁家傲》「十月小春梅蘂綻」：山不盡而遠，而風致猶可掬，作詩詞者，那能舍却山水。（同前）

二〇五　謝無逸《漁家傲》「秋水無痕清見底」：柳條穿鯉，霜刀落鱠，冷中取熱，漁父不落寞也。又：古之漁隱，大約感時憤事，胸中有大不得已焉者，豈在魚哉？自歎直鈎，老漁知心。（同前）

二〇六　張仲宗《漁家傲》「釣笠披雲青嶂繞」：灑然無塵，仲宗四十後即掛冠，繼以胡澹庵貶，作詞送之，忤秦檜，得罪。標致若此，宜其能道玄真子神情。（同前）

二〇七　張仲宗《漁家傲》「樓外天寒山欲暮」：兩「住」句清新。（底本：春光已向梅梢住、故園正要鶯花主。）〇楊升庵以否與主同叶，呼「否」為「府」，寔閩音也。曹元寵梅詞亦以「否」為「府」，皆非。及考《中原音韻》，却宜同叶，升庵之論，不可盡信。（同前）

二〇八　趙德仁《醉春風》「陌上清明近」：三「悶」字，三「恨」字，奇。又：無可奈何，付之明月，有心人何以相慰。〇「過來」兩字中悲喜無量。（同前）

二〇九　黄魯直《品令》「鳳舞團團餅」：古茶作團餅碾屑，今用葉茶。瀹茶須以聲為辨。李南金詩：「聽得松風并澗水，急呼縹色緑甆杯。」羅景綸復補以一詩云：「松風檜雨到來初，急引銅瓶離竹爐。」云湯老則苦，聲如松風，不宜遽瀹，移瓶去火，少待沸止而瀹之，方為合節，南金未道。讀黄詞，宜知羅語。〇東坡見魯直贈晁無咎小龍團詩曰：「黄九恁地，怎得不窮？」我見此詞，則曰：彼固樂此，不為疲也。苕溪又云：能言人所不能言，尤在結尾三四句。又：高曠孤渺，即「燈火亂，使

君還」語也，非紗帽氣。（同前）

二一〇　蘇子瞻《行香子》「北望平川」：高曠孤渺，即「燈火亂，使君還」語也，非紗帽氣。（同前）

二一一　俞克成《聲聲令》「簾移碎影」：「閑枕剩衾」對入「怕」字才妙，如云「怕對閑枕剩衾」，意索然矣。　又：寔是禁不得，所謂鶻突相思。○跌宕出滋味來。（同前）

二一二　宋子京《錦纏道》「燕子呢喃」：「燕子」為海棠寫生。　又：舊話亦工。　又：諸本作「尋芳酒，問牧童，説不去」，《詞譜》欲羡「問」字，又不必。（同前）

二一三　孫夫人《風中柳》「銷減芳容」：説出子。　又：躊躇於欲語不語之際，真個一體相關。○又恨之愛，何物利名役人至此？　酸心酸鼻。○鏡中人，兼男女而言之，義更完全。（同前）

二一四　葉道卿《鳳凰閣》「遍園林緑暗」：楊花無奈，斷處逢生。　又：婉轉疑絶。（同前）

二一五　歐陽永叔《青玉案》「一年春事都來幾」：問向前，猶有幾多春，三之一。　又：「有個人憔悴」，下文都在此句生出。　又：煞落。（同前）

二一六　賀方回《青玉案》「凌波不過横塘路」：知我者，其天乎？　一般口氣。　又：疊寫三句閑愁，真絶唱。山谷嘗稱云：「解道江南斷腸句，只今惟有賀方回。」○寇平仲有云：「杜鵑啼處血成花，梅子黄時雨如霧。」潘子真以為賀用寇語，抑知前人久已有之。（同前）

二一七　陳瑩中《青玉案》「碧空黯淡同雲繞」：「青山」頭白，故云「老」，「老」字若有神助。　又：幾不成語。（同前）

二一八　吴彦高《青玉案》「人生南北如岐路」：世情自變，吾心自常，是不徒聽天俟命，寔寔於學問中得力者。（同前）

二一九　張子野《天仙子》「水調數聲持酒聽」：「雲破月來」句，心與景會，落筆即是，着意即非，故當膾炙。（同前）

二二〇　沈會宗《天仙子》「景物因人成勝槩」：物因人勝，人為主，而景物傳之，大頭腦，勿蹉看過。　又：此樣清曠水閣，本等獨難，其布置不煩。（同前）

二二一　謝無逸《江城子》「杏花村館酒旗風」：「草連空」、「素光同」，一俯一仰，情思切切。　又：何不以碧紗籠、紅袖拂耶？驛卒俗殺。（同前）

二二二　蘇子瞻《江城子》「天涯流落思無窮」：一字一光景。　又：東坡絶愛少游「為誰流下瀟湘」，本脱化出「流不到楚山東」。（同前）

二二三　秦少游《江城子》「西城楊柳弄春柔」：前結似謝，後結似蘇。易其名，幾不能辨。　又：李後主「問君還有幾多愁，恰似一江春水向東流」，少游翻之，文人之心，濬於不竭。（同前）

二二四　秦少游《千秋歲》「水邊沙外」：後人慕其句，建鶯花亭。　又：「飄零疎酒盞」兩句是漢魏人詩。　又：直用「一江春水向東流」意，而以「海」易「江」，截長作短，人自莫覺。　王平甫之子云：「今語例襲陳言，但能轉移，太難為作者。」（同前）

二二五　僧覺範《千秋歲》「半身屏外」：許彦周稱其善作小詞，情思婉約，此不盡所長，而大概可想

見。（同前）

二二六　謝無逸《千秋歲》「楝花飄砌」：四語如連環，妙妙！　又：曰「密意」、「幽恨」，到「天如水」，暑熱中幽凉境，逐情遷，與情隨境轉者别。（同前）

二二七　辛幼安《千秋歲》「塞垣秋草」：偉麗。　又：梅花似人，句法妙。　又：閔刻「抹鳳」、「詔書」二句，謂其近俚，使並汾陽等事不用，又非壽詞實况。句子老辣，固異俗乎？（同前）

二二八　康伯可《風入松》「一宵風雨送春歸」：此調前後段字數皆同，諸作於前後段第四句或皆六字，或皆七字。此後疊作七字，前段不宜七字，舊譜有「好」字，今從之。　又：「流水難西」，一篇警策處。

二二九　周美成《隔浦蓮近》「新篁摇動翠葆」：果如丸，巧喻。　又：「浮萍」句，小而致。○杜詩：「燈前細雨簷花落。」簷前細雨映燈花，為花爾，後人改「簷前細雨燈花落」，直致無味矣。美成詞用簷花，苕溪云與出處意不合，乃知用字之難。及見詞選作「簾花簷影」，可以無疑。（同前）

二三〇　孫巨源《河滿子》「悵望浮生秋怨」：葉落雲陰，秋景真。　又：「天亦老」，可見情是有不得的，顧無情又成何物，巨源痛人多情，豈勸人無情？（同前）

二三一　胡浩然《傳言玉女》「一夜東風」：如見深閨小婦，舉止羞澁，語言柔脆，不由人動情矣。（同前）

二三二　周美成《解蹀躞》「候館丹楓吹盡」：首句新譜作七字，非。　又：有「還是」二字，遂委

折。又：春江都是淚，秋雨都是淚，淚何多矣！文人之舌，地老天荒。（同前）

二二三三 柳耆卿《訴衷情近》「景闌晝永」：道其常，自韻。又：「好」字韻重。（指「追前好」。）（同前）

二二三四 辛幼安《祝英臺近》「寶釵分」：妖豔。又：唐詩：「莫作商人婦，金釵當卜錢。」不能擅美。

二二三五 又：「怨春」、「問春」，口快心靈，非關勦襲。（同前）

無名氏《祝英臺近》「翦酴醾」：終篇一句若淒風苦雨，一時從小窓而來。（同前）

二二三六 周美成《側犯》「暮霞霽雨」：「風定」以下閔刻俱作五字句，可笑。又：「飛螢」二句，《選》詩，「攜豔質」句，元曲。又：句亦香。又：「静」字韻重。（同前）

二二三七 周美成《四園竹》「浮雲護月未放滿」：景妙。（浮雲護月，未放滿朱扉。鼠摇暗壁，螢度破窗，偷入書幃。）又：情趣。（「好風襟袖先知」句。）又：頗跌入底裡。（同前）

二二三八 范希文《御街行》「紛紛墜葉飄香砌」：不讓「鶯聲碎」句。又：「天淡」句空靈。

又：朱良規曰：天之風月，地之花柳，人之歌舞，缺一不成。二才公勳德重望，不諱情致。又韓魏公有《點絳脣》詞「亂紅飄砌，滴盡珍珠淚」，其勳德情致皆然。又：「眉間」二句類易安而少遜。（同前）

二二三九 柳耆卿《過澗歇》「淮楚曠望極千里」：忽然凉生。又：後段都似夜深中語，脈理極聯。又：揮汗冒暑，深拱大揖，誠不如散髪披襟之為樂也。况乎昏夜乞哀，以此身為桎梏者

哉！　又：一作「奔利名，九衢城裡」。（底本：奔名兢利。）（同前）

二四〇　寇平仲《陽關引》「塞草煙光闊」：首二句慘人。　又：「指」字妙。　又：王右丞《送元二使安西》絶句，宋時歌入《小秦王》，更名《陽關曲》，用詩中語也，送别當為第一。萊公以王句填成此詞，語語悲壯，亦復第一。〇「自此」二字更慘人。　又：千里外素光同，同佳。（同前）

二四一　周美成《紅林檎近》「風雪驚初霽」：四句初唐五言，他無可喜。（風雪驚初霽，水鄉增暮寒。樹杪墮毛羽，簷牙掛琅玕。）（同前）

二四二　周美成《紅林檎近》「高柳春纔軟」：「高」字有力，「纔」字有思，言雪時柳高而未歌也，詩之興體。（同前）

二四三　曾純甫《金人捧露盤》「記神京」：上段繁華，下段寂寞，句句對録。公東都故老，及見中興之盛者，故詞多感慨。　又：真寂寞。（同前）

二四四　柳耆卿《鬬百花》「煦色韶光明媚」：屢讀元詞，以三疊取勝，如「東風摇曳垂楊綫，游絲牽惹桃花片，珠簾掩映芙蓉面」、「枯藤老樹昏鴉，小橋流水人家，古道西風瘦馬」等句，應是此篇疊法。〇空翠，第難為前句「終日扃朱户」。（同前）

二四五　僧仲殊《新荷葉》「雨過回塘」：「郎心」、「粧影」一凑着，有許多光景，故出。　又：攢紅映碧，應接不眠。　又：「漁笛」句，無端情至。（同前）

二四六　柳耆卿《爪茉莉》「每到秋來」：望夫化石，有情而之無情也。石人下淚，無情而之有情也。

近日吴歌有云：「就是一塊石頭，我抱也抱熱你。」並可傳。○三用「更」字，有疵。○夢中語，夢後語，詞人無隱不鈎，夢前語未有道及。（同前）

二四七 黄山谷《驀山溪》「鴛鴦翡翠」：説美人隨説芳景，説芳景隨説美人，得比體之妙。又：形容眉目盡矣。○有思有愁，未透方瘦，能曲暢少女心情。又：「不由人」三字妙，曲中多用之，近曲云「不由人」，不增一字便不通。（同前）

二四八 張東父《驀山溪》「青梅如豆」：「小緑間長紅」，確乎春半。又：「偎花」二句，暗對少味。又：前段殊不俗，幾爲腐儒抹倒。又：東父以直聲薦臺中。時任王十朋去，省空；張霸去，臺空。顧風流旖旎，信乎賦梅花者不獨廣平也。（同前）

二四九 易彦祥《驀山溪》「海棠枝上」：《眼兒媚》：「海棠未雨，梨花先雪，一半春休。」句意相敵，候稍懸耳。（同前）

二五〇 宋謙父《驀山溪》「壺山居士」：待老而懶，誰人不然？宋君之高在首一句。又：心胸到此快活自由，文字亦快活自由矣。（同前）

二五一 曹元龍《驀山溪》「洗粧真態」：微思遠致，愧粘題裝飾者。又：「結子」處又添一景。○「否」字原與「路」字同押。又：結句自清俊脱塵，用修泥，閩音呼「否」爲「府」，而並結句落韻，不强人意，富於才，貧於學，是褊見也。又：按「竹外一枝斜」用東坡「竹外一枝斜更好」之句。徽宗時，禁蘇學，元寵又近幸之臣，而暗用蘇句，所謂掩耳盜鈴者。噫！姦臣丑正惡直，徒爲勞爾。

二五二　王介甫《千秋歲引》「別館寒砧」：舊譜並入《千秋歲》，誤。又：清壯。又：介甫有遊仙之意，悟矣！悟矣！必待夢闌酒醒思量着，又何遲也。又：媚出於老，流動出於整齊，其筆墨自不可議。（同前書卷三「中調」）

二五三　周美成《早梅芳》「花竹深房櫳」：曉得袖因淚重，聲因意小，老於個中人。又：離愁紛來，方寸為亂。（同前）

二五四　周美成《滿路花》「金花落燼燈」：起語鍊。又：一信了，有何意味，説得成，一發没味了。「知他」幾語如食橄欖，多回味。（同前）

二五五　朱希真《滿路花》「簾烘淚雨乾」：不是寒宵短，是兩情濃。又：歡極來悲，想多成恨，怒駡皆真，何嫌俚也。唐人云：「易求無價寶，難得有心人。」於此益信。（同前）

二五六　周美成《蕙蘭芳引》「寒瑩晚空點青鏡」：一部《西廂》，只此句（「想故人別後，盡日空疑風竹」）直吐，真情亦老。（同前）

二五七　周美成《華胥引》「川源澄映」：叶幾個險韻，難得。又：細心巧筆。（同前）

二五八　李元膺《洞仙歌》「雪雲散盡放曉晴」：樂府本以被管絃，今所傳古樂府詞多不可讀。沈休文曰：樂人以聲音相傳，大字是詞，細字是聲，聲詞合寫，愈傳愈譌，至今遂不得其解。又按曲每譌於襯字，蓋限於調，而文義有不屬不暢者，用一二虚字襯之。凡襯字皆用細書，猶樂府遺意也。今詞中一調，而字數多寡。此調後段第三句以下多寡不同，當亦用襯字之故，不然，調有定格，按調填詞，何得多寡任意乃為？　又：以人喻物生動。　又：不在濃芳，在疎香小豔。　又：獨識春光之微，至「已失一半」句，誰不猛醒？（同前）

二五九　蘇子瞻《洞仙歌》「冰肌玉骨」：清越之音，解煩滌苛。　又：自高則誠《琵琶記》採入賞夏，遂覺耳熱，喜留得「一點明月窺人」句，初致未損。　又末引《漫叟詩話》眉評：士人所誦，可以《玉樓春》歌之。（同前）

二六〇　晁無咎《洞仙歌》「青烟冪處」：無咎詩詞當如常山之蛇，救首救尾。「青烟冪處」至「卧桂影」，固已佳矣。後段「都將許多明，付以金樽」至「素秋千頃」，可謂善救首尾者也。朱希真《念奴嬌》詞「插天翠柳」至「瑶臺銀闕」，亦已佳。後段「洗盡凡心」至「休向人説」，收拾得無意味，並前邊索然。

二六一　李元膺《洞僊歌》「廉纖細雨」：一起一收，實説雨。中間都説已意，有作法。　又：淚珠「冷浸佳人」、「素秋千頃」等語，能繪其間。（同前）

都做秋宵枕前雨，顛之倒之，無不入妙。（同前）

二六二　林外《洞仙歌》「飛梁壓水」：「雨巾風帽」，的對。○《詞品》云：宋林外字豈塵，題此於垂虹橋。作道裝，不告姓名，飲醉而去。人疑為吕仙，傳入宫中。孝宗笑曰：「鎖」字與「老」字叶，則「鎖」音「掃」，乃閩音也。後訪之，林果閩人。此詞不工，不當入選。○一段洒然塵墟之想，亦有定觀。（同前）

二六三　康伯可《江城梅花引》「娟娟霜月冷侵門」：「黄昏」二字，一篇主腦。兩「半」字，悽惋不勝。

○兩個「睡」字，深於欲睡不睡之説。　又：人瘦花瘦，漫費商量，試命清喉霜夜歌之，不自知其涕之何從已。（同前）

二六四　秦少游《八六子》「倚危亭恨如芳草萋萋」：恨如剗草還生，愁如春絮相接，言愁愁不可斷，言恨恨不可已。　又：長短句偏入四六，《何滿子》之外復見此。（同前）

二六五　無名氏《魚遊春水》「秦樓東風裏」：抽茵拂縷句，大雅元音，詞話疑其為唐人處。　又：吴刻落「新」字，則止八十八字，非。　又：「鳳簫」、「孤鴈」未黏對。「望斷清波」未工，前云魚遊，後曰無鯉，未順，盡若此，不足重矣。（同前）

二六六　柳耆卿《夏雲峰》「宴堂深軒檻」：「楹」字一作「檻」。「時」字諸本缺，誤。　又：即景琢句，清新。○柔言。索物曰泥，諺所謂軟纏也，詩家：「忽忽窮愁泥殺人」、「泥他沽酒拔金釵」、「脉脉春情更泥誰」、「畫泥琴聲夜泥書」、「銀燈影裏泥人嬌」，一作誋，又作妮，今山東目婢曰小泥子，其語亦古矣。（同前）

二六七　胡浩然《東風齊著力》「殘臘收寒」：詞貴香而弱，雄放者次之，況龘鄙如許乎？　然千古並傳，不能删去。　嗟乎！　栢梁、金谷、蘭亭帶挈中乘人不少。　又：「銀瓶」句頗雅。（同前書卷三「長調」）

二六八　周美成《法曲獻仙音》「蟬咽涼柯」：鑽心。　又：「不教歸去」，癡心語，實快心語。（同前）

二六九 周美成《意難忘》「衣染鶯黄」：絶世豐韻。又：恩愛了一回，瞻矚一回，生情寔是這樣。○「貪耍不成粧」，嬌癡觸目。○即孫夫人「歸來都告怕傷郎，又還休道」意思，何等體惜！何等機權！○鍾氏曰：寫情叙事，實開元曲濫觴。（同前）

二七〇 周美成《塞翁吟》「暗葉啼風雨」：後段累累諄諄，真字字更長漏永，聲聲衣寬帶鬆。（同前）

二七一 張仲宗《滿江紅》「春水連天桃花浪」：風雨欲來。又：「認向來沙觜」，妙得旅情。又：「削」字好，「人如削」句好。（同前）

二七二 蘇東坡《滿江紅》「東武南城新堤固」：三分春色，止留一分，春誠暮已。又：單引一事，歎盡千秋。（同前）

二七三 周美成《滿江紅》「晝日移陰攬衣起」：苕溪云：「『蝶粉蜂黄都退』，『退』字乃『褪』字。『蝶粉蜂黄』，宮中時粧。宋子京《蝶戀花》詞：『淚落胭脂，界破蜂黄淺。』則知方睡起時，宮粧褪盡，所見惟一線枕痕。」如以蜂蝶時節都過與下句不屬，兼卒章蝶飛相反，此説可據矣。羅鶴林援《道藏經》「粉退蜂」謂美成詞乃「退」字，非「褪」字，其説更確。○無言尋棋局，無心撲蝴蝶，思路絶靈。（同前）

二七四 趙元稹《滿江紅》「慘結秋陰」：句句是望，一幅李營丘秋意。又：翻用歐詞「山色有無中」。○人云「山如眉」，此獨不然。又：無酒便是水，快事，苦事。（同前）

二七五 張安國《滿江紅》「斗帳高眠」：楊柳芭蕉助雨悲悽，其破人心耳可知也。又：天來妙語。（後闋）。（同前）

二七六　呂居仁《沁園春》「東里先生」：天下第一清供，幾人知道？　又：結句盡現成，能具道阿堵中事。（同前）

二七七　康伯可《滿江紅》「惱殺行人東風裏」：開異口。（惱殺行人東風裏，為誰啼血。）　又：唐詩：「蝴蝶夢中」、「杜鵑枝上」，易「顛倒」、「朦朧」四字，迥然如剏。○兩「正」字可商。　又：二語新脆。（同前）

二七八　僧晦庵《滿江紅》「膠擾勞生」：舟不覆於逆風，而不覆於順風，其徵已。　又：到（疑為「出」字）家人達觀話，俗以此與東坡《滿庭芳》對刊碑石云。（同前）

二七九　柳耆卿《尾犯》「夜雨滴空堦」：「貌」字於義合（貌，一作邈，誤），「邈」字於韻合。按新譜，「貌」字宜叶，卜各反，「邈」字非。按詞韻，「貌」字作轉韻，亦通。　又：直寫胸臆。（同前）

二八〇　宋子京《玉漏遲》「杏香飄禁苑」：「熏芳」二字疊用，正佛經「奇草芳花，逆風聞熏」語。又：「亂峰鎖，一竿斜照」，「煙中列岫青無數，雁背斜陽紅欲暮」，妙景掩映斗室中。（同前）

二八一　周美成《六么令》「快風收雨」：「收雨」、「新沐」、「冲泥」，從根生枝生葉。　又：「泉聲」句錯落。　又：再三囑以茱萸，囑人也。或云花如何可囑，未是解人。（同前）

二八二　周美成《掃地花》「曉陰翳日」：詞穠意穩。（同前）

二八三　王充《天香》「霜瓦鴛鴦」：村氣。（矮釘明窗，側開朱戶斷，莫亂教人到。）　又：新譜因「窓」字缺「縫」字誤，遂以此句為七字，不察之甚。○「紅窓」犯「明窓」，宜改。　又：有興會。

（同前）

二八四 劉方叔《天香》「漠漠江皋」：「牽詩動興」四字點金作鐵。 又：詩興、粧暈、粉盡、香銷，俱不足為梅輕重，而所重在和羹，其認梅真，其望侍御切，獨致淺耳。（同前）

二八五 張子野《燕臺春》「麗日千門」：緻。 又：清貴，挽得住。

二八六 秦少游《滿庭芳》「曉色雲開」：「兔」字不通（曉色，一本作「兔」，一本作「見」），張世文改為「見」，今從詞選，「色」字為優。 又：悠滄語，不覺其妙而自妙。（東風裏、朱門映柳，低按小秦箏。）○據諸本首云「晚色」，末云「淡月」，詞選首云「曉色」，末云「淡日」。細味詞中「玉轡紅纓」等，豈晚來事？悉從詞選。 又：「微映百層城」，景亦不少，寂寞句，感慨過之。（同前）

二八七 周美成《滿庭芳》「風老鶯雛」：千鍊。 又：「衣潤費爐烟」，景語也，景在「費」字。又：淺而得情。（同前）

二八八 秦少游《滿庭芳》「碧水澄秋」：經少游手隨分鋪寫定爾，閒雅高適。 又：此意道過矣，縈人不休。（同前）

二八九 康伯可《滿庭芳》「霜幕風簾」：雖不如癡亞仙廢書剔目，煞强似腐德耀舉案齊眉。○粗服亂頭都好。（同前）

二九〇 秦少游《滿庭芳》「山抹微雲」：「粘」字工，具有出處，趙文鼎「玉關芳草粘天碧」、劉叔安「暮烟細草粘天遠」、葉夢得「浪粘天蒲桃漲緑」，屢用之。 又：晁無咎謂「寒鴉數點」二句即不識字人，知是天然好語。苕溪云：無咎褒之，不曾見煬帝詩耳。弇州云：語固蹈襲，入詞尤當家。○人之情，至少游而極。○結句「已」字，情波幾疊。（同前）

二九一　蘇東坡《滿庭芳》「香靉雕盤」：以名公綺語織成，風華酣至。○竊疑通篇詞氣現成，「膩玉圓搓」一句獨入做作，及觀柳詞有此，玉林謂東坡用之，則蘇、柳固不可相為也。○古字「簷」作「櫓」，又作「櫚」。相如賦：「步櫚周流，長途中宿。」蘇蓋用其字。（同前）

二九二　蘇東坡《滿庭芳》「蝸角虛名」：日讀一過，身世都忘。　又：坡老此篇專在喚醒俗人，故不着一深語。（同前）

二九三　胡浩然《滿庭芳》「瀟灑佳人」：視贊滿志出賓相口中者，何以選之？（同前）

二九四　張子野《滿江紅》「紅蓼花繁」：説漁者之麗奇，可驚筵座。　又：笑傲自得，誠不如酒。（同前）

二九五　李易安《鳳皇臺上憶吹簫》「香冷金猊」：懶説出，妙。瘦為甚的，尤妙。　又：「千萬遍」，痛甚。○轉轉折折，忤合萬狀，清風朗月，陡化為楚雨巫雲。阿閣洞房，立變成離亭別墅，至文也。（同前）

二九六　劉改之《水調歌頭》「春事能幾許」：「密葉著梅」，不識者以為庸，或者以為確。　又：憐惜中仍自豪爽。　又：「半醉」二句竟為今日八股樣子，奇哉！（同前）

二九七　黄山谷《水調歌頭》「瑶草一何碧」：「紅露」二句媚，「明月」句閒，其餘當耐之。（同前）

二九八　東坡《水調歌頭》「明月幾時有」：謫仙再來。　又：「高處不勝寒」，軻氏「一暴十寒」之「寒」也。神宗讀而歎曰：「蘇軾終是愛君。」可謂悟矣，僅移汝州，何哉？◯苕溪改丁詞「鼇山綵結蓬萊島」為「綵締」，蘇詞「低綺户」為「窺綺户」，似穩。然「窺」與「照」，何異？　又：謝無逸、寇平仲亦云「千里共月」，謝、寇興悲，坡老增忭。（同前）

二九九　韓无咎《水調歌頭》「今日我重九」：晏詞「幾點護霜雲影」，轉為南澗藍本。（同前）

三〇〇　張安國《水調歌頭》「江山自雄麗」：盛唐。　又：「寄聲」數字粗滯。　又：景奇瓌。（同前）

三〇一　蘇子瞻《水調歌頭》「落日繡簾捲」：或謂平山堂望江左諸山甚近，永叔短視，故云「山色有無中」。《藝苑雌黄》謂東坡為永叔解嘲，賦快哉亭道其事，蓋山色有無，非烟雨不能然也。余按永叔起句「平山欄檻倚晴空」，安得烟雨？東坡自得其煙雨之山色，豈與輕薄子斗齒頰哉？◯末二句天籟自鳴。（同前）

三〇二　張林甫《燭影摇紅》「雙闕中天」：林甫親目靖康之變，前段追憶徽廟，後直指目前，哀樂各至。（同前）

三〇三　吴大年《燭影摇紅》「樓雪初消」：張詞感舊，吴詞奇新，筆下頗似昆仲。（同前）

三〇四　王晉卿《燭影摇紅》「香臉輕匀」：「幾回得見，見了還休」，痛乎哉，九死易耳。◯天放生論，美人晤對，何如遥對？同堂未若各院，隔水問花，礙雲阻竹時，是真正對面，至「牽衣遶坐」，俗不可

當矣，視晉卿之言何如？　又：恨意悉。（同前）

三〇五　孫夫人《燭影摇紅》「乳燕穿簾」：「寒成陣」較「雲成陣」靈些。　又：宋賦「别久」二語輕疑暗惜，隨接下句，疑終不勝其作也，妙！妙！（同前）

三〇六　周美成《塞垣春》「暮色分平野」：調逼側，讀之難忘。　又：「念多才」二句恨無異意。　又：將珠淚沉吟，傷矣。沉吟向寒燈，傷之如何？◯結得奇，恐驚肉眼。（同前）

三〇七　王元澤《倦尋芳》「露晞向曉」：遣句艷巧。　又：直用子京句，差一「著」字。　又：「榆錢」兩句可謂賣力。史邦卿「做冷欺花，將烟困柳」，殆尤甚焉，然俱險麗出俗。　又：或議元澤不能作小詞，援筆為之，居然名流，後絶不作。（同前）

三〇八　潘元質（誤刻蘇養直）《倦尋芳》「獸鐶半掩」：「嬌」、「姹」、「亞」字新。　又：句甘美。　又：閨情津津筆舌下矣。　又：近米農部仲詔詞：「才待打，沉吟了一會。打輕了，不怕我打重了。」又舍不得你，碎揉花打。」妙法也。（同前）

三〇九　柳耆卿《黄鶯兒》「園林晴晝春誰主」：「春誰主」一作「誰為主」。　又：鶯之動静，始終具在。　又：「無據」二字没要緊。　又：風烟霧露，遷出來去，話語吟呼，疊來取厭。　又：以燕結，可可。◯「終朝」作「黄昏」，誤。（同前書卷四「長調」）

三一〇　康伯可《漢宫春》「雲海沉沉」：應付生活。　又：《霓裳羽衣》，中秋曲也，用之上元，未妥。（同前）

三一一　京仲遠《漢宮春》「暖律初回」：「星移」、「月滿」，形燈夕雅壯。　又：粗佳，發意有意趣。（同前）

三一二　晁叔用《漢宮春》「瀟洒江梅」：一篇遠思，如食江瑶柱，别自旨人。　又：「玉堂」乃引用薛維翰「白玉堂前一樹梅」詩事，有云宫苑玉堂，誤矣。（同前）

三一三　劉巨濟《聲聲令》「梅黄金重」：清爽。　又「喧」、「寂」，恰好。（同前）

三一四　葉少藴《醉蓬萊》「問春風何事」：起頭何許精力。　又：大凡離情，入王右丞尊矣。又：瀟灑。（同前）

三一五　謝幼槃《醉蓬萊》「望晴峰染黛」：寂寞在豪華中，豪華在寂寞中。○宋之問《明河篇》：「坐見河傾漸微没，不惜光輝讓明月。」所謂碧天無漢也。　又：阿蓮，謝惠蓮小字。（同前）

三一六　柳耆卿《醉蓬萊》「漸亭臯葉下」：文章遇不遇有數，存此詞，不遇者也。高宗遊聚星園，入一酒肆，見素屏俞國寶書《風入松》一闋，嗟賞之，誦至「明日重攜殘酒，來尋陌上花鈿」，曰：「未免酸氣。」改為「殘醉」，即日予釋褐。詞之遇者也。然耆卿詞轉喉觸諱，中間無一語形容老人星，自不見佳。明主具眼，盡諉之於數。（同前）

三一七　李景元《帝臺春》「芳草碧色萋萋」：曲至。（暖絮亂紅，也似知人，春愁無力。）　又：黄昏碧雲，已不堪矣，何况下個「盡」字、「只」字。　又：「拚則」二句，恒語，淺語，不許恒人、淺人拈得。○若「暗拭」、「偷滴」後不禁呼號。（同前）

三一八　蘇東坡《八聲甘州》「有情風萬里捲潮來」：伸紙書之，亭亭無染，青蓮出池。（同前）

三一九　晁無咎《八聲甘州》「謂東坡未老賦歸來」：無咎判揚州，以文章名，郡守東坡稱為風流別駕，和詞應不獨劣。◎巧映。　又：本坡詞「長記平山堂上，欹枕江南雨」。（同前）

三二〇　劉巨濟《夏初臨》「泛水新荷」：信筆處有天機。（同前）

三二一　王通叟《慶清朝慢》「調雨為酥」：風林楚楚，詞林中佳公子也。集名《冠柳》，豈偶然哉？「踏青」一詞又不獨冠柳詞之上。◎首句意，二句字，雙妙。　又：淺至儇俏。　又：是踏青。（同前）

三二二　周美成《玲瓏四犯》「穠桃夭李」：有層節，悽痛自罵。（同前）

三二三　史邦卿《雙雙燕》「過春社了」：「欲」字，「試」字，「還」字，「又」字，入妙。「還相」「相」字，星相之「相」。（同前）

三二四　朱希真《孤鸞》「天然標格」：佳處在筆筆蚤梅。　又：全類《下燭新》梅花詞，後類劉方叔「重聞塞管何害，得到和羹，才明底蘊」句。　又：「莫待單于吹老，便須折取歸來，寄驛人遥，和羹心在，誰為攀折？」順反之殊。（同前）

三二五　柳耆卿《晝夜樂》「秀香家住桃花徑」：詞樂而淫，不當入選。◎「膩玉」句則佳，東坡用之，得並存。　又：閩本「猶自怨隣鷄」五字作「好温存也誰知」，愈醜矣。（同前）

三二六　周美成《瑣窗寒》「暗柳啼鴉」：霎然有聲。　又：點題。（正店舍無烟，禁城百五。）

（同前）

三二七　僧皎如晦《高陽臺》「紅入桃腮」：蕭騷激楚絶世。　又：世味中人或圖功名，或治生産，盡正經事。奈天地間好風月，好山水了不相涉，是枉了一生。○帶悲秋。　又：齊説來始快。或問莫愁之法，曰一人放心世外，便樂不可言。

三二八　康伯可《金菊對芙蓉》「梧葉飄黄」：豔發。　又：淺急在曲下，人亦不盡黜。（同前）

三二九　辛幼安《金菊對芙蓉》「遠水生光」：英爽。　又：與其有身後名，不如生前一杯酒，使必如此，特成得個黨太尉銷金帳中唱飲羊羔美酒，不寧恥耶？　又：亦自健脾，不必抹殺。（同前）

三三〇　僧仲殊《金菊對芙蓉》「花則一名」：離兑中央，强湊。　又：愁病人所不堪，而偏宜咄咄怪事，惡道至此，作三千粉黛，一片雲頭，使倆安在乎？（同前）

三三一　晁叔用《玉蝴蝶》「目斷江南」：化古為我，風韻悠哉。　又：「小橋」句，耐。（同前）

三三二　柳耆卿《玉蝴蝶》「望處雲收雨斷」：練雅和時。　又：不復愛温庭筠詞「過盡千帆皆不是，斜暉脉脉水悠悠，腸斷白蘋洲」。（同前）

三三三　高賓王《玉蝴蝶》「喚起一襟凉思」：「喚起」二字無端，正妙。　又：「古臺」、「新夢」句，畫意。　又：語小俊。　凝，音佞。（同前）

三三四　周美成《渡江雲》「晴嵐低楚甸」：做（後疑有脱字）。（晴嵐低楚甸，暖回鴈翼陣勢，起平沙。）　又：「委曲」、「漸漸」四字內，意景只管生出來。　又：昌甚。（愁宴闌風飜旗尾，潮濺烏

紗。」(同前)

三三五　丁仙現《絳都春》「融和又報」：秀句難得。(須臾一點星毬小。」)(同前)

三三六　劉叔安《絳都春》「和風乍扇」：近王百穀詩云：「枳殼花開梅子酸，葛衣初試麥風寒。客中只恐春歸去，處處敲門看牡丹。」亦此意也。　又：條達易看。(同前)

三三七　朱希真《絳都春》「寒陰漸曉」：此等詞華，似良金出冶，煅煉精神；良璧出璞，追琢温(後當脱「涼」字)。又：意油然，一云少味，非。(同前)

三三八　《念奴嬌》：一名《百字令》，又與《無俗念》、《壺中天慢》同。其名《赤壁詞》、《大江東去》、《酹江月》，皆因東坡詞。按諸調句有定數，句或無常，蓋取其聲之協調，不復拘句之離合。新譜分為九體，甚贅。(同前)

三三九　李易安《念奴嬌》「蕭條庭院」：「寵柳嬌花」，又是易安奇句，後人竊其影，似猶驚目。又：真聲也，不效顰於漢魏，不學步於盛唐，應情而發，能通於人。　又：有首尾。(同前)

三四〇　沈公述《念奴嬌》「杏花過雨」：摘梅探柳，情緒自多。　又：既多情，又輕離拆，「因甚」字妙。　又：深體味。　又：甚得全局。(同前)

三四一　辛幼安《念奴嬌》「野棠花落」：安「欺」字，妙。　又：「一枕」句纖妍。　又：吞江水雲山言恨，天才駿發。(同前)

三四二　僧仲殊《念奴嬌》「故園避暑」：煅鍊「竹影金鎖碎」、「泉聲玉琮琤」二語為一語，無骨氣。

（同前）

三四三 蘇東坡《念奴嬌》「憑高眺遠」：襟期寥曠。（桂魄飛來光射處，冷浸一天秋碧。） 又：《水調歌頭》中道過語，乃不見勝。（同前）

三四四 葉少藴《念奴嬌》「洞庭波冷」：長篇句妙，若蘇、黄、韓、李用笛事，幾於活板。 又：下詞大意不差，但换韻换字，豈以《念奴嬌》本仄調耶？然《憶秦娥》調仄，而孫夫人獨平；《柳梢青》調平，而賀方回獨仄。調無相似者，平仄皆不妨耳。〇「破」字、「過」字换韻，誤。（同前）

三四五 范元卿《念奴嬌》「玉樓絳氣」：須曉此詞詠元夜月。 又：英特。 又：《韻語陽秋》云：近世作文多以紫荷囊作侍從專使，不知其誤。《晉書·輿服志》云八座尚書則荷紫，以生紫為袷囊，縫之服外，在於左肩。所謂荷紫者，非芰荷之荷，迺負荷之荷也。人徒見《南史》「著紫荷囊」四字，遂作一句言之，未免有此。（同前）

三四六 黄魯直《念奴嬌》「斷虹霽雨」：見十七月夜。 又：風流如昨。（醉倒金荷家萬里，難得樽前相屬。老子平生，江南江北，最愛臨風曲。） 又：孫叔敏，一作孫彦立。（底本末刻：八月十八日同諸生步自永安城樓過張寬夫園待月，偶有名酒，因以金荷酌衆客。客有孫叔敏，善吹笛，援筆作樂府長短句，文不加點。） 又：工矣，何必加點。（同前）

三四七 朱希真《念奴嬌》「插天翠柳」：開奇口。 又：吴儂乃謂不成話。（同前）

三四八 范元卿《念奴嬌》「尋常三五」：新清如秋月。 又：《容齋隨筆》云：梅花詩詞多用參橫，蓋出《龍城録》趙師雄事，然以冬半視之，黄昏時參已見，至丁夜則西没矣，安得將旦而橫如趙所云乎？東坡「紛紛初疑月挂樹，耿耿獨與參橫昏」，為最當。老杜「城擁朝來客，天橫醉後參」，以全篇攷之，則初秋所作者。（同前）

三四九　李漢老《念奴嬌》「素光練净」：中有類人語，奈何？（素光練净，映秋山隱隱，脩眉橫緑。）又：真寒。（碧瓦寒生銀粟。）又：真清。（滿庭風碎梧竹。）又：「叫雲」句用崔魯《華清宫詩》：「銀河漾漾月輝輝，樓礙天邊織女機。橫玉叫雲清似水，滿天霜逐一聲飛。」或云笛名，非也。又李詩：「胡牀紫玉笛，却坐青雲叫。」（同前）

三五〇　姚孝寧《念奴嬌》「素娥睡起」：首句冠羣。　又：放達汗漫，誦滿百遍，可以上仙。（同前）

三五一　韓子蒼《念奴嬌》「海天向晚」：憨静。　又：類山谷矣。（喚起嫦娥，撩雲撥霧，駕此一輪玉。桂華疎淡，廣寒誰伴幽獨。）又：「珠斗」三句轉寫秋光，人不會得。（同前）

三五二　張安國《念奴嬌》「朔風吹雨」：風雨夾雪，荒寒悽悲。　又：超然。（憑高一笑問君，何處炎熱。）（同前）

三五三　蘇子瞻《念奴嬌》「大江東去」：語語高妙閒冷，初不以英氣凌人。　又：介甫「六朝舊事隨流水，但寒煙衰草凝緑」，亦此旨。　又：李白赤壁歌云「樓舡掃地空」，則「檣艣」二字優於「强虜」。〇三國諸人竟成一時豪傑，吾輩不舉杯酧月，何愚乎？　又：按東坡在黄，黄之赤壁，土本赤鼻磯也。東坡云「人道是」，亦傳疑之意。今岳陽之下、嘉魚之上有烏林赤壁，是公瑾遇戰之所。杜牧寄岳州李使君詩「烏林芳草遠，赤壁健帆開」可證。（同前）

三五四 無名氏《念奴嬌》「炎精中否」：苕溪漁隱云：是時有人和赤壁詞題於郵亭壁間，雖粗豪，而氣概可喜。（同前）

三五五 張于湖《念奴嬌》「洞庭青草」：淼杳曠忽，心境與水光相映。 又：非唯形骸可破，即乾坤不知上下也。（同前）

三五六 辛幼安《念奴嬌》「晚風吹雨」：字字敲打百響。 又：勝覽。（同前）

三五七 朱希真《念奴嬌》「別離情緒」：不憐惜，則為妬為悍；假憐惜，又為娼家圈套矣。難言哉！難言哉！厮守追歡，牽係隔別，萬種殷勤，一番愛護，真亦偶遇，不容尋也。大放生，以不得真心為大幸，抑情之語，忍信之乎？（同前）

三五八 趙承之《念奴嬌》「舊遊何處」：言報可愴，意殊不屑。 又：以尺牘為詞。（要識當時，惟是有明月，曾陪珠履。量減盃中，雪添頭上，甚矣吾衰矣。酒徒相問，為言憔悴如此。）（同前）

三五九 鄭中卿《鳳皇臺上憶吹簫》「嗟來咄去」：山谷云「造化小兒無定據」，天人總是一小兒。又：「征衫」等句入於率易，其率易不可學而至。〇姜白石、辛稼軒一流。（同前）

三六〇 朱希真《念奴嬌》「見梅驚笑」：見梅梅問，筆意雲垂海立。 又：淡然獨往，不與蜂蝶為伍，君子哉！（同前）

三六一　僧仲殊《念奴嬌》「水楓葉下」：所擁瞭然，且不留滯於物。　又：婉於説情，妙。　又：却曉此老根塵未盡。（同前）

三六二　周美成《應天長》「條風布暖」：一本無「條風」至「正是」十六字，一本無「條風」至「寒食」廿五字，非。（同前）

三六三　康伯可《應天長》「管絃繡陌」：一本前段云：「管絃喧繡陌，燈火照塵香。舊腸斷，蕭娘愁歸路。緩雕轡，獨自歸來情緒。」未全文。　又：僮無敗句。〇還是慣家。（同前）

三六四　周美成《遶佛閣》「暗塵四斂」：布虚景，拈實意，下如何？（同前）

三六五　周美成《解語花》「風銷焰蠟」：昔人詠節序，付之歌喉者，類是率俗。為應時納祐計，即清明「折桐花爛熳」、端午「梅林乍歌」、七夕「炎光謝律」，以詞家調度，亦皆未至，下作措句精妍，且見時節風物之感。（同前）

三六六　劉叔安《慶春澤》「燈火烘春」：「烘」字、「浸」字有情。〇坡詩「春宵一刻千金」，何如元宵。　又：年光是也，惟只見舊情衰謝。　又：小桃紅紫尚早。（同前）

三六七　胡浩然《萬年歡》「燈月交光」：不甚惡，雜之詞中，似乎擊缶韶外，良可異也。（同前）

三六八　周美成《玉燭新》「溪源新臘後」：語豈不佳？　久習成套。（暈酥砌玉芳英嫩，故把春心輕漏。）　又：全是一團梅花精靈。　又：壽陽宫主猶不似，譬梅極矣，愛梅極矣。（同前）

三六九　京仲遠《木蘭花慢》「算秋來景物皆勝賞」：第一字「羨」不得。（底本：算舊譜「算」作「羨」。）

又：蜀人何無味無法？　又：按耆卿詞當於「蜀人」「人」字、「婆娑」「娑」字、「朋年」「年」字用韻，俱在二字句為妙。（同前）

三七〇　張宗瑞《桂枝香》「梧桐雨細」：案：「絲」、「彫」、「孔」作去聲。　又：「衣潤費爐烟」同工。（衣篝線裊，蕙爐沉水，悠悠歲月天涯醉，一分秋，一分憔悴。）　又：《續譜》亦無「負」字，（負諸本缺「負」字，亦誤。　草堂春緑、竹溪空翠。）習矣，不察。　又：「落葉」二語仙理禪宗。（同前）

三七一　王介甫《桂枝香》「登臨送目」：金陵懷古，諸公寄調於《桂枝香》，凡三十餘首，介甫為絶唱。東坡見之，嘆息曰：「此老乃野狐精也。」　又：「矗」字妙。　又：竇鞏詩：「傷心欲問南朝事，唯見江流去不回。日暮東風春草緑，鷓鴣飛上越王臺。」六朝句化此。〇此篇乃東坡「明月幾時有」、「冰肌玉骨」二篇。又白石《暗香》云：「舊時月色，算幾番照我，梅邊吹笛。」《疏影》云：「苔枝綴玉，有翠禽小小，枝上同宿。」皆清空中出意趣，無筆力者難為。（同前）

三七二　周美成《憶舊遊》「記愁横淺黛」：「記愁」一起下個「記」字，後來下個「更」字，「新燕」、「東風」是題旨，有以「門掩秋宵」，明説是秋，「寒螿」、「疎螢」、「秋宵」物類，而疑錯簡，則虚字何往。又：散活尖酸，過崔氏語。（同前）

三七三　陸務觀《水龍吟》「摩訶池上追遊路」：調本方，意貴圓，陸、秦春章，諸君擅之。　又：三句凄錦哀玉。（鏡奩掩月，釵梁拆鳳，筝絃零鴈。）　又：春恨滿懷，先言春豔滿眼，找出一句恨來，蔗不陪蘗。（同前書卷五「長調」）

三七四　陳同甫《水龍吟》「鬧花深處」：「閙」字好。（雲閣一作閑，誤。）　又：有能賞而不知者，有欲賞而不得者，有似賞而不真者，人不如鶯也，人不如燕也。　又：怨也風流。（同前）

三七五　秦少游《水龍吟》「小樓連苑横空」：第九句九字，「院落」二字相連，譜以「落紅」二字相連，認作八字，詞選作「院宇」，更無義。○天地也瘦起來，安得生致少游自扶其心？　楊用修曰：「前段歇拍句云：『紅成陣，飛鴛甃。』換頭落句以辭調拍眼論，『但有當時』一拍，『皓月照』一拍，『人依舊』一拍為是。」大拘拘。（同前）

三七六　辛幼安《水龍吟》「渡江天馬南來」：《指迷》云：壽詞盡言富貴則塵俗，盡言功名則諛佞，盡言神仙則迂誕。言功名而慨歎寓之壽詞中，合踞上座。　又：壽今日，反曰壽他年，蓋欲其豎功立名，與夫功成名遂身退，又寓規諷。（同前）

三七七　蘇東坡《水龍吟》「楚山修竹如雲」：笛製，取良榦，首存一節，節間留纖葉，剪而束之。節以下若膺處則微漲，而全體皆須白浄。「龍鬚」三句善狀。○五十餘字，堪與馬《賦》並傳，修語清遠，馬似不逮。○用許故事，不為事用。○結嶺南太守上，妙。　又：按：嶺南大守閭邱公顯致仕，居姑蘇，坡每過，必留連。常言：「不遊虎邱，不謁閭邱，乃二欠事。」一日出其後房善吹笛者懿卿佐酒，坡作此贈之。　又：一云贈趙晦之吹笛侍兒。（同前）

三七八　周美成《水龍吟》「素肌應怯餘寒」：「殘紅斂避」四字神動。　又：心力强人。　又：但擬得個明白。（同前）

三七九　章質夫《水龍吟》「燕忙鶯懶芳殘」：「傍珠簾」數語悉楊花意態，東坡所和雖高，各不相高。《曲洧舊聞》云質夫有織繞工夫，晁叔用云：「東坡如毛嬙、西施，净洗却，與天下婦女鬬好，質夫豈可比？」詩人議論不工。○「風扶起」，又有云：「費盡東風扶不起」，都欲活。（同前）

三八〇　蘇東坡《水龍吟》「似花還似非花」：思鋒没石。又：「隨風萬里尋郎」，悉楊花神魂。又：便以將軍鐵板來唱「大江東去」，必至江波鼎沸，若此詞更進柳妙處一塵矣。○讀他文字，精靈尚在文字裏面，坡老只見精靈，不見文字。（同前）

三八一　劉叔安《水龍吟》「弄晴臺舘收煙」：「點」、「綴」兩字分别。○清綺。（同前）

三八二　康伯可《瑞鶴仙》「瑞烟浮禁苑」：「冰輪桂華滿溢」為句，然必以「滿」字叶，以「溢」字當在下。○體面好，不見本事。又：高宗都杭，伯可思汴，故為欽宗賞。（同前）

三八三　歐陽永叔《瑞鶴仙》「臉霞紅印枕」：詞以弄月嘲風為主，聲復出鶯吭燕舌之間，不近乎情，不可鄰於鄭、衛，則甚景而帶情、騷而存雅，不在兹乎？又：委婉深厚不悲，隨口念過，漢、魏遺意。○辛幼安《祝英臺近》詞可窺。（同前）

三八四　周美成《瑞鶴仙》「悄郊原帶郭」：流鶯相勸，目空海内人物。○真醉入情事。○末句周郎才盡。（同前）

三八五　黄山谷《瑞鶴仙》「環滁皆山也」：有人買得《醉翁亭記》稿，説「滁州四面有山」凡數十字，後改定，只「環滁皆山也」五字。記七十餘句，山谷拈之，精者必簡。○蔣捷招落梅魂詞用「些」字，與此

同。○閔吴興云：泊然無味，枉了人也。（同前）

三八六　周美成《慶春宫》「雲接平岡」：蘸着些兒麻上來。○口香。○便是崔、張兩家題跋。○姑蘇臺半生貼肉，不及若耶溪頭之一面情，固不可以久暫時日論。○「一餉留情」，博許多煩惱。葉緑深重，何能脱離？我意如籠鳥瓶花，得失隨時，到底來，各各但奔前程，大家不致擔誤。（同前）

三八七　周美成《拜星月慢》「夜色催更」：蟲曰「歎」，妙。○客邸真可憐。○一餉三生，一縷萬端，工於迸淚。（同前）

三八八　張仲宗《石州慢》「寒水依痕」：時刻於「沙際」作句，非。　又：「隔溪山不斷，遮不斷愁來」注脚。○留説往年上語閣，下開唐人絶句意。○質語，提筆便難。（同前）

三八九　周美成《畫錦堂》「雨洗桃花」：事事俱嫌，神馳者所必至。○句麗，斷不可入七言，則氣運之别。○如此三月，只索病酒，直得靈犀一點，醫可了病懨懨。（同前）

三九〇　魯逸仲《畫錦堂》「風悲畫角」：清景都非好景，游子自知。　又：妍媸，詞選云類万俟（當作俟）雅言。（同前）

三九一　周美成《氐州第一》「波落寒汀」：「翻鴉」、「破鴈」句可見。○色色描就。　又：應不信「寂莫恨更長」語。（同前）

三九二　何籀《宴清都》「細草沿堦軟」：四「遠」字，創，為近時曲子竊去。　又：不定為歸時願見，亦愁緒萬千中一端。○武后「開箱驗取石榴裙」，爰有同心。　又：肅穆。（同前）

三九三　周美成《宴清都》「地僻無鐘鼓」：「千儔萬侶」上用個「算」字，妙。　又：無疑生疑，以求其議。（同前）

三九四　周邦彦《齊天樂》「疎疎幾點黄梅雨」：平實無佳。　又：弔靈均者云：「今日獨醒無用處，為君痛飲讀《離騷》。」不讀亦為靈均，思之，思之。（同前）

三九五　周美成《花犯》「粉墻低」：祇詠梅，而紆餘往復。了三年間事，故足珍貴。「愁悴」句，梅花傳心。　又：輝光旋轉。（同前）

三九六　胡浩然《喜遷鶯》「譙門殘月」：雙溪老人取其首紀節序，次述宴賞未歸，應時納祐，為有局。局諧而品陋，雙溪所不知。（同前）

三九七　吴子和《喜遷鶯》「銀蟾光彩」：好在意意閏正。　又：雋。（同前）

三九八　吴子和《喜遷鶯》「梅霖初歇」：一篇空峭處。　又：説龍舟絮可竄。　又：荷香、新月句，稍破宿暈。（同前）

三九九　康伯可《喜遷鶯》「臘殘春早」：媚竈語，那得佳？佳亦不足齒。　又：羞人。（盡總道，是文章孔孟，勳庸周召。）　又：秦檜「篆刻鼎彝」竹，今人云思德政碑樣。（占斷世間榮耀。）（同前）

四〇〇　馮偉壽《春雲怨》「春風惡劣」：矯警。　又：時物到此，反難抵擋他。○「扶不得」，眼細。　又：標致。　又：何事不有下稍，豈關風雨？結語嗚咽。（同前）

四〇一　吴彦高《春從天上來》「海角飄零」：妙繪。　又：素女鼓瑟，哀不自勝。破爲二十五絃，老姬此時當破爲幾絃？〇白居易《明君詠》：「愁苦辛勤憔悴盡，如今却似畫圖中。」似不似，總入情。（同前）

四〇二　史邦卿《綺羅香》「做冷欺花」：軟媚。　又：一曲之中，句句高妙者少，但相搭襯副得去，於好發揮處用工取勝，「臨斷岸」以下融情景於一家，會句意於兩得，姜堯章稱賞之。〇收縱聯密，事事合題襯副，原不謂此曲。（同前）

四〇三　柳耆卿《雨霖鈴》「寒蟬凄切」：「今宵」二句，耆卿作詞宗，實甫爲曲祖，求其似之，少游「酒醒處，殘陽亂鴉」。〇唐詞「簾外曉鶯殘月」至矣。宋人讓唐詩，而詞多不讓。〇傾吐妙。（同前）

四〇四　解方叔《永遇樂》「風熌鶯嬌」：佳麗。　又：語意妥溜無奇，一二三等文字。　又：似秦詞，但有當時皓月照人意，筆力差遠。（同前）

四〇五　胡浩然《送入我（當作我入）門來》「荼壘安扉」：兩句是文人。（今宵盡似，頓覺明年明日催。）又：醉司命打灰堆，視語污耳污目。〇不知籛、潘曹而今安在？何不道臘月三十日，一場懡㦬。（同前）

四〇六　馬莊父《歸朝歡》「聽得提壺沽美酒」：平易中有旨法。　又：《金荃》、《蘭畹》選句。又：胸懷卓犖。（同前）

四〇七　張子野《歸朝歡》「聲轉轆轤聞露井」：嬌軟工新。　又：楚叶佞。　又：桂英詩：

「靈沼文禽皆有匹，仙園美木盡交枝。無情微物猶如此，何事風流言別離。」可以譯此。○作音做。○韻釋者，壓也。（同前）

四〇八 阮逸女《花心動》「仙苑春濃小桃開」：非婦人身歷而口道之，决不親切。又：神境。（同前）

四〇九 王和甫《瀟湘逢故人慢》「薰風微動」：亦清亦和，文與景得。○「羅」字斷句共五韻五十一字，譜以「輕羅試」作句，非。又：不妄功名耶？功名在，到頭濟恁事。（同前）

四一〇 周美成《尉遲盃》「隋堤路」：等到醉時，畫舸煞有情，而猶謂在情，情真哉！○蘇詞「載一船離恨向西州」，秦詞「載取莫愁歸去」，又是一觸發。（同前）

四一一 周美成《西河》「佳麗地」：如此江山，還有王者氣否？○介甫《桂枝香》獨步不得。又：賞心亭在秦淮上，丁謂所建，故實而不協文義。又：王、謝金陵事，吴彦高：「舊時王、謝，堂前燕子，飛向誰家。」遜婉切。（同前）

四一二 胡浩然《春霽》「遲日融和」：鴻雁典雅。○浩然偶有之。又：「溪」字也未妥。又：尾句諷世。（同前）

四一三 胡浩然《秋霽》「虹影發侵堦」：《春霽》、《秋霽》格韻尾句如一，後人妄加以李（當為陳）後主名，不知六朝無此慢調，况王勃「落霞」、「孤鶩」語，後主豈預知而引用之耶？（同前）

四一四 朱希真《秋霽》「壬戌之秋」：山谷醉翁亭詞一體，作縮損益間，較露自己面目。（同前）

四一五　周美成《解連環》「怨懷難託」：新響。　又：近日街頭歌市所云：「閑話兒丢開也，照舊來走走。」○無言語到没味不燒，却又非情矣。　又：慘痛。（同前）

四一六　徐幹臣《二郎神》「悶來彈鵲」：「悶」字意義深，鵲本喜聲，為其無憑，故悶而彈之。　又：詩人慣將此等無指實處説來，確然。　又：一宛唱，如歸風信鴿，平時凋絶，徒然面對。○「去」字對「來」字，從「去」字，愈（疑為「意」字之譌，或疑後有脱文）。（同前）

四一七　柳耆卿《二郎神》「炎光初諸本缺『初』字過，暮雨芳塵」：譜作「炎光謝」。（筆者按：今本首二句一作：「炎光初謝過，暮雨芳塵。」）　又：「過」不通。　又：清纖。　又：忻喜憂思，跂望懷思之情畢至。（同前）

四一八　柳耆卿《望遠行》「長空降瑞」：興趣可攀香山、浪仙、滄浪諸子。　又：吞剥惠蓮《雪賦》了。（同前）

四一九　柳耆卿《望梅》「小寒時節」：梅雪争春，何用？　又：八字譜盡梅花。（弄粉素英，旖旎清徹。）○桃李，小人也；梅，君子也。填詞即綺靡，而三百微婉之旨存焉。（同前）

四二〇　柳耆卿《傾盃樂》「禁漏花深」：設色綦工於意，何有駔儈家店面鋪排耳？（同前）

四二一　賀方回《望湘人》「厭鶯聲到枕」：鶯自聲而到枕，花何氣而動，簾何稱葩藻？「厭」字嶙峋。○曲意不斷，折中有折。　又：厭鶯而幸燕，文人無賴。（同前）

四二二　秦少游《望海潮》「梅英疎淡」：春光滿楮，與梅無涉。（同前）

四二三 柳耆卿《望海潮》「東南形勝」：「三吴」作「江湖」，誤。 又：僅疏暢。 又：柳詞流播，金主亮欣然有慕「三秋桂子，十里荷花」，起投鞭渡江之志。謝處厚詩云：「誰把杭州曲子謳，荷花十里桂三秋。那知卉木無情物，牽動長江萬古愁。」然牽動長江之愁，反為金主死地，未足恨也。至於荷艷桂香，士大夫流連歌舞嬉遊之樂，遂忘中原，深可恨爾。（同前）

四二四 沈公述《望海潮》「山光凝翠」：贊賀中之求雅者，花庵云：世便誦其「杏花過雨」之曲，蓋好德不如好色也。（同前）

四二五 周美成《夜飛鵲》「河橋送人處」：今之務為欲別不別之狀，以博人懽，避人議，而真情什無二三矣。能使華騮會意，非真情所潛格乎？ ◯物既如是，人何以堪？ ◯粧襯幽深。 ◯怎奈玉人不見。（同前）

四二六 賀方回《薄倖》「淡粧多態」：識英雄俊眼兒。 ◯争知栽了業根。 又：「無奈」是嬌之神。 ◯「向睡鴨」二句與「待翡翠」二句皆通。 ◯坡翁只將春睡賞春情是也。 ◯一派閑情，閑裏着忙。（同前）

四二七 康伯可《大聖樂》「千朵奇峰」：文人之頰。 又：安得東君長為主，把朱顔緑鬢一時留住。 ◯俗子讀之回頭矣。咦！勿與彼讀，落便宜也。（同前）

四二八 秦少游《風流子》「東風吹碧草」：東風甚亂。 ◯東西南北悉為愁場。 又：繚繞耳目間。 ◯「怕伊愁」，是以欲説還休也。曰「擬待倩人」，不婉。（同前書卷六「長調」）

四二九　張文潛《風流子》「亭皋木葉下」：俏。　又：不禁愁，可知愁多耳，反言乃透。○「分付東流」，情蕩而無極矣。（同前）

四三〇　周美成《風流子》「楓林凋晚葉」：「砧杵」、「寄恨」四句扇對，魂芳魄豔。　又：不得已而問天。○兼金石倚綵之美，長篇未易。（同前）

四三一　周美成《霜葉飛》「新綠小池塘」：「土花」對「金屋」，工。　又：末句馳騁，恣其望，申其鬱。張玉田云：「詞欲雅而正，志之所之，一為物役，則失其推正之音，耆卿、伯可不必論，雖美成有所不免，如『為伊淚落』、『尋消問息減容光』（當作『尋消問息，瘦損容光』），及『最苦夢魂霎時廝』（當作『最苦夢魂，今宵不到伊行』）和『天便教人，霎時得見何妨』），淳外（當厚）盡變為澆風。」已淺，膠柱鼓瑟之論。（同前）

四三二　周美成《霜葉飛》「露迷衰草」：看「凉蟾低下」句，不須「皓月」三句。　又：曼聲冶容。（同前）

四三三　李漢老《女冠子》「帝城三五」：成何話。　又：疏狂好。（同前）

四三四　柳耆卿《女冠子》「淡烟飄薄」：「淡烟」二句似選。　又：耆卿詞如「霜風凄緊，關河冷落，殘照當樓」等甚佳，顧不選，而選其「願奶奶蘭心蕙性」、「以文會友」、「寡信輕諾」之酸文，不知何見？（同前）

四三五　周美成《女冠子》「同雲密布」：「想」字、「料」字，景生。　又：酒旗斜，酒簾如故，失檢

點。又：「見」字重。（同前）又：章句字作家，拈來都合。（同前）

四三六 周美成《惜餘春慢》「水浴清蟾」：弄致。

四三七 魯逸仲《惜餘春慢》「弄月餘花」：流美。又：非悔，假悔，妙。○和天也瘦。○「天若有情天亦老」，寔李長吉句，獨行千古。石曼卿遥對之「月如無恨月常圓」，批（疑為排）比無力，則為李之臣僕。（同前）

四三八 周美成《丹鳳吟》「迤邐春光」：「天」音「歪」。又：「奈酒至愁還又」，酒與愁，尚分二候，愁濃如酒，知酒之為愁，愁之為酒乎？○「重握」句可住，轉云怕人道着，直出數丈。（同前）

四三九 辛幼安《沁園春》「三逕初成」：「功名一鷄肋，世路九羊腸」，張翰蓴鱸有託而逃，稼軒識得。又：撥蟻養魚亦經綸，種柳觀梅皆事業。又：忠愛有餘。（同前）

四四〇 辛幼安《摸魚兒》「更能消幾番風雨」：李涉詩：「野寺尋花春已遲，背巖惟有兩三枝。明朝攜酒猶堪賞，為報春風且莫吹。」辛用其意。○稼軒中年被劾，凡十六章，自況凄楚。○「斜陽」「煙柳」，詞意怨甚，與「未須愁日暮，天際乍輕陰」者異矣，設在漢、唐時，不幾賈種豆種桃之禍哉！聞壽皇之頗不悦，終不加罪。憐其才耶？（同前）

四四一 晁無咎《摸魚兒》「買陂塘」：故孫仲益云：軒冕之榮，造物於人，不甚愛惜，而一丘一壑，未嘗輕與人。又：道徹急流勇退之志，真西山酷賞之。（同前）

四四二 李玉《賀新郎》「篆縷銷金鼎」：李君止一詞，風情耿耿。又：字有象。○要看「枉」字。

（同前）

四四三　葉夢得《賀新郎》「睡起流鶯語」：殘花吹盡，垂楊自舞，蔑不傷情。○一意一機，自語自話，草木花鳥，字面迭來，不見質實，受知於蔡元長，宜也。（同前）

四四四　蘇東坡《賀新郎》「乳燕飛華屋」：恍惚輕儇。○本詠夏景主，換頭單説個花，高手作文，語意到處即為之，不當限以繩墨。○榴花開，榴花謝，以芳心共粉淚，想像詠物妙境。　又：凡作詞，或其深衷，或即時事，工與不工，則作手之本色，自莫可掩。《賀新涼》一解，苕溪正之，誠然，而為秀蘭，非為秀蘭，不必論也。兩家紛然，子瞻在泉，不笑其多事耶？　又：《古今詞話》云：蘇子瞻守錢塘，有官妓秀蘭天性黠慧，善於應對。湖中有宴會，羣妓畢至，惟秀蘭不來，遣人督之，須臾方至。子瞻問其故，具以髮結沐浴，不覺困睡，忽有人叩門聲，急起而問之，乃樂營將催督也，非敢怠忽，謹以實告。子瞻亦恕之。坐中府倅屬意於蘭，見其晚來，恚恨不已，責之曰：「必有他事，以此晚至。」秀蘭力辨，不能止倅之怒。是時榴花盛開，秀蘭以一枝藉手告倅，其怒愈甚，秀蘭收淚無言。子瞻作《賀新涼》以解之，其怒始息。子瞻之作皆紀目前事，蓋取其沐浴新涼，曲名《賀新涼》也。後人不知之，誤為《賀新郎》，蓋不得子瞻之意也。子瞻真所謂風流太守也，豈可與俗吏同日語哉？（同前）

四四五　趙文鼎《賀新郎》「晝永重簾捲」：練達。○一清無暑。（同前）

四四六　劉方叔《賀新郎》「翠葆揺新竹」：固耳目覩記者無有可刺。　又：「笑偎人」、「低相祝」

六字嬌媚，將「福壽」二字添風味。(同前)

四四七 劉潛夫《賀新郎》「深院榴花吐」：「亭」一作「新」，「新」一作「時」，「陌」一作「白」，俱誤。又：翩翩。又：駁世俗見聞，洗靈均心事，於詞壇有創立之功。淳祐辛丑八月御筆署劉某文名久著，史學尤精，特賜同進士出身，殆不怍也。○新譜落「聊」字，遽謂末句作五字，大誤後人。(同前)

四四八 劉潛夫《賀新郎》「思遠樓前路」：致情緊切，非他詞織事等。○「當年醉死差無苦，且盡樽前今日醉」，若相承而出。詩云：「更使屈原知此趣，當年不作獨醒人。」(同前)

四四九 宋謙父《賀新郎》「靈鵲橋初就」：大盲開眼矣。又：潛夫端午詞有嗣響。○古詩：「雙星今夜貪懽樂，那得工夫賜巧思。」正起謙父之論。○中年已前經歲之别，不要輕覷了。○人生精力一日減一日，意興一年減一年，時乎時乎不再來，欲揮朝雲之涕。(同前)

四五〇 宋謙甫《賀新郎》「步自雪堂去」：朱希真檃括前賦，不可無檃括後賦者，宋詞次朱，皆坡雲、仍也。(同前)

四五一 劉改之《賀新郎》「睡覺啼鶯曉」：開懷。又：身在江湖，心在廊廟。○李青蓮起布衣，入為供奉，龍舟移饌，罥錦奪標，天子調羹，貴妃捧硯，沉香亭樂章，舍青蓮不可。晚雖流落，自是可人，故龍洲及之。(同前)

四五二 辛幼安《賀新郎》「瑞氣籠清曉」：胡然而天也，胡然而帝也。○高浩然《滿庭芳》詞，寸黍

耳，為題所困至此。（同前）

四五三　秦少游《金明池》「瓊苑金池」：花神現身時分。又：人生有幾韶光美，倒盡金樽拚醉眠。〇朱淑真云：「願教青帝長為主，莫遣紛紛點翠苔。」奏作曼聲，琳琅振耳。（同前）

四五四　柳耆卿《白苧》「繡簾垂畫堂」：用事呆直。又：生意。（任他金釵舞困，玉壺傾側。又是東君，暗遣花神，先報南國，昨夜江梅，漏泄春消息。）（同前）

四五五　柳耆卿《十二時》「晚晴初淡煙籠月」：對此清光，始而欣然，繼之咽泣，總不自知可怪。〇「縈繫」政不消幾句，當參一晌留情、一縷相思諸旨。〇癡一通，慧一通。〇孫詞惆悵，舊歡如夢，覺來無處追尋，寔夢亦確。〇讀《花間》小令時厭其多，今反反覆覆，絮絮叨叨，乃嫌其少。（同前）

四五六　張仲宗《蘭陵王》「捲珠箔」：靈機。又：「催梳掠」三字妙。詞分三段，意通一貫，末句勢振，曰「暫忘」，究何能忘之。〇「除是向醉裏時刻」作「前事除夢魂裏」，既多一字，況夢魂可忘，何以為思？（同前）

四五七　周美成《蘭陵王》「柳陰直」：快匀。又：「閑尋舊跡」以下不沾題，而宜為別懷，無抑塞。又：淡宕有情。（同前）

四五八　周美成《瑞龍吟》「章臺路」：美成別詞有「小曲幽坊月暗」，「陌」字非。〇按此詞自「章臺路」至「歸來舊處」是第一段，自「黯凝竚」至「盈盈笑語」是第二段，謂之雙拽頭，屬正平調。自「前度劉郎」後即犯大石，係第三段。至「歸騎晚」四句再歸正平，諸本於「吟牋賦筆」處分段者，非。（同前）

四五九　周美成《大酺》「對宿煙收」：問，懂也，不懂；痛也，不痛。○「夢輕」「輕」字妙。　又：許敬宗云：「春雨如膏，行人惡其泥濘。」　又：監句。（同前）　又：幽情。

四六〇　周美成《浪淘沙慢》「晝陰重」：不累藻，不掙情，讀去平平，莫之能訾。○若云「斷雲」、「殘月」，致減矣。○思緒冥紛。（同前）

四六一　晁次膺《緑頭鴨》「晚雲收淡天一片琉璃」：中秋詞自東坡《水調歌頭》一出，餘詞盡廢。然其後豈無佳詞？晁作殊清婉，特樽俎間歌喉以其篇長憚唱，故湮没無聞焉。（同前）

四六二　周美成《西平樂》「穉柳蘇晴」：奇練。　又：佳聯。（歎事逐孤鴻去盡，身與塘蒲共晚。）○浮生碌碌，何人不為孤鴻、塘蒲也？○故地那堪追念。　又：「鄭驛」、「融尊」，工。○恁樣真。（同前）

四六三　柳耆卿《玉女摇仙佩》「飛瓊伴侣」：「檀郎故相惱，只道花枝好」，宜乎發嗔。○候中退出般，不費些子力。　又：俗。（願嬭嬭蘭心蕙性。）○祝告天發願，永無抛棄，何味，何味，今又來。（同前）

四六四　聶冠卿《多麗》「想人生美景良辰堪惜」：冠卿才情富豔，一詞可見，「露洗華桐」四句又玉中之拱璧，珠中之夜光。○「緑陰摇曳，蕩春一色」，共八字，別作亦有七字合一句者。○一本于「詞客」分段，非。　又：生動。（慢舞縈回，嬌鬟低嚲，腰肢纖細困無力。忍分散，彩雲歸後何處？）（同前）

四六五　周美成《六醜》「正單衣試酒」：擺開言意。○芳香泥人。○真愛花者。一花將萼，�櫼枕攜襆睡其下，以觀花之由微至盛，至落，至於葬地而後已，善哉！○「長條」有似「殘英」，不似眨眼，即知錐心必盡，況「漂流」一段節起新枝，枝發奇萼，長調不可得矣。（同前）

四六六　康伯可《寶鼎現》「夕陽西下暮靄紅」：詞不忌用字，然疊寶珠金銀、氅幢輪騎等，避寒酸而墮補綴資，不入一時羔雁爾，千秋謂何？（同前）

四六七　万俟雅言《三臺》「見梨花初帶夜月」：繡句。（見梨花初帶夜月，海棠半含朝雨。）　又：雜遝少倫，過接喚應，虛字少力。　又：没收拾。（同前）

四六八　蘇東坡《哨遍》「為米折腰」：「誰不遣君歸」，棒喝。　又：檃括渾似東坡特作者。　又：詩變而為騷，騷變而為詞，皆可歌也。淵明以賦為詞，故東坡云然。○《後山詩話》謂東坡以詩為詞，如教坊雷大使之舞，極天人之工，要非本色。不知東坡自云平生不善唱曲，間有不入腔處，非盡如此也。見此，則東坡又善唱矣，後山何此況之下也？（同前）

四六九　柳耆卿《戚氏》「晚秋天一霎微雨」：插字之妥，撰句之雋，耆卿所長。「未名未禄」一段寫我輩落魄時悵悵靡託，借一個紅粉佳人作知己，將白日消磨，哭不得，笑不得，如是如是。○在朋豈淫朋怪侶？豈常侶二字綴豪傑面孔？（同前）

四七〇　《草堂詩餘原序》續集：《草堂詩餘》，何元朗氏序而行之矣。又有《續詩餘》者，編自長湖外史氏，而張次君重校刻於茂苑。黄子曰：詩自大曆以下作者幾絶，吾不知其餘也。詩餘自元祐以下作者又幾絶，吾不知其續也。雖然，情蕲於苟會，吴歈高於郢曲；思蕲於苟觸，商頌亞於秦聲。詞固樂府鐃歌之濫觴，李供奉、王右丞開其美，而南唐李氏父子實弘其業。晏、秦、歐、柳、周、蘇之徒嗣其響，世有彙輯《唐宋名賢詞》者，凡四十册，人凡若干卷，卷凡若干首，余嘗卒業之，泱泱大觀哉！又《花間集》者，片片皆小璣，可弦而歌也，第《唐宋名賢詞》卷袠重大，剞劂未施，綴詞之士罕窺其全。《花間集》止及唐而不及宋，猶詩之漢魏乘矣。（是爲詩之餘者，續《花間集》者與？續《詩餘》者，又其續與？嗟乎！詩工於唐，詞盛於宋，至我明，詩道振而詞道闕。蓋唐宋以詩詞爲謳歌，往往牧夫山伎，借才人之吟詠，以成宫商。今縱秦青復出，所歌者卑卑南北詞，不直周郎一顧矣。筆者按：有眉批云：不歌詩，不歌詞，而歌曲，是以軒冕者多不屑倚歌。詩則騷人遷客之所抒情倡酬，蘭臺石室之彦所藉以獻至尊者，以故得不與詞而俱廢。夫詞體纖弱，壯夫不爲，獨惜篇什寂寥，彼歌《金縷》、唱《柳枝》者，其聲宛轉易窮耳。所刻續集中如李後主之秋閨、李易安之閨思、晏叔原之春景、蕭（當作高）竹屋之紀夢懷舊、周美成之春情、無名氏之有感、張子野之楊華、歐陽永叔之閨情採蓮、蘇子瞻之佳人、楊孟載之莫春、朱淑真之閨情、程正伯之秋夜，以此數闋授一小青蛾撥銀箏、倚緑窓，作曼聲，則繞梁遏雲，亦足令多情人魂消也，豈必皆古淥水之節哉？筆者按：有眉批云：何不譽之甚也，即「多情人魂消」一句終是貶語。楊升庵云：詩詞同工而異曲，共源而分派，足以服作詩餘者之心矣。然詞實不盡於是，則聞張次君而起者，即殺青唐宋名賢詞可也。豫章黄河清撰。（《草堂詩餘續集》）

四七一 李後主《搗練子》「深院静」：詞名搗練，即詠搗練大意，以秋閨概之，唐詞本體。〇一事五句，係人腸肚無限。○張説「只知抱杵搗秋砧，不覺高堂已無月」，「和月」尤妙。（同前書卷上「小令」）

四七二　李後主《搗練子》「雲鬟亂」：修句。（同前）

四七三　秦少游《如夢令》「門外鶯啼楊柳」：憨怯甚。○末句止而得行，洩而得蓄。（同前）

四七四　秦少游《如夢令》「幽夢匆匆破後」：「匆匆破」三字真，「玉銷花瘦」四字警。○末句不可倒作首句，思之，思之。（同前）

四七五　黄山谷《如夢令》「去歲迷藏花柳」：一本換二句「天氣把人僝僽，落絮遊絲時候。茶飲可曾炊。」亦殆蕩。○不但情懷倦繡，縱含情刺錦，豈由催促如養娘之不解事何？（同前）

四七六　向豐之《如夢令》「誰伴明窗獨坐」：徒焉起，颯焉止，全不滿宋人家數。○似俚彌深。○近時吴歌有《夜坐》一篇，增減此詞才數字耳，看來風氣種種，有必開先。（同前）

四七七　李後主《相見歡》「無言獨上西樓」：哀以思，此亡國之音。○七情所至，淺嘗者説破，深嘗者説不破，破之淺，不破之深。「别是」句妙。（同前）

四七八　朱希真《相見歡》「秋風又到人間」：閒曠。（同前）

四七九　朱希真《相見歡》「東風吹盡江梅」：「長」字意順。（底本：長青苔一作「鎖蒼苔」。）又：可與言逝者如斯義。（同前）

四八〇　李後主《長相思》「雲一緺」：緣飾先佳。○「多」字，「和」字，「三兩窠」，亦嫌其多也。（同

前）

四八一　黄山谷《長相思》「蘋滿溪」：無所聞而有所見，切神。（同前）

四八二　歐陽永叔《長相思》「花似伊」：真聲，不可删。（同前）

四八三　張宗瑞《長相思》「山無情」：旅中擬古，故曰吟，吟作行，上句不通矣。宗端（前作瑞）悦見江南，我悦見山。（同前）

四八四　歐陽永叔《賀聖朝影》「白雪梨花紅粉桃」：詞牌：舊本缺「影」字，誤。○與《太平時》調同，但後疊第二句用平叶。　又：緑條青袍，一副春色。（同前）

四八五　無名氏《生查子》「閑倚曲屏風」：渾無思，却是多情。○《悦容編》論美人脚下具足，芙蓉之面，楊柳之腰，秋水之波，春山之黛。《西廂記》：脚踪兒將心事傳，惡能忘？惡能忘？（同前）

四八六　朱淑真《生查子》「去年元夜時」：王實甫詞本此。○調甚佳，非良家婦所宜有。　又：按淑真又有元夕詩：「火燭銀花觸目紅，極天歌吹煖春風。新懽入手愁忙裏，舊事經心憶夢中。但願暫成人繾綣，不妨長任月朦朧。賞燈那得工夫醉，未必明年此會同。」與詞意相合，其行可知矣。（同前）

四八七　秦少游《生查子》「眉黛遠山長」：唐風。（同前）

四八八　姚令威《生查子》「郎如陌上塵」：激澈。　又：温雅。○「苦」字意短。（底本：相思否一作苦。）（同前）

四八九　無名氏《生查子》「娟娟月入眉」：「只有」句斷然得妙。○這相思無可賣，非分乎？（同前）

四九〇　姚令威《生查子》「相思懶下床」：却到見成天地。（同前）

四九一　蘇東坡《點絳唇》「獨倚胡床」：目空一世，身置九宵。　又：了無慽意。（同前）

四九二　無名氏《點絳唇》「蹴罷鞦韆」：片時意態，淫夷萬變，美人則然，紙上何遽能爾。（同前）

四九三　朱希真《點絳唇》「春雨春風」：晉韻。（同前）

四九四　李易安《點絳唇》「寂寞深閨」：簡當。（同前）

四九五　晏叔原《點絳唇》「明月征鞭」：「自憐」、「拚得」四字慅悴而菀伊。（同前）

四九六　晏叔原《點絳唇》「花信來時」：句能鑄新。（同前）

四九七　蘇東坡《點絳唇》「月轉烏啼」：此詞洪甫云親見東坡手迹於潮陽吴子野家，酷似少游，非少游筆。○押「寸」字巧，「嗔人問」三字肖（當作俏）。（同前）

四九八　蕭竹屋《點絳唇》「花徑相逢」：夢境，真境。○湯臨川四夢之祖，「莫」字佳妙。（同前）

四九九　歐陽永叔《浣溪沙》「雲曳香縣綵柱高」：實粘秋千，紆迴煥眩。（同前）

五〇〇　歐陽永叔《浣溪沙》「漠漠輕寒上小樓」：「窮秋」句鄙，錢功甫曰佳，可見功父（前作甫）於此道茫然。○後疊精研，奪南唐席。（同前）

五〇一　晏叔原《浣溪沙》「午醉西橋夕未醒」：荏苒。（同前）

五〇二　晏叔原《浣溪沙》「家近旗亭酒易酤」：不恨無花，不恨無醉，恨無功夫耳，叔原可誇。

（同前）

五〇三 蘇東坡《浣溪沙》「道字嬌訛苦未成」：首句欲生。（同前）

五〇四 蘇東坡《浣溪沙》「學畫鵶兒正妙年」：風體。（同前）

五〇五 蘇東坡《浣溪沙》「晚菊花前斂翠蛾」：織女事，感慨歌者。（同前）

五〇六 蘇東坡《浣溪沙》「花滿銀塘水漫流」：好詩。（同前）

五〇七 蘇東坡《浣溪沙》「簌簌衣巾落棗花」：邨落圖。（同前）

五〇八 米元章《浣溪沙》「日射平溪玉宇中」：詞最纖婉合體，何獨以墨妙傳也？其自薦曰襄陽米芾，在蘇軾、黄庭堅之間。自恃有才，不入黨與。其然。（同前）

五〇九 周美成《浣溪沙》「薄薄紗厨望似空」：仕女圖。（同前）

五一〇 賀方回《浣溪沙》「鸚鵡驚人促下簾」：俗化雅，更簡遠。（同前）

五一一 李易安《浣溪沙》「髻子傷春慵更梳」：話頭好。○淵然。（同前）

五一二 歐陽永叔《浣溪沙》「香靨凝羞一笑開」：上句妙在「照水」，下句妙在「兜鞋」。○即令閨人自摸，恐未到。（同前）

五一三 李易安《浣溪沙》「繡面芙蓉一笑開」：昔有老儒參「臨去秋波」一句，試參此。 又：又一個「月上柳梢，人約黄昏」矣，可歎。（同前）

五一四 陸渭南《浣溪沙》「謾向寒爐醉玉瓶」：唐虞三代而後，跳不出此兩句圈子。（忙日苦多閒日

少，新愁常續舊愁生。）〇寥戾綿延。（同前）

五一五　陸渭南《浣溪沙》「花市東風捲笑聲」：「捲」字奇。（同前）

五一六　楊孟載《浣溪沙》「軟翠冠兒簇海棠」：兩字生成在「能」字、「可」字。（同前）

五一七　楊孟載《浣溪沙》「鸞股先尋鬭草釵」：富艷。畫花朝氣象。〇「先尋」、「新繡」、「鏤成」、「鐫就」八字生「看花」句。（同前）

五一八　朱希真《卜算子》「碧瓦小紅樓」：「水如雲」、「鴉成點」，畫家宗門。〇「看到」、「送盡」，照管上下。（同前）

五一九　止禪師《卜算子》「書是玉關來」：此豈宋末兵興、陽羅洑有時事乎？　又：婆心。（同前）

五二〇　陸務觀《卜算子》「驛外斷橋邊」：排滌陳言，太為梅謦。（同前）

五二一　黄山谷《採桑子》「夜來酒醒清無夢」：「瘦難捹」，切情。〇忽有此境，不是語言文字。（同前）

五二二　李後主《採桑子》「亭前春逐紅英盡」：恬動。（同前）

五二三　黄山谷《訴衷情》「旋揎玉指着紅靴」：《詩餘》本皆作「旋揎玉指鬭彎蛾，遠峰看有無」，「遠峰」句雖俊，「分遠岫」句復來，則傷合，從山谷集。（同前）

五二四　歐陽永叔《訴衷情》「清晨簾幕卷輕霜」：黛不多畫故長，任意悉韻。〇高前詞一級。〇殆

眉語耶？詞何能爾？（同前）

五二五 李後主《菩薩蠻》「銅簧韻脆鏘寒竹」：精切。又：後疊弱，可移贈妓。（同前）

五二六 牛嶠《菩薩蠻》「風簾燕舞鶯啼柳」：《繡襦記》，開場好詞。（同前）

五二七 無名氏《菩薩蠻》「牡丹帶露真珠顆」：八句問答，情事景物迴策如縈，唐六如「請郎今夜伴花眠」，借資於此。○玩一「打」字，妬寵負恃之態漸不可長。○唐宣宗嘗稱此想，又在《花間》之前。（同前）

五二八 黄公度《菩薩蠻》「眉尖早識愁滋味」：乖乖。又：見了活佳人在也。（同前）

五二九 舒信道《菩薩蠻》「畫船搥鼓催君去」：舒名亶，與李定同陷東坡於罪者。世知其兇狡亡賴，而不知其留意文學，寔東坡亞也。忮害名流，姓晦字滅，惜哉！又：冲口出之，字字確，字字楚，行役者聽此，不涕零如雨？《陽關》一首，可以罷唱。（同前）

五三〇 舒信道《菩薩蠻》「江梅未放枝頭結」：話矣妙。又：入之古樂府，何辨？（同前）

五三一 歐陽烱《菩薩蠻》「紅爐煖閣佳人睡」：没情雅，此《花間》不如《草堂》處。（同前）

五三二 蘇東坡《菩薩蠻》「娟娟缺月西南落」：以孟公方述古今，成濫套。（同前）

五三三 陳達叟《菩薩蠻》「舉頭忽見衡陽鴈」：筆耶？否耶？又：「書也無」、「也無書」，照應絶妙。（同前）

五三四 蕭淑蘭《菩薩蠻》「有情潮落西陵浦」：舒、陳二君口吻。○「去不教知」，去者之情至已。

「無情人」三字若有感焉，乃深喜之。◯情多自恨少恨，又無奈恨還成憶。（同前）

五三五　黄山谷《菩薩蠻》「輕風裊斷沈烟炷」：宛然。（同前）

五三六　牛嶠《菩薩蠻》「緑雲鬢上飛金雀」：幽惻。（同前）

五三七　朱淑真《菩薩蠻》「濕雲不渡溪橋冷」：玄慧。◯不犯梅邊事，超。◯「人」、「花」二句傷神。◯緒長。（同前）

五三八　張于湖《菩薩蠻》「東風約略吹羅幕」：五字神肖。（同前）

五三九　楊孟載《菩薩蠻》「水晶簾外娟娟月」：重重微想。◯梨花白不待月裏後見，月黑乃見其全。◯游戲三昧。（同前）

五四〇　李後主《菩薩蠻》「花明月暗飛輕霧」：正指小周后事。又：俚言也，誠言也。（同前）

五四一　馮延巳《菩薩蠻》「梅花吹入誰家笛」：搭來無不妙。（同前）

五四二　葉少藴《菩薩蠻》「平波不盡蒹葭遠」：前身王摩詰。（同前）

五四三　黄叔暘《菩薩蠻》「西風半夜驚羅扇」：合候。又：取成於心，寄妍於物。（同前）

五四四　歐陽永叔《减字木蘭花》「樓臺向曉」：確。（酒後輕寒不著人。）（同前）

五四五　黄山谷《减字木蘭花》「襄王夢裏」：四六體。◯「漫漫」，去聲。（同前）

五四六　黄叔暘《謁金門》「花事淺」：説初意透快。◯梅花、桃花參差開，此匀染處。（同前）

五四七　陳子高《謁金門》「花滿院」：頗悉。◯王通叟「夢魂先到家」，兩夢才成一夢。（同前）

五四八 秦少游《好事近》「山路雨添花」：偶書所見。◎白眼看世之態。◎酷似鬼詞，宜其卒於滕州。(同前)

五四九 黄叔暘《憶秦娥》「心如結」：太白、優孟。(同前)

五五〇 楊孟載《憶秦娥》「東風惡」：即不逮章質一(疑作「夫」字)公詞，而稱量楊花，如其分兩。(同前)

五五一 謝勉仲《憶少年》「池塘緑遍」：描空。又：四字玉貴。◎皦一句，寒食章法。(同前)

五五二 李後主《清平樂》「别來春半」：不同是恨如芳草，剗盡還生蕖子。(同前)

五五三 楊孟載《清平樂》「欺煙困雨」：促「做冷欺花，將煙困柳」作句，和甚，每句弄態人出之則直。又：觀物妙。(同前)

五五四 歐陽永叔《阮郎歸》「劉郎何日是來期」：「時」字韻重。◎雲無定踪，猶勝伊人，不得比之陌上塵矣。(同前)

五五五 歐陽永叔《阮郎歸》「落花浮水樹臨池」：波折婉約。◎「見來無事去還思」◎洞見。又：神流。(同前)

五五六 秦少游《阮郎歸》「褪花新緑漸團枝」：造句。又：懸崖斷索只管緊來。(同前)

五五七 秦少游《阮郎歸》「宫腰裊裊翠鬟鬆」：恐未必無端。◎「殢」字好。(同前)

五五八 秦少游《阮郎歸》「瀟湘門外水平鋪」：「玉筯」「真珠」覺疊，得「梨花春雨餘」句疊，正妙。及

云「腸也無」，如新笋發林，高出林上。（同前）

五五九　鄭中卿《畫堂春》「東風吹雨破花慳」：新思。　又：泳漾。（同前）

五六〇　朱希真《桃源憶故人》「雨斜風横香成陣」：不知何因，又無可問，故為春恨。韻脚添致，陳君美云：「鍊句不如鍊韻。」（同前）

五六一　張于湖《桃源憶故人》「朔風弄月吹銀霰」：敲打抽换得來，至味至趣。〇語不倒不醒，不倒不深。日長蚤被酒，人盡道斷腸，不道人腸斷，皆倒法。（同前）

五六二　賀方回《攤破浣溪沙》「錦韉朱絃瑟瑟徽」：嬌豔。　又：好模好樣。（同前）

五六三　劉無黨《錦堂春》「離恨遠縈楊柳」：眇（當作渺）綿。（同前）

五六四　劉無黨《錦堂春》「菱鑑玉篦秋月」：雕琢。　又：影帶精，「泣」字取泪眼。（同前）

五六五　無名氏《眼兒媚》「蕭蕭江上荻花秋」：三疊入妙可式。〇陸魯望詩：「且將絲線係蘭舟，醉下煙汀減去愁。」醉中又下煙汀，兩眼迷離，不知有離别之苦矣。蕭鳳使玉門關，弟瑀勸酒，頻頻曰：「醉中分袂不悲。」皆此意。〇「今朝眼底」十二字，情信詞巧。（同前）

五六六　李後主《應天長》「一鈎初月臨妝鏡」：流便。（同前）

五六七　劉叔安《梢柳青》「乾鵲收聲」：刻意。　又：不凑七夕事，高。〇神韻，撥動禪心，泥絮將為狂亂。（同前）

五六八　蔣勝欲《梢柳青》「學唱新腔」：竹山名捷，宋末人，貌不揚，長於樂府，有詞一卷，幽透古豔，

惜續詩餘者不多載。○「雙」、「幇」、「撞」，俱響。○「欲人扶」、「嫌人問」，《美人》、《嬌女》二賦不及。（同前）

五六九 蘇東坡《西江月》「別夢已隨流水」：香泉喻淚，妙。（同前）

五七〇 蘇東坡《西江月》「聞道雙銜鳳帶」：阿，音兀。○兩段下二句人人躭説，「可憐宵」三字，佳。（同前）

五七一 司馬君實《西江月·佳人舊本無，今從新本》「寶髻鬆鬆綰就」：稠情密意，注在句里。○「有情似無情」，輕薄子目為假道學，故姜君辨之，然則范希文、歐陽永叔諸君子品不亞於温公，而小詞累牘，非歟？（同前）

五七二 張子野《西江月》「憶昔錢塘話別」：言者聽者俱苦。（同前）

五七三 秦少游《西江月》「愁黛顰成月淺」：工篤鑑情。（同前）

五七四 柳耆卿《少年遊》「參差烟樹霸陵橋」：一折柳故事運成五句，妖雅見筆段。又：「獨上」字悲。（同前）

五七五 秦少游《南柯子》「香墨彎彎畫」：聲情得所。（同前）

五七六 秦少游《南柯子》「愁黛香雲墜」：曲黠。○相看又恐去，未去先問來，宛女子（「女子」疑為「如」字）小聲清轉。（同前）

五七七 賀方回《南柯子》「斗酒才供淚」：翻李詞「雙谿舴艋舟，載不動，許多愁」，驚人。○襯箇舊

景通。（同前）

五七八　劉致君《南柯子》「榴破猩肌血」：淵不可測。（同前）

五七九　無名氏《雨中花》「聞説海棠開盡了」：驀然可嗟，少游「昨夜開多少」，得一爸發。○鼛聲一擊。（同前）

五八〇　歐陽永叔《浪淘沙》「花外倒金翹」：有程圖，一程一意，不作意。（同前）

五八一　歐陽永叔《浪淘沙》「五嶺麥秋殘」：諧歟？莊歟？得諫術。（同前）

五八二　歐陽永叔《浪淘沙》「簾外五更風」：「吹夢」奇。　又：幻想異姿。（同前）

五八三　李後主《浪淘沙》「往事只堪哀」：此在汴京念秣陵事作，讀不忍竟。　又：四字慘。（壯氣蒿萊。）（同前）

五八四　李易安《浪淘沙》「素約小腰身」：「不奈」、「嬌嗔」，的確。（同前）

五八五　朱希真《浪淘沙》「風約雨横江」：簡當。　又：七字創語。（開愁展恨剪思量。）○説休問，正要問，故佳。（同前）

五八六　張子野《浪淘沙》「腸斷送韶華」：拈題不同。○論詩者曰：「好詩生眼底。」眼中這樣，句中也是這樣，大好！（同前）

五八七　趙子昂《浪淘沙》「今古幾齊州」：杜句。　又：「桃花」句上「無主」二字，「石橋」句上「只有」二字，字不漫加。（同前）

五八八 歐陽永叔《浪淘沙》「今日北池遊」：老和尚舌頭。○别病不可耳，病酒何妨？快徹。（同前）

五八九 蘇東坡《鷓鴣天》「笑撚紅梅嚲翠翹」：抉髓。又：李益、韓偓輩絶句。（同前）

五九〇 蘇東坡《鷓鴣天》「羅帶雙垂畫不成」：三字精。又：仙染與俗墨異。○意外意，琵琶、箏、笛聽之，形躁而志越，故彈得相思一牛（疑誤），有人腸斷，何況撥盡？（同前）

五九一 無名氏《鷓鴣天》「紫陌朱輪去似流」：惟恐人不見，又惟恐人見，妙，妙。（同前）

五九二 無名氏《鷓鴣天》「鎮日無心掃黛眉」：曰「閣淚」，再曰「汪汪不敢垂」，重言以申其意。○待醉苦矣，「待奴先醉」，愈苦。○郎獨不欲先醉乎？恐傷郎意，而終不能使之不傷，蓋有難言者。（同前）

五九三 無名氏《鷓鴣天》「全似丹青揾染成」：畫不成丹青，揾染成，争美。○「雲雪」二句天工。（同前）

五九四 李元膺《鷓鴣天》「寂寞秋千兩繡旗」：「周遮」、「落托」，肖切。又：暗指薄情人。（同前）

五九五 辛棄疾《鷓鴣天》「撲面征塵去路遥」：山但見碧，花但見嬌，胸中紛蕩可知。（同前）

五九六 賀方回《瑞鷓鴣》「月痕依約到西廂」：隱深。○飛過短墻不肯歸，絮誠似郎。○妾似堤邊絮還非，的語。又：按唐人歌調自中叶後至五代，漸變為長短句。及宋，此體盛行，中有《瑞鷓

鴣》、《小秦王》，即七言八句、七言絶句詩。《瑞鷓鴣》猶依字易歌，若《小秦王》必須雜以散聲，方可歌耳。（同前書卷下）

五九七　黄叔暘《瑞鷓鴣》「門前楊柳緑成陰」：「自」字妙。○「遲日」二句入中，「無多」乃難語，春恨乃無多，獨自心坎。（同前）

五九八　劉静甫《木蘭花》「柳梢緑小梅如印」：「印」字奇，跌宕。　又：一本有「令」字。○平韻即《瑞鷓鴣》。（同前）

五九九　歐陽永叔《木蘭花》「西湖南北煙波闊」：「雙垂」餘之態，「一抹」入神秀，令復工。○此潁州西湖，功甫舊註以為杭西湖，未深考。（同前）

六〇〇　歐陽永叔《木蘭花》「樽前擬把歸期説」：「風」、「月」特寄情，而非即情語，超然。○前詞轉語。（同前）

六〇一　歐陽永叔《木蘭花》「湖邊柳外樓高處」：問人何似冶游郎，疑信總妙。○吴歈便門，得情之至。（同前）

六〇二　歐陽永叔《木蘭花》「南園春蝶能無數」：可作詠蝶，蝶於花為無情，曰「多情却似」，則世上濫好人有出脱矣，一笑。○詞最雋。（同前）

六〇三　歐陽永叔《木蘭花》「西亭飲散清歌闋」：「衣上結」，盡密贈之況。○禁風不發，禁水不流，禁月不明，唐人句法。（同前）

六〇四　歐陽永叔《木蘭花》「江南三月春光老」：比擬精當。○矯健。（同前）

六〇五　歐陽永叔《木蘭花》「春山斂黛低歌扇」：「隨人遠」，妙景。○本自屈曲，而但見莊渾。（同前）

六〇六　柳耆卿《木蘭花》「個人丰韻真堪羨」：生要認他，有意妙彈。又：「及早」二句，人或嫌其急情。（同前）

六〇七　蘇東坡《木蘭花》「檀槽碎響金絲撥」：軟款。又：陶穀詞「安得鸞膠續斷絃，是何年」極類。（同前）

六〇八　秦少游《木蘭花》「秋光老盡芙蓉院」：有詩云「醉臉雖紅不是春」，兩存之。（同前）

六〇九　王武子《木蘭花》「紅樓十二闌干側」：寂寥行徑，壯憤衷腸。○唐絶氣味。○在陳去非「憶昔午橋」之上。○或云張子野作。子野卒於南渡前，何得云「三十六宮秋草碧」乎？（同前）

六一〇　晏叔原《木蘭花》「一年滴盡蓮花漏」：「料峭」陡貌，「苗條」長貌，巧匠手。（同前）

六一一　陸務觀《木蘭花》「三年流落巴山道」：想在范至能蜀幕時。又：强自寬，寔至是。（同前）

六一二　蘇東坡《木蘭花》「霜餘已失長淮濶」：古崛。○按東坡常與弟別潁州西湖，又有「別淚滴清潁」之句。○一片性靈，絶去筆墨畦逕。（同前）

六一三　無名氏一刻歐陽永叔《南鄉子》「翠密紅繁」：嬌小似。（同前）

六一四　歐陽永叔《南鄉子》「雨後斜陽」：隱語大慧。○詩中有雙關二意，其法乃比之變，比本用事，一變而用意，再變而用聲，或有比事比意更比聲者，此比事比意，若何日藕，幾時蓮，更比聲。（同前）

六一五　韓文璞《南鄉子》「泊雁小汀洲」：「隔柳」句俊。○吴歌云：「造橋的造這橋，只便得我情人來去。」非掤想。（同前）

六一六　晏叔原《南鄉子》「绿水帶春潮」：今日西湖有花朝而無月夕，有紅粉而無佳人，愧前盛矣。（同前）

六一七　黄叔暘《南鄉子》「多病帶圍寬」：「風」、「月」句好，但下二句有風月字。（同前）

六一八　朱希真《鵲橋仙》「溪清水淺」：清態得。○在詠梅諸作中未免居殿。（同前）

六一九　秦少游《虞美人》「碧桃天上栽和露」：崔護桃花詩旨。　又：抑揚百感。（同前）

六二〇　李後主《虞美人》「風迴小院庭蕪绿」：此亦在汴京憶舊乎？○華疏綵會，哀音斷絶。（同前）

六二一　程正伯《虞美人》「輕紅短白東城路」：句意適然反雄拔。（同前）

六二二　向伯恭《虞美人》「去年不到瓊花底」：情物相觸而莫分。○近不落凡。○不怕眉峰載不起耶？（同前）

六二三　蘇東坡《一斛珠》「洛陽春晚垂楊亂」：沈約韻未必悉合聲律，如朋字與蒸同押，打字與等同押，卦字、畫字與怪、壞同押，訣舌之病，豈可為法？元人周德清《中原韻》偉矣，而宋人填詞已有開其先者，如篆字，沈在上韻，坡作去韻，是也。○蒼逸。（同前）

六二四 蘇東坡《臨江仙》「九十日春都過了」：精整。（同前書卷下「中調」）

六二五 秦少游《臨江仙》「髻子偎人嬌不整」：兩句，佳人之神。○自饒花色。（同前）

六二六 張弘範《臨江仙》「千古武陵溪上路」：芳嫺。（同前）

六二七 馮延巳《蝶戀花》「芳草滿園花滿目」：興會才情，湊洽。（同前）

六二八 歐陽永叔《蝶戀花》「越女採蓮秋水畔」：美人是花真身。○如絲争亂，吾恐為蕩婦矣。又：幻。（隱隱歌聲歸棹遠，離愁引著江南岸。）（同前）

六二九 歐陽永叔《蝶戀花》「南鴈依稀廻側陣」：境、趣、情皆在內，而皆指不出，妙。（同前）

六三〇 歐陽永叔《蝶戀花》「簾幕東風寒料峭」：似元日。又：温夷。（同前）

六三一 蘇東坡《蝶戀花》「一顆櫻桃樊素口」：言愛人長久合，定知坡筆幽性微傳。（同前）

六三二 秦少游《蝶戀花》「曉日窺軒雙燕語」：刻削。又：鑿空奇語。（同前）

六三三 晏幾道《蝶戀花》「夢入江南煙水路」：滋味。（斷腸移破秦箏柱。）（同前）

六三四 朱淑真《蝶戀花》「樓外垂楊千萬縷」：滿懷妙趣，成片裹來。○體物無間之言。又：澹情深感。（同前）

六三五 蕭竹屋《蝶戀花》「十幅歸帆風力滿」：悲涼。○本王昌齡詩：「寥寥浦溆寒，響盡惟幽林。」

不知誰家子，復奏邯鄲音。」○悲豔。（同前）

六三六　劉雲閑《蝶戀花》「一剪晴波嬌欲溜」：搖搖昵昵，美動七情。○形態細於毫髮，不惟為第一婉麗手不可。（同前）

六三七　劉雲閑《蝶戀花》「日暮楊花飛亂雪」：即照人，無奈月華明。○妙用。　又：森然健筆。（同前）

六三八　楊孟載《蝶戀花》「净洗臙脂輕掃黛」：空閨雅致，自家領略，旁人那知，「空自愛」三字妙。○清微靈洞。○為甚拜？春心動也。○韻，字字不可代。（同前）

六三九　楊孟載《蝶戀花》「新製羅衣珠絡縫」：「罵鵲數燈花」，嬌怨簡盡。　又：繁媚。又：韻亦精。（同前）

六四〇　王介甫《蝶戀花》「小院秋光濃欲滴」：窓矮則易暝，細心。○情事既絶語，何其清竦。○未嘗露其深厚，直以為輕靈不可，此老難及。（同前）

六四一　文文山《唐多令》「雨過水明霞」：文山《過金陵詩》：「草舍離宫轉夕暉，孤雲飄泊欲何依。山河風景元無異，城郭人民半已非。滿地蘆花和我老，舊家燕子傍誰飛？從今别却江南日，化作啼鵑帶血歸。」兩足不朽。○詞尚微婉，故悲壯者難工，但見微婉，不見悲壯，此語妙處。（同前）

六四二　張子野《繫裙腰》「惜霜澹照夜雲天」：末句即詩之雜體，如雙聲疊韻，離合回文，及五色四時、藥名縣名之類，一時活計也。在詩可憎，詞原有可取。○漢女子舒襟聰慧，有意與元群通，嘗寄

群蓮子曰：「吾憐子耳。」群曰：「何以不去心？」答曰：「正欲子知心内苦。」詞豈法此乎？（同前）

六四三 譚在庵《漁家傲》「深意纏綿歌宛轉」：味長。○粗淺癡呆，人決不曉。又：「天涯一點青山小」並絶。（青山一點和煙遠。）（同前）

六四四 杜安世《漁家傲》「疏雨才收淡泞天」：媚極，不媚不怨。（同前）

六四五 柳耆卿《鳳銜盃》「追悔當初孤深願」：只一真直深，至細軟，俱不出其内。○俗言聞聲不如見面，書畫何益於事？（同前）

六四六 蘇東坡《行香子》「清夜無塵」：天趣浮出，如不經心乎？○説得英雄，倏熱倏冷。○學士一肚皮不合時宜，真相知。（同前）

六四七 趙宜之《行香子》「鏡裹流年」：幽憤高爽，大像坡仙。（同前）

六四八 無名氏《青玉案》「東風夜放花千樹」：鮮結習。又：寂然景星，解此者亦不易。（同前）

六四九 無名氏《青玉案》「年年社日停針線」：兩「針線」，重。○「醉也無人管」，有拘管、看管二意，看管意居多。○近送行詞中夜晚孤單，少飲酒，鋪陳自展，還自捲入之詩餘，亦通。（同前）

六五〇 無名氏《青玉案》「凍雲封却駝岡路」：净遠，不惹澤穢。（同前）

六五一 楊孟載《青玉案》「平湖過雨清如鑑」：流韻凄斷。（同前）

六五二 楊孟載《青玉案》「王孫芳草生無數」：明麗爛逸。○孟載初客饒介所，國朝以饒客安置臨

濠，後屢起屢廢，卒於金陵。「自緣山野」句温厚，詩之教也。（同前）

六五三　蘇東坡《江城子》「翠蛾羞黛怯人看」：依依灼灼，喈喈嚶嚶，發蘊飛滯。　又：用唐人孤城對海安，安字妙。　又：謝無逸、秦少游詞徑。（同前）

六五四　黄山谷《江城子》「畫堂高會酒闌珊」：「倚闌干」，在此味深。　又：不但不似，當時俊矣。（同前）

六五五　歐陽永叔《千秋歲》「柳花飛盡」：歌聲繞梁，琴人捨揮，一時飄颯。（同前）

六五六　程正伯《御街行》「傷春時候一憑欄」：鬱戚易感，愴快難懷，循聲而得貌，披文而見時，作者之美，亦云已備。○當察其縱送毫穎，控引情志之會。（同前）

六五七　毛澤民《洞仙歌》「癡兒騃女」：反少游《鵲橋仙》語。　又：骨體駿快。（同前）

六五八　姜堯章《惜紅衣》「枕簟邀凉」：選字處。　又：妥直。（同前）

六五九　蘇東坡《意難忘》「花擁鴛房」：美成佳人詞並觀。　又：有情，有想，有故。（同前書卷下「長調」）

六六〇　元好問《滿江紅》「天上飛烏」：爽籟。　又：遺山極稱辛稼軒詞，及觀遺山深於用事，精於鍊句，風流藴藉，媲却周、秦，初無稼軒豪邁之氣，此詞則不忝。（同前）

六六一　吴毅甫《滿江紅》「柳帶榆錢」：何來？　又：晴也好，雨也好！　又：道氣。（且芳樽隨分，趂芳時，休虚擲。）（同前）

六六二　秦少游《滿江紅》「越豔風流」：太露太急。（同前）

六六三　程正伯《滿江紅》「門掩垂楊」：濃滿視聽，心魂皆見。（同前）

六六四　辛幼安《滿江紅》「浪蕊浮花」：「熏如酒」三字妙。　又：「鵑聲天不管」對「燕子人何有」，磊落悲慟，不必有出。（同前）

六六五　程正伯《滿庭芳》「南月驚烏」：香而辣。　又：正伯，蜀人也。　又：思鄉之意，悽岩不住。（同前）

六六六　黄山谷《滿庭芳》「修水柔藍」：雕繪富有。（同前）

六六七　辛幼安《漢宫春》「春已歸來」：無迹有象，無象有思，精於觀化者。（同前）

六六八　葉少藴《八聲甘州》「又新正過了」：好啓口。　又：幽眼。（憑看取、暖煙細靄，先到高臺。）（同前）

六六九　秦少游《長相思》「鐵甕城高」：切題。（同前）

六七〇　程正伯《念奴嬌》「秋風秋雨」：中心亂如雪。　又：自待待人，皆置之極幽孤之境。〇此等句有意，想不來，偶然説不來。（同前）

六七一　辛幼安《念奴嬌》「我來弔古」：憤氣直發千古，豪貪人冰冷。〇詞至辛稼軒一變，其源實自蘇長公，至劉改之諸公而極，撫時之作，意存感慨，然濃情致語，幾於盡矣。（同前）

六七二　姜堯章《琵琶仙》「雙槳來時」：詞大忌質實，白石道人《探春慢》、《一萼紅》、《揚州慢》、《暗香》、《疏影》、《淡黄柳》諸曲多清空騷雅，惜難備録。○春色碧色，春水緑波，送之南浦，傷如之何？四語約略此篇。○融情會景，少游《八六子》詞共傳。（同前）

六七三　程正伯《木蘭花慢》「倩嬌鶯姹燕」：極温細情態。　又：不是没書信，捎書信實難。○屬何下，不容想。　又：憂來無方，傷心有源，一時交集。（同前）

六七四　辛幼安《水龍吟》「夜來風雨匆匆」：信稼軒於文章議論餘暇戲筆墨為長短句者。○人指東坡為詞詩，稼軒為詞論，不知曲者。曲也，固當委曲為體。徒狃於風情婉孌，則亦致厭。回視稼軒，豈不易目翻恨？古詩：「不愁花不飛，到畏花飛盡。」近於填詞。○一讀，陡然心驚。（同前）

六七五　王月山《齊天樂》「夜來疏雨鳴金井」：安排得凄然。　又：意緒葳蕤。○但嫌鳴聲犯重。（同前）

六七六　趙德莊《喜遷鶯》「登山臨水」：空凉。　又：敵介甫「寒烟衰草凝緑」之句。（同前）

六七七　康伯可《喜遷鶯》「秋寒初勁」：圓潤。（同前）

六七八　易彦祥《喜遷鶯》「帝城春晝」：光景世界，寫來可羨。　又：忽折，如冷水洗背，驚心。

又：有心者往往無奈此數字何。（同前）

六七九　蘇東坡《永遇樂》「天末山横半空」：精魂生怯。○「眺望」題，牖下俗人為之，必有麗而不清、整而不流之患。（同前）

六八〇　歐陽永叔《凉州令》「翠樹芳條颭灼灼」：始終詳婉，不以為纖。　又：貞之起元，妙。

（同前）

六八一 高賓王《解連環》「浪摇新緑」：入微。　又：幽藻疑騷賦。　又：無一浮句。（同前）

六八二 秦少游《望海潮》「秦峰蒼翠」：入律詞，為故實拖疊所累。（同前）

六八三 劉潛夫《賀新郎》「湛湛長空黑」：奪理，開人眼胸。　又：痛心，以俠烈口出之，更痛。　又：世人每事愛新而不能新，可發一笑。○破帽事，東坡翻招，潛夫歇案。○結激挺，妙。（同前）

六八四 辛幼安《賀新郎》「翠浪吞平野」：「若比西湖比西子，淡粧濃抹也相宜」，尚隔分黍。○奇險灝瀚之致，筆舌閒足以副之。　又：真有關情。○繁促傷聽。（同前）

六八五 李南金《賀新郎》「流落今如許」：善用虚字斡運，如先、更、若、且、但、恐，一個字如許也。有休記、渾欲，兩個字機極走。○《南史》齊范縝謂竟陵王子良曰：「人生如樹花同發，隨風而散，或拂簾幌，落茵席之上，或關籬牆，落糞溷之中。」李蓋用之。○「我未成名君未嫁，可憐俱是不如人」，英雄、佳人同病。○危矣，迫矣，時不可失。（同前）

六八六 《草堂詩餘别集小序》：夫人入五都之市，見藏山隱海，沈沙棲陸，靈物瑋寶，目駭耳回。而轉而之山巔河湄，滲灕茀鬱，交錯如繡，徘徊流連不能已，何也？日對要官華使，攬轡登車，所志澄清。而一與羽流釋子諷唄齋薰，服食咽氣，究無聲之學，為三十六帝之外臣，則百慮冰息，何也？撾鼓伐鐘，笙鏞柷敔，朋鳴輩響，煩手淫聲，可以遺憂忘老，而倏焉徹懸，有狀若飛僊者。曼聲嗚嗚，繞梁遏雲，則昏情爽曙。曰過願之始，服錦繡綺紈，韭襪垂髾，翩翩五陵年少，而使之着故脱新，布袍草蹻，泊如也，有脱落風塵者矣。奉觴羞異，丹穴之雛，玄豹之胎，如澠如陵，秖覺情盤景遽。一朝飲以清茗，享以藜菽，除煩滌腥，其視沈頓厭飫，不大有徑庭耶？何也？不貴同而貴别也。筆者按：有眉批云：即此便是作文妙旨。《詩餘》之有别集，有味乎？言别也。滄浪氏云：「詩有别才，有别趣。」餘何獨不然？夫雕章縟采，味腴搴芳，詞家本色。則掀雷扶電，瞋目張膽者，大雅罪人矣。而不觀顥穹之軒如轟、如閉陰縱陽者乎？吾且於致取别。國有嫡統，有庶統，固曰：紫色蠅聲，餘分閏位。而綴學之士或紹雕龍之慶，或汗窮愁之簡，何國蔑有？吾且於時取别。詞體一，而作者涸思乾慮，為騷而昆弟屈、宋，為賦而衙官鮑、謝，為論而輿隸陸、賈，意製相詭，言語妙天下，吾且於體取别。東至泰遠，西至邠國，南至濮鉛，北至祝栗，風聲可暨，文教施焉，彼神經怪牒，每出自遐陬，而側辭艷曲，必裁自神州赤縣之家也乎？吾且於風取别。其通人時喆，揚芳飛采，翹然為後進望，宜傳而著之。而間有身沉名晦，亦一語魂絶，一字色飛，豈曰朽簡牘哉？又況禪儇搦管，惠我三昧，美艷自陳，傳神阿堵，乃士直棄之也，吾且於材取别。别於正、别於續之謂别也，而有不可别者焉。筆者按：有眉批云：曉此數段，纔足盡詞之情，窮詞之變。塊然中處，喜則心氣乘之，怒則肝氣乘之，思則脾氣乘之，恐則腎氣乘之，悲憂則肺氣乘之，驚則五藏之氣乘之，人流轉於七情，而别集中，忤合萬狀，觸目生芽，愬然而思，悽然而驚，啞然而笑，瀾然而泣，嗷然而哭，搥擊肺腸，鏤刻心腎，年千世百，無智愚皆知有别歟？無别歟？夫然，而正猶之續，續猶之别，咸詩之餘，非别有所謂餘也，標新領異，庶幾

聯珠唱玉云爾。筆者按：有眉批云：彙千古於齊觀，等百家於一視。古香岑居士沈際飛漫書。（《草堂詩餘別集》）

六八七　周美成《十六字令》「眠」：上句奇，下句韻。〇坡竹一尺有萬尺之勢。（同前書卷一「小令」）

六八八　白樂天《憶江南》「江南好」：唐有《法曲獻仙音》，樂天改今名。又：較宋詞自然有身分，不知其故。（同前）

六八九　白樂天《憶江南》「江南憶，最憶是杭州」：胸中有丘壑。（同前）

六九〇　温飛卿《憶江南》「千萬恨」：妙境，何可言？（同前）

六九一　温飛卿《憶江南》「梳洗罷」：癡迷揺蕩，驚悸惑溺，盡此二十餘字。又：還覷得清不？為錯認幾人船矣。（同前）

六九二　寇萊公《江南春》「波渺渺」：清悲怨感，主唐人格意。（同前）

六九三　李重元《憶王孫》「颼颼風冷荻花秋」：正集遺此。又：吴道子神情，詩無此秀句。（同前）

六九四　姚令威《憶王孫》「毵毵楊柳緑初低」：不須深，氣自幽凉。（同前）

六九五　張宗瑞《憶王孫》「輕羅團扇掩微羞」：美人圖。〇是得之温飛卿「鬢雲欲度香腮雪」句。（同前）

六九六　張宗瑞《憶王孫》「小樓柳色未春深」：累言説不盡，數字回翔盡之。（同前）

六九七　唐莊宗《如夢令》「曾宴桃源仙洞」：或云莊宗自度曲，或云莊宗修内苑，掘得斷碑，中有此三十二字。今傳呂洞賓作，非也。◎「如夢」二字有味，宜取以名。（同前）

六九八　孫夫人《如夢令》「翠擘紅蕉影亂」：音節幽亮。（同前）

六九九　蔣勝欲《如夢令》「夜月溪篁鸞影」：冰冷之言，殆有道者。（同前）

七〇〇　万俟雅言《長相思》「一聲聲」：口齒妙甚，能使人老。（同前）

七〇一　劉德修《長相思》「玉樽涼」：悽麗數語，收盡情款。　又：欲滴。（有淚分明清漲同，如何留醉翁。）（同前）

七〇二　劉潛夫《長相思》「寒相催」：痛極，惜極，亦目構。（同前）

七〇三　劉潛夫《長相思》「風瀟瀟」：舟師忒狠，然各奔前程耳。（同前）

七〇四　黄叔暘《長相思》「砧聲齊」：秀遠。（同前）

七〇五　林和靖《長相思》「吴山青」：深哀。　又：頻報潮，正謂此也，真至。（同前）

七〇六　康伯可《長相思》「南高峰」：效君復調，不相遜。◎「春深」句，虚語有骨力。（同前）

七〇七　劉改之《醉太平》「情高意真」：箏至此元化。（同前）

七〇八　顏吟竹《醉太平》「茶邊水經」：好筆不肯應付人，亦不肯不來。（同前）

七〇九　金主亮《昭君怨》「昨日樵村漁浦」：古峭。　又：「驚問」字妙得嬌懶況。（同前）

七一〇　王山樵《昭君怨》「門外春風幾度」：倩豔本色。（同前）

七一一　張功甫《昭君怨》「月在碧虛中住」：疏快。又：極樂世界，何處又有西方？（同前）

七一二　鄭中卿《昭君怨》「道是花來春未」：興比，因調而妙。（同前）

七一三　万俟雅言《昭君怨》「春到南樓雪盡」：有許多，在三字内。（暮雲遮。）（同前）

七一四　魏承班《生查子》「煙雨晚晴天」：遠近含吐，精魂生怯。（同前）

七一五　彭巽吾《生查子》「癡多故惱人」：趣音促。又：何等不安詳，不老成，不的確。真假潦倒中有一嬌女在。〇春心深便庸。（同前）

七一六　陳少卿《生查子》「相思意已深」：少卿嘗有詩：「風月前湖近，軒窻半夏凉。」又：「碁怕臘寒呵子下，衣嫌春煖縮紗裁。」即此體。〇此體原不足貴，存二調廣眼。（同前）

七一七　陳少卿《生查子》「浪蕩去來來」：入藥名，更無痕。（同前）

七一八　毛熙震《女冠子》「碧桃紅杏」：神清風肅。（同前）

七一九　温庭筠《女冠子》「含嬌含笑」：「宿翠殘粧尚窈窕」，新粧又當何如。〇「寒玉」二句，仙乎？

七二〇　張泌《女冠子》「露華煙草」：幽而動。又：鹿虔扆詞：「竹疏齋殿迥，松密醮壇蔭。」見〇幽閑之情，即於風流豔詞發之。（同前）

工，全首不逮。（同前）

七二一　薛昭蘊《女冠子》「求仙去也」：直叙道情，可續景純《遊仙詩》。（同前）

七二二　牛嶠《女冠子》「錦江煙水」：情到至處勿含蓄。（同前）

七二三　韋莊《女冠子》「四月十七」：月知不知都妙。（同前）

七二四　韓稚圭《點絳脣》「病起懨懨」：魏公事業未易方，詞藻風致又未易匹，見乎此矣。（同前）

七二五　孫和仲《點絳脣》「流水泠泠」：静細清芳，是不辱梅。（同前）

七二六　趙元鎮《點絳脣》「香冷金猊」：情事冷然流出。（同前）

七二七　無名氏《點絳脣》「殢雨尤雲」：淫矣，吾欲大貞出於淫。　又：自來摹擬不現處。（同前）

七二八　無名氏《點絳脣》「美滿生離」：鮮寒。（同前）

七二九　曾鷗江《點絳脣》「一夜東風」：愀然。　又：物情自一而觀物者曰殊，至哉言乎！（同前）

七三〇　顧敻《浣溪沙》「紅藕香寒翠渚平」：凄然。（同前）

七三一　孫光憲《浣溪沙》「蘭沐初休曲檻前」：《清商曲》：「宿昔不梳頭，絲髮被兩肩。婉伸郎膝下，何處不可憐？」竟不必讀。◎「不禁憐」，妙。（同前）

七三二　孫光憲《浣溪沙》「風遞殘香出繡簾」：真情在「猜嫌」上。◎此句全不使性，妙。（同前）

七三三　孫光憲《浣溪沙》「輕打銀箏墜燕泥」：一句情却裝裹得正。（同前）

七三四　孫光憲《浣溪沙》「烏帽斜欹倒佩魚」：「且生疏」，乖人，偶然看得，俗眼則失之矣。（同前）

七三五 薛昭藴《浣溪沙》「傾國傾城恨有餘」：只今唯有《西江月》一想。（同前）

七三六 毛熙震《浣溪沙》「雲薄羅裙綬帶長」：説風騷，千真萬真。○可敵光憲。（同前）

七三七 韋莊《浣溪沙》「夜夜相思更漏殘」：「想君」、「憶來」句水中着鹽，甘苦自知。　又：替他思，妙。（同前）

七三八 薛昭藴《浣溪沙》「紅蓼渡頭秋正雨」：何物掉船郎解愁殺耶？意在言外。（同前）

七三九 歐陽炯《浣溪沙》「落絮殘鶯半日天」：四字，詞眼。（玉柔花醉。）　又：炯又云「有情無力泥人時」可註「玉柔」句。○一問躍然。（同前）

七四〇 歐陽炯《浣溪沙》「相見休言有淚珠」：嘗謂美人一日有嗔怪時方有趣，一年有痛苦時方有韻，一生有别離時方有情，歐陽蚤會之。（同前）

七四一 李珣《浣溪沙》「晚出閒庭看海棠」：閒細。　又：清深無際。（同前）

七四二 韋莊《浣溪沙》「惆悵夢餘山月斜」：為花錫寵。○美人洵花真身，花洵美人小影。（同前）

七四三 韓偓《浣溪沙》「宿醉離愁慢髻鬟」：「慵紅悶翠」，易安之祖。（同前）

七四四 陳子高《浣溪沙》「淺畫香膏拂紫綿」：諧婉鮮芳。（同前）

七四五 詹天游《浣溪沙》「淡淡青山兩點春」：透情。　又：口角未干。　又：楊公義俠哉！將表而出之。（同前）

七四六 張曙《浣溪沙》「枕障薰爐隔綉幃」：到末句自然吊下淚來。（同前）

七四七　高賓王《霜天曉角》「春雲粉色」：纖響。　又：此格似急管繁絃嘈嘈，詞亦起看。（同前）

七四八　張宗瑞《霜天曉角》「看朱成碧」：悲風千里來。〇尋當聲色竟不同。（同前）

七四九　劉圻父《霜天曉角》「横陰漠漠」：善翻。　又：不必辨，且辨不得，不會這些情味，正是新供矣。（同前）

七五〇　蔣勝欲《霜天曉角》「人影窗紗」：淡得濃，俚得雅，雅得老。人皆稱柳、秦、張、周為詞祖，而不推蔣竹山，何耶？（同前）

七五一　劉叔擬《霜天曉角》「倚天絶壁」：高秀。　又：此等句大見好。（同前）

七五二　晏同叔《清商怨》「關河愁思望處滿」：哀音琤琤。（同前）

七五三　和凝《採桑子》「蝤蠐領上訶梨子」：翻空見奇。（同前）

七五四　吴山庭《採桑子》「江南二月春深淺」：畢竟一樣，兩樣思之。（同前）

七五五　吕居仁《採桑子》「恨君不似江樓月」：語語無飾，似女子口授，不繇筆寫者，情語不在豔而在真，此也。（同前）

七五六　孫光憲《菩薩蠻》「小庭花落無人掃」：氣幽情悏。（同前）

七五七　唐昭宗《菩薩蠻》「登樓遥憶秦宫殿」：昭宗失謀，再貽播越，天禄已去，民心已離，雖有英雄，又安用之，大可鑒也已。　又：隋煬，蜀王衍、孟昶，南唐李璟、李煜，吴越錢俶，宋徽一流。

（同前）

七五八 趙文鼎《菩薩蠻》「楚宫楊柳依依碧」：韶媚。（同前）

七五九 趙文鼎《菩薩蠻》「玉關芳草粘天碧」：態欹情溢。（同前）

七六〇 陳子高《菩薩蠻》「緑蕪牆繞青苔院」：練景到。又：「輕」字，全首靈。（同前）

七六一 劉叔擬《菩薩蠻》「吹簫人去行雲杳」：閨奩妙手。又：一往躊躕繫戀，不忍割舍，不爲之心死者，非夫也。（同前）

七六二 朱晦庵《菩薩蠻》「晚紅飛盡春寒淺」：公詞十六首，道學氣滿楮，二詞其近致者。詞非公所矩，但未肯諧時。（同前）

七六三 朱晦庵《菩薩蠻》「暮江寒碧縈長路」：回文詞不概有，有亦多牽合，公居勝場。（同前）

七六四 史邦卿《菩薩蠻》「梨花不礙東城月」：梨、雪、月不混，妙。又：明説春風，其他難言於此想見。（同前）

七六五 盧絳《菩薩蠻》「玉京人去秋蕭索」：南唐人，其名不著，然情恬靚秀，未可抹。（同前）

七六六 拜住《菩薩蠻》「紅繩畫板柔荑指」：僅清適，在腥羶椎結中奇物也，不可不存。（同前）

七六七 蕭唫所《菩薩蠻》「春愁一段來無影」：摹肖不差分毫，不留分毫。又：着痛癢。（同前）

七六八 唐子西《菩薩蠻》「平生不會斂眉頭」：不書愁而愁斯確矣，苦境追出真語。（同前）

七六九　嚴次山《菩薩蠻》「一聲《水調》解蘭舟」：不見其餘，妙。　又：水喻淚最多。　又：入目惹愛。（同前）

七七〇　蘇東坡《菩薩蠻》「小蓮初上琵琶絃」：領悟獨神，此題才華事實都無用。○後段誇女飛宕。（同前）

七七一　王平甫《減字木蘭花》「畫橋流水」：舉體皆俊。　又：生趣。（同前）

七七二　魏夫人《減字木蘭花》「落花飛絮」：輕輕播弄，宗瑞「闌干萬里心」相參。　又：曾子宣丞相內子，朱淑真同時，淑真不能掩也。（同前）

七七三　舒信道《卜算子》「池臺小雨乾」：活字。（同前）

七七四　王通叟《卜算子》「水是眼波橫」：水眼山眉人，出口即是，下二句運用不同，遂勝。　又：没理，有無窮深衷。（同前）

七七五　高賓王《卜算子》「屈指數春來」：意娟秀，調流滑，同前詞，取誦，不知為兩人手也。（同前）

七七六　劉潛夫《卜算子》「盡是手成持」：體氣無一塵。　又：極率易，欲口之者不可得，稍易豔麗一字，又不可。（同前）

七七七　劉潛夫《卜算子》「片片蝶衣輕」：轉輪手，今日文章第一括。○恨君不似月者，却似月也，用轉。（同前）

七七八　李珣《巫山一段雲》「古廟依青嶂」：五代猶有昌齡、岑參、高適諸人詩，可愛。○宛行湘川

廟竹之下。又：翻脱。（同前）

七七九 韋莊《謁金門》「春漏促」：情不知所起，一往而深。〇子野亦云：「彈到斷腸時，春山眉黛低。」而《花間》、《草堂》語致微異，心手不知。（同前）

七八〇 孫光憲《謁金門》「留不得」：起句落宋，然是宋人妙處。又：古不可言。（同前）

七八一 劉須溪《謁金門》「風又雨」：春之難來而易去，有如此詞。（同前）

七八二 康伯可《謁金門》「春又晚」：音意輕細，累氣頓除。（同前）

七八三 趙德莊《謁金門》「春已半」：深篤南唐遺音。（同前）

七八四 張宗瑞《謁金門》「春寂寂」：會商略秀句，何能忘？又：「無風」二字微。（同前）

七八五 張宗瑞《謁金門》「花半濕」：「直」字正咫尺之繇。又：未説了，魂摇。（同前）

七八六 吴君特《好事近》「鴈外雨絲絲」：騷雅。（同前）

七八七 蔣勝欲《金蕉葉》「雲褰翠幙」：澹遠。又：覺深曲不必。（同前）

七八八 晁無咎《憶少年》「無窮官柳」：音調促促。又：「重來」絶不堪算。（同前）

七八九 李太白《清平樂》「禁庭春晝」：太白《清平調》本三絶句，不應復有詞。此詞四首，見吕鵬《遏雲集》，真贋未辨，殊情至可喜。後二首無清逸氣，删之。（同前）

七九〇 李太白《清平樂》「禁闈清夜」：讀末語，不勝低徊歎息，古來怨女棄才何限也。（同前）

七九一 韋莊《清平樂》「鶯啼殘月」：杜少陵：「正是江南好風景，落花時節又逢君。」「一逢一别感

共深，無聊取識細事臣。」恒奇事。（同前）

七九二　朱淑真《清平樂》「惱烟撩露」：《地驅歌樂》「枕郎左臂，隨郎轉側。摩捋郎鬚，看郎顏色。」《詩歸》謂其千情萬態，可作風流中經史。註疏：和衣傾倒，謂不可訓遷哉！（同前）

七九三　黄山谷《清平樂》「春歸何處」：「趕上和春在，喚取歸同住」，千古一對情癡。○可思而莫可輕。（同前）

七九四　張子野《清平樂》「清歌逐酒」：果有此美人耶？「一枝春雪梅花」又拜下風。（同前）

七九五　劉潛夫《清平樂》「休彈別鶴」：潛夫悟道來，老云：「吾有大患，為吾有身。及吾無身，吾何有患？」山谷詞：「天上人間有底愁，向箇裏，都諳盡。」試反參。（同前）

七九六　施乘之《清平樂》「風消雲縷」：清奇。　又：净洗元夕侈豔，一似清月夜坐，空凉之氣迎人。（同前）

七九七　連可久《清平樂》「陣鴻驚起」：清寒，中晚唐有之。（同前）

七九八　黄叔暘《清平樂》「珠簾寂寂」：嗟乎！凶終隙末，君臣朋友何獨不然？　又：步驟太白。（同前）

七九九　童甕天「醉紅宿翠」：妙論妙筆。（上片）　又：輕盈在目。（下片）（同前）

八〇〇　朱希真《一落索》「慣被好花留住」：柔款，即後主、煬帝推重。（同前）

八〇一　辛幼安《一落索》「羞見鑑鸞孤却」：動手嬌嫩。　又：真傷心人個中語。（同前）

八〇二　嚴次山《一落索》「清曉鶯啼紅樹」：一春怕上，躊躕百千，廢書而歎。（同前）

八〇三　舒信道《一落索》「正是看花天氣」：疏亮，可貶肥。（同前）

八〇四　賀方回《憶秦娥》「曉朦朧」：無深意，獨是像唐調，不像宋調。（同前）

八〇五　楊廷秀《憶秦娥》「新春早」：天機所到，開口而成。　又：近日唐六如似之。（同前）

八〇六　夏子喬《喜遷鶯》「霞散綺」：其人品則慶曆間一不肖也，文章綺麗，不以人廢。　又：姚子敬選《古今樂府》，應以此為冠。（同前）

八〇七　馬莊父《阮郎歸》「清明寒食不多時」：兩結轉機微妙。（同前）

八〇八　洪叔璵《阮郎歸》「東風吹破藻池冰」：歌春新。（同前）

八〇九　詹天游《阮郎歸》「斜河一道界相思」：精切靈眇（當作渺）透情。　又：不開人便徑。（同前）

八一〇　王山樵《阮郎歸》「風中柳絮水中萍」：輕捷妍頴之才。〇真心自吐，真話還須問心。〇臨別時話有真不得的，當諒。（同前）

八一一　魏夫人《阮郎歸》「夕陽樓外落花飛」：氣候心情，合來苦媚。（同前）

八一二　嚴次山《阮郎歸》「拍堤春水蘸垂楊」：居然一美人推就藏露於花鳥簾闌間，只須曰斷腸耳。（同前）

八一三　陸務觀《朝中措》「幽姿不入少年塲」：借梅自寫，寫出梅神。　又：親切，難動一字，單單詠梅，怎少妝點套子。〇「江頭」三句整，末句自慰，妙。（同前）　又：王孝禮詩：「猶嫌鏡裏促，看人未好通。」數百年而有恨淺二語。（同前）

八一四　陸務觀《朝中措》「怕歌愁舞嬾逢迎」：喬坐衙，沙吒利、黨太尉輩相顧錯愕。

八一五　宋退翁《朝中措》「霏霏疎雨轉征鴻」：具全梅，奇。　又：落梅不蕭颯，愈高貴，退翁曠觀。（同前）

八一六　曾純甫《眼兒媚》「花近清明晚風寒」：「十分」、「一場」字妙，惟觀多愁益不少。（同前）

八一七　范至能《眼兒媚》「酣酣日脚紫煙浮」：畫。　又：「妍」字得春煖味。〇字字軟温，着其氣息即醉。（同前）

八一八　鄭中卿《桃源憶故人》「東風料峭寒吹面」：「憔悴」一句簇簇，可悟舊字口語用法。又：「新愁」句快，「愁深」句暢。（同前）

八一九　黄山谷《桃源憶故人》「碧天露洗春容净」：柔曼。　又：古來才子即方正難犯，作豔詞偏深於一切蕩子。（同前）

八二〇　馬莊父《桃源憶故人》「遊人拾翠不知遠」：幾層意不覺。（遊人拾翠不知遠，被子規呼轉。）　又：行樂慎勿過時。（同前）

八二一　謝無逸《柳梢青》「香肩輕拍」：所歷所想，實實如此，爽爽道來，以穠纖自矜者，廢然而返。　又：同「無窮官柳」三句，亦不嫌。（同前）

八二二　楊西庵《太常引》「一杯聊為送征鞍」：「寧為百夫長，勝作一書生」，不若此二句雄傑。（誰料一儒冠，直推上、淮陰將壇。）　又：國朝文臣封伯，唯新建一人，儒冠登壇，戛戛乎其難。（同前）

八二三　杜善夫《太常引》「碧梧冰簟午風凉」：最婉最痛，無過一真。　又：跌得捷。（同前）

八二四　辛幼安《太常引》「一輪秋影轉金波」：稼軒心眼自高，腕下能寫。（同前）

八二五　牛嶠《應天長》「蛾眉淡薄藏心事」：細端詳。　又：後人翻出：「説情説意，説盟説誓，動便春愁滿紙，多應念得脱空經，是那個先生教底？」（同前）

八二六　葛魯卿《西江月》「韈韝斜紅帶柳」：典致。（同前）

八二七　顏持約《西江月》「草草書傳錦字」：老人實況。（説着多情也怕。）（同前）

八二八　毛澤民《西江月》「煙雨半藏楊柳」：「半藏」、「初着」四字靈潤。　又：悟後。（醉翁醉裏也隨他，月在柳橋花榭。）（同前）

八二九　史邦卿《西江月》「西月淡窺樓角」：風曰「落」，更新。　又：自是幽怨語，反覺温和。（同前）

八三〇　黄山谷《西江月》「宋玉短牆東畔」：子野亦云：「舞徹《梁州》，頭上宫花顫未休。」○末句妖。（嬌學男兒拜謝。）（同前）

八三一　劉改之《西江月》「堂上謀臣樽俎」：《四書》學問，人卒莫及。（同前）

八三二　吴淑姬《惜分飛》「岸柳依依拖金縷」：姬有詞五卷，名《陽春白雪》，佳處敵李易安，惜無知者。○一柳絮供人做弄不已，可見世界靈活。（同前）

八三三　蔣勝欲《少年遊》「梨邊風緊雪難晴」：竹山詞必工而鍊。　又：「澹無情」，妙，上擬淵明詩中「澹」字。（同前）

八三四　蔣勝欲《少年遊》「楓林紅透晚煙青」：寫出紙外。（同前）

八三五　孫夫人《滴滴金》「月光飛入林前屋」：空遠。　又：筆力。（同前）

八三六　秦少游《迎春樂》「菖蒲葉葉知多少」：巧妙微透，不厭百回讀。（同前）

八三七　黄山谷《望江東》「江水西頭隔煙樹」：較夢不忙，險飛過大江，宛些、活些、幽些，欲不為詞，不可得矣。（同前）

八三八　張子野《醉紅粧》「瓊林玉樹不相饒」：女俠。（同前）

八三九　蔣勝欲《探春令》「玉窗蠅字」：聲聲柔膩，如不輕出諸口。（同前）

八四〇　毛熙震《南歌子》「遠山愁黛碧」：圓潤。　又：瑣處嬌孌。（同前書卷二「小令」）

八四一　洪叔璵《南歌子》「柳浪揺清沼」：清永，撮子山之采。○多少虚字襯起情景。（同前）

八四二　辛幼安《南歌子》「玄入參同契」：禪蜕逍遥，悠悠世路，誰可與語？（同前）

八四三　田不伐《南歌子》「夢怕愁時斷」：魂動。　又：説燕治。（同前）

八四四　田不伐《南歌子》「團玉梅梢重」：繁媚。○「扇」、「風」二字犯重。○不須惆悵，就裏悶氣，

何可言？（同前）

八四五 楊時可《南歌子》「怨草迷南浦」：從滿肚别恨心目相關，忽得此苦語切語。（同前）

八四六 嚴次山《南歌子》「柳陌通雲徑」：哀哀致粲。（同前）

八四七 黄叔暘《南歌子》「天上傳新火」：有情却説無情，妙。（同前）

八四八 蘇子瞻《南歌子》「笑怕薔薇罥」：喜得鼻觀先通。 又：强自慰，亦譽矣，人至矣。（同前）

八四九 蘇子瞻《南歌子》「雲鬢裁新緑」：未舞而舞之神已全。 又：所謂急令人捉之，不爾便飛去。（同前）

八五〇 歐陽永叔《南歌子》「鳳髻金泥帶」：前段態，後段情，各盡，不得以蕩目之。 又：蛾眉不肯讓人，即在「入時」句。（同前）

八五一 王山樵《南歌子》「碧樹留雲濕」：唐律。 又：不蹈襲。（同前）

八五二 謝無逸《南歌子》「雨洗溪光净」：平遠。（同前）

八五三 辛幼安《尋芳草》「有得許多淚」：妙全在俚，古詩有「老女不嫁，蹋地唤天」等語。（同前）

八五四 徐淵子《浪淘沙》「風緊浪花生」：淵子詞賦清雅，其為人，見之劉改之啓，云：「以載鶴之船載書，入覲清標如此；移買山之錢買硯，平生雅好可知。」（同前）

八五五 陸務觀《浪淘沙》「緑樹暗長亭」：想癡了，不癡不足以為情。（同前）

八五六　黄叔暘《浪淘沙》「鶯蝶太匆匆」：良是。（不是東風辜負我，我負東風。）（同前）

八五七　黄叔暘《浪淘沙》「秋色滿層霄」：常料遣得，不可厭。（同前）

八五八　吴遵巖《浪淘沙》「美酒斗十千」：爽慨似坡仙。（同前）

八五九　劉潛夫《浪淘沙》「紙帳素屏遮」：衰颯，感人則悽。（同前）

八六〇　周晉仙《浪淘沙》「還了酒家錢」：居然方外。○晉仙嘗曰：《花間集》只「絲雨濕流光」五字佳，亦微妙。（同前）

八六一　蔣勝欲《浪淘沙》「人愛曉粧鮮」：新翻。　又：善换字安句。（同前）

八六二　蔣勝欲《浪淘沙》「明露浴疎桐」：不翻，情摯。（不解吹愁吹帽落，恨殺西風。）（同前）

八六三　鄧中齋《浪淘沙》「疎雨洗天清」：與文文山輩同北行者，宋末臣子之苦乃爾。○寓激於婉，不失詞旨。（同前）

八六四　蕭唫所《浪淘沙》「濕逗晚香殘」：刺心。　又：「芭蕉」句卓練。○末句晴出字外。（同前）

八六五　蕭唫所《浪淘沙》「愁似晚天雲」：閻浮提中大家事，獨懷憤懣，翻生趣致。（同前）

八六六　隋煬帝《望江南》「湖上花」：用脩云：「世指李白《菩薩蠻》、《憶秦娥》為詞祖，又指樂天《長相思》、太白《清平樂》為詞祖。不知隋煬帝已有《望江南》詞，詞非始於唐，始於六朝。○細玩煬帝詞八首不工，不類其生平詞致，選二首傳疑可也。　又：是帝王口語。（同前）

八六七　王君玉《望江南》「江南柳」：熟矣。色味不陳。（同前）

八六八　李太古《望江南》「橘花風信滿院香」：森森。又：哽咽。（同前）

八六九　陸務觀《月照梨花》「霽景風軟」：《花間》小語。（同前）

八七〇　陸務觀《月照梨花》「悶已縈損」：有聲有色。（同前）

八七一　吴子和《杏花天》「悶來憑得闌干暖」：却在筆尖掉趣。（同前）

八七二　高賓王《杏花天》「霽煙消處寒猶嫩」：即此見作詩之難，髭不足惜。○巧無所不至。（同前）

八七三　蘇養直《鷓鴣天》「梅妬晨粧雪妬輕」：反説「學眉」，妙。又：比擬絶。（同前）

八七四　辛幼安《鷓鴣天》「陌上柔桑破嫩芽」：氣柔渾，追先民。又：善讀此詞，便許看陶詩，許作王、孟。（同前）

八七五　陳同甫《鷓鴣天》「花拂闌干柳拂空」：組舞。（同前）

八七六　嚴次山《鷓鴣天》「病去那知春事深」：對仗好手，他如「三更鼓潤官樓雨，五夜燈殘客舍風」、「江心雲帶蒲帆重，樓上風吹粉淚香」，俱工整。（同前）

八七七　嚴次山《鷓鴣天》「多病春來事事慵」：一片歡趣勃勃。（同前）

八七八　魏華父《鷓鴣天》「誰把璿璣運化工」：鶴山，道學宗派，詞一卷，無豔語，悉壽詞也，宋壽詞鮮有過之者。○典雅奇確，可法。（同前）

八七九　盧中之《鷓鴣天》「庭緑初圓結蔭濃」：清雋。○叔暘詞「戲臨小草書團扇，自揀殘花插净瓶」、「一行歸鷺拖秋色，幾樹蟬鳴餞夕陽」，皆劉長卿、錢起之詩。（同前）

八八〇　歐陽永叔《芳草渡》「梧桐落」：悲促之音，像《花間》三字令。（同前）

八八一　蘇子瞻《翻香冷》「金爐猶煖麝煤殘」：遮遮掩掩，孰謂坡老不解作兒女語。　又：「斷頭煙」，妙絶。（同前）

八八二　無名氏《玉樓春》「春風捏就腰肢細」：「春風捏就」入微。　又：護惜若此，金屋之貯，未足道也，宜乎感人。（同前）

八八三　王履道《玉樓春》「飛鴻只解留箏柱」：妄想。「春夢」句真才人心手，下句即不逮，頗工。（同前）

八八四　辛幼安《玉樓春》「風前欲勸春光住」：「我負東風」、「春自負」，兩句誰是公道？不嫌兩存。（同前）

八八五　李漢老《玉樓春》「沉吟不語晴窗畔」：「軟」之一字盡美人書矣，吾愛其軟，不必衛夫人。○人情都這般。（同前）

八八六　劉潛夫《玉樓春》「年年躍馬長安市」：真。（客裏似家家似寄。）　又：大道理，許多填詞幾枉做了。○此二句晉人兼之，餘代不能。（男兒西北有神州，莫滴水西橋畔淚。）（同前）

八八七　蔣勝欲《玉樓春》「去年雲掩冰輪皎」：只「乾坤」句中秋已勝。　又：看來人負芳時居

多。（同前）

八八八　蔣勝欲《玉樓春》「緑華剪碎嬌雲瘦」：木樨稱天香以此。　又：真態，尊之、愛之者，他詞自遜。（同前）

八八九　蔣勝欲《玉樓春》「玉窗掣鎖香雲漲」：深於意度。（同前）

八九〇　陸務觀《鵲橋仙》「華燈縱博」：務觀復云：「眼底榮華元是夢，身後聲名不自知。」達哉！達哉！○雖流落可惜，而英氣正自可欽。（同前）

八九一　劉德脩《鵲橋仙》「相逢一笑」：倒法。（如何不寄一行書，有萬緒千端別後。）（同前）

八九二　黄叔暘《鵲橋仙》「青林雨歇」：趣微。（同前）

八九三　金主亮《鵲橋仙》「停盃不舉」：便非俗子酸節。　又：雄王。（同前）

八九四　鄧（當作滕）玉霄《鵲橋仙》「斜陽一抹」：哀淡接至。　又：觸目興言，以為是，以為非耶？不可得，妙，妙。（同前）

八九五　周美成《南鄉子》「夜闊夢難收」：以「闊」言夜，奇。（同前）

八九六　黄山谷《南鄉子》「諸將説封侯」：此與東坡云：「人老簪花不自羞，花應笑上老人頭。」康節云：「花見白頭人莫笑，白頭人見好花多。」自歎自樂，善於處老。○「花自羞」句勝第童用韻。（同前）

八九七　陸務觀《南鄉子》「歸夢寄吴檣」：沾巾。○可見放翁交友情誼。（同前）

八九八　蘇子瞻《南鄉子》「寒玉細凝膚」和蘇子瞻《南鄉子》「悵望送春盃」：二詞遇錬堪鑄，不露一痕。○是詞非詩而寔詩，尊詩貶詞者合作何解？（同前）

八九九　顧夐《虞美人》「深閨春色勞思想」：味深，雋詞，詞轉關之際。○空翠。（同前）

九〇〇　閻選《虞美人》「楚腰蠐領團香玉」：諸相具足。○好句，同人也好。（同前）

九〇一　蘇子瞻《虞美人》「深深庭院清明過」：字有皴法。又：用閻選「深秋不寐盡思量」句。（同前）

九〇二　蘇子瞻《虞美人》「持杯遥勸天邊月」：道氏曲，佛氏讚。○奇於「勸」字、「願」字。（同前）

九〇三　蔣勝欲《虞美人》「絲絲楊柳絲絲雨」：何曾經人用過。又：「紅近緑」巧聯。（同前）

九〇四　蔣勝欲《虞美人》「少年聽雨歌樓上」：意筆子瞻伯仲。○世無地獄，「悲歡離合」是地獄，「無情」二字破地獄宗燈，惜乎，何人到此？（同前）

九〇五　元好問《虞美人》「槐陰别院宜清晝」：淹秀明約，書畫中逸品。（同前）

九〇六　劉雲閑《虞美人》「子規解勸春歸去」：口頭語反在詞中氣色。又：令人心目動。（同前）

九〇七　李方叔《虞美人》「玉闌干外清江浦」：清切，無滯響。（同前）

九〇八　陸放翁《夜遊宫》「獨夜寒侵翠被」：文氣利。又：是愛不極席説也，戒心危語。（同前）

九〇九　李後主《一斛珠》「曉粧初過」：描畫精細，似一篇小題絶好文字。　又：後主、煬帝輩除却天子不為，使之作文士蕩子，前無古，後無今。（同前）

九一〇　秦少游《一斛珠》「碧雲寥廓」：細慧。（同前）

九一一　蘇子瞻《一斛珠》「蒼頭華髮」：止有佳人惜别，可悲。既有佳人惜别，可慰。　墨香猶噴。（同前）

九一二　劉德脩《一斛珠》「春風開者」：落韻疏野。　又：末句東坡題温公獨樂園詩。（同前）

九一三　辛幼安《東坡引》「君如梁上燕」：二段各復出一句，元詞多有之。　又：苦趣。（病來只謝傍人。）（同前）

九一四　辛幼安《東坡引》「花梢紅未足」：「愛愁相續」，真。◎不言瘦，妙，下詞亦然。（同前）

九一五　辛幼安《東坡引》「玉纖彈舊怨」：不可使人獨呆深念。（同前）

九一六　吕聖求《惜分釵》「春將半」：「重重」、「忡忡」，是句好。（同前）

九一七　吕居仁《踏沙行》「雪似梅花」：足息紛拏之口。◎筆意倪□。（同前）

九一八　姚令威《踏沙行》「蘋葉煙深」：澹逈。（同前）

九一九　劉德修《踏沙行》「掃徑花零」：「花零」、「春晚」、「晚月」、「夕陽」，在此自新，舊語不能新，便知才短。◎幽魂相語，有情無聲。（同前）

九二〇　高賓王《踏沙行》「水減堤痕」：「喚起」、「勸入」字照下，妙。　又：顫栗。（同前）

九二一　劉潜夫《踏沙行》「日月跳丸」：殆無淚之可揮。　又：平極，何嘗不動奇眼。（同前）

九二二　張仲宗《踏沙行》「芳草平沙」：唐李端詩「青楓緑草將愁去，遠入吴雲暝不還」，反用之。又：虚淡高婉。（同前）

九二三　吴遵巖《踏沙行》「綉幕堪圖」：借花為言，欣喜之意猶在眉宇。（同前）

九二四　晏同叔《踏沙行》「細草愁煙」：嬌怨。　又：入想不為遠，語自顯。（同前）

九二五　薛昭藴《小重山》「春到長門春草青」：比古曲「老女不嫁，蹋地唤天」隱些，然亦急矣。　三月無君，則名士何異此。（同前）

九二六　吴淑姬《小重山》「謝了荼蘼春事休」：入口音節之間何其繚繞。○體味鶯聲，人心癢癢。　又：新妙嬌脆。（同前）

九二七　何晉之《小重山》「緑樹鶯啼春正濃」：「玉船」句真雲錦月鈎，造化之巧，匪人琢也，在世間有數。（同前）

九二八　曾祖可《小重山》「誰向江頭遺恨濃」：曲有豔語，有豔情，偏是無發人情語，雙豔。○正在阿堵。（同前）

九二九　劉叔擬《繫裙腰》「山兒矗矗水兒清」：詞儇，篇意優柔。○情中緊語。（同前書卷二「中調」）

九三〇　魏夫人《繫裙腰》「燈花耿耿漏遲遲」：至性婦人，設身其際，動筆自透。（同前）

九三一 張仲宗《臨江仙》「鶯喚屏山驚睡起」：態甚。（嬌羞須要郎扶。） 又：遲媚温額，有含辭未回、氣若芳蘭之意。（同前）

九三二 陸務觀《臨江仙》「鳩雨催成新緑」：易寫又難工，感便切，意便永。○「半廊」二句殊飭。（同前）

九三三 史達祖《臨江仙》「愁與西風應有約」：發念起手靈。○「燈」、「鴈」句敲打得響。○「萬一」二字跂望而不可必妙。○偶然妙語，不由恕來。（同前）

九三四 許伯暘《臨江仙》「不見昭陽宫内柳」：鍾伯敬曰：愔群是選詩一病，予於此五首有之。○陶家柳一首似次，細覽四首，離合廢興、愛憎名利中有靖節曠逸高遠、生涯性情，不困苦壞了，難删在此。（同前）

九三五 許伯暘《臨江仙》「不見隋河堤上柳」：柳花也，解語耶？○人情、物情直相關相發。（同前）

九三六 許伯暘《臨江仙》「不見陶家門外柳」：「掩清風」，妙。（同前）

九三七 許伯暘《臨江仙》「不見都門亭畔柳」：清韻。（同前）

九三八 許伯暘《臨江仙》「不見灞陵原上柳」：宦途，原畏途也，為者不知，知者不免。○胸中無此數句，曠放不來。（同前）

九三九 無名氏《後庭宴》「千里故鄉」：宋宣和間掘地得石刻詞，疑唐人作。 又：「眼兒失睡微

重」本此。又：「菱花知我」，隱然。又：十字鮑昭。（萬樹綠低迷，一庭紅撲簌。）（同前）

九四〇　僧覺範《鳳棲梧》「碧瓦籠晴煙霧繞」：清會藻拔。又：但覺靈妙，無鍊句之勞。○化工是藥，於藥上菩薩，老禪方解。（同前）

九四一　謝無逸《鳳棲梧》「豆蔻梢頭春色淺」：采潤。又：無際。（同前）

九四二　黃叔暘《鳳棲梧》「百計留春春不住」：詞媚。（同前）

九四三　蘇子瞻《鳳棲梧》「簌簌無風花自妥」：「落日」二句敲空有響。又：寸靈自寫。（同前）

九四四　李易安《鳳棲梧》「暖雨和風初破凍」：此媛手，不愁無香韻。又：近言遠，小言至。（同前）

九四五　劉鼎玉《鳳棲梧》「人自憐春春未去」：又為春感詞開一想。（同前）

九四六　凌彥翀《鳳棲梧》「一色杏林三百樹」：清迥，使穠肥人日入人心口，久而身輕。又：詞中用詩當如是。（却似牧童遥指處，清明時節紛紛雨。）（同前）

九四七　蔣勝欲《鳳棲梧》「我愛荷花花最軟」：畫蓮並畫風，筆筆毫，是純毫。（同前）

九四八　陸務觀《釵頭鳳》「紅酥手」：「錯」、「莫」字二稱妙。（同前）

九四九　黃魯直《少年心》「對景惹起愁悶」：極俗，以俗傳。◎先有意，更薄倖，罪狀昭然。又：比方切當。（同前）

九五〇　劉潛夫《一剪梅》「陌上行人恠府公」：淡情，能淡中設色。又：楊誠齋詞：「一道官銜

清徹骨，別有監臨主守。主守清風，監臨明月，兼管栽花柳。」筆意相肖。（同前）

九五一 蔣勝欲《一剪梅》「小巧樓臺眼界寬」：十分難過。（同前）

九五二 蔣勝欲《一剪梅》「一片春愁待酒澆」：末得流光悠悠忽忽之妙。又：二「了」字要玩。又：晏小山：「記得年時初見，兩重心字羅衣。」謂「心」字香薰之爾，或云女人衣袖領如「心」字，又與此別。（同前）

九五三 吴君特《唐多令》「何處合成愁」：所以感傷之本豈在蕉雨？妙，妙。○明月一轉深悽。○「垂柳」句原不熟爛。（同前）

九五四 蘇子瞻《破陣子》「白酒新開九醞」：賤者之饞，貧者之貪，尊貴者之惡，坡仙一點不着。又：常常看之，業根漸息。（同前）

九五五 晏同叔《破陣子》「燕子來時新社」：小倩，《香奩》中筆。（怪昨宵春夢好，元是今朝鬬草贏，笑從雙臉生。）（同前）

九五六 歐陽永叔《漁家傲》「粉蘂丹青描不得」：婉約風華。又：嬌冷。（同前書卷三「中調」）

九五七 歐陽永叔《漁家傲》「葉重如將青玉亞」：奇麗諦詳，蓮詞允推永叔。○同叔詞「蓮葉層層張綠繖，蓮房箇箇垂金盞，一把藕絲牽不斷」，略相當。（同前）

九五八 歐陽永叔《漁家傲》「花底忽聞敲兩槳」：飄舉。（酒盞旋將荷葉當，蓮舟蕩，時時盞裏生紅浪。）又：亞於「鸂鶒」句，亦冷。（同前）

九五九　晏同叔《漁家傲》「楚國細腰元自瘦」：言下神領意得。（同前）

九六〇　杜安世《蘇幙遮》「儘思量」：佻脱中俛仰廢興，移情感志。（同前）

九六一　程正伯《酷相思》「月掛霜林寒欲墜」：情旨枉屈紆繞而不得。伸眉，又一韻人也。○「真個是」三字妙。（同前）

九六二　蔣勝欲《解佩令》「春晴也好」：放逸邁俗。○雨與風功過始分。（同前）

九六三　蘇東坡《行香子》「一葉舟輕」：傲世。　又：名直是不必有的名之誤人，去利無幾。（同前）

九六四　陸敬信《感皇恩》「殘角兩三聲」：山水看人，妙。（同前）

九六五　晁叔用《感皇恩》「寒食不多時」：運用數韻，酌古酙今，為詞韻之式，不争綺語。　又：趣。（笑拈雙杏子，連枝戴。）（同前）

九六六　晁叔用《感皇恩》「蝴蝶滿西園」：賞豫。　又：是甚風情所寄。（同前）

九六七　毛澤民《感皇恩》「緑水小湖亭」：清會。　又：與煙皆瘦，秀極。（同前）

九六八　曹元寵《青玉案》「田園有計歸須早」：真旅情。雖然，旅之苦而不樂者，豈非不忍撇爾妻子侍妾耶？頑妻、逆子、劣妾，貧益不堪，家何如旅？（同前）

九六九　黄師憲《青玉案》「鄰雞不管離懷苦」：感發輸寫，不激不流。○知家翁詞多寓深旨，天不奪其年，俾更涵養充而大之何難？與文忠相先後。（同前）

九七〇　劉改之《天仙子》「別酒醺醺渾易醉」：劉叔擬《繫裙腰》詞一派。〇近曹東畂赴行作《紅牕迥》慰足排調，而不及二劉遠甚。（同前）

九七一　晏叔原《兩同心》「楚鄉春晚」：不是明月較可，還是自家兒意味不同。　又：藻拔。（同前）

九七二　蘇子瞻《殢人嬌》「滿院桃花」：一段神姿舉動，反顯出唐詩高雅。（同前）

九七三　劉改之《小桃紅》「晚入紗窗静」：言趣至到，過絶於人。（同前）

九七四　謝無逸《江神子》「一江秋水碧灣灣」：明秀。〇似劉疇援笳吹《出塞》、《入塞》之聲以動遊客之思，羣胡皆泣。（同前）

九七五　謝幼槃《江神子》「破瓜年紀柳腰身」：懶、羞、嗔，足盡。　又：微言之緒絶而復續。（同前）

九七六　康伯可《江神子》「南溪二月雨初晴」：通朗，相遇怡然。（同前）

九七七　劉叔擬《江神子》「華堂深處出娉婷」：輕而諧，政不須深重。（同前）

九七八　魏夫人《江神子》「別郎容易見郎難」：閑婉。（同前）

九七九　辛幼安《江神子》「暗香横路雪垂垂」：作者多引古詞義，稼軒洗盡。〇玄對梅花在常情之外，謗殊深於譽。（同前）

九八〇　辛幼安《粉蝶兒》「昨日春如十三女兒學繡」：大異人。（同前）

九八一　柳耆卿《憶帝京》「薄衾小枕涼天氣」：那人知乎？必以傷慤為斃。（同前）

九八二　孫浩然《離亭燕》「一帶江山如畫」：通簡有識。○結悲壯。（同前）

九八三　黄山谷《歸田樂引》「對景還銷瘦」：又詞「怨你又戀你，恨你惜你，畢竟教人怎生」，並美。○董解元本。（同前）

九八四　張子野《師師令》「香鈿金珥拂菱花」：能換字句協節。　又：辛妍。（同前）

九八五　毛熙震《何滿子》「無語殘妝」：端麗。又：不解其所以，而遐淵冲妙。（同前）

九八六　蔣勝欲《風入松》「東風方到舊桃枝」：此夫視短轅犢車、長柄麈尾者，更需此婦，視擲刀前抱我見猶憐者更酷矣。○有襟未分，惡光景，方有分襟時，透甚。○早掩扉慟悼。（同前）

九八七　于國寶《風入松》「一春常費買花錢」：自成馨逸。　又：帝王天分不同。（同前）

九八八　毛澤民《于飛樂》「記曙騰濃睡裏」：「記」字犯重。　又：清鮮。（同前）

九八九　吳淑姬《祝英臺近》「粉痕消」：情何擾擾。　又：「偷照」、「羞覷」，妙。（同前）

九九〇　岳珂《祝英臺近》「澹烟横」：激烈感憤，類辛幼安「千古江山」詞。○武穆而後，詎無其人？（同前）

九九一　無名氏《祝英臺近》「倚危闌」：此種人直節勁氣，必有可觀，恨不著其名。　又：幾轉莫不忼慷。（同前）

九九二　張子野《一叢花》「傷高懷遠幾時窮」：如是。　又：「不如桃杏」，則不如者多矣，有傷深

情。(同前)

九九三　羅壺秋《金人捧露盤》「濕苔青」：色古識儁，聲悲節暢，有酈道元筆。輒歎前人之癡。(同前)

九九四　蘇東坡《踏青遊》「識箇人人」：句句會黠甚。(同前)

九九五　辛幼安《最高樓》「長安道」：任達不拘，悠悠蕩蕩，大落便宜。(同前)

九九六　辛幼安《最高樓》「花知否」：梅花定本。○跅跐不羈之才，馳驅入範。(同前)

九九七　司馬九皐《最高樓》「花信緊」：骨綵俱軟，詞之曲也。弇州云元人有曲無詞，以才情屬曲，以氣概屬詞，豈其然？(同前)

九九八　蔣勝欲《最高樓》「新春景」：狡獪遊戲。又：無此段活趣，枉為了人。(同前)

九九九　沈會宗《驀山溪》「想伊不住船」：清警，人人欣解。○「不住」別去，人用之必復。○何能不預憂。又：聞句馳動。(同前)

一〇〇〇　秦少游《滿園花》「一向沉吟久」：語不經，却津津然。○方言。(同前)

一〇〇一　蔣勝欲《江城梅花引》「白鷗問我泊孤舟」：托白鷗秀舉。又：全學康伯可，有出藍之色。

一〇〇二　盧申之《魚遊春水》「離愁禁不去」：工作精密，可徐味。(同前)又：亭亭傑竪。(同前)

一〇〇三　張子野《謝池春慢》「繚牆重院」：望若圖繡，丹青綺分(當作紛)。○似古歌。(同前)

一〇〇四　吴子和《醜奴兒慢》「金風顫葉」：「多應换得」四字佳。（同前）

一〇〇五　吴君特《法曲獻仙音》「落葉霞翻」：瑣屑多端，復一氣行止如見，扼腕涕歎。（同前書卷三「長調」）

一〇〇六　岳鵬舉《滿江紅》「怒髮衝冠」：膽量、意見、文章悉無今古。〇有此願力是大聖賢、大菩薩。〇武穆《小重山》一詞：「欲將心事付瑶琴，知音少，絃斷有誰聽？」又指主和議者多也，大同唐詞，置之。（同前）

一〇〇七　王昭儀《滿江紅》「太液芙蓉」：河山千古恨，出自婦人口中，已愧鬚眉男子。（同前）

一〇〇八　文文山《滿江紅》「試問琵琶」：高却王詞萬倍。〇文山黄冠之志、昭儀女冠之請，先後合轍，「從容圓缺」語未可遽貶。（同前）

一〇〇九　文文山《滿江紅》「燕子樓中」：總是文山鋼腸鐵骨所吐。〇必不肯稍缺，英雄戎馬中讀書深思而得之。（同前）

一〇一〇　鄧中齋《滿江紅》「王母仙桃」：是亦不肯附和元者。又：掃興中韻在。（同前）

一〇一一　辛幼安《滿江紅》「敲碎離愁」：靈忿。又：離别心着地，不過與數斤肉相似，唯妙句足以自明。（同前）

一〇一二　辛幼安《滿江紅》「幾箇輕鷗」：整暇。又：知足，有不盡安閑恬適；未足，有不盡焦勞搶攘。念何時足？命有時盡，可不為大哀耶？（同前）

一〇一三 蔣勝欲《滿江紅》「秋本無愁」：綵發兼理至。　又：「疎」、「貧」二句作座右銘，何如？〇「多事」，妙。

一〇一四 張安國《滿江紅》「秋滿瀟源」：優瞻。　又：佳事。（下片）（同前）

一〇一五 劉潛夫《滿江紅》「老子年來」：能自為句意。　又：古樂府「花開堪折即須折，莫待無花空折枝」。（同前）

一〇一六 劉潛夫《滿江紅》「赤日黃埃」：悔不盡於此。（寧委澗，嫌金屋。寧映水，羞銀燭。歎出羣風韻，背時裝束。）語固曉練。（同前）

一〇一七 晏幾道《六么令》「綠陰春盡飛絮遶」：十韻都可矜許。〇隱躍。　又：款密竭情。（同前）

一〇一八 無名氏《水調歌頭》「危樓雲雨上」：阮籍歌：「天地解兮六合開，星辰隕兮日月頹，我騰而上將何懷？」籍今焉在此，復作耶？〇嗷然不知，何據天資冥語景物來湊？（同前）

一〇一九 傅公謀《水調歌頭》「草草三間屋」：並呂居仁「東里先生」詞獨行歌之，疑仙客御風而遊，詩情不似曲情多，信然。　又：今日閉門吃食者，所以偏出自富貴家也。（同前）

一〇二〇 蘇子瞻《水調歌頭》「昵昵兒女語」：永叔有眼，子瞻有手，退之有知音。　又：其緩調高彈，急節促撾，可以目聽。〇嵇康云：「聞箏、笛、琵琶，形躁而志越，聞琴瑟，體靜而心閑。」即永叔定韓詩之理。（同前）

一〇二一　張安國《水調歌頭》「青嶂度雲氣」：拚律起。（青嶂度雲氣，幽壑舞回風。）　又：許大口氣，不屑小文佳境。◎觀雨原與聽雨有別，觀雨豪，聽雨悲。（同前）

一〇二二　吴毅甫《滿庭芳》「漠漠春陰」：率胸懷與語勢利銷盡。　又：利齒。（年年事閒愁閒，悶挂在緑楊邊。）（同前）

一〇二三　秦少游《夢揚州》「晚雲收」：淮海詞定有一番恣態。　又：停妥。（同前）

一〇二四　劉叔安《漢宫春》「日軟風柔」：所懷萬端，而法完整。（同前）

一〇二五　張功甫《燭影摇紅》「宿雨初乾」：字字有分寸。　又：形燈夕水月鏡花。　又：古崛。（同前）

一〇二六　柳耆卿《八聲甘州》「對蕭蕭暮雨灑江天」：彼此情形，信不言而喻。（同前）

一〇二七　姜堯章《長亭怨慢》「漸吹盡枝頭香絮」：人言情，我言無情，立意壁絶。　又：慘淡。（同前）

一〇二八　楊孟載《夏初臨》「瘦緑添肥」：警麗，靡密。　又：「當時」句噓枯吹生。（同前）

一〇二九　吴君特《聲聲慢》「檀欒金碧」：加功飾，得雋令。　又：滋味潛流，極成甘美，宴飲妙境，有筆所不能追者。筆之所至，亦時過之，常遞擇其勝。（同前）

一〇三〇　李易安《聲聲慢》「尋尋覓覓」：首下十四個疊字，乃公孫大娘舞劍手，宋朝能詞之士秦七、黄九輩，未曾有下十四個疊字者，蓋用《文選》諸賦格黑字，更不許第二人押。「點點滴滴」四疊

字，又無斧跡。易安，間氣所生，不獨雄於閨閣也。（同前）

一〇三一　蔣勝欲《聲聲慢》「黄花深巷」：魯直「烹茶留客竚雕鞍」詞四韻一字，竹山八韻一字矣，文心無涯。　又：何堪如許聲？◎一聲聲堪聽。（同前）

一〇三二　馮偉壽《雲仙引》「紫鳳臺高」：入人事，屢引淒興，哀轉久絶，非剪綵為工。（同前）

一〇三三　宋徽宗《燕山亭》「裁剪冰綃」：猿鳴三聲，征鳥踟躕，寒雲不飛。◎徽宗前身是玉堂天子，不聽玉皇説法，謫降人間，水火葬之，一生做夢，知乎？否耶？（同前）

一〇三四　姜堯章《揚州慢》「淮左名都」：八公山草木皆兵，觀想。　又：畫裏。◎望齊。（同前）

一〇三五　尹濟翁《玉蝴蝶》「幾許暮春清思」：末始窮巧綺刻，凄然冲滿。　又：秀疏。（同前）

一〇三六　吕聖求《東風第一枝》「老樹渾苔」：首句介立。　又：坡公「緑毛么鳳」詞後用事空灑，體味清榮，取此。（同前）

一〇三七　史邦卿《東風第一枝》「巧剪蘭心」：競秀争高。　又：輕鬆纖軟，元人小令，借以詠美人足。◎「柳香」一句翻新，愧死梨花、柳絮諸語。◎結句尤為姜堯章拈出。（同前）

一〇三八　史邦卿《東風第一枝》「酒館歌雲」：「醉玉」生春，出《蘭畹》詞。「豔雪」出韋詩，工覈。◎增恩寄意，嗚情未達，至可釋。（同前）

一〇三九　劉叔擬《念奴嬌》「艅艎東下」：英雄濟時方略，不外此數句。◎關切治平，雖涉麄豪，何

傷？（同前）

一〇四〇　姜堯章《念奴嬌》「鬧紅一舸」：「水佩風裳」，幽奇。〇「冷香」句，花魂飛動，並自己詩句活舞矣。〇池魚花木與人俱有深情，人不能自絶，妙，妙。（同前）

一〇四一　吴毅甫《念奴嬌》「半空樓閣」：抵一篇滕王閣詩。（同前）

一〇四二　白玉蟾《念奴嬌》「漢江北瀉」：雄壯，有意效坡公。〇玉蟾後證仙詞多述神仙黄白之事，别旨也，間有數詞如「一葉飛何處，天地起西風」、「鱗鱗波上，煙寒水冷剪丹楓」，又詠燕「鞦韆節後初相見，祓禊人歸有所思」，皆佳。（同前）

一〇四三　杜伯高《念奴嬌》「江山如此」：語約而曠。〇遠望亭亭，猶單楹插霄。　又：事纍然貫穿者一。（同前）

一〇四四　無名氏《念奴嬌》「半堤花雨」：「鵑促」三句冥鬱參錯，人情物態交感無那。〇換接悽緊。〇物態不盡如人情，感後生感。〇杜伯高賦云：「纖腰柳，不知愁，猶作風前舞。」（同前）

一〇四五　鮮于伯機《念奴嬌》「長溪西注」：八詠樓：在金華，即沈約玄暢樓，宋時為杭更今名。又：休文《八詠》詩麗且深，後以名樓，照映千古。元趙子昂詩、鮮于詞能標其勝，趙詩：「山城秋色静朝暉，極目登臨未擬歸。羽士曾聞遼鶴語，征人又見塞鴻飛。西流二水玻瓈合，南去千峰紫翠圍。如此溪山良不惡，休文何事不休（當勝）衣？」〇兩結略同，含微意於詠景之外。（同前）

一〇四六　史邦卿《换巢鸞鳳》「人若梅嬌」：起四字靈舉，他詞純虚純實，出其下。〇「無魂可銷」，透了聲，加遲媚。○「語香透」句，醉心蘇骨，非生人所安。（同前書卷四「長調」）

一〇四七 詹天游《渡江雲》「拖陰籠晚暝」：筆勢透迤傾注。○其音嗚呼喁嘶，商舟淹留，驚心駭聽。（同前）

一〇四八 蔣勝欲《絳都春》「春愁怎畫」：一句冒許多。 又：《毛穎傳》：取青妃白字法。○婦人美而智者，拈酸時猶然爾雅。一味兇狠，正坐愚醜耳。

一〇四九 司馬君實《錦堂春慢》「紅日遲遲」：疊，起勢而紆回。古人所云：「匪直邈想霞蹤，愛其文詠可念。」 又：辭不可詳，似特非有。（同前）

一〇五〇 柳耆卿《木蘭花慢》「拆桐花爛漫」：「傾城」、「盈盈」、「歡情」於第二字中有韻，得音調之正宗，餘子失之。（同前）

一〇五一 吴彦高《木蘭花慢》「敞千門萬户」：妙語是妙境，發之妙境，非妙語不出。 又：後段起句又異常體，柳為主。○瘦沈愁潘，有感致。（同前）

一〇五二 蔣勝欲《木蘭花慢》「傍池闌倚徧」：竹山二詞亦合體。 又：與雲霞亂綵。 又：層秀苦，目不周玩，情不給賞。○主意。（同前）

一〇五三 蔣勝欲《木蘭花慢》「渺琉璃萬頃」：景真。 又：寒夜諷之，有清響淅瀝。（同前）

一〇五四 張安國《木蘭花慢》「送歸雲去鴈」：敲打。 又：情沃機逸。 又：「不醉只添愁」，莫道酒未盡，愁已先回。（同前）

一〇五五　戴式之《木蘭花慢》「鶯啼啼不盡」：趙昞：「長嘯呼風，亂流而濟。」　又：凄微。（同前）

一〇五六　李耘叟《木蘭花慢》「占西風早處」：「予懷」數語，爽。　又：越石屏序其詞，極稱之。　又：「飄泊風流」，細心曠覽之言。○尊老杜，陰自占步。（同前）

一〇五七　黄叔暘《木蘭花慢》「問潘郎兩鬢」：法耘叟，前後鼎足均峙。　又：「雲邊」句秀，若削成。（同前）

一〇五八　梁真（當作貢）父《木蘭花慢》「問花花不語」：俯仰縈委，駸駸乎宋矣。（同前）

一〇五九　吴君特《憶舊遊》「送人猶未苦」：苦不覃來。　又：「氣蕭蕭以瑟瑟，聲颼颼而飀飀」。

一〇六〇　史邦卿《萬年歡》「兩袖梅風」：前後第六句不用韻。　又：換頭起作六字句。　又：換頭第二字不用韻。（同前）

一〇六一　康伯可《瑞鶴仙》「薄寒羅袖怯」：「雪煖酥凝」，神肖。　又：不勝躊躇崩擗之意。　又：景語皜曜鮮芳。（同前）　又：尖秀。

一〇六二　吴子和《瑞鶴仙》「風傳秋信至」：俚詞，得大解脱。　又：布袋和尚千餘言，只這些子。（同前）　又：王隨臨終偈：「畫堂燈已滅，彈指向誰説。去住本尋常，春風掃殘雪。」可並省。（同前）

一〇六三　白玉蟾《瑞鶴仙》「殘蟾明晚照」：有煙霞骨相，自有雲水因緣，懷靈抱異。　又：林徒棲托雲客宅，必不可輕至。（同前）

一〇六四　蔣勝欲《瑞鶴仙》「縞霜霏霽雪」：離離蔚蔚。　又：幻出意興來。　又：淒脱頓異。（同前）

一〇六五　蔣勝欲《瑞鶴仙》「玉霜生穗也」：體取變，旨取遠，渾不似壽詞，妙。　又：壽意。又：節令亦見。　又：秋冬之交，故一日之内，一室之間，氣味不齊。（同前）

一〇六六　蕭東父《齊天樂》「扇鸞收影驚秋晚」：酣。　又：思及噓，真。極疑戲緩處，乃急。予愛一俚歌：「教我念得舌尖兒碎，你難道噴噓兒不打一個，耳朵兒不熱一回。」（同前）

一〇六七　姜堯章《齊天樂》「庾郎先自吟愁賦」：有收有縱，事必聯情。　又：相感至此。（同前）

一〇六八　史邦卿《齊天樂》「鴛鴦拂破蘋花影」：湖景欻然而對，世人尋求，皆貌言也。　又：「吹恨」生下段情。　又：繡錯。（同前）

一〇六九　史邦卿《齊天樂》「闌干只在鷗飛處」：起得輕寒無底。　又：畫中妙徑。　又：恨靡極。（同前）

一〇七〇　辛幼安《齊天樂》「聽兮清珮瓊瑶些」：《招魂》篇，豐蔚幽秀，先驅枚、馬而走班、楊，景差祖之，作《大招》，寒儉迫促，尤不相及，見遺於蕭統。　飄泉落梅一句，辛猶之屈，蔣猶之宋耶？〇蟬

蜕於濁穢之中，以求幾乎滄浪孺子、江潭漁父，幼安非輓近人。（同前）

一〇七一　蔣勝欲《齊天樂》「醉兮瓊瀣浮觴些」：盡愛以致禱，迴出纖冶穠華之外。　又：楚聲不亡。（同前）

一〇七二　蔣勝欲《金盞子》「練月縈窗夢乍醒」：情癡。　又：甘言道舊。　又：妙。（風刀快，但剪晝簷梧桐，怎剪愁斷。）（同前）

一〇七三　吴君特《宴清都》「病渴文園久」：快論。　又：增添唐句幾字，多了意思幾折。（同前）

一〇七四　蔣勝欲《喜遷鶯》「晴天寥廓」：激素飛清，披新造古，雜之史梅溪，不復辨。　又：側嶮。（車角生旹，馬足方後，才始斷伊漂泊。）（同前）

一〇七五　蔣勝欲《喜遷鶯》「遊絲纖弱」：牛毛皴法。（游絲纖弱，謾著意絆春，春難憑託，水暖成紋，雲晴生影。）　又：閒情。（自從髮凋心倦，常倚釣闌斜角。）（同前）

一〇七六　姜堯章《探春慢》「衰草愁煙」：致盡川陸。　又：厥勢幅練在山水逐字逐句求之，離其神矣。　又：字句何嘗不高隽。　又：意色晚旺。（同前）

一〇七七　詹天游《霓裳中序第一》「一規古蟾魄」：古藻。　又：以孤鸞振起，緬然。　又：神在霞氣之表。（同前）

一〇七八　黄子常《綺羅香》「綃帕藏春」：善名狀。　又：豔曜，結想郎歸，情多。（同前）

一〇七九　姜堯章《眉嫵》「看垂楊連苑」：筆似別有路者。　又：詞到白石翁，出脱一番。又：淺而篤。（又争似相携，乘一舸，鎮長見。）（同前）

一〇八〇　蘇東坡《永遇樂》「明月如霜」：園棲、夢覺，犯重。　又：「燕子」三句見稱晁無咎，可不覩其全篇。◯惆悵激裊。（同前）

一〇八一　高賓王《永遇樂》「淺暈修蛾」：豔慕柔苦。　又：諸好備矣，疑是青樓通套輓詞，張幼青云當之者不易。（同前）

一〇八二　洪叔璵《永遇樂》「歌雪徘徊」：「住」、「去」、「歸」，一氣。　又：疊句滔滔然。（同前）

一〇八三　辛幼安《永遇樂》「千古江山」：清壯可喜。　又：事跡一經其用，政不見多。（同前）

一〇八四　范（當作危）復之《永遇樂》「早葉初鶯」：深澹。　又：人意難堪，何必言。（同前）

一〇八五　蔣勝欲《永遇樂》「清逼池亭」：寫緑陰稠密，是情非字。　又：滿。　又：端净淹通。（同前）

一〇八六　謝無逸《花心動》「風裏楊花輕薄性」：句句比方，心中活潑，拈着便是。　又：有歌頭類云：「水花兒聚了還散，蜘網兒到處去牽。錦纜兒與你暫時牽絆，風箏兒綫斷了。匾擔兒擔不起你不要擔，正月半的花燈也亮不上三五晚。」◯「同心帶結就了割做兩段，雙飛燕遭彈打了怎得成雙並頭蓮？纔放開，被風兒吹斷青鸞信，音信杳，紅葉御溝乾交頸的鴛鴦，也被釣魚人來趕。」至悲至渾，不窮於結。（同前）

一〇八七　黄叔暘《花發沁園春》「曉燕傳情」：纔見手筆。（同前）

一〇八八　王子文《西河》「天下事」：叱咤，廢於人。　又：英雄淚。（同前）

一〇八九　曹西士《西河》「今日事」：「何人」一言首禍之，魄已褫。　又：「扶危」句押得不響。　又：和詞宜頌。（同前）

一〇九〇　吕聖求《望海潮》「側寒斜雨」：「側寒」字，新。　又：聖求在宋不甚著詞，故細秀鮮聞。　又：「斜」字犯重。（同前）

一〇九一　鄧千江《望海潮》「雲雷天塹」：全步驟沈公述「山光凝翠」一詞，而繁縟雄壯十倍過之。　又：金人樂府，稱千江第一，小詞盛時不限夷夏也。（同前）

一〇九二　盧申之《夜飛鵲慢》「驕嘶破清曉」：「曉行」便知之。　又：「牽衣搵」，深。　又：如云「遲遲」，已是匆匆，直而有餘。（同前）

一〇九三　杜安世《折紅梅》「喜輕澌初泮」：色香味都有。　又：口爽，即熟不爛。（同前）

一〇九四　蘇東坡《無愁可解》「光景百年」：禪宗。　又：信大師啓三祖曰：「乞與解脱。」祖曰：「誰縛汝。」〇可大師曰：「覓心了，不可得。」〇僧問大隨和尚：「如何是學人自己？」隨曰：「是我自己。」曰：「如何是和尚自己？」曰：「是汝自己。」　又：溈山拾一粒米慶諸曰：「百千粒從這粒生。」諸曰：「未審這一粒從甚處生？」溈大笑。（同前）

一〇九五　羅壺秋《菩薩蠻慢》「曉鶯催起」：這幾個字兒要做甚的，該燒，該燒。　又：「桃花」句

初不見襲。又：雅謔。又：喜鵲也只偶然凑着，可信乎？（同前）

一〇九六　姜堯章《一萼紅》「古城陰」：再無纖砌之病，通脱高婉。（同前）

一〇九七　尹磵民《一萼紅》「玉搔頭」：好起。〇豐韻聳然。又：癡語妙。（恨閒身不如鴻雁，飛過妝樓。）（同前）

一〇九八　蔣勝欲《女冠子》「蕙花香也雪晴」：駁正沈約韻「畫」字、「掛」字、「話」字、「打」字之謬。呂聖求《惜分釵》云「重簾下，微燈掛，背闌同説春風話」，用韻相符。又：情感何終？（同前）

一〇九九　方千里《風流子》「河梁攜手别」：欲表見有疑悔意。又：若云羞見云獨見，喚不轉。（同前）

一一〇〇　方千里《過粉樓》「柳灑鵝黄」：新妝袨服照耀。又：濃慘，腕下如湧。（同前）

一一〇一　秦少游《沁園春》「宿靄迷空」：委委佗佗，條條秩秩，未免有情難讀，讀難厭。（同前）

一一〇二　嚴少魯《沁園春》「曰歸去來」：以下數調直致近俗一種。又：九個「有」字，變化。又：何須高語羲皇。又：笑絶勞人。（同前）

一一〇三　劉潛夫《沁園春》「何處相逢」：氣概雷擊霆震。又：成語應乎？又：又詞云：「記得太行山百萬，曾入宗爺駕御。今把做握蛇騎虎。」「堪笑書生心膽怯，（脱『向』字）車中閉置如新婦。」莊語，亦可起懦。（同前）

一一〇四　戴式之《沁園春》「一曲狂歌」：詩出愁腸，固也。又：安分，不怨厚道。又：仍

到開懷出地。（同前）

一一〇五　辛幼安《沁園春》「杯汝前來」：如《賓戲》、《解嘲》等作，乃是把古人手段寓之於詞。時説以東坡爲詞詩，稼軒爲詞論，甚當。　又：「怨無大小」四句可箴。　又：終破酒戒在此句。（杯再拜，道麾之則去，招則須來。）

一一〇六　辛幼安《沁園春》「疊嶂西馳」：檢點松廬，豈是儲光羲云「念子孫、廣園圃」輩？　既説松，而及謝家、相如、太史公，不脱落故常，作之平。　蓋曲者，曲也，以委曲力，體醜於風情婉孌，則又靡靡，稼軒信超外哉！（同前）

一一〇七　蔣勝欲《沁園春》「老子平生」：胸眼高。　又：「面風」、「背日」，清福老人，太受用。

一一〇八　蔣勝欲《沁園春》「結算平生」：「蓋」字未用。○作詞大半風流債負。　又：據竹山詞，杯其没興，狂瀾中砥柱，録之。　又：冷水灌頂，通身一汗。（同前）

一一〇九　劉改之《沁園春》「斗酒彘肩」：學子虚、無是、烏有之論，於詞爲創。　又：制舉義多此局，推龍洲元功。　又：升庵謂似稼軒之豪，而未免粗與，亦尝云白日見鬼，改之病，病不必諱。（同前）

一一一〇　劉改之《沁園春》「問信竹湖」：道破，奇對。（同前）

一一一一　劉改之《沁園春》「銷薄春冰」：點染發藻。　又：妙到人不知處。（同前）

一一一二　劉改之《沁園春》「洛浦凌波」：精巧。　又：「載不起」句妖冶。　又：「文鴛」、「舞鳳」，古人屢稱，不曾有「得侶」、「輕分」四字。

一一一三　邵清溪《沁園春》「巧鬬彎環」：宛舌潭思情話。　又：秀皎。（同前）

一一一四　邵清溪《沁園春》「漆點填眶」：美人之美，至目而逗，漏盡矣。回旋顧復，嗔喜笑啼，百般難狀，清溪竟具道之。　又：合後主美人口詞共五調，閒房長日拈玩，安知不買骨致駿而天龍降放好畫哉？（同前）

一一一五　劉圻父《沁園春》「雲壑泉泓」：韓詩。　又：骨相奇老。　又：疑人有情，不但踪跡幽遐矣。（同前）

一一一六　陸務觀《沁園春》「一別秦樓」：雪曰香玉，口煖味腴搴芳。　又：「殊未曾」好押。　又：情豔。（同前）

一一一七　辛幼安《賀新郎》「緑樹聽啼鴂」：盡集許多怨事，太白擬恨賦筆段。　又：慧有口。　又：痛於骨髓。（同前）

一一一八　辛幼安《賀新郎》「甚矣吾衰矣」：稼軒每燕，輒命侍妓歌此，拊髀自笑，坐客歎譽，如出一口。岳亦砼云：「待制詞句豪視一世，獨首尾二腔警語差相似。」稼軒慨然曰：「夫君實中予病。」乃咏改者若何，惜未見之。（同前）

一一一九　游子明《賀新郎》「暖雲浮晴籞」：清揚。　又：綺譚蟬聯。（同前）

一一二〇　劉改之《賀新郎》「老去相如倦」：牀笫言。　又：秋氣潛以淒謏。　又：慘怛重仍。（同前）

一一二一　劉潛夫《賀新郎》「溪上收殘雨」：蠢動，傷中可惜。○曠解。　又：凡物隨其所遇近而取之，則有其樂而無其恨。（同前）

一一二二　盧申之《賀新郎》「十頃涵空碧」：即堯章賦梅意：「昭君不慣胡沙遠，但暗憶、江南江北，想珮環月夜歸來，化作此花幽獨。」　又：幻渺。　又：兩煞句太同。（同前）

一一二三　宋謙父《賀新郎》「喚起東坡老」：誰敢者。　又：東坡一生任達，看來還跳不出籠子當局，不如旁觀。（儋耳蠻煙添老色，和陶詩翻被淵明惱，到底是，忘言好。）　又：愴如。（同前）

一一二四　吴毅甫《賀新郎》「可意人如玉」：履齋集中不載，見於小説，佳麗可誦。　又：春全在人，卓詭切至。　又：疊風月梅竹比之，勉以丹霄之價。（同前）

一一二五　黄叔暘《賀新郎》「倦整摩天翼」：二句天語，黼黻之性。（颰車蟾宫去，幾回批借月支風敕。）　又：熙之壽玉林云：「立玉林深，散花庵小，中有翛然自在身。　詩何似，似蘇州閑遠，庾府清新。」二公相標榜如此。（同前）

一一二六　張功甫《賀新郎》「桂隱傳杯處」：勿論平時無事也，便以言兵諱，善立議，送分教，而及陰山狂虜，善轉换。　又：「翠袖君舞」句能喚回，結煞有辛稼軒「憑誰喚取，盈盈翠袖，揾英雄淚」之意。（同前）

一一二七　蔣勝欲《賀新郎》「緑墮雲垂領」：佳人之態，莫妙於睡與懶；情莫妙於幽與柔，趣則取別，神則取困頓，竹山臨摹，即如對面。

一一二八　蔣勝欲《賀新郎》「渺渺啼鴉了」：親知實見。又：真真不再流涕長潸，「冷」字妙。（同前）又：數個虛字，多致而挺。（同前）

一一二九　蔣勝欲《賀新郎》「鴈嶼晴嵐薄」：人與物較，我輩又與此輩較，不飲何為？又：佳景不少住，可歎。（同前）

一一三〇　蔣勝欲《賀新郎》「浪湧孤亭起」：摹擬壯觀。又：濯濯。（同前）

一一三一　蔣勝欲《賀新郎》「夢冷黄金屋」：才穎，凌逸飛兔。又：幽怨，密密重重，蠶絲方織。又：吐蘅吐蕙。（同前）

一一三二　杜伯高《摸魚兒》「放扁舟」：首句不用韻。又：飛霞思。又：「吴柳」句冷隽，他人言為煩。（同前）

一一三三　徐一初《摸魚兒》「對茱萸」：將孟嘉落帽事作一篇，歎世人立名不必在大。又：「參軍白眼無功業，破帽知名亦自佳」，詩曾發之。又：即「相看白髮有多少，獨愛黄花無古今」意。（同前）

一一三四　馮偉壽《春風裊娜》「被梁間雙燕」：大是前宋秦、晁風豔，比之晚宋酸餡味、教督氣，天壤。又：惋痛。（同前）

一一三五　李公昂《蘭陵王》「燕穿幕」：公昂號梅溪，送太守「有脚豔陽難駐」一詞得名，然佳處莫逾此詞。　又：一句中起伏。（淚欲注還閣。）　又：嚼花吞恨，雕章間出，秦、周應為左次。（同前）

一一三六　劉須溪《蘭陵王》「送春去」：二個「春去」，多情。　又：齒牙間得剩。（同前）

一一三七　劉須溪《大酺》「任鎖窓深」：只云護花風，乃含嬌耶？　又：字字拔。　又：凄傷，寓之豔宕，冥冥花樹，不復可歎。　又：廢興難已於懷。（同前）

一一三八　石次仲《多麗》「晚山青」：次仲在宋末著名，而清奇逸麗至此。宋之填詞，猶晉之字，唐之詩，不必名家而贊奇也。然奇麗不傳者何限，而傳者未必皆奇，如唐之胡僧，宋之杜默，識者知笑之，而不能靳其傳，有幸不幸乎？　又：一篇無數筆。（同前）

一一三九　嚴次山《多麗》「最無端」：出嬌女香口中。　又：着景妙。（月斜玉界羅帷，更堪聽、霜擢敗葉，静扣朱扉。）（同前）

一一四〇　詹天游《多麗》「晚雲歸」：偶句流。　又：有心之聽，凡物皆足以感人。　又：冲口成工，「商」字妙。　又：修書時千思萬想。　又：意承前，不嫌字復。（同前）

一一四一　辛幼安《六州歌頭》「晨來問疾」：直作一篇説。　又：松欲鋤難鋤，沼欲清難清，竹欲删難删，此等正累心處。　又：此等曰累，可知天下事無問大小輕重道俗，一切着心不得。（同前）

一一四二　劉潛夫《六州歌頭》「維摩病起」：了却牡丹事。又：花結想甚，大是大家。（同前）

一一四三　《國朝詩餘原序》：詞者，詩之餘也。曲，又詞之餘也。李太白有《草堂集》，載《憶秦娥》、《菩薩蠻》二調，為千古詞家鼻祖，故宋人有《草堂詩餘》云。若其分類箋釋，則起於勝國人所為，大都如《六家文選》，必引某句出某於某人，未免牽合傅會，殊為東坡所厭。今兹集一遵舊本，旁求博采，彙萃本朝名人所製，續於二集之後，凡若干卷，然什百之一，尚多遺亡也。筆者按：有眉批云：持衡於古，存者晨星，而且日久論定；持衡於今，存者毛蝟，而且見疏聞句，其難易相去萬萬也。非獨詩餘，選詩選集選文皆然，遺亡掛漏，是集不免，余特加增補，為錢氏東晢云。與陳明卿孝廉稍為注釋，略加標記，然亦什百之一，尚多掛漏也。竊意漢人之文，晉人之字，唐人之詩，宋人之詞，金、元人之曲，各擅所能，各造其極，不相為用。縱學窺二酉，才擅三才，不能兼盛。詞至於宋，無論歐、晁、蘇、黄，即方外閨閣，罔不消魂驚魄，流麗動人。如唐人一代之詩，七歲女子亦復成篇，何哉！時有所限，勢有所至，天地元聲，不發於此則發於彼，政使曹、劉降格，必不能為，時乎？勢乎？不可勉强者也。我朝悉屏詩賦，以經術程士，不囿於俗，間多染指，非不斐然，求其專工稱麗，千萬之一耳。國初諸老，犁眉、龍門尚沿宋季風流，體製不繆。迨乎成、弘以來，李、何輩出，又恥不屑為。其後騷壇之士試為拈弄，才為句掩，趣因理湮，體段雖存，鮮稱當行。正、嘉而後，稍稍復舊，而弇山人挺秀振響，所作最多，雜之歐、晁、蘇、黄，幾不能辯。又何耶？天運流轉，天才駿發，天地奇才，不終詘於腐爛之程式，必透露於藻績（當作繢）之雕章，時乎？勢乎？不可勉强者也。然詞者，詩之餘也。詞興而詩亡，詩非亡也，事理填塞，情景兩傷者也。筆者按：有眉批云：確論。曲者，詞之餘也。曲盛而詞泯，詞非泯也，雕琢太過，旨趣反蝕者也。詩降而詞，筋骨盡露，去漢、魏樂府千里矣。詞降而曲，略無藴藉，即歐、蘇所不屑為。而情至之語，令人一唱三歎，此無他，世變江河，不可復挽者也。嗟乎！有一代之興，必有一代之製。而我朝監於二代，郁郁之文，炳焕宇内，即填詞小技，遂出宋、元而上，幾欲篡其位，兹非國家文運之隆、人才之盛，何以致是哉？兹因太末翁元泰强為彙萃，而見聞不廣，收録艱難，且時日局迫，引用乖方，未免顧此失彼，遺漏掛誤，詎能媲美《草堂》、《花間》詞選諸集？筆者按：有眉批云：宋詞元曲，有名同而調實不同者，如楊用修《一枝花》、《折桂令》諸作，乃曲□，混入集中，何耶？又愧嘲風詠月，無補世教。然因詞以審音，因音以知律，因律以識樂，引商刻羽，鏗鏘鼓舞，推之郊廟朝廷之上，未必無助云爾。知音君子尚賴是救是正，可也。吴郡錢允治撰。（《草堂詩餘新集》）

一一四四　楊用修《荷葉杯》「枕上一聲鷄唱」：直逼顧夐九調。（同前書卷一「小令」）

一一四五　劉伯温《搗練子》「煙漠漠」：春禽自鳴，何以不能不聽。（同前）

一一四六　楊用修《搗練子》「春夢殘」：一對增綺。（同前）

一一四七　王修微《搗練子》「心縷縷」：萬般難説。又：凉遠。（同前）

一一四八　瞿宗吉《望江南》「西湖景，春日最宜晴」：四詞平平自古。（另三詞：《望江南》「西湖景，夏日正堪遊」、《望江南》「西湖景，秋日更宜歡」、瞿宗吉《望江南》「西湖景，冬日轉清奇」。）又：大家風。（同前）

一一四九　楊用修《望江南》「明月好」：澹豔，王岑詩「閑能逐人來」，非復描摹。（同前）

一一五〇　楊用修《望江南》「晴雪好」：霜月比雪工潤。（同前）

一一五一　王元美《望江南》「無個事」：細俊。（同前）

一一五二　王元美《望江南》「歌起處」：做弄。（同前）

一一五三　王元美《望江南》「春睡足」：直語者。又：匹「枕痕一線紅生玉」句。（同前）

一一五四　王元美《望江南》「隨意步」：靈勝出自然。（同前）

一一五五　顧從仲《望江南》「人別後，剛有夢幾歸」：「説夢」二句亦好。（同前）

一一五六　顧從仲《望江南》「人別後，紅淚滴殘春」：嗟乎！仲從賦才而不賦福，讀其遺文，不勝人情之感，「記來真意」，全在「記」字。（同前）

一一五七　顧從仲《望江南》「人別後，飄泊在江城」：緻。（同前）

一一五八　楊用修《小秦王》「紅穗金華落降臺」：春來玉人頭上，春乃嬌蕩。（同前）

一一五九　吴純叔《憶王孫》「梨花亂落柳陰稠」：絶煙火氣。（同前）

一一六〇　葛震甫《憶王孫》「東風吹後滿天涯」：何處有林君復。又：淺語三昧。（同前）

一一六一　楊用修《轉應曲》「雙燕」：平淡中含得味多。（同前）

一一六二　楊用修《轉應曲》「銀燭」：近情。（同前）

一一六三　劉伯温《如夢令》「草際斜陽紅委」：靡，上聲。又：畫至此乎，必李營丘、郭忠恕之

流。（同前）

一一六四　楊用修《如夢令》「雲影日華穿過」：幽清分爽。　又：「流螢」句非思。（同前）

一一六五　陳道復《如夢令》「吟罷池邊楊柳」：宋人筆。（同前）

一一六六　王元美《如夢令》「殘月碧梧金井」：凄咽之甚。（同前）

一一六七　王元美《如夢令》「剛是子規催去」：解鳥語，有頽然自放意。（同前）

一一六八　王敬美《如夢令》「枝上子規猶鬧」：杜老凉淡，疑蘇疑秦。（同前）

一一六九　無名氏《如夢令》「一自春光蕩漾」：想不得，不想不可，將奚從？　又：脱《草堂》膏馥。（同前）

一一七〇　馮用韞《如夢令》「竹外瑶華千頃」：梅雪，視妙。（同前）

一一七一　沈天羽《如夢令》「聽説無邊意態」：大家無端，然天下事亦何必有端，癡絶，幻絶。○險韻。（同前）

一一七二　王修微《如夢令》「月到閒庭如畫」：只合喚一切而至。　又：是别時語，是可人語。（同前）

一一七三　劉伯温《長相思》「山悠悠」：此誠意伯功成名遂身退語也，卓識甄藻。（同前）

一一七四　王止仲《長相思》「煙蒼蒼」：曠冷。（同前）

一一七五　楊用修《長相思》「雨聲聲」：夢兒要他何用，況夢不成。○是他誤我，驚他不差。○想與

響直奪古調。（同前）

一一七六　楊夢羽《長相思》「桃花紅」：媚人。（同前）

一一七七　吴純叔《長相思》「雨霏霏」：歸徒托之夢，况無夢歸？　又：兩結温、韋。（同前）

一一七八　王元美《長相思》「風滿陂」：筆到詞成，若煎心煮字，反少生韻。（同前）

一一七九　王元美《長相思》「東陌頭」：用伯可語，却不似。（同前）

一一八〇　王敬美《長相思》「曉風尖」：痛悼，不知何極。（同前）

一一八一　李于鱗《長相思》「秋風清」：亦有為體，「秋夢」句新。（同前）

一一八二　高深甫《長相思》「衾枕夢」：説到恩義處□□也不談，使性也不妨。唯切己，故喫醋；唯相知，故使性。然至無怨嗔，斯為厚矣。〇婁師德再來。（同前）

一一八三　祝枝山《長相思》「喚多情」：無古無今，一時邁會，急起追之，情流韻溢，不須點染。〇倒説可憎。（同前）

一一八四　沈天羽《長相思》「燭熒熒」：曲盡，禁不住魂銷。　又：「疼」字妙。（同前）

一一八五　楊用修《烏夜啼》「雨來江波漲渾」：野致。（同前）

一一八六　楊用修《昭君怨》「樓外東風到早」：因法得趣。（同前）

一一八七　馬浩瀾《昭君怨》「路遠危峰斜照」：意不與詞俱盡。（同前）

一一八八　劉伯温《生查子》「槐雲嚲墮鬟」：「坐」字得虚度芳時意。（同前）

一一八九　王元美《生查子》「頻餘翡翠簪」：氣似古曲歌。又：纖近一變。（同前）

一一九〇　王修微《生查子》「已知無見期」：我與影兒兩個翻來。又：醉真於醒，夢真於覺，説理不説情。又：我真不怕他，假故夢中郎亦真，真之足以感通也如此。（同前）

一一九一　楊用修《太平時》「回首徂征出塞前」：廿音釋，今作念字，非。（同前）

一一九二　劉伯温《浣溪沙》「細草垂楊村巷幽」：「學簾鈎」奇，此就句中翻法。（同前）

一一九三　唐伯和《浣溪沙》「西塞山明碧似苔」：直述情境恰安。（同前）

一一九四　王元美《浣溪沙》「一夜春波釀作藍」：雖柔淺，踞中郎，若士之上，時為之耶？（同前）

一一九五　王元美《浣溪沙》「窓外閑絲自在遊」：芳草猶怨人，可知已。又：襲其清永，忘其工細。（同前）

一一九六　王元美《浣溪沙》「金博山頭半吐煙」：元美爾時精魄所極，幾化而為婦人女子。又：「心語」何可令人見？（同前）

一一九七　張仲立《浣溪沙》「淺束深妝總可憐」：看着。又：受春妍者，春自在大地，而受不受異焉，善謂造物。（同前）

一一九八　顧仲從《浣溪沙》「玉韻花情描不成」：散髮亂頭俱好。又：宛乎對語。又：士為知己死，正在此爾。（同前）

一一九九　王瑞卿《浣溪沙》「新篁曲徑野花香」：幽適。又：問閣筆，舌中不得盡去此等調。

(同前)

一二〇〇　梁木公《浣溪沙》「穿樹殘雲曉風凉」：端雅。(同前)

一二〇一　吴莫勝《浣溪沙》「午夢誰驚樹影摇」：「遊絲」句閒中取鬧。　又：「蜂逐」二句澹然化工。(同前)

一二〇二　張迂公《浣溪沙》「滙水縈溪影外天」：豔香。　又：手托着腮兒慢慢想。(同前)

一二〇三　張迂公《浣溪沙》「苔草無人半入泥」：張子擬《花間》詞四百八十七，發妙逞妍。近日一詞手録其調與宋合不落於艱鑿者一二，猶别集中選《花間集》例也。(同前)

一二〇四　于戣仲《浣溪沙》「一片心情眼底柔」：一生有幾快意時，未經惆悵不易易。　又：閒小事，經其筆頭，何多情致。(同前)

一二〇五　梁希聲《浣溪沙》「滿徑殘花襯履行」：爾爾雅雅，纔許多豔詩。(同前)

一二〇六　楊用修《點絳唇》「雪暗江郊」：但不勝其索莫，不知其懷人。(同前)

一二〇七　劉伯温《點絳唇》「雲淡秋霄」：「愁永青霄短」，「夢短天涯永」，同出錦機。(同前)

一二〇八　吴純叔《點絳唇》「玉筍金波」：人言燈下美人花容，亦然。　又：好景唯真。(同前)

一二〇九　吴純叔《點絳唇》「花信風輕」：本事布置，佳。(同前)

一二一〇　吴純叔《點絳唇》「幾日微寒」：俏逸。(同前)

一二一一　王辰玉《點絳唇》「濕夢沈沈」：率意寫之莫及。　又：識。(同前)

一二二二　陳仲醇《點絳唇》「鐘鼓沈沈」：「獨」字景生。　又：叨利天宫人語。　又：「沐」字響。（同前）

一二二三　張迂公《點絳唇》「亞枝花露」：「粧宫」倒得妙。⊙「短髮」句杜聯。（同前）

一二二四　張迂公《點絳唇》「風梅歇玉」：中四句體俊，織於工巧。　又：敢於花群，其妙不可言，言正不悉。（同前）

一二二五　吴原博《重疊金》「太湖石畔苔痕滑」：鄰韋、白。（同前）

一二二六　王元美《重疊金》「長干陌上無相識」：澹放，皇虞以上想。（同前）

一二二七　王元美《重疊金》「高樓百尺攀星漢」：題是何人，貴肖其人之情而止，此肖情並肖其語矣。◎孟詩「野曠天低樹」，拆五字為十字，今人不及古人。（同前）

一二二八　王元美《重疊金》「白楊長映孤山碧」：不强作。（同前）

一二二九　丘瓊臺《重疊金》「紗窓碧透横斜影」：廻文詞始朱、劉二公，蓋隨句倒讀，今至尾讀轉，義韻可割，另開一宗。（同前）

一二三〇　徐文長《重疊金》「千嬌更是羅鞋淺」：不言賦耳孫。　又：脚踪兒將心事傳，非歟？（同前）

一二三一　劉伯温《訴衷情》「相思日日上高樓」：雋脆，攄快腸。（同前）

一二三二　吴純叔《訴衷情》「韶光都過亂離中」：讀過可思。（同前）

一二二三 王元美《醜奴兒令》「洞庭楓落臙脂冷」：「底」字犯重，壓倒錦袍翁。（同前）

一二二四 王元美《醜奴兒令》「落英堆砌無人管」：冥然會矣。（同前）

一二二五 劉伯温《卜算子》「春去蝶先知」：蝶何心，蜂何心，覽者生心耳。又：誰想得？（同前）

一二二六 文徵仲《卜算子》「酒醒夜堂凉」：步趣子瞻不辨。○「見」字犯重。（同前）

一二二七 王修微《卜算子》「飛花點繡苔」：惜浮雲，妙。○一蜀妓詞：「説盟説誓，説情説意，動便春愁滿紙。多應念得腔空經。」此慣字疏義。（同前）

一二二八 秦公庸《卜算子》「憶昔約佳期」：不數不知，只恐怕傷郎，又還休道。又：嬌苦，欲為之無生。（同前）

一二二九 楊用修《巫山一段雲》「星的妝金靨」：富豔。又：霓音逆。沈約賦：「雌霓連蜷。」作入聲。（同前）

一二三〇 楊夫人《巫山一段雲》「巫女朝朝豔」：豈人世中物？不可與狄梁公見也。又：短小《神女賦》。（同前）

一二三一 劉伯温《好事近》「雨過却斜陽」：入畫。（同前）

一二三二 趙粟夫《減字木蘭花》「黑風吹水」：人淡如菊。（同前）

一二三三 王元美《減字木蘭花》「楊花亂起」：不屑屑，似纖媚用筆。（同前）

一二三四　劉伯温《謁金門》「風嫋嫋」：「吹皺一池春水」句法。　又：句中起落，「芳樹」有所指。（同前）

一二三五　楊用修《謁金門》「風漸陡」：問得怪，問得醒。　又：聽此世，不敢有薄倖人。

又：落花詩中影語所少。（同前）

一二三六　無名氏《謁金門》「真堪惜」：與「東風無氣力」不同，正孟氏云「志至，氣吹之」説。

又：情生境，如登臨覽眺，詞為難。（同前）

一二三七　楊用修《誤佳期》「今夜風光堪愛」：全不使性，而他人罪過不待切責自見。○歡聞變歌，没命成灰土，終不能相憐，死心語，要極透露。（同前）

一二三八　劉伯温《清平樂》「春風欲到」：林下一人。　又：人做事業時，當具這副意思，看伯温諸詞。（同前）

一二三九　吴純叔《清平樂》「韶光易變」：寂悟。（同前）

一二四〇　楊用修《清平樂》「君王未起」：黄玉林删太白宫詞二首，升庵補作。　又：遠不忘諫，歸命不怨，風雅未亡。（同前）

一二四一　史古明《憶秦娥》「湖邊寺」：無多句，老了後生。（同前）

一二四二　王修微《憶秦娥》「因無策」：修微才並左芬，蟬參月上，為詞空青水碧，不從丹唇皓腕拈出，如「山似畫中落，水如琴上聞」、「鴛鴦瓦煉月生煙」、「清恨寒如雪片」句，於金曷足耐也。○又翻

落。（同前）

一二四三　王修微《憶秦娥》「閑思遍」：巧用「相見争如不見」。○可以怨。（同前）

一二四四　王修微《憶秦娥》「多情月」：前段合吕居仁「恨君却似江樓月」，後段更靈峭自運，友夏云：「月有缺，西湖有竭，此不可滅。」（同前）

一二四五　夏桂洲《鶴冲天》「臨水閣」：取其異於苦吟。（同前）

一二四六　王元美《阮郎歸》「畫橈初見柳邊來」：瑣瑣親厚。　又：絶是深閣中切切自語語。（同前）

一二四七　吴元博《阮郎歸》「日高碧樹午陰圓」：怨慕。　又：鎖不住心猿意馬。（同前）

一二四八　楊用修《人月圓》「好風麗日相迎送」：境好，思可勿深。（同前）

一二四九　劉伯温《南唐浣溪紗》「燕子巢成倦不飛」：即景詞，直寫可悦。（同前）

一二五〇　楊用修《南唐浣溪紗》「灩灩波光緑似醅」：實録。（同前）

一二五一　葛實甫《南唐浣溪紗》「露濕鞋兒小徑幽」：氣骨掃盡矣，與其假氣骨，寧真風味？（同前）

一二五二　王元美《甘草子》「春暮」：元美豈終日無一事？將精神時刻於清豔上體察料理，參微入竅，故發為四曲，奄有清商曲諸想。○不癢不疼説盡。（同前）

一二五三　王元美《甘草子》「長夏」：「反覆華簟上，屏帳了不施。郎君未可前，待我整容儀。」此郎

不唐突。○曉人，細心人。（同前）

一二五四　王元美《甘草子》「秋半」：語云：癡情女子負心漢。然世不少癡情漢子負心女，嫦娥，其負心之首乎？嘻笑過於怒罵。又：傳疑可也，虛案可也，為嫦娥辨腐矣。（同前）

一二五五　王元美《甘草子》「冬盡」：「門外猧兒吠，知是蕭郎至」，未是私情。又：「粧粉」有幾何，百計中無聊之計。（同前）

一二五六　王敬美《玉聯環》「青青無數金隄樹」：音響蕭疎。又：俯視阿兄且管生前句。（同前書卷二「小令二」）

一二五七　周逸之《武陵春》「落紅飛白春歸盡」：廻轉宛柔，漸看漸慘了。（同前）

一二五八　葛震甫《武陵春》「深鎖樓臺何處裏」：聰明苦語。（同前）

一二五九　王修微《錦堂春》「柳弱花嬌堪賦」：春愁是何物，隔膜視之。又：翻新，足以銜官七字。又：亦有時而不做押字，各妙。（同前）

一二六〇　王元美《朝中措》「是誰嫌我酒間過」：也有主唆可問，奇。又：杜康功浮於罪。（同前）

一二六一　劉伯溫《眼兒媚》「煙草萋萋小樓西」：不自知其情惡之所及。（同前）

一二六二　陳道復《眼兒媚》「薄情煞去奈渠何」：有思愛，定有怨，嗟奈自家不肯掉下。（同前）

一二六三　王元美《眼兒媚》「青草茸茸正芳柔」：跨宋。（同前）

一二六四　無名氏《眼兒媚》「石榴花發尚傷春」：「傷春」二字在此，巧。　又：唯一個，乃所以為愁人也。

一二六五　秦公庸《眼兒媚》「困柳泣花泠澌澌」：踪跡滿天下，知心能幾人。心知而曰兩點，細矣，深矣。◎一首為此一句。（同前）

一二六六　劉伯温《桃源憶故人》「淵明籬下黄金蕊」：趙州勘過。（同前）

一二六七　倪元鎮《太常引》「門前楊柳密藏鴉」：自廢然。（同前）

一二六八　釋涵初《柳梢青》「碧谈疎篁」：流螢閃閃紙上。　又：有悟。（同前）

一二六九　顧仲從《柳梢青》「明月窓紗」：小物動深感，詞最幽柔。（同前）

一二七〇　王止仲《西江月》「向煖漸生慵思」：「曉來」句山靈發綵。　又：雲不許占便，胸中無翳。（同前）

一二七一　高深甫《西江月》「有恨不隨流水」：陳意换新色。（同前）

一二七二　楊用修《月中行》「月華静」：不負光景人藝，此領略。（同前）

一二七三　李伊士《惜分飛》「花雨繽紛迷小院」：言表都是狎昵流宕。　又：步步細心看出。◎拆開，句句輕秀；合讀，相引如縁。無碎金之跡。（同前）

一二七四　劉伯温《少年遊》「清風收雨」：恒境開，興引人，墨有靈焉，而不可强者。（同前）

一二七五　馬浩瀾《少年遊》「弄粉調脂」：忽然有之，而寫之嫵媚。（同前）

一二七六　楊用修《少年遊》「紅稠緑暗徧天涯」：尤豔，暗結於内。（同前）

一二七七　王元美《少年遊》「萬群哀鴈破蒼茫」：字眼鑄新。　又：杜甫愁詩。降，去聲。（同前）

一二七八　王元美《少年遊》「朝來風面太嶙峋」：巉鑿不能平。　又：「貧」字奇。　又：難低，畫出病骨。（同前）

一二七九　劉伯温《南柯子》「汀苻青絲盡」：冠冕。（同前）

一二八〇　楊用修《南柯子》「黄鶴蓬萊島」：用修戍雲南，思故鄉，末二句一往一返。（同前）

一二八一　劉伯温《怨王孫》「漏悄人静」：平調不嫩。（同前）

一二八二　王元美《怨王孫》「無奈春去」：因輪聲知五陵油壁，想見平蕪碎。　又：神與俱遊。（同前）

一二八三　王元美《怨王孫》「愁似中酒」：看當代詞，伯温、純叔輩圓厚樸老，元美、微仲輩法無不盡，情無不出，儼然初盛之分。秦公庸先生首肯曰：「近日諸君子何以自處？」　又：丢不去緊，只傍眉峰住，更緊了。（同前）

一二八四　周逸之《怨王孫》「深閨静悄」：幽情飛颺。　又：韻脚如自出者。（同前）

一二八五　楊用修《浪淘沙》「驟雨打新河」：得别體。（同前）

一二八六　楊用修《浪淘沙》「春夢似楊花」：説來實有形影聲響，實事貴使之幻，幻事貴使之實。

又：廣永。（同前）

一二八七　李于麟《浪淘沙》「風雨夜來多」：于麟，一代名家，獨填詞多學究氣，「冷煙」句，集中之拱璧鴻寶也。

一二八八　高深甫《浪淘沙》「春色慣撩人」：援天作證，襟期大開。（同前）

又：亦異。（同前）

一二八九　張世文《浪淘沙》「幾日雨蕭蕭」：正騎馬騎驢之解，人要知足。○世文有《浪淘沙》單調：「花下酌芳樽，情意交忻。勸郎深飲笑郎熏，私語未明還側耳，不肯重論。」轉婉可備覽。（同前）

一二九〇　顧仲從《浪淘沙》「生小學詩篇」：擘箋嬌，無處不嬌。　又：微露思人，妙。（同前）

一二九一　顧仲從《浪淘沙》「生小弄冰絃」：鍊。　又：夢中有句，妙事。（同前）

一二九二　劉伯温《青門引》「采采黄金蘂」：古曲，帶唐音。（同前）

一二九三　張卿玉《青門引》「水曲紅波冷」：「香風」句，桃花一瓣尚屬粗實趣。（同前）

一二九四　劉伯温《醉花陰》「樓外斜陽低半樹」：「眉間心上，無計相廻避」，不得占先。（同前）

一二九五　文徵明《醉花陰》「秀石倚空春照屋」：夫花名之所不在，奔競之所不至也。幽人韻士乘間而踞焉，顧亦有福耶？有冥冥者為之主宰耶？　又：觀其落筆駐筆清圓雅健處。（同前）

一二九六　張世文《醉花陰》「遠岫輕雲千萬段」：真淡永，使陶彭澤降為填詞，不是過也。（同前）

一二九七　王修微《醉花陰》「似忘似變似無已」：意奇法奇。　又：溺溺。　又：抗墜圓美。　又：妒亦天。（同前）

一二九八　高深甫《杏花天》「抹紅勻粉墻頭面」：對鏡得來。(同前)

一二九九　馮用韞《望江南》「梅共雪」：色則同而香獨，「月底」二句精當。(同前)

一三〇〇　楊用修《望江南》「臘尾金杯灩灩」：集芳擷豔。(同前)

一三〇一　楊用修《望江南》「金馬九重恩譴」：用修議禮不合，謫戍滇南，故云。◎望幸者二十六年。◎惜不動明主愛君之歎。(同前)

一三〇二　楊用修《望江南》「屏翳烘雲鞍鞨」：琴絲湍瀨，凄凄冷冷。(同前)

一三〇三　劉伯温《雨中花》「月入疎松光的皪」：直而悲，較難於婉者。(同前)

一三〇四　楊用修《雨中花》「一搦纖腰清瘦」：覩物耿耿。(同前)

一三〇五　劉伯温《鷓鴣天》「玉骨冰肌萼緑華」：着手。◎非此句，前是見鬼了。(同前)

一三〇六　楊用修《鷓鴣天》「早歲辭家賦遠遊」：賈客詩。　又：苦。(下片)(同前)

一三〇七　文徵仲《鷓鴣天》「拂草揚波復振條」：颼颼颭颭之聲刮耳。　又：以無聊代棄捐，字妙。(同前)

一三〇八　文徵仲《鷓鴣天》「灩灩溶溶缺又盈」：不是尋常月。　又：詩句。(同前)

一三〇九　文徵仲《鷓鴣天》「萬里南來道路長」：渾深。(同前)

一三一〇　文徵仲《鷓鴣天》「抹雨凝煙洗玉翹」：徵仲遼落文場，晚年以待詔終，宜其有感夫。◎老杜窮堅之語。(下片末二句)(同前)

一三二一 徐文長《鷓鴣天》「試選蛾眉幾許長」：妙寫蛾眉，徵仲自信，文長自悲，文長終於放棄，又出徵仲下，二詞為讖。（同前）

一三二二 王元美《鷓鴣天》「中酒朝來仗酒醫」：巧心。又：巧於成熟。（同前）

一三二三 王元美《鷓鴣天》「峭雨零霜舶棹歸」：敲打。又：疑夢疑非，抉腎。（同前）

一三二四 王元美《鷓鴣天》「蘋末風吹舴艋舟」：風波地，樂地。又：堪歎直鈎何處使，併無鈎。（同前）

一三二五 楊用修《鷓鴣天》「千點寒梅曉角中」：竟作律。（同前）

一三二六 楊用修《鷓鴣天》「秋水澄清勝酒醅」：奇確不遇，其地不知。（同前）

一三二七 高深甫《鷓鴣天》「住月停雲指下絃」：牽惹讀者。又：以對結，格法自裁。又：冷寂，氣味怕人。（同前）

一三二八 高深甫《鷓鴣天》「休向燈前泣雁魚」：幻眇。◎情不可以理論。（同前）

一三一九 張世文《鷓鴣天》「莫怪青銅驟點斑」：押「單」字妙。又：遠經得風雨來。（同前）

一三二〇 馬浩瀾《鵲橋仙》「不寒不暑」：小雋。又：負月負恩，鄭重月姊若此。（同前）

一三二一 方彥卿《鵲橋仙》「草頭八足」：詞作俚語必極俚，不許入一雅句好。徵仲《鵲橋仙》看取金莖入手，和氣東瀛，祥光南極，德慶無涯，壽星方照等語，不雅不俗，厭觀，删之。又：韻脚天然。（同前）

一三二二　方秋厓《鵲橋仙》「今朝廿九」：自嘲自解，倣鄭中卿《念奴嬌》壽詞。（同前）

一三二三　楊用修《鵲橋仙》「冰盤薦巧」：説嫦娥短行，又説嫦娥妬，要文章好，不顧有地獄。又：埋怨殺靈鵲，這却不妨。（同前）

一三二四　王修微《鵲橋仙》「菡萏開霞」：少游而後，又見此作。又：該換否，修微道人試為之。又：予因得句云：「月裏霓裳何處買，端從天女杼中來。」（同前）

一三二五　無名氏《鵲橋仙》「一竿風月」：他看城市如朱赤墨黑，近之即染人，不可及。（同前）

一三二六　俞君宣《鵲橋仙》「客店遊魂」：以一望句詠雪則無味。又：素心素綵。（同前）

一三二七　劉伯温《虞美人》「紅榴花下宜男草」：一直無黏帶。（同前）

一三二八　王止仲《虞美人》「黄花翠竹臨溪處」：只管挨入，自己隱居便長價，其鄒氏隱居詞，不見本事。（同前）

一三二九　王元美《虞美人》「摩訶池上金絲柳」：乍識妙，今日始覺有遷謫意。○錯駡東風别時，或親有之，非空揣。（同前）

一三三〇　王元美《虞美人》「浮萍只待楊花去」：荒遠。（同前）

一三三一　沈天羽《虞美人》「堦前嫩緑和愁長」：三復淚湧。○應以二八女郎歌之。（同前）

一三三二　楊用修《木蘭花》「弓鞵一搦凌波迴」：寵麗。（同前）

一三三三　楊用修《木蘭花》「遥鐘促漏難成寢」：「沈」字凡三押，皆妙。（同前）

一三三四　楊用修《木蘭花》「曉寒倦倚相思枕」：細。（細絲句）（同前）

一三三五　劉伯温《木蘭花》「春來觸處花成綺」：二者不可兼。○非牽即惹，愁心一起，無所不至。（同前）

一三三六　史明古《木蘭花》「名花綽約東風裏」：愁雨洗不板。又：謙已，不願自薄。（同前）

一三三七　王元美《木蘭花》「金堂鳳蠟勻紅淚」：不交睫也。又：語靡測其所終。（同前）

一三三八　王元美《木蘭花》「是誰約勒東君去」：起語豁。又：覓險走峻。（同前）

一三三九　汪昌朝《木蘭花》「畫圖開處飛鶯燕」：幽境真形。（同前）

一三四〇　無名氏《木蘭花》「韶陽欲暮鶯聲碎」：北樂府《廬江小吏妻辭》七言五言、長篇短篇之異耳，其情質甚嫵甚，可一樣千古常新。又：定非近日人語。（同前）

一三四一　無名氏《木蘭花》「空閨日夜和愁閉」：「如煙」二句，樂府。（同前）

一三四二　張迂公《木蘭花》「遊碧蕭楊青帶浪」：韓昌黎之艱嚴。又：奇。（下片）（同前）

一三四三　張迂公《木蘭花》「迎絮争泥風受燕」：第二韻顧用「扇」字，今重用「面」字，非。又：無眠先一着。（同前）

一三四四　張世文《木蘭花》「參差簾影晨光動」：二句寒亮明媚。（同前）

一三四五　楊用修《瑞鷓鴣》「垂楊垂柳管芳年」：剌剌對語似散，散妙。（同前）

一三四六　楊用修《塞垣春》「秦時明月玉弓懸」：兩句中間隱隱有語脉相通處。（同前）

一三四七　王辰玉《南鄉子》「午日暈紅椒」：一「坐」字争奇不朽。○有心篩入，又惡道。（同前）

一三四八　文徵仲《南鄉子》「雨過緑陰稠」：傷恨氣不露。（同前）

一三四九　文徵仲《南鄉子》「香煖透春肌」：倒春字妙。　又：謝芳姿《團扇歌》説見、徵仲説知冥理，兩人莫逆。（同前）

一三五〇　楊用修《南鄉子》「玉篴送殘梅」：燈為雨禁，「禁」字欲加之罪。（同前）

一三五一　楊用修《南鄉子》「官柳動新枝」：遜前，「翁」、「兒」二字傑出。（同前）

一三五二　楊用修《南鄉子》「芳草被金堤」：火候到。（同前）

一三五三　王元美《南鄉子》「薄倖總難熬」：已落吴江嘉興歌腔，然俚字村謡，嗜好情欲，任性而合天，元美嘗喜棹歌中「月子彎彎」二首，固不避也。（同前）

一三五四　沈天羽《南鄉子》「武嶺鬱岧嶢」：春未去，當何如。　又：出見紛華而不悦。　又：舊日秋娘感傷。（同前）

一三五五　于陟仲《南鄉子》「容易抱離憂」：大口所云今日醉飽，樂過千春。○苦盡甘來，但相守作鄉裡夫妻，□知其甘。（同前）

一三五六　劉伯温《醉落魄》「東風太惡」：幽悶滿前。（同前）

一三五七　陳仲醇《醉落魄》「笋兒初出」：一句見興與韻。（同前）

一三五八　劉伯温《梅花引》「晚雲凝」：雖押了韻，尚未住。（同前）

一三五九 沈天羽《梅花引》「亂山縱」：字句音旨獨竪壇坫。(同前)

一三六〇 劉伯温《踏莎行》「弱不勝煙」：三句儘足。○畫□束手。(同前)

一三六一 王辰玉《踏莎行》「公子閑居」：青紅大小字遥對。(同前)

一三六二 唐伯虎《踏莎行·春閨》「可怪春光」：四詞想有所指，一時為之殉情，俚耳罔避，俳文未至也。妝之以塞耳食之望。枝山云：其於應世文字詩歌不甚措意，謂後世知不在，是見我一班已矣，則覯子畏者别當着眼。(此詞眉頭有朱筆批：此公當時有重名，而所傳詩詞多不滿人意，何也？)(同前)

一三六三 唐伯虎《踏莎行·夏閨》「日色初驕」：此人大不俗。(同前)

一三六四 唐伯虎《踏莎行·秋閨》「八月中秋」：僬爽。(同前)

一三六五 唐伯虎《踏莎行·冬閨》「寒氣蕭條」：不能做得，做不能得。(同前)

一三六六 王止仲《踏莎行》「塵路風花」：可以言度。(同前)

一三六七 邊庭實《踏莎行》「露濕春莎」：停當。(同前)

一三六八 無名氏《踏莎行》「香罷宵熏」：傾倒出。　又：倩女離魂。　又：務達情性，而乃現璀璨，品與古合。(同前)

一三六九 無名氏《踏莎行》「佳期易乖」：手妙，雖常見字眼，愛見善使錢人。　又：氣流。(同前)

一三七〇　無名氏《踏莎行》「玉臂寬環」：一翻對，增情色。（同前）

一三七一　無名氏《踏莎行》「紅葉空傳」：翻。（下片）（同前）

一三七二　無名氏《踏莎行》「花徑争穿」：真直藏婉細，五詞可莊可狎，可穠可淡，可隱可顯，若一手在元代。（同前）

一三七三　梁木公《踏莎行》「煙鎖朱樓」：長秋之氣。（同前）

一三七四　劉伯温《小重山》「月滿江城秋夜長」：不見人而見淚，更添一倍。　又：秋墳鬼唱，膽戰心悲。（同前）

一三七五　高深甫《惜分釵》「桃花路」：得法。〇何以怨笑在口，吞聲在齒，眼毒。（同前）

一三七六　高深甫《惜分釵》「新妝束」：輕輕看看，虚字足；鶯鶯鵜鵜，實字足。　又：美人而心驕意硬，彼自美，何與於人？「潛」、「甜」二字頂門針也。（同前）

一三七七　王元美《一剪梅》「小籃愛踏道場山」：一韻數意，不負此體。　又：「何」字巧映。（同前書卷三「中調」）

一三七八　沈天羽《一剪梅》「水瘦山焦萬樹囚」：李易安《一剪梅》止後段末二句韻複，今用修輩於下八句皆複，味同嚼蠟，伯温秋懷詞知宗李而未盡善。〇情無不抉，色有餘鮮。〇別難摟，真夢境。（同前）

一三七九　無名氏《臨江仙》「花影半簾初睡起」：綿情綺質，聲中宫商。（同前）

一三八〇　無名氏《臨江仙》「昨夜驚眠梅雨大」：嬌嬾可見。（同前）

一三八一　劉伯温《臨江仙》「街鼓無聲更漏咽」：交情並有隱志。（同前）

一三八二　楊用修《臨江仙》「數了歸期還又數」：忘其為文字真極也。又：雙喜鵲，今日受賞。（同前）

一三八三　吴純叔《臨江仙》「嶺上桂花開萬斛」：騷客狂來欲上天。又：同姓，妙。（容我醉吴剛。）（同前）

一三八四　吴純叔《臨江仙》「寂寞小池凉雨後」：雅潤。（同前）

一三八五　吴純叔《臨江仙》「江上相逢煙漠漠」：宛宛不澁。（同前）

一三八六　徐元玉《臨江仙》「歲歲看花看不厭」：感慨矣，不待終篇。又：千古道理直説之，做作便低。又：東坡。（下片末句）（同前）

一三八七　王元美《臨江仙》「撥乳酴酥新緑泛」：村野人口中動有此語，其妙不傳。〇天下凡事可致病，專罪酒耶？（同前）

一三八八　張世文《臨江仙》「十里紅樓依緑水」：末句毫不像詞。（同前）

一三八九　秦公庸《臨江仙》「春睡懨懨生怕起」：清華柔麗，今日騷壇之幟，唯公樹之。（同前）

一三九〇　沈天羽《臨江仙》「妾本水晶宫裏住」：身後有此知己，妓可以死，然而不死矣。〇沉於午日，大識見，合以男兒待之。（同前）

一三九一 沈天羽《臨江仙》「玉作精神花作樣」：「竟」字追悼不已。 又：妓死雲鬟如新，弓鞵猶繫，整暇特甚。◯講理學。（同前）

一三九二 沈天羽《臨江仙》「嬌女驚傳何處去」：「驚傳」妙。 又：流落倒用妙。 又：一訝之，一憐之。 又：自負大。◯德山一棒，臨濟一喝。（同前）

一三九三 張世文《釵頭鳳》「臨丹壑」：去住字妥辣。（同前）

一三九四 無名氏《蝶戀花》「梳罷曉妝屏上倚」：落韻洒洒。（同前）

一三九五 趙栗夫《蝶戀花》「香雨新施膏沐了」：風姨雨伯，為花神侍從矣。（同前）

一三九六 文徵仲《蝶戀花》「花事闌珊春欲老」：末句善用。◯以何詞解嘲。（花若有知花亦懊，明年定不虛開了。）（同前）

一三九七 邊庭實《蝶戀花》「亭上雨來人欲去」：直言巧。（同前）

一三九八 盧師邵《蝶戀花》「野樹煙生斜日墮」：神境。（同前）

一三九九 盧師陳《蝶戀花》「城上危樓驚欲墮」：「破」字正難押。（同前）

一四〇〇 莫仲璵《蝶戀花》「十里樓臺花霧繞」：曉景籠蔥。 又：口猶香。（同前）

一四〇一 莫仲璵《蝶戀花》「璧月沉輝湖淥靚」：輕清新。 又：刻畫無鹽，唐突西子。（同前）

一四〇二 莫仲璵《蝶戀花》「快雪時晴寒尚沍」：意象自來相親。（同前）

一四〇三 莫仲璵《蝶戀花》「古塔斜陽紅欲暝」：馬浩瀾西湖十景《南鄉子》止二首佳，詠夕照云：

「暮色滿觚棱，留照溪邊掃葉僧。鴉背分金猶未了，生憎，幾處人家又上燈。」（同前）

一四〇四　莫仲瑍《蝶戀花》「杜若浮香春霽雨」：題外意。（同前）

一四〇五　莫仲瑍《蝶戀花》「翠巘深深深幾許」：起綻。　又：馬浩瀾詠晚鐘云：「金磬罷泠泠，風裊鯨音出翠屏。柳外高樓，花底户牕扃，却似楓橋夜半聽。　僧已了殘經，香斷薰爐月滿庭。百八寶珠，閒掐遍聲停，老鶴松間夢已醒。」　又：思靈調純。（同前）

一四〇六　莫仲瑍《蝶戀花》「秋静寒潭澄見底」：情感。〇音律無一不工。（同前）

一四〇七　莫仲瑍《蝶戀花》「南北雙峰雲氣繞」：櫟壽老人自序：近代瞿宗吉賦西湖《摸魚兒》十闋，誠為作手。但遭勝國之餘，陵遷谷變，觸景動中，感慨多而愉悦少，雖寓意有在，於尊俎間歌之，未免損人歡樂之趣。因調《蝶戀花》十首，乘興而作，不復煅煉，脱遇一二知己，花前月下，擊節於隅，未必不如聽漁歌而聆牧唱也。　又：人日流傳於哀樂中，而不能强自顧哀樂與否，哀則觸樂亦哀，樂則觸哀亦樂，瞿、莫兩種並存之。（同前）

一四〇八　張世文《蝶戀花》「新草池塘」：不知妙讀未單，而目前言表可思可見矣，然終不可知。（同前）

一四〇九　張世文《蝶戀花》「紫燕雙飛深院静」：「如病」二字，嬌之神。　又：彼雖一物，有足紀者。（同前）

一四一〇　王修微《蝶戀花》「今夜三更春去矣」：尖竦。　又：怨氣亘古今，才士失職不異此。

（同前）

一四一一 梁木公《蝶戀花》「野草含煙鋪紫陌」：精魂生紙，字執之不着。（同前）

一四一二 沈天羽《錦帳春》「醉月朦朧」：較稼軒、改之諸公分先後者。○險奥，人不能和。

又：雨有力有氣。（同前）

一四一三 沈啟南《唐多令》「聞道灞陵橋」：石田具三絶，唯徵仲雁行，餘枝山、伯虎即當隅坐。○興之所至成畫，畫之所至成文，嶔岑嬋娟，豈其飛仙？（同前）

一四一四 楊用修《唐多令》「飛鏡露雲頭」：了却赤壁兩篇。（同前）

一四一五 劉伯温《蘇幕遮》「白雲山」：千載同一丘墟。又：此一時，彼一時，能無慟乎？（同前）

一四一六 吴純叔《蘇幕遮》「柳色飛」：不敗興，實傷心。換個「瘦」字好。（同前）

一四一七 王元美《蘇幕遮》「翠鑪煙」：情隨年減，故樂貴及時。（同前）

一四一八 王敬美《蘇幕遮》「竹牀凉」：又生一黄魯直。○人既多情，茶應多味。（同前）

一四一九 楊用修《好女兒》「柳似腰肢」：手與意相習。（同前）

一四二〇 楊用修《好女兒》「錦帳鴛鴦」：鄭聲也，黄山谷嘗有之。（同前）

一四二一 楊用修《落燈風》「柳外落燈風」：急景尤物會留人。（同前）

一四二二 劉伯温《青杏兒》「獨自倚闌干」：有鬼氣，深夜昧爽怕讀。（同前）

一四二三 劉伯温《漁家傲》「江上秋來惟有雨」：惟有雨，乃可歎。　又：兵荒景象。（同前）

一四二四 楊用修《漁家傲》「雲掩遥山山掩翠」：一秋雨觸人兩般。○鳳管秋聲。　又：天籟。（同前）

一四二五 王元美《漁家傲》「細雨輕煙裝小暝」：選字出之鏗手，有餘音。（同前）

一四二六 徐小淑《漁家傲》「板扉小隱青溪曲」：貴家婦諳郫莊，趣偏深。　又：蔡琰、道韞。（下片）（同前）

一四二七 周行之《漁家傲》「冷薄衣羅官署曉」：娟細。　又：欣喜甚。（同前）

一四二八 陳琴溪《漁家傲》「初夏風和晴日永」：出没於煙島沙嶼之際，俄然得之。　又：吟未吐而響已振矣。（同前）

一四二九 張世文《漁家傲》「門外平湖新雨過」：以俚韻收，村景碧煙，水木同陰，鏗肺腑。（同前）

一四三〇 張世文《漁家傲》「江上凉飔情緒燠」：相與緑，得和合山水道理。（同前）

一四三一 顧仲從《漁家傲》「悄夢春殘春不管」：押「阮」字妙。　又：獨會。（同前）

一四三二 高深甫《醉春風》「嬌惹遊絲顫」：態美難方。　又：俯視落花飛絮，下個「鬪」字。　又：前後不差參。（此詞有墨筆批云：此為馬湘蘭而作也。）（同前）

一四三三 王修微《醉春風》「誰勸郎先醉」：杜康罪業，俗云酒為色媒，不然。○抱婢，確。○雖然不着地，也有上天時，是鞋兒迷。○閒想癡想，淡味深長。（同前）

一四三四　王修微《醉春風》「心似當時醉」：閒根究，妙。　又：文人耶？女人。（下片末句）（同前）

一四三五　顧孔昭《醉春風》「紫燕歸來」：憔悴死。　又：女人耶？文人。（同前）

一四三六　陳眉公《風中柳》「燕燕于飛」：眉公受子清福，一往不返，宜也。○稱心而言，人亦易足。（同前）

一四三七　王修微《風中柳》「憔悴芳容」：每用翻。○殘膏會傷離索，剪却又不自知，常中弄新。（同前）

一四三八　吴純叔《錦纏道》「堂映湖山」：大主腦。（同前）

一四三九　楊用修《行香子》「秋色蕭蕭」：韻脚俱疊字，另一格。（同前）

一四四〇　陳道復《行香子》「峭壁横秋」：悠然其懷。（同前）

一四四一　馬浩瀾《行香子》「紅遍櫻桃」：輕透。（同前）

一四四二　沈天羽《行香子》「玉骨冰神」：減之太瘦，增之則肥。○嬌性不可提。　又：方逗。　又：紙尾餘幾許？（同前）

一四四三　于弢仲《行香子》「未到高唐」：温秀之句。（恁酒魂銷花，緒懶月情荒。）（同前）

一四四四　楊用修《灼灼花》「誰把纖纖月」：便羨慕。　又：生哄人上法場。　又：嬌侍當不起。（同前）

一四四五　高深甫《聲聲令》「馬嵬香散」：備羈旅之懷，亂離之感，題不見小。　又：奇鑿。（同前）

一四四六　吴原博《青玉案》「西山於我如無分」：依口而寫之，白家嫗可曉。（同前）

一四四七　文徵仲《青玉案》「庭下石榴花亂吐」：鬟持無人境界。〇着了幽適，即無暑氣。（同前）

一四四八　王元美《青玉案》「鴨頭波軟濃於酎」：婀娜。　又：邃篤而亮。（同前）

一四四九　李伊士《青玉案》「梵宫百尺同雲護」：奇情肖物。（同前）

一四五〇　楊用修《天仙子》「憶共當年遊冶樂」：不怨旁人，反求極切。〇誰勸郎醉？是誰催促？修微純怨，旁人孰是？（同前）

一四五一　楊用修《天仙子》「蓮葉為舟絲作索」：作去聲。　又：欲筆又欲涕。（同前）

一四五二　王元美《天仙子》「萬疊火雲堆落照」：野火曰曉，去聲。　又：雲漢圖，見者皆熱。又：「失足」字妙，其視長安，真畏途矣。（同前）

一四五三　王修微《天仙子》「煙水蘆花愁一片」：愁絶。　又：破對影成三語。　又：北風圖，見者皆寒。（同前）

一四五四　高深甫《天仙子》「茸茸花顫秋深淺」：新。（解桃愁，分杏怨，不讓春風紅一片。）又：穩貼腔。（同前）

一四五五　女小青《天仙子·寫懷》「文君遠嫁昭君塞」：可笑今人無膽，不復以名字入句中。〇黑罡風，禍歟？清涼界，甘歟？苦歟？而反言之。○「派」、「槊」二字可獲。（原不是鴛鴦一派，休算作相思一槊。）又：按小青，廣陵人，名玄玄，姓不獲傳。容態妙麗，解聲律，精諸伎。年十六，歸一武林生，生婦妬，置之別館，郁郁而死，才十八耳。有詩集，婦付之烈焰，惟有絶句、一詞，僅存之花鈿中。更於壁間得殘箋寸許，有云：「數盡懨懨，深夜雨無多，也只得、一半工夫。」蓋《南鄉子》而未全。嗟乎！天上優曇，人間一現，數言足千古，何必盡吐奇葩，供人褻玩耶？支道林為之傳，行於世。又：如小青者，應妬，應妬，人有言：「女人看女人，心中少個情。」眼中自無真妍媸。○擲刀前抱，我見猶憐，又何人也，此主婦可以謂之妬乎？（有墨筆批：粗而少韻，不及脩微道人多多矣。）（同前）

一四五六　劉伯温《江神子》「西風吹樹簟涼初」：清怨呶呶。（同前）

一四五七　吴原博《江神子》「千人石上可中亭」：危柱哀絃。（同前）

一四五八　文徵仲《江神子》「東風已到牡丹花」：惜去歲為今日地。又：笑倒俗人吝人。○還有速客賞翫而折辱花者，有石公監戒。（同前）

一四五九　倪元鎮《江神子》「滿城風雨近重陽」：淺至似其山水。（同前）

一四六〇　張世文《江神子》「清明天氣醉遊郎」：不費力。（同前）

一四六一　劉伯温《千秋歲》「淡煙平楚」：《淮海詞》：「花影亂，鶯聲碎。」平平矣。又：迷漫。（同前）

一四六二　顧孔昭《千秋歲》「浮瓜雪藕」：一句壽局高，壽以新月，出乎人而遊乎天，品高。（同前）

一四六三　劉伯温《隔浦蓮》「朱簾不捲晝雨」：秀挺。（同前）

一四六四　王元美《何滿子》「卵色遥垂别浦」：彭澤令，音節諧。（同前）

一四六五　劉伯温《傳言玉女》「為問韓憑」：賦中語。（同前）

一四六六　劉伯温《祝英臺近》「問青青」：空描勝，典故多。（同前）

一四六七　商弘載《祝英臺近》「掛輕帆」：不獨至人無夢。又：未到此，難以言情。（同前）

一四六八　劉伯温《風入松》「一天煙靄醖愁陰」：云落得悲無用也。〇「蒼梧」句，長吉。（同前）

一四六九　高深甫《風入松》「濃煙稠白望中深」：名花標格，神綵掩映四座。又：玄冥。（同前）

一四七〇　吴原博《風入松》「一從身作翰林官」：詩書圖籍，不枉了翰林官。又：快活事。（同前）

一四七一　文徵仲《風入松》「近來無奈病淹留」：色頗淡而意逸。（同前）

一四七二　文徵仲《風入松》「空庭人散語音稀」：長笛漸成套語，「賴相思」句生味。（同前）

一四七三　文徵仲《風入松》「西齋睡起雨濛濛」：正取之無禁，用之不竭者，妙，妙。（同前）

一四七四　文徵仲《風入松》「日長無事掩精廬」：仙窟。又：孔周堂中有一桂蔭畝，後歸陸氏，今又歸徐氏，一枯株矣。（同前）

一四七五　文徵仲《風入松》「春風晴日裊花枝」：此樂不輸貴妃捧硯時也。（同前）

一四七六　文徵仲《風入松》「秋來炎豔試宮妝」：光華溢目。　又：「新」字犯重。（同前）

一四七七　文徵仲《風入松》「輕風驟雨展新荷」：自得語。（同前）

一四七八　吴純叔《風入松》「漏聲驚夢不成酣」：有鶯燕風月等字，得不丑。　又：結與徵仲合。（同前）

一四七九　劉伯温《御街行》「梧桐滴露鳴金井」：既有動於中，一栖鳥亦似。　又：「同醒」二字醒眼。（同前）

一四八〇　楊用修《御街行》「城西楊柳千千樹」：眼前有物紛飛。○中晚句。（同前）

一四八一　商弘載《一叢花》「今年春殘臘侵年」：微。　又：清圓説鐘鼓，奇。（同前）

一四八二　高深甫《四園竹》「雨扶黄葉」：緒正多，蘇、柳所急賞。（同前）

一四八三　劉伯温《金人捧露盤》「水如藍」：不異樣墨痕，脱去。（同前）

一四八四　楊用修《金人捧露盤》「花徑款殘紅」：兩首五言古詩分不開。　又：予有詞云：「陡然相見猶可，别後思量奈何？」不如他。　又：結句妥，莫作板重論。（同前）

一四八五　劉伯温《驀山溪》「清明過了」：「網」字妙，二句動。（同前）

一四八六　楊用修《驀山溪》「送君南浦」：七字可死。（忍聽到一聲别去。）　又：夢不夢，相承凄緊。（同前）

一四八七　徐元玉《千秋歲引》「風攬柳綿」：佳對，不羡「花落」、「燕歸」之工。（同前）

一四八八　劉伯温《滿路花》「山煙掠草低」：氣力心思不居填詞位。　又：「立」字銷磨人。（同前）

一四八九　王元美《滿路花》「穿芽逕字青」：亦填詞中物，妙。（同前）

一四九〇　周行之《滿路花》「風前滿地花」：不經思，雖深思，不能。　又：縱。（同前）

一四九一　顧孔昭《洞仙歌》「婁江一碧」：野翁可狎處，方為林下人，今人孰肯？（同前）

一四九二　王元美《洞仙歌》「金錢磨破」：漸説入。　又：曾眼見亂離來。〇哀憯於李華《戰場文》。（同前）

一四九三　劉伯温《八六子》「到黄昏」：苦堆裹。〇驪珠一竄，不戾嗓子。（同前）

一四九四　劉伯温《滿江紅》「風淡雲輕」：倒用「雲淡風輕」，改觀。（同前書卷四「長調」）

一四九五　沈啟南《滿江紅》「汴鼎南遷」：五嶽起方寸，隱然詎能平？　又：志至而氣從之象，而筆與墨從之，不為詞囿。　又：除幼安、改之、同父，鮮有似者。　又：「小聰明」三字判斷得高宗倒。（同前）

一四九六　文徵仲《滿江紅》「拂拭殘碑」：兔死狗烹，古有之，而宋則功未成。　又：《春秋》誅意。　又：高宗於徽、欽不兩立，亘古一眼，有詞於徽宗否？　又：高豈不欲復中原，但膽落金人，檜以父兄恐喝，遂墜其計，直加之曰怕，復輕檜罪而重其辜，人心始快。（同前）

一四九七　王元美《滿江紅》「御墨淋漓」：詔曰丞相，獄曰君王，嚴於斧鉞。　又：匈奴巧，高宗何拙！　又：畫淮而守，盡棄三鎮、祖宗陵寢，可云已足乎？　又：「生看臣構在」，字字嘲罵。　又：石田端烈，衡山精細，鳳洲諧刻，維持天地間君臣大義一也，詞於是續經史矣。（同前）

一四九八　文徵仲《滿江紅》「漠漠輕陰」：類文帝《燕歌行》，絶和穩繾倦。　又：方正人鍾情，比流浪人偏狠。（同前）

一四九九　陳道復《滿江紅》「秋在芙蓉」：淵明誇有，道復惜欠，二公性生與草木相關。（同前）

一五〇〇　吴純叔《滿江紅》「日日輕寒」：無菊無梅，非泛泛觀物之口。（同前）

一五〇一　楊用修《滿江紅》「露重風香」：時光有格，格不合處，中懷自傷。（同前）

一五〇二　沈天羽《滿江紅》「烏兔爭馳」：唐衢善哭。　又：大塊勞我以生，故憂多而樂少，君子有終身之憂，謂之順天。　又：所該者廣。（同前）

一五〇三　季叔房《滿江紅》「燕子何時」：以豔起，以悲結，魏文云：「何嘗快樂無憂？」　又：「好」字妙。　又：此何事而歸之於天，豪矣。　又：無底止。（同前）

一五〇四　無名氏《玉漏遲》「驚鴉翻暗葉」：「才」字犯重。　又：日之將落，人之將終，悽怨萬萬，於他時知此，則刻刻當受用。（同前）

一五〇五　無名氏《玉漏遲》「輕煙籠碧樹」：順順轉圓，猶之前詞。（同前）

一五〇六　劉伯温《六么令》「淡雲收盡」：萬物中各有一段缺陷，不自快時，是命也。　悲秋客，徒勞嗟歎。

一五〇七　又：生意。（同前）

一五〇八　吴純叔《六么令》「東風漸老」：漸入懰慄而不覺。（同前）

一五〇九　劉伯温《滿庭芳》「楊柳煙消」：完全荷花事境。（同前）

一五一〇　徐元玉《滿庭芳》「水長新波」：想甚欣然。　又：設云一峰峰，天趣即減。　又：絃管可也，鼓吹何為？「老儒生」句自招。　又：天全以裴晉公自比，志違埃霧，福不如之，今議天全者頗刻，要非公論。（同前）

一五一一　吴原博《滿庭芳》「三十年前」：原博有《咎鬚文》盛傳。　又：一生之變態畢鬚，一鬚之變態畢於數句。（同前）

一五一二　趙栗夫《滿庭芳》「梅雨初收」：稼軒「三徑初成」一詞，雪澡於昔，栗夫冰息於今。（同前）

一五一三　丘瓊臺《滿庭芳》「歲歲年年」：自李易安「尋尋覓覓」連下十四個疊字，刱意出奇，瓊臺通篇疊字，無駢無輳，無接無續，奇之又奇。　又：後人不可有二。（同前）

一五一四　瞿宗吉《滿庭芳》「露葦催黄」：清秋之氣撲面而來。　又：瑰琦。（同前）

一五一五　馬孟昭《滿庭芳》「雪點疏髩」：蚤知薰歇燼滅。　又：曠然發矇。（同前）

一五一六　馬浩瀾《滿庭芳》「春老園林」：浩瀾自附柳耆卿，多柔秀詞，但帶元曲氣。　又：掘霧蛇之珠。（同前）

商弘載《滿庭芳》「鶴徑和煙」：褉物褉情，有感之而悦，有感之而愁。　又：熱之有濯

池。（同前）

一五一七　周行之《滿庭芳》「日麗瑶京」：算博士。（同前）

一五一八　文徵仲《滿庭芳》「紅雨鏖塵」：史邦卿手。　又：余祖風泉公於衡山公僚壻也，相高詩酒，晚年喜哦此詞，以為是兩人公案。　又：我醉欲眠君且去。（同前）

一五一九　吴純叔《滿庭芳》「城雪都融」：四詞染筆行詠，飽饑愈疢。　又：作賦者之精神出，侍女之精神亦出，妙。（同前）

一五二〇　吴純叔《滿庭芳》「绿沼波平」：充牣。　又：正謂之獨居深念。（同前）

一五二一　吴純叔《滿庭芳》「菱葉陰濃」：蓮步急趍初催衮，笑倩旁人拾墮花。　又：鸜鵒舞，即渾脱舞。（同前）

一五二二　吴純叔《滿庭芳》「隄水初冰」：破工夫敲就。　又：霜風旦愛，終無寒薄相。（同前）

一五二三　王元美《滿庭芳》「尖側東風」：繁憂總集那得寐，孫樵曰：「澀然如寐。」　又：「楊花」二句拖沓，從方回「一川煙絮」三句。○不曾有人世之樂。（同前）

一五二四　王元美《滿庭芳》「碧嶼遥攢」：魚見之深入、鳥見之高飛者。　又：頰上三毛自有神。○曲筆。　又：所以垂意至備。（同前）

一五二五　王元美《滿庭芳》「一雨催凉」：畫山水貴石老而潤，水淡而明，分高下，辨遠近。　野逕縈紆，雲煙出没，千里江山，歸於目下，弇山人攝其妙。○是志和舐筆成，消十日五日，夙世詞客，前身

畫師。(同前)

一五二六　王元美《滿庭芳》「玉露初零」：錯記了，否，否。羲和錯排，妙，妙。　又：「哥」字叫得滋味，世上稱哥者有所本。

一五二七　王敬美《滿庭芳》「天冪中原」：顧題。　又：潤了七月，又該謝羲和。(同前)　又：家仲身温，不知冬之為夏，夏之為冬，情狀可恨。　又：梅作冷淡中相，知其自居何等。　又：計吏一清至此，可以糞土後來。(同前)

一五二八　顧仲從《滿庭芳》「黄雀風摧」：瓊林宴，壓倒三百英雄，孰勝？　又：人之生也，有於情，而情復生情，芽復生芽，安所終乎？(同前)

一五二九　馬浩瀾《鳳凰臺上憶吹簫》「淡淡秋容」：鬆髮。　又：千里外，素光同。(同前)

一五三〇　王元美《鳳凰臺上憶吹簫》「經雨斜陽」：愁景愁侣愁貌，填膺塞肚。　又：音脆，墮地欲碎。

一五三一　楊用修《水調歌頭》「春宵微雨後」：香重暈遲，欣賞處。　又：冤氣纏於紙上。　又：販浪奇。　又：撿眉頭，愚哉！哀哉！(同前)

一五三二　劉伯温《水調歌頭》「雨過百花盡」：自唐虞而外疑傳，子疑放伐，無人不在疑團裏，況叔末耶？　貴人亟宜施芒履出春明已。　又：劉公獨自名標竹帛，别有説歟？(同前)

一五三三　王止仲《水調歌頭》「葵陽悶晴彩」：白日須晦。　又：彙「清明時節雨紛紛」、「滿城風雨近重陽」、「黄梅時節家家雨」三詩。(同前)

一五三四　趙栗夫《水調歌頭》「夜賦懷仙詠」：二語人決以為初唐。（同前）

一五三五　吴純叔《水調歌頭》「蝶鬧春風暖」：「況」字移上不得。　又：鳳翔千仞，與濠上魚，各是其見。（同前）

一五三六　王元美《水調歌頭》「三月又三日」：述事起。　又：疎快髯學士。（同前）

一五三七　王元美《水調歌頭》「遲日卷殘雪」：「濕盈盈」如何合來樂府古辭「先以雨，般裔裔，靈之至，慶陰陰」句法。○畫美人詩，精神形骨，從來一移入霜毫，是兩人，「香淚」五字不然。（同前）

一五三八　文徵仲《慶清朝慢》「天朗氣清」：縷縷柔情。　又：其石湖夜汎詞又云云，出處蓋有定已。（同前）

一五三九　吴純叔《慶清朝慢》「細雨凝寒」：兩「深」字都雋。　又：天也知音，解頤。　又：唐則天后催花而花發，我朝武宗預迎春而百花盡開，挽回天工，常人能乎哉？（同前）

一五四〇　文徵仲《倦尋芳》「喧風汎午」：緣題，寄調，唐詞之體。花有獨賞、有共賞。以茗賞，上也；以談賞，次也；以酒賞，下也。徵仲未嘗賞，而追往念今，結契肝膈，花之為徵仲賞者多矣。（同前）

一五四一　劉伯温《八聲甘州》「問青蛙、有底不平鳴」：蠢語，入手而韻。　又：鷄聲、猿聲、蛙聲，總不許愁人聽，劉特甚，蛙之罪耳。　又：擲落激裊。（同前）

一五四二　李于麟《八聲甘州》「華堂開玳瑁」：此登皐比握麈之談，而逗漏於碧簫紅牙隊間，老婆心

切。　又：識得真面目，曉得假排場，理實一貫。（同前）

一五四三　王元美《夏臨初》「燕訴餘愁」：志俶儻，情權奇。　又：捱，去聲。（同前）

一五四四　蘇景元《醉蓬萊》「歎儒生何事」：嘗着滋味。　又：杜老云：「排悶强裁詩。」又云：「遣興莫過詩。」滋味苦。　又：滋味處。　又：雖愛吟，不苦吟。末句油油然。（同前）

一五四五　吴原博《醉蓬萊》「歎平生事業」：二語玄超，並一篇色起。（語妙非詩，意濃如畫。）（同前）

一五四六　劉伯温《聲聲慢》「無踪無跡」：愁狀確。　又：視之茫茫，而心骨沸熱，人命危淺，蓋坐此耳。

一五四七　楊用修《慶春澤》「魚市笙歌」：感愴興於行樂，文故離諺就雅。（同前）　又：思多端，今誰能理？（同前）

一五四八　劉伯温《瓏璁四犯》「白露點珠」：元至正末年方谷珍據温、台作亂，有是感耶？　又：祖生誓清中原。　又：伯温定鼎手段，詞中不一二見，看來文人英氣滿。○儘多假托，不足憑也。（同前）

一五四九　馬浩瀾《東風第一枝》「餌玉餐香」：八字贊絶。　又：情莫知所起，一往而深。（同前）

一五五〇　無名氏《孤鸞》「蝦鬚初揭」：俊巧。　又：紫玉歌。　又：傳奇妙境。　又：侍兒不解事，但道「垂楊垂結」，却解事。（同前）

一五五一　楊用修《玉蝴蝶》「蝴蝶不隨春去」：用修一屋錢，自有穿錢索子。（同前）

一五五二　王元美《玉蝴蝶》「記得秋娘家住」：元美摘取北曲，如：「香消了六朝金粉，瘦減了三楚精神。」「紅葉落火龍褪甲，蒼松蟠佐蟒張牙。」「側耳聽門前去馬，和淚看簾外飛花。」皆合璧，對中妙語，「風桂」、「雨梨」，「惹愁」、「賺淚」兩對不在其下。（同前）

一五五三　無名氏《玉蝴蝶》「為甚夜來添病強」：依依。　又：亦馬東籬、張小山、喬夢符諸君所服。（同前）

一五五四　楊用修《賽天香》「芙蓉屏外」：妓有此嬌蟲耶？非容易隔斷其思愛若何？　又：魄鉅色絢。（同前）

一五五五　劉伯温《渡江雲》「西風吹楚甸」：寂惻成恐，潺湲成音。（同前）

一五五六　馬浩瀾《金菊對芙蓉》「過鴈行低」：透徹。　又：悲夫！天下如鱉咳。（同前）

一五五七　楊用修《花犯念奴》「雲軿不輾地」：黄冠氣，填詞外品。（同前）

一五五八　楊用修《翠樓吟》「月晃蒼山」：誦美行於典故之中，免俗。　又：老少親愛景象，蔡果有之，公善形肖。（同前）

一五五九　林子羽《百字令》「鍾情太甚」：誠意如好色，以好色無不誠者，而根器居要，生來為游移奄忽之人，即好色，可望之乎？◎押「銕」字，響。　又：按：閩縣張氏女，號紅橋，善屬文，操觚之士咸托五字為媒，不之許，福清林鴻以詩投之，竟諧匹偶，鴻有金陵之遊，作此。（同前）

一五六〇 丘瓊臺《百字令》「佳人薄命」：天虧東北，地傾東南，更問誰？ 又：晚近世宿瘤蒙愛侯夫人雉經，不如是，不晚近也，失意者何益？ 又：有過客，差足慰之。（同前）

一五六一 薛堯卿《百字令》「冰輪輾上」：玩景清奇。 又：末語爛熟。（醉來横笛，劃然聲噴霜竹。）（同前）

一五六二 文徵仲《百字令》「商飈微度」：責月，妙。 張燕公詩「秋風不相待，先至洛陽城」，責風，妙，無意生意以自期。（同前）

一五六三 文徵仲《百字令》「桂花浮玉」：志士急功名。（同前）

一五六四 劉伯温《百字令》「霜風弄影」：高廟龍興意象，美世運也。 又：高廟詠菊云：「獨與西風戰一場，滿身穿就黄金甲。」有主有臣。（同前）

一五六五 無名氏《百字令》「怨幃睡起」：班班顯言，腹悲孔多。（同前）

一五六六 王敬美《百字令》「寒衣初授」：兒女只信道野店黄昏更樂也。 又：《易林》：「目張耳鳴，無與笑語。」五句疎出。 又：要脱樊籠念頭，堅脚跟穩，全憑此時。（同前）

一五六七 嚴惟中《百字令》「玉署仙翁」：詞之為用，至賀送候答而不幸矣，各狥體而忌諱多端，限格限韻，興會才情，子無着處。 雖名手難佳，維（前作惟）中本質平等，一調數詞，純步東坡韻，恣意訣人，河下隸、驛中卒供給生活，為彼藏抽，可也。〇借些病中辟穀，清氣便看得。（同前）

一五六八 王元美《百字令》「符竹銅虎」：淡淡一句，極推重主者，淺人必替他説無數韜略。

又：青州，齊地，宜用管仲事。（同前）

一五六九 王元美《百字令》「柳驕花横」：想落天外。○直奪東皇之權，聲音之道微矣。（同前）

一五七〇 夏桂洲《百字令》「解組歸來」：豁達。又：惜也，此志不卒，為介溪中傷。（同前）

一五七一 王瑞卿《百字令》「花嬌柳媚」：姝習母氏學，亦善詩。又：應有《白頭吟》。○蒼韻，巾幗欲岸然。（同前）

一五七二 張世文《解語花》「窓涵月影」：團輔圓頤，美口善言。又：情托於辭而不受辭没。

（同前書卷五「長調」）

一五七三 王止仲《解語花》「寒消雪點」：止仲代杏贈梅詞「飛瓊環珮立縹緲，香雲影裡，冰絲瑩蹙霞綃帔。瑶階玉砌，雪月看初霽」，代梅答杏詞「裁霞剪雪芳枝艷，正微醉，潮丹臉。露華濃，洗净殘烟染。政不用，閑粧點」。繼作此，賞之，前兩詞得形遺神，無時序情感。○飛燕喻梅，玉環喻杏，兼收並愛，南面王樂也。（同前）

一五七四 王元美《解語花》「中冷乍汲」：娥媌靡曼。又：恐流鶯自愧不如。○美人有婢，猶花有葉，孤枝秃蕊，縱姚黄魏紫，吾何以觀之哉？彼幃婢詐伎，或刻眉灼眼爛髮，甚至手殺婢十餘人，猶不自為地乎？○索之先嘗，得展嫵婉。（同前）

一五七五 王元美《解語花》「檀槽細壓」：那得更有春圖。○一遇冶容，名利陡淡；一偕歡伯，患難亦安。○才如弇山人，可以酒，可以色，酒徒色鬼，願加三思。（同前）

一五七六　王敬美《解語花》「春光欲醉」：妖冶閑都。○咄咄，火攻迫仁。（同前）

一五七七　王敬美《解語花》「蒲萄剖紫」：芳孅。　又：髩雲亂灑，眼波疊浪，殘妝佳，則誠佳矣。　又：精魂回移。（同前）

一五七八　楊用修《木蘭花慢》「重三今日是」：「碧縱横」三字，湖明山秀。○胸中須自有山川。（同前）

一五七九　王元美《桂枝香》「東風一騎」：不任肝膽之切。○愁死處在前日同奔急難。　又：以渭城影出渭陽，巧絶。（同前）

一五八〇　吴純叔《桂枝香》「秋光滿目」：清洗。　又：時倭寇甫退。（同前）

一五八一　俞君宣《木蘭花慢》「張郎一去」：一筆筆鬆，一筆筆不放題鬆。○四君字，有意填之。○以興趣行文，欲腔調來合我。昔寶晉臨智永帖字，形弗類，岳珂則云：「神合志通，惟肖惟妙。」（同前）

一五八二　葛震甫《木蘭花慢》「芝田新玉」：君宜之，思之，材之用而入乎式。　又：題意滿空。（同前）

一五八三　楊用修《霓裳中序第一》「青霞裁霧縠」：極形相。　又：蹋天弄井，奇，奇。（同前）

一五八四　劉伯温《水龍吟》「秦臺人去」：大富詞料。（同前）

一五八五　劉伯温《水龍吟》「鷄鳴風雨」：未遇真主日。　又：同是韻，摇擺悠楊。　又：無

以處心，無君則弔之士。（同前）

一五八六　張世文《水龍吟》「禁煙時候風和」：願得篙櫓折，交郎到頭還。甚日歸來，車輪生角，不詳語，不好心，老大深情在此。（同前）

一五八七　張世文《水龍吟》「鎖窓睡起門重閉」：語詳，縷愈詳，愈無能竟。（同前）

一五八八　楊用修《水龍吟》「漢宫嬌額塗黄」：日之夜，歲之冬，鮑參軍為梅咨嗟，嗟其冬。升庵為悔恨，恨其夜凌冬而迷夜固。（同前）

一五八九　文徵仲《水龍吟》「依依落日平西」：當其戚强之笑，不懽。○實事，實事。（同前）

一五九〇　吴純叔《水龍吟》「腰間寶劍雄鳴」：壯氣籠蓋詞人。　又：逢湧。（同前）

一五九一　高季迪《石州慢》「落了辛夷」：叙殷心之隱為約，結為飛越，長懷永慕，調猶短矣。○韻脚都妙。（同前）

一五九二　秦公庸《晝錦堂》「雨送閑愁」：珠玉從風，琴瑟縈泉。　又：公鐵骨冰心，時出風入雅，范希文、歐陽永叔之侶，餘子專以詞鳴，有却走耳。（同前）

一五九三　吴純叔《齊天樂》「幾人得在家鄉老」：靠節事做去，能膩滑。（同前）

一五九四　無名氏《瀟湘逢故人》「春光將暮」：遺棄骨肉，興情丘隴，其人必有大不獲已於衷者。（同前）

一五九五　劉伯温《花犯》「夜何其」：怨至被，何所不怨。　又：逝者如斯人，不復敢言年貌。

(同前)

一五九六　楊用修《喜遷鶯》「東風如剪」：王制，庶人春薦韭，韭以卵。　又：景饒。(同前)

一五九七　周行之《喜遷鶯》「登登天闕」：有古香。　又：元禪師偈。◯觀元化感物變作力，團聚於此。(同前)

一五九八　王元美《春雲怨》「風僝雨僽」：有聲盡樂也，以燕為絃，以鶯為管，以鵑為譜。　又：「噣」字險，「守」字妙。　又：《酒德頌》猶第二。　又：故云「斷送一生惟有酒」。(同前)

一五九九　馮用韞《永遇樂》「不願為雲」：無點墨氣，上追東坡，詩效歐公體，白戰，不持寸鐵。雪是主，雲雨是賓，王是主中賓，梅是賓中主，月是賓中賓，作文之法。(同前)

一六〇〇　劉伯温《花心動》「墻下紅葵」：苦驟集。　又：所懷良切，如痿人不忘起。(同前)

一六〇一　劉伯温《尉遲杯》「淩波步」：托馮夷以傳。　又：清逼。(同前)

一六〇二　劉伯温《春霽》「昨夜園林」：薌澤。(同前)

一六〇三　李于鱗《望海潮》「陰陽交變」：氣焰。(同前)

一六〇四　李叔房《望海潮》「櫻桃欲煖」：管灰之微功，雛鶯之輕轉。◯諷諫法。　又：「欺負」二字妙。(同前)

一六〇五　楊用修《薄倖》「碧鷄催曉」：小小占色事，收拾詞府。◯自恃未老，趣不闌。　又：遊記步履俱見。(同前)

一六〇六　吴純叔《風流子》「雨痕消已盡」：遊記步履俱具。（同前）

一六〇七　沈天羽《風流子》「對洛陽春色」：遍一人身態色傾，寫豔詞之尤。　又：臣宋大夫，弟曹思土，而妖唐解元。（同前）

一六〇八　張世文《風流子》「新陽上簾幌」：富於材，熟於腕，到處合拍，曲中之梁伯龍。〇「林鶯」二句，伯龍遜之。（同前）

一六〇九　張順齋《惜餘春慢》「露洗冰壺」：順齋八景，讀書樂，快其自負之志而已，於此道遠也，選其奇横一首。　又：有言舉杯邀月者，「吞月」，奇。　又：「鶴」字韻，「仙」字失韻。〇拗坡公「何似在人間」語，好事占盡。（同前）

一六一〇　俞君宣《惜餘春慢》「有恨君情」：「生存華屋處，零落歸山丘」，風流得意之事，一過輒生悲凉，每念四語，愀然，孰者跳脱。　又：拈事好，不以嗟掉損隽。（同前）

一六一一　梅花道人《沁園春》「漏洩元陽」：田横門人《薤露歌》、《蒿里曲》，禪和子《骷髏歌》，梅道人詞，一讀，眼見皆鬼。　又：生時孟浪，死來扯談。〇此身業墮劫中，含糊過了也得。（同前）

一六一二　丘瓊臺《沁園春》「為國除患」：《精忠録》所載千百首，責檜而不責構，構漏疎網。又：文文山題睢陽廟「為子死孝，為臣死忠」詞，轟轟烈烈，振鬣一鳴，萬馬俱瘖，嫌其草草，瓊臺虚歌頓挫。（同前）

一六一三　瞿宗吉《沁園春》「一掬嬌春」：頻頻小酌，口腹知思。　又：鞋亦似戀。　又：唯

誇祇勸巧深。○此語同意異，人語意同。（同前）

一六一四　趙栗夫《沁園春》「藜杖敲雲」：萬里橋，三義路工。（同前）

一六一五　楊用修《沁園春》「歸去來兮」：壯。　又：問答體。○花花自相對，葉葉自相當。（同前）

一六一六　張肯《沁園春》「楚楚芳姿」：非非是是，疑信參之，題像家法。○神色如許，春情還不屬畫工。（同前）

一六一七　韓奕《沁園春》「伊昔蒲東」：兩人申畫抑詞，一於首見畫工，一於尾見畫工，局面轉耳。　又：要文章正氣難為人。（同前）

一六一八　馮用韞《沁園春》「舊别何年」：轉眼低了三生。　又：當日情，當日事，無一寃言。（同前）

一六一九　馮用韞《沁園春》「君過淮陽」：松耶？柏耶？牢耶？石耶？二歌用耶字。　又：未知生别之為難，苦在心兮酸在肝。（同前）

一六二〇　吴純叔《沁園春》「震澤波澄」：家人父子話，和氣拂拂。（同前）

一六二一　劉伯温《摸魚兒》「悄寒生、沈沈院宇」：王、謝已非，何用燕聲？如故舊音聲句，增慨。　又：「上」字失韻。（桃花自落空階雨一作上。）（同前）

一六二二　林子羽《摸魚兒》「記得紅橋」：合離苦樂之致軋軋筆間，紅橋發函，感念成疾不起，赤情

之明驗。（同前）

一六二三　瞿宗吉《摸魚兒》「望西湖，柳煙花霧」：景物動宕，心自繁媚。　又：悔不盛年時嫁與青樓家。（同前）

一六二四　瞿宗吉《摸魚兒》「望西湖，斷虹收雨」：貴重高亮。（同前）

一六二五　瞿宗吉《摸魚兒》「望西湖，玉花飄後」：題斷橋。○只言雪為題窘矣，懷及梅仙，妙。（同前）

一六二六　瞿宗吉《摸魚兒》「望西湖，雷峰夕照」：遊山水，處處要好眼，領得真致。（同前）

一六二七　瞿宗吉《摸魚兒》「望西湖，雨堤新漲」：漁父詞中意，換得佳。　又：冷水澆背，一驚。（下片末二句）（同前）

一六二八　瞿宗吉《摸魚兒》「望西湖，暮天雲斂」：人静夜久始知之。　又：明日陰晴未定。（同前）

一六二九　瞿宗吉《摸魚兒》「望西湖，六橋新柳」：新舊異念，一歌令覘世情之大凡矣。　又：厚鳳薄鶯。（同前）

一六三〇　瞿宗吉《摸魚兒》「望西湖，暮蟾初出」：六字足神綵。（金波十里如瀉。）（同前）

一六三一　瞿宗吉《摸魚兒》「望西湖，西峰齊聳」：歷落珠響。　又：「燕子不知何世，入尋常巷陌人家，如説興亡，斜陽裏。」鈴音也，解説成敗，奇，奇。　又：譚友夏論歌行必要用「君不見」三

字，可恨存齋故效之，詞中不多見耳。（同前）

一六三二 王元美《賀新郎》「春風歸風雨」：莊周：「神以為馬，尻以為輪。」元美：「荷以為駕，酒以為馭。」理外意表，王實脱莊，不似莊。（同前）

一六三三 顧孔昭《賀新郎》「初試羅衣皺」：看幽感數十首，看此一二首，解愁拔悶。（同前）

一六三四 沈天羽《賀新郎》「佳句如何譜」：起峭。又：座中五人皆能誦杜陵詩。又：「管花」二語，堂中聯。又：時有以爆竹戲當酒灰者。（同前）

一六三五 劉伯温《瑞龍吟》「秋光好」：所見所聞，無可以自慰，慘矣。〇纍錯纖穠，如霧裏雜花，煙外亂岫，如杜甫《白帝城放船四十韻》。（同前）

一六三六 楊用修《瑞龍吟》「東風峭」：杏花喻狀頭，多誇豔之悲，調則清。（同前）

一六三七 王元美《多麗》「醉飛瓊」：「飛瓊」事眼熟，曰醉日惱亂清狂，鍊字。（同前）

一六三八 王元美《小諾臯》「闔闢以前」：遺珠赤水，唯象罔得之。象罔，無也。無之而非名理也。三氏出，説法利生，峻嶮者壁立萬仞，淺近者鼻孔半邊入海筭沙。追羊惑岐衆生中，下鍊壁金山，絲發萬里，了無證悟。延平劍已成龍去，尚有刻舟求劍人。〇佛氏色空空色，老氏可道非道、可名非名，孔氏無言行生人自執着，三氏原不任受。〇人問靈巖覺公，滿口道不得時如何，曰：「話墮也。」元美話墮也。（同前）

一六三九 楊用修《小諾臯》「恨個儂」：恨究情苗，准在眼上，准在眼下。又：可聞不可名，氣妙至此。元一百八十餘人，四百五十餘劇漏句。〇下文怎又説聞香澤。　又：唱好是，唱道是，元曲中襯詞。　又：不言遠言清，天樣味來。（同前）

一六四〇　楊用修《六州歌頭》「伏龍高卧」：亦傳亦贊，亦銘亦文。　又：此數字憑吊狰獰。（同前）

一六四一　佚名《怨朱絲》「譜朱絃，一片秋聲」：啞啞軋軋嚶嚶，貶語。撚冷裝酸，褒語。人知之乎？　又：操瑟而立齊門。〇高文空老，俗筆蚤售，吾輩難憑益甚。　又：徵旨。　又：師涓不復作知音，問魚鳥計，有餘矣。（同前）　又：霓，入聲。

一六四二　楊用修《鶯啼序》「碧鷄唱曉霞散綺」：險韻徵力，艱字徵思，多意不必言。　又：「環」字猶重。（芰草蕩灣，環一作繞洲渚。）　又：影借色奪霞，絢。　又：奇狀。（南蠻老松，遥看晴雪。）　又：束法，百川歸尾閭池。（同前）

宋存標詞話

宋存標，字子建，松江華亭（今屬上海）人。明崇禎間貢生，候補翰林院孔目。所著有《翠娛閣集》、《史疑》、《情種》。此據《四庫未收書輯刊》影印明末刻本《情種》録詞話五則。

一　情語：卜筭子何由好事近，阮郎歸纔許訴衷情，怨王孫所以青衫濕，醜奴兒那解點絳唇，遶佛殿但見菩薩蠻。（《情重》卷一）

二　詩餘語雋：冷語：相思楓葉丹。雅語：雨餘秋更清。怯語：商量不定。怒語：三分春色，二分愁悶，一分風雨。懷古語：西風殘照，漢家陵闕。愴語：將軍白髮征夫淚。麗語：海棠經雨臙脂透。想語：雨打梨花深閉門。情語：問君還有許多愁。景語：羅衾不奈五更寒。壯語：更濁酒三

杯兩盞。淫語：怕傷郎，欲語又還休道。快語：大江東去。（同前）

三《中吕・鮑老兒》嘲沈楚雲嫣：「你那裏想着明明來的故人，只恨着臨行時錯擺了迷魂陣。到如今只指望雪入明鑪變了花銀，人如玉博得個柳色黄金嫩。你開着口，好一似蝮娘驚蟄，行一步似蝎婆擔孕，斜着眼似鬼母初醺。」《中吕・堯民歌》代楚雲嘲：「你一似喬楊花，沾淤泥到處兒生根，化浮萍在波浪裏存身。變靈蟲到衣服兒上招魂，那裏也白雪紛紛，只合着趁東風着地兒滚。」《中吕・十二月》嘲楚雲：「我和你恩情最親，畫得餅、饑和飽共吞。真得海乾和濕同趁，撈得月有與無並。分鬼打鈸，没字錢用了幾文，平勃達忽地生嗔。」　居士曰：《三捧鼓》、《四聲猿》，不若此之簡促而戲傲也。〇湯若士先生《紫釵記》都無可議，惟末齣于埋名豪客後頗乏點綴，宜將盧杞奉旨處分，使李郎夫婦重婚，出自天子，不惟于小玉可當招魂，亦少為李郎懺悔。〇《邯鄲夢》盡善矣，至採戰而曰為子孫謀，彌留而叮嚀請謚，堪與達人解嘲。〇《牡丹亭》宜存院本四折，至酒食先生饌，女為君子儒，滑稽極矣。　金、元人恐不能爾爾。（同前書卷四）

四《花蕊夫人宫詞叙》：昔徐匡章納女于蜀後主孟昶，昶喜其輕翾，賜號花蕊夫人，又改慧妃。陳無己以夫人姓費，誤也。　宋太祖遣王全斌、曹彬等伐蜀，詔八作司度古掖門南，臨水為昶治第一區，以待昶。　凡出師六十六日，昶銜璧歸來，夫人遂侍掖庭。　宋祖惑之，晋王諫不聽，從獵園中，射死焉。此一事頗類范蠡沉西施于玉湖，而正史不載，則《鐵圍山叢談》好奇之過耳。　李希顔奉詔料理蜀氏、秦氏、楚氏三家，所獻書，得一敝帋，出花蕊手書宫詞，郭祥口誦數篇于王荆公，故王禹玉輩争相傳寫，行于人間。其詩清而綺，香而艷，真班婕妤、徐淑妃之流亞乎。宋祖召夫人陳詩，誦其亡國之作，云：「君王城上豎降旗，妾在深宫那得知。十四萬人齊解甲，更無一個是男兒。」可謂巧于解嘲矣。蜀僻在西裔，其俗富而喜遨，城上環植芙蓉，幾四十里，號曰錦城矣。江兩岸亭榭與名花相錯，昶御龍舟，召夫人避暑摩河（當作訶）池上，夜起，作《玉樓春》調。最好房中容城之術，多采良家女以充後宫，一切國事付之卷簾。使王昭遠與其子玄喆，昭遠手揮鐵如意，領二三萬雕面惡少年以當宋師，玄喆一乳臭兒耳，輦愛姬伶人樂器，守劍門之口。昶且與内尚書教坊小婦打毬走馬，鬬草采蓮，魚龍競渡，鸚鵡誦詩，而宋兵已入夔州矣。此非西蜀無男兒，由昶所狎皆婦人故也。後昶亡，其母李氏不哭，亦不食，曰：「汝不死社稷，何用生為？」此母皎皎錚錚，差强人意。若使夫人齒一劍以報昶，豈非粉黛中真男兒哉？花蕊同時，南漢有盧陵仙，南唐有窅孃及保義黄氏，皆歌舞妍姣，書伎絶倫。兵燹紛紛，詩翰不少見。獨花蕊夫人《宫詞》無一字不傳人口，女郎之幸不幸乃如此。陳亢侯刻之山陰，非獨拈出花蕊才情，且垂戒宫中有風流天子，未有不基禍兆亂者，殷鑒不遠，尚當以詩之《周南》、《召南》為正。　居士曰：余嘗謂唐玄宗前段是英雄帝王，後段是風流天子。有其英雄，纔可有其風流。然則孟昶之亡，正亡于玄喆、昭遠輩，非亡于花蕊夫人也。「十四萬人齊解甲，却無一個是男兒」，此言□□□嘲，亦可當背城一哭。（同前書卷六）

五《微道人生壙記》：脩微姓王，廣陵人。自幼有潔癖、書癖、山水癖。自傷七歲父見背，致飄落無所依，眉嫵間常有恨色。已奉竺乹古先生之教，刺血寫小品經。間讀班、馬、孫、吴書，人莫得而狎視也。嘗行靈隱寺門，見白猱坐樹端，迫之，展翅疾飛去。包園夜半，有兩炬炷射窓縫上，諦視之，虎也，脩微挑燈吟自若。其詩詞娟秀幽妍，與李清照、朱淑真相上下。至於排調品題，頗能壓倒一座。客慕翰墨者，輻輳案前，如農訴水旱。脩微攢眉應之，擲筆出，避西子湖，避鄧尉山，避廣陵，尋獲見指其父埋骨處，仆地哭失聲，延僧作水陸道場，凡十五日以薦父靈。笥中綺繻環瑱，隨手立盡矣。脩微飯蔬衣布，綽約類藐姑仙，筆床茶竈，短棹逍遥，類天隨子。謁玉樞于太和，參憨公于廬阜。登高臨深，飄忽數千里，智能衛足，膽可包身。獨往獨來，布帆無恙。既歸，出《楚游稿》示余，冰雪净其聰明，雲霞汰其粉澤。抑名山大川之助乎？脩微曰：「自今伊始，請懺從前綺語障，買山湖上，穿□□之墟，茆屋藤床，長伴老母，豈復問王孫草、劉郎桃、蘇小小同心松栢哉？」予曰：「今君才貌兩豔，美□□擅出世之盟，將無太早？」修微曰：「嘻！是何言，孔雀金翠，始春而生，四月而凋，與花萼相衰榮。每欲出栖，必先擇置尾之地，然後止焉。然禁中綴之以為帚，蠻中采之以為翣，甚有烹而為脯為臘者，色可當保乎？鸚鵡馴擾慧利，洞曉言詞，官家奇愛之，或教詩文，或授佛號，而未免閉于金籠，搏于鷙鳥，則韻語又可常恃乎？」予歎曰：常情，仕諱歸，年諱老，而修微少不諱死，死不諱墓。昔者淵明自祭，樂天自銘，司空圖引平時故交痛飲生壙中。三君子以後，鮮有嗣續高風者。修微達視死生如晝夜寒暑之序，女史乎？女俠乎？一變至道矣，生壙成，諸名士為彈《孔雀經》一卷，供鸚鵡舍利十餘粒，并穴置其詩稿百餘言，眉道人為之記。董玄宰曰：修微才並左芬，禪參月上。祉記花下，鄙之而不居；蕊珠宫中，招之而不住。紫泥柳絮，無復隨風，净土蓮花，時嘗入定。今將遠尋盧阜，問法憨師，孤雲何依，明月獨舉，雖多求友之情，寧無懷璧之慮哉？惟此行卷，作護身符。星河在望，猶垂機杼之文；弱水難航，遥出步虚之響。但使巽雞返走，即知黄鵠雄飛上官之秤，豈有神鎚夫人之城？屹焉天險矣。居士曰：淵明自祭，樂天自銘，猶謂不若埋《閒情賦》于桃源，鐫《琵琶行》于池上，則情與境兩得之矣。修微參透色中禪，生壙中何止容卿數百？達哉！女豪。大地山河，同歸一夢，而更錫之以董先生之慧語，參之以眉徵君之法言，當頭棒喝，苦海回頭，行且作蓮花座上人，寧止附青雲而聲施後世哉？（同前）

陶汝鼐詞話

陶汝鼐，字仲調，一字燮友，長沙(今屬湖南)人。明崇禎癸酉舉人，選知州，高尚不仕。詩宗漢魏，書法晉人，一時名雋咸樂交遊。年八十三卒。有《榮木堂合集》三十五卷。此據《四庫禁燬書叢刊》影印清康熙間刻世綵堂彙印本録詞話二則。

一

《嚏古自序》：甚矣，楚騷之不可絶也。原不得志，故自放於文，何意牢愁之言上儕風雅，論世者至欲俎豆於荀卿、孟軻之間。司馬遷曰：「推此志也，與日月争光。」《春秋左傳》而下，楚孤行矣。宋玉，學原者，而揚其波，居然楚人之風。至楊雄、相如並工騷賦，推其志誼，皆非原選。吾安所折衷哉？竊嘗披擷春華，追尋古響，不若漢、魏樂府諸詩，蘇、李而下，猶能真真樸樸，寫山川風俗，憂思怨誹之情也。然則以《離騷》續《詩》，以樂府續《離騷》，得其意矣。泛濫而宋之填詞、元之雜曲，騷變而雅盡亡，騷安能無絶乎？然而推波助瀾者，多江左之時流，楚無責也。明興，吴越詩最盛，中葉乃推七子，然所為樂府，不過擬古題目，刻畫無鹽，即逼肖古人口吻，何關風義？惟吾郡李文正用古體詠史，自命曰《西涯樂府》，無斤斤學步之病，而目抒尚論之懷，匪獨眼空一世，亦云救時矣。予生長江潭，值騷之地，少時涉獵風雅，鼓篋兩都，亦嘗以文章進御，自幸免《懷沙》之賦，且憾去西涯百數十年，不得如宋玉之與屈原耳。詎知四海羣飛、三光黯黷，羿浞懷璧，虎豹當閽，一旦傷湘浦之蕙蘭，慟蒼梧之風雨，我則何心？能不悲乎？於時圖史燼灰，蓼莪既廢，自秋徂夏，卧痁草土中，思往昔藏書，大率五千卷，今不留隻字矣。炯炯雙眸，無處得著，徒然仰看屋梁，憶古奇事，繇漢至元。凡驚賞艷異之文，耿耿心目間者，隨筆疏寫，如搜古碑，洗剔斑駁，節文斷畫，以己意經營之，得百餘則。聊復取天人靈詭，英雄奇俊之氣，森立枕端，以與痁敵，敵數勝痁，復數起者，瘧鬼頑也。因思三閭詛鬼而為覡之辭，吾將詛痁乎？迺援古為助，間拈一題，雖無伶倫按節，而綴詞偶就，則烏烏纂纂以歌，亦未免激情冰壑，孤吹霜天，呼西涯而觴之矣。約略正史中得十之八，以外史一一有徵者附焉，驟舉示人，有如志怪，非關風義，亦無取材，乃爽然悟天地之間，册府之内，何所不有，而煩椎汲冢鑿嫏嬛耶？噫嘻！予病矣，靚閔受侮，救死不贍，庶幾引古人方藥以濡未死之心。劉蜕曰：崖谷結，珠璣昧，則救之；雷雨亢，粢盛乾，則救之。既昧且乾，有如今日。吾何暇救騷乎？惟是探遐討幽，纏綿哀樂，托古人而歌，思非以古人為古人，以古人為相欣賞，對悲憤之人也。詩曰：「寤言不寐，願言則嚏。」安知古人無嚏乎哉？又曰：「縱我不往，寧不嗣音。」姑與之為寤歌，與之為遥集而已。萬一成連海上之絃，有移我情者，無以易此。己丑十月望忍頭陀曝背東巖下書。（《檗木堂合集》卷二）

二　《陳長公選刻名家詩餘序》：詩餘肇於唐，推太白兩詞為祖。然當時絶句佳者輒入梨園，一語入情，動人魂魄，不特《清平調》奏之天上矣。至於宋文章之士競為之，則創為格調，殊體分曹，一代爭鳴，互矜絶唱，大家如范希文、歐陽永叔、王介甫並有傳篇。然子瞻調甚高，尚恨韻少不叶，乃知歌曲之妙，所謂尋變入節者，非伶倫不解也。若宋詞林選集，則《花間》、《草堂》而後種種矣。不幸而濫觴元曲，槩稱艷詞，風雅宗工比於鄭衛而厭為之，亦安能盡詩之變也哉！吾友陳長公，少負才性，頗解吴歈艷，垂老不忘騎射聲歌之樂，而超然隱于釣徒，興至，臨池則間為小詩詞，多風流散朗之致。嘗端書小帙寄我山中，予亦破戒相和，可喜也。近復從兵戈滿地，屏跡湘陰，選古今填詞極佳者為一編，藏之笥中，若寶珠玉，視昔所為蒔花種竹、調鶴種魚之事，與夫山水友朋、詩酒管絃之歡，皆不可得，而獨得於此也。庶幾樂天知命之士歟？予亦老，而困於詩文筆墨者，然不能如長公樂，若夫同調，未可辭也。方戎馬在郊，索我評唱之，爰識其端，以資撫掌。（同前書卷三）

程正揆詞話

程正揆，字端伯，號青溪，孝感（今屬湖北）人。明崇禎辛未進士，選庶常，授編修，官尚寶司卿。入清，順治甲午授光禄寺丞，官至工部侍郎。所著有《青溪遺稿》、《讀書偶然録》。《讀書偶然録》十二卷，為讀書劄記，議論考證兼而有之，間出新意。此據《四庫全書存目叢書》影印清雍正間程氏刻本録詞話三則。

一

《焚椒録》中所載詩詞雖淫靡不足道，如「解却四角夜，光珠不教照」，見愁模樣；「只願身當白玉體，不願伊當薄命人」、「偏是君來生彩暈，對妾故作青熒熒」、「若道妾身多穢賤，自沾御香香徹膚」，此等皆有唐人遺意，恐有宋英、神之際，諸大家無此四對也。（《讀書偶然録》卷六）

二 《後山詩話》載：王平甫子斿謂秦少游「愁如海」之句出于江南李後主「問君還有幾多愁，恰似一江春水向東流」之意，余謂李後主之意又有所自。樂天詩曰：「欲識愁多少，高于灩澦堆。」劉禹錫詩曰：「蜀江春水拍山流，水流無限似儂愁。」得非祖此乎？則知好處前人皆已道過，後人但翻用之耳。又少游詞有「天還知道，和天也瘦」之語，伊川先生聞之，以為媟黷上天。是則然矣，不知此語蓋祖李賀「天若有情天亦老」之意爾。類而推之，如晏叔原「今宵剩把銀釭照，猶恐相逢是夢中」，蓋出于老杜「夜闌更秉燭，相對如夢寐」、戴叔倫「還作江南夢，翻疑夢裏逢」、司空曙「乍見翻疑夢，相悲各問年」之意。謝無逸詞：「我共扁舟，江上兩萍葉。」出于樂天「與君相遇知何處，兩葉浮萍大海中」之意。魯直詩：「趂此花開須一醉，明朝化作玉塵飛。」出于潘佑「勸君此醉直須歡，明朝又是花狼籍」之意。此類極多。（同前書卷八）

三 唐人有小詞：「門外猧兒吠，知是蕭郎至。剗襪下香階，冤家今夜醉。扶得入羅幃，不肯脱羅衣。醉則從他醉，猶勝獨睡時。」今人男女有情者必稱冤家，至于因緣，則每稱惡因緣，陶學士郵亭詞是也。「冤家」字意其來亦久，如《關雎》詩：「窈窕淑女，君子好仇。」傳曰：怨偶曰仇，君子好匹，而借怨偶為義，意可見已。筆之，以發一笑。（同前書卷九）

鄭瑄詞話

鄭瑄，字漢奉，號昨非庵居士，閩縣（今屬福建）人。明崇禎辛未進士，授南京户部主事，知嘉興府，官至應天巡撫。著《昨非庵日纂》。《昨非庵日纂》二十卷，二集二十卷，三集二十卷，此書皆記古人格言懿行，徵引褋糅，多小説家言。此據《續修四庫全書》影印明崇禎刻本和臺北新興書局出版《筆記小説大觀》本録詞話六則。

一　蝶交則粉退，蜂交則黄退，故詞云：「蝶粉蜂黄渾退了。」司空圖詩云：「昨日流鶯今日蟬，起來又是夕陽天。六龍飛轡長相窘，更忍乘危自着鞭。」楊誠齋戲色者云：「閻羅未曾相唤，子乃自求押到，何也？」（《昨非庵日纂》卷七）

二　賈似道竄葉李，及似道有罪，而葉李召用，相遇於道，李贈詩曰：「君來路，我歸路，天理章章胡不悟。雷司户，崖司户，客中邂逅欠蒸羊，聊贈一篇長短句。」（同前書卷八）

三　南唐元宗嗣位之初，留心内寵，宴私擊鞠，略無虚日。嘗乘醉命樂工楊花飛奏《水調》詞進酒，花飛唯歌「南朝天子好風流」一句，如是者數四。上悟，覆杯大懌，厚賜金帛，以旌敢言。上曰：「使孫、陳二主得此一句，固不當有銜璧之辱。」翌日，罷諸歡宴，留心庶事，圖閩弔楚，幾致治平。（同前書二集卷十六）

四　王磐平生不見喜愠，家偶走失雞，家人詈甚，公戲作《滿庭芳》云：「平生澹泊，雞兒不見，童子休焦。家家都有閒鍋竈，任意烹炮。煮湯的貼他三枚火燒，穿炒的助他一把胡椒。到省了開東道，免教朝報曉，直睡到日頭高。」家人笑而止。（以下《大觀》本卷十）

五　法秀師嘗語黄魯直曰：「公作豔歌小詞，可罷之。」魯直曰：「空中語耳，非殺非偷，不至墮惡道。」師曰：「君以邪言蕩摇人心，使逾禮越禁，其罪豈止墮惡道而已？」魯直由此不作詞曲。（同前書卷十二）

六　四時調歌摘句，春云：「小門深鎖巧安排，没有塵埃，却有莓苔。東風昨夜送春來，纔是梅開，又見桃開。」夏云：「日高三丈我猶眠，不是神仙，誰是神仙。緑陰深裏晝鳴蟬，捲起珠簾，放出爐烟。」秋云：「一庭松竹間芭蕉，風不瀟瀟，雨便瀟瀟。木樨香裡卧吹簫，且度今朝，莫問來朝。」冬云：「歸來幽興逼人清，雪可中庭，月可中庭。眼前何物遣吾情，不着棋經，便看茶經。」（同前書卷十九）

張元徵詞話

張元徵，字夢珠，武林（今浙江杭州）人。行蹟不詳，明崇禎時在世。此據《續修四庫全書》影印民國七年誦芬室刻本沈泰輯《盛明雜劇初集》録序文一則。

一　序：或曰雜劇非古也，雖唐、宋代有之，然宋秖有詞無曲，浸淫至勝國而始盛，王、關諸子擅美一時。今攷其爵里，滅没不傳，此豈詞林不朽事？弇州云：詞興而樂府亡，曲興而詞亡，即詞亦鄙其婉孌而近情也，何有雜劇？余謂不然，正恐情不至耳。情至如柳郎故事，生可之死，死復可之生，此即宇宙間一種奇絶文字，庸非不朽？或又曰：雜劇稱引事情多謬悠不經，取姗惇史。余謂又不然，優昉優孟，抵掌叔敖，業云戲矣。正以戲絶為妙，觀其命意稱名，原取顛倒譃諢，如曲欲熟而命以生，婦宜夜而名以旦，開場始事而為末，塗污不潔而云净，不過取當場鬨然一噱而技售矣。且天下何之非戲，俄冠進賢，俄返初服，萍水奇遭，把臂忽訣，現前一段悲歡離合，搬演正熟，但身在場中，錯認真耳。子瞻云：「休言萬事轉頭空，未轉頭時是夢。」此語覷破。或又謂漢文、唐詩、宋詞、元曲各絶一時，後有作者，難乎其繼。此又大不然，我明風氣弘開，何所不有，詩文若李、王崛起，已不媿西京、大曆，而詞曲名家何遽遜美？酸齋、東籬、漢卿、仁甫，余友沈林宗深心嗜古，博綜之暇，爰集盛明雜劇數十種，與元人百種並傳，此亦騷雅鼓吹風流勝事矣。余拈一二戲語叙之，崇禎己巳仲春，虎林張元徵夢珠父題於西湖一曲。（《盛明雜劇初集》）

錢棻詞話

錢棻，字仲芳，嘉善（今屬浙江）人。明崇禎壬午舉人，文淵閣大學士士升之子。有《蕭林初集》和《二集》、《讀易緒言》。此據《四庫未收書輯刊》影印明崇禎間刻本《蕭林初集》録詞話二則。

一　集部三·辭賦集：班孟堅曰：賦者，古詩之流也，詩賦同軫。自建安後，分路揚驪矣。賦莫盛漢，詩莫盛唐，至宋降為詩餘，元沿為詞曲，聲律之道，濫觴斯極。國朝賦推盧、李，然録鉛槧奇字耳。屈平之忠與日月争光，司馬奏賦，至飄飄有凌雲氣。嗟乎！斯二子者，豈易及乎？詩之為教，能照燭三才，暉麗萬有，其用大矣。七子以來，時各為帝，前者有積薪之歎，後者有陷陣之奇。歲月代更，

宗向日異，而《詩歸》一書滑泥揚波，二十年宗之未變，其故何與？果有得於温厚和平之遺與？（《蕭林初集》卷七）

二 《虞美人花詞跋》：若夫異卉編愁，人間植相思之樹；名姝負恨，天半峙望夫之峰。蓋騷情貫草木，故剩粉壽千春。然若耶溪畔，波影空沉，響屧廊前，麗魂斯杳。帳内珊遲，莫定是非之狀；驛邊纖骨，徒堅伉儷之盟。至乃折腰方舞，黃鵠生悲。赤帝之髯甫落，紅顔之血為殷。有美虞姬，化斯芳草。不隨桃李，常親魯國衣冠；獨爾掀翻，似美炎劉灰燼。楚愁默結葉底，歌聲隱隱；霸氣雖淪枝頭，暈靨重重。晨煙暮靄，耻嫁春風；素妝亭立，有同閨秀。名騅已逝而常存，漢殿既非而不變。洵葩隊貞姿，而詞壇勝韻也。吾友子一忠希屈氏，性僻行吟，氣壓彌生，憤時罵坐，恒握瑾以表潔，每披荔而逞芬。爰騰雅奏，如聞幄裏殘香；曲寫蒨容，似覩花開欲語。家爾斐冰雪為肌，雲霞在手。溪光竹色，静悟禪心。花氣鳥言，盡歸筆浪。迺以同懷，賡兹佳什。覩其金銑遞振，幾銷柳七之魂；遂使玉貌如生，宛逸項王之膝。豈是情多，羞作山中連理；實因俠勝，永為楚國忠臣。昔稽康述懷香之賦，宗測圖百花之帶。孰若表斯幽質，招彼風流。美人不死，曷咎天亡？妝鏡常留，自能憐我。真足破儕俗之目論，而維彩雲于絶代者矣。（同前）

張雲龍詞話

張雲龍，字爾陽，華亭（今屬上海）人。行蹟不詳。編《廣社》一書，有崇禎癸未自序。此書因陶邦彦所作燈謎而廣之，前載作謎諸格，取字義相似者配合一句，暗射成語。後借詩韻平仄，分補以備採用。此據《續修四庫全書》影印明崇禎刻本録詞話二則。

一　「憶自溪頭相晤，風流俊雅魁魑。於今體態被淫污，何處重尋濯素。　撇却吴中鸞婧，割開湖上夗（即鴛字）雛。投懷玉燕料難圖，那得魚牋通訴。」「郎欲飛來乏羽，娃宫雲障模糊。清明節後莫相呼，免向高唐持護。」（筆者按：疑缺下闋。）《西江月》。紗帽。（《廣社》「問答格」）

二　「一副癡腸，三分薄質，洛陽配就花星。珠璣燦斗，金星列銀屏。玉樹階前放蕊，腰纏遍、子母囊盈。真堪慶，赤繩繫足，書錦住鸞笙。當羡還當敬，才郎文學，最重南金。更前程萬里，一路功名。聯科再登五百，牽引著、豪傑奇英。貧窘盡，人逢白額，雷震蟄前靈。」《滿庭芳》。紙牌。（同前）

鄧士亮詞話

鄧士亮，字寅侯，蕁川人。撰《屏史》前卷十七卷，後卷四卷，有崇禎乙亥自序，末曰書於龍湖公署云云，或曾仕於福建。按明有鄧士亮，湖廣蒲圻人，萬曆戊子鄉試榜，崇禎年間為肇慶府推官、肇慶府同知，疑為同一人。此據《四庫未收書輯刊》影印明崇禎八年刻本《屏史》録詞話二則。

一　隋煬帝：古今人主之極富極奇者，無如隋文、煬二帝。文帝承周之後，其於周人酒榷、鹽鐵、市征之類，一切罷之。自開皇三年以來，屢減田租，給復百姓，毫未有苛取於民也。即位之初，即建新都，平江左，不無營繕征伐之費。而頒賜賞賚，極為豐厚。其賞平陳之功，致費帛三百萬，蓋略無慳吝者。史稱帝躬行儉約，六宮服澣濯之衣，非燕饗不過一肉。有司常以布袋貯乾薑，氊袋進香，以為不惜物力，譴責之。其時府藏之積皆滿，致無所容，頓于廊下，于是更闢左藏院以受之。計天下儲蓄之廣，可供五十年之用，今論者以為此文帝節儉之効。夫一人節儉之費幾何，而能致此鉅富乎？不已奇乎？至於煬帝，性喜華侈，則與文帝之節儉遠異矣。築栖鸞、明霞諸院，其土木宮殿之費，極盡工巧，鑿海周環，如在蓬島中。異花繁茂，珍物畢萃，然尚不足以當帝游玩，猶有狹小漢家制度之意。至于龍舟鳳舸，雕板金櫼之盛，輝耀江渚，宴飲荒游，惟日不足。迷樓夜月，尤恣沉湎。善為詩歌，作《望江南》等曲，迎風送響，快詞人之致。而一時宮選，如蕭妃、吳絳仙、袁寶兒輩皆妙冶殊色，受享之福，從古未有，即文皇不能不為之動心也。宇宙内何可無此粧點？何可無此熱鬧？諸蕃請入豐都市交易，帝先命整餙店肆，即賣菜者亦藉以龍須簟。及後李密兵起，都城内猶布帛山積，致以絹為級綆，燃布以炊爨，何玆代之殷富若此乎？帝發河南諸郡，開通濟渠，達於淮海，又發河北諸郡開永濟渠，達北河，通涿郡，寔貽萬世之利，真異世雄才也。（《屏史》卷一）

二　蘇軾：軾作《水調歌頭》云：「恐瓊樓玉宇，高處不勝寒。」上見之，曰：「蘇軾終是不忘君。」量移汝州。可見當日片詞小曲亦得上聞，即臣子忠愛之所形，主上未嘗不為曲體而矜全之，未始輕為擯棄也。軾為人有習氣，善譏誚。予觀古來名臣之多，無如宋代者。然賦性俱不肯静，其意見各相持，議論又不肯相下。史稱吕夷簡于天下事屈伸舒卷，動有操術。范仲淹規模闊大，然為忠藎才力之名臣。乃仲淹以言語忤夷簡，致放逐者數年。司馬光稱與范鎮為異姓兄弟，而至論鐘律，則終身不合。

蘇轍議雇役，與司馬光異，而調停之説，又與吕大防、劉摯不合。韓琦謂才器入麄入細，乃是經綸好手。其于時望諸公，皆不以經綸許之，即如司馬光、吕公著之事業最為卓然，琦亦有才偏規模小之議。富弼與韓琦、歐陽脩議不合，及琦、脩之死，弼俱不為祭吊，真嗔忿之極矣。司馬光與吕吉甫在上前論事争怒，上曰：「相與講是非，何至乃爾？」而至于軾之與司馬光，則盛氣相加，雖俱懷忠直為國之心，而不無淩厲過甚之處，一時氣習若此。蓋予因有感于往者商鞅、范雎之儔，以異境之人，一朝徒步入秦，秦王委政任之，所為法令，俱極駭異人耳目者，然舉朝更無一人阻撓。宋則不然，自來惟宋室之議論為多。夫議論多，則人臣固不得効其協衷之美，而人主尤不得伸其獨行之威。各攬事權，機宜淆惑，又何怪王荆公新法之必不能行也！（同前）

李玉詞話

李玉，字玄玉，號蘇門嘯侣，又號一笠庵主人。吴縣（今屬江蘇）人。約生於明萬曆末，卒於清康熙十年（一六七一）以後。家世低微，不得應科舉，至明末始中副貢。入清後無意仕進，致力於戲曲的創作活動。編著有《北詞九宫譜》、《一捧雪》、《人獸關》、《永團圓》、《占花魁》、《清忠譜》、《千鍾禄》、《萬里圓》、《萬民安》等。此據《續修四庫全書》影印清初刊本《南音三籟》録序文一則。

一　序言：原夫詞者，詩之餘；曲者，詞之餘也。自太白《憶秦娥》一闋，遂開百代詩餘之祖。趙宋時，黄九、秦七輩競作新詞，字戛金玉。東坡雖有鐵綽板之誚，而豪爽之致，時溢筆端。南渡後，争講理學，間為風雲月露之句，遂遜前哲。迨至金、元，詞變為曲，實甫、漢卿、東籬諸君子以灝瀚天才，寄情律吕，即事為曲，即曲命名，開五音六律之秘藏，考九宫十三調之正始，或為金本，或為襍劇，各立赤幟，旗鼓相當，盡是騷壇飛將，然皆北也，而猶未南。於是高則誠、施解元輩易北為南，搆《琵琶》、《拜月》諸劇，沉雄豪勁之語更為清新綿邈之音，脣尖舌底，娓娓動人，絲竹管絃，娲娲可聽，然此皆傳奇也，非散曲也。即偶為詠物紀勝，隻詞單曲，然此猶小令也，非全套也，南曲之傳，尚未浩衍。至明初，亦有作南曲者，大都傖父之談，樸而不韵，延及嘉、隆間，枝山、伯虎、虛舟、伯龍諸大才人吟咏連篇，演成長套，或一宫而自始至終，或各宫而凑成合錦，其間慢緊之節奏，轉度之機關，試一歌之，恍若天然巧合，並無拗嗓棘耳之病，全套渾如一曲，一曲渾如一句，况復寫景描情，鏤風刻月，借宫商為雲錦，諧音節於珠璣，亦如詩際盛唐，於斯立極，時曲一道，無以復加矣。爾時集其尤者，有《詞林逸響》、《吴歈萃雅》諸刻，大都選摘祝、唐、鄭、梁諸名家時曲，配以古今傳奇中可歌可咏套數，彙為一編。選者各出手眼，種種不同，而求其選之最精最當者，莫如《三籟》一書也。《三籟》分天地人三册，時曲戲曲，盡屬擷精掇華。而其間句有乖劣，字有舛謬，亥豕魯魚，悉為考正較仇，板眼的有正傳，真詞家之津筏，而歌客之金鎞也。此書創于閔氏，遂精梓之。爾來板失書亡，遂成《廣陵散》矣。袁子園客為幔亭猶子，詞曲秘妙，衣鉢相傳，猶復精心探討，嚼徵移宫，擒英吐藻，填詞梁翰之餘，取《三籟》舊本，再加考訂，必使字句板眼更無一訛。又精選近日散曲戲曲之可歌可詠者加入焉，壽之梨棗，書成，而問序於予。予于詞曲夙有痂癖，數奇不偶，寄興聲歌，作《花魁》、《捧雪》二十餘種，演之氍毹，聊供噴飯，曲學精微，未窺半豹。不敢拒袁子之請，謹識數語以弁其首。康熙陸年伍月望日，蘇門嘯侶元（當作玄）玉氏題於一笠庵之東籬小厂。

韓曾駒詞話

韓曾駒，字人縠，烏程（今屬浙江）人。儒學生，著有《悟雪齋集》。董斯張《静嘯齋存草》有其崇禎己巳序。此據《續修四庫全書》影印明崇禎刻本《静嘯齋存草》録詞話一則。

一　詩餘偈誦，一則騷人寄興，一則老衲相參。情種禪心，不妨並行。以□□難，故俱附焉。（《静嘯齋存草》「凡例」）

吴萊詞話

吴萊，生平里貫均不詳。此據《四庫全書存目叢書》影印明崇禎十一年吴一璘刻本《夏桂洲先生文集》録序文一則。

一 文愍公，萊之外大父也。變亟狼跋之秋，殷囑先大夫收拾奏議、詩詞藁以成集，奏議已刻成，而詩文之有者，僅什一。即如五言律，只數首可推也。萊承父命，據其見存者，紀諸鋟梓，蓋亦追念先大夫感翁之誠，而匪效自附于述者之明也。萊嘗側聞漢踵秦灰，斯文幾墜。夷考作者，慮多諄龐剴切，動據經傳，或承宣詔令，猶足風動黔兕。或述作奏記亦能匡時裨俗，是誠盛則可傳而不絕者如綫也。他如司馬相如以文章得幸，率皆諛導之詞，因不足尚。而賈誼達國體者，長沙之謫，所著《鵩鳥》

諸篇，何其怨也！我翁歷臺官而秉鈞衡，慨然以宜上達下自任，更定是非，面陳衮闕，忤旨賜閒，復起，坐罪，可謂剴直不諛者矣，自始至終，情見乎辭，略無感時憤俗之意，而永訣一絶，尤重天恩，此其心尚何尤耶？夫惟剴直不諛，是以不免于古義士之慨，夫惟至死不悔，是以終承九重褒錫之榮。嗟夫！讀是集者，不特可以知翁之文，亦可以想見翁之心事矣。萊也小子何知？奚能發翁之秘？然血戚之情，不容已。僭識其略，次於序左云。萬曆己亥歲仲秋望日，不肖甥吴萊頓首百拜謹識。

王永積詞話

王永積，字稺實，一作字崇巖，自號蠡湖野史，無錫（今屬江蘇）人。明崇禎甲戌進士，官至兵部職方司員外郎。所著有《心遠堂集》、《錫山景物略》。此據《四庫全書存目叢書》影印清刻本《心遠堂遺集》録詞話一則。

一

《跋高祖九巖公過庭直訓》：裒集祖父遺文，誠賢子孫之責。然吾祖遵衢公三歲稱孤，即託重於曾叔祖梁川公，蓋茫乎未有知識也，終七十八年。每對殘編，輒生隱痛。曾祖堯衢公十年中秘，著述之富，固莫與京，即其為諸生時，犍關小樓，凡三六九，日課必炤三塲，其學問該博，與留心世務，豈近日經生家所可幾及？乃以為學不卒，卒於京邸，欲成之書實多，未逮。越萬曆戊寅，始合詩文，彙成十卷，授之梓。所稱《嘉樂堂具茨先生全集》者是也。實僅千伯之什一耳。若高祖九巖公，先受世宗之殊，擢選入庶，嘗詩題為月初生，其詩云：「雲收碧落迥無塵，月出東山未半輪。桂影今宵逃玉兔，滄波何日淚珠蠙。一鈎休訝虧全魄，萬里曾經照古人。從此就盈堪擬福，願歌天保祝楓宸。」末一聯親灑宸翰，御墨猶鮮。會有别旨，盡解散，觀政工部，則與修會典。既改南儀曹，則删定《宋史》，訂正律例，悉當大宗伯費公意，是終仕籍，無一日廢編摩也。母老，乞休，居林二十餘年，讀書外，一無他嗜。所纂有《讀書紀要》、《仕途録要》、《讀書漫録》、《代奕稿》、《消夏編》、《謀野集》、《叢書摘要》、《歸田適志録》、《醫方聞見》、《字書答問》諸書，郡邑乘皆記載之，而載籍飄零，子孫罕有入目者。《過庭直訓》一編，則發自穎之二叔之笥中，雖曰一家寶訓，然出以公之天下，心同理同，豈有間焉？因思古人三不朽，又次立言，必以立德為太上，猶憶遵衢公手書一詞示永積，曰：「小子識之。」此詞乃九巖公從敝笥中簡出，嘗云：「佩為韋絃，六十年如一日。」其詞曰：「種樹成林，開渠引水，君看此理分明。為災為福，俱向此心生。謾逞機權智巧，無人福，定有天刑。損人利己，高築子孫城。誰知禁不得，九秋風雨，一旦頹傾。算從來皆錯，枉費經營。到不如處心平易，行事處、莫布深坑。都無用，一區善地，留與後人耕。」永積鏤之心板，亦垂四十年。于兹重見，家世行善，誠有如諸傳記所稱述者。乃今以凉德承其後，仰對先靈，能無慚汗？（《心遠堂遺集》卷十三）

鍾人傑著輯詞話

鍾人傑，字瑞先，錢塘（今屬浙江）人。編著《性理會通》，又輯有《唐宋叢書》。《性理會通》七十卷，《續編》四十二卷，編成於崇禎甲戌，就《性理大全》而增以明人之説。此據《四庫全書存目叢書》影印明崇禎刻本《性理會通》和影印明萬曆四十二年鍾人傑刻本《四聲猿》録詞話四則。

一　古樂之不傳也久矣，然其始終本末則略見於《虞書》之數言，而律吕聲音則猶存於俗樂之制作，顧觀者不加察耳。夔作典樂，舜命之曰：「詩言志，歌永言，聲依永，律和聲。八音克諧，無相奪倫，神人以和。」樂之始終本末略見於此。自明良之歌以至三百篇之作，今尚可考，莫非各陳其情，是之謂詩言志，俗樂之詞曲各陳其情，乃其遺法也。詩既成矣，其吟咏之間必悠揚宛轉，有清濁高下之節，然後可聽，是之謂歌永言，今俗樂之唱詞曲，乃其遺法也。當歌之時，欲和之以樂器之聲，其樂聲之清濁高下，必與歌聲之清濁高下相應，是之謂聲依永，俗樂唱（脱「詞」字）曲之時，或吹竹彈絲與之相應，乃其遺法也，至此則樂已小成矣。若並奏衆音，清濁高下難得齊一，故須用律以齊之，如作黄鐘宫調，則衆音之聲皆用黄鐘為節；作太簇商調，則衆音之聲皆用太簇為節，然後清濁高下自齊一而不亂，是之謂律和聲。俗樂以宫尺上工合四為板眼，如作宫字，則衆音皆以宫為節；作尺字，則衆音皆以尺為節，然後不亂，乃其遺法也。「八音克諧，無相奪倫」，至此則樂乃大成矣。神人以和，則其用也。夫作樂之法，始於詩言志，終於律和聲，始乃其本，終則其末也，古樂之全亦略可見矣。自蔡氏書傳誤以「聲依永」之「聲」為歌聲，致先生（當作王）作樂之妙晦而不明，殊可嘆多矣。夫樂器之聲與歌聲相依，乃事體文理之自然也。若謂歌聲與歌相依則非，惟事體不通，且亦不成文理矣。况歌聲隨口而出，又安用以律而和之乎？律之所和，止於歌聲，八音又何自而克諧乎？蔡傳之誤也明矣。西山《律吕新書》惟其不知此也，故不可用。今略為更訂如左，以俟知音之君子正焉。（録自《性理會通·續編》卷十一何塘《樂律管見》第一章「論古樂」）

二　樂雖備五音，而起調畢曲則恒以一音為主。如作宫調，則起調畢曲皆主於宫；作商調，則起調畢曲皆主於商；角、徵、羽調皆然。一音為主而衆從之，如聽調然，故謂之調。如俗樂之《端正好》一闋，則宫調也，故其聲含洪而揚，始終不失乎宫；《集賢賓》一闋，則商調也，故其聲悠長而抑，始終不失乎商，猶古意也。但古法先有詞，然後審音以定調，今法則先定調，然後按腔而填詞，此為少不同耳。法雖不同，至於調之為宫為商，則無以異也。古法審音以定調如何？曰：調之詞句有短長，則其音自有清濁高下之異，審其音之為宫為商一也。然荆卿《易水之歌》初為商聲，士皆流涕，則商調也；繼為羽聲，士皆裂眥，則羽調也。夫《易水之歌》詞一也，其詞（當作調）可以為商，可以為羽，古之樂調亦可以變通而用之矣。（節録自同前何塘《樂律管見》第七章「論古調」）

三　詩三百，樂府也。以詩入樂，以樂風世也。……孔子正樂，先正《詩》，非詩，何為樂府哉？《詩》亡，然後《春秋》作，以王霸賞黜之典代皇帝懲勸之風也。周詩三百，由成湯上遡伏羲，會畫卦聲字之元，此樂風之上行。周末，唯有詩體，至楚變為騷，自是而後，流而為賦、頌、銘、贊、誄、箴、詩、行、詠、吟、題、怨、歌、章、篇、操、引、謡、謳、曲、詞、調、律、絶句，其名各殊，總皆詩人六義之遺意，而為樂風下行也。天地古今之樂噓於八風，賢聖六經之樂韻於三百，故興詩立禮以成樂也。（節録自同前書卷十四程鴻烈「詩論」）

四　《四聲猿引》：徐文長牢騷骯髒士，當其喜怒窘窮，怨恨思慕，酣醉無聊，有動於中，一一於詩文發之。第文規詩律，終不可逸轡旁出。于是調謔褻慢之詞入樂府，而始盡所為《四聲猿》，《漁陽鼓》，快吻于九泉，《翠鄉》淫毒憤於再世，《木蘭》春桃以一女子而銘絶塞，標金閨，皆人生至奇至快之事。使世界駭咤震動者也。文長終老縫掖，蹈死獄，負奇窮不可遏滅之氣，得此四劇而少舒，所謂峽猿啼夜、聲寒神泣、嬉笑怒罵也，歌舞戰鬭也。遼之丸，旭之書也。腐史之列傳，放臣之離騷也。顧其詞，風流則脱巾嘯傲，感慨則登樓悵望，幽幻則塚土荒魂，刻畫則地獄變相，較之漢卿、實甫作喁喁兒女語者，何啻千里？袁中郎先生未識文長名，見四劇，驚嘆，以為異人，海内始知有文長，此太玄之於桓譚也。予因得中郎所點評者圖而行之，或謂點評詞，受其妍媸，不礙板乎？圖奚為？圖以發劇之意氣也，北拍在絃而不在板，予固審所從矣。錢塘鍾人傑瑞先撰。（《四聲猿》）

《榴館初函集選》附詩餘詞話

楊思本，一作楊忍本，字因之，黎陽人，一作南城（今屬江西）人。明末人。有《榴館初函集選》，卷十附詩餘，有評語，評者不一，此據《四庫全書存目叢書》影印清康熙十三年楊日升刻本録詞話六則。

一　《一半兒》「無言獨自扃朱户」：魏惟度曰：「攬年光無處」，正扃户無言時，真情夢模糊，則離魂愈迷天外矣，不得草草念過。（《榴館初函集選》卷十「詩餘」）

二　《蝶戀花》「凄凄不斷闌干雨」：魏惟度曰：全寫春愁，教人莫把春光錯過也，因之先生，可謂情極。（同前）

三　《江城子》「草頭珠露滲横塘」：楊集虚曰：結六字猶是名士自愛處，見其平生俠骨。（結六字：「堅晚節，自憐香。」）（同前）

四　《踏莎行》「弱軀常冷」：楊太容曰：寂寞閨情，入文人筆端，更覺婉轉可憐。（同前）

五　《海棠曲》「記舊時遊處」：楊集虚曰：海棠神韻，看海棠人興趣，一筆描寫欲動。（同前）

六　《中秋曲》「中秋何在」：魏惟度曰：寫得淋漓痛快，覺繁華寂寞同歸於盡，直向沉迷苦海人當頭一棒。（同前）

樂純詞話

樂純，字思白，號天湖子，沙縣（今屬福建）人。明季諸生，好為古文詞，著有《紅雨樓集》、《雪庵清史》。《雪庵清史》五卷，皆小品襍言，分清景、清供、清課、清醒、清福為五門，此據《四庫全書存目叢書》影印明書林李少泉刻本《雪庵清史》録詞話一則。

一　傳奇：元入中國，所用胡樂嘈雜凄緊，緩急之間，詞不能按，乃更為新聲以媚之，故一時諸君如貫酸齋、馬東籬、王實甫、關漢卿、張可久、喬夢符、鄭德輝、宮大用、白仁甫輩，咸富有才情，兼喜聲律，以故語語當家，極盡其妙。其出于人口，入于人耳，真胸中有許多無狀可怪之事，斯手頭有許多慷慨不盡之韻，見景觸目，噴玉唾珠，真千秋絶技哉！近如楊用修、湯海若、屠長卿、張伯起、梅禹金、蘇漢英諸作，每一登場，便令人快欲狂、人悲欲絶，即其描寫盡態，體物盡形，發響盡節，諧俗盡情，便覺可以興觀群怨者，不獨詩也。人但取其可以興觀群怨耳，何必顧曲周郎、辨撾王應乃許觀場哉？雖然，有此世界，必不可無此傳奇，有此傳奇，乃可維此世界。則傳奇所關非小，詎可藉口《西廂》壓卷以為風流談資？（《雪庵清史》「清供」）

灌隱人詞話

灌隱人，其人里貫姓氏不詳。此據《續修四庫全書》影印民國三十年董氏誦芬室刻本《盛明雜劇三集》録序文一則。

一《雜劇三集序》：造化絪緼之氣，分陰分陽，貞淫各出。其貞氣所感則為忠孝節烈之事，其淫氣所感則為放蕩邪慝之事。二氣並行宇宙間，光怪百出，情狀萬殊，而總繇文人之筆傳之。文人之筆或寓言，或紀實，想像形容，千載如見。由是貞者傳，淫者亦傳，如三百篇中不删鄭、衛，聖人以為男女情欲之事不必過遏，詞人狂肆之言未嘗無意。貞淫並載，可以為勸，可以為鑒，有其文，則傳其文而已。漢、魏以降，四言變為五七言，其長者乃至百韻；五七言又變為詩餘，其長者乃至三四闋。其言益長，其旨益暢。唐詩、宋詞，可謂美備矣，而文人猶未已也。詩餘又變而為曲，蓋金、元之樂嘈雜淒緊，緩急之間，詞不能接，一時才子如關、鄭、馬、白輩更創為新聲以媚之，傳奇雜劇體雖不同，要於縱發欲言而止，一事之傳，文成數萬，而筆墨之巧，迺不可勝窮也。元詞無論已，明興，文章家頗尚雜劇，一集不足，繼以二集，余常閱之，大半多綺靡之語，心頗不然。以為此選家之過也，已而思之，人苟不為名教束縛，則淫佚之事何所不有，有其事則不能禁其傳，有其傳則不能禁其選，如長卿之於文君，衛公之於紅拂，非人間越禮之事乎？而風流家言，反以為絕好一樁公案，至願效之而不可得。噫！氣運日降，淫倍於貞，文人無賴，詩變為曲，諷一勸百，時勢使然。言之者無罪，選之者豈任過乎？近時多以帖括為業，窮研日夕，詩且不知，何有於曲？余以為曲亦有道也，世路悠悠，人生如夢，終身顛倒，何假何真，若其當場演劇，謂假似真，謂真實假，真假之間，禪家三昧，惟曉人可與言之。木石鄒年兄，梁谿老學，宿有契悟，旁通聲律。近選雜劇三集成，囑袁子重其索余言，余閱其三十餘種近今名流鉅公之筆，搜採殆遍，達情叙事，闓暢詳明，貞淫錯出，各遵至妙，殆真所謂有其文則傳其文，可以為鑒，可以為勸者也。是其為雜劇也，可以傳也。袁子歸，其以此言告吾木石，可乎？小弟灌隱人題。(《盛明雜劇三集》)

鄒漪詞話

鄒漪，字流綺，無錫（今屬江蘇）人。明末清初人。所著有《啟崇野乘》、《明季遺聞》。此據《續修四庫全書》影印民國三十年董氏誦芬室刻本《盛明雜劇三集》録跋文一則。

一　跋：自有天地，即有元音。而其言情者則莫過乎詩，詩三百篇不删鄭、衛，一變而為詞，再變而為曲，體雖不同，情則一致。正如川瀆之歸海，洋洋乎大觀也。其傳於世者，元人百種鳴盛於前，明代兩集繼熾於後，類皆膾炙人口，鼓吹詞壇，所謂情之所種，蓋在是矣。嗣後作者代興，而全帙尚缺，每與同志愍然傷之。家大人幼侍愚公先叔祖於歌舞之場，魯（當作曾）於桃花扇影中悉其三昧，而余亦過庭之餘，習聞緒論，用是留心博採，凡壇坫之所哀，及郵筒之所致，得若干首，選付梓人，或清商迭奏，傳軼韵於金、元；或錦繡紛披，踵妍思於關、董。或以筆代指，如月明滄海之聲；或翻譜為新，有木落洞庭之怨。恂元龜之非寶，知大貝之無奇，而天地元音亦藉此復振矣。近世詩學大興，選家競出，而南北九宫棄置不講，以為此優伶之能事，非儒雅之兼長。淫哇雜進，風雅云亡。余既有《百名家詩選》，力追盛唐之響，兹復有三十種雜劇，可奪元人之席，庶幾詩樂合一，或有當於吾夫子自衛反魯之意乎？故於刻成，妄識簡端如此。壬寅初夏，鄒漪流綺識於夕佳樓。（《盛明雜劇三集》）

翁舉元詞話

翁舉元，自稱燃藜居士，籍貫生平事蹟均不詳。此據《續修四庫全書》影印清抄本《中州全韻》録序文一則。

一　《范昆白北詞韻正小引》：自金元入中國，胡樂嘈襍，乃更為新聲以媚之，而詞始變為曲。曲者，詞之變體，而南曲，則又北曲之變體。然則北曲其猶存古樂府宋元之遺音哉！但江北江南音響既殊，刻羽流商，沿習更謬，所謂沈約四聲遂闕其一，使東南之士不得為顧曲之周郎、辨撾之王應，其所由來者漸矣。吾友范君昆白，少善音律，弱冠精絃索，即為瞟城絶唱，瞟城人擬為半空鸞吹，若阮步兵之于孫登，乃棄而遊姑蘇，日與蘇之騷人韻士講求薛譚、秦青之技，蘇之趍范君者，見輙絶倒，争師事之，以不識范君為恥。自范君至蘇，兩蘇之絲竹恍然一新，已而學技於范君者，盡堪為人師，至首忌范君之軋己也，復相與謀擯之，而范君之名益高，蓋五年而成《北詞韻正》。往時北曲無陰陽，無開闔，無鼻音，無閉口，而范君為之分陰陽，辯開闔，入聲歸平上去三聲，使歌之者久而愈新，聽之者樂而忘倦，毋論慕范君者奉以為宗匠，即忌之者亦不能不挾為帳中秘也。范君行矣，將北遊燕趙，登黃金臺，吹鄒衍之律，擊漸離之筑，聖天子方拊髀思將帥之臣，有如范君其人登樓清嘯，使胡騎欷歔懷土，若劉越石之解圍，固足以舞百獸而競南風，兹集實惟篙矢哉！咄咄，范君毋迂視吾言。始而暚城，繼而姑蘇，又繼而觀光上國，後之視今，猶今之視昔，所造未可量也。昔周憲王作南北曲百闋，膾炙人口，李獻吉詩云：「齊唱憲王新樂府，金梁橋上月如霜。」自今而後，不識范君為何人，當于月之夜、花之晨，聽范君之所校讐者，諷諷乎坐上青衫，向所稱半空鸞吹，果不誣也。燃藜居士。（《中州全韻》）

黄奂詞話

黄奂，一名允文，字玄龍，歙縣（今屬安徽）人。行蹟不詳。所著有《嶺上集》、《羅穎樓集》、《黄玄龍詩集》、《黄玄龍小品》、《黄玄龍尺牘》。《黄玄龍小品》四卷，為讀書時隨筆劄記之文，此據《四庫全書存目叢書》影印清康熙間刻本録詞話四則。

一　内典與艷詞不妨並觀火宅中，不有青蓮開乎詩之佳境？政在可解不可解之間。即有解有不解，不失為善解也。（《黄玄龍小品》「尺牘上」）

二　丈人傳奇中有小瑕，不嫌磨滌。元時南北曲諸名家大抵詞主近情，白主近俗。近情貴婉麗，近俗貴簡𨏥。邇時二三君子以風雅入詞，以四六入白，遂乖厥體，為當家所嗤，又徒工詞而不工境。夫詞以娛耳，境以悅目，使聲調偏工，而登場無委曲動人之致，則意味索然，觀者欲卧矣。先生精于聲律，又富有才情，視齣中有不關情境與詞中之浮、白中之冗者，稍芟定之，則一出可使南都紙貴也。（同前）

三 建平去金沙一衣帶水，不能操舠過訪，嬾僻可知。所恃故人，可時時神晤耳。僕往在少年場，與博陵氏有遥呼遥應之約。一時才調諸君詫謂千古未開之一寶，艷傳之，然不知僕心已作沾泥飛絮。今君家仲橐，乃復形之聲歌，其詞宛麗，柔情欲絶，僕借之，轉更不自禁，足下將無笑古廟香罏、乃復因綺語生熖否？（同前）

四 自吾弟北轅後，每負新安友人，見三吴兩浙友人從輦轂下來者，皆能道黄先生都中樂，皆能道黄先生無客貧客愁，而交亦信以為仁弟必能樂，必能不貧不愁。及赴豫章後，流傳黄青天名族之人，鄉之人殊怨像之，不宜作青天。作青天，則橐中必不盈，必不能使母錢家色懌，而交獨以為像之，必宜作黄青天，即使像之，之天不青囊金，未必盈母錢家，未必得意去。惟去秋同社兄弟方徵文，為北堂祝，而遽以訃聞。此則像之大憂大痛，而交不能為像之解于人。子之終天者也，交自分袂以來，歲歲病，歲歲貧，歲歲愁。而入武林以來，歲日益病，日益貧，日益愁。然鶯隄花嶼，酒舫歌臺，佳辰必出，良會必入，而朋來或不能具一餐，山行或不能倩一輿，而始覺其貧人。方憂其伏枕呻吟，而袈裟湖船，清歌綺席，往往有黄居士在坐，然終不能快飲高譚，和艷詞一句，而始覺其病波紋如縠，山光如黛。身坐畫中天上，而缺陷世界嶮巇畏路之感，如在目前。而始覺其愁，乃交竟不自知其病、其貧、其愁，此俱可與不病、不貧、不愁之像之。先生言，非可與游客、豪人、金章、牙籌之不病、不貧、不愁者言也，交必入秣陵計像之，亦或來湖上。直須相對數日，意乃得盡。今雖作如是長幟十幅，未能達胸中一語也。讀寄來刻及《瀧岡碑跋》，居官作如此韻事，此又青天之下景星卿雲矣。跋語簡覈典麗，可作金剛王幢，永鎮此碑。歐公，宋代大家，不能不俯首。吾家前後兩公之檄之跋之呵護，以為先生後昆之九鼎也，匡家雲豈不堪滿載耶？兼略捲西山閣雨，宦橐已不貲，使諸責家分得數斛，俱是華鬘甘露乃稱。徒手去乎交，自戊辰至日，向聖師前更名。後踪跡大略，已如方外，了不欲以名氏溷親舊目中，恐驚以為躍冶不祥之物耳。承徵近況，聊爾附復論，有昔緘未始得見，豈石頭城下水真能浮沉耶？（同前書「尺牘下」）

西湖散人輯詞話

《珠璣藪》，類書，題西湖散人編集，其人姓名不詳。已知明代號西湖散人者有二，一是唐寅，一是徐珙。此據日本東京大學綜合圖書館藏明刊《新鐫雅俗通用珠璣藪》録詞話三則。

一 《霓裳》舞：羅公遠中秋夜侍唐明皇翫月，取杖向空擲之，化為長橋，其色如銀，帝登之，至大城闕，公遠曰：「此月宫也。」見仙女數百，素練寬衣，歌舞於廣庭，帝問曰：「此何曲名？」公遠曰：「此《霓裳羽衣曲》也。」（《新鐫雅俗通用珠璣藪》卷一「天文」）

二　羯鼓催花：唐明皇遇二月旦，殿前柳杏將吐，勑高力士取羯鼓縱擊奏一曲，名《風光好》，回頭柳杏皆發。（同前「時令」）

三　歌闋：闋，盡也，曲終為闋。（同前書卷七「音樂」）

王應龍詞話

《翠屏筆談》一卷，舊本題王應龍撰，其人里貫行蹟不詳。其書多記詩話，兼及神怪禨事。此據《四庫全書存目叢書補編》影印舊抄本録詞話四則。

一　唐初歌詞多是五言或七言，初無長短句。自中葉以後至五代，漸成長短句。近本朝，盡為此體，今所存者，止《瑞鷓鴣》、《小秦王》二闋，若《小秦王》，即七言絶句而已，必須雜以虚聲，乃可歌也。《小秦王》詞曰：「濟南春好雪初晴，行到龍山馬足輕。使君莫忘霅溪女，時作《陽關》腸斷聲。」（《翠屏筆談》）

二　紹興間，張魏公因上元設宴，寓居王給事即席賦一詞呈魏公，名《念奴嬌》，云：「元宵三五，正名藩人物，嬉嬉春好。何處歡聲，人盡道、舊日昇平歡笑。歡當作歌。千字樓臺，萬家燈火，一時人在蓬島。回思舊日神京，端門黃蓋，曾仰瞻天表。一旦干戈誰信道，故國舊遊如掃。帝樂聲沉，御罏烟斷，宮殿胡塵悄。蓬窓兀坐，不堪垂泪倩曉。」魏公得詞，愴然不悦，為之罷席。（同前）

三　又題維揚驛亭，建炎初和東坡《酹江月》詞云：「炎精中否，歎人才委靡，都無英物。胡馬長驢（當作驅）三犯闕，誰作連城堅壁。萬國波翻，六宮淪陷，此恨憑誰雪。草廬耕壠，豈無高卧人傑。　天意眷我中興，無（當作吾）皇英武，肖曾孫周發。華岳封疆俱郊職，狂虜何勞俱滅。翠羽南巡，叩閽無路，徒有衝冠髮。孤忠耿耿，劍鋒冷浸秋月。」（同前）

四　太學士人某，隔墻看打秋千，宅内使僕拉人，士人賦一詞，名《搗練子》云：「綠楊陰裏笑聲長，應是秋千争打。蘭柱綵繩高掛，瞥見人如畫。　身輕小鷰破煙飛，香滿春風一架。報道羅裙褪也，笑倩人扶下。」於是留為館賓，登第，後以女妻之。（同前）

周暉詞話

周暉，字吉甫，上元（今屬江蘇南京）人。諸生，胸饒蘊蓄，性好編纂，編著有《金陵瑣事》、《剩録》、《留都録》等。此據《四庫禁燬書叢刊補編》影印清乾隆四十年張滏刻本録詞話十九則。

一 陳全秀才有樂府弍卷行於世，無詞家大學問，但工於嘲駡而已。（《金陵瑣事》卷二「曲品」）

二 陳鐸，字大聲，有《秋碧樂府》、《梨雲寄傲》、《公餘漫興》行於世。詠閨情《三弄梅花》一闋，頗稱作家，所為散套穩協流麗，被之絲竹，審宫節羽，不差毫末。（同前）

三 徐霖，字子仁。數遊狹邪，所填南北詞，大有才情，語語入律，妓家皆崇奉之。吴中文徵仲題畫寄徐有句云：「樂府新傳桃葉渡，彩毫遍寫薛濤箋。」迺實録也。武宗南狩，時伶人臧賢薦之於上，令填新曲，武宗極喜之。余所見戲文《繡襦》、《三元》、《植花》、《留鞋》、《枕中》、《種瓜》、《兩團圓》數種行於世。（同前）

四　羅子修雪詞絶妙。（同前）

五　盛鸞有《貽拙堂樂府》二卷。（同前）

六　邢太常一鳳字伯羽，所填南北詞最新妥，堪入絃索。（同前）

七　杜大成工小令，有詞評弌卷，名《納凉偶筆》。（同前）

八　金鑾，字在衡，有《蕭爽齋樂府》，最是作家。華亭何良俊號為知音，常云：「每聽在衡誦小曲一篇，令人絶倒。」（同前）

九　吉山王逢元，最是詞曲當家。（同前）

一〇　段炳，字虎臣，秀才，和元人馬東籬「百歲光陰」一套，金石衡見之，極口贊賞，曰：「押如此險韻，乃得如此妥帖乎，足以壓倒東籬。」（同前）

一一　黄方胤有《陌花軒小詞》。（同前）

一二　才情長於樂府新聲，每搦筆乘興書之，略不搆思，或五六十曲，或百曲，方擱筆。同時陳大聲、徐子仁皆以詞曲名家，亦服其敏速。（同前書卷三「史癡逸事」）

一三　妙解音律，嘗云：古今知音者不過數人，余少年遊冶，得罪儒門，乃於此事目擊心悟，頗窺見

一斑。（同前）

一四 妻朱氏，號樂清道人，頗賢淑。愛姬姓何，號白雲，聰敏解事，喜畫小景，工篆書，知音律。癡翁尋兩京絶手琵琶張禄授之，盡得其妙，每製一曲，即命白雲被之絃索。所居在冶城，去卞忠烈廟百餘步，有卧癡樓，樓中几案筆硯，圖書彝鼎，香茗飲食，一一精良雅潔。吴中楊吏部循吉與之作《卧癡樓記》。（同前）

一五 牙版隨身：指揮陳鐸以詞曲馳名，偶因衛事謁魏國公於本府，徐公問：「可是能詞曲之陳鐸乎？」陳應之曰：「是。」又問：「能唱乎？」陳遂袖中取出牙版，高歌一曲。徐公揮之去，迺曰：「陳鐸金帶指揮，不與朝廷作事，牙版隨身，何其卑也。」（同前）

一六 《沁園春》：陳霆，字震伯，嘗僦居白下。所著有《唐餘紀傳》、《兩山墨談》、《渚山堂詞話》。嘗言：《奪錦標》曲不知始何時，世所傳者，僧仲殊一篇而已，余每浩歌，尋繹音節，因欲效顰，恨未得佳趣耳。庚辰，卜居建康，暇日訪古，採陳後主、張貴妃事，以成素志。按後主既脱景陽井之厄，隋竟戮麗華於青溪。後人哀之，即其地立小祠，祠中塑二女郎，次即孔貴嬪也。今遺構荒凉，廟貌亦不存矣。感嘆之餘，為作此闋。《沁園春》云：「獨上遺臺，目斷清秋，鳳兮不還。恨吴宫幽徑，埋深花草，晉時高冢，銷盡衣冠。横吹聲沈，騎鯨人去，月滿空江雁影寒。登臨處，且摩挲石刻，徙倚欄杆。青天，半落三山，更白鷺洲横式水間。問誰能心比，秋來水净，漸教身似，嶺上雲閒。擾擾人生，紛紛世事，就裏何嘗不强顔。重回首，怕浮雲蔽日，不見長安。」志云：「保寧寺即鳳凰臺，太白留題在焉。

宋高宗南渡，嘗駐蹕寺中，有石刻書王荆公贈僧詩：『紛紛擾擾十年間，世事何嘗不强顔。亦欲心如秋水浄，應須身似嶺雲閒。』又言：「金猊瑞腦噴香霧，向曉寒多深閉户。窗明殘雪積飛瓊，風起亂雲飄敗絮。」「錦幃細看《霓裳》舞，小玉銀箏學鶯語。梅香滿座襲人衣，誰道江橋無覓處。」此陳大聲冬雪詞也，寄《木蘭花令》。論者謂其有宋人風致，使雜之《草堂》集中，未必可辨。（同前）

一七　西谿詞：西谿龍公詩詞未有刊本，僅從人家卷軸上見之，今得其一詞云：「田廬重葺，勸碌翁、休作千年調指。新屋數間，連舊屋、團轉不愁風雨。買得林坣，旋開亭榭，意思而已矣。雖然節省，短景只消如此。陶宅李莊幽邃，深藏不出，安樂從今始。夏麥秋秔，時藏好、舍舍鷄肥酒美。婦要城居，兒嫌産薄，絮語常常在耳。勞生自苦，更到何年知止。」乃《念奴嬌》詞也。（同前）

一八　豪舉：《客座贅語》云：（黄）美之元宵宴集富文堂，大呼角妓集樂人賞之，徐子仁、陳大聲二□□□□（當作公稱上客）美之曰：「今日佳會，舊詞非所用也，請二公聯句，即命工度諸絃索，何如？」於是子仁與大聲揮翰聯句，甫畢一調，即令工肄習，既成，合而奏之，至今傳為勝。旹子仁七十，旹於快園麗藻堂開宴，妓女百人稱觴上壽，纏頭皆美之遺者。（同前書卷四）

一九　嘉靖中南塲賸事：好事者編一《桂枝香》曲以嘲脱科，和其韻者數人，皆不平之鳴。（同前）

李清輯詞話

李清，字心水，號映碧，興化（今屬江蘇）人。明崇禎辛未進士，官至吏科給事中。編著有《歷代不知姓名録》、《南北史合注》、《南唐書合訂》。《歷代不知姓名録》十卷，以列史所載有事蹟而無姓名者，類而聚之，勒為一書，以備考據。此據《四庫禁燬書叢刊補編》影印清乾隆間抄《四庫全書》撤出本（存卷一至卷八）録詞話二則。

一　中興野人：金人陷汴後，有稱中興野人和東坡《念奴嬌》詞題吴江橋上，云：「炎精中否，嘆人才委靡，都無英物。胡虜長驅三犯闕，誰作長城堅壁。萬里奔騰，兩京幽陷，此恨何時雪。草廬三顧，豈無高卧賢傑。天意眷我中興，吾皇神武，踵曾孫周發。河海封疆俱效順，狂敵何勞灰滅。翠羽南巡，叩閽無路，徒有衝冠髮。孤忠耿耿，劍鋩冷浸秋月。」及高宗巡師，逈（當作過）而見之，詔物邑（當作色）其人，終不復見。《宋小史》（《歷代不知姓名録》卷四「睠舊類」）

二　評詞優人：柳永、蘇軾各以填詞名，而二家不同。軾一日問一優人曰：「我詞何如柳學士？」優曰：「學士安得比公？」坡驚曰：「如何？」優曰：「公詞須用丈二將軍銅琵琶、鐵綽板唱相公的『大江東去』，柳學士却着十七、十八女郎唱『楊柳外，曉風殘月』。」坡撫掌大笑。優人之言，便具褒彈。《宋小史》（同前書卷七「韻人類」）

鄒枚詞話

鄒枚，字馬卿，號荻翁，景陵（今湖北天門）人。明崇禎末以史學徵，未任而國變。有《鄒荻翁先生集》，此據《四庫禁燬書叢刊補編》影印清康熙刻本録詞話一則。

一

《瀟湘逢故人》：「芳晨都去，幸餘春未了，首夏清和。鈎月照沉痾。剛簷牙覷見，憾隔纖羅。來朝病減，翻油雲、猛蔽□河。掉身轉、高懷且貯，清光三五或多。　惱晨事，快劇雨，似妬人、奇懷盼煞冰娥。桂影透庭莎。正萬片琉璃，晃動金波。驚風堪厭，驅碧霧、忽爾滂沱。添湘水、載去湘妃，何時返，竹下同歌。」　累歌此曲，清麗纖妍，變動百折。縱使童子歌喉，亦復青蓮出口，何意出八旬老人，自愛自書，可待後之子雲矣。荻翁自評。（《鄒荻翁先生集》「樂集·詞」）

高奭著輯詞話

高奭，字以召，號石公。行蹟不詳，崇禎時在世。輯有《豔雪齋叢書》，稿本，所收為《詩評》、《詞評》、《曲評》、《涵虚子評元詞》、《硯譜》、《墨談》、《書品》、《畫苑》八種，每種各綴以小序。多採録他人之言。《詞評》、《曲評》各一卷，前有崇禎戊辰《詞曲評小叙》，多為輯録，而以採録王世貞《詞評》、《曲藻》中話語居重。此據《北京圖書館古籍珍本叢刊》影印稿本録詞話三十七則。

一　詞曲評小叙：夫一代之興，必生一代之妙才。一代之才，必有一時之絶藝。春秋之詞命，戰國之縱横，以至漢之文，晉之字，唐之詩，宋之詞，元之曲，是皆獨擅其美而不得相兼，隨之千古而不可泯滅者。雖然，即是後者，惟詞曲之品稍方，而風月烟花之間，一語一調，能令人英俊而刺心，神飛而魄絕，亦惟詞曲為然，則亦有可觀者矣。大都二氏之學，貴倩語不貴雅歌，貴婉聲不貴勁氣。夫□有其至焉，覽□手段，所以合二氏而輯之，覽是編者，可以參二氏之三昧矣。崇禎戊辰秋日石公題於豔雪齋。（《詞評》）

二　東海何良俊曰：夫詞者，古樂府之流別，而後世歌曲之濫觴也。爰自上古鴻荒之世，禮教未興，而樂音已具。蓋樂者，由人心生者也。方其淳和未散，下有元聲，則凡里巷歌謠之辭，不假繩削，而自應宫徵即成，周列國之風皆可被之管絃是也。迨周政迹熄，繼以强秦暴悍，由是詩亡而樂缺。漢興，《郊祀》、《房中》之外，别有《鐃歌辭》，如《雉子班》、《朱鷺》、《芳樹》、《臨高臺》等篇。其他蘇、李雖創為五言詩，當時非無繼作者，然不聞領於樂官，則樂與詩分為二矣。魏、晉以來，曹子建《怨歌行》七解，為晉曲所奏。他如横吹、相和、平調、清調、清商、楚調諸曲，六朝並用之，陳、隋作者猶擬樂府歌辭，體物緣情，屬詠雖工，聲律戾矣。唐太宗以文教開國，又玄宗與寧王輩皆審音，海内清宴，歌曲繁興，一時如李太白《清平調》、王維《鬱輪袍》、王昌齡、王之渙諸人，率為伎人傳習，可謂極盛。迨天寶末，民多怨思，遂無復貞觀、開元之舊矣。宋初，因李太白《憶秦娥》、《菩薩蠻》二辭以漸創製，至周待制領大晟府樂，比切聲調十二律，各有篇目，柳屯田加增至二百餘調，一時文士復相擬作，而詞為極盛。然作者既多，中間不無昧於音節，由是金、元人始為歌曲矣。總而覈之，詩亡而後有樂府，樂府闕而後有詞，詞廢而後為歌曲，大約創自盛朝，廢於叔世，元聲在則為法省而易諧，人氣乖則法嚴而難叶，茲蓋其興革之大較也。然樂府以皦逕揚厲為工，詞以婉麗流暢為美，即《草堂詩餘》所載，如周清真、張子野、秦少游、晏叔原諸人之作，柔情曼聲，摹寫殆盡，正辭家所謂當行、所謂本色者也，第恐曹、劉不肯為之耳。假使曹、劉降格為之，又詎必能遠過之耶？是以後人即其舊詞稍加隱栝，便成名曲，至今歌之，猶聳心動聽。嗚呼！是可不謂工哉！今聖天子建中興之治，文章之盛，幾與兩漢同風，獨聲律之學，識者不無歉焉。然是編於聲律家，其可少哉？（同前）

三 錢功甫曰：詞至於宋，無論歐、晁、蘇、黄，即方外閨閣，罔不消魂驚魄，流麗動人。如唐人一代之詩，七歲女子亦復成篇。何哉？一代之興，必有一代之製。而我朝悉屏詩賦，以經術程士，士不囿於俗，間多染指，非不斐然，求其專工稱（脱「麗」字）千萬之一耳。國初諸老，犁眉、龍門尚沿宋季風流，體製不繆。迨乎成、弘以來，李、何輩出，又恥不屑為。其後騷壇之士試為拈弄，才為句掩，趣因理湮，體段雖存，鮮稱當行。正、嘉而後，稍稍復舊。而弇山人挺秀振響，所作最多，雜之歐、蘇諸公，幾不能辨。偶得其餘論數十條，因録於左。（同前）

四 詞者，樂府之變也。昔人謂李太白《菩薩蠻》《憶秦娥》，楊用修又傳其《清平樂》二首以謂調祖。不知隋煬帝已有《望江南》詞，蓋六朝諸君臣頌酒賡色，務裁豔語，默啓詞端，寔為濫觴之始。故詞須宛轉綿麗，淺至儇俏，挾春月煙花於閨幨内奏之，一語之豔，令人魂消，一字之工，令人色飛，乃為貴耳。至於慷慨磊落，縱横豪爽，抑又其次也。故曰寧為大雅罪人，勿儒冠而胡服。（同前）

五 《花間》以小語致巧，《世説》靡也。《草堂》以麗字取妍，六朝隃也。即詞號稱詩餘，然而詩人不為也。何者？其婉孌而近情也，足以移情而奪嗜。其柔靡而近俗也，詩嘽緩而就之，而不知其下也。之詩而詞，非詞也。之詞而詩，非詩也。言其業，李氏、晏氏父子，耆卿，子野，美成，少游，易安至矣，詞之正宗也。温、韋豔而促，黄九精而刻，長公麗而壯，幼安辨而奇，又其次也，詞之變體也。詞興而樂府亡矣，曲興而詞亡矣，非樂府與詞之亡，其調亡也。（同前）

六　《昔昔鹽》、《阿鵲鹽》、《阿濫堆》、《突厥鹽》、《疏勒鹽》、《阿那朋》之類，詞名之所由起也。其名不類中國，歌曲變態，起自羌胡故耳。然自《昔昔鹽》排律外，餘多七言絶，有其名而無其調。隋煬、李白調始生矣。然《望江南》、《憶秦娥》則以辭起調者，《菩薩蠻》則以辭按調者也。（同前）

七　温飛卿所作詞曰《金荃集》，唐人詞有集曰《蘭畹》，蓋皆取其香而弱也。然則雄壯者，固次之矣。（同前）

八　楊用修所載太白有《清平樂》二闋，識者謂非太白作，謂其卑淺也。按太白《清平樂》本三絶句而已，不應復有詞。第所謂「女伴莫話高眠，六宫羅綺三千。一咲皆生百媚，宸游教在誰邊」，亦有情語，余每誦之。及樂天絶句云：「雨露由來一點恩，争能遍却及千門。三千宫女如花面，幾箇春來無淚痕。」輒低回歎息，古之怨女棄才，何限也。（同前）

九　《花間》猶傷促碎，至南唐李王父子而妙矣。「風乍起，吹皺一池萍水，闗卿何事」與「未若陛下『小樓吹徹玉笙寒』」。此語不可聞鄰國」，然是詞林本色佳話。「雲破月來花弄影」郎中，「紅杏枝頭春意鬧」尚書，意似祖述之，而句小不逮，然亦佳。（同前）

一〇　「今宵酒醒何處，楊柳外，曉風殘月」與秦少游「酒醒處，殘陽亂鴉」同一景事，而柳尤勝。（同前）

一一　「寒鴉千萬點，流水遶孤村」，隋煬詩也；「寒鴉數點，流水遶孤村」，少游詞也。語雖蹈襲，然入詞，尤是當家。（同前）

一二　昔人謂銅將軍鐵着（當作綽）板唱蘇學士「大江東去」、十八九歲好女子唱柳屯田「楊柳外、曉風殘月」為詞家三昧，然學士此詞亦自雄壯，感慨千古，果令銅將軍於大江奏之，必能使江波鼎沸。至詠楊花《水龍吟慢》，又進柳妙處一等矣。（同前）

一三　子瞻「與誰同坐，明月清風我」，「明月幾時有，把酒問青天」，快語也。「大江東去，浪淘盡、千古風流人物」，壯語也。「杏花疎影裏，吹笛到天明」，又「高情已逐曉雲空，不與梨花同夢」，爽語也。其詞濃與淡之間也。（同前）

一四　「歸來休放燭花紅，待踏馬蹄清夜月」，致語也。「問君能有幾多愁，却似一江春水向東流」，情語也。後主直是詞手。（同前）

一五　「油壁車輕金犢肥，流蘇帳煖春鷄報」，非歌行麗對乎？「細雨夢迴雞塞遠，小樓吹徹玉笙寒」，「青鳥不傳雲外信，丁香空結雨中愁」，「無可奈何花落去，似曾相識燕歸來」，非律詩俊語乎？然是天成一段詞也，着詩不得。「斜陽只送平波遠」，又「春來依舊生芳草」，淡語之有致者也。「角聲吹落梅花月」，又「滿院落花春寂寂」，又「一鈎淡月天如水」，又「鞦韆外、緑水橋平」，又「地卑山潤，人静費罏煙」，淡語之有景者也。「平蕪盡處是青山，行人又在青山外」，又「郴江幸自遶郴山，為誰流下瀟湘去」，此淡語之有情者也。「拚則而今已拚了，忘則怎生便忘得」，又「斷送一生憔悴，能消幾箇黄昏」，此恒語之有情者也。詠雨「點點不離楊柳外，聲聲只在芭蕉裏」，此淺語之有情者也。淡語、恒語、淺語，極不易工，因為拈出。（同前）

一六　美成能作景語，不能作情語；能入麗字，不能入雅字，以故價微劣於柳。然至「枕痕一線紅生玉」，又「喚起兩眸清炯炯，淚花落枕紅綿冷」，其形容睡起之妙，真能動人。（同前）

一七　孫夫人「閒把繡絲撏，認得金針又倒拈」，可謂看朱成碧矣。李易安「此情無計可消除，方下眉頭，又上心頭」，可謂憔悴支離矣。秦少游「安排腸斷到黄昏，甫能炙得燈兒了，雨打梨花深閉門」，則十二時無間矣，此非深於閨恨者不能也。易安又有「寵柳嬌花寒食夜，種種惱人天氣」，「寵柳嬌花」，新麗之甚。（同前）

一八　范希文「都來此事，眉間心上，無計相迴避」，類易安而小遜之。其「天淡銀河垂地」，語却自佳。（同前）

一九　温庭筠「鴈柱十三絃，一一春鶯語」，陳無己「彈到斷腸時，春山眉黛低」，皆彈箏俊語也。（同前）

二〇　張子野《青門引》，万俟雅言《江城梅花引》、《青玉案》，句字皆佳。詞内「人瘦也，比梅花，瘦幾分」，又「天還知道，和天也瘦」，又「莫道不消魂，簾捲西風，人比黄花瘦」，三「瘦」字俱妙。（同前）

二一「隙月窺人小」，又「天涯一點青山小」，「一夜青山老」，俱妙在押字。「乍雨乍晴花易老」，却不在押字，而在「乍」字。（同前）

二二史邦卿題燕曰：「差池欲住，試入舊巢相並。還相去聲雕梁藻井，又軟語商量不定。」可謂極形容之妙。（同前）

二三永叔極不能作麗語，乃亦有之，曰「隔花啼鳥喚行人」，又「海棠經雨臙脂透」。（同前）

二四王元澤：「恨被榆錢，買斷兩眉長鬬。」可謂巧而費力矣。史邦卿：「做雨欺花，將煙困柳」，殆尤甚焉。然與李漢老「叫雲吹斷横玉」，謝勉仲「染雲為幌」，美成「暈酥砌玉」，魯直「鶯嘴啄花紅溜，燕尾點波緑皺」，俱為險麗。（同前）

二五吾愛司馬才仲「燕子銜將春色去，紗窗幾陣黄梅雨」，有天然之美，令鬬字者退舍。（同前）

二六休文：「夢中不識路，何以慰相思。」宋人反其指而用之：「重門不鎖相思夢，隨意遶天涯。」各自佳。（同前）

二七詞至辛稼軒而變，其源實自蘇長公，至劉改之諸公極矣。南宋如曾覿、張掄輩應制之作，志在鋪張，故多雄麗。稼軒輩撫時之作，意存感慨，故饒明爽。然而穠情致語，幾於盡矣。（同前）

二八陶穀尚書使江南，通秦弱蘭，作《風光好》詞，見宋人小説。或有以為曹翰者，翰能作老將，其詩才固有之，終非武人本色。沈叡達《雲巢編》謂陶使吴越，惑倡女任社娘，因作此詞。任大得陶貲，後用以㓨仁王院，落髮為尼。李唐吴越，未審孰是？要之，近陶所為耳。（同前）

二九　宋仁宗時，老人星見，柳耆卿托内侍以《醉蓬萊》詞進，仁宗閲首句「漸亭皐葉下」，「漸」字意不懌。至「宸游鳳輦何處」，與真宗挽歌暗同，慘然久之。至「太液波翻」，忿然曰：「何不言『太液波澄』耶？」擲之地，罷不用。此詞之不遇者也。高宗在德壽宫，遊聚景園，偶步一酒肆，見素屏有俞國寶書《風入松》一詞，嗟賞之，誦至「明日重攜殘酒，來尋陌上花鈿」，曰：「未免酸氣。」改「明日重扶殘醉」，仍即日予釋褐。此詞之遇者也。耆卿詞毋論觸諱，中間不能一語形容老人星，自是不佳。「重扶殘醉」，勝初語數倍，乃見二主具眼。（同前）

三〇　宣、政間，戚里子邢俊臣性滑稽，喜嘲詠，常出入禁中。喜作《臨江僊》詞，末章必用唐律兩句為謔，以寓調笑。徽皇置花石綱，石之大者曰神運石，大舟排聯數十尾，僅能勝載。即至，上大喜，置艮嶽萬歲山，命俊臣為《臨江僊》詞，以「高」字為韻，末句云：「巍峩萬丈與天高，物輕人意重，千里送鵝毛。」又令賦陳朝檜，以「陳」字為韻，亦高五六丈，圍九尺餘，枝覆地幾百步，詞末云：「遠來猶自憶梁陳，江南無好物，聊贈一枝春。」上容之，不怒。内侍梁師成位兩府，甚尊顯用事，以文學自命，尤自矜為詩，因進詩，上稱善，顧謂俊臣曰：「汝可謂好詞，以詠師成詩句之美。」且命押「詩」字韻，俊臣口占，末云：「欲知勤苦為新詩，吟安一箇字，撚斷數莖髭。」上大笑。師成恨之，譖其漏泄禁中語，責為越州鈐轄。太守王嶷聞其名，置酒待之，醉歸，燈火蕭疏。明日，攜詞見帥，叙其寥落之狀，末云：「捫窗摸户入房來，笙歌歸院落，燈火下樓臺。」席間有妓秀美而肌白如玉雪，頗有腋氣，豐甫令乞詞，末云：「酥胸露出白皚皚，遥知不是雪，為有暗香來。」又有善歌舞而躰肥者，末云：「只愁歌舞罷，化

作彩雲飛。」俊臣小才，亦是滑稽之雄，子瞻若在，當為絶倒。（同前）

三一　元有曲而無詞，如虞、趙諸公輩，不免以才情屬曲，而以氣槩屬詞，詞所以亡也。（同前）

三二　元人歸隱詞《沈醉東風》云：「問天公，許我閒身，結草為標，編竹為門。鹿豖成群，魚蝦作伴，鵝鴨比鄰。不遠遊，堂上有親。莫居官，朝裏無人。黜陟休云，進退休論。買斷青山，隔斷紅塵。」頗有味而佳。元人詠指甲《得勝令》云：「宜將鬬草尋，宜把花枝浸。宜將繡線勾，宜把金針紝。宜操七絃琴，宜結兩同心。宜托腮邊玉，宜圈鞋上金。難禁，得一掐通身沁。知音，治相思十個針。」豔爽之極。非舜耕詠睡鞋可比。（同前）

三三　我朝以辭名家者，劉誠意伯温，穠纖有致，去宋尚隔一塵。楊狀元用修，好入六朝麗事，似近而遠。夏文愍公謹，最號雄爽，比之辛稼軒，覺少精思。（同前）

三四　楊用修婦亦有才情，楊久戍滇中，因寄《黄鶯兒》一詞云：「積雨釀春寒，見繁花，樹樹殘。泥塗滿眼，登臨倦，江流幾灣，雲山幾盤，天涯極目空腸斷。寄書難，無情征鴈，飛不到滇南。」楊又别和三詞，俱不能勝。（同前）

三五　徐小淑名媛，學使范長倩妾，□卿徐時春女。亦能辭，為吴中之閨彦。（同前）

三六　王元美曰：曲者，詞之變。自金、元入中國，所用胡樂嘈雜，凄緊緩急之間，詞不能按，乃更為新聲以媚之。而諸君如貫酸齋、馬東籬、王實甫、關漢卿、張可久、喬夢符、鄭德輝、宫大用、白仁甫輩，咸富有才情，兼喜聲律，以故遂擅一代之長，所謂宋詞元曲，殆不虚也。但大江以北漸染胡語，時時採入，而沈約四聲遂闕其一。東南之士，未盡顧曲之周郎。逢掖之間，又稀辨撾之王應。稍稍復變新體，號為南曲，高拭則成遂掩前後。大抵北主勁切雄麗，南主清峭柔遠。雖本才情，務諧俚俗，譬之同一師承而頓漸分教，俱為國臣而文武異科。今談曲者往往合而舉之，良可笑也。（《曲評》）

三七 三百篇亡，而後有騷賦；騷賦難入樂，而後有古樂府；古樂府不入俗，而後以唐絶句為樂府；絶句少宛轉，而後有詞；詞不快北耳，而後有北曲；北曲不快南耳，而後有南曲。此曲之派也。（同前）